COLLECTION FOLIO

Maurice G. Dantec

Le théâtre des opérations

Journal métaphysique et polémique

1999

Gallimard

Maurice G. Dantec est né à Grenoble en 1959. Après une année passée à la faculté de lettres, il a été successivement musicien dans un groupe de rock'n'roll, tendance technopunk, et rédacteur publicitaire.

Passionné de science-fiction et de roman noir, il se consacre désormais à l'écriture.

1999

MANUEL DE SURVIE
EN TERRITOIRE ZÉRO

L'individu ne peut ni aider ni sauver une époque, mais seulement constater sa perte.

KIERKEGAARD

Hiver 1998-1999

Arrivée au Canada, le 6 décembre 1998, avec ma petite famille.

Ça y est, nous sommes des *émigrés*.

Le lendemain, on célèbre le 57e anniversaire de Pearl Harbor, et aujourd'hui correspond à la date du massacre de l'École polytechnique, en 1989.

Bienvenue en Amérique.

Les premiers jours sont instables, sous un ciel bleu d'une pureté douloureuse, surtout au crépuscule, comme s'il nous rappelait ce que nous avons quitté. Le fait d'avoir coupé les ponts avec la mère patrie et l'ouverture subséquente de notre mental au nouvel espace américain nous a projetés dans une drôle de zone dépressionnaire, comme dans l'œil d'un cyclone en formation.

Devenir américain. Réaliser l'impossibilité et la nécessité de la tâche dans le même mouvement de la pensée.

Comprendre la tragédie de la conscience dans son impérieuse nécessité à se surmonter, ou bien s'anéantir, et dans sa capacité à se dissoudre sans cesse, pour épouser les contours des nouvelles réalités, dans un processus qui reproduit de façon éminemment paradoxale la pression de la sélection naturelle.

*

Sans la conscience, point de cruauté. Mais sans elle, point de compassion. La conscience, c'est la vie qui sans cesse se retourne contre elle-même, et qui aspire le monde entier vers son centre, tel un trou noir.

L'étrange sensation, en opérant les ultimes coupes et retouches sur les épreuves de *Babylon Babies*, de procéder sur un corps mort. Je crois que le drame de tout écrivain réside dans le fait que tout roman écrit est embaumé par sa publication.

Dans quelques jours, arrivée d'une nouvelle machine qui va remplacer le Macintosh II-SI antédiluvien sur lequel ces notes sont produites. Chamboulement en perspective, nous avons opté pour un PC, gros processeur Pentium 350 MHz. J'entends déjà les ricanements de ceux qui ne manquent jamais de s'esbaudir devant de telles évaluations. Aucun écrivain digne de ce nom, dans notre beau pays des Arzélettres, ne risquerait de se commettre dans une telle entreprise, qui consiste en fait à comprendre que tout ordinateur est un animal domestique.

L'humanité est un abîme qui la sépare d'elle-même.

Comme les Anglais et les Américains, les Français et les Québécois forment deux peuples séparés par la même langue.

Les sociétés humaines, et particulièrement la nôtre, semblent basées sur une inversion totale des préceptes darwiniens de la sélection naturelle, comme si elles s'acharnaient à vouloir absolument privilégier le plus médiocre aux dépens de l'exception.

Je ne suis pas loin d'envisager qu'il puisse s'agir précisément d'un retournement spécifique du vivant à l'œuvre chez l'homme, une « sécurité » chargée de brider pour un temps les capacités proprement explosives du cortex humain.

Une idée est une pensée qui n'a pas eu le temps de mourir.

Toute œuvre d'art est une clé pour sa propre destruction.

Nous vivons dans les ruines du futur.

*

25 décembre. L'année s'achève avec les premières neiges, tout le monde au Québec prie pour que les premiers jours de l'an 99 ne voient pas se répéter la tempête de givre de 1998, mais quelque chose me dit que les perturbations climatiques engendrées par el Niño ne sont que le prolégomène à l'établissement d'un nouvel ordre météorologique mondial.

En l'an 2000 la « science-fiction » devra évoluer de façon drastique si elle ne veut pas perdre pied avec le monde réel, comme le reste de la littérature, et de fiction de la science, devenir *science de la fiction*.

L'écrivain du XXIe siècle, s'il veut survivre, et atteindre un certain niveau de lisibilité dans le bruit électronique continu des nouveaux médias, devra apprendre à devenir lui aussi une icône électronique, une icône pop, *il n'est déjà plus* que la trademark variable d'un ensemble de représentations sociales parfaitement définies, précalibrées pour le champ du marketing télé-totalitaire. Seuls s'en sortiront ceux qui auront quelque chose de pertinent à dire au sujet de ce nouvel état, et qui en dégageront la beauté spécifique, c'est-à-dire ceux capables d'en faire de l'art.

À son corps défendant, c'est la science qui aura redonné à l'homme du XXe siècle le sens du tragique. Einstein, Oppenheimer, von Braun, Gagarine, Freud, Marie Curie, voilà les héros tragiques de l'âge planétaire.

Toute technologie est un langage. Encore faut-il lui faire produire de l'art.

L'incroyable sophistique de Gould, le néodarwiniste, lorsqu'il prétend que telle espèce de crevette est aussi parfaite, sinon plus (*sic* !!!), que l'homme sous prétexte *qu'elle n'a pas changé* depuis 20 ou 30 millions d'années, et qu'elle est donc *parfaitement adaptée à son milieu*.

Ces soi-disant évolutionnistes ne comprennent pas que c'est justement *parce qu'il est mal adapté à son milieu*, imparfait, que l'homme survient dans la nature comme l'animal faiseur d'histoire, l'animal faiseur de temps, de mythes et de sciences, comme l'animal ayant goûté aux fruits de l'Arbre de la Connaissance, l'Arbre de la Chekhina, l'Arbre aux Constants Changements du Zohar.

Quant à Wilson, « sociobiologiste » à ce qu'il paraît, ou même Richard Dawkins, l'auteur si complaisamment controversé du *Gène égoïste* : voici les preuves vivantes que les scientifiques les plus brillants ont aujourd'hui encore le nez écrasé sur le guidon, micrologues du réel, ils en oublient la matière, la *plastique*, c'est-à-dire le jeu sans cesse renouvelé des forces contradictoires, voire le foisonnement des paradoxes, dans l'univers. Ainsi les gènes seraient-ils porteurs de cette « volonté » qui les fait *vouloir* à tout prix se reproduire, au fil des générations. Rien ne nous est dit sur l'origine et la nature de cette volonté qui animerait un agrégat de quelques centaines ou dizaines de molécules. D'autre part, l'application classique et orthodoxe du darwinisme est toujours tributaire de cette idée d'évolution progressive, aux deux sens du terme : une série de variations parcellaires, microscopiques, se déroulant dans le temps de façon quasi imperceptible, *et allant vers un progrès*, grâce à la sélection naturelle. En clair les darwinistes orthodoxes nient toute téléologie pour mieux imposer la leur, le « but », le « sens » étant cette fois l'adaptation la plus *parfaite* au « milieu ».

Ces beaux messieurs nous parlent de la vie comme si elle était séparée entre des « êtres » vivants d'une part, et un ou des « milieux » d'autre part, comme si les uns et les autres ne faisaient pas partie du même cosmos biologique. Tout être vivant est à la fois « être » et « milieu », tous les êtres vivants interagissent entre eux, c'est précisément une des caractéristiques de la vie, cette capacité phénoménale à l'échange d'informations.

Ensuite, plus grave, l'obsession téléologiste progressiste est encore tellement prégnante dans les esprits qu'elle fait prendre aux plus grands les vessies pour des lanternes. Ils pensent tous que l'expérience biologique terrestre *suit la logique* de la sélection naturelle et que celle-ci de fait s'applique *uniformément* à toutes les créatures vivantes, l'homme y compris. Les beaux discours humanitaires n'y feront rien, on voit tout de suite où cela mène, eugénisme, spencérisme, etc. Mais qu'on me comprenne bien, ce n'est ni la génétique ni la théorie de la sélection naturelle qui conduisent à l'eugénisme, mais cette vision téléologique cachée, voire invertie, qui sous-tend le « darwinisme » traditionnel et ses avatars philosophiques : la sélection naturelle, régulateur invisible et *logique* d'un monde voué à la *perfection*.

En appliquant grossièrement la « sélection naturelle » ou l'égoïsme génétique au monde humain (et à ses « idéaux » cachés), ils perdent de vue le fait que l'homme est précisément ce moment où la nature décide de se retourner contre elle-même. L'homme est une *crise*, un appareil critique de la nature, il n'a pas pour finalité l'aboutissement du processus naturel et/ou historique, pas plus qu'il n'est un simple assemblage hasardeux né d'une main invisible jouant aux dés, l'homme semble être là pour *détruire* l'ordre naturel, pour disséquer, dissoudre, corrompre, contaminer le monde phénoménal de ses propres expériences.

Aussi, comme le savait Bataille, l'homme est-il

une perte, avant toute chose. Un manque. Et surtout la conscience de ce manque, de cette perte, s'inscrivant dans sa capacité à se souvenir, comme à imaginer. Il s'inscrit certes dans le monde phénoménal, il est lui aussi un produit de l'évolution, mais en creux, en négatif. Si on voulait le traduire dans le domaine sensoriel, on pourrait le comparer à la faim.

L'homme ne comble aucun manque dans le monde biologique, sa nécessité, tout autant que les chances statistiques de son avènement et surtout de sa survie, sont très minces, il est un luxe, une fantaisie, certes reproductible avec d'infinies variations dans le mégacosmos qui nous entoure, mais il n'en est pas moins inutile, sur le strict plan de la « nécessité » biologique. Comme l'art, il est un luxe, *une dépense d'énergie* totalement inconsidérée sur le strict plan de l'*utilité*. L'homme marque ainsi une limite pour les lois de l'univers : tributaire de la thermodynamique, il en éprouve tous les *moments*, y compris celui où elle s'efface, ou plutôt se retourne contre elle-même, dans l'art, par exemple.

L'homme n'est pas seulement un superprédateur régnant au sommet de la pyramide animale, régulateur semi-divin de l'ordre naturel, il est aussi l'antiprédateur, sous toutes ses formes, l'anti-animal, l'animal doté de mémoire, incapable de ne pas apprendre, toujours en quête de connaissance, jamais rassasié, jamais fini, imparfait, et imperfectible, il forme une synthèse disjonctive, avec laquelle la nature doit se débrouiller.

L'adaptation au milieu, la seule valable, la seule parfaite, imperfectible, c'est la mort. La vie animale et l'homme plus encore sont des phénomènes paradoxaux et néguentropiques, pour lesquels *la survie passe par l'élimination sélective des gènes les plus « adaptés » au « milieu »*.

Les individus humains les plus « forts », ceux-là mêmes qui tirent le genre vers le haut, sont précisément des individus largement inadaptés, « tarés » selon le point de vue darwiniste-hégélien orthodoxe. Non seulement inadaptés à leur société et à leurs contemporains, quelle que soit leur époque, mais inadaptés et inadaptables au monde. (J'entends le monde, toujours, et exclusivement, dans son appréhension cosmique-biologique, non comme un concept, un « milieu » dans lequel l'homme se mouvrait, plus ou moins autonome, mais comme cet amas de matière phénoménale dont l'homme est une sorte de cataclysme.)

L'homme en tant qu'entité biologique est complètement inadapté au monde qui l'a vu naître. Aucun bébé humain ne peut survivre seul dans la nature. Jusqu'à l'âge de cinq ou six ans cela lui est parfaitement impossible sans l'aide des autres êtres humains, et j'oserais dire que ça ne va pas en s'arrangeant avec l'âge. La société humaine est donc une béquille, une prothèse qui vient combler l'espace vide d'une mutilation. Une prothèse, donc un artifice, et qui plus est un artifice *toxique*, créant une *dépendance*. De plus, toute société humaine évolue dans le flux plastique de la vie, qui ne s'arrête pas sous prétexte de son arrivée, bien au contraire, les constructions sociales et politiques des humains sont dès leurs origines des biotopes reconstitués, des organes imitant la nature, et souvent fort mal. Voir là-dedans la génération continue et progressive de qualités idéales (égoïsme, compétition, coopération) par l'intermédiaire des gènes et de la sélection naturelle me donne des envies de fou rire.

On me rétorquera sans doute qu'il existe un gène de la sociabilité, et qu'il s'agit même du gène essentiel entre tous puisqu'il a justement assuré la survie de l'espèce, tout en se perpétuant à travers elle (sociobiologie néodarwinienne classique).

Le seul problème, c'est que ce « gène social » s'il existe est précisément dans le même temps ce qui entrave le développement des individus et des civilisations, une fois le travail réalisé.

À tel point qu'un individu réussi peut représenter un danger pour toute l'espèce.

Tout individu réussi reproduit pour la « nation » humaine le même cataclysme que celle-ci représente pour le monde naturel.

L'explication de Nietzsche concernant le rôle des *individus* créateurs à travers l'histoire : il reprend la vision de Schopenhauer et de Goethe, sur le dialogue des individus créateurs par-dessus le tintamarre de l'histoire, avec sa force stylistique sans pareille. Il résout ainsi l'antique paradoxe sur la finalité de l'artiste et de l'œuvre d'art. L'artiste crée-t-il pour lui-même ou pour le *public* (quel qu'il soit, société, État, audience) ?

Tout le monde comprend bien qu'une œuvre est tournée vers un public, en même temps qu'elle obéit aux instincts propres du créateur. Pour qui l'architecte travaille-t-il ? Pour lui-même, pour répondre à sa volonté productrice d'architecture ? Ou pour la société, l'État, ses concitoyens, et leurs besoins ? Réponse de Nietzsche : Pour un autre architecte.

On ne trouve pas de nombres dans la nature. Cela

n'a pas empêché l'homme de s'en servir pour bâtir des cathédrales.

Croire que l'*évolution* naturelle, ou historique, procède d'une quelconque téléologie, d'un ensemble de *causae finalis*, qui plus est en tendant vers une amélioration progressive et continue, est encore une foi vivante, quoique désormais bien camouflée sous des discours apparemment inverses. Cette foi consiste à croire que les marsupiaux seraient « supérieurs » aux ptérodactyles parce que apparus plus tard sur la « longue chaîne » de l'évolution, ou parce que mieux adaptés à leur environnement naturel, ou croire que nos civilisations modernes et démocratiques représentent un *progrès* par rapport à la Grèce du VIe siècle avant J.-C., ou aux sociétés néolithiques du Caucase. Ce qui, à l'évidence — il suffit d'avoir regardé la télévision une fois dans sa vie pour s'en convaincre —, est une pure absurdité.

Le passé n'*existe* pas. Le passé, c'est ce qui est mort, ce *qui a existé*, et par définition, c'est ce qui n'existe plus.

Mais le présent n'existe pas plus. Le temps même de formuler cette pensée et la seconde à laquelle elle se rapportait est déjà passée, le présent est inconnaissable car il demanderait à ce que le flux du temps soit arrêté afin que cette connaissance puisse prendre racine.

Seul donc le futur existe. C'est dans le futur que nos actions dérisoires peuvent espérer avoir une portée.

Croire qu'on puisse aller vers une humanité « meilleure », par la simple opération miraculeuse de l'évolution historique ! Chassez le Saint-Esprit, et il revient au galop.

Ne pas voir que si *évolution* il y a, elle est parfaitement discontinue, mieux, elle *n'est pas* chronologique, elle est non linéaire, et à bien des égards paradoxale.

L'Amérique ne peut être comprise que comme civilisation du simulacre. Baudrillard l'a testée. Il faut tester cette réalité phénoménale du simulacre pour la comprendre : c'est un fait, à Montréal les piliers des églises sonnent creux, ils sont en bois, recouverts d'une mince couche de pierre purement *décorative*. L'Amérique, comme les Romains, propose une conception décorative de l'art et de la religion, ce qui ne l'empêche pas d'avoir produit des chefs-d'œuvre, bien au contraire. On peut même dire que ce sont ces chefs-d'œuvre, ces *masterpieces* du simulacre qui semblent fonder la civilisation américaine, et de la même manière qu'Homère a inventé la civilisation grecque (pure trouvaille de génie de Nietzsche que d'avoir compris qu'une civilisation se fondait sur une entreprise artistique), on peut dire que l'acte de naissance de l'Amérique se trouve à Hollywood. Et comme pour les Grecs et la guerre de Troie, il est permis de penser que la guerre du Viêt Nam n'avait comme autre « finalité » porteuse de « sens » que de permettre l'éclosion d'*Apocalypse Now* en tant qu'œuvre cinématographique.

*

En cette fin de siècle, l'Amérique est en train d'expérimenter la première crise de civilisation de son histoire ; désormais dominante, elle fait l'expérience de ses limites, comme toutes les autres grandes civilisations avant elle : le moment où les forces « destructrices » de la connaissance, n'ayant plus d'espace à conquérir, se retournent contre elles-mêmes, dans un processus fatal de prise de conscience, qui généralement les ruine.

L'Amérique va réussir ce que nul autre empire n'a jamais pu rêver atteindre : unifier le monde sous son parapluie étoilé. Par ce fait, elle se condamne à mort, car bientôt tout individu, où qu'il naisse dans le monde, pourra réclamer, à bon droit, la nationalité américaine, parce qu'il travaillera pour une entreprise américaine, sous une juridiction internationale, ou avec une filiale locale sur un territoire américanisé. C'est ce qui s'est produit sous l'Empire romain : quand tous les individus rassemblés sous la férule de Rome, soit une bonne partie du monde connu à l'époque, purent se considérer comme Romains, Rome disparut en tant que particularité et en tant que modèle civilisateur. Entre Rome et la Renaissance, mille ans d'obscurantisme chrétien, l'Occident obligé de repartir en réinventant tout, ou presque, où est le « progrès » dans tout cela ?

Aussi l'Amérique se fondra dans la civilisation planétaire, comme Rome s'est fondue dans le christianisme, et si ce que nous voyons à l'œuvre chaque jour est un signe doué d'une quelconque lisibilité, alors nul doute que le nihilisme qui se prépare fera paraître les nihilismes chrétiens ou modernes comme de doux euphémismes.

Les morales nihilistes ont conduit l'Europe à la dislocation politique et ethnique et au déclin économique et culturel. La grande menace pour le continent américain serait que les mêmes morales conduisent à sa dislocation religieuse et communautaire, puis au déclin économique et culturel.

Confondre science et technique, c'est se dire que le singe décrochant la banane de l'arbre avec son bâton est capable d'en tirer les lois de la gravitation universelle.

Dieu est l'alibi du Diable.
Nietzsche

Huit millions de globules rouges créés et détruits chaque seconde. Trois milliards de paires de nucléotides hautement mutables. Cent milliards de neurones affamés. Voir dans l'homme autre chose qu'une multitude biomachinique, affirmer un principe d'identité et d'unité de l'individu, voilà le mensonge. Un mensonge nécessaire pour la majorité desdits individus, et des civilisations, car seuls un « schizophrène » accompli et une civilisation encore à venir seraient en mesure d'affronter cette connaissance, c'est-à-dire d'en faire quelque chose.

Or, précisément les avancées scientifiques du siècle nous mettent chaque jour, nous tous, simples mortels, devant le spectacle médical et biologique de notre réalité. Vous pouvez désormais suivre une opération de chirurgie cardio-vasculaire en direct sur votre poste de télévision. Vous traquez les quasars avec le télescope spatial sur Internet. Vous envoyez un chèque au Téléthon pour financer le séquençage génétique de telle ou telle maladie immunitaire rarissime. La prolifération des connaissances scientifiques dans le délicat réseau capillaire de nos sociétés agit comme un puissant dissolvant, irriguant toutes les cellules individuelles, les atomisant devant l'insoutenable vérité. Aucune croyance un tant soi peu stable n'y résiste. D'où, comme à l'époque de Socrate, ou de la naissance du christianisme, une prolifération proportionnelle de croyances individuelles, ou sectaires, chacune cherchant à reconstruire l'idéal ancien de l'unité originelle de l'Homme et de la Nature. Jusqu'au meurtre. Jusqu'au suicide de masse. Jusqu'à l'anéantissement de la civilisation.

Mais l'homme du XXIe siècle ne pourra pas faire l'économie de cette connaissance. Il devient alors évident qu'il ne pourra pas, du même coup, faire l'économie de sa propre disparition, en tant que principe d'identité et d'unité.

L'homme du XXIe siècle sera face à une alternative cruciale : ou bien il conserve sa foi en un Idéal d'unité, d'identité et d'historicité, et chaque jour un peu plus les avancées triomphantes de la science lui apporteront les preuves du contraire, dissolvant en lui toute capacité critique, et le précipitant à chaque fois vers les abîmes d'un quelconque nihilisme de bazar, ou bien il devra se dissoudre en tant qu'utopie unitaire afin de mettre au jour le *biotope actif* que la science lui montre de sa manière implacable pour en faire une civilisation digne de ce nom, c'est-à-dire avant toute chose de l'art.

La venue de l'homme représente un bien plus grand cataclysme que l'astéroïde qui, il y a 65 millions d'années, a causé la disparition des dinosaures.

Cela ne l'empêche aucunement d'être à la merci d'un autre astéroïde. Et surtout de lui-même.

La forme « homme » est sans aucun doute reproductible à l'échelle de l'univers. Comme l'atome de carbone. Le tyrannosaure. Et comme le puceron.

*

Voir dans l'homme l'aboutissement d'un processus téléologique, c'est ne pas voir que *toute forme de vie est un aboutissement.* Mais ne voir en lui qu'un *incident fortuit* et non reproductible de la nature, c'est encore vouloir lui conserver son apparence d'unicité, d'identité. L'homme est un *artifice* du cosmos. Il est sa technologie. Il est un outil.

Pour quoi faire ? Pourquoi un tel outil ? Voilà la question qu'aucun homme de science ne veut encore se résoudre à affronter (et je ne parle pas des soi-disant philosophes) alors que c'est là que tant d'autres questions se résolvent.

On ne peut plus comprendre Dieu, c'est-à-dire les différents mythes humains concernant la création du monde et sa destination, en faisant abstraction des cerveaux humains qui les ont produits. Ce qui ne signifie pas, bien évidemment, que cette création n'est pas à l'œuvre, au contraire pourrait-on dire, puisqu'on voit cette machine critique qu'est le cerveau humain s'en emparer pour tenter de l'imiter.

C'est donc bien parce qu'Il n'existe pas qu'Il est nécessaire, et que l'homme L'invente.

Car il faut des nombres pour édifier des temples ou des cathédrales. Mais il faut aussi un Dieu. Et si possible un Dieu vivant.

Les religions ne sont donc pas des concepts, des formules idéales. Elles sont des instruments. Des instruments qui permettent à l'homme de créer

Dieu, de voir dans le monde un processus, avec une origine, et une fin, appliquant par analogie sur le cosmos sa propre humanité, elles sont le facteur primordial d'anthropomorphisme qui permet l'humanisation du monde.

Mais l'homme est désormais sans Dieu, à l'ère des bombes H, du clonage et des superaccélérateurs de particules, il affronte désormais un monde paradoxalement trop petit pour sa puissance, et trop grand pour ses ambitions.

L'homme a-t-il un but dans l'univers ? A-t-il un sens ? Vaines questions. Comme le savait Nietzsche là encore, tout le problème est, a toujours été : quels buts se donne-t-il ?

Ondes et corpuscules. La physique quantique est le moment crucial pour l'humanité où elle découvre que toute connaissance est une *production*, que connaître implique une transformation du champ même de l'expérience, transformation qui décide de telle ou telle *apparence*, de telle ou telle *apparition* du réel dans le champ de l'instrument.

Aucune connaissance totale n'est possible. Non pas à cause d'une limite conceptuelle, numérique, ou même logique. Mais à cause d'une limite phénoménale. Parce que *connaître nécessite l'action d'un connaissant*, c'est-à-dire d'un petit morceau du monde séparant un autre petit morceau du monde afin de s'en nourrir. La connaissance est nutrition, digestion, dissolution, transformation. Une connaissance totale équivaudrait au mieux à une indigestion cosmique.

Il faut bien s'entendre sur le mot « information » ; par définition, une *information, c'est ce qui change l'état* d'un quelconque phénomène, une tension électrique, une cellule vivante, un être humain. Une information permet à un chiffre binaire de changer d'état, de 0 devenir 1, parce qu'un chiffre binaire ne peut s'identifier qu'à ces deux états. Mais combien d'états, combien de possibilités recèle un être humain, lui-même producteur d'informations ? Combien d'états, combien de possibilités peuvent épuiser des milliards d'humains en interaction constante ? Où est la *logique* dans tout cela ?

Six, dix milliards d'hommes, multipliés par des trillions de cellules, 10 000 milliards de galaxies observables, 100 ou 150 milliards d'étoiles par galaxie, 10 puissance 43 degrés centigrades à l'instant T du big-bang, plusieurs quadrillions de tonnes d'hydrogène transformés chaque seconde en hélium dans notre petit Soleil par la grâce de la fusion thermonucléaire, 10 puissance 26 atomes répartis dans notre univers, 3 milliards de photons pour chaque atome, le monde fonctionne par saturation numérique, par une voluptueuse fête des nombres, une orgie, un excès, y voir une logique, une raison, un « sens » autre que cette démesure même, c'est penser que la chapelle Sixtine aurait pu être peinte au plafond d'une salle de bains.

La littérature (disons certains livres) est le seul mobile acceptable du langage.

*

Barthes, Lacan, Derrida et quelques autres auront sans le vouloir tué le Nouveau Roman (comme la Réforme aura tué la Renaissance), en permettant au roman bourgeois de l'après-guerre de se frotter à quelques concepts audacieux et excitants devenus fréquentables parce que venus de l'université, et mieux encore pour le bourgeois « éclairé » des années 60, venus des *marges contestataires de l'université*.

Le structuralisme aura ainsi servi d'alibi à *Tel Quel* pour tuer le Nouveau Roman, et rendre impossible l'émergence d'une littérature française digne de ce nom pendant trente ans.

Il n'est qu'à lire, ou relire, le texte fondateur de Robbe-Grillet (*Pour un nouveau roman*) datant de 1953 pour se rendre compte à quel point il témoignait d'un impératif plastique, d'une volonté désespérée de créer une nouvelle forme, et non d'un vulgaire débat conceptuel de salon sur la « textualité ».

*

Le problème du fascisme : comment faire des génies avec des idiots. Le problème du communisme : comment faire des idiots avec des génies.

Faire du roman le laboratoire d'une nouvelle morale implique, à l'inverse de ce que pensait Lénine, l'instauration préalable d'une nouvelle esthétique.

Nul événement sans doute plus cataclysmique

que l'avènement du christianisme. Et surtout pour nous autres, Européens.

Un millénaire entier passé à dissoudre les savoirs légués par l'Antiquité, y compris l'Antiquité judaïque. Jusqu'à ce que l'homme du monde médiéval soit tout entier persuadé de son unicité, de son identité avec la forme divine, à tel point que même les hommes de la Renaissance seront tout entiers pénétrés de l'idée qu'un continent qui n'a pas encore été foulé de leurs pieds est un monde qui n'a pas encore connu d'histoire, et qu'aucun pied d'homme véritable n'a encore foulé.

Or il semble bien que toute la protohistoire américaine soit en voie d'être réécrite. Il est d'usage en effet depuis un bon moment de considérer que la seule voie naturelle de migration vers l'Amérique ait été le détroit de Béring aux époques glaciaires, détroit maritime alors recouvert d'une solide banquise. Cette migration aux origines sibériennes se serait alors déployée sur tout le continent américain, de l'Alaska à la Terre de Feu, au fil de lents et longs mouvements s'étendant sur des millénaires. Il est d'usage, donc, de considérer cette population comme relativement homogène, et son histoire comme un développement progressif à partir d'une unique origine. L'arrivée des conquistadores espagnols est représentée dans notre inconscient collectif comme un cataclysme qui mit à bas des empires séculaires, alors que bien d'autres empires s'étaient effondrés avant leur arrivée.

Tout le monde saisit d'instinct la différence de civilisation existant entre ceux qu'on nomme aujourd'hui Amérindiens et les sociétés dites « précolombiennes ». Quel point commun entre les tribus semi-nomades des Grandes Plaines et les Aztèques et leurs pyramides ?

À peu près autant qu'entre les cavaliers mongols et les Byzantins, si ce n'est que ni les Sioux ni les Aztèques ne connaissaient l'usage du cheval avant l'arrivée des Européens.

Ils ignoraient l'usage du cheval, certes, mais les Centraméricains savaient construire des pyramides dédiées à une science astronomique sans pareille, s'appuyant sur des concepts mathématiques découverts mille ans avant Pythagore ou Thalès.

D'autre part, quiconque observe de façon froide et objective une statue olmèque, un empire centraméricain ayant disparu vers 1000 avant notre ère, sera frappé par l'évidence : il ne peut s'agir que d'un Africain. Et non d'un Asiatique aux origines sibériennes. D'autres œuvres d'art olmèques évoquent clairement un foisonnement de races, dont des individus indoeuropéens « caucasiens », vingt-cinq siècles avant la venue de Colomb dans les parages.

Aussi faut-il cesser de considérer l'histoire de l'Amérique avec la marque encore chaude des lunettes du christianisme, comme un effet de persistance rétinienne jouant sur notre lecture du monde, bien après leur disparition.

Il ne fait aucun doute selon moi que l'Amérique a été peuplée, et depuis fort longtemps, par des vagues d'immigrations successives, aux origines diverses, ayant occasionné sur ce continent une histoire aussi riche en événements que toute notre Antiquité. Sans doute des Énée ouest-africains ont-ils un jour abordé les côtes du Mexique et y ont-ils édifié l'Empire olmèque ; des Jason et des Ulysse venus du Pacifique ou d'Égypte ont-ils accosté au Pérou, et au Chili, comme sans doute des navigateurs chinois ;

des Celtes et des Vikings, dès le plus haut Moyen Âge, réitérèrent l'exploit sur les rivages que Colomb allait prendre près de mille ans plus tard pour les Indes. L'Amérique vierge et innocente, peuplée de bons ou de mauvais « sauvages » aux origines clairement identifiées, voilà de quoi rassurer les idéalistes occidentaux de tous acabits.

Et voilà pourquoi tout le génie des civilisations « précolombiennes » est passé sous silence : elles démontrent qu'il existe une autre « histoire », parallèle à notre histoire tronquée par vingt siècles de christianisme. Les Aztèques et les autres grands empires sud-américains ont sans doute commercé de loin en loin avec des civilisations d'outre-océan, et le peuplement de l'Amérique n'a pas suivi une voie unique jusqu'à l'arrivée des Européens, par contre quelque chose d'unique a été sciemment brûlé par les prêtres catholiques dès leur arrivée, comme autant de bibliothèques d'Alexandrie : les codex. Les « livres » mayas, aztèques ou incas. L'Église laissa aux rois d'Espagne le soin de s'emparer de l'or et de l'argent, sous forme de milliers d'œuvres d'art impérissables, afin que tout cela soit fondu en bonne monnaie espagnole que les jésuites ne dédaignaient pas d'accumuler eux aussi au demeurant. Mais les missionnaires de l'Inquisition furent implacables avec tout ce qui concernait le savoir accumulé par lesdites civilisations. Tout ce qui dérangeait la vision du monde catholique et romaine fut détruit sans autre forme de procès. Il est impossible d'imaginer TOUT ce qui a été détruit à jamais de cette façon. L'Église ne laissa des antiques savoirs américains que des squelettes monumentaux, pyramides vides de sens aujourd'hui colonisées par des hordes de touristes levant leurs mains vers le ciel au rythme d'un gentil organisateur local, financé par l'Unesco ou une autre bureaucratie parasitaire, en guise d'imitation pathétique des prodigieux rites solaires qui s'y déroulaient.

Personne n'a, je crois, idée de la perte pour l'humanité qui fut occasionnée en ces jours funestes.

Je suis pour ma part persuadé que les empires « précolombiens » étaient les dépositaires et, plus que cela encore, les héritiers, donc les acteurs vivants d'un élan civilisationnel multimillénaire remontant aux plus lointains confins de l'histoire, qui s'était brisé en Europe avec le nihilisme chrétien devenu pouvoir temporel, et qui avait entre-temps édifié en Amérique centrale, au Chili et au Pérou une civilisation scientifique et religieuse d'une très haute et très rare complexité.

C'est cet élan civilisationnel que ces civilisations partagent avec celles de l'Ancien Monde. Il est inutile de chercher une mythique « civilisation » perdue, source et origine des mêmes pyramides à Sumer, Gizeh et Mexico. Même si, comme je le pressens, cette civilisation originelle disparue *est tout à fait possible, elle n'est nullement nécessaire* pour expliquer l'identité apparente entre ces diverses civilisations. Elles furent toujours en contact les unes avec les autres, leurs savoirs se diffusaient, même s'il fallait des siècles ou des millénaires pour qu'ils franchissent les océans et les chaînes de montagnes.

Ce qui fut détruit au XVIe siècle par les prêtres chrétiens représente un savoir astronomique et mathématique sans pareil, édifié par les plus anciennes civilisations américaines mille ans avant les Grecs.

L'étude de la numérique spécifique aux grandes cités antiques américaines et la reconstitution par ordinateur des configurations astronomiques des époques les plus reculées conduisent un scientifique américain à rendre compte de plusieurs phénomènes essentiels, sous le bric-à-brac d'un idéalisme typique et une vaine recherche de la Civilisation perdue*.

Un grand élan civilisationnel semble surgir vers – 6000 avant notre ère, grâce à des sociétés concentrant toutes leurs forces dans l'accumulation de connaissances astronomiques et mathématiques. Des mégalithes de Stonehenge jusqu'aux pyramides sumériennes, mayas, égyptiennes ou aztèques, un seul et unique but, relayé sur des millénaires : la compréhension des lois de l'Univers grâce à la science des étoiles et des nombres.

Ce que ce scientifique met en évidence presque malgré lui, c'est que l'explication habituelle, l'essor de l'agriculture et ses nécessités comptables et prévisionnelles, ne suffit pas pour expliquer un tel facteur unificateur entre des civilisations aussi éloignées dans le temps et l'espace. Non, il faut en plus envisager que *la cause* ET *l'effet aient une seule et même origine*. Pour qu'une telle civilisation puisse surgir, il fallut sans doute qu'il s'agisse non seulement de peuples agricoles, comme à peu près tous les autres à la même période, mais surtout de peuples *navigateurs*. Ceux-là qui non seulement avaient un besoin critique, radical, de telles connaissances pour affronter les infinis espaces maritimes, mais qui étaient seuls en mesure de colporter ces mêmes connaissances d'un bout à l'autre de ce monde dont ils traçaient les limites.

* Vu sur The Learning Channel le 17 août 1998.

Toutes les grandes civilisations astronomiques sont nées de peuples agricoles, mais de peuples agricoles qui virent soudainement plus loin que la simple vallée où ils cultivaient le maïs, la courge ou le haricot. S'il est nécessaire en effet de bien connaître les variations du climat et des saisons pour cultiver son arpent de terre, et si l'on peut concevoir l'édification de grandes religions autour des mythes fertilisateurs agricoles, tout le monde comprend bien que le cultivateur du Roussillon, du Caucase, du Texas ou des anciennes vallées du Nil n'a nul besoin d'un tel luxe de *connaissances mathématiques* pour irriguer, ensemencer et moissonner sa terre.

Seuls en effet des peuples *navigateurs* ont un besoin vital de telles connaissances. Voilà sans doute pourquoi la plupart des grandes civilisations astronomiques primitives sont non seulement situées aux abords de fleuves, mais surtout à l'embouchure des mêmes fleuves dans l'océan, dans ces deltas où les eaux et la terre se confondent et permettent aux hommes de s'habituer à l'idée d'un monde constitué d'eau bien au-delà de l'horizon, avant de pouvoir s'y élancer, après avoir compris que la force de ces eaux deltaïques offre une rampe de lancement naturelle capable de conduire les embarcations de l'époque à des dizaines de kilomètres au milieu de la mer.

Les peuples navigateurs délaissent les déesses et les divinités fertilisatrices pour des dieux plus austères, et plus étranges, des dieux numériques situés dans le ciel, comme le soleil et la lune, les mêmes mythes fondamentaux des croyances agricoles classiques mais reconfigurés selon d'autres perspectives cosmogoniques, et aussi les étoiles, ce dont un cultivateur se fiche comme d'une guigne, et surtout l'ensemble des cycles cinétiques qui régissent la course de tous ces astres dans le ciel, ce dont il se fiche encore plus.

Les peuples qui commençaient à s'élancer à l'assaut des grandes étendues océaniques, tels les constructeurs de mégalithes du « pourtour protoceltique » de l'Europe, avaient peu à peu acquis un certain nombre de données fondamentales, comme le fait que sur une étendue sans aucun repère terrestre — l'océan —, les seuls repères sont dans le ciel, qu'il convient donc d'observer avec la même acuité et précision que le sol sur lequel on met habituellement le pied. Et l'on découvre soudainement la précession des équinoxes, le mouvement des étoiles, la présence de constellations, et des lois numériques infaillibles qui permettent l'édification de machines architecturales aussi imposantes que précises ; car il faut bien se pénétrer de l'idée que les mégalithes et les pyramides n'étaient pas initialement et avant toute chose des sites funéraires ou des temples dédiés à des divinités agricoles. C'est au cours des siècles de décadence du Bas-Empire que le savoir astronomique des Anciens fut oublié et que seul subsistèrent le rituel et le pouvoir des prêtres.

Comme les mégalithes, les pyramides sont une technologie. Une technologie primitive, certes, mais une technologie numérique, comme nos ordinateurs, et astronomique, comme nos télescopes. À l'époque où ces technologies « cybernétiques » apparaissent, elles assurent une suprématie presque sans limites aux peuples qui les développent. Il n'est donc pas étonnant que les pharaons aient voulu s'y faire emmurer pour un dernier voyage.

Lors du passage de la vie consciente vers la mort,

ce sont toutes les dimensions biochimiques de l'individu qui se consument dans une fulgurance d'informations, dont celles du code génétique tout entier, une procédure qui pourrait s'apparenter à un déstockage si le cerveau était un simple ordinateur, ce qu'à l'évidence il n'est pas. Car le cerveau n'a pas d'autre finalité que sa propre existence, puisque c'est lui qui précisément introduit la téléologie dans le continuum naturel. Le cerveau humain est donc un prodigieux luxe de la nature, car non seulement il faut des milliards de cellules nerveuses pour le constituer, mais ces milliards d'individus, constitués de milliards de neurones, produisent tout au plus quelques consciences éveillées dans l'espace des siècles et des générations.

Si le passage de la vie vers la mort s'apparente quelque peu aux phénomènes sensoriels rencontrés avec les hallucinogènes, on peut à juste titre se demander quelle *utilité* une telle débauche de connaissances biochimiques, immédiates, peut représenter, puisque pour le commun des mortels elle survient aux derniers instants de la vie cérébrale.

C'est que trop souvent notre perspective est inversée. Nous croyons que les formes supérieures de la vie apparaissent à cause d'un programme caché qui produirait naturellement cette forme supérieure de complexité, sans voir que cela nécessiterait une planification des possibles qui est bien évidemment impossible. C'est ce que Bergson saisit avec acuité lorsqu'il explique que c'est bien le réel qui rétroactivement crée les possibles parmi lesquels celui dont il est engendré. Le passé est une invention du cerveau humain, les animaux n'ont pas de passé, le temps lui-même est une invention du cerveau humain, le temps spatialisé, toujours selon Bergson, ce temps détaché de l'espace et reconstruit à son image. Les animaux et les végétaux n'ont probablement ni temps ni espace, pas selon notre sens usuel, ils sont des formes particulières d'un continuum en flux tendu de la vie vers la mort à travers les cycles de la prédation, ce qui n'empêche au demeurant nullement l'arbre d'agir comme s'il pensait, puisque la pensée humaine est capable de se projeter par analogie dans l'ensemble des processus vivants.

La vie ne suit donc pas les formules préétablies d'un quelconque programme, ou processus, elle est le programme, elle est le processus, et donc le processeur, elle s'invente au fur et à mesure, avec de très nombreuses erreurs, erreurs dont elle est bien obligée de tirer parti, et qui finalement produisent la réalité.

La réalité de la vie, c'est l'incroyable coexistence de toutes ses erreurs.

Le cerveau est une machine interface dont la vie se sert pour se connaître elle-même, c'est-à-dire se séparer du tout (con-naître, c'est séparer, comme les alchimistes eux-mêmes le savaient) dans une improvisation totale, comme par jeu, par luxe, par pur désir d'invention, et en prenant beaucoup de risques.

Voir dans l'esprit un phénomène isolé du corps, identifiable par sa seule émanation, voici une conception héritée de Socrate et du christianisme qui ne résistera plus bien longtemps aux investigations de la science, si ce n'est déjà fait.

Dans le cerveau humain il n'y a pas de différence ontologique entre matériel et logiciel. Connexions matérielles et élaborations logicielles forment une phénoménologie particulière qui englobe conscient, inconscient et métaconscient, c'est-à-dire l'ensemble des expériences sociobiologiques de l'individu. Ses connexions avec ses semblables. Avec lui-même. Ce qui, au sens propre, *in-forme* un individu, et va générer sa machinerie mentale ne dépend pas totalement de lui. C'est au prix d'un conflit paradoxal, à la fois nécessaire et ruineux, que l'individu acquiert une relative liberté, c'est-à-dire le moment, rare il est vrai, où il va se placer en travers de sa communauté, contre le courant « naturel », la famille, la patrie, telle ou telle idéologie, et tous les liens informatifs qui le constituent en tant qu'entité sociale instrumentalisée.

Ce moment-là est rare, car comme je le disais plus haut, notre perspective est trop souvent inversée. Les sociétés détestent le changement, c'est bien normal, puisqu'elles ont précisément comme fonction de conserver, elles sont les instruments privilégiés de la volonté de survie. Mais les productions humaines ne peuvent se concevoir sans la rupture et la mutation comme bases actives du processus. Des individus concentrent en eux ces tensions, comme les failles de subduction où les plaques tectoniques se dévorent l'une l'autre. Ces tensions particulières créeront des individus asociaux, car incapables de survivre dans l'ordre fonctionnel du *socius*, artistes, criminels, révolutionnaires, aventuriers, explorateurs, philosophes, prophètes, des hommes capables de dépenser toute leur énergie vitale pour un détroit ou un astre à explorer, les sous-sols d'une banque, une guerre perdue au bout du monde, la surface de la toile, la page blanche du roman, le silence qu'il faut remplir, un mur qu'il faut abattre, un Dieu à inventer.

On ne peut comprendre l'évolution particulière de l'humanité, son caractère fractal, cet éternel retour des choses qui paradoxalement produit le changement, sans se défaire une fois pour toutes des théories sociologiques modernes, marxistes ou non, qui toutes tentent désespérément de trouver des *lois historiques dans le mouvement des masses sociales.*

Elles ne voient pas que le mouvement des masses sociales ne leur a jamais appartenu, et qu'il repose de fait sur une poignée de programmes neurobiologiques dont sont dotés les cerveaux humains pour produire des machines techniques de plus en plus complexes.

Or l'élévation de complexité technique ne produit pas plus de sens que l'élévation de la température dans la casserole.

Seuls des individus particuliers parviennent à synthétiser en eux les multitudes de réalités dont l'humanité se constitue peu à peu afin de les utiliser dans leur but plastique propre, un but créateur/destructeur de formes. Dans l'art, les sciences, les religions, la politique, l'économie, dans tout ce que peut produire une civilisation, les seules directions qui sont données le sont par des individus ou microgroupes d'individus qui décident d'investir un champ de formes pour le modeler sur leur réalité, c'est-à-dire sur leur futur propre.

Pensez-y à chaque seconde de votre vie : vous êtes le résultat d'un grouillement darwinien de millions de spermatozoïdes, dont un seul, dans la plupart des cas, a survécu, lors d'un bref et violent condensé de la théorie de la sélection naturelle. Vous avez déjà un bon paquet de crimes sur la conscience lorsqu'on vous met au monde.

Trop souvent a-t-on coutume de considérer les peintures rupestres de Lascaux ou d'autres sites préhistoriques analogues comme les premières expressions artistiques de l'humanité. Il faut toujours rectifier cette imprécision, source de bien des erreurs : *ce sont les plus anciennes traces écrites qui nous soient parvenues*. Bien avant que des individus particuliers n'aient l'idée et la possibilité de dessiner au fond de leur caverne, les hommes avaient inventé le langage et traçaient sans doute des signes sur le sable. Ils inventèrent les premiers mots, les premiers mythes, transmis oralement de génération en génération, les premiers signes de communication, un poisson ou un arbre dessiné sur un peu de terre. Rien de tout cela n'a subsisté, mais la littérature était déjà là, comme l'ombre particulière de l'homme.

La littérature produit cet effet spécial miraculeux qui permet à des mots écrits de reproduire la pensée de l'auteur à l'intérieur du cerveau du lecteur. Personne n'a encore je crois vraiment saisi la portée de cette invention.

La différence entre la démocratie en Europe et en Amérique, ou si l'on préfère entre l'économie capitaliste de l'Ancien Monde et celle du Nouveau, réside en un fait tout simple, et crucial : le capitalisme représente l'aboutissement de la civilisation européenne, tout en posant les fondements de la civilisation américaine. Pour l'une la démocratie capitaliste industrielle est la ligne d'arrivée d'une longue course de deux mille ans, pour l'autre c'est la ligne de départ.

C'est pour cette raison que je me suis exilé en Amérique. Elle est le seul endroit sur cette Terre où *la démocratie puisse être dépassée*.

Que signifierait un tel dépassement si jamais il se produisait dans le courant du siècle prochain ?

Comment la démocratie peut-elle être surmontée ?

Voici les grandes questions politiques qui sont déjà sur la table d'opérations de l'histoire américaine.

Ceux qui pensent qu'un tel projet s'articule sur le retour fasciste à une machine despotique, sur le projet socialiste égalitaire, ou sur l'écologie new age, ne font jamais que camoufler leur sidérante incapacité à entrevoir le futur selon les lignes de forces qui se dégagent pourtant clairement du siècle qui s'achève : *les forces dans l'homme entrent en contact avec celles du dehors*, comme disait Deleuze. En collision, devrait-on dire. Le quatrième monde qui naît sous nos yeux, ce monde schizosphérique animant de nouvelles synthèses, sera donc l'héritier des trois machines sociales précédentes, la machine sauvage, la machine despotique, la machine-capital, et c'est en tant que tel qu'il en assumera la dissolution, ou en d'autres termes, *la sublimation*.

Ce qui m'intéresse au Québec, ce n'est pas ce que la France y a laissé comme influence, mais plutôt ce qu'elle y a perdu.

L'écrivain ne sait jamais si l'œuvre est faite. Ce qu'il a terminé en un livre, il le recommence ou le détruit en un autre.
Maurice Blanchot

Les crises économiques récentes, Russie, Asie, Brésil, sont, évidemment, expliquées par la gauche socialiste comme par la droite réactionnaire dans les mêmes termes : elles sont la preuve que le « libéralisme économique » *made in USA* ne « marche pas ». Gauche et droite françaises ne comprennent pas, une évidence de plus, que le prétendu « libéralisme économique » n'est qu'une fiction verbale recouvrant des réalités fort différentes au sein d'un même processus évolutionniste. Elles comprennent encore moins que les « crises » en question sont des ruptures métaboliques témoignant d'une adaptation darwinienne à un nouvel environnement. Et elles ne comprendront jamais que le capitalisme, comme sa consœur schizophrénie, intègre *ses propres dysfonctionnements comme partie de son fonctionnement même*, pour citer Deleuze à nouveau. Gauche socialiste et droite réac semblent à l'unisson une fois de plus pour précipiter la France et l'Europe tout entière dans le gouffre.

Personne n'oblige la France, et les Français, à adopter le mode de vie et les institutions des Nord-Américains. Personne, en effet, ne les oblige à affronter les technologies du futur, et une croissance économique annuelle de cinq ou six pour cent. Personne, et surtout pas moi, ne les oblige à survivre.

Je n'ai qu'un mot à dire concernant l'ex-Yougoslavie, disons deux ou trois :

Bombe H. Belgrade.
Rajoutez-y : Milosevic. Potence.

On ne peut prétendre au bonheur comme but suprême de la vie, et se plaindre de l'ennui d'une telle existence, une fois l'objectif réalisé.

Le bonheur est, au mieux, *un palliatif*.

*

9 février 1999. Viens de terminer *Les particules élémentaires* de Michel Houellebecq. J'en reste sans voix, pendant des jours je n'ai plus pu écrire quoi que ce soit. Pas même une liste de courses. Non seulement ce livre est doté d'une force structurale rarement atteinte auparavant dans la littérature française, mais son auteur vient selon moi de mettre en chantier une œuvre qui n'a pas fini de faire parler d'elle. Plus encore, il est vraisemblablement un des tout premiers auteurs français à comprendre un tant soi peu les délicats rapports qu'entretient l'homme avec ses productions les plus complexes, les sciences, et les plus secrètes, notre sexualité. Sans compter que son humour pince-sans-rire, parfois glacial, a souvent provoqué chez moi ce hoquet étrange et irrépressible qui est paraît-il le propre de notre humanité.

Bien sûr, je suis en total désaccord avec ses prédicats philosophiques, et, par conséquent, avec ses conclusions. Mais voilà enfin quelqu'un avec qui il va être foutrement intéressant d'être en désaccord.

Christian Monnin est en train d'achever une étude extrêmement pertinente sur le travail de Houellebecq dans *Les particules élémentaires*. Avec les épreuves de son texte, il m'a remis quelques-uns des ouvrages du même auteur que je n'avais pas encore lus. *Le sens du combat. Rester vivant. Interventions.*

Leur lecture amplifie en moi la certitude d'être devant un écrivain dont, c'est étrange, je partage nombre de points de vue — ses commentaires sur Prévert, par exemple, ou sa vision d'une France condamnée au déclin — mais pratiquement aucun des fondements philosophiques. L'étrangeté provient des sensations antinomiques de proximité et d'éloignement. Elle s'accentue parfois quand je tombe sur ce qui m'apparaît comme une contradiction récurrente dans son approche philosophique, ou morale si l'on préfère. Par exemple, comment faire l'éloge de la « bonté » (au sens chrétien du terme, donc selon les normes de l'esclave), et cela *contre* la suprématie du talent et de l'intelligence — dixit —, comment faire l'éloge de la bonté, donc, et dans le même temps s'en prendre ainsi à la niaiserie « libertaire » de Prévert ?

D'ailleurs, qu'il eût été un imbécile, soit, mais Prévert était-il même *libertaire* ? Mes propres souvenirs d'enfance, synchroniques à ceux de Houellebecq sur bien des points, me feraient douter de la chose, en tout cas c'était un « libertaire » en odeur de sainteté dans les patronages communistes.

Comment peut-on dire que le monde est gouverné par un « nietzschéisme bas de gamme », alors que la floraison des sectarismes religieux postchrétiens et cryptobouddhistes nous montre à l'évidence le contraire ? Alors que désormais la seule politique militaire de l'Occident est celle des missions humanitaires ? C'est bien la vision nihiliste de Schopenhauer qui paradoxalement est en train de s'imposer, en dépit des avancées sociotechniques du « libéralisme », *à cause*, devrais-je dire, de ses avancées sociotechniques, car cette vision représente bien l'inévitable réaction nihiliste que produit tout mouvement de civilisation, comme celui que nous sommes en train de vivre.

Convenons-en néanmoins, ce nihilisme est à Schopenhauer ce que le fascisme est à Nietzsche, une vulgaire mascarade.

Les civilisations nouvelles sont toujours apparues barbares à celles qu'elles étaient en train de lentement supplanter. Morale des maîtres contre morale des esclaves, Nietzsche a parfaitement disséqué ce type de dynamiques productives et de renversements de valeurs. Ce n'est pas le libéralisme économique qui a tué Dieu. Il était mort bien avant ça. La fantastique régression culturelle, sociale et technique qu'a imposée le christianisme pendant plus de mille ans n'avait fait que valider le désastre : l'instauration d'un Dieu mort sur la croix comme principe fondateur.

L'économie générale du monde comme processus schizophrénique nous apprend alors une chose : le libéralisme capitaliste démocratique dissout les structures des anciennes formes, momifiées dans nos inconscients et nos mémoires génétiques. Il est la phase transitoire de darwinisme absolu qui prépare le futur. Celui qui verra la création d'une nouvelle forme, ni homme ni Dieu, et sans doute bien plus et bien moins tout à la fois et « dont on peut espérer en effet — pour reprendre une fois encore

Deleuze et Guattari — qu'elle ne soit pas pire que les deux précédentes ».

Quoiqu'on me permette d'en douter.

*

Comment voir dans le marxisme et ses divers avatars — léninistes ou non — un quelconque « matérialisme », sorte de double inverti du libéralisme ?

Karl Marx se vantait d'avoir remis la dialectique hégélienne sur ses pieds, en lui faisant opérer un demi-tour sur elle-même. Il y a fort à parier que le robuste philosophe n'a pas bien jaugé la force par lui appliquée, et que la dialectique hégélienne en question a fait *un tour complet* sur elle-même, revenant peu ou prou à sa position initiale.

Mais même dans le cas contraire, une dialectique restaurée selon la prééminence du « matérialisme historique », tout le monde voit bien aujourd'hui l'impossibilité ontologique d'un tel programme : invertie ou non, la dialectique néoplatonicienne ne conduit qu'à l'impasse nihiliste.

Dans plusieurs interviews, Houellebecq montre que sa pensée est vivante, donc contradictoire, voire paradoxale. En même temps qu'il déploie tous ses efforts pour trouver « une articulation plus morne et plus plate » à sa narration, il semble faire face franchement à la problématique que ce type de production soulève depuis ses origines (il cite lui-même le style Minuit en guise de cliché référentiel).

L'évacuation du tragique, de la mort, du crime, du pouvoir, et donc des collisions dramatiques d'événements. Et je ne parle pas des catastrophes sociotechniques désormais constantes qui rythment l'histoire de l'humanité, d'Hiroshima à Tchernobyl, de Minimata au Y2K. Toute introduction d'un élément dramatique dans la construction romanesque est depuis longtemps vue d'un très mauvais œil en France. À croire que personne ne meurt jamais, en effet, lorsqu'on lit cette littérature. Que personne ne tue, ne baise ni ne déclenche de cataclysmes, théoriques ou physiques. Tout au plus y parle-t-on de soi, ou de ses aventures au supermarché dans la ville de Meaux, ou bien sur les canaux de Venise. C'est à croire en effet que l'homme a disparu de la surface du monde.

C'est peut-être bien le cas après tout.

Alors mieux vaudrait parler de la vie des virus ou de la tectonique des plaques. Ou faire comme Clifford Simak dans *Demain les chiens*, et James Ballard dans *Vermillion Sands* ou *Appareil volant à basse altitude*, en évoquant le souvenir d'une espèce disparue ou en voie de l'être.

Ce que je partage peut-être de plus profond avec Houellebecq : comprendre la littérature comme un programme de survie.

Le problème principal du suicide, c'est que ce sont rarement les « bonnes » personnes qui le commettent.

Ni la liberté, ni l'égalité, ni la fraternité ne sont accessibles aux *masses*.

L'erreur me semble-t-il fondamentale des sciences actuelles du cerveau : croire que les connaissances acquises se stockent quelque part dans nos réseaux de neurones. La connaissance est un processus bien plus complexe, et bien plus dangereux, toute élévation de connaissance dans la machine quantique qu'est le cerveau humain produit son lot de conséquences thermodynamiques inévitables, pour faire bref : la connaissance *ne peut pas se stocker* dans les réseaux de neurones, elle les détruit, les dévore, les transmute. C'est donc en creux, en négatif, que la connaissance s'engramme dans le cerveau, les réseaux de neurones que nous croyons constitutifs d'une *mémoire spécifique de l'événement* ne font en fait que reproduire le processus de digestion et de destruction qui a accompagné l'encodage de la connaissance en question dans le système nerveux central.

Staline, poète séminariste foireux et mégalomane paranoïaque. Hitler, artiste peintre raté et mégalomane hystérique. Les deux grandes figures politiques de l'Europe du XXe siècle. On finit par se dire que l'euthanasie devrait surtout être accordée aux civilisations.

Dieu est la plus belle erreur que l'homme ait jamais faite.

Ces pauvres idiots qui pensent que *croire* en Dieu est encore une manière pertinente de L'honorer, alors qu'on se rapproche bien plus de Sa lumière en osant *douter* de Lui.

Il est vrai que les religions sont des machines à brider les pouvoirs du genre humain. Il est vrai que ces corsets sont parfois, si ce n'est souvent, nécessaires. Il est vrai que les corsets de l'ancienne foi n'ont pu résister aux chocs successifs que la

Connaissance lui porte, du cœur même de l'homme. Il est vrai que cela signifie sûrement que de nouveaux corsets s'imposent. Mais il est vrai aussi que cela signifie que plus rien désormais ne peut venir brider les pouvoirs du genre humain. Cette nouvelle forme, ce posthumain qui déjà se détache de sa souche d'origine devra s'inventer une manière *spécifique* (c'est bien l'adjectif adéquat pour une fois), une manière qui lui soit propre de canaliser cette formidable expansion de vie et d'information que lui-même représente. Une manière. Un style. Une esthétique. Une morale. Une politique. Une religion. Un dieu.

Les machines sont des êtres vivants, non pas parce qu'elles seraient faites à notre image, mais parce qu'elles sont autant, et aussi peu, autonomes que nous le sommes.

Notre constructivisme romanesque n'a pas pour but d'évacuer sentiments, sensations et émotions, mais d'en faire des pièces spécifiques de nos machines littéraires. Le sentiment n'a d'intérêt que s'il sait faire face honnêtement à son anéantissement dans l'action. La sensation si elle sait assumer son manque total de pertinence. Les émotions si elles laissent découvrir leur signature neurophysiologique.

Les écrivains visionnaires du XXe siècle ont créé de toutes pièces le mythe de l'homme dans l'espace, et ce mythe a pris forme dans la réalité humaine en projetant l'homme au-delà de lui-même, dans le monde macroscopique.

Désormais, les écrivains visionnaires du XXIe siècle devront accomplir pour les mondes microscopiques, et surtout « neuroscopiques », le même travail de création de mythes, et donc de production de réalité.

À terme, le processus évolutionniste des machines de troisième espèce conduira à l'intégration poussée des puces électroniques et des systèmes nerveux, à tel point que les différences stables et univoques entre les deux genres s'estomperont, et que des nanocomposants informatiques épouseront la structure et le fonctionnement des cellules nerveuses, tandis que les neurones cérébraux, activés par des pharmacopées de pointe et/ou des manipulations transgéniques, pourront agir temporairement comme de vulgaires mémoires DRAM.

Tout ce qui a une valeur est mortel. C'est pour cela que l'immortalité n'a pas de prix. Elle est sans valeur, ou plutôt les contient toutes, pour les annihiler.

Il faut d'urgence reconsidérer la solitude de l'artiste avec de nouvelles formes, une nouvelle esthétique, de nouvelles instrumentations au service d'une très vieille idée : la gracile tour d'ivoire romantique n'a pas résisté bien longtemps au bulldozer industriel, les tentatives d'utopies artistiques collectives montrent vite leurs limites dans un monde basé sur la libre concurrence des utopies au sein d'un marché transnational de l'art. Qu'est-ce donc que cette nouvelle forme ? Imaginez-la d'abord comme une construction inachevée, encore en gestation, faite de bric et de broc, et se définissant moins par ce qu'elle est que par ce qu'elle n'est pas, ou pas encore.

Essayons d'aller plus loin, tâchons de décrire ce phénomène selon des critères positifs, néguentropiques, humains pour tout dire. Imaginons d'abord un phénomène mobile, un voyageur, un navigateur, un homme (ou une femme) fait pour les cartes, les étoiles et la haute mer. Un homme/femme prêt pour l'infini, une créature désireuse de trouver de nouvelles terres, d'inventer des morales neuves, de faire surgir des plastiques inédites et de préparer le passage vers ce qui se sépare de nous, sans rémission, comme les enfants d'avec leurs parents. Imaginons ensuite un correspondant de guerre téléscriptant son rapport quotidien au milieu des décombres encore fumants d'un bombardement. Imaginons aussi le scientifique penché sur l'œilleton ou l'écran de son appareil, microscope, accélérateur de particules, radiotélescope... Imaginons encore, tâchons de voir au plus près, approchons-nous de cette nouvelle forme, approchons-nous de cette genèse, de cette anthropologie appliquée. Voyons l'homme du futur surgir de l'inattendu, de l'improbable, de la rencontre explosive et rare entre des conspirations avortées et des puissances qui s'ignorent, voyons son agent créateur de forme, l'art, la littérature, devenir sujet de sa propre histoire, se donner à voir et à entendre, à lire, comme une machinerie singulière qui mettrait en contact, au plus profond de nous, le processus métaphysique à l'œuvre dans l'homme et ses productions avec l'ensemble des forces démoniques de la nature, comme le processus paradoxal de la vie même, ce *surplis* dont parlait Deleuze, ce retournement de la vie sur elle-même, contre elle-même devrait-on dire, et dont les fondements les plus intimes, la double hélice du code génétique, apparaissent en tant que modélisation structurale : pliée, repliée, surpliée, hyperpliée sur soi, codex sauvage avalant la chair du monde pour la consumer dans le luxe de la pure beauté, de la pure cruauté, matrice-processeur de tous les possibles.

Aucun art n'est possible sans cruauté.

Donner à la littérature de l'an 2000 une violente électrification. La penser en termes de giga-électron-volts par seconde, une décharge de particules lancées à la vitesse de la lumière sur quelque matériau sensible, et capter, comme au Cern, ou au Fermilab, des créatures quantiques inconnues, biotopes infinitésimaux dont l'existence elle-même est sujette à caution.

Faire de nos livres des laboratoires dangereux, où s'élaboreraient de nouvelles synthèses, essais-romans-virus décodant le champ même de la littérature pour y injecter de nouvelles combinaisons génétiques, donnant naissance à des créations transgéniques dont on peut espérer qu'elles ne subiront pas le même sort que les OGM et les clones.

Dans le cycle terminal de la marchandise, tout produit bien pensé du département marketing, c'est-à-dire des écrivains eux-mêmes, se doit d'être *authentique*.

En lieu et place de cette prétendue « réalité authentique », nous proposons dès maintenant les processus mis à nu du cortex-neuromachine, généalogie des simulacres, armes virales-verbales modelant le réel dans le crâne-cible du lecteur, guerre du Golfe mentale, brouillage-guérilla esthétique et métaphysique, machines artificielles portées au point le plus haut, et le plus destructeur, donc éminemment humaines.

De plus en plus, rien ne sera stable, univoque et donné une fois pour toutes. Les fluctuations économiques épouseront peu ou prou les rythmes fracassants de la biosphère et de la technoscience. De grandes corporations, de nouveaux empires s'éveilleront, mais leur survie s'avérera de moins en moins assurée, y compris à court terme, tant les mutations dont ils/elles sont les principaux vecteurs de masse mineront leurs propres édifices, proposant à chaque fois plus vite un nouveau biotope mutant de machines économiques en concurrence.

Pis, ou mieux, si vous préférez, les synthèses biomécaniques, les masses critiques de connaissance, les logiciels stratégiques du futur, tout ce que vous voulez, tout cela pourra être combiné au sein d'un seul et même individu, qui représentera alors le plus grand danger pour les sociétés qui l'auront engendré.

Aussi, ce qui était vrai pour l'individu dans la société des mass media électroniques de la seconde moitié du XXe siècle, et que Warhol avait résumé de sa célèbre et lapidaire formule : — aujourd'hui tout le monde peut être une star pendant quinze secondes —, risque de s'appliquer à la société des mass media biocybernétiques de la première moitié du XXIe siècle : dans le futur n'importe qui pourra être maître du monde pendant quinze minutes.

Une connaissance sans danger est comme une éducation sans douleur. Elle ne vous apprend rien.

Montréal, le 1er mars 1999

Printemps 1999

Arrivée à Paris-Charles-de-Gaulle le 23 mars 1999, le jour même du feu vert donné à l'Otan pour lancer la campagne de bombardements sur la Yougoslavie de Milosevic. Il y a des hasards qui valent leur pesant de missiles.

C'est l'Europe fédérale *ou* la Yougoslavie. L'Otan *ou* Milosevic. Les tenants d'un « troisième terme » sont bien les mêmes qui pensaient que la « Paix » valait qu'on négocie avec Hitler, et les mêmes qui de tout temps ont œuvré contre l'unification politique du continent. L'Eurofédération est la seule configuration susceptible d'assurer le saut quantique nécessaire à ce que l'ensemble de ces vieilles nations usées par quinze siècles de divisions depuis la chute de Rome atteigne la masse critique pour en faire quelque chose au XXIe siècle. L'autre issue, c'est le déclin nationaliste, et à court terme régionaliste, avec une intensification des forces centrifuges et des conflits inter-ethniques. Les États-nations d'Europe ont le choix entre la dissolution vers plus de puissance — la Fédération — et la dissolution vers l'effondrement ethno-autarcique : Zéropa-Land.

Hier, un avion de l'Otan a bombardé par erreur une colonne de réfugiés kosovars, le bilan est lourd, au moins 75 morts selon les Serbes, qui montrent avec complaisance les images du désastre à la télévision d'État. Simultanément les bêlements pacifistes s'élèvent avec vigueur pour demander à nouveau l'arrêt des bombardements. Un simple sondage sur le terrain montre pourtant que TOUS les Kosovars désirent la poursuite des opérations, et qu'ils excusent sans peine l'Otan de cette funeste bavure. Si, en pleine Seconde Guerre mondiale, l'aviation alliée avait pu venir en aide au ghetto de Varsovie en pilonnant les positions allemandes autour de la ville, et que des bombes anglo-américaines avaient frappé par erreur des cibles civiles juives, la pièce se serait jouée de la même manière, le nouveau casting quant à lui s'illustre dans les colonnes de *Marianne*, de *Minute*, de *L'Humanité*, des *Inrocks* et du *Monde diplomatique*, c'est même, reconnaissons-le, une simple évidence, triste, et au final d'une banalité affligeante.

23 avril. Back to Montréal. Dans l'avion qui traverse l'Atlantique, j'éprouve un sentiment de soulagement et de culpabilité mêlés, comme si je quittais pour de bon un navire en plein naufrage.

Cinquième semaine de bombardements. Suis de retour depuis quelques jours au Québec. Les néomunichois, de part et d'autre de l'Atlantique, ne cessent de dénoncer l'inopérance des raids aériens de l'Otan ; comme Milosevic et son quarteron de généraux, et sans doute bien plus encore, ils croient dur comme fer à l'invincibilité de l'armée yougoslave.

Quiconque connaît les dégâts occasionnés par un chapelet de *Fuel Air Explosives* (FAE) ou de roquettes longue distance à sous-munitions sait pourtant à quel point ils n'ont encore rien vu. Mais c'est vrai qu'ils ne croient même pas aux accomplissements les plus triviaux de leur civilisation. Ils ne se souviennent pas qu'une poignée de conquistadores armés de fusils à poudre noire a fait tomber des empires séculaires, gardés par des milliers de flèches aux pointes d'obsidienne. Ils n'ont rien appris de plus des guerres du XXe siècle, leur mémoire semble n'avoir rien enregistré des ondes de choc presque jumelles survenues au mois d'août 45, quelque part au Japon.

S'ils avaient une once de talent, ils pourraient essayer d'imaginer ce qui se passe dans une colonne de chars entièrement dévastée par une salve de FAE, ces « bombes à neutrons du pauvre », comme les ont tranquillement surnommées les officiers supérieurs du Pentagone chargés de leur mise au point : l'effet de souffle provoqué par leur onde de choc est tel qu'il dépressurise littéralement tout dans son rayon d'action, bunker ensablé ou enterré, char soviétique, yougoslave ou autre, à quoi il faut ajouter la vague thermique qui le précède d'une fraction de seconde, et qui peut provoquer la fusion des blindages et l'ébullition quasi immédiate du sang humain. Pendant ce temps quelques volées de roquettes à très long rayon d'action, contenant chacune de 650 à 950 sous-munitions antipersonnel, auront nettoyé la « zone de contact » de toute « force d'infanterie combattante ». Les fantassins de l'Otan pourront alors marcher dans une lande calcinée peuplée de cadavres et de structures métalliques, comme des fantômes traversant le dernier cercle de l'Enfer.

29 avril. L'édifice politique yougoslave commence à imploser. Draskovic, le Rudolf Hess serbe, quitte le navire juste avant le naufrage, le nombre des réfugiés dans les camps frontaliers frôle le million, auquel il faut rajouter l'autre million de « réfugiés de l'intérieur » et les milliers de victimes de l'épuration ethnique, d'ores et déjà « disparues », c'est-à-dire couchées dans la terre des fosses communes qu'elles ont elles-mêmes creusées, avant le coup de grâce, rectangles luminescents que les satellites américains détectent depuis les froids espaces orbitaux, simples formes géométriques parsemées sur la carte infrarouge.

2 mai 1999. Jour 40. Nouvelle bavure de l'Otan : 60 morts dans le bombardement d'un pont aux environs de Pristina. Cette fois les civils touchés sont serbes. Simple équilibre immanent des statistiques militaires. Les tchetniks et leurs supporters pleurent devant les caméras et appellent une nouvelle fois à l'arrêt des raids aériens. N'y a-t-il vraiment aucun moyen de bombarder au passage la place du Colonel-Fabien et le domicile du « chanteur » Renaud ?

Kollabos made in USA : dans l'Amérique de 1999, il se trouve toujours quelques vieux baby-boomers pour endosser le rôle de porteurs d'eau de Milosevic. Le dénommé John MacLaughlin est de ceux-là. Cette vieille bique, columnist sur PBS, ne cesse de comparer l'opération de l'Otan aux premières heures de la guerre du Viêt Nam. Cette pauvre cucurbitacée de serre télévisuelle, richement nourrie de Grateful Dead et de corn flakes, tremble de rage devant la mise en place d'une Europe militaire et politique et le soutien indéfectible apporté par le gouvernement US à l'entreprise. De sa voix de tribun castriste, MacLaughlin somme ses invités de répondre aux salves de ses questions : OUI OU NON, GODDAM, Y A-T-IL UN *RISQUE* DE VOIR S'ÉTENDRE L'EMPIRE DE L'OTAN ? Un *risque* ?! Comme nos propres décadents nihilistes, ces quinquagénaires vouent un culte secret à tout ce qui est profondément anti-occidental, et refusent d'entendre les voix qui montent de mon trop vieux continent, ces voix surgies des ombres les plus noires de notre passé, y compris le plus récent, ces voix qui crient justice, et qui appellent à la destruction totale et irrémédiable de la Yougoslavie néocommuniste de Milosevic et de ses sbires.

Delenda est Beograd.

Trois mots pourraient suffire à *construire* une civilisation.

*

La seule issue honorable pour les Serbes, c'est de s'occuper eux-mêmes de Milosevic et de sa clique. Qu'ils le pendent donc à un réverbère, comme les Italiens avec le Duce.

Les bonnes âmes charitables, de droite ou de gauche, qui se gaussent ou s'outragent de la « guerre Nintendo » à laquelle se livre l'aviation alliée, et qui ne comprennent pas que la puissance technique s'élabore précisément sur cette mise à distance de l'autre, de l'ennemi : distanciation, médiatisation sémantique, spatiale, tactique et stratégique ; tout l'art de la guerre depuis ses origines repose pourtant sur la recherche obstinée de tels abîmes.

Nous avons constamment le choix : rester fidèle à soi-même et trahir les autres, ou rester fidèle aux autres et, inévitablement, fomenter sa propre trahison.

Ne pas exiger des autres une liberté qui les consumerait à jamais. Ne pas demander à soi-même des contraintes inutiles, c'est-à-dire dépassées par celles du moment.

Prochain choc métaphysique : nous ne sommes pas seuls. Pire, l'humain est un pithécanthrope. Pire encore, non seulement son existence n'est pas unique, mais elle est statistiquement répétable dans une matrice évolutionniste de type biosphère Terre. Cela signifie que non seulement il existe des millions d'autres formes de vie dans l'univers proche (notre galaxie et ses consœurs les plus voisines) mais que d'autres humanités plus ou moins analogues à la nôtre ont déjà vu le jour, ailleurs, se sont développées, ont migré, muté, puis se sont éteintes. Qu'on saisisse alors la question cachée, immanente, effrayante : y a-t-il une forme Jésus-Christ, ou Bouddha, une forme Gandhi, ou Caligula, une forme Torquemada ou une forme Einstein, une forme Adolf Hitler, Howard Hughes, ou Bill Gates, qui soient elles aussi statistiquement « répétables » à l'échelle de l'univers ? Cela procède-t-il d'une transcendance située au-delà du monde physique et humain, cela est-il forcément impossible ou cela constitue-t-il au contraire une tendance lourde de l'espèce ? Ce surgissement d'individus cataclysmiques créateurs de religions et d'histoire, facteurs paradoxaux conditionnant la vie des hommes sur des décennies, des siècles, parfois des millénaires, souvent contre leur volonté, exigeant d'eux sacrifices constants et souffrances illimitées, pour des alignements de pierres, des pyramides, des cathédrales, des centrales atomiques, des mégapoles entières dévouées aux divinités de l'autostrade, du cinéma ou du silicium, ce surgissement d'individus proprement a-sociaux (lorsqu'ils paraissent encore des serviteurs dévoués du système politico-économique en place à leur époque, c'est qu'ils cachent d'autant mieux l'instrumentalisation des pouvoirs à laquelle ils procèdent), à proprement parler *dangereux pour l'ordre social,* ce surgissement inattendu, et pour le dire franchement, inespéré, de formes cataclysmiques peut-il être jugé en toute objectivité comme une défaillance anecdotique du chorus humain ? N'est-il pas temps, à l'aube de notre expansion dans cet univers proche, de nous pencher sérieusement sur la typologie psychologique de tels personnages, d'aller y chercher des tunnels secrets qui les relieraient comme par-dessous l'espace-temps historique et chronologique auquel nous sommes habitués, dans une sorte de subespace psychologique et biopolitique ? Hitler lui-même est une de ces formes psychologiques. Une de ces antiformes. Leur généalogie reste à faire. Y a-t-il une authentique spécificité du nazisme, comme le pensent beaucoup, ou au contraire devons-nous, comme je le pressens, affronter son universalité, tels certains processus physicochimiques, répétables eux aussi, avec d'infimes et infinies variations, à l'échelle de l'univers ?

Le nazisme, c'est le surgissement inattendu, et

parfaitement suicidaire, de *la pulsion de vie d'une nation dans un cadre entièrement dominé par les pulsions de mort*. Quand il ne reste plus rien pour une nation historiquement en devenir que le devenir fasciste, celle-ci s'en empare comme du jouet diabolique qui lui servira à effacer le souvenir douloureux de sa disparition et de son humiliation. Prenez les termes Première Guerre mondiale, traité de Versailles, République de Weimar, Dépression de 1929, révolution bolchevique de 17, révolution fasciste de 22, placez tout cela dans le cadre plus général du capital marchand technique et industriel du début du XXe siècle, ajoutez-y la figure psychologique propre d'un Hitler, son terrifiant isomorphisme avec la structure mentale collective de l'Allemagne, et plus encore avec sa fatale dynamique, et vous venez d'élaborer un des plus fulgurants composés de l'histoire des hommes, dans un seul homme, un seul peuple, un seul rêve d'empire.

Il faut bien l'eau de deux océans pour venir à bout de l'incendie.

Étrange Amérique. Aux confluents d'un républicanisme romanophile, franc-maçon et rationaliste et du plus pur puritanisme calviniste modèle anglo-écossais, l'Amérique réalise la stase métahistorique et métaphysique de l'économie totalitaire de troisième type, démocratie fédérée et même plus vraiment unitaire, expérimentations sociales, religieuses et technoscientifiques concurrentielles et paradoxales, dérives sauvages et meurtrières comme pulsions « berserk* » demandant leur consommation immédiate — le crime est désormais une des figures

* Équivalent germanique de la furie meurtrière amok.

récurrentes du cycle de la marchandise-spectacle —, ce capitalisme de troisième espèce basé sur le contrôle des flux et non plus des territoires, sur cette étrange et très efficiente union du droit et de la machine dénoncée avec moult trémolos « républicains » par notre Régis Debray national, provoque dans le même temps sa mise en péril immédiate, qu'il génère avec d'autant plus d'énergie qu'il s'en nourrit avec une avidité croissante. Le capitalisme mutant élabore ainsi ses propres métastases, dont il fait la plate-forme générique de ses futures expansions. Le capitalisme mutant produit ainsi *une figure totalitaire inverse de celle du nazisme*, cette fois c'est la pulsion de mort qui s'exprime sans limites au travers des flux vitaux amphétaminés de la nouvelle biosphère technosociale dont il est le créateur.

Pourquoi cette pulsion de mort s'exprime-t-elle avec autant de visibilité dans la civilisation américaine d'aujourd'hui ? Pour plusieurs raisons coexistantes, me semble-t-il.

La première pourrait être que précisément l'Amérique n'est pas une civilisation. Qu'elle n'est *pas encore* une civilisation, elle n'est encore qu'une civilisation en devenir. La seconde, c'est que si toute civilisation naît d'un acte artistique (le cinéma américain est vraisemblablement cet acte de naissance, dès les années 1910), il reste désormais à la société américaine à traduire cet acte de naissance dans un projet politique et métaphysique qui satisfasse aux conditions nouvelles que son expansion économique et stratégique actuelle est en train de créer. Qu'on ne se méprenne pas : le projet impérial-mondial américain reste à réaliser. Et c'est précisément le moment où les forces de réaction nihilistes semblent s'être mises en mouvement, au cœur même de la machine de domination et d'aliénation de la marchandise. Ces réactions sont le symptôme de l'avancement du système, de sa décomposition fructueuse et de la fantastique vitesse de libération qui projette l'homme dans des dimensions qu'il n'a pas encore cartographiées.

Les jeunes Blancs mystico-nazis de Littleton, Colorado, ont été piégés dans un dédale de représentations et de codes psychiques contradictoires que seule la réaction nihiliste vaguement organisée par leur système mental pouvait contrebalancer avec une toute relative efficience. L'acte magique, *immédiat*, du meurtre de masse rituel est éminemment politique dans le cadre d'une civilisation qui se construit sur l'exploitation hypermédiatique des désirs et leur consomption immédiate dans le grand marché de l'information et de l'émotion. Mais cet acte politique ne s'actualise jamais que dans la microseconde, intime, secrète et éphémère de l'expérience meurtrière, il reste opaque, et à vrai dire invisible, illisible et sans portée autre que sa glaciation immédiate dans le flux sans fin de l'*infotainment*.

Il est sans doute remarquable que les maillons les plus faibles de la grande recomposition biopolitique en jeu actuellement se situent presque toujours au sein de la classe moyenne/aisée blanche et soient issus de familles américaines représentant la génération du baby-boom. Les pacifiques hippies des sixties engendrant les néonazis suicidaires de l'an 2000, cette tératologie du nihilisme contemporain peut être considérée comme un chef-d'œuvre, sans doute involontaire, de l'humour noir.

Les Grecs furent incapables de poursuivre l'œuvre

d'Homère dans la réalité politique de l'Antiquité qu'ils contribuèrent pourtant grandement à construire. Le concept de *nation hellène* resta un de ces mots creux proférés par les démagogues et les orateurs bavards qui ne cessèrent de dresser les cités-États les unes contre les autres, firent trébucher la démocratie athénienne sur les premiers gros obstacles qui se présentaient et, après la fin prématurée du rêve alexandrin, ne purent rien faire d'autre que livrer leur pays aux Romains, bien plus sûrs et bien plus mûrs sur le plan des ambitions politiques. Les Grecs exprimèrent leur génie créateur par une culture à la haute ambition, créer plastiquement un modèle humain, et par une réalisation artistique et philosophique inégalée, mais sans parvenir à (en fait sans daigner) les traduire dans un véritable projet politique. Pour les Grecs, inventeurs de la *politika*, celle-ci était ontologiquement l'affaire de la Cité, de la *Polis*, comme nos démocraties européennes semblent ontologiquement liées à l'État-nation.

Ce scénario ressemble ainsi à ce que l'Europe a vécu vis-à-vis de l'Amérique au XXe siècle, le vieux continent jouant le rôle de la Grèce artistique et divisée du Ve siècle avant J.-C. et les USA celui de la Rome républicaine et militaire qui allait l'occuper deux siècles plus tard. Si Alexandre avait lancé ses phalanges macédoniennes et la flotte grecque vers l'Occident, vers les Balkans et l'Italie, le choc entre ses armées et les légions romaines aurait produit le plus grand cataclysme historique de l'Antiquité, et nul ne peut savoir ce qui en aurait surgi, mais certainement pas le monde tel que nous le connaissons. Si l'Europe des nations était définitivement morte dans les décombres de Berlin (elle fut maintenue en vie sous perfusion communiste à l'Est et sous perfusion sociale-démocrate à l'Ouest pendant environ un demi-siècle de plus, un demi-siècle de trop), une Europe fédérale aurait surgi du désastre, et avec elle un pôle de prospérité et de puissance qui aurait changé la face du monde, et éviterait aux Balkans la mise en place d'un protectorat américain désormais inévitable.

En ces temps accomplis où les expériences passées éclairent chacune une vérité secrètement à l'œuvre depuis toujours, comme en état de suspension hibernatif aux limites de la conscience et du théâtre usuel de l'histoire, où les antiques cités disparues et les batailles oubliées semblent l'écho de nos conflits présents et à venir, où chaque homme porte en lui assez de néant pour assombrir le monde et assez de lumière pour l'embraser, et où, simultanément, comme un effet secondaire de ce nouveau pouvoir, le moindre de ses actes non seulement lui échappe, mais finit par se retourner contre lui-même, avec l'ironie mécanique du suicide, que son cœur explore les limites de la glaciation absolue, que sa solitude anonyme au milieu de la multitude de ses congénères n'arrache au final qu'un regard ennuyé au dieu des grandes probabilités cosmiques, et que toute expérience visant à le dépasser ne peut que friser le ridicule des vaines et emphatiques tentatives, alors nous pouvons conserver secrète la nostalgie des occasions perdues, des destinées gâchées et des générations sacrifiées et, en levant la tête vers les étoiles dans l'air si pur de la haute montagne, éprouver une radieuse mélancolie, une terrible et nette absence d'humanité que la géologie des astres et de la nature renvoie à nos expériences les plus intimes, et qu'un rayonnement d'étrange tristesse vient à peine troubler, irisant juste l'horizon de notre conscience d'une lumière un peu froide.

Le dernier jour
du Monde,
au sommet
d'une tour
avec un fusil
à lunette
et un traité
de cuisine.

Juste une minute
avant d'être
englouti
par la mer
Juste une seconde
avant d'être
aveuglé
par l'éclair
Juste un mot
avant de succomber
au désir
Nous ne sommes
même pas vivants.

*

Il y a ceux qui ne savent pas ce qu'ils disent. Et ceux qui ne disent pas ce qu'ils savent.

Le problème de la surexposition médiatique : s'évanouir, au sens propre, dans le brouillard lumineux de la parole jetable.

Créer, comme en musique, un silence actif, un silence saturé, radioélectrique. Un bruit blanc. Utiliser ce silence paradoxal comme coupure de flux intempestive, voire cataclysmique, capable de faire diverger les tensions, d'inverser les rapports, d'instaurer une étrangeté. Ne pas hésiter à se servir de sa colère. Sous la forme fusion froide. Considérer le journaliste comme un ennemi qu'il faut traiter avec fair-play, mais sans égards particuliers. Parvenir à laisser comme un cratère sur le champ de bataille mental et électronique. Puis disparaître, pour de bon, des écrans radars. Fire and forget.

La mort de l'art survient lorsque l'artiste se persuade de savoir ce qu'il fait, alors qu'il ne fait plus que ce qu'il sait.

Une amitié se mesure surtout à celles qu'elle rend superflues.

7 mai, jour 45. Milosevic se dégonfle, ou fait semblant, ce qui revient au même, puisque l'ONU lui emboîte le pas, et cherche par tous les moyens à empêcher l'Otan de mener à son terme la campagne de destruction aérienne. On parle d'un règlement *pacifique* du conflit ! *Comme si un conflit ne se réglait pas toujours par la paix*, par définition. Le problème central d'une guerre est toujours la paix qui en surgit. Quelle paix on en fait.

La paix dans l'ex-Yougoslavie ne viendra que de sa dissolution en tant qu'État résidu du communisme marxiste-léniniste, et du retour de ses composantes nationales dans un projet fédéral, européen et démocratique cette fois. Cela nécessite la destruction totale de tout ce que la Yougoslavie présocialiste,

socialiste et postsocialiste a représenté, y compris ses institutions, et surtout les hommes qui les ont dirigées.

Inch'Allah.

Après la tuerie de Littleton, Colorado, et la vague d'imitations qui lui a immédiatement succédé, jusqu'à Taber, Alberta, une solution se dessine, semble même remporter l'adhésion des élèves ; mieux encore, la solution en question est d'une efficacité déroutante et d'une effarante simplicité : le retour à la discipline, et en particulier à l'uniforme. Plutôt que d'y voir aussitôt, en rationalistes laïcs bons teints, un retour fasciste à un ordre réactionnaire et rétrograde, les socialistes et les progressistes de tous bords devraient plutôt considérer ceci : tout modèle éducationnel se fonde sur une discipline. Du corps et de l'esprit. En l'état actuel de notre civilisation démocratique et son explosion en microtribus de plus en plus divergentes, le port du blazer bleu ne représente qu'un artefact symbolique mais qui semble étrangement fonctionner. Cette digue purement vestimentaire ne tiendra pas longtemps si une mise à plat des systèmes éducatifs occidentaux, et particulièrement nord-américains, n'est pas entreprise, dans le but de forger une nouvelle pédagogie, à la hauteur de ce que nous savons de l'homme en cette fin de millénaire.

De telles disciplines ont revêtu bien des formes dans l'histoire humaine, mais chaque fois elles se sont forgées sur une poignée de concepts clairs, nets et radicaux : on ne construit une bonne éducation que *contre le cours naturel de la vie*, contre l'ordre du monde, en allant au bout de la dimension antinaturelle de l'homme, ce qui ne veut pas dire, on s'en doute, que les sciences de la nature doivent en être bannies, bien au contraire, puisque dans tout projet éducationnel qui vise d'abord à cultiver la distance avec la nature, la science finit par devenir l'instrument royal de la Séparation. Dans le monde rétrograde et mortifère de nos parents et grands-parents, les revendications libertaires demandant à l'école de « s'ouvrir sur la vie et sur le monde » demandaient effectivement l'impossible, et ont fini par l'obtenir, l'ouvrant d'un seul coup à tous les cruels paradoxes de la vie et du monde. La vie sociale moderne régit désormais de ses lois morbides le lieu où les adolescents sont censés devenir des adultes créatifs, responsables et citoyens. Or la vie sociale inégalitaire, violente, darwinienne, des Américains, par ailleurs si productrice de richesses, disloque tout l'appareil mental adolescent si celui-ci n'est pas élevé, cultivé, canalisé, maîtrisé dans un dispositif de contraintes, corporelles et psychiques, qui se nomme précisément éducation, et qui, dans l'état actuel des choses, reste à inventer.

Car les adolescents de Littleton, et d'un peu partout en Amérique, sont le signe d'une révolte contre un libertarisme positiviste dont les deux termes, et la révolte et le système qu'elle prétend éradiquer, ne peuvent conduire qu'au nihilisme le plus absolu.

Ce libertarisme positiviste voit en effet dans l'éducation une sorte d'excroissance des techniques de productivité personnelle new age adaptée au monde industriel du troisième type. Il accepte ainsi toutes les « différences » comme des valeurs à mettre à l'actif des individus ou des communautés (et non pas comme des rituels de la marchandise-fétiche), hybride sans cesse renouvelé de la vision « organiciste » du corps social, et toujours aussi peu viable, puisqu'il refuse de comprendre que toute éducation, toute authentique culture résulte d'un acte immensément *négatif*, celui qui vise à établir de nouvelles frontières pour la Connaissance, c'est-à-dire de nouveaux avant-postes de la Séparation dont l'homme est le vecteur plus ou moins conscient, chargé de la souffrance immanente à cet état, et de la nostalgie pour un monde fini, unitaire et communautaire dont tout retour est bien entendu rendu chaque jour plus impossible.

Les adolescents nord-américains sont désormais confrontés à l'immense gouffre ouvert par la marchandise totalitaire et les religions new age à l'intérieur même du principe de vérité. Ils sont confrontés à une éducation en ruine qui persiste à leur enseigner des valeurs « unitaires » — la Patrie, la Constitution, le Progrès, la Libre Entreprise, le Droit, l'Homme — et qui en parallèle se dissout quasi instantanément devant chaque avancée cataclysmique de la société : droits à la différence, relativismes culturels et sexuels, métamorphoses diverses des tribalismes fétichistes de la marchandise globale. Les adolescents assassins de Littleton haïssaient tout autant les représentants des diverses minorités, raciales, ethniques, religieuses ou sexuelles, que les représentants de l'ordre majoritaire, blanc, anglo-saxon, chrétien et hétéro, les libéraux que les conservateurs, les marginaux que les conformistes, les intellectuels juifs que les membres de l'équipe de football locale, les élèves que les profs. Nazis, ils l'étaient sans l'être, ou comme peuvent l'être des simulacres, des fantômes errant après la mort du politique, leur fascisme consumériste, leur fascisme pop, ce « nietzschéisme de bazar », mélange de subculture télévisuelle, de comic strips et de lectures suprématistes racistes à deux sous, formait, semble-t-il, l'ultime rempart de leurs ego hypersensibles face aux blocs de densité nihilistes que la civilisation américaine charrie, comme des caillots mortels pour le réseau artériel spirituel de certains individus, plus fragiles, *vraiment différents*, *plus innocents* en fait, et qui voient avec raison l'éducation occidentale d'aujourd'hui comme un colossal gâchis, comme une erreur morale et métaphysique sans précédent, contre laquelle leur acte sauvage et terrible se dresse jusqu'à sa consomption finale dans l'absurde aliénation du suicide. Échec ontologique et organique d'un surnihilisme quasi conscient, à peine probable, n'ouvrant sur aucune conquête, sinon la page des faits divers, n'exprimant rien sinon une forme de néant « radio-actif » se retournant contre tous les nihilismes, et surtout contre lui-même, dérisoire et pathétique copie d'un vulgaire crime de guerre élevée au rang de mythe télévisuel par la simple *force des choses*, contre laquelle l'acte ne tentait même plus rien.

Acte sans espoir, donc, sans aucune chance de retour sur investissement, pure explosion berserk programmée comme un mode opératoire accéléré et terminal sur la console de jeu, véritable opération de kamikaze surgie du cœur même de la machine, ce massacre de jeunes par d'autres jeunes indique avec netteté le nouveau degré de décomposition qu'atteint la civilisation de la marchandise-spectacle et de la démocratie électronique, et surtout où et comment ces lignes de fracture dessinent la topologie de la Nouvelle Séparation. Ce degré de décomposition est bien sûr, comme tout ce qui touche à l'homme et à ses dispositifs sociaux, un facteur hautement dynamique, et paradoxal, cette chimie avancée est aussi explosive que celle qui disloqua l'ordre médiéval aux XVe et XVIe siècles dans un bain de sang généralisé, elle permet dans le même temps, dans le même espace devrais-je dire, *dans le même continuum*, le surgissement de formes d'art inédites, de plastiques nouvelles, de paradigmes fondateurs, de métaphysiques prédatrices, de sciences inexplorées, en bref le surgissement créatif d'une nouvelle forme d'humanité.

Richard Seed est un génie. Dans un étrange et magnifique retournement contre ses propres croyances inconscientes, ses prédicats philosophiques les plus profonds, il est en train de se dresser contre l'ordre rétrograde « humaniste » qui entend bannir le clonage humain et toutes les manipulations génétiques « éthiquement » non conformes ; on sent d'ailleurs derrière cette interdiction tout le poids des consistoires de l'Inquisition, toute la méfiance du monde chrétien envers la magie noire des sciences et des techniques. Pour Seed, pétri de christianisme évangélique new age — forme ultime, libertariste et positiviste, typiquement américaine du monothéisme —, « le clonage est un moyen de se rapprocher de Dieu ». Il n'a pas complètement tort, bien sûr, si l'on entend par là que l'homme vient de franchir physiquement la limite autrefois métaphysique qui le séparait de l'ordre divin (tel que par lui institué). Ce dont Seed ne se rend pas compte, c'est que cette violente accession de l'humanité à l'ordre du « divin » vient reculer d'autant les limites métaphysiques que sa conscience projette dans l'univers, en d'autres termes, au fur et à mesure que l'homme se rapproche de ses limites métaphysiques, celles-ci ne cessent de s'éloigner, comme un infini toujours plus loin repoussé : plus l'homme se rapproche de Dieu, plus Celui-ci S'éloigne de l'homme.

Le pouvoir désormais acquis par l'homme de transformer ses congénères en *ombres*, exposé au sens propre sur ce mur de la ville de Nagasaki (ou d'Hiroshima, ma mémoire me joue des tours) où la lumière du flash atomique fut si intense qu'elle découpa dans le béton blanchi par la vague de radiations la silhouette d'un homme qui fut désintégré dans la seconde, ne laissant de lui que cette forme noire, purement *photographique*, terriblement surhumaine. Lorsque je vis cette image pour la première fois, et qu'on me l'expliqua, et que je la compris, je devais avoir huit ou neuf ans, un sentiment de vertige, fait de peur, de curiosité, de fascination et de tristesse tout à la fois, m'envahit. Comme toutes les émotions de l'enfance, il s'est irrémédiablement estompé, mais le simple fait pour moi d'évoquer cette photographie désormais célèbre m'en rapproche, comme d'une intime et secrète étrangeté.

Si, comme le pense Dostoïevski, la conscience est une maladie de l'homme, alors il faut convenir qu'encore bien peu en sont atteints.

Le monde est la musique dont l'homme est le silence.

Les grandes figures du XXe siècle incarnent toutes un étrange dédoublement, opéré par la technique. Werner von Braun, qui développa les V1 et les V2 en usant sans vergogne de la force de travail des déportés du camp de Dora, fut ensuite l'homme qui envoya les Américains sur la Lune, et c'est précisément le même homme qui fut ainsi dédoublé par la magie mentale de la technique. Du coup la question surgit, inévitable : *était-ce donc bien le même homme ?* Comme pour Eichmann, ce cas de dédoublement spectral dans un double technicien et purement opératif a conduit von Braun à utiliser les esclaves du régime nazi pour un but qui lui semblait hautement supérieur. Eichmann envisageait l'autorité de l'État comme force transcendante susceptible de lui amener la paix de l'âme en échange de ses crimes, il y parvint grâce au dédoublement technicien dans ce qu'Arendt cartographia comme la « banalité du mal ». Von Braun fit de même, mais en usant cette fois de l'argument de la Connaissance scientifique. Il est certain que von Braun considérait *sincèrement* la force de travail concentrationnaire comme un simple instrument au service d'une réalité supérieure : la conquête de l'espace par l'homme et ses caravelles à réaction, dont les fusées militaires nazies étaient les prototypes. Et il n'y a nul doute dans mon esprit concernant cet autre point de la question : comme Nobel au siècle précédent, von Braun et Oppenheimer expriment au plus haut point la schizophrénie d'une humanité technocentriste, où le crime de masse et sa tentative de rédemption par l'humanitarisme scientifique ont créé le mirage d'une dualité entre leurs termes, alors qu'ils ne sont que des degrés variables sur une même échelle de valeurs. Ils sont donc des vérités absolues de la production historique du XXe siècle. Ils en sont des figures métaphysiques.

Le style ne doit faire qu'un avec l'idée, comme le sabre avec la main.

Si les mots sont des armes, bien des auteurs devraient se méfier, on ne manie pas des grenades sans un minimum de discipline.

Il ne reste plus grand-chose aux peuples européens pour sortir du long tunnel de la division : il leur reste à se combattre, et à se vaincre eux-mêmes.

Si Nietzsche avait eu quelques années de répit supplémentaires, il aurait sans doute été forcé d'admettre que le Christ synthétisait en lui le modèle dionysiaque et son double inverti apollinien, ce qui forme la figure tragique propre au génie de la culture grecque telle que Nietzsche lui-même l'avait décryptée. Comprenant la nature profondément (kin)esthétique de l'expérience religieuse christique, il ressentait parfois, lors de brèves fulgurances, ses propres écrits en apportent la preuve, de réelles empathies avec l'homme Jésus de Nazareth, empathies qui ne faisaient qu'accentuer en retour sa haine structurée du christianisme, comme religion de la Mort à travers la figure du Crucifié.

Une des questions essentielles qui sous-tend ainsi l'œuvre de Nietzsche est, me semble-t-il, la suivante : se pourrait-il que le Christ ait été dépossédé de sa religion, de son message évangélique de rédemption et d'amour par sa mise à mort sacralisée et diffusée comme rachat des fautes de l'humanité ? N'avait-il pas lui-même plus ou moins anticipé la chose, sachant que sa trahison pour quelques deniers viendrait du cœur même de son Église naissante, du chorus de ses premiers apôtres, savait-il aussi à l'avance que saint Paul et les Pères de l'Église de

Rome allaient finir par concevoir, concile après concile, un syncrétisme assez hétéroclite, passablement éloigné de l'ascétisme zélote et cryptobouddhique qu'il professa, jusqu'à son dernier souffle ?

Autre question concernant le Christ, cette figure surhumaine dans laquelle l'Esprit-Saint se manifestait par des miracles : qui se risquera à s'attacher de nouveau à une généalogie objective, anthropologique, d'un tel individu cataclysmique, qui osera démêler la part d'humain et de non-humain dans cette expérience unique de l'histoire des hommes ? Qui osera envisager le chamanisme tibétain et protobouddhique qui se perpétuait dans le tantrisme (et avec lequel le Christ, selon certaines légendes, aurait été mis en contact lors de son voyage initiatique dans l'Orient asiatique), chamanisme qu'on retrouve aussi à bien des égards dans un nombre substantiel d'écrits prophétiques essentiels de la culture juive ? Qui osera admettre que des individus particuliers surgissant de certaines généalogies familiales, sociales, culturelles et génétiques peuvent cristalliser en eux non seulement tous les mythes d'une époque, dans leur chair même, mais aussi y préparer le jaillissement d'une nouvelle forme, *d'un état génétiquement modifié de la conscience*, qui les met en relation avec des dimensions inconnues de l'univers, avec l'au-delà de nos limites physiques et métaphysiques, avec le Verbe, le Logos, bref avec « Dieu », ou les diverses formes divisées de Sa Puissance ?

Qu'on ne se méprenne pas, et qu'on tente de contre-argumenter, juste pour voir : le Christ lui-même s'est-il jamais considéré autrement, *nommément*, que comme « Fils de l'Homme » ? Relisez les Évangiles, et vous verrez que le Christ ne se sert pas de ténébreux concepts comme la transsubstantiation, ni de figures néopaganistes comme la Trinité, qu'il ne s'annonce jamais comme le Fils de Dieu, ou une autre aberration, cléricale ou moderne, mais uniquement comme le *Fils de l'Homme*. Son message est clair, quoique obscurci par deux mille ans d'hermétisme chrétien : le Christ, c'est le Successeur de l'Homme. À nous d'être capables de le produire, pour peu que nous le voulions vraiment.

Petite indication météorologique. Nous sommes le 8 mai au matin, l'été québécois a commencé il y a une semaine, dès le 1er du mois une température d'environ 30 degrés s'est abattue sur la métropole. Les feuilles d'arbres poussent à vue d'œil, la vie bourgeonne en vitesse accélérée, les libidos explosent littéralement à la surface des corps, signalétiques physiologiques, infraverbales, neurochimiques, qui se mêlent au pollen des fleurs, au rythme des conversations et aux images solaires des publicités, et qui se répondent les unes les autres dans un déluge bruissant de codes gestuels, de sourires, de regards et de frôlements de peau.

Étrangeté sexuelle de la machine bicyclette en relation avec le corps des femmes. Coït cyborg, métal et matériaux composites entrelacés avec la chair vécue comme extension naturelle de la machine. Souplesse et agressivité aérodynamique des mouvements et des lignes des jeunes donzelles sur leur Mountain Bike, grâce plus fragile, et souvent plus vénéneuse, de celles qui roulent en Raleigh, ou sur de vieux hollandais noirs. Appendices sophistiqués ligaturant les pieds, mains gantées soudées au chrome du guidon, fesses rebondies jouant avec la selle, et nos nerfs, cheveux ordonnés par la turbulence de l'air, seins vibrant au rythme du mouvement régulier, mécanique-organique, du pédalier, structure sadomasochiste des roues en action... Montréal, grand catalogue de machines célibataires chevauchées par de fières et solitaires androïdes. L'Amérique, comme hypermarché des volontés et des représentations.

Donner le *meilleur* de soi-même, c'est perdre ce qu'on a de moins intéressant.

L'acte d'écrire ressemble à s'y méprendre à l'acte sexuel. De telle sorte que dans bien des cas, il l'empêche.

Passer des centaines de nuits à écrire vous rend encore moins disponible pour les tâches journalières.

Bref l'acte d'écrire est un acte a-social qui se paie généralement par son achèvement voulu et nécessaire dans la solitude.

La solitude est la seule forme de solidarité dont l'écrivain soit capable.

9 mai 99. J'apprends par les nouvelles qu'hier l'Otan a bombardé par erreur l'ambassade de Chine à Belgrade. Le jour même de la commémoration de la victoire alliée en Europe en 1945 ! Il arrive que certaines coïncidences aient un goût de miel.

Caramélisé.

Le flot de réfugiés kosovars s'intensifie, les crimes

de guerre serbes remplissent déjà les dossiers du tribunal de La Haye et dans le même temps Nelson Mandela affirme solennellement que, dans le cas où Milosevic devrait trouver asile quelque part, les portes de son pays lui seraient ouvertes. Mandela déteste l'apartheid, mais uniquement si des Noirs en sont les victimes.

Les Américains ont inventé une méthode originale, proprement calendaire, de gérer l'innovation sociale. Tous les dix ans, un nouveau style s'impose dans la culture. Le processus chronologique est immanent au fonctionnement de la société américaine depuis un siècle maintenant. Leur concept de génération est en effet calqué sur cette découpe décennale : pour les Américains une génération, c'est quand une décennie se dessine pour la tranche des jeunes adultes du moment, ces teen-agers tardifs qui furent dès 1900 les premiers « adultes éternels adolescents » du monde occidental : la génération de ceux qui avaient vingt ans avec Elvis Presley, de ceux qui avaient vingt ans dans les Roaring Twenties, de ceux qui avaient vingt ans dans les jungles vietnamiennes, de ceux qui avaient vingt ans en regardant la guerre du Golfe à la télé. Pour un Européen, encore tributaire de conceptions féodales nées de lignages génétiques et sémantiques stables, une génération, c'est le temps qu'il faut à un homme, ou une femme, pour devenir adulte et être à son tour capable d'enfanter et d'éduquer sa progéniture, en gros vingt-cinq ans. Pour les Américains, une génération, c'est une « decade », le temps à l'homme d'entrer, par le monde des teen-agers, dans le cycle de la Marchandise.

Déjà, pour les machines informatiques, le terme

génération n'implique plus que la mise en service d'une nouvelle marchandise-code dans l'univers de la marchandise-code. On dit désormais des microprocesseurs qu'*ils changent de génération environ tous les trois ans.*

Le temps est proche, il est déjà là, où l'on pourra considérer l'épopée des pionniers russes et américains des quarante premières années de l'âge spatial avec la nostalgie qu'on peut ressentir pour une ère tragique, héroïque et définitivement révolue. La science-fiction deviendra alors, elle est déjà, une littérature du *passé*.

Ce printemps, avec Richard Pinhas lors de la tournée US de Schizotrope, lire, sur fond de turbulences musicales cyborgs, un texte de Deleuze à propos de Nietzsche et de la mort de Dieu. Entendre fuser vers la nef de la St. Mary's Church de Philadelphie les mots sacrilèges, voir au-dessus de moi, à travers la réalité fantomatique des vitraux, la figure du Christ dans un rayon de lumière, ressentir comme une violente électrification de la conscience, une percée éclair mystique, purement esthétique, à l'idée qu'en fait la seule issue pour le christianisme serait d'enfin capituler devant le Christ lui-même, devant le principe de la Réunification, le *Tiqqûn* des kabbalistes, cette figure surhumaine que Nietzsche a cherchée toute sa vie ; aveuglé par la détestable image culpabilisante et régressive que le christianisme avait faite de l'expérience christique, Nietzsche n'a pu deviner qu'à de brefs moments que le Christ était un prototype, un de ces surgissements cataclysmiques dont l'humanité est pour ainsi dire la matrice, un abîme tragique qui précipitait l'espèce entière vers un futur dont il était la forme annonciatrice. Non pas Dionysos plus Apollon, car les deux principes ne s'additionnent pas, mais se nient l'un l'autre, ou plutôt passent de l'un à l'autre en s'inversant dans une modélisation toujours vivante, fluctuante et incertaine, y compris dans les héros tragiques de l'âge classique grec, mais donc un principe supérieur, un troisième terme qui les englobe, ou même *inférieur*, comme le soubassement caché qui relie les deux formes vitales. Son surgissement dans la structure mentale et sociale juive du Ier siècle est une donnée fondamentale, si l'on veut comprendre une telle synthèse. Les synthèses disjonctives ne peuvent apparaître que sur un territoire *étranger* aux termes antagonistes qu'elles unifient à travers un principe supérieur à la fois critique et esthétique, elles s'édifient précisément sur l'abîme métaphysique ouvert entre les deux principes, en y injectant de nouvelles évaluations, de nouvelles perspectives, un nouveau point de vue d'où de nouvelles valeurs vont surgir, et il faut une déterritorialisation spécifique pour que puisse germer un tel principe né de la fusion paradoxale de ces deux antinomies, ou disons de ces deux incomplétudes, étrangement conjointes et disjointes tout à la fois, que sont Dionysos et Apollon. Dans le cas du Christ, on comprendra mieux l'aspect cataclysmique et hautement mutagène d'une telle opération après avoir lu la Bible et quelques écrits apocryphes sur la vie des Prophètes. La fusion réussie de l'homme tragique grec dans une perspective eschatologique biblique, au sein d'une structure psychofamiliale plus qu'atypique, pour rester dans l'euphémisme, à un moment charnière de l'histoire juive et, parallèlement, lors d'une période critique de la fondation de l'Empire romain, alors que l'homme en question descend lui-même d'une longue lignée de personnages illustres de l'histoire d'Israël, va faire exploser tous les paradigmes religieux et culturels de l'époque ; les zones d'ombre et les sphères de lumière qui entourent la personne même de Jésus de Nazareth, de sa naissance à sa mort, et jusqu'à ce qui fut appelé sa Résurrection, créent d'emblée le modèle esthétique et spirituel du mystère chrétien. Le christianisme, c'est ce que l'homme de l'Antiquité judéo-gréco-romaine pouvait faire avec les concepts d'androgenèse schizophrénique, de principe anthropique, de mutation génétique et de contrôle neurodynamique de la conscience, autant dire des concepts extraterrestres pour l'époque.

D'où, bien sûr, leur beauté terrible et effrayante, dont le mystère chrétien fait vibrer l'émanation surnaturelle, en la voilant d'un syncrétisme religieux acceptable pour l'époque. Bien plus qu'acceptable, disons-le : *redoutablement prédateur*, ce syncrétisme accapare initialement à peu près tout ce qui passe à sa portée, savoirs grecs, perses et mésopotamiens, liturgies romaines ou égyptiennes, ésotérisme juif, zoroastrisme, bouddhisme, lors d'une magnifique profusion d'écoles gnostiques et de schismes hérétiques qui culmina du IIe au Ve siècle après Jésus-Christ. Les premiers grands conciles normatifs réussirent *in extremis* à maîtriser ce premier incendie, mais cette volonté de retrouver le sens pratique, ésotérique, scientifique, de la venue du Christ sur la Terre continua d'irriguer de nombreux courants plus ou moins occultes de la mystique chrétienne, jusqu'à ce que l'Inquisition les envoie brûler en place publique avec sorcières, alchimistes, et autres astronomes. Les hérésies et les sectes gnostiques trouveront une seconde vie, sous une forme profondément dégradée, lorsque la faillite du christianisme romain apparaîtra dans toute sa scandaleuse nudité, au sens propre (quand le palais des Papes sera devenu le plus grand bordel que le monde ait connu, d'après Luther, un bordel papal qui faisait passer Babylone pour un couvent de jeunes novices, selon ses dires), et que le protestantisme calviniste ou luthérien l'aura en réaction vidé de tout mystère. Rose-Croix, francs-maçons, pseudo-templiers, toutes ces dérisoires singeries s'animent pour de bon au cours du siècle des Lumières, lorsque le rationalisme scientifique positiviste programme le geste que le siècle de l'Industrie viendra actualiser de façon terminale : l'anéantissement de tout absolu métaphysique dans l'humanité totalitaire, son meurtre œdipien de la figure divine et la création subséquente de l'Homme-Dieu dostoïevskien, de ce nihilisme ultime qui illustre parfaitement les mots de Deleuze concernant Nietzsche et sa vision de la mort de Dieu : *A-t-on tué Dieu quand on a mis l'homme à sa place, et qu'on a gardé l'essentiel, c'est-à-dire la place ?*

L'Homme n'est qu'un puceron, un ver, *un ciron*, a dit Pascal. Le nihilisme athéiste et positiviste qui prône « l'Homme à la place de Dieu », dénoncé par Dostoïevski, n'a rien à voir, évidemment, avec la pensée de Nietzsche. Nietzsche savait que l'Homme devait être surmonté, que si le Surhomme pouvait prétendre au « Divin » ce serait au prix d'une lourde perte, son « Humanité », et toutes ses anciennes valeurs, ses anciennes croyances, ses anciennes *évaluations*, toutes ses anciennes « places » qui ne changent pas et dont ne changent que les figures fétiches, lorsque les anciennes positions métaphysiques ne sont pas dissoutes avec suffisamment de clarté. Nietzsche savait que la Souffrance limitant l'entrée à une telle Connaissance équivaut à un mur de feu que doit franchir la conscience dans son entier (c'est-à-dire y compris sur le plan du hardware neurologique, de l'ADN cérébral). Dans bien des cas, au cours de son existence, Nietzsche régla leur compte aux divers racistes, antisémites, nationalistes, positivistes et réactionnaires de tout poil qui cherchèrent à amalgamer sa pensée complexe à leurs minables écrits et quéraient auprès de lui quelque soutien officiel. À tous les cons qui se présentèrent comme antisémites, ou apparentés, il envoya des courriers cinglants qui interrompirent net toute correspondance (voir sa missive-missile au sieur Fritsch); quant aux antichrétiens socialistes, anarchistes ou positivistes, quelques passages de ses *Œuvres philosophiques* parlent d'eux-mêmes : Nietzsche ne supporte pas que quiconque, lui mis à part évidemment, se permette la moindre critique envers le Christ et le christianisme. Il faut dire que les fades platitudes et les gribouillis d'obscurs écrivaillons autobombardés philosophes, ou pire, sociologues, ne peuvent contenter l'« estomac » d'un authentique penseur tel que lui. Nietzsche sait que c'est là son œuvre, ce démontage généalogique de la religion chrétienne; ses connaissances livresques, son intuition phénoménale, sa psychologie, son style, sa maladie, tout concorde avec une évidente clarté, qualité rare pour cet écrivain qu'on ne peut vraiment comprendre qu'en le suivant dans son grand jeu labyrinthique des paradoxes, dans sa galerie des masques.

Nietzsche semble éprouver une profonde et secrète jalousie pour le Christ. Son rapport d'amour/haine est absolu, exclusif et surtout d'une exigence *folle*, au sens strict, puisque retournant sans cesse sa pensée sur elle-même, poussant sa propre volonté contre elle-même avec une intensité proprement surhumaine, il finira par les consumer toutes deux, pour terminer sa vie plus ou moins réduit à l'état de fantôme amnésique et incohérent.

Nietzsche a dit que, sans la musique, la vie serait une erreur. Il a raison, à ceci près que, musique ou pas, la vie n'est qu'une longue suite d'erreurs, une longue suite de ruptures de rythme, de fausses notes et de dysharmonies dans laquelle l'homme installe son silence métaphysique, son bruit blanc ; tel un peintre qui userait de la gomme plutôt que du pigment sur la toile du Cosmos, un sculpteur œuvrant à la tronçonneuse dans le corps plein de la Terre, agent négatif de la Connaissance, de la Séparation et du Vide, l'homme ne peut espérer atteindre l'unité que par la voie de l'Art, c'est-à-dire, comme le savait le philosophe d'*Aurore* et du *Gai Savoir*, ce moment unique où un acte entièrement positif, libre et donateur transforme en premier lieu son auteur, mais aussi les formes plastiques et les valeurs en jeu dans sa société, jusqu'à ce que, parfois, rares apogées dans l'histoire, le projet esthétique d'un petit groupe d'esprits fasse surgir une nouvelle vision de l'homme chez leurs contemporains et qu'une véritable métaphysique se construise, autour de quelques mythes fondateurs.

Jour 50. 20 000e sortie. La situation semble bloquée. Une sorte de « pat » se dessine à l'horizon. Tout le monde, en fait, cherche à sortir de la guerre au plus vite, sans perdre la face. La seule erreur de l'Otan, selon moi, est d'avoir cru qu'on pouvait gagner une guerre en la mettant sous le contrôle opérationnel des politiques. À cause de cela, on a privilégié l'éternelle absurdité d'une « guerre diplomatique », d'une opération « graduelle » et « limitée », dont le but était d'abord d'« envoyer un signal » au pouvoir serbe, ce qui ne pouvait que convaincre Milosevic que nous n'irions pas jusqu'au bout de l'« autoroute de la destruction ». Je partage en cela les analyses de Schwarzkopf, qui rappelle avec raison que l'opération Linebaker, qui officialisa l'entrée en guerre des USA au Viêt Nam, fut une catastrophe de bout en bout parce que, avant tout bombardement, chaque cible était d'abord validée après discussion par les politiciens de la Maison-Blanche. Pour Schwarzkopf, la guerre est un désastre qu'il faut gérer en faisant confiance aux professionnels sur le terrain. Une guerre se gagne en planifiant les opérations en fonction d'objectifs stratégiques, politiques et militaires, puis en confiant aux forces armées le soin d'atteindre concrètement lesdits objectifs.

Ces objectifs peuvent être variés, mais ils sont tous situés au-delà d'une ligne qui indique un principe immuable de l'art de la guerre : la guerre est d'abord une *économie*. Pour Schwarzkopf, une guerre doit infliger le maximum de destructions à l'ennemi en un minimum de temps, et en préservant au maximum ses propres ressources. Pour cela le « marteau » doit frapper le plus violemment possible dès les premiers coups, afin de déstabiliser psychologiquement l'adversaire, et surtout ne pas lui laisser le temps de s'adapter à une quelconque « gradation », dont la seule et unique conséquence est précisément de lui en donner l'occasion.

La Non-Europe est désormais face au plus crucial paradoxe historique des cinquante dernières années : d'une part la Yougoslavie doit définitivement être dissoute, et les dirigeants serbes punis pour leurs crimes ; d'autre part la Russie doit au plus vite rejoindre l'Occident dans un vaste espace politico-économique qui seul leur permettra d'affronter ensemble le défi majeur au début du prochain siècle, c'est-à-dire la crise chinoise. Or les Russes et les Serbes sont des alliés politiques indéfectibles. Encore une fois apparaît dans toute sa netteté la terrible fatalité des décisions prises trop tard, et sans réelle conviction ni véritable intelligence. Si l'Otan était intervenue dès 1992, ou mieux encore en 1995, au moment de l'offensive croato-bosniaque, et quand les Russes pataugeaient en Tchétchénie, si nous avions infligé une terrible défaite politico-militaire à Milosevic en libérant sans coup férir *tous* les territoires purifiés ethniquement par les Serbes et en y restaurant la démocratie et la primauté du droit, et non en nous compromettant dans l'obscur et pathétique accord de Dayton, alors Milosevic et ses complices ne seraient aujourd'hui que de pâles fantômes sous les néons du tribunal de La Haye, les Serbes se seraient libérés eux-mêmes de ce Ceauşescu néotchetnik, et un élargissement de l'Otan (ou une structure adaptée à ce nouvel espace stratégique) à l'Ukraine et à la Russie serait pour de bon à l'ordre du jour dans l'agenda historique. Le cimetière des civilisations est rempli de ce genre d'occasions perdues.

« Nous allons mettre l'Homme à la place de Dieu, et régner en maîtres sur le Royaume de la Terre » — voici ce que dit en gros, je cite de mémoire, un des personnages des *Possédés*, de Dostoïevski. C'est souvent ainsi qu'on a traduit la pensée de Nietzsche, ce qui a conduit bon nombre d'exégètes nécessiteux à oser la qualifier de « nihiliste ». Elle l'aurait certes été si elle avait suivi l'imperturbable et stupide logique sur laquelle des projets tels que ceux des personnages des *Possédés* sont érigés, mais Nietzsche savait que de telles perspectives conduisent au suicide, quand elles ne sont pas instaurées par lui, ou son désir, ce que nous conte précisément Dostoïevski dans son roman. Nietzsche pensait avec justesse que seul un surmontement de l'homme lui-même pourrait compenser avec efficience la mort de Dieu, crime dont l'homme se rendit coupable avec le christianisme, événement qui ne devint visible, accessible à la conscience historique des peuples qu'avec le rationalisme positiviste des XVIIIe et XIXe siècles. Désormais privé de Dieu, l'Homme, après avoir épuisé tous les substituts disponibles, continue la farce : il s'institue lui-même Totalité, prend la place de l'Ancien Dieu, et tel un esclave parfaitement consentant, continue son œuvre culpabilisatrice. Pour Nietzsche, les tentatives « totalitaires » et pseudo-politiques de types nihilistes ou anarchistes n'étaient au final que les ultimes avatars des mêmes perspectives morales, des mêmes évaluations qui avaient présidé à l'instauration d'un Dieu mort sur la croix pour racheter les fautes de l'humanité. Car, comme Deleuze le pointe avec lucidité dans son opuscule sur le philosophe, ce qui compte en effet, *c'est la manière dont le drame se poursuit dans l'inconscient*. Là où s'agite le théâtre de nos désirs, et de nos métaphysiques. Désormais sans Dieu, l'homme accède à sa liberté et à sa puissance, mais incapable d'en faire un acte positif et réellement libre, un acte artistique et fondateur, il voit cette même liberté et cette même puissance se dissoudre dans l'évaluation négative et « révolutionnaire » de l'homme total, jusqu'à la tyrannie et l'impuissance, la tyrannie de l'impuissance. Car Nietzsche connaissait tout le potentiel autodestructeur d'un tel rapprochement : les deux termes, humanité et totalité, s'annulent instantanément et plus sûrement encore que matière et antimatière. L'Homme n'est tout simplement pas prêt pour cette mutation. Il est une matrice, dans l'attente de la douloureuse et libératoire Séparation qui la conduira au-delà d'elle-même.

Imperceptiblement, ce qui ne fut au départ qu'une poignée de « notes » éparses vaguement rassemblées dans un fichier de mon ordinateur, dès 1991, devinrent un « bazar du XXe siècle », titre provisoirement adopté quelques années plus tard, dont l'origine fonctionnelle venait d'un besoin à peine conscient de mettre un peu d'ordre dans le chaos naissant de mon travail, d'élaborer parallèlement et secrètement un travail de taupe dont la parution serait remise à un « plus tard » indéfini au cours du prochain siècle — il s'avère que ce sera très vite, d'après les nouveaux contrats élaborés entre moi et la vénérable maison Gallimard — et d'ainsi m'engager dans la voie d'une discipline quotidienne, plus toxique encore que les toxiques dont je m'empoisonne la cervelle, discipline rigoureuse dont je ne m'aperçois que plus tard, bien plus tard, à l'heure où j'écris ces lignes, à quel point elle m'est devenue nécessaire, à quel point elle menace mes propres faiblesses, exige de moi une éthique à la mesure des horizons esthétiques que j'essaie péniblement de dégager, une *éthique de la lame*, donc, la recherche d'une cohérence entre l'arme et l'organe, une certaine pureté et un style net et droit comme la fulgurance d'un sabre, au service d'un désordre baroque, c'est-à-dire ce méta-ordre qui surgit de la saturation et de la prolifération. (Cela bien sûr ne prendra véritablement forme que dans des œuvres à venir, les défauts inhérents aux trois premières devant être avant cela entièrement liquidés.) Cela est-il même possible ? Qu'importe. Et s'il me plaît, moi, d'y voir une tentative désespérée de réconcilier sur le plan formel et moral les principes apolliniens et dionysiaques ? Tentative de dégager une voie *tragique* pour l'homme du XXIe siècle. Afin de provoquer une nouvelle synthèse disjonctive, un nouveau surgissement métaphysique, et évoquer ainsi, par l'épopée du roman pop, ce qui adviendra de l'Homme quand en lui, et déjà en dehors, son Successeur prendra forme.

La machine du nivellement journalistique et de l'étiquetage commercial vient de se mettre en route en ce qui me concerne. Cyber-guru, cyber-polar, cyber-punk, cyber-casse-bonbon, cyber-gnagnagna, chacun y va de sa petite musique qu'il considère sans doute comme particulière. Concept bien pratique que celui de « cyber-écrivain », quand on refuse de voir que la cybernétique n'est qu'une branche de la biologie, et même, dirais-je, de l'anthropologie.

Certain(e)s m'accusent maintenant d'une forme de « poujadisme anti-intellectuel » qui ne serait pas sans évoquer un « SAS de gauche ». Seigneur. Je frémis parfois devant tant d'audace de la pensée. Tout cela parce que « je » m'en prends auxdits intellectuels qui sont allés bourrer le mou desdits journalistes quelque part entre le bar de l'Holyday Inn et une quelconque salle de conférences de l'ONU, à Sarajevo. En dehors du fait qu'il s'agit avant tout du point de vue d'un de mes personnages (librement mais largement inspiré de personnes réelles), il n'est toujours pas bien vu, au *Nouvel Obs* ou ailleurs dans la presse sociale-démocrate, d'établir quelques faits, quelques statistiques. Rappelez-moi combien d'intellectuels français sont morts en Bosnie-Herzégovine, déjà ?

Encore trop de fautes de style, de maladresses, de coquilles typographiques et d'errata empoisonnent néanmoins le texte de *Babylon Babies*. Le délai très court entre la remise du manuscrit — décembre 1998 — et la parution effective du livre — mars 1999 — m'ont empêché d'établir un plan de corrections suffisamment solide sur les épreuves d'avant tirage. Je fais ce que je peux, en plusieurs vagues successives, sur les impressions ultérieures, mais certaines fautes m'échappent encore, jusqu'à ce qu'un(e) bienveillant(e) journaliste en fasse état publiquement, dans le détail, et avec l'ironie qui convient.

Ne plus jamais prêter le flanc à ce type de critiques, c'est presque suffisant à assurer ma détermination concernant les livres qui vont suivre : cultiver le temps, et la distance.

Nouvelles manifestations anti-Otan à Montréal. Une poignée de Chinois employés par leurs consulats et les triades locales, quelques Grecs qui comme leurs congénères restés au pays ont tristement oublié jusqu'aux mots Europe et démocratie (dont ils furent pourtant les concepteurs), un groupuscule de Serbes qui feraient mieux de se terrer de honte dans quelque sous-sol de la ville, et les habituels bons et gras pacifistes nord-américains qui, drapés dans leur bonne conscience anti-impérialiste, défilent sans vergogne sous les drapeaux rouges et yougoslaves. Conservons soigneusement ces images pour les générations futures, soyons prêts à les ressortir quand le jour du Jugement sera venu. Lorsque les crimes de guerre serbes commis au Kosovo s'étaleront en première page de tous les journaux de la planète, et qu'il s'agira de rendre des comptes.

Jour 53. Hier, nouvelle « bavure » de l'Otan. Cette fois-ci tout indique que les Serbes se sont servis de civils kosovars comme boucliers humains. Dont des enfants, « détail » désormais habituel concernant les crimes tchetniks. Les bombardements occidentaux gagnent en effet chaque jour en intensité et en efficacité destructrice. En dépit de ses airs de matamore, Milosevic sait pertinemment qu'il est en train de perdre la guerre, et qu'il conduit l'armée yougoslave au désastre. Comme Hitler, et tant d'autres avant lui, il est piégé tel un rat au fond du trou de sa bêtise criminelle, et on se dit que quelques généraux de son armée auront peut-être le bon goût d'en profiter, avec plus de réussite que leurs malheureux prédécesseurs de la Wehrmacht.

Retransmission sur le canal public C-PAC d'une brochette de baby-boomers tenant réunion à Ottawa pour demander l'arrêt des opérations de l'Otan. Parmi eux, une certaine Marjaleena Repo, prétendue « media critic » dont tout indique qu'elle a des origines yougoslaves, se livre à une des plus ignobles campagnes de désinformation et de négationnisme en direct que j'aie eu l'occasion de voir depuis le début de ce conflit, qui n'a pourtant pas été avare en la matière. Citant des « sources » aussi objectives que Jacques Merlino, « journaliste » français thuriféraire du pouvoir serbe depuis le premier jour, Marjaleena Repo atteint rapidement des sommets dans l'abjection froide et calculée, telle qu'on l'enseigne dans les écoles de propagande du Parti communiste. La manœuvre consiste, comme toujours, à amalgamer les quelques erreurs et manipulations journalistiques ayant effectivement eu lieu lors de la guerre en Bosnie et en Croatie à l'ensemble des faits largement prouvés et avérés par le tribunal de La Haye, afin de faire planer sur les jugements de celui-ci l'ombre de la suspicion, et tenter de faire croire que les Serbo-Yougoslaves ne se seraient rendus coupables d'aucun crime de guerre ou contre l'humanité. Parce qu'une célèbre photographie de presse a été présentée abusivement à l'époque comme celle d'un camp de concentration, Mme Repo nie l'existence de telles atrocités, pourtant parfaitement connues et reconnues. De fait, elle nie dans un bel ensemble la destruction totale des villes de Vukovar et d'Osijek, les camps d'Omarska ou de Prijedor, les massacres de Zepa et de Srebrenica, les centres de viol comme le Café Sonya, et les multiples assassinats commis par les tueurs à gages tchetniks qui *snipaient* les mômes sarajéviens dans les cours de récréation contre une poignée de deutschmarks, tous référencés avec moult détails dans les dossiers de Mme Louise Harbour, dont Marjaleena Repo peut prendre connaissance quand bon lui semblera. Comme ces amis du jour, présents avec elle à cette ignominieuse réunion publique, Mme Marjaleena Repo mérite que son nom soit inscrit avec tous les honneurs au fronton des Héros du totalitarisme yougoslave.

(Brouillon d'une lettre envoyée aux journaux *Voir, Ici, La Presse* et *Le Devoir,* en date du 22 mai 1999.)

Jour 60. L'Europe semble se faire à l'idée d'une « guerre longue », *dixit* les journalistes. Pour les peuples occidentaux épuisés d'aujourd'hui, deux mois, c'est le bout du monde. Et c'est pourtant à deux pas de chez eux.

Faire un roman s'apparente vraiment, comme le savait Flaubert, à un travail de maçonnerie. Après les fondations, les structures, le gros œuvre, la plomberie, l'électricité et les finitions, le plus difficile reste encore de se débarrasser de tous les gravats.

*

Frôler
le désastre
en toute
insouciance
Dormir
Sous les astres
En pleine
solitude
Aimer
Comme un fou
sans un sou
d'expérience
Rejoindre
le vide en toute

certitude
Perdre
ses illusions
contre l'ombre
d'un doute
Chercher
la lumière
S'abîmer
dans les gouffres
Se fondre
dans un corps
Sans le moindre
remords
Abandonner la ville
au bleu pâle
de l'aube.

*

Aucun roman digne de ce nom ne peut se considérer sérieusement comme l'instantané d'une époque, d'un milieu social. *Instantané*. À supposer que la fiction puisse se concevoir comme témoin objectif et photographique du monde (ce dont je doute fort), aucune littérature n'a la vitesse d'exposition et de développement d'un Polaroid. Même dans la plus totale urgence, dictée par les plus horribles contingences de l'existence, à raison de dizaines de pages/jour, la tentative est vouée au plus total échec. La littérature en direct s'appelle journalisme. Le roman de fiction s'élabore précisément dans les cornues de l'alchimie neurale du temps, dans la mémoire, dans notre inconscient, là où des forces symboliques s'emparent des événements du monde pour en faire et de la biologie, et de la morale.

Vers l'âge de cinq ans, je fus atteint de méchantes crises d'asthme qui provoquaient en moi d'atroces angoisses de mort imminente. Leur souvenir m'est resté. Plus tard, vers vingt-vingt-deux ans, je fus sujet à de fréquentes crises phobiques étrangement analogues, accompagnées parfois d'épisodes para-psychotiques franchement éprouvants (entendre la voix de sa mère vous parler dans le creux de l'oreille n'est pas de tout repos, alors que vous vous apprêtez à accéder à la correspondance Mairie d'Ivry-Porte de la Villette en pleine heure de pointe). Les deux symptômes furent plus ou moins « soignés », à quinze ans d'intervalle, mais je sais ce qu'ils ont laissé comme sombre empreinte en moi : une certaine expérimentation des gouffres de la mort, et de la folie. Ceux qui y verraient une quelconque pose, une volonté délibérée, romantique et maniériste de se placer dans les traces d'augustes et ténébreux ancêtres, seraient pour le coup mal inspirés. J'ai passé toute mon adolescence à combattre, du mieux que je pouvais, ces terribles cauchemars qui m'assaillaient le plus souvent hors du sommeil. Lorsque les drogues, cocaïne, amphétamines, THC, LSD, etc., eurent fini d'anéantir toutes ses lignes de défense, mon cerveau profita d'une nuit d'extrême fatigue pour libérer l'écluse. En une petite nuit ma vie changea. L'angoisse de mort imminente pouvait me surprendre n'importe quand, n'importe où, avec n'importe qui, dans n'importe quelle situation. Dans le métro, chez moi, dans la rue, au cinéma, tout seul, avec ma copine, avec le groupe, en famille, au restaurant, à l'ANPE, au supermarché, au club de vacances. Elle finit par devenir une compagne quasi quotidienne, invisible, imprévisible, impénétrable.

Incapable de supporter la solitude dans mon petit studio du XIIIe arrondissement, je réemménageai chez ma mère, puis chez mon père.

Mes connaissances, alors confuses, au sujet des maladies mentales me convainquirent rapidement que j'étais en train de devenir psychotique. L'angoisse de mort imminente parfaitement irrationnelle trouva un socle de rationalité et se transforma en « angoisse de devenir fou ». Cela ne m'aida en rien. Les crises continuaient. Jusqu'à ce que je me décide à consulter un psy. À celui-ci j'annonçai tout de go que je savais de quoi je souffrais, j'étais en train de devenir schizophrène, qu'est-ce qu'on pouvait faire pour éviter l'enfermement ?

Le psy, qui n'était pas incompétent loin de là, diagnostiqua prudemment pour sa part une névrose phobique d'angoisse qu'on pouvait rapidement contrôler avec des antidépresseurs et une psychothérapie. Je délaissai assez vite la psychothérapie, mais pendant les mois qui suivirent le Témesta devint ma chimie de prédilection. La lecture de Deleuze, Laing, Cooper et quelques autres m'accompagnait déjà depuis quelque temps, elle se fit alors plus insistante et, pour une raison qui m'échappe encore, me fit dériver vers les grands textes religieux fondamentaux de la civilisation humaine, l'Ancien Testament en premier lieu, mais aussi le taoïsme, le bouddhisme et l'islam. Ce n'est qu'au bout de quelques semaines que je me rendis compte que les crises s'espaçaient et perdaient de leur intensité à chaque occurrence. Moins de deux ans après la première explosion phobique de l'été 1979, je fus surpris de constater que je pouvais diminuer les doses de Témesta, que je ne croupissais pas dans un asile et que j'étais encore vivant. L'idée d'« exploiter » ce genre d'expériences pour en « faire » de la littérature ne m'effleura pas plus à cette époque qu'aujourd'hui. Car ce n'est pas l'expérience vécue en elle-même qui est intéressante, bien sûr, pour produire de la fiction, mais plutôt ce qu'elle a ouvert comme abysses métaphysiques dans l'esprit de celui qui l'a traversée.

La métaphysique, c'est l'expérience physique de la mort.

La vie sur Terre n'est qu'une étape.

Je ne suis pas sûr que les prêtres chrétiens comprenaient (et comprennent aujourd'hui) le sens *pratique* de ces paroles plus ou moins tirées des enseignements du Christ.

Je suis même sûr du contraire, en vérité.

Imaginons d'un trait ce qui pourrait faire une des trames narratives d'un roman futur : une secte hérétique chrétienne décide de cloner l'ADN résiduel trouvé dans le saint suaire de Turin.

L'humanité, ayant perdu toute trace de Dieu, puisque ayant pris sa place sans rien changer de ses perspectives, décide de cloner le Christ. L'homme-dieu ainsi fabriqué risque de s'avérer bien décevant pour ses concepteurs.

Le Christ ne surgira pas du clonage comme par magie. Pas plus à partir de l'éventuel ADN trouvé dans le saint suaire qu'avec les colifichets vendus à Lourdes, Medjugorje ou Fatima-City. Si le procédé du clonage semble plus sérieux, c'est qu'il est paré du *glamour* de la technoscience. Mais ceux qui se lanceront dans ces vaines tentatives s'obstineront à ne pas voir ce qui fait le caractère proprement *spéci-*

fique du Christ : le fait qu'il fut, qu'*il est* un principe cataclysmique, un principe pour lequel la génétique n'est qu'un support opératif, l'ADN, une banque d'informations *cosmo-gonique*, l'homme une plateforme biologique nécessaire à son surgissement, mais néfaste pour sa survie, comme l'histoire l'a prouvé.

Si le Christ surgissait aujourd'hui, je ne lui donnerais pas deux jours.

*

Jour 65, 27 mai.

Aujourd'hui, Milosevic a été officiellement inculpé de crimes de guerre et contre l'humanité par Louise Harbour, du tribunal international de La Haye. 27 mai 1999, jour de grâce. Du coup, on pouvait s'y attendre, les Russes, les Chinois et tous les porte-flingues de la cause yougoslave parlent d'un « jugement politique », et dans le meilleur des cas soulignent avec tristesse le fait que cela va considérablement compliquer les « négociations de paix ». Ils ne veulent décidément pas comprendre qu'il n'y a rien à négocier, qu'il n'y a jamais rien eu à négocier, que le temps semble fini (enfin !) où l'Europe avait à « négocier » avec les criminels de guerre communistes.

*

28 mai, jour 66.

En l'absence de l'Homme, la Machine triomphe de la Bête.

Dernier refrain à la mode chez les baby-boomers et les jeunes cons décérébrés par vingt-cinq ans de relativisme culturel : si Milosevic est inculpé, alors l'Otan doit l'être aussi, pour les victimes civiles serbes des bombardements. Ces vieux et moins vieux crétins croient que le droit est un concept humanitaire (et non le glaive de la morale des vainqueurs, comme le savait Nietzsche), à tel point d'ailleurs que nos gouvernants se sentent obligés d'en rajouter dans cette version larmoyante des faits. Pour cette armada intellectuelle anti-occidentale qui ratisse large, disons de Noam Chomsky à... Faurisson, les équipages des B-17 qui bombardaient l'Allemagne méritaient donc de côtoyer les chefs des SS et du parti nazi dans le box des accusés, à Nuremberg. Ils ne voient pas la différence, n'est-ce pas, entre les frappes militaires des avions de l'Alliance et les centres de viols ou les camps de tortures et d'extermination mis en place par les tchetniks, ils ne voient pas la différence entre la programmation systématique et à grande échelle du nettoyage ethnique et les victimes civiles d'une guerre générée par un homme qui use de la propagande et de la répression depuis son arrivée au pouvoir.

Ah! mais... j'oubliais, Milosevic ne peut pas être un bourreau, n'est-ce pas? Il est yougoslave, serbe, et de surcroît communiste.

C'est donc une *victime*.

Que les choses soient bien claires : chaque enfant serbe qui meurt sous les bombes alliées est à mettre au compte de Milosevic et de sa clique. Il doit selon moi *être également jugé pour ces morts-là*, pour les victimes serbes de sa propre folie. Comme Hitler l'aurait été pour *toutes* les victimes de la Seconde Guerre mondiale, y compris allemandes.

L'incroyable démission intellectuelle de la gauche « radicale » occidentale est à la mesure de ses errements passés. Antilibérale et anti-occidentale par passion, socialiste et étatique par conviction, nihiliste et humanitaire de religion, elle se vautre désormais dans la fange nationaliste panserbe, sans voir qu'elle s'y engloutit à jamais, et qu'elle disparaîtra donc avec elle, quand le feu du napalm aura tout calciné.

Ce soir où, sur les chaînes d'informations en continu, les images en provenance des frontières du Kosovo et de Belgrade illuminée par les missiles de croisière alternent avec les séquences *live* de la mission STS-96 s'arrimant à la station orbitale internationale, ce soir où je lève les yeux vers les cieux un instant, en m'offrant une pause dans la rédaction de ce « Journal de bord d'un écrivain de la fin du XXe siècle », alors que la nuit est douce comme une arme, et belle comme une *club-babe* sortant du Shed Cafe, je me dis que mon existence aura été une succession d'étranges coïncidences, parfois terriblement ratées, mais plus souvent encore pleines d'un mystère aussi banal que la vie : je pense à cela alors que je me dis que le titre adopté il y a deux ans exactement pour ce « journal de bord » — *Le théâtre des opérations* — ne témoignait pas que d'une certaine recherche formelle et métaphysique ; je repense aux deux mois écoulés depuis le début de la « guerre des Balkans » et je constate, effaré, que j'avais prévu l'événement avec une étrange « précision chirurgicale » dans *Les racines du mal*, et que sans doute, alors qu'en 1997 les tensions semblaient calmées pour un bout de temps dans la région, je savais très bien que tout cela ne pourrait finir que par une confrontation militaire de grande envergure, où l'Europe, une fois de plus, allait jouer son destin.

Surprends sur TV5 le feuilleton guignolesque en cours en ce moment dans l'Hexagone, ou plutôt, je m'excuse, dans ce truc en forme de grenade à goupille qui se situe juste au-dessous, sur la carte : je parle de la farce des gendarmes plastiqueurs de paillotes et du tueur de préfet en cavale. Mis à part Napoléon Bonaparte (ou en le comptant), la Corse ne nous aura jamais amené que des ennuis, sans parler du gouffre financier que cache jalousement ce rocher aux allures de paradis fiscal. Pourquoi ne la revend-on pas aux Italiens contre une tonne de spaghetti et un droit de passage pour notre flotte ? Eux au moins en feront pour de bon une seconde Sicile.

Les « nationalistes » corses sont à peu près aussi aptes à édifier une « nation » corse que les Serbes l'ont été à bâtir la leur.

Préparez l'aviation.

*

Sur TV5, 29 mai, regarde avec un effarement non feint se succéder Paco Rabanne et Élisabeth Teyssier à l'émission de Thierry Ardisson. Teyssier, astrologue de Mitterrand qui voulait, paraît-il, lui ouvrir une chaire d'astrologie à la Sorbonne, et Rabanne, fabricant de nippes subventionnées par la grâce de Jack Lang. On mesure là tout ce que la France a perdu lors de ces funestes années socialistes, et tout ce que nous devons au cancer de la prostate.

Teyssier, persuadée que la fin du monde est programmée pour 1999, lance une pétition internationale pour que la NASA annule la mission de la sonde Cassini, le vol, n'est-ce pas, ne doit pas avoir lieu entre je ne sais quel jour du mois de juillet et je ne sais quel autre du mois de septembre, pour cause de conjonction astrale malheureuse. Paco Rabanne, grand prêtre néo-égyptien et ancienne putain du roi — à ce qu'il prétend lui-même —, a reçu quant à lui la vision d'un Paris détruit par la station Mir en déroute à cause de perturbations magnétiques liées à quelque éclipse estivale. Face à la contradiction apportée calmement par un véritable chercheur du CNES, leur seule ligne de défense consiste en une volée d'insultes, de rodomontades agressives, de diktats verbaux et de délires antiscientifiques haineux (pour Teyssier ce n'est pas le cerveau qui produit la pensée et, selon elle, c'est là la tendance des dernières découvertes en ce domaine !). Doit-on rire, doit-on pleurer, doit-on étouffer de rage ? On ne sait si la stupidité est feinte ou bien réelle mais, quoi qu'il en soit, l'ignorance crasse avance, armée de livres, parée des oripeaux du star-system, de la mode et des magazines people. Le seul espoir semble venir du grand prêtre Paco Rabannophis IV lui-même, lorsqu'il annonce avec vigueur que, si sa prédiction ne se réalise pas, « il fermera sa gueule à tout jamais ».

On soupire, les dix ou vingt prochaines années seront en tout cas un peu plus supportables que prévu.

Mais les réincarnations de grands prêtres égyptiens ne doivent-elles pas, elles aussi, payer leurs impôts ?

Aussi m'apparaissent quelques nécessités d'une urgence absolue, à l'orée du troisième millénaire :

Supprimer tous les végétariens et les prétendues réincarnations. Pour les uns, c'est une mesure de simple bon sens, pour les autres, une mission humanitaire.

Déporter les astrologues sur la Lune ou, si cela s'avère possible, au-delà des limites du système solaire.

Interdire complètement la circulation de livres aussi dégradants pour l'intelligence humaine.

Même soir, annonce sur Newsworld d'un début de fléchissement de la part du pouvoir serbe. Milo fait savoir qu'il est prêt à accepter les « principes fondamentaux » du règlement imposé par l'Alliance — 639 sorties aujourd'hui, 25 000 et des poussières depuis le début des opérations, on ne remerciera jamais assez Clément Ader et les frères Wright. Mais tout le monde l'aura bien compris, et le général Wesley Clark en premier lieu : le règlement doit maintenant survenir le plus tard possible, car l'objectif est désormais la désagrégation totale et définitive des forces militaires serbes et du pouvoir qui les commande. Il faudrait que les Occidentaux soient assez rusés pour faire capoter les négociations de paix tout en faisant en sorte que ce soit Milosevic qui, une fois de plus, les rompe.

Je me surprends à prier pour que nos brillants politiciens (re ?)lisent Machiavel.

Ou Lénine.

Anéantir la stupidité humaine demanderait une dictature inflexible, ou alors un massacre quasi généralisé.

Face à cette double impasse politique, à cette menace de dévolution qu'on pourrait presque appeler de ses vœux, et devant la marée new age des astrologues, la pensée n'a plus d'autre choix que de se reconfigurer elle-même en arme de destruction massive.

L'ère des faux prophètes annoncée par les Saintes Écritures est enfin arrivée. Nous les voyons surgir à chaque coin de rue, aujourd'hui au coin des pages de journaux, au détour d'un surf sur le web, sur l'écran de télévision. Ils annoncent que la Fin est proche, et ils ont raison.

Sans se douter que c'est de la leur qu'il s'agit.

Notre civilisation a le choix : continuer de croire aux balivernes du relativisme culturel, basé sur une prétendue *égalité* des théories et des idées, ou faire sienne la pensée de Karl Popper, qui a compris que le système génitif des théories et des idées obéit au moins à l'une d'entre elles, à savoir la théorie synthétique de l'évolution, basée, elle, sur la *sélection naturelle*.

*

30 mai.

Nostradamus chez Pivot.

Un exégète de l'astrologue voit dans un quatrain des célèbres prophéties la menace d'une attaque nucléaire par la Chine en juillet 1999. Conclusion de ce sinistre individu : l'Otan doit arrêter la guerre d'ici le 30 juin.

La coalition anti-atlantique prend un jour nouveau, et reconnaissons-le, franchement réjouissant.

*

Dernières expériences en date aux États-Unis : grâce aux nanotechnologies et aux progrès accomplis dans les sciences du cerveau (n'en déplaise à Mme Teyssier), un individu est désormais capable de contrôler par sa simple concentration mentale, via une interface de type SQUID, un dispositif électromagnétique assez simple : un écran où une forme lumineuse est attirée dans une direction par un petit électroaimant. Le sujet est chargé de « repousser » l'onde lumineuse dans l'autre direction. Et ça marche.

La recomposition à distance et à volonté de configurations atomiques spécifiques : voilà l'enjeu des nanotechnologies. L'ordinateur et son imprimante nous ont maintenant habitués à un monde où tout un chacun peut, à partir de digits binaires stockés dans une mémoire électronique, imprimer une encyclopédie complète sur un coin de son bureau. Mais, écran ou feuille de papier, ou même hologramme, nous restons dans un monde à deux dimensions. L'enjeu de l'informatique est purement informationnel, cette lapalissade n'en est pas une dans ce contexte : car les nanotechnologies vont transférer ce type de médiation au sein même de la matière, dans le monde tridimensionnel, *quadridimensionnel* devrai-je dire, des objets manufacturés comme des structures vivantes, dans le monde de la biologie et de la physique.

Dans le monde de la *biophysique quantique*.

L'ADN n'est pas la « brique » des chantiers de construction biologiques. Il n'est pas plus le plan d'architecture qui préside aux formes et aux destinées desdites constructions. Il est tout cela et bien plus : il est le système fondamental sur lequel s'appuie et s'édifie *l'économie générale biologique du cosmos*. L'ADN, présent dans tous les êtres vivants connus à ce jour, est un fluide informatif qui irrigue l'univers, l'ADN voyage à l'intérieur des comètes et des astéroïdes, il est présent dans les gaz de poussière interstellaire, et ses quatre constituants moléculaires sont suffisants pour écrire les codes génétiques de millions et millions d'espèces vivantes, animales et végétales. Système d'information, d'échanges et de lutte contre l'entropie, l'ADN est donc bien avant toute chose un procédé d'écritures, *au sens économique* pur : l'ADN, c'est le dollar du cosmos.

Des millions de spermatozoïdes pour un seul survivant. Des millions de vies possibles et une seule que vous vivrez vraiment. La vie, c'est l'élimination drastique des choix et des possibilités, *jusqu'à la toute dernière extrémité*. La vie, c'est la lutte épuisante, et finalement mortelle, de la vie contre elle-même.

Je ne crois pas en un monde sans frontières. Le monde lui-même en est une. Sans parler de l'homme. Les frontières sont des lieux de passage où s'exerce la loi de la sélection naturelle. Ce sont des interfaces paradoxales, pouvant laisser le passage, ou l'interdire. Ce sont les frontières nationales qui sont mortes, ou en train de mourir. Mais de nouvelles portes s'ouvrent, de nouvelles barrières s'érigent, de nouvelles interfaces, de nouveaux processus d'intégration/désintégration voient le jour, de nouvelles inclusions / exclusions, disjonctions / connexions établissent de nouveaux rapports entre l'homme et ses créations, l'homme et lui-même, et ses créatures entre elles.

Ma tolérance s'arrête à l'intolérable. C'est-à-dire à presque tout.

1er jour de juin. L'aube se lève. Il fait déjà, encore, *toujours* chaud. Depuis le commencement de cette longue nuit d'écriture, j'écoute en boucle la face A des K & D Sessions de Kruder & Dorfmeister. Cela fait quelques jours que ça dure, je suis habitué, c'est un type de monomanie avec lequel je vis depuis très longtemps. Lorsque j'étais adolescent, j'écoutais toujours en boucle, et pendant des semaines, parfois des journées entières d'affilée, mes acquisitions successives dans le domaine de la pop music. Dans un relatif désordre je peux citer *Led Zeppelin I* et *II*, *School's Out* et *Killer*, *Sergeant Pepper's* et *The Magical Mystery Tour*, *Electric Ladyland* et *Are you Experienced*, *Nashville Skyline* et *Blonde On Blonde*, *Ziggy Stardust* et *Station to Station*, *Tago Mago* et *Monster Movies*, *Transformer* et *Berlin*, *Fun House* et *The Idiot*, *Radio Activity* et *The Man Machine*, *Here Comes the Warm Jets* et *Before and After Science*... Mais aussi Ennio Morricone, Beethoven, Ravel, Ligeti, Walter Carlos, La Monte Young, Pierre Henry et Stockhausen, sans compter Alan Stivell, Miles Davis, Lalo Schiffrin, Chostakovitch, Wagner, Prince, Suicide et Ry Cooder. Cette pop culture musicale par définition hétéroclite, hétérogène, fait partie de moi, comme de millions d'autres de ma génération, je présume.

Elle se fait entendre au réveil des astronautes en orbite, elle accompagnait le fracas des armes en plein cœur de Sarajevo ou du Viêt Nam, elle est la bande-son du XXe siècle, et la musique *classique* du prochain.

2 juin, onzième semaine de bombardements. D'après une amie serbe de Richard, le pays a été *renvoyé au Moyen Âge*. Milosevic et ses sbires auraient dû s'en douter, s'ils étaient dotés d'un quelconque organe de la pensée : rallumer les ancestrales guerres balkaniques, réentreprendre la bataille du Kosovo perdue six siècles auparavant en plein cœur d'une Europe encore embryonnaire à l'orée du troisième millénaire produit son lot de conséquences, qu'on pourrait rassembler sous le terme « loi de la boîte de Pandore », ou loi de l'effet boomerang.

Car l'armée américaine n'a pas fait autre chose qu'actualiser le décalage technique et stratégique entre ses forces militaires et celles de l'ennemi. Un décalage de plusieurs décennies au moins. Et qui, par la nature dynamique de toute guerre, se creuse un peu plus de jour en jour, d'heure en heure.

Même certains de mes plus fidèles amis — ils se reconnaîtront — ont douté, aux premières heures du conflit, de la capacité opérationnelle de la nouvelle aviation américaine. Les Yougoslaves avaient, paraît-il, des tunnels secrets et des bases souterraines par centaines, remplies de tonnes d'armements, la population était entraînée à l'autodéfense, les Serbes n'avaient fait qu'une bouchée des forces croates et bosniaques, sans parler des soldats de l'ONU.

Personne ne veut comprendre que l'armée américaine, comme l'ensemble de sa culture, est déjà entrée dans le XXIe siècle, il y a dix ans, lors de la guerre du Golfe. Si vous croyez que l'armée américaine d'aujourd'hui a encore quelque chose à voir avec celle qui combattit au Viêt Nam, ou avec les forces britanniques qui reprirent les Falklands, ou avec une quelconque armée européenne contemporaine, et je ne parle pas des autres, si vous croyez cela, retenez votre souffle, et préparez-vous à être balayés par cette guerre du futur qui s'élabore précisément avec l'aide des délires fictionnesques les plus « fous ».

Le programme d'Initiative de défense stratégique, lancé au début des années 80 par Ronald Reagan et plus connu sous le nom de « Guerre des Étoiles » (au moment où le succès du film homonyme était à son apogée), fut élaboré par un pool de scientifiques et d'auteurs de science-fiction, comme le rappelle fort justement Norman Spinrad dans un texte récent. La plupart des intellectuels européens considèrent cette entreprise comme une des plus ridicules et des plus ruineuses que l'Amérique ait jamais conduites, mais c'est parce qu'ils refusent d'admettre les retombées directes du programme sur le niveau de puissance technologique des forces armées américaines et sur l'émergence de concepts stratégiques et opérationnels qui furent mis en œuvre avec succès par deux fois au cours de la décennie écoulée.

Un « saut quantique », pour le moins, a en effet été réalisé :

Les Américains sont désormais les maîtres de la futurologie appliquée. En demandant aux auteurs de science-fiction d'imaginer les systèmes d'armements du futur, puis en les produisant pour de vrai, ils maîtrisent l'avenir, car ils le créent de toutes pièces, à leur image, incarnant au sens strict les « délires » fictionnesques d'un Philip K. Dick et ses psycho-artistes concevant des arsenaux futuristes pour le compte des militaires des deux blocs.

L'unique différence étant qu'il n'y a plus qu'un seul bloc.

D'une certaine manière la civilisation américaine est déjà une *civilisation orbitale*. Elle est la première société qui apprend à se détacher de l'humanité.

Comment le deuxième amendement, qui garantit à tout citoyen le droit de porter une arme, pourra-t-il survivre aux conditions extrêmes de la vie extra-terrestre ? Je ne suis pas certain que cette question soit dans l'agenda des hommes politiques américains du moment, mais je ne vois pas comment ils l'éviteront dans un futur proche, lorsque les corporations et les agences américano-internationales commenceront pour de bon à industrialiser le ciel.

*

Certains diplodocus « humanistes », comme le ministre français Claude Allègre, « pensent » que l'homme n'a rien à faire dans l'espace, qu'il y est mal adapté et qu'il vaut mieux n'y envoyer que des sondes robotisées. C'est sans doute parce qu'il ignore, ou pire, parce qu'il *devine* tout ce que la biologie et la génétique vont nous permettre bientôt d'y entreprendre.

La Yougoslavie est née de l'acte infâme qui déclencha la boucherie de 14-18. Le projet politique de l'archiduc d'Autriche, fonder un État fédéral européen sur le modèle américain, fut promptement assassiné, et par deux fois : une première par la mort prématurée de ce jeune visionnaire, de la main d'un terroriste tchetnik armée par les services de Belgrade, une seconde par le carnage qui s'ensuivit, ce dont les Serbes furent amplement récompensés par le traité de Versailles qui créait de toutes pièces ce pseudo-État monarchique et confédératif « yougoslave » sous leur domination.

Ainsi, c'est à Sarajevo qu'en juin 1914 les Serbes mirent l'Europe à feu et à sang pour récupérer l'équivalent de deux départements français, et au passage avaler quelques peuples « frères ».

La fondation même de l'État yougoslave est un acte criminel, né du crime génitif de l'Europe du XXe siècle.

Voilà pourquoi Milosevic propage le nettoyage ethnique en toute impunité au cœur du continent depuis dix ans. Voilà pourquoi Sarajevo et la question du Kosovo sont au cœur du problème européen, en même temps qu'elles marquent les deux termes du siècle, dans le chaos sanglant de la guerre.

*

Jour 71, 3 juin 1999. Milosevic met un genou à terre. Les parlementaires serbes, la mine défaite, se voient obligés d'avaliser l'inflexible loi de l'Otan. Quel délice que de voir cette assemblée de minables criminels, épaules voûtées par le poids de la défaite, visages gris comme leurs costumes d'apparatchiks, ravaler ainsi leur présomptueuse hystérie, et tenir de lénifiants discours sur la paix et la démocratie. Ces images se superposent à celles de Mladic et Karadjic, et des députés serbes de Bosnie, lorsqu'ils découpaient en riant, et avec la complicité de l'ONU, les territoires croates et bosniaques. Aussi, notre plaisir n'est-il encore qu'imparfait. Un genou à terre est loin d'être suffisant. Ce sont les deux épaules que nous voulons voir aplaties.

La civilisation européenne ne pouvait fatalement s'édifier que sur les cendres de l'ONU.

J'apprends par les nouvelles que la ville de Sherbrooke, au Québec, va accueillir un petit millier de réfugiés kosovars, constitués bien sûr aux trois quarts de femmes et d'enfants, et qu'en retour la communauté serbe locale a décidé de *fuir* la ville.

Les Serbes ont la conscience tellement lourde qu'ils sont effrayés par une poignée d'enfants dans les yeux desquels, sans doute, ils auraient pu voir les spectres de toutes leurs victimes.

Ciel de traîne bleu cobalt au-dessus de Montréal, de longs cigares indigo s'étagent au-dessus des immeubles sur un fond monochrome radioactif, je marche dans la rue, l'air est un peu froid alors que le soleil a depuis un moment disparu derrière le mont Royal, j'entends rire ma fille qui détale sur l'asphalte devant moi, vers le cône doré de la lumière du réverbère, des odeurs de café et de cuisine nous parviennent, des sons aussi, des beats technoïdes et des bribes de rock'n'roll, la ville elle-même semble chanter son corps électrique, un subtil tourbillon de sensations malaxe en moi d'anciens souvenirs et autant d'images mentales fantasmatiques, vieux films américains de mon enfance, impressions de dépaysement extraites des valises de mes anciens voyages, désirs inassouvis d'explorations et d'aventures outre-mer, et outre-monde, fantaisies aux logiques floues dansant aux limites du déjà-vu et du futur antérieur, virtualités demandant à être actualisées pour la simple fulgurance de la beauté de ce ciel, pour l'image de Sylvie, son visage dans le clair-obscur de cet aquarium chimique dans lequel la ville, le cosmos tout entier, est plongé, pour l'envol d'un jet en une longue ligne poudreuse orangée par les rayons du soleil venus de l'au-delà de l'horizon, juste derrière elle et ses longs cheveux rouges, pour le simple sourire d'Éva s'ébrouant dans l'innocence déjà menacée de l'enfance, pour la fugitive et troublante expérience de l'extension infinie de la durée d'un seul et rarissime instant, qui semble pouvoir racheter toute une vie, sans que pourtant rien ne puisse effacer la présence de la mort, mais qu'au contraire celle-ci, confrontée à cet infini de la mémoire et de l'imagination, devienne tout à coup légère, anecdotique, insouciante, sans plus aucune portée, le miracle fragile de ces instants irréels irradie chaque fois en moi une très violente émotion jusqu'à la pointe extrême de mes nerfs, mais je ne suis pas du genre à succomber en public au syndrome stendhalien, je continue de marcher sous le ciel du crépuscule et je laisse l'air sec et froid venu du nord sécher un chapelet de larmes, alors que je souris bêtement à personne ni à rien en particulier, et que je pourrais tomber à genoux en implorant grâce, en demandant qu'un tel éclair me foudroie à nouveau, en échange de tout le reste, de tout ce qui peut rester de la vie après ça.

La lumière qui nous éclaire est très exactement la même que celle qui nous aveugle.

Je comprends parfois la profonde mélancolie politique des Québécois, cette nostalgie du rêve englouti d'une Amérique française. Nul doute en effet que tout le drame de notre nation, là-bas sur le vieux continent des origines, comme ici, sur le nouveau des « destinées manifestes », provient de cette conquête du monde perdue, perdue à cause d'une marine adverse bien plus forte, et de nos propres politiciens, évêques et courtisans, bien plus étroits et plus faibles d'esprit.

Il y a deux ou trois éléments fondamentaux qu'il faut garder en tête pour comprendre nos défaites successives face à l'Empire britannique tout au long des règnes de Louis XIV et de Louis XV :

Le catholicisme en est un qui à lui tout seul suffirait largement. Mais il mériterait bien plus que les quelques paragraphes avec lesquels je peux ennuyer mon lecteur.

Les autres sont de simples faits techniques, ils sont plus aisés à manœuvrer sur ce type de distance. Ils proviennent d'un certain nombre d'institutions que les Britanniques inventèrent en quelques décennies, au cours des XVIIe et XVIIIe siècles, pendant le règne de notre fameux « Roi-Soleil », institutions qui leur donnèrent rapidement la suprématie. Parmi elles, le fait que tout acte de propriété n'est jamais qu'une concession temporaire (de 99 ans) et que toute propriété en déshérence ou en faillite revient donc au bout d'un temps à la Couronne. Si bête que cela puisse paraître, cela obligea tout bonnement les aristocrates anglais *à travailler*. À faire fructifier pour de bon leurs domaines, leurs actifs, leurs entreprises. À inventer le *business*. Les compagnies d'assurances. Les sociétés par actions. La Bourse.

En échange de quoi les barons anglais et la bourgeoisie dynamique qui naissait dans leur sillage s'empressèrent de faire adopter l'idée d'une monarchie constitutionnelle et d'un Parlement aux pouvoirs étendus face à l'exécutif royal et en profitèrent pour faire adopter, dès 1650, le *Navigation Act*, destiné à leur assurer la suprématie navale.

Les Français sont intimement persuadés que c'est la révolution de 1789 qui apporta au monde la lumière de la démocratie et de la séparation des trois pouvoirs. C'est non seulement faux sur le plan de la vérité factuelle (cette douce république ne dura que trois ans, avant que les protobolcheviks ne s'en emparent et la conduisent droit dans le mur du totalitarisme), mais aussi sur le plan de la vérité chronologique : les Américains de 1776, déjà, s'inspiraient des principes politiques qui furent mis en place en Angleterre après le règne troublé des Stuarts et de Cromwell, sous celui de Guillaume d'Orange, et ce dès les années 1690.

C'est à la même période que la flotte britannique, déjà supérieure sur le plan de la quantité, va entreprendre une série d'innovations techniques qui lui permettra de distancer sans coup férir tous les autres navires de l'époque, français, hollandais, portugais, espagnols.

L'une de ces innovations naquit d'une simple observation que pouvaient établir tous les navigateurs du monde, en particulier ceux qui naviguaient sur les mers du Sud, lignes et territoires les plus convoités d'entre tous : lorsqu'un navire à la quille de bois voyageait de longs mois dans les eaux tropicales ou équatoriales des Caraïbes, des Indes, du Brésil, des Philippines ou du golfe de Guinée, cette structure immergée finissait par accueillir des colonies d'animalcules de type corallien qui s'y aggloméraient et alourdissaient au final le bâtiment de plusieurs tonnes !

La marine française ne daigna pas s'attaquer de façon sérieuse au problème, la Navy, si. En recouvrant simplement la quille de fines plaques de cuivre ou de laiton, on créait une protection efficace, et qui n'alourdissait pas le navire au départ de façon rédhibitoire. Surtout au vu des gains de poids, d'hydrodynamisme et de stabilité réalisés à l'arrivée. Simple projection économique. Arguments qui furent rejetés ensuite par l'*establishment* militaire français qui considéra, lui, que tout ajout de métal sur la quille des bateaux ne pouvait qu'en affaiblir les performances. Simple rectitude planificatrice. Conclusion ? À partir de la fin du XVIIe siècle, la France ne gagne plus une seule bataille navale contre la marine anglaise. Elle perd ses possessions aux Indes, se fait distancer dans la course vers l'ouest en Amérique du Nord, expulser de toutes les mers australes, et reste cantonnée au Moyen-Orient et à l'Afrique (soit à l'Ancien Monde). Le rêve d'un empire circumplanétaire français s'éteint par signaux successifs, de la baie d'Hudson aux Plaines d'Abraham, de Chandernagor à la mer des Sargasses, pour le compte d'une dynastie absolutiste stupide, entourée de cardinaux syphilitiques et de nobliaux dégénérés qui ne dépareraient pas une célèbre discothèque du VIIIe arrondissement, jusqu'à ce que la nation tout entière, ruinée par tant de désastres, ne finisse par disparaître sous l'ombre de la guillotine et de l'Être suprême, pour exploser, telle l'étoile à la dernière minute de sa magnitude devenant nova ou supernova, dans le baroud d'honneur magnifique et terriblement inutile de Napoléon Bonaparte.

Les républiques qui suivirent, et le XXe siècle l'a je crois amplement prouvé, ne sont jamais parvenues à surpasser ce mortel échec. Qu'on le veuille ou non, la France a créé les conditions de son expansion mondiale alors que le match était déjà terminé.

Il n'est qu'à lire les divers menus à la carte d'un « simple » petit déjeuner du Roi-Soleil pour comprendre qu'un tel monarque avait l'estomac bien trop lourd pour *penser* convenablement.

La France avait pourtant tout pour réussir son entreprise. De tous les pays continentaux elle était la seule à posséder un tel *hinterland*, situé au cœur de l'Europe occidentale géographique, doublé d'une telle ligne côtière, baignant dans les eaux de trois mers différentes. En contrôlant la Méditerranée elle aurait pu faire de l'Afrique du Nord une passerelle naturelle vers l'océan Indien, chose que les Anglais allaient entreprendre à nos dépens en Égypte et au Soudan, et jusqu'au Cap. Si elle s'était ouverte aux pensées et aux pratiques en cours sur les bords de la mer du Nord, elle aurait pu faire de ses ports septentrionaux des entités capables de rivaliser avec Anvers, Rotterdam, Liverpool ou Bristol. Si elle avait vraiment voulu se mesurer à l'Atlantique, des armadas de Bretons, Normands et Aquitains auraient eu de quoi œuvrer à partir des deux bons milliers de kilomètres de littoral, et auraient sûrement donné du fil à retordre aux marins britanniques. Au lieu de quoi, les élites de l'époque épousèrent toutes peu ou prou le funeste mot de M. de Sully, concernant les mamelles de la France. D'une nation de hardis navigateurs, nos gouvernants ont fait un pays de cultivateurs et de cuisiniers.

La France, *fille aînée de l'Église*. On saisit à ces mots, glacé d'épouvante, tout ce que notre nation a subi de privations.

Les Anglais doivent tout à un monarque au sens pratique qui ne voulait, après tout, que *divorcer*.

Jour 72. Milosevic a plié. Décide de me faire tatouer l'étoile des vents de l'Organisation atlantique sur l'épaule. Un peu d'encre sur un morceau de peau pour le prix d'une bouteille de champagne millésimée. Luxe incroyable d'une biopolitique du pauvre.

Il existe peu d'endroits au monde où les femmes sont belles comme ici, à Montréal. Même celles qui viennent d'arriver, d'Europe, d'Asie, d'Amérique latine ou d'ailleurs, se mettent à vibrer dans l'air selon la fréquence plastique propre aux filles de cette ville. C'est cette ville, je crois, qui les transfigure ainsi, et je serais bien incapable d'expliquer pourquoi. Ce mystère est selon moi une des armes secrètes dont elle se sert depuis ses origines pour amalgamer ainsi tant d'immigrations successives, parfois rivales, c'est le moins qu'on puisse dire, et en produire cette beauté poussée à un degré supérieur tel qu'on n'en verra jamais je crois sur le Vieux Continent. Beauté du biotope urbain incarnée dans dix mille modèles féminins hautement concurrentiels selon les règles de la métrique publicitaire cosmopolitaine, fusion blanche des désirs, magie noire de la sensualité, biodiversité des artifices génétiques et culturels, Montréal est la seule ville, il me semble, qui pourrait être comparée à Rio de Janeiro. Un Rio de Janeiro situé au nord du 49e parallèle, élaborant dans les froidures de ses hivers précoces les générations d'un métissage panaméricain, subarctique, boréal, prêt à s'épanouir au grand jour dès les premières poussées de chaleur de ce printemps québécois qui vous explose dans la face plus sûrement qu'un missile thermotropique, climat ravageur des terminaisons nerveuses et des phéromones à l'unisson d'une nature dionysiaque, nymphomaniaque, explosive, que la cité habille, *érotise* en fait, en canalisant ses ardeurs dans l'éducation anglaise et géométrique de ses rues, en la parant de quelque fulgurante parure chromée signée Chrysler ou Cadillac, de sa vénéneuse cosmétique de néon, de la soierie délicate d'une lumière de fin d'après-midi sur les surfaces de verre des buildings du centre-ville.

*

La guerre de Sept Ans (1756-1763) représenta l'ultime défaite du projet français. Nous y avons perdu le Canada, la Louisiane occidentale, ce qui nous restait comme possessions aux Indes et quelques babioles du même genre. Par contre nous y avons gagné la Lorraine, je crois, et la Corse.

Les Anglais en rigolent encore.

Pendant tout le XVIIIe siècle les Anglais vont pratiquer leur célèbre « politique de la bascule », constituant à dresser les unes contre les autres les diverses puissances du continent — France, Espagne, Prusse, Autriche-Hongrie, Russie, Turquie, sans compter les royaumes italiens, et la Cité pontificale — et à s'allier à tour de rôle avec chacune des coalitions, dans le but de constamment affaiblir les plus forts au profit des plus faibles.

Les Anglais furent prêts à user de tous les moyens disponibles pour supplanter la France et l'Espagne dans la course à la domination maritime, donc mondiale, ils y jetèrent toutes leurs forces, toutes leurs ressources, sans aucun état d'âme ils se livrèrent à la flibuste et à la guerre navale sous toutes les formes possibles, rompirent les traités, trahirent à diverses reprises les fragiles et fluctuantes alliances. Il est généralement de bon ton à Paris de manifester à cet endroit de l'exposé un reniflement de mépris hautain, qu'on ferait mieux de piteusement garder au fond de sa poche avec les derniers mouchoirs, car les Anglais appliquèrent en cela à la lettre les enseignements de Sun Tzu et profitèrent à plein de la stupidité crasse des élites continentales, tout particulièrement celles qui vivaient sous le joug catholique. Si l'on voulait vraiment éviter une domination anglo-saxonne du monde, l'union effective de deux ou trois grandes nations « papistes » aurait sans doute suffi à elle seule. Mais les Anglais furent conduits quasiment malgré eux à saisir le leadership qui s'offrait, laissé vacant par les puissances continentales et leur absence de vision stratégique : par leur situation géographique insulaire, les Anglais étaient dès leurs origines *séparés* de l'Europe. C'est pourquoi, avec de bien plus maigres ressources naturelles et démographiques que la France, l'Autriche-Hongrie, l'Italie ou l'Espagne, ils surent projeter le génie européen au-delà de ses limites.

Pendant plus d'un siècle, du milieu du XVIe à la seconde moitié du XVIIe, la France est victime d'un vaste complot apostolique et romain mené par une cohorte de cardinaux et de mères régentes matriarches hystériques qui conduit la nation dans le délire de l'absolutisme royal de droit divin, de l'État central planificateur et de la Contre-Réforme. Cent ans et des poussières de régression politique, économique, technique et spirituelle ont sabré dès son essor une brillante civilisation (celle de Rabelais, La Boétie et Montaigne) qui, comprenons-le bien, n'a jamais pu voir le jour, ni *a fortiori s'épanouir*.

La terrible frustration de l'entité inconsciente/collective nommée France commença à faire entendre sa voix délirante sous le règne de Louis XIV, mais les hystéries jansénistes n'allaient pas survivre très longtemps au siècle de la gravitation universelle, et à la longue pente du déclin monarchique et catholique, elles allaient réapparaître, bien plus terrifiantes, sous la forme de l'hystérie de masse « révolutionnaire » de 1792-1794. Le rythme industriel auquel fonctionna la guillotine durant ces noires années doit être mis en regard des innombrables privations qu'avaient subies la nation, et sa « destinée manifeste », depuis la Saint-Barthélemy.

Je dois préparer, pour le compte de la maison Gallimard, et en vue de la quatrième de couverture, un « résumé » du *Théâtre des opérations*.

Comment décrire cet objet littéraire non identifié, qui tient du journal de guerre, du travail de notes, de l'essai critique ? Comment parler honnêtement de soi-même et de son propre travail, c'est-à-dire sans tomber dans l'autohagiographie, et pas plus dans la banalité factuelle ?

Lorsque les mots me viennent, je ne les imagine

absolument pas sur le dos du futur livre, à moins de vouloir à tout prix faire fuir l'éventuel lecteur qui aura pris le risque de s'en approcher.

Qu'est-ce que cet atelier parallèle et qui se voulait occulte pendant un certain temps ? Pourquoi me semble-t-il qu'il est temps justement de livrer les résultats de cette expérience ? Dois-je laisser en l'état les textes des premières années, bien qu'ils me paraissent très souvent stylistiquement imparfaits et philosophiquement fort incomplets ? Mais que penserai-je dans dix ans des mots que je frappe à cet instant sur mon clavier ? Comment traduire le caractère évolutif de ce « work-in-progress » constant que représente tout travail littéraire, toute volonté de produire une œuvre, autrement qu'en laissant apparaître le travail lui-même au travers des diverses strates géologiques accumulées durant toute cette période, y compris avec leurs imperfections, et le risque conséquent de rebuter dès le départ un lecteur quelque peu exigeant et attentif ?

Comment aurais-je pu résumer ce dont je n'avais absolument pas la moindre idée avant que le résultat ne fût produit ?

Mais ce soir, j'ai envie de me risquer, ici même, à l'instant, quitte à ce que ce prototype apparaisse presque inchangé sur la jaquette le jour venu, ou alors tout au contraire sous une forme radicalement différente.

Car ce soir m'apparaît une image un peu plus nette que d'habitude, un schéma général semble après tout vouloir se dégager de cette expérience :

Le théâtre des opérations, c'est une tentative de récit généalogique de toutes les guerres en cours, y compris celles qui se gagnent ou se perdent en ce moment même il y a des milliers d'années, ou celles qui surviennent déjà dans les prochains siècles. Les guerres en cours, également, lors de cette fin de millénaire critique et dangereuse, car en elles semble se conjuguer toute l'histoire passée en même temps que s'ouvre à plein la rosace des futurs. Ces guerres se mènent présentement à toutes les échelles de grandeur sur l'ensemble de tous les territoires où la présence de l'homme peut être enregistrée, ainsi que là où elle ne l'est pas encore.

Pour vivre en paix, il faut mener contre soi-même la plus implacable des guerres.

*

Petit jour sur Montréal. Le ciel est bleu comme de l'acier. Je marche, dans l'incroyable état de tension, de fatigue et de plénitude qui vous tombe dessus après une nuit blanche largement arrosée et enfumée. J'évite Saint-Laurent, Saint-Denis, Prince-Arthur et l'ensemble des grands axes, je rejoins, dans une solitude parfaite mais néanmoins sinueuse, la rue où j'habite désormais, baignant dans le silence comme toutes celles que j'ai suivies jusque-là, je m'arrête un instant sur un banc du petit parc et me roule un dernier cône. Les volutes de marijuana flottent un instant autour de moi avant de s'évanouir dans l'air si pur de ce petit matin de printemps.

Je n'ai même pas sommeil. Des mots, déjà, aspirent à l'existence.

Mon cerveau ne veut pas s'arrêter, même pour un fugace instant.

L'envie parfois de remercier l'invisible effort d'une

conscience qui ne semble même pas nous appartenir en propre.

7 juin. Après en avoir « accepté » les termes, et obtenu en contrepartie un ralentissement des opérations pendant soixante-douze heures, Milosevic et ses généraux font brutalement marche arrière et refusent d'entériner les conditions de leur retrait du Kosovo. L'Otan réplique en intensifiant ses raids. Dans la nuit, j'apprends par le canal LCN que Milosevic se dit de nouveau prêt à accepter le plan de paix. Ce n'est pas la première fois que Slobodan et ses tchetniks nous font le coup de la valse balkanique. Il est grand temps que l'Europe comprenne qu'elle ne s'en sortira qu'en « dégrisant » les Serbes une bonne fois pour toutes, c'est-à-dire en leur infligeant une seconde défaite des Champs-aux-Merles.

J'apprends par le même journal de la nuit qu'une députée fédérale libérale vient de faire passer un projet de loi permettant à un juge de prononcer plusieurs peines consécutives à l'encontre d'un violeur en série ou d'un meurtrier responsable de multiples homicides, la somme des sentences ne devant pas excéder cinquante ans d'emprisonnement (on se demande pourquoi). Étrangement cette loi est menacée par le Sénat d'Ottawa (une assemblée consulaire de baby-boomers) et par l'habituelle coalition « humaniste », pour laquelle il est absolument moral qu'un individu qui commet un premier acte atroce soit en quelque sorte exempté à l'avance de tous ceux qu'il commettra par la suite. D'après les interviews qui se succèdent à l'écran, il apparaît que cette coalition est particulièrement puissante au Québec et qu'elle s'est rassemblée sous la bannière du Bloc québécois, ce qui risque de me rendre légèrement nerveux quand on abordera la question de la souveraineté.

Entre le laxisme euro-humaniste du Canada (et spécialement du Québec) et le modèle répressif quasi totalitaire de certains États américains, il me semble qu'il existe un vaste espace vacant que seul le sens de la justice est en mesure de remplir.

« Dura lex, sed lex », disaient les Romains.

La loi est dure, mais c'est la Loi. (Sous-entendu : c'est la première de toutes les lois qui fait que celles-ci sont dures.)

Aujourd'hui, pour avoir une chance de se faire comprendre, il faudrait dire :

Il n'existe pas de loi qui soit *cool*.

L'anarchie, ce rêve miteux d'un monde sans loi, sans roi, sans dieu, sans politique, sans production, sans rien de plus que l'homme, réduit en fait au stade terminal de la rébellion nihiliste dans le cycle de la marchandise.

Même la Nature s'est inventé des lois, à moins que ce ne soit l'inverse : qu'une Loi se soit offert une profusion de natures.

Les dérives sectaires antiscientifiques et antitechniciennes n'en sont qu'à leurs prémices. Il faudra sans doute songer d'ici peu à fonder une ligue de défense de la Connaissance.

Le capitalisme schizosphérique de troisième type a pulvérisé tous les anciens principes de vérité, stables, fixes, univoques, et en a dispersé la poussière dans l'ensemble du plan de réalité désormais soumis aux métaphysiques relativistes et quantiques par lesquelles ce capital marchand mutagène produit son expansion, paradoxale et dangereuse. De fait, si notre époque paraît si médiocre sur le plan moral et esthétique, c'est parce que s'ouvre un territoire entièrement vierge, neuf, un espace-temps à explorer-inventer, un plan d'immanence dans lequel se réalise ce mot de Nietzsche concernant la « vérité », qui serait un processus dynamique à créer, et non plus un objet préétabli à découvrir. Voilà pourquoi l'époque nous semble si faible sur le plan métaphysique : c'est parce que le relativisme culturel ambiant n'est qu'une pâle copie systémique des philosophies latentes au cœur des découvertes de la relativité générale et de la mécanique quantique, une pâle copie qui n'a pas su produire de nouvelles évaluations morales, de nouvelles métaphysiques, de nouvelles hiérarchies culturelles, et s'est donc contentée de « gérer » la perte des repères traditionnels en ce domaine, en essayant d'accréditer cette absurde pensée que tous les points de vue s'équivalent dans un même système de référence, sans voir toute la thermodynamique à l'œuvre dans la constitution d'un tel système, à partir, précisément, *d'un certain point de vue*, c'est-à-dire *d'une physiologie de la connaissance*.

Le système nerveux central est encore à la recherche de son support biologique optimal. Il est désormais en mesure d'envisager la fabrication de modèles génétiques en concurrence dans le libre marché de la Grande Séparation, et par le jeu de la sélection naturelle, la création de nouvelles formes de vie organisées au-delà des limites qui restreignaient jusque-là le genre humain.

*

D'après certaines sources sur Internet, les autorités serbes avoueraient plus ou moins officiellement avoir perdu environ deux mille militaires depuis le début des opérations alliées, mais le nombre réel de leurs pertes demanderait une multiplication par trois ou par cinq. Ces chiffres disparates occultent la seule vérité d'importance : le fait qu'en onze semaines de raids les alliés ont mis hors de combat 2000, 6000 ou 10000 soldats ennemis *sans déplorer une seule perte de leur côté*, écrasant au passage les performances accomplies lors de la guerre du Golfe.

S'ouvre à cet instant un nouveau chapitre de l'histoire de la guerre, celui qui pourrait s'appeler TERMINATOR AGE, celui d'une guerre de robots bien plus forts, agiles et implacables que l'homme, celui où pour la première fois une victoire totale aura été accomplie par la seule force aérienne.

Nos corps sont non seulement composés de trillions de cellules, contenant chacune des milliards de nucléotides, qui d'une certaine manière nous sont « propres », mais nous charrions aussi d'innombrables colonies de bactéries, d'amibes, d'acariens et de protozoaires ; dans nos cheveux, dans notre bouche, sur la moindre parcelle de notre peau, sur les parois de notre estomac et de nos intestins, vivent et pullulent des milliers d'espèces animales microscopiques se dévorant les unes les autres dans le jeu sans cesse recommencé de la sélection naturelle. Voir grossi dix mille ou cent mille fois ce véritable zoo interne, ce biotope diabolique interagissant avec celui de notre corps, carbonise une bonne fois pour toutes l'éventuel retour d'une pensée fondée sur l'identité unitaire de nos existences.

Un des faits cruciaux qui sont apparus en pleine lumière pour tous ceux qui se sont quelque peu intéressés aux problèmes du postcommunisme en Europe est le suivant :

Les forces armées des quinze pays d'Europe prises toutes ensemble sont dans l'incapacité totale de conduire une guerre sur un théâtre d'opérations continental, situé à deux heures d'avion de Paris, contre l'armée de type soviétique d'une nation d'environ dix millions d'habitants. Que chaque « citoyen » européen, chaque vache à lait eurofiscale pense donc à tout l'argent qu'on lui pompe généreusement pour maintenir à flot des forces de défense dont les concepts stratégiques et opérationnels n'ont en gros pas bougé depuis la fin de la Seconde Guerre mondiale. Qu'on additionne donc tous les budgets militaires des quinze — et bientôt vingt — pays de cette prétendue « Union ». Et que l'on compare ensuite cette somme avec celle dépensée par les USA pour mettre au point leur armée du XXIe siècle !

Et qu'on revienne ensuite me parler un peu de « souveraineté nationale » et d'« impérialisme américain ».

Viens de voir à la télévision l'arrivée d'un contingent de troupes canadiennes dans le port grec de Thessalonique, je crois. Incroyable. Les troupes sont obligées de débarquer en secret, en pleine nuit, sans se montrer au public, puis d'emprunter des routes détournées pour rejoindre la Macédoine, tout ça parce que ces connards de staliniens balkaniques manifestent régulièrement contre l'Otan. Bon dieu, comment une nation qui a produit tant de chefs-d'œuvre et de génies a-t-elle pu à ce point dégénérer ? Pourquoi ne les exclut-on pas de l'Alliance à coups de pied dans le cul, en leur proposant de rejoindre plutôt la Fédération yougoslave ?

10 juin. Jour 79.

Cette fois c'est fini. Les colonnes de l'armée serbe font retraite sur les routes du Kosovo, les troupiers tchetniks font le signe orthodoxe sous les drapeaux yougoslaves, dans le but de faire croire aux cameramen, et sans doute à eux-mêmes, que cette défaite historique n'en est pas une.

Mais que l'on comprenne bien les effets palpables et quasi mathématiques de la loi de l'effet boomerang : en s'accaparant par la violence aveugle et fanatique la moitié du territoire bosniaque, les Serbo-Yougoslaves devaient s'attendre à perdre l'équivalent sur leur propre sol, ce qui à l'évidence les ramenait droit au Kosovo.

Cette simple image, qui aurait pu préfigurer la naissance de la civilisation européenne, doit malheureusement au plus vite être rangée dans le grenier des illusions historiques. Au moment même où le Vieux Continent sort de plus d'un demi-siècle de léthargie, le sentiment européen n'a jamais été au plus bas sur le thermomètre politique français, la banqueroute des partis censés représenter cet idéal crève les yeux de tout électeur un tant soi peu conscient, et en additionnant les abstentionnistes et les listes anti-européennes, notre pays risque d'envoyer un signal de bien sinistre augure à l'aube du XXIe siècle.

Comme les Grecs du Ve siècle avant J.-C., notre civilisation risque de s'éteindre, avant que d'avoir vraiment vécu, et après avoir gagné la plus importante des guerres.

Il me semble que les nations occidentales ont perdu une part essentielle de leur sens de la justice le jour où elles ont cru bon d'abandonner les préceptes inflexibles de la loi du talion.

13 juin.
Quarante ans aujourd'hui.
Happy birthday, vieux con.

*

Avant-hier les troupes russes ont joué un mauvais tour à l'Otan en pénétrant les premières au Kosovo et en prenant position autour de l'aéroport de Pristina. Ultime pirouette des généraux ex-soviétiques, confrontés à la destruction définitive de tous leurs concepts stratégiques, ou ce qu'il en restait. Les morts successives d'un policier serbe, d'un soldat yougoslave et de trois journalistes allemands ouvrent l'après-guerre sur le mode opératoire du conflit à basse intensité et à haute densité symbolique.

Pour en terminer avec cette guerre de quatre-vingts jours à peine, je tiens à fournir ici pour une relative postérité un florilège de cette non-pensée humanitaire qui tient désormais lieu de religion à toute la gauche anti-occidentale. Je dois paradoxalement remercier le supplément *Alternatives*, inséré dans le numéro de l'hebdomadaire *Voir* du 9 juin

1999, qui a cru bon de rassembler sur une colonne les extraits suivants :

« Les bombardements de l'Otan sont une bataille perdue [...]. Ils auraient dû éviter l'épuration ethnique, mais à l'inverse ils l'ont permise » (Jiri Dienstbier, chargé des droits de l'Homme pour l'ONU dans l'ex-Yougoslavie — 4 mai 1999).

« La stratégie de l'Otan est une catastrophe » (Svend Robinson, député fédéral canadien néo-démocrate à son retour du Kosovo — 21 mai 1999).

« Cette guerre porte un dur coup au système de droit international. De plus, elle a sapé, peut-être même détruit, un courageux et prometteur mouvement démocratique à Belgrade, qui était le meilleur espoir de se débarrasser de Milosevic » (Noam Chomsky, 16 avril 1999).

« Les bombardements doivent cesser, ils frappent des cibles civiles » (Oscar Luigi Scalfaro, président de l'Italie (et comme le rappelle *Alternatives*, un pays membre de l'Alliance), 10 mai 1999).

« Dans le problème du Kosovo, une solution politique est nécessaire et une solution militaire est impossible » (Akis Tsohatzopoulos, ministre grec de la Défense (même commentaire), avril 1999).

« Il faut trouver les moyens pour rétablir la paix et la justice. Les bombardements de l'Otan aggravent la tragédie » (Conseil canadien des Églises, avril 1999).

« Il fallait donner à l'ONU la place qui lui revient dans les conflits, soutenir les progressistes serbes et kosovars, et mettre en place une force de protection de la population kosovare, sous la responsabilité de l'ONU » (Françoise David, présidente de la Fédération des femmes du Québec, et Lucie Lemonde, présidente de la Ligue des droits et libertés, 28 mai 1999).

Force de protection de l'ONU, disiez-vous, mesdames ? Vous vouliez dire « FORPRONU », je suppose ?

Élections européennes. Ou chronique d'un déclin annoncé.

L'ultime sursaut d'honneur du continent sera survenu bien trop tard.

Taux d'abstention record, montée des coalitions anti-européennes, perdition totale du système pseudo-fédéral et social-bureaucratique de la Commission de Bruxelles, anéantissement de toute vision politique « impériale » sous prétexte d'humanisme égalitaire, replis identitaires en cascade, désastres écosanitaires en batteries, effondrement du centre de gravité géopolitique de l'Europe à cause de l'impasse nationale française : nihilisme new age et cynisme salonnard à tous les étages (cette sorte de balistique fatale qui fait se rejoindre l'astrologue Teyssier avec sa chaire universitaire et le ministre Dumas avec ses paires de chaussures à double SMIC), bref, le très ancien rêve d'unité du Vieux Continent naît à la vie réelle et meurt dans le même instant, avorton-vieillard enfermé trop longtemps dans l'utérus matriciel de nos imaginaires, il ne produit plus aucun signe d'activités métaboliques permanentes, son état de mort clinique peut être annoncé à la famille.

*

Jour de Grand Prix à Montréal. Suspension quasi totale de toute vie sociale hors du rayonnement du tube cathodique. Des foules s'amassent dans les cafés pour voir tourner sur l'écran des bolides vrombissant à la queue leu leu sur un grand huit de béton.

Je suis amateur de bien des sports de masse actuels, mais je ne comprends pas l'intérêt de voir courir ainsi de telles machines ; après tout il est encore rare de pouvoir assister à un véritable accident en direct.

Une interview réalisée pour un site web au demeurant plutôt intéressant commence par cette question : Dantec, *anar de droite* ?

Seigneur Dieu Tout-Puissant, épargnez-nous désormais de tels concepts foireux. Suis-je de *droite* ? Cette question a-t-elle encore un sens au moment où la révolution industrielle de troisième type propage avec elle cette polysémie fulgurante, cette topologie si étrange, avec ce nouvel espace moral et politique où de telles conceptions, héritées du modèle euclidien et parlementaire, n'ont franchement plus lieu d'être (comme le haut et le bas dans l'espace extraterrestre) ? Mais surtout comment pourrais-je être anarchiste, en d'autres termes comment pourrais-je croire en une société sans pouvoir, sans (bio)politique, sans guerre, sans production, sans religion et sans « État » (quelle que soit la forme prise par celui-ci), donc sans culture, alors que tout mon travail est précisément tendu avec impatience vers le surgissement de telles productions, ces nouveaux *pouvoirs de l'homme*, dont nous n'entrevoyons encore que l'esquisse ?

Le fantastique (c'est-à-dire le merveilleux ou l'épouvantable) naît d'un simple regard lucide sur le monde réel.

La littérature fantastique flirte constamment avec la mort, donc avec l'indicible, elle est la tentative désespérée, vouée à l'échec (et intimement consciente de cet échec ontologique), de retranscrire l'indicible pour nos sens humains. Voilà sans doute la raison pour laquelle les récits des survivants des camps de la mort ont toujours paru si *irréels*. Autrement dit, les nazis ont pour de bon mis en place un *Enfer industriel*, un *au-delà de l'homme*, un cauchemar si intense qu'il perça au sens propre le mur du réel pour en faire une expérience proprement inénarrable, y compris par les rares écrivains qui y auront survécu, ou en auront surgi.

Pour le public de 1930, voire de 1940, un texte qui aurait tenté de relater une expérience analogue à celle d'Auschwitz serait apparu comme un pur récit de science-fiction.

(À bien des égards il me semble que cette assertion reste vraie pour celui de 1990, ou de l'an 2000, et qu'elle risque d'être vraie pour très longtemps.)

Voilà pourquoi selon moi, malgré une supériorité stylistique et structurelle évidente, *1984* d'Orwell est un texte bien moins intéressant, bien moins *visionnaire* que *Le meilleur des mondes* d'Huxley :

Huxley le preneur d'acide est peut-être un moins « bon » écrivain que l'ancien volontaire trotskiste des Brigades internationales, selon l'évaluation orthodoxe de la critique littéraire, mais écrire *1984* en 1948, une projection dystopique de l'état des choses à l'aube de la guerre froide, me semble largement plus aisé que produire en 1932 (!) un texte sur le clonage, la génétique en kit et les sociétés posthumaines du XXIe siècle.

L'espoir ne peut surgir que des ruines.

Le fait que la démocratie électronique ne produise qu'un incessant et immense brouhaha ne nous dispense pas — nous les écrivains — d'essayer d'en dire quelque chose. Mieux encore, ne serions-nous pas les seuls à pouvoir en *faire* quelque chose ?

La littérature peut, et doit, accomplir deux choses simultanément : rendre étrange le plus familier, et rendre familier le plus étrange.

*

Le Québec d'aujourd'hui semble prisonnier de représentations engrammées dans la mémoire symbolique, génétique et historique des « Canadiens français » depuis les temps immémoriaux de la « Conquête ». Cette prison, plus invisible qu'un palais de cristal, est le legs empoisonné qu'aura laissé la Contre-Réforme catholique à tous ceux qui, encore aujourd'hui, tentent désespérément d'inventer une manière « française » d'être « pionniers en Amérique ».

La revue *Liberté* a consacré son numéro d'avril 99 au monde (devrai-je dire l'antimonde ?) des mass media. Mon ami Christian Monnin s'y livre à un des exercices critiques les plus pointus qu'il m'ait été donné à lire sur le roman de Houellebecq, *Les particules élémentaires*. Son texte « Le roman comme accélérateur de particules » devrait être imposé comme sujet de dissertation à tous les plumitifs qui se targuent de tenir une rubrique littéraire dans les colonnes de la presse parisienne.

Dans le même numéro, deux textes consécutifs mettent en lumière la figure, visiblement oubliée, d'un certain Aristide Filiatreault, écrivain québécois libéral, anticlérical et outrageusement lucide. Ces deux textes me laissent sans voix car ils percutent frontalement mes quelques constructions intellectuelles sur le christianisme, et particulièrement la Contre-Réforme, et ses désastres.

Ce satiriste de la fin du XIXe siècle s'en est pris sans relâche à ce qui m'apparaît, avec une stupéfaction non feinte, comme l'exercice le plus implacable de la dictature catholique depuis la Sainte Inquisition. Et je parle des années 1880-1900. *Dans une démocratie occidentale.*

Là où ça percute, c'est précisément que j'ignorais jusqu'à ce jour et à quel point l'Église catholique s'est entendue avec les protestants anglais pour maintenir le peuple « franco-canadien » dans l'ignorance et la misère.

Les exemples les plus frappants sont donnés par ce brave homme dans un texte qui s'en prend vigoureusement aux mensonges criminels de l'Église catholique du Canada*. Pour ce faire, il cite de larges extraits d'un compte rendu publié par Lahontan en Hollande, après une dizaine d'années d'observation *in situ* au Canada français entre 1683 et 1692 :

« Les prêtres persécutent jusque dans le domestique et l'intérieur des maisons. Ils ont toujours les

* Voir revue *Liberté*, avril 1999.

yeux ouverts sur la conduite des femmes et des filles. [...] Pour être bien dans leurs papiers il faut communier tous les mois. Chacun est obligé de donner, à Pâques, un billet à son confesseur. Les prêtres font la guerre aux livres ; il n'y a que les volumes de dévotion qui vont la tête levée ; tous les autres sont défendus et condamnés au feu. »

Pour appuyer son argumentaire, Filiatreault cite alors Garneau (un historien que je ne connais pas) qui met en évidence la profonde différence de *régime* entre la conquête anglo-protestante et les territoires restés sous contrôle franco-catholique :

« [...] car alors, il faut bien le reconnaître, les clergés comme les gouvernements considéraient l'instruction populaire comme dangereuse et funeste à la tranquillité des États, et le Canada fut encore moins exempt de ce préjugé malheureux que les autres pays, puisqu'il ne posséda jamais d'écoles de paroisses, et que, chose inouïe, l'imprimerie n'y fut introduite qu'en 1764*, ou 156 ans après sa fondation. »

« L'imprimerie, cette arme si redoutable aux abus et à la tyrannie, fut introduite à Cambridge dans le Massachusetts en 1638. Le premier ouvrage qui sortit de la presse américaine fut *L'appel de l'homme libre*, un an après. [...] Ce fut encore la Nouvelle-Angleterre qui donna l'exemple et qui la première établit le meilleur système d'éducation populaire. Elle posa pour principe que l'éducation doit être obligatoire et à la charge commune. [...] Des écoles furent ouvertes dans toutes les paroisses [...] [et il fut décrété que] *tout arrondissement de cinquante feux établira une*

* Soit l'année qui suivit la défaite terminale des forces françaises en Amérique du Nord.

école publique où l'on enseignera à lire et à écrire, et que toute ville de cent feux établira une école de grammaire pour préparer les enfants à l'Université... » (C'est moi qui souligne.)

Pour avoir osé écrire, ou retranscrire, ces lignes, et bien d'autres du même acabit, Aristide Filiatreault fut voué aux gémonies par l'Église, censuré, pointé à l'Index, puis cloué au pilori par la presse bien-pensante francophone, avant de disparaître, un peu avant la Première Guerre mondiale, misérable, isolé, déjà enseveli sous le mensonge officiel du Canada français moderne, il est oublié depuis lors par son propre peuple.

L'existence d'une revue comme *Liberté* apparaît alors dans toute sa fragile nécessité. Tout comme la mienne, qui désormais peut entrevoir un vague, et sans doute unique, aspect « positif » à la littérature : celui de pouvoir, par l'usage de quelques bribes éparses, (re)donner vie à une communauté de fantômes, pas tout à fait morts, mais bien loin des vivants, pouvant apparaître dans notre continuum grâce à des « impressions » textuelles de pensée pure sur le monde plan, vierge et rectangle de la page, qu'elle soit d'argile, de papier ou de verre cathodique, impressions de mots qui n'aspirent visiblement qu'à une chose : plonger dans les abysses de la réalité pour en remonter quelques pièces rouillées venues des épaves de vérités défaites, perdues, et effacées de nos mémoires, et, par la main d'un étrange archéo-bio-nécro-logue caché en nous, en reconstituer le mécanisme, et parfois — trop rare récompense — les voir s'agiter de nouveau, revivre, reproduire au grand jour leur jeu d'évaluations morales et esthétiques.

On doit dissoudre bien des conceptions héritées de notre éducation scolaire francocentriste pour commencer à comprendre ce qui s'est passé ici, en Amérique du Nord, au cours des premiers siècles de la conquête occidentale.

Comme Filiatreault le savait, la Contre-Réforme catholique, après avoir causé l'échec du projet français en Amérique et aux Indes, s'est vu offrir par les nouveaux maîtres anglais du Canada toute latitude pour gérer pratiquement seule les territoires peuplés majoritairement de francophones, en gros le Québec et le Nouveau-Brunswick. De fait, elle y instaura une véritable théocratie.

Lorsque, après la Révolution française, les républiques qui se succédèrent au cours du XIXe siècle en vinrent à se libérer du joug de Rome et de ses jésuites, l'Église vit dans le Canada français l'ultime citadelle du pouvoir vaticanesque en Amérique du Nord, elle se chargea de lourdement culpabiliser les populations locales maintenues sciemment dans l'ignorance, en propageant le mythe d'une francophonie sauvée par l'esprit de résistance et de sacrifice des prêtres (alors que tout démontre le contraire), face à l'abandon des politiciens métropolitains mauvais chrétiens, licencieux et corrompus*.

En instaurant de fait une dictature médiévale, avec la complicité intéressée des protestants anglais, l'Église catholique a imposé ici une empreinte invisible, mais insidieusement présente dans tous les esprits ; je mesure à peine, je le sais, la formidable

* Voir *Liberté*, avril 1999.

régression culturelle que le totalitarisme apostolique et romain a fait subir à ce peuple, l'empêchant, ce me semble à tout jamais, de pouvoir se constituer comme État-nation (la fenêtre de tir pour ce type de construction est passée, il va falloir créer autre chose), tout en maintenant l'arsenal mythologique nécessaire à ce que l'illusion d'un tel projet survive.

Une des différences les plus fondamentales entre les modes de colonisation anglo-protestant et franco-catholique en Amérique du Nord est, me semble-t-il, la suivante :

L'Amérique britannique fut dès le départ conçue comme une terre d'expérimentation religieuse, technique, sociale et politique, et grâce à cela, en contrepartie, elle influença largement le cours des choses et des idées dans la mère Patrie.

À l'inverse, l'absolutisme politico-religieux de la Contre-Réforme s'évertua en vain à essayer de s'approprier un espace bien trop vaste et trop sauvage pour une pensée en robe pourpre, et il considéra toujours avec dédain les quelques idées et innovations qui lui en parvinrent*.

Grâce au protestantisme « décentralisé » et « individualisé », les pionniers anglais purent se séparer psychiquement et institutionnellement de leur matrice d'origine.

Plus que ça, ils furent en mesure d'influer de façon notable sur la politique générale conduite à Londres, fût-ce au prix d'une guerre d'indépendance. L'Amérique devint rapidement le laboratoire grandeur nature d'une civilisation industrielle basée sur l'équilibre instable et paradoxal entre les idées

* Sauf la pomme de terre, bien entendu.

de la Renaissance et celles de la Réforme. Cette « alliance » métaphysique, cette hybridation, cette génétique culturelle allait fatalement produire la civilisation la plus productive et la plus dangereuse de toute l'histoire humaine.

Tout projet d'éducation qui se veut un tant soi peu efficace s'appuie sur le principe qu'au bout du compte, l'élève doit dépasser le maître.

Toujours dans le numéro d'avril de la revue *Liberté* (j'y ai consacré une partie de l'après-midi qui vient de s'écouler), je suis tombé sur un texte mémorable d'un dénommé Jean-Pierre Issenhuth, qui s'en prend avec une prose délicieusement assassine à un de ces tâcherons de la biographie journalistique qui encombrent avec vanité les rayons où auparavant on vendait des livres.

Je ne connais pas le biographe en question (un certain Laurent Greilsamer), je n'ai lu, moi non plus, aucun de ses précédents ouvrages (une étonnante succession de biographies qui va de Touvier à Beuve-Méry), mais le talent d'Issenhuth est amplement suffisant pour savoir détecter les deux ou trois *détails qui tuent*. Nous parlons en l'occurrence d'une biographie du peintre Nicolas de Staël, dont j'avoue en ce qui me concerne une méconnaissance approfondie.

Je sais néanmoins avoir vu des représentations de certaines de ses toiles, dont une citée par Issenhuth, et surtout je connais le niveau d'abrutissement collectif que la culture dite « moderne » véhicule dans les écoles de journalisme et les ateliers d'écriture.

Comme je vous l'ai dit plus haut, *Le théâtre des opérations* est un récit généalogique, et un monstre boulimique, mais un monstre qui sait rendre tribut au talent, et un récit qui se veut le récit de toutes les guerres en cours, or la littérature est pleine de guerres. Qu'Issenhuth me permette donc de le citer, afin qu'on reproduise à une plus vaste échelle ce raid verbal, froid, concis et précis comme les frappes chirurgicales de cette fin de siècle :

« Nicolas par-ci, Nicolas par-là, monsieur Greilsamer, comme vous y allez sur le Nicolas ! Auriez-vous peint quelque chose qui vous autorise à taper sur l'épaule d'un artiste de génie ? Je cherche dans vos notices et ne trouve pas de peinture. Parleriez-vous de ce que vous ignorez ? Je détecte une carrière de journaliste, une biographie de Beuve-Méry, un livre sur Touvier. Bien que je n'aie pas lu ces livres, monsieur, et n'aie aucune envie de les lire, soyez sûr que, dans ces deux cas, le prénom ne m'aurait rien fait. Que vous ayez appelé un journaliste Hubert, un bandit Paul, ou même que vous ayez dit Bébert et Popaul m'aurait paru dans l'ordre des choses, mais Nicolas de Staël, monsieur, vous vous rendez compte ? Avez-vous remarqué le changement de palier* ? »

Sans sombrer dans le ridicule de l'exégèse, on peut noter que dès les premiers mots on comprend comment l'auteur ainsi visé s'est en effet fourvoyé dans le piège le plus courant que le mode de vie égalitaire et libertaire tend aux esprits mal préparés : *se croire libre de se prendre pour l'égal des plus grands*.

Issenhuth continue ainsi son œuvre de destruction massive de la connerie :

« Page 26 (nous sommes encore à Saint-Péters-

* « "Rêverie" — Lettre à un biographe », in *Liberté*, avril 1999.

bourg), voici la petite Marina qui “porte ses cheveux noués sous un bibi gracieux”. À la même page, les enfants écoutent des légendes sous le “refuge des jupes de leur nounou”. Page 28, voilà des prisonniers qui “marchent à petits pas dans la lumière fraîche”, pendant que le pouvoir “meurt dans un hoquet”. Page 31, le lecteur a droit à “la cérémonie quotidienne du baiser vespéral” qui “cache mal les convulsions en cours”. Et la foule, comment voulez-vous qu'elle soit ? inévitablement “miséreuse et ulcérée”. Qu'est-ce que ce bibi gracieux, cette lumière fraîche, ce hoquet, ce refuge des jupes et ces baisers vespéraux ? Vous avez le cliché facile, monsieur, l'épithète quasi automatique, la breloque abondante. Et ce n'est rien à côté de ce qui m'attend plus loin, au moment de la fuite. Page 31, la campagne hivernale est “blafarde” ; les forêts sont “profondes” ; on entend “le hurlement des loups”. Ici, retenez-moi, monsieur : y étiez-vous ? Les avez-vous entendus, ces loups ? Ou est-ce encore des bruits de journalistes ? »

On comprend tout de suite l'intérêt de tels textes critiques, ils nous évitent un très mauvais achat, une lecture fastidieuse et au final déprimante, et ils fournissent au passage un véritable régal pour l'esprit. Oui, grâce à toi, Issenhuth, j'ai pu rire à bon escient d'un cuistre sorti de je ne sais quelle école de journalisme de sous-préfecture, et qui confond en effet la littérature et le téléfilm. Des écrits comme le tien nous interdisent un bref moment de penser que la démocratie culturelle aura surtout permis de fabriquer des tonnes de confiture à la chaîne, pour nourrir des batteries de cochons.

Sachant cela, je me demande dans quelle œuvre sans doute estimable notre ami le biographe épithétomane a pompé le « refuge de jupes » et la « lumière fraîche ».

J'apprends presque par hasard, et avec un sentiment de désolation, que les étudiants du secondaire, ici au Québec, ne reçoivent aucun cours de philosophie et que l'usage de la dissertation est réservé aux études littéraires universitaires.

Je réalise que la machine universitaire québécoise ne s'est vraiment mise en place qu'au cours des années 60, lors de la Révolution tranquille, et qu'elle est donc de fait tout imprégnée des valeurs « égalitaires » et « libertaires » de l'époque. Je réalise avec effroi qu'on y privilégie l'« expression de soi » et qu'on y respecte avec une peur taboue les euphémismes flous de la correction politique, alors que dans le même temps on s'interroge sur l'origine de la violence dans des écoles où il n'est pas permis de dire que de gros lascars incultes terrorisent des populations entières d'étudiants et de profs otages du silence bureaucratique.

Au risque de paraître réactionnaire, je dois dire que le modèle actuel de l'éducation démocratique occidentale, entièrement dominé par de foireux concepts égalitaristes et libertaristes postchrétiens, est à mon humble avis un formidable désastre, doublé d'une fumisterie sans nom.

Lorsqu'il y a quelques mois la tuerie de Littleton, Colorado, a plongé tout le continent dans l'hébétude qui succède aux homicides de masse, et provoqué une diarrhée sans fin de commentaires journalistiques et sociologiques, je me suis souvenu avec stupeur que moi aussi, il y a de cela un quart de siècle, j'avais longuement rêvé de détruire mon lycée, et tous les petits connards d'apparatchiks communistes qui y faisaient la loi. Je réalise après coup, une bonne génération plus tard, et avec une frayeur glacée, que mon destin aurait sûrement pris une tout autre voie si, au cours des années 70, les fusils semi-automatiques et les *riot-guns* avaient été en vente libre dans la région parisienne.

Montréal, le 21 juin 1999

Été 1999

La seule *authenticité* aujourd'hui envisageable, c'est la conscience critique de notre état multi-identitaire.

Les bons romanciers sont des poètes ratés ; les mauvais, des politiciens réussis.

L'homme est un animal aux multiples visages.

Lorsqu'une vérité est comprise par plus d'un individu à la fois, c'est un mensonge.

Les trahisons seraient supportables si elles n'étaient, par définition, le propre des amis.

La médiocrité intellectuelle des nouveaux « papes » de la cyberculture est généralement équivalente à celle de ses contempteurs.

8 juillet. Plus de télé depuis dix jours. J'apprends par *Le Devoir* d'aujourd'hui que des manifestations de masse se déroulent un peu partout en Serbie depuis environ une semaine ; des milliers de soldats

réclament leur solde, qui n'arrive pas, les caisses étant désespérément vides. Tous les partis politiques, hormis l'ex-PC, tentent de se rassembler en un front oppositionnel uni et réclament à grands cris la démission immédiate de Slobodan et de sa bande. Parmi eux d'infâmes crapules comme Seselj et les popes orthodoxes. Mais qu'importe. Il est temps, en effet, que les Serbes accomplissent leur révolution démocratique et activent quelques potences.

Les Serbes ne s'en sortiront pas sans une guerre civile. Mais qu'on me comprenne bien, cela pourrait aussi provoquer une totale, et cette fois définitive, dislocation de l'Europe, qui marche ainsi sur une corde de plus en plus raide.

Ressentir la nostalgie des futurs avortés.

Concert de Carl Craig à Montréal. Je quitte la place au bout d'une demi-heure avec la conviction que cette musique, dite « techno », est définitivement morte.

Toute cette floraison de petits messieurs auto-intitulés DJ, prétendant rompre avec le « cirque » égocentrique des rock stars, et ne faisant qu'habilement le refaçonner, le *re-fashioner*, avec, dans le meilleur des cas, quelques bribes de Baudrillard et les remugles mal digérés d'un Deleuze auquel ils n'auront rien compris, toute cette fourmilière du néant humain s'astiquant le moi dans les toilettes du Grand Rêve de l'Art-Pour-Tous-Et-Par-Tous, cette avidité infernale pour les fameuses quinze secondes warholiennes, cette course de lemmings en tee-shirts orange dans le brouillard électrique du Sona, ou de quelque autre boîte de nuit à la mode du monde occidental, la sexualité comme accomplissement de soi (!), les mécaniques manœuvres d'approche, les danses nuptiales des jeunes paons, les enchaînements automatiques des cours du soir de flamenco des donzelles, on se croirait dans un traité d'éthologie de Konrad Lorenz, et il peut vous venir à l'esprit d'accomplir sur-le-champ un massacre.

Comprendre la vérité comme une arme *mortelle*.

L'homme d'aujourd'hui est non seulement *sans qualités*, il est *sans condition*.

Découverte de Georg Trakl. Encore un génie européen qui n'aura pas survécu à la Première Guerre mondiale.

L'impression tenace de vivre le crépuscule de l'homme.

Aujourd'hui, la forme de loyauté la plus élevée qu'on est en droit d'attendre d'un individu, c'est sa constance dans le calcul.

Il vaut mieux attraper la peste que rencontrer certaines personnes ; à l'inverse, on ne pourrait vivre en passant à côté de certaines rencontres.

L'impression grandissante de vivre dans un cloaque humain, d'où surgissent parfois, en de rares et magiques instants, quelques formes lumineuses, de véritables êtres, de véritables devenirs devrais-je dire, des incarnations sauvages de la vérité, celle qui se fait, se pense, se vit, se fabrique, se conditionne en dehors de toute médiocrité normative, largement au-dessus de ce grouillement-brouhaha chaotique d'androïdes sociaux, simple bruit de fond évolutionniste dont le sens ne peut être donné que par de telles apparitions, de telles fulgurances supérieures.

Clifford Simak le savait, la seule question d'importance c'est : que se raconteront donc les chiens pour se remémorer l'histoire de l'homme ?

Brusquement, la Grâce tombe des cieux sans étoiles de la ville électrique, nuage invisible, gaz neural à l'efficacité simple et terrible : avancer nu vers la vérité comme vers la lame d'un couteau, trouver le métal froid frissonnant dans la neige et, tel le loup des montagnes serbes*, s'enivrer de son propre sang en lapant le tranchant glacé, et finir, c'est sûr, par succomber, pauvre ombre grise perdue dans le désert blanc et sa vie, rouge, tout autour de lui.

*

Viens de tomber sur un petit opuscule fort mal écrit, mais très bien documenté, commentant l'atroce histoire de Gilles de Rais. En lisant le simple exposé des faits, je ne vois là que l'illustration éclatante du fait que les tueurs en série, et tout particulièrement les pédophiles assassins d'enfants, doivent impérativement être interprétés comme une typologie particulière des pouvoirs humains, un dérèglement monstrueux qui ne pouvait s'exprimer, dans les années 1430, qu'au plus haut sommet de la hiérar-

* Voir le récit de Draskovic, « Le couteau ».

chie sociale, mais qui s'est depuis largement démocratisé. Je me souviens alors, presque par miracle, avoir vu il y a quelques années un ramassis de vieillards révisionnistes demandant de façon péremptoire à ce que le jugement prononcé à l'encontre du sinistre sieur de Rais fût annulé, et qu'un nouveau verdict fût rendu, au profit du tueur, et contre l'establishment politico-religieux qui l'avait envoyé au bûcher. *Ce type d'abjections est lui, par contre, typiquement moderne*, il profite à plein de l'effondrement de la pensée historiciste et de son remplacement par les sous-genres pervertis du nihilisme new age. Ce qui m'avait frappé à l'époque, lors d'une de ces inénarrables émissions de Bernard Pivot ou de Bernard Rapp (à moins qu'il ne s'agisse de Laure Adler ou de PPDA, je ne me souviens plus), c'était l'argument récurrent de tous ces petits messieurs concernant l'impossibilité « technique », voire « éthique », que de tels actes aient pu être ainsi commis par un membre de la haute aristocratie française, dont les faits d'armes et la bravoure n'étaient plus à prouver, et qui, surtout, avait accompagné les campagnes militaires fulgurantes de Jeanne d'Arc contre l'Anglais, jusqu'au fatal désastre de Rouen.

Pourtant, des faits atrocement précis et circonstanciés furent consignés par plusieurs témoins, voire certains complices, et de nombreuses disparitions d'enfants furent enregistrées par les autorités ecclésiastiques locales.

En revanche, bien sûr, ne s'en prenant qu'à de petits mendiants ou aux fils et filles de ses nombreux serfs, de Rais ne fut pas inquiété outre mesure par les autorités de police, et ce durant des années. C'est précisément cette impunité qui lui fit dépasser les limites acceptables de la transgression à l'époque, en sombrant dans une démence de plus en plus incontrôlée, jusqu'à menacer directement l'ordre établi, et ses plus hauts représentants.

Gilles de Rais kidnappa, tortura, exécuta et cannibalisa des centaines d'enfants, sans doute plus de quatre cents, en l'espace de quelques années, il n'y a là aucune « impossibilité » technique, et pas plus « éthique », au vu de ce que tout citoyen un tant soit peu lucide sait de l'état actuel du monde démocratique : il existe aujourd'hui de par le globe des centaines et des centaines, des milliers à n'en pas douter, et peut-être plus encore que je ne voudrais l'imaginer, des milliers, donc, de ces tueurs d'enfants. Certains, les moins intelligents, les plus solitaires, les moins organisés, *les moins socialisés*, finissent par être arrêtés par les autorités de police du monde occidental. Mais les autres, et ils sont les plus nombreux, agissent en toute impunité dans les hauts cercles du pouvoir social. Pour ceux-là, la mondialisation économique a commencé bien avant tout le monde. Comprenez-le bien, une bonne fois pour toutes, le tiers-monde, interne ou externe, de la civilisation occidentale a constamment servi de réservoir à chair fraîche pour de tels monstres, qui ont tout à gagner à entretenir l'illusion de leur non-existence, à se confondre avec les mythes urbains du XXe siècle et à s'offrir pour pas cher le partenariat des vieilles croûtes académiques.

Le siècle s'achève comme une réplique fractale invertie de son début. La Yougoslavie est morte. En lisant la presse, je constate que les Serbes ont définitivement perdu le Kosovo, qui fut bien en effet leur lointain berceau historique. Je ressens étrangement une grande tristesse à l'idée que ce peuple, à la fois victime et bourreau, représente comme un cristal de toutes les folies de l'Europe au XXe siècle; la démentielle aventure guerrière et génocidaire conduite en Croatie et en Bosnie par le pouvoir communiste de Milosevic a finalement renvoyé les Serbes au Moyen Âge, c'est-à-dire au lendemain de leur défaite contre les Ottomans au cœur de ce même Kosovo.

*

Connaissant quelque peu le tempérament de ses compatriotes, je conseillerais moi aussi à Milosevic, comme William Cohen*, de se rendre de toute urgence à La Haye, où l'attendent ses juges. C'est effectivement dans une prison européenne qu'il sera le plus en sécurité.

Pour ma part, je l'aurais plutôt envoyé à Huntsville, Texas.

Les Serbes ont perdu le Kosovo. S'ils le veulent vraiment, en échange, ils peuvent gagner l'Europe.

Le monde est si froid que le moindre souffle de vie provoque une fièvre mortelle.

Le piano constructiviste d'Aladdin Sane
s'élabore dans le vaste espace de la nuit;
par la fenêtre,
la ville est d'une précision cybernétique.

Gilles de Rais expérimenta une liberté sexuelle perverse sans limites. L'Enfer est plein de gens « libres ».

* Secrétaire américain à la Défense lors des événements en question.

Nous ne sommes pas libres. Nous sommes seuls.

La liberté est la plus vicieuse des contraintes.

Je ne suis pas libre. Je ne suis l'égal d'aucun. Je ne suis le frère de personne. Voici la trinité que l'on devrait enseigner dans nos écoles, car voici l'état primordial de notre condition, voici ce qui doit fonder toute culture, c'est-à-dire toute évaluation critique de la nature et des sociétés, car voici ce à partir de quoi on peut édifier un modèle plastiquement supérieur, un modèle où la liberté, la justice et la solidarité parviennent à la conscience comme l'expression synesthésique d'un acte hautement métamorphique qui engage la totalité de l'existence, c'est-à-dire, comme le savait Nietzsche, d'un pur surgissement de la volonté.

La vérité est l'expression la plus absolue de la volonté.

Toute éducation véritable cherche à *transmuter* le matériel humain.

*

L'art contemporain pris dans son ensemble est un désastre d'une platitude lunaire. Expression totalisante du moi, alors que tout « artiste » doit avant tout, comme le savait Georg Trakl, être parfaitement *impersonnel*. Cette flatulence des ego hypertrophiés conduit à une pauvreté plastique sans nom et à une étroitesse métaphysique qui ferait passer pour ambitieux un programme politique social-démocrate, bref à une catastrophe générale du mauvais goût pour tous et par tous.

Aujourd'hui la « cyberculture », ou dit autrement l'« univers professionnel du multimédia et des arts électroniques », est le dernier espace que la vacuité de l'art contemporain démocratique vient de brutalement dépressuriser. En l'espace de quelques années, une décennie tout au plus, celle qui vient de s'écouler, une armada de petits malins et de médiocres professeurs s'est emparée du projet esthétique et épistémologique initial pour en faire de grosses machines bureaucratiques inutiles où règnent la bêtise, la vanité et la pédanterie, le plus souvent sous la forme d'une pléthore d'« installations » et de « performances » égocentriques plus hideuses encore qu'inutiles.

Le problème principal d'une telle démocratisation de l'art ne réside pas, comme le pensent généralement les contempteurs réactionnaires des technologies de l'information, dans le média électronique lui-même, même si celui-ci en a été un des vecteurs les plus dynamiques, mais dans le fait que nos évaluations morales et métaphysiques continuent de mettre l'homme, l'individu atomique et démocratique moderne, au centre de nos préoccupations principales, et qu'ainsi l'expansion de l'outil extropique de navigation et de connaissance qu'est le micro-ordinateur n'a produit jusqu'alors, dans la « sphère » de l'art multimédia reconnu comme tel, que très peu d'œuvres pertinentes et durables.

À bien des égards, l'industrie capitaliste du jeu vidéo s'est montrée beaucoup plus innovatrice, et bien plus cohérente sur le plan de la recherche formelle.

C'est donc dans l'industrie populaire, l'*industrie pop*, que tout art démocratique a une chance substantielle de produire du sens.

L'idée absurde et typiquement contemporaine de vouloir élaborer des « textes », des « récits » *interactifs*, de vouloir à tout prix faire entrer la « littérature » dans le mode de production spécifique des médias électroniques, alors que précisément la littérature est ce qui subsistera quand ceux-ci auront tout avalé.

Dans un monde devenu totalement iconographique, la chimie neurovirale du verbe pur sera une drogue rare, chère, et dangereuse.

Voilà pourquoi c'est dans un tel monde, qu'on me comprenne bien, que pourra surgir à nouveau une figure *christique*, un modèle critique métamoral et métaphysique venu du cœur de la vie, du cœur du cerveau humain, du *logos*, du Verbe apocalyptique et transmutateur de valeurs, du Verbe dévorateur d'images et d'icônes, grand brasier ardent et génitif tout autant que coupure et néant radical.

C'est de ce monde de neuro-inductions et d'icônes télévisuelles, de nanotechnologies, de clonages humains et animaux, de ce monde de corporations métanationales et de colonisation spatiale que surgira le prochain moment cinétique critique du processus humain, sous la forme toujours renouvelée du Verbe fait chair, du Logos incarné, surgissant du chaos évolutionniste pour créer de nouvelles perspectives et détruire les anciennes, donner un sens nouveau à toutes ces productions et conduire l'homme à sa perte, c'est-à-dire à son abandon, son oubli et son passage vers une nouvelle forme.

Les certitudes sont les ennemies de la vérité.

Ressentir en soi la persistance du modèle antique serait peu de chose si cela ne se produisait à ce moment terrible où l'humanité en a tant besoin, et en est si éloignée.

Tout acte créatif est une menace pour son auteur.

Créer exige l'abandon total et définitif du moi.

Certaines vies en contiennent mille ; d'autres n'en contiennent aucune.

Comprendre la vie comme principe érotique, et non pas l'érotisme comme principe vital.
L'érotisme, c'est la mort mise en laisse par la vie.

La plupart des relations sexuelles ne sont pas érotiques.

En revanche, une relation érotique peut parfaitement être sexuelle.

L'acte érotique est un acte de prédation réciproque dans lequel la vie et la mort se soumettent à l'amour.

Toute relation érotique est sadomasochiste.

Le consumérisme sexuel actuel ne peut conduire fatalement qu'à une *libération des forces de mort*, que la vie ne peut plus *dominer*.

Consumérisme ou abstinence : les deux mâchoires dialectiques du piège postchrétien.

L'érotisme comme machine de guerre de troisième espèce : seule issue pour surmonter ce piège fatal pour l'homme.

Pour qu'une relation érotique soit pleine et entière elle doit produire son lot de vérités. C'est-à-dire transformer en profondeur ses sujets.

L'hélicoptère policier
fait entendre son pâle vrombissement ;
au-dessus de la Tour,
le faisceau blanc tourne dans le sens inverse
des aiguilles d'une montre ;
hululement digital, frissonnement
du paradis de néon,
la nuit liquide
toutes les dettes du jour et semble calme,
comme dans l'attente d'un crime.

Le moustique
se pose sur l'écran ;
ma main efface
sa présence.
Il se pose sur la fenêtre,
se perd dans la nuit
et disparaît alors de ma conscience.

*

Un beau jour
il faudra tuer

l'homme qui est moi.
Un beau matin,
il faudra dénuder
les fils de ma conscience
et observer avec rigueur
le crépitement d'étincelles
et le grouillement des nerfs ;
J'ouvrirai mon crâne en deux
et j'y délivrerai le singe
enfoui au plus profond du sable ;
Je marcherai vers les buissons d'épines
surgis des corps bleuis
d'enfants exterminés
et mes poumons s'empliront du gaz de leur mort ;
Je vomirai, nu dans la lumière atomique
les Polaroids du feu divin
et mon ventre accouchera
de vitres brillantes
en lames de silice
ensanglantées ;
Je conduirai une automobile
avec les fantômes de mes vies ratées
jusqu'à ce que le jour décline
à l'entrée du désert, et qu'on m'y laisse seul
tremblant de froid comme un poème matinal
qui s'ébauche.

Tout succès commercial d'un auteur devrait le placer face à ses faiblesses.

Lorsque le succès commercial n'est pas voulu, mais qu'il survient quand même, il importe d'en détruire les conditions initiales, et de refondre l'œuvre.

Le succès n'est rien ; l'ambition est tout.

Créer, c'est séparer.

Toute création véritable éloigne son auteur de ses contemporains ; cet éloignement est le plus souvent tragique puisqu'il conduit inévitablement le créateur à s'éloigner de son public.

*

Nous sommes des astres
en perdition.

Exposer la vérité, c'est s'exposer au mensonge.

Seuls des extraterrestres sont en mesure de comprendre notre monde.

Mets à nu la vérité,
on te jettera des pierres.

Flamboyant crime
de l'extase, où le désir
s'épuise, et l'épuisement
se désire.

L'aphorisme, cette poésie du cerveau gauche.

Chercher la vérité a tout à voir avec une opération clandestine de *sabotage*.
(Et en premier lieu celui de sa propre réussite.)

Observer, c'est coloniser avec le regard.

Sous le rayon
de la douche
une petite négresse
en position
exerce une fellation
à un jeune homme pâle
au visage d'ange,
lorsque la matière
lactescente
s'épanouit sur sa gorge et
sur ses épaules
sombres comme des montagnes de cendres,
elle rit
et le jeune garçon
tel un christ de discothèque
expire
devant le vaste carré
à peine noir
du miroir.

Devant moi, la fenêtre encadre la nuit digitale du centre-ville, et sur les hauteurs du mont Royal se découpe la croix de néon qui veille sur la métropole. Brusquement m'apparaît la vérité, bien plus lumineuse que ce petit artefact dérisoire : plus rien dans ce symbole n'évoque le principe actif du Christ. Vulgaire enseigne publicitaire pour un Dieu mort deux millénaires auparavant, il n'éclaire plus que quelques mètres carrés de gazon et d'épinettes, flanqué à sa gauche par les lucioles rouges et immobiles du relais de télévision.

Si Dieu n'est pas mort, alors c'est pire : il est devenu totalement indifférent à notre sort.

*

L'Idée d'un Dieu personnel a vécu, et est morte. L'Idée d'une personne humaine a vécu, et est morte. Il ne reste que des fantômes de chair perdus sur un monde minuscule dans un univers aux dimensions inimaginables, et sans cesse renouvelées.

Nous sommes tels les joueurs-personnages d'un jeu vidéo accédant au second palier de difficulté et découvrant un univers encore plus vaste, complexe et terrible que tout ce que le premier niveau avait laissé deviner.

D'après Goldy, mon lecteur, *Le théâtre des opérations*, ainsi que mon texte de la *NRF* de septembre, pourrait me valoir mon quota d'ennuis, en gros les foudres de la critique.

Après quelques jours d'appréhension, une forme de sérénité s'empare de moi : il est fatal, et sans doute nécessaire, qu'une telle empoignade survienne ; il semblerait que j'ennuie passablement mon monde avec ce succès aussi fulgurant qu'inattendu (et en premier lieu par son auteur), et déjà le brouillon de *La littérature comme machine de troisième espèce* publié sur le Net suscite quelques réactions virulentes. Certaines sont justifiées, une bonne demi-douzaine de pages avaient déjà été profondément remaniées pour la publication à la *NRF* de septembre et ma très mauvaise dissertation philosophique centrale dûment remplacée par un corps de texte plus concis et, surtout, bien plus proche de mes réelles préoccupations littéraires et métaphysiques.

Mais comme je m'y attendais, ce n'est pas tant sur la faiblesse de ce médiocre dispositif argumentaire que se dirigent les traits de la critique, que sur le sujet principal de mon exposé : la nécessité désormais impérieuse pour la littérature de langue française de se forger des outils d'expérimentations susceptibles de répondre un tant soit peu aux mutations que le monde humain est en train de produire.

De part et d'autre du champ de bataille, dans les décombres de notre littérature, on peut voir des ombres titubantes se dressant les unes contre les autres pour un combat absurde et sans espoir : les microghettos de la littérature dite de genre ne produisent plus — à quelques rares exceptions près — que des récits précalibrés et indigents sous des couvertures que le plus mauvais directeur artistique de l'âge d'or des pulps aurait disposées à proximité de la cuvette des chiottes. En face — et là aussi à quelques exceptions près — une cohorte de faiseurs mondains s'évertue à revendiquer qui l'héritage de Proust, qui celui de Gide, ou alors de Céline, de Virginia Woolf, voire d'Henry Miller, quand on ne sombre pas dans le pathétique qui caractérise ceux qui se prennent pour des réincarnations de James Joyce.

Littératures de genre et littérature générale vivent ainsi parfaitement séparées les unes des autres dans leurs petites machineries respectives, alimentant chacune leur petit réseau d'éditeurs, de lecteurs, de fans et d'écrivains, et je ne parle pas des journalistes. Pire encore, chaque ghetto est en train de renforcer ses lignes de défense : depuis peu, des ouvrages « théoriques » et « polémiques » surgissent d'un peu partout. Chacune des visions proposées est d'une étroitesse à faire pleurer de misère un producteur de téléfilm. D'un côté, on fustige l'imagination et l'on bannit d'avance toute fantaisie, on se dresse sur les ergots d'un réalisme absolutiste et janséniste — tel Christophe Donner dans son essai de l'année dernière —, de l'autre, on se définit exclusivement en réaction à cette littérature psychologique dite « réaliste » en proposant une sorte de recentrage stratégique, un « re-engineering » sur le cœur du genre, tel le space opera à fortes connotations technoscientifiques pour la littérature dite de science-fiction — c'est ainsi que Serge Lehman définit sa vision des choses dans un texte récent du *Monde diplomatique*, et avec toute la panoplie du nihilisme positiviste postchrétien cher à cet organe de presse.

Chez les adeptes du « roman noir », il m'est arrivé fréquemment de constater les mêmes *patterns*, les mêmes revendications affichées de se tenir à l'écart de la littérature dite « blanche » et de se situer là aussi « au cœur du genre », dans le but inavoué, le plus souvent, de masquer leurs propres faiblesses stylistiques ou structurelles. Pourtant, lequel d'entre eux pourrait-il nier très longtemps que Kafka est l'inventeur du roman « paranoïde » moderne, un auteur que tout le monde pille allégrement sans lui rendre tribut, voire sans même en avoir conscience ?

Les as du marketing à la française sont tranquillement en train de tuer la littérature dite de « genre » en l'atomisant en autant de sous-genres et infra-sous-genres, de la même façon que leurs collègues anglo-saxons sont en train de tuer la musique pop contemporaine en la fragmentant en autant de micro-étiquettes.

Appuyés par les écrivains eux-mêmes, collaborateurs zélés de la médiocrité marchande, les as du marketing peuvent s'en donner à cœur joie, car désormais les choses sont simples, sous l'apparence de la diversité. D'un côté, la littérature dite

« sérieuse » continue d'occuper l'espace prétendument noble qui lui est dévolu, celui du réalisme psychologique et du classicisme formel (ou du néoclassicisme et de ses divers avatars). De l'autre, la littérature dite « de genre » s'enferme avec complaisance dans son rôle de tiers état collabo en continuant de privilégier les mythologies et les narrations traditionnelles, tout en ne sachant pas vraiment faire la différence entre les textes intéressants et les copies de seconde catégorie, quand elle ne sombre pas purement et simplement dans la médiocrité la plus crasse et l'illisible.

Entre les deux : territoire zéro.

D'un coup d'un seul, toute la littérature expérimentale, radicale et futuriste des trente ou quarante dernières années, de Burroughs à Ballard, de Dick à De Lillo — j'en oublie volontairement, la liste est consistante, on pourrait parcourir tout l'alphabet —, bref tout ce champ expérimental est ainsi mis hors de portée de la littérature française contemporaine, la laissant superbement isolée dans ce provincialisme chic et passéiste devenu désormais sa marque de fabrique.

La littérature pop des quatre dernières décennies, celle dont je viens de nommer certains des plus hauts représentants, est en effet une menace directe pour le cœur du système de représentation et de production sociale de l'Écrivain, dans cette France de l'an 2000 :

Synthèse accomplie de la littérature d'avant-garde et du roman populaire, elle n'hésite pas à mêler réalisme le plus « objectif » et fantaisies avancées du cerveau — lui-même étant sans aucun doute considéré comme un des éléments clés de ladite « réalité objective » —, et parvient ainsi à proposer de nouvelles perspectives romanesques dans lesquelles les types de narrations « classiques » sont confrontés à des objets mutants les investissant de toutes les manières imaginables, afin de les transmuter, au sens (al)chimique et génétique du terme. Objets mutants venus parfois, pour ne pas dire le plus souvent, des « paralittératures » dites de genre, ainsi que de recherches propres à chacun des auteurs (psychanalyse et écobiologie pour Ballard, électronique et drogues dures pour Burroughs, psychotropes et philosophie pour Dick, etc.).

Ces transmutations sont à l'œuvre dans toutes les dimensions des romans ainsi produits, dans leur langage comme dans leur thématique, dans leur narration comme dans leur métaphysique. Les « introspections » psychanalytiques de Ballard sont en interrelation constante avec la froide et clinique observation d'un monde dévoré par les technologies, et en particulier les technologies de destruction, un monde limite où l'homme est d'une manière ou d'une autre en train de disparaître. La linguistique burroughsienne est une machine de guerre pirate connectée à la fois aux mass media de son temps et à son propre inconscient, invention fulgurante et imprévue de la première authentique poésie du corps-machine par le descendant déviant d'une des premières dynasties de l'âge de l'information. Les univers truqués de Dick sont rongés de l'intérieur par la taupe métaphysique de la vérité, qui dévoile l'illusion lors d'un processus éminemment destructeur, et la plupart du temps psychogène, et dans lequel le cerveau de l'auteur lui-même finit par se consumer. Les métaromans de De Lillo tentent de former des réseaux sémantiques et narratifs s'appuyant directement sur les théories physiques et mathématiques (mécanique quantique, fractales, chaos, etc.) qui sont au demeurant l'objet de ses récits, et tracent ainsi la topologie d'une Amérique hyperréaliste.

Ce qui est vrai des auteurs, ou des œuvres, apparentés avec le genre « science-fiction » se vérifie également chez certains auteurs de « romans noirs ».

James Ellroy ne se contente pas de « dérouler des enquêtes policières dans un Los Angeles des années 40 et 50 parfaitement reconstitué » comme certains « critiques » ont cru bon de le dire. Les romans d'Ellroy participent d'une formidable entreprise de re-création de l'Amérique de la seconde moitié du XXe siècle, une re-création qui n'a pour but rien de moins que de re-créer la vérité, dénuder, sous ses voiles d'illusion, le subconscient de la société américaine en utilisant l'hyperréalité fantasmatique dont elle est constituée, en particulier dans la pop culture de l'après-guerre, et qu'on voit à l'œuvre dans la trajectoire pathogène inconsciente comme dans la mythologie personnelle des tueurs en série.

Cette transmutation assumée, cette œuvre transgénique littéraire est, on le comprend bien, le plus grand danger qui menace l'ordre médiatico-littéraire parisien et ses différents réseaux, plus ou moins concurrents.

Pour les tenants du réalisme absolu et du classicisme formel — ce qu'on appelle à tort « littérature générale » —, elle dissout les cadres normatifs produits en France depuis la fin de la Seconde Guerre mondiale et les échelles de valeurs concomitantes, tout ce qui fonde encore aujourd'hui la plupart des récits publiés dans l'Hexagone, le plus souvent récompensés au bout d'un temps par l'attribution d'un de ces prix littéraires si unanimement convoités.

Pour les tenants de la littérature dite de genre, thriller, roman policier, roman fantastique, roman de science-fiction, d'horreur, etc., cette littérature pop expérimentale atteint bien souvent un niveau d'exigence et de vérité qui dépasse leurs possibilités et les confronte à leurs faiblesses.

Car on ne peut aujourd'hui, et à juste raison, se prétendre héritier de Burroughs, de Ballard ou de Dick, et je ne parle pas d'Ellroy, sans déclencher instantanément l'hilarité générale, ou du moins je l'espère. Non pas que ces auteurs n'aient laissé aucun héritage exploitable, bien au contraire, simplement nous sommes encore trop jeunes, trop inexpérimentés, et le plus souvent bien trop couards pour avoir su (ou voulu) prendre la mesure du travail par eux effectué, pour regarder la vérité atomique en face et la laisser dissoudre nos minables ambitions et certitudes, et surtout pour oser, précisément, s'aventurer à notre tour, comme eux, dans des territoires encore inexplorés, sans pour autant mettre nos pas dans leurs traces, mais en nous servant de leurs livres comme autant de cartes nous permettant de nous repérer sous des cieux inconnus, comme autant de manuels de survie en territoire zéro, et autant de laboratoires de catastrophe générale, autant de traités de sabotage métaphysique, et autant de guides d'utilisation de la chimie neuroportative qu'est le cerveau humain, de simples récits d'expériences déjà menées par d'autres avant nous dans ce territoire toujours à connaître, constamment changeant et fluctuant qu'est l'homme lui-même.

Aucun véritable écrivain ne laisse d'autre héritage exploitable qu'une poignée de cartes et d'instructions la plupart du temps incompréhensibles pour ses contemporains, et à peine plus pour les générations suivantes.

Rester impersonnel : technique et mystique tout à la fois.

Armes secrètes
de l'esprit,
surgissent les météores
sémantiques
en feux
de glace cosmique
violents comme
des soudards en rut
plasma
vivant
désireux d'en finir
avec un monde trop jeune
peuplé de vieux reptiles.

*

Lorsque l'Archange
viendra larguer ses bombes
sur les cités endormies,
nous aurons pour quelques secondes
le visage de l'amour
à offrir
à la lumière.

*

Mon amie Nancy R. m'apprend, non sans une certaine ironie, qu'à chaque fois qu'un pape meurt, la croix de néon du mont Royal est illuminée en *violet*. Et on se surprend à prier, en effet, pour que cela survienne le moins souvent possible.

Nombreuses sont les personnes qui voudraient nous voir devenus sages, polis et respectueux des convenances, politiques, morales ou esthétiques, plus nombreuses encore celles qui s'effraient chaque fois que l'un d'entre nous « franchit la ligne » qui le sépare de la vérité, cette même ligne qui dessine les frontières de son ghetto. Écrivez-nous donc un *bon petit* polar. Faites-nous un *vrai* roman de science-fiction. Pourquoi ne pas vous mettre à la « littérature sérieuse » ?

Ne soulevez surtout pas les interrogations métaphysiques de l'homme schizophrène du XXIe siècle, ne placez pas le cadavre de l'humanité sur la table d'opération de la littérature, restez dans votre coin, posez les bonnes questions en levant sagement la main et en respectant vos professeurs, et vos pairs, veuillez attendre avec sérénité l'âge de la retraite que ne manqueront pas d'honorer avec reconnaissance ces académiciens séniles encore plus momifiés que vous, par l'attribution d'un de ces prix littéraires auquel vous tenez tant, écrivez-nous donc un roman d'amour entre un artiste désespéré et une jeune toxicomane atteinte du sida, ou entre un beur des cités de Sarcelles branché rap et une quadragénaire parisienne lectrice de Marguerite Duras et de *Marie-Claire*, ou bien alors un beau récit sur Venise, c'est si beau Venise, ou encore les affres créatives d'un écrivain en panne d'inspiration sur les bords du lac Titicaca, faites même dans le bestial et le scatologique, c'est très prisé en ces temps de disette érotique, voire le sexuel hard-core à fond, racontez-nous comment vous avez sucé telle rock star, ou sodomisé tel écrivain à succès, ne nous épargnez aucun détail, tout ce que vous voulez, mais veuillez, je vous prie, ne pas déranger notre doux sommeil, nous dormons de nos deux oreilles sur le vélin aujourd'hui adulé de toute vedette de télévision, ou de tout homme politique (ce qui revient au même), nous sommes les gardiens du savoir, les sentinelles des arts et lettres, les vigiles de la belle phrase, nous vivons dans ce beau rêve que tout écrivain devrait partager avec nous, s'il ne s'égare pas sur les chemins arides et ténébreux de la science et de la métaphysique, en route vers une critique radicale de toutes les valeurs et esthétiques partagées par ses contemporains.

Un seul roman de Larry Brown ou de Cormac MacCarthy, et tous les thuriféraires du réalisme psychologique à la française vous paraissent brutalement hors du monde, bien loin de cette prétendue réalité dont visiblement ils ne connaissent rien.

Viens de voir un certain Stomy Bugsy à la télé. Hormis le fait que cet être inculte marche comme un gorille, écrit avec ses pieds et s'habille comme un sac, il m'apparaît que la France faussement multiculturelle des années 90 est seule à même de produire une telle aberration. Pire encore, je me souviens, effaré, avoir pris publiquement fait et cause pour ce branleur à l'époque où un préfet de la République entendait le poursuivre lui et son groupe, pour avoir écrit des paroles débiles appelant au « sacrifice de poulets », c'est-à-dire au meurtre de flics. Que les choses soient bien claires : je croyais à l'époque la France encore assez grande pour s'appuyer sur une conception de la liberté individuelle analogue à celle de nos voisins anglo-saxons, et en dépit de la totale incapacité du pays à se forger un droit et une police dignes de ce nom, je continue de penser que la liberté d'expression est une sorte de SMIC politique en dessous duquel on sombre dans les eaux troubles de la dictature et de la stupidité centralisée. Aussi, que Stomy Bugsy et ses comparses entendent bien ce message : s'ils sont libres d'appeler au « sacrifice de poulets », qu'ils ne se plaignent pas si d'autres, dotés du même quotient intellectuel, appellent en retour à leur extermination pure et simple.

Bernard Tapie fait du rap avec un certain Doc Gyneco. Le texte est clair : les gangsters parlent aux gangsters. Succès énorme, et immédiat. L'ancienne vedette de variétés foireuse et la nouvelle racaille fétiche de la Marchandise s'offrent à peu de frais une retraite dorée, et ouvrent avec brio une nouvelle ère de l'humanité, celle que Sloterdjik nomme prudemment de l'euphémisme « cynisme de masse », et dans laquelle je ne vois pour ma part que la victoire sans doute définitive de la pègre sur la civilisation, de la crasse sur la noblesse, de la stupidité sur l'intelligence.

La France ne tient plus que par l'État. C'est-à-dire par rien : une fiction à laquelle plus personne ne croit, y compris ses serviteurs. Comme dans les dessins animés de Tex Avery, où le personnage ne tombe que lorsqu'il prend conscience qu'il n'est suspendu à rien au-dessus du vide, la France n'a longtemps survécu que grâce à la force d'inertie d'un mirage politique, définitivement évanoui, et qui ne peut plus rien pour empêcher la longue chute de la nation dans le gouffre.

En France tout finit en chansons, comme dit le proverbe. Sur l'air de « La Lanterne », le plus souvent.

*

Vive discussion il y a quelques jours avec un Français ultrarationaliste, ami de Roland W., écrivain de science-fiction, au sujet de la vie extraterrestre et des ovnis.

Quitte à me discréditer complètement aux yeux de l'intelligentsia française autant le dire tout de suite : je ne vois nullement ce qu'il y a de « rationnel » à se croire seuls dans l'univers, ou à penser *a priori* impossible que des civilisations extraterrestres aient pu visiter notre planète et son espace proche au cours des siècles passés, et encore aujourd'hui.

Les explications sociopsychologiques des universitaires orthodoxes n'y changeront rien : aucun fantasme, même collectif, ne suscite d'échos radars, ni ne s'imprime sur la pellicule d'un film ou la bande magnétique d'un caméscope. Aucune créature fantastique imaginaire n'apparaît aux pilotes de ligne lorsqu'ils témoignent de cigares lumineux orange volant à haute altitude, avec des accélérations et des moments cinétiques tels qu'aucun objet connu, artefact ou phénomène naturel, ne peut en produire. Des lumières jaunes très violentes volant en troupeau dans le ciel soviétique et qu'aucun chasseur n'a jamais pu approcher, parce que alors que les Mig venaient vers elles à environ 2 000 km/heure les formes lumineuses sont reparties vers la stratosphère à des vitesses dix fois supérieures, atteintes en l'espace de quelques fractions de seconde, sont signalées à la fois par les pilotes et par une chaîne de stations radars. Non, il ne s'agit pas de « ballons-sondes », ni d'« observations de Vénus ou de Mars », ni de « fantasmes nés du stress de la vie moderne », il s'agit tout simplement de nos voisins, encore timides, et sans doute désireux de ne pas influencer trop brutalement une civilisation encore balbutiante.

Il me semble tout à fait crédible qu'une fois le pied mis sur Mars, et la planète sur la voie de l'unification politique, l'homme sera admis plus ou moins rapidement dans le club des civilisations galactiques, et qu'alors toute la portée des mensonges nihilistes « rationalistes » apparaîtra au grand jour, en suscitant au mieux une moue d'indifférence.

On peut imaginer le scénario suivant : les civilisations galactiques (celles maîtrisant les technologies de navigation interstellaire) sont dotées d'organes politiques et juridiques leur interdisant d'entrer ouvertement en contact avec des civilisations ne maîtrisant pas ces technologies.

Or, ces technologies, il se trouve que c'est précisément au XXe siècle que l'homo sapiens commence à s'en doter : fusion nucléaire, astronautique, théories relativistes et quantiques, sciences de l'information, génétique et biologie du cerveau, nous sommes tels les premiers hommes apprenant à se servir du feu, mais encore bien loin de la métallurgie.

Suis-je définitivement allumé aux mystifications new age, comme le prétendent certains, ou ces mystifications ne naissent-elles pas plutôt lorsque le rationalisme forcené et anthropocentriste de nos sociétés poussent certains d'entre nous au suicide, qu'il soit physique ou intellectuel ?

Ai-je prétendu une seule seconde croire en un vaisseau caché dans je ne sais plus quelle comète et que l'on pourrait rejoindre en avalant la dose prescrite de cyanure ?

Est-ce que je me prétends en contact, télépathique ou autre, avec des entités venues de l'espace ? Ou avoir été enlevé par une soucoupe volante ?

Ai-je créé une secte ? Est-ce que je propage l'idée que cette « vérité » m'aurait été « révélée » de quelque manière que ce soit ?

Non, je me contente de dire ce qu'un nombre croissant de scientifiques disent de par le monde : nous ne sommes pas seuls, attendons-nous à avoir pour de bon de la visite, un de ces jours.

Argument classique des prétendus « sceptiques » (ce sont eux qui ont la Foi, l'ancienne Foi en un monde humain unitaire) : pourquoi le gouvernement US cacherait-il durant si longtemps un tel secret, et surtout comment ?

Le *comment* prendrait trop de place ici et maintenant, mais le *pourquoi* peut être abordé par une simple perspective : celle des origines de la guerre froide.

Lorsque l'ovni de Roswell finit sa course entre les mains des scientifiques de l'armée américaine, il est d'abord pris pour un engin expérimental soviétique, avant que les experts ne rendent leur verdict : artefact technologique non humain. C'est à ce moment-là je crois que les autorités en charge de l'objet prennent une décision lourde de sens, et de conséquences : cette technologie venue de l'espace *ne doit en aucun cas tomber aux mains des Soviétiques, ni même parvenir à leurs oreilles*. Son existence même est le secret le plus secret de tous les secrets. Elle est encore plus secrète que le projet Manhattan, l'incident n'a jamais existé, il doit disparaître de la mémoire des hommes.

Plus de mille pages de rapports vont alors être dépensées par les autorités militaires US pour faire avaler la fameuse histoire du ballon-sonde expérimental de l'Air Force ! Pendant cinquante ans et plus, des générations de bureaucrates du renseignement vont se repasser le bébé, avec pour charge de rajouter à chaque fois un voile de brouillard autour des faits.

Jamais sans doute le siècle, pourtant peu avare en la matière, n'aura connu une telle manipulation de l'information ; mais cette « opération noire » du gouvernement US suscite une telle paranoïa active qu'il ne peut plus jouer que de la formidable explosion des images et des vérités en cours aujourd'hui : en gros, lorsque le *ET-gate* pétera à la face de telle ou telle génération de politiciens du XXIe siècle, plus personne en fait n'en aura rien à foutre, et ils pourront aisément rejeter la faute sur leurs prédécesseurs d'un autre siècle, définitivement révolu.

Le problème de la vérité, c'est qu'elle est incroyable.

Le second problème de la vérité, c'est qu'elle peut passer complètement inaperçue.

Ne pas croire que nous sommes seuls. Ni même importants. Autour de nous, dans cette simple et unique Voie lactée, des milliers de civilisations se sont déjà élancées à l'assaut de l'espace intersidéral, des guerres stellaires se mènent en ce moment même, des formes de vie et des idées se combattent sans merci, illustrant l'éternel retour de la sélection naturelle, nous ne sommes pour l'instant qu'un point minable sur une carte de la Galaxie, une vulgaire tribu sortant tout juste de la préhistoire, et pour le dire franchement, à bien des égards, avec nos doctes lunettes et nos certitudes bardées de diplômes, nous pétons bien plus haut que notre cul : à un mètre du sol.

Tous les hommes, de tout temps, ont partagé ce syndrome : se croire seuls et uniques représentants de l'espèce.

Inuit ou Cheyennes, ou bien Apaches, Aborigènes australiens ou Bédouins des déserts arabiques, nomades ouralo-altaïques ou pasteurs des hauts plateaux de l'Est africain, tous, ou à peu près, se sont intitulés « hommes » ; pour un Cheyenne ou un Apache le nom de sa tribu et celui de l'humanité se confondaient, c'était aussi le cas des précolombiens et de bien d'autres, jusqu'à notre civilisation planétaire balbutiante qui croit encore avec ferveur que l'« homme » terrestre est une espèce unique et non reproductible à l'échelle galactique.

Chaque matin la pensée du suicide
Serpente dans le premier soleil
Et vient se lover au cœur
Des amours impossibles.

*

Ressentir parfois une sorte de bonheur calme :
Le mont Royal sous un ciel monochrome,
Le sourire de ma fille endormie au beau milieu
des jouets épars,

Les premières notes graciles de *Sunday Morning*
alors que nous sommes lundi
Et que le soleil se couche,
Mais sans même s'annoncer
La tristesse pâle se fait pesante,
Le cœur devient usine de larmes,
Et le monde oscille comme un pendule
Entre deux termes
Étrangement réconciliés.

Seuls, sans doute, ceux qui vivent avec la présence quotidienne de la mort sont-ils capables de vivre.

Certaines femmes sont si belles (je veux dire si *pleines* de beauté) qu'il leur suffit d'apparaître, d'exister, de respirer (et même si leur souffle s'arrêtait, le nôtre ne reprendrait pas de sitôt), bref *d'être là* pour que le monde s'effondre autour d'elles, dans un nuage de poussière évanescente.

La vérité ressemble beaucoup à ces femmes suprêmes, voilà pourquoi, une fois rencontrée, elle est inoubliable : nous en sommes amoureux pour la vie, et le plus souvent contre elle.

Pour le moment, l'humanité ne s'est que rarement battue pour des idées véritablement *belles*, le plus souvent attirée par des mondaines séduisantes, surtout au cours du XXe siècle. Comme Jim Morrison le savait, sans doute sommes-nous tous en attente d'une grande et nouvelle philosophie érotique, d'un corpus d'idées sexy, d'une morale au *glamour* indomptable, d'un Dieu féminin pour lequel (laquelle ?) il sera en effet doux et bon de se sacrifier.

Savoir-vivre : implique généralement le savoir-tuer.

Ô vous les partisans du « réalisme » psychologique et des vérités inoffensives, néoparnassiens de l'âge du moi, petits ego en attente de vos récompenses futiles sur les banquettes des cafés littéraires parisiens, usées par les culs de vos augustes prédécesseurs, vous les vestales accroupies devant vos autels morts, vous les gardiens du musée, n'entendez-vous pas le bruit du *blast* thermonucléaire qui s'en vient balayer votre petit monde ? Ne sentez-vous pas le sol trembler sous vos pieds, sous les lattes de parquet ciré, ne voyez-vous pas vos coupes de champagne trembler alors que vous y avez à peine bu ?

Ne voyez-vous pas l'éclair qui finira par surexposer vos ombres sur les murs de cendre de vos monuments ? N'éprouvez-vous pas déjà comme la chaleur intense de l'incendie ?

Plus rien désormais ne vous sépare de l'oubli, face au monstre mégatonnique qui s'élève au-dessus de vos plus hautes certitudes, vous n'êtes que fantômes en attente d'être définitivement consumés.

La vérité est un couteau à double tranchant, et sans manche.

Un homme vient vers vous et vous dit avoir fait trois ou quatre guerres ; sur son corps, point de cicatrices. C'est un simple menteur.

Un autre homme vient vers vous en vous affirmant tenir le langage de la vérité. En lui, aucune blessure. Celui-là est un « artiste ».

La vérité, c'est la stratégie de survie de certains cerveaux contre la plupart des autres.

Aucune liberté n'est acquise de droit et de naissance : elles se conquièrent.

Aucune vérité n'existe avant qu'on ne l'ait trouvée : elles sont à produire.

Aviation orange
dans le ciel
transcanadien,
trucage d'anges
et de météores
je roule dans l'hyperespace
de l'Amérique du Nord,
silice glacée du rétroviseur
où glisse le chrome fluide
de la civilisation automobile :
la stase nomade de la Marchandise
s'effectue dans le silence radioélectrique
de l'axe métropolitain,
et pour le dire franchement
sa beauté est terrifiante ;
nos cortex en flux d'ondes publicitaires
répondent aux signaux du trafic,
éponges neuronales prétendument éthiques
aux artifices humanitaires,
et aux sexualités frigorifiques ;
sous les étoiles de l'ouest
l'horizon bleu pâlit,
les pylônes d'Hydro-Québec
grésillent dans l'air froid, sec
et sauvage
de la nuit.

La vérité est une de ces femmes qu'il faut prendre au moins une fois dans sa vie.

L'architecture, cette musique de l'espace qui commerce avec le temps.

La musique, cette architecture du temps qui commerce avec l'espace.

Au fond de lui, tout architecte abrite le désir secret de fonder sa nécropole.

Une architecture qui ne s'intéresse qu'aux « lieux de vie » et pas aux fonctions thanatologiques de l'art est incapable de fonder une Cité.

Voilà pourquoi la civilisation autoroutière nord-américaine et son architecture « fonctionnelle » sont bien plus porteuses de sens que tous les pseudo-monuments « artistiques » dont la France s'affuble depuis des décennies :

Comme les pyramides de Gizeh ou les mégalithes de Stonehenge, comme les statues de l'île de Pâques ou les temples de Mexico, l'autoroute est avant tout une technologie, une *technologie de navigation*, c'est-à-dire dédiée au voyage matériel et spirituel, un voyage aux confins du monde des vivants et de celui des morts; toute la topologie de l'autoroute semble orientée vers la constitution d'une zone intermédiaire, limbique, interface, ni urbaine ni rurale, ni peuplée ni dépeuplée (peuplée seulement de spectres cinétiques), une zone fantôme où l'économie politique du signe — comme dirait Baudrillard — est à son plus pur degré de dévolution active (simple process symbolique de la marchandise totalisée), sous la forme d'un réseau horizontal, à l'image des deltas pharaoniques, mais d'où toute verticalité pyramidale a disparu, rabattue directement sur le corps plein de la Terre, aurait dit

Deleuze, fragmentée dans la machine automobile, la chambre funéraire est désormais à vitesses automatiques, et la pyramide — « antenne cosmique » — a été transformée en un vaste microcircuit électronique, plat et tentaculaire, irrigué par les mille formes possibles de la Marchandise : conducteurs, passagers, véhicules, carburants, capitaux, messages publicitaires, produits de consommation divers, forces de l'ordre, ambulances, morts et blessés, pour le compte d'un dieu invisible, atomisé dans autant d'individus aveugles œuvrant pour la colonie de leurs semblables.

*

Deux anges font du stop
Sur le bord de la 40 Ouest.
Je roule vers Sodome et Gomorrhe,
Leur dis-je, est-ce votre direction ?
Vous ne pouvez mieux tomber, me dit le premier.
Vous êtes un don du ciel ! fait l'autre en se marrant.
Lorsqu'ils montent et que je reprends ma route vers les villes
De la fin du monde, j'allume un joint et leur demande
Si tout va brûler comme la dernière fois.
Aucun doute à ce sujet, répond le premier,
J'ai comme l'impression que le travail ne va pas manquer par ici, enchaîne l'autre.
C'est là que je leur demande si des fois
Y aurait pas une place
Pour un exterminateur débutant,
Motivé,
Et dur à la tâche ?

Nous n'acceptons aucun stagiaire du monde des vivants, me rétorque le premier.

Ils ne sont pas fiables, ajoute le second.

Mais je suis *à peine* vivant, leur fais-je remarquer, N'est-ce pas pire que d'être absolument mort ?

Ce que nous ignorons a plus d'influence sur nos vies que ce que nous savons.

Pleine lune, nuit du 29 au 30 juillet, 4 h 30 du matin, insomnie carabinée, modèle V8 magnum. Je viens d'écrire plusieurs pages en quelques heures, et comme d'habitude, en les relisant avec la légère distance que prend le peintre pour juger de son trait et de son coup de pinceau tout en ayant une vue d'ensemble, je me demande : mais bon sang, *qui* a écrit ça ?

Explosion de mythes new age autour des ovnis. Une simple requête « ufo » sur le premier moteur de recherches du commerce et vous en avez largement pour votre argent. On trouve de tout désormais dans l'hypermarché électronique des religions ufologistes en kit : chrétiens fondamentalistes, satanistes, néo-hippies, écologistes, et toutes les sectes spécialisées comme les raëliens, et bien d'autres microstructures, réduites la plupart du temps à un allumé prétendant détenir la Connaissance ultime au sujet des civilisations extraterrestres. Au milieu de cette fange dévolutionniste, on trouve parfois quelques sites sérieux, tenus par des scientifiques qui ne dédaignent pas au demeurant engager le dialogue avec les « ufosceptiques ». Il est clair en effet que cette explosion de « vérités » concurrentes dans le jeu ultime de la Marchandise qu'est la Conspiration et ses théories profite en tout premier lieu à ceux qui depuis les origines (disons 1947) ont mis en place la plus subtile et impénétrable forteresse de mensonges que l'homme du XXe siècle (et sans doute dans toute l'histoire) a jamais élaborée : il est désormais impossible, ou disons très difficile, à un esprit neuf et ouvert (et parfois naïf) de ne pas s'empêtrer dans les rets de la première philosophie cosmique à la mords-moi-le-nœud venue, et tout particulièrement dans cette ère de silence métaphysique, où aucune des grandes religions et idéologies constituées ne désire engager sérieusement le débat sur ces nouvelles et fondamentales questions humaines — et disons-le : surtout posthumaines —, bref dans ce vide métaphysique absolu, la moindre enseigne un peu criarde et racoleuse peut facilement produire son effet.

Comme le dit un des rares gars sérieux qui produit les indices matériels de sa « rencontre du troisième type » : « Certains d'entre nous ont les preuves, mais tout le monde s'en fout. »

Noyés dans la masse des pseudo-ufologues et des religions en kit, les faits circonstanciés et les indices matériels n'apparaissent plus que comme des « reflets » particuliers de cette grande production fantasmatique de l'inconscient planétaire. C'est ici que l'on peut constater toute la misère des études universitaires contemporaines, qui propagent généralement avec ferveur ce mythe d'une pure « fabrication mentale et sociale » du phénomène.

C'est le piège dialectique postchrétien du XXe siècle qui est ici en cause, et comme pris sur le vif, sur le fait, dans un violent éclair de Polaroid mental : le « rationalisme » laïc socialiste ou libéral et ses antinomes religieux (toutes les grandes religions officielles du moment) s'appuient pour leur simple survie sur une rivalité artificielle qui produit un clivage pathogène, car bien sûr les deux termes s'équivalent, et s'annihilent, et surtout ils laissent l'homme du XXIe siècle seul face à un univers redoutable, à un monde sans Dieu ni sens, seul face aux grandes questions métaphysiques qui l'assaillent devant cette simple évidence, non pas « révélée », mais de l'ordre de la connaissance factuelle, et de la simple logique désormais, qui est que nous ne sommes pas seuls dans l'univers et que des civilisations extraterrestres nous ont plus ou moins mis sous observation.

Ce genre de vérités subconscientes ne peut être réprimé très longtemps sans dégâts, surtout dans une société où, chaque jour, les avancées techno-scientifiques bouleversent radicalement notre vision du monde, et démontrent sans cesse plus crûment l'inanité de tels blocages intellectuels. La prolifération des sectes ufologistes new age ne prouve donc pas, selon moi, la non-existence des artefacts volants utilisés par des *êtres vivants, intelligents et agissants* venus observer notre planète — pour paraphraser Philip K. Dick —, mais au contraire elle semble éclairer leur existence d'un jour nouveau : le « contact » avec nos cousins d'outre-espace est d'ores et déjà anticipé par nos sociétés avancées comme l'effondrement des « anciennes » valeurs et la venue d'une des plus grandes crises métaphysiques de l'histoire de l'homme.

Dieu est mort, mais son cadavre bouge encore.

Que pouvait comprendre l'humanité du Ier siècle au surgissement du principe christique en son sein, au cœur du dernier grand empire de l'Antiquité ?

Que pourra comprendre celle du XXIe siècle quand il resurgira, à sa nouvelle mesure, au cœur du dernier grand empire de l'Ère moderne, soit l'*Onumerica* de la Fédération planétaire ?

Elle comprendra nécessairement cela, et avec effroi : le Christ, c'est la fin de l'Homme.

Le Christ est le plus grand danger pour l'homme.

Lu sur un site néochrétien américain d'une rare dinguerie que le Christ était un extraterrestre et que le retour des ovnis pour l'an 2000 annonce la fin des temps prédite par les Saintes Écritures.

Il m'arrive d'éprouver de la compassion pour ces pauvres gens perdus dans le mélange inextricable de vérités et de mensonges qui encombre désormais nos sociétés et nos cerveaux : ils ne veulent et sans doute ne peuvent comprendre que l'homme n'est qu'un support sociobiologique pour Son surgissement, que le Christ naîtra de lui en y abandonnant sa vieille peau humaine, et qu'alors, à bien des titres, ce posthumain réalisé sera l'égal de ceux qu'on nomme « extraterrestres ».

Bref, le jour venu, il leur faudra se mettre dans la tête les lois paradoxales de l'Évolution, et comprendre que l'homme n'est qu'un passage, un « nexus », et que très probablement, les êtres qui viennent nous visiter ont eu, à des époques fort reculées, une apparence peu ou prou semblable à la nôtre.

Scolaire, pour ne pas dire scolastique, dissertatif et contemplatif, le roman français contemporain se caractérise par une totale absence d'intégration du roman américain, pire : par *son refus ostentatoire* d'intégrer cette littérature d'outre-Atlantique, et son *sens de l'action* (collective et/ou individuelle), ce qui, à la fin du XXe siècle, pourrait pousser franchement à la rigolade.

Quant à ceux qui essaient d'imiter ce style inimitable, cristallisé entre 1920 et 1945 sur les machines à écrire Remington ou Underwood de légende, et qui marque l'acte de naissance de la littérature américaine moderne, ils ne produisent le plus souvent que des clones mal inspirés, où les « rebondissements » gênent l'action plus qu'ils ne la stimulent, et où les personnages peinent à être aussi vivants que les statues de cire du musée Grévin.

*

Entre la réplique de seconde zone et la forteresse autistique, il me semble qu'il existe une autre voie d'exploration, pour quelques esprits aventureux qui n'auraient rien d'autre à y perdre que leur vie, passée à arpenter des chemins arides et le plus souvent solitaires. Cette « troisième voie » n'a rien du château en Espagne politique qui s'est affublé de ce nom. Car tout le monde comprend bien, je crois, à quel point elle est difficile mais surtout nécessaire, vitale, pour les écrivains qui subsistent en France : car figurez-vous que non seulement elle est leur unique planche de salut s'ils désirent survivre au siècle terrible et grandiose qui s'en vient, mais plus encore, la littérature française aurait précisément un rôle majeur à jouer dans la création d'une culture européenne capable de synthétiser le meilleur de l'Amérique avec ce que notre civilisation a produit depuis deux mille cinq cents ans.

Pour cela, il faudrait au préalable que nos brillants littérateurs s'intéressent à autre chose qu'à leur petit moi et à notre fameux, défunt et regretté « art de la conversation ».

Seigneur, il m'arrive parfois d'avoir envie de les réveiller avec une sirène de fin du monde.

L'homme est une synthèse disjonctive du cosmos, c'est-à-dire ce moment critique où la nature élabore à l'intérieur d'une biosphère de type terrestre un être vivant susceptible, par les plus hautes fonctions de son cortex, de simuler à l'infini les dynamiques et les processus les plus profonds de la matière et de l'énergie, du temps et de l'espace, bref du cosmos lui-même, tout en se retournant contre ledit cosmos dans le but de l'exploiter, le coloniser, de l'« humaniser ».

En cela, il faut le voir comme cet être paradoxal dont la connaissance se nourrit, en la détruisant, en la corrompant, de la nature qui lui donne pourtant accès à la conscience et à la vie ; voici pourquoi l'homme n'est pas une « étape supérieure » dans le plan d'évolution biologique, ni pour autant une espèce aussi « banale » que la crevette ou la mouche drosophile : l'homme contient en lui toutes les possibilités de la nature, il est un « nexus », un nexus purement transitoire qui attend le moment où toutes ces possibilités pourront à nouveau s'exprimer.

Toucher simplement du doigt le feu de la vérité, et la mort semble légère, comme une formalité désagréable à accomplir.

Se répandre dans le cloaque du mensonge et de l'ignorance, et elle vous semble lourde, odieuse, à l'image de votre vie, paradoxalement pleine du vide des vies merveilleuses que vous n'aurez pas vécues.

Certains êtres sont ainsi, tel Georg Trakl : ils sont déjà morts, tout en n'étant pas encore nés.

Lorsque le Christ surgira à nouveau de l'humanité, les églises prendront feu, et les temples tomberont en poussière.

Devenir le soldat d'un Christ reconstitué, serein et danseur, et non pas de l'image de sa mort, ultime abjection de l'humain, qui non content de l'avoir tué, a établi en Sa place une religion de la culpabilité et de l'anéantissement de Sa promesse en la venue effective d'un au-delà de l'homme.

*

À la question que posait plus haut mon interlocuteur secret, inconnu, anonyme, et pour l'instant encore tapi dans les replis de ma cervelle, cette question concernant le « comment » de l'opération noire conduite par un noyau d'officiels de haut rang de l'administration civile et militaire américaine pour occulter la vérité au sujet des ovnis et des civilisations extraterrestres, en gros : « Par quels moyens le gouvernement US a-t-il pu camoufler pendant cinquante ans un fait aussi extraordinaire que l'atterrissage d'un ovni à Roswell ? », il importe de répondre avec une certaine humilité.

Si l'on n'est pas convaincu par les tonnes de faits rapportés dans les nombreux dossiers déclassifiés concernant l'événement, et disponibles aujourd'hui sur le Net ou ailleurs, et que l'on s'obstine à croire *a priori* impossibles la constitution et la sauvegarde d'un tel secret, il devient envisageable de franchir l'étape suivante et de commencer à lire quelques ouvrages concernant cette période trouble de la fin de la Seconde Guerre mondiale et du début de la guerre froide.

Un des aspects le plus frappant et le plus occulte de cette période, et de celle qui l'avait juste précédée, pourrait s'intituler : « genèse des services de renseignement américains — 1933-1947 », vous verrez que la concordance des dates témoigne d'un hasard plus que subtil.

Lorsque Hitler prend le pouvoir en Allemagne en 1933, Franklin Delano Roosevelt vient d'être élu lui aussi, et il a lui aussi sur les bras un pays ruiné : l'Amérique exsangue de la Dépression ; toutes les forces et les budgets de l'État américain vont alors s'engager dans la solidarité sociale, la relance de la consommation et de l'économie, les grands chantiers civils. Parallèlement, Hitler met en place une machinerie totalitaire dans laquelle les services de renseignement et de sécurité tiennent une place centrale, en plein réarmement général de l'Allemagne. À l'époque, et disons-le depuis les origines de la nation américaine, le budget de la Défense était loin d'être le mieux pourvu. Si les membres du Congrès lâchaient périodiquement du lest et autorisaient des crédits pour des opérations militaires, ce n'était que forcés par les puissants intérêts économiques et financiers qui jugeaient bon, ou non, d'appuyer l'État dans sa politique, quand ils ne la dictaient pas.

La guerre de Sécession passée, les USA conçurent un modèle d'armée qui s'adaptait à cette politique, et à ces intérêts : en gros, une flotte capable de couvrir les deux océans, lignes commerciales vitales, une cavalerie pour tenir les territoires de l'Ouest et les deux grandes frontières, et un corps expéditionnaire de *marines* pour s'occuper du bassin des Caraïbes, de l'Amérique centrale et du Mexique, ainsi que du « gros jambon » sud-américain, comme se plaisait à le nommer Theodore Roosevelt. L'infanterie divisionnaire réduite à un minimum drastique et, y compris après la Première Guerre mondiale, un budget ridicule alloué à l'aviation, à l'artillerie lourde et aux chars. Franklin Delano Roosevelt ne se priva pas de couper dans les maigres réserves.

En 1939, lorsque Hitler envahit la Pologne, après avoir puissamment réarmé la Wehrmacht et mis en place le plus tentaculaire système de police et d'espionnage que le continent ait jamais connu à l'ouest de la Vistule, le budget US de la Défense atteint à peine un pour cent du PIB. Par le jeu des lois et de la Constitution il est quasiment impossible de monter un service de renseignement moderne, et les industries de l'armement sont pratiquement inexistantes.

L'année suivante, après la défaite française, il faudra à Roosevelt tout son talent pour décider le Congrès à voter le crédit-bail d'aide à l'Angleterre et une augmentation substantielle, mais purement préventive, des budgets de la Défense.

Or c'est pratiquement toute l'armée américaine qu'il faut créer ex nihilo, et plus encore, tout son complexe militaro-industriel.

Roosevelt lance le *Two Oceans Navy Program*, dont le but proclamé est de s'assurer une maîtrise totale de l'Atlantique comme du Pacifique, grâce à une large reconversion militaire des industries navales. On commence à établir de véritables plans de bataille contre l'Allemagne et le Japon, et surtout, on cherche par tous les moyens à collecter de l'information.

La Seconde Guerre mondiale est la mère de toutes les batailles. Par elle, tout a été inventé : du génocide industriel à la guerre aéroterrestre, ou aéronavale, de la bombe A au sonar, ou au radar, et surtout à la *guerre de l'information.*

Lorsque les Japonais détruisent la flotte américaine du Pacifique à Pearl Harbor en décembre 1941, le rêve de Roosevelt d'une *Two Oceans Navy* maîtresse des deux hémisphères perd un membre.

Très vite il apparaît qu'un des dysfonctionnements majeurs de cette armée encore en gestation est l'éparpillement des tâches de renseignement au sein des différents corps. Il faut créer de toute urgence une structure sur le modèle de l'Intelligence Service britannique œuvrant en coopération avec le contre-espionnage, les divers services de l'armée et de la marine, les diverses branches spéciales de la police et certaines unités des forces spéciales. Bref il faut un bureau central de collecte du renseignement, militaire comme civil. Ce bureau sera dénommé Office of Strategic Services, il sera placé sous la responsabilité du Joint Chieff of Staff.

En 1943, après le choix du « Germany First » et le débarquement en Afrique du Nord, la guerre de l'information va changer d'échelle pour devenir rapidement la clé du conflit. Deux batailles secrètes vont décider du sort de la guerre.

La première concerne Enigma, et la façon dont les Britanniques cassèrent ce code ultrasecret allemand, vital pour les sous-marins de l'amiral Dönitz, grâce à des mathématiciens comme Alan Turing et les pionniers de ce qui ne s'appelait pas encore « informatique » (la science de l'information est née dans, et sans doute *de* la guerre, l'informatique est apparue sur la scène des hommes par la plus brillante opération de « hacking » jamais conçue, même depuis. Le piratage informatique n'est donc pas une « perversion » exogène à cette technologie, mais son modèle fondateur).

Non seulement le code fut brillamment cassé, mais l'Intelligence Service parvint jusqu'au bout à faire croire à l'amirauté allemande qu'il n'en était rien, en dépit des pertes terribles qu'enduraient les meutes de U-Boote dans l'Atlantique, dont ils perdaient inexorablement la bataille. Je me permets de rappeler à mes lecteurs que sans cette victoire navale stratégique jamais les convois de liberty ships américains n'auraient pu atteindre la Grande-Bretagne, dans la perspective du D-Day.

La seconde concerne précisément la préparation du débarquement, et l'opération « Fortitude ». Cette opération d'intoxication à grande échelle fut menée entre 1943 et 1944 pour faire croire aux Allemands que le second débarquement en Europe allait se produire dans le Pas-de-Calais, près de la Belgique et de la Hollande, et non pas en Normandie, comme le Joint Chieff of Staff anglo-américain en avait décidé. Le problème était simple : si l'on voulait débarquer des millions d'hommes en Normandie, il fallait concentrer l'armada alliée sur la côte sud-ouest de l'Angleterre. Mais si l'on voulait que les Allemands croient à une invasion par le Pas-de-Calais, il fallait qu'ils soient persuadés que cette armada se rassemblait sur les côtes du Kent, au sud-est. Pour ce faire, il fut décidé de monter la plus fantastique machine de manipulation de l'information que l'homme de l'époque était en mesure de concevoir et de réaliser. On élabora de fausses unités, avec du véritable personnel, qui accumulèrent des tonnes de rapports bidon, qui eux-mêmes produisirent une véritable bureaucratie, qui utilisa d'authentiques bandes de fréquence militaires pour ses nombreuses communications, on construisit de fausses villes, avec de véritables habitants, de fausses usines, avec de vrais ouvriers, on installa sur la côte du Kent de fausses batteries antiaériennes, au milieu des vraies, on y fit transiter de véritables navires de guerre, et on y gréa de faux bateaux, bref on créa un tel chaos de demi-vérités et de demi-mensonges que ni l'Abwehr ni le SD ne furent jamais capables de démêler l'écheveau ni même de se douter de quoi que ce soit. Tout cela se doubla d'une multitude de micro-opérations savamment distillées, qui finirent par convaincre le Führer, et son état-major, que les Alliés débarqueraient dans l'extrême nord de la France.

Mieux encore, s'appuyant sur les « certitudes rationnelles » de Hitler et de ses généraux les plus conservateurs, tel Jodl, Fortitude parvint à les convaincre que les énormes concentrations de troupes, réelles celles-là, que tout le monde pouvait constater dans le sud-ouest de l'Angleterre se composaient principalement d'un groupe d'assaut chargé de faire diversion en Normandie, et d'unités de réserve pour la force principale qui viendrait du Kent* !

Conclusion, lorsque les forces alliées débarquèrent pour de bon en Normandie, Hitler et son état-major attendirent des semaines une opération sur le Pas-de-Calais qui ne vint jamais, avant de se décider à réagir. Inutile de dire que ces jours perdus furent cruciaux pour la réussite de toute l'opération.

* En gros, montrez-moi une soucoupe volante, et je vous dirai que c'est un ballon-sonde.

En 1942-1943, l'OSS était un nouveau-né, bon nombre de ses agents, quel que soit leur niveau hiérarchique, arrivaient tout droit de branches militaires le plus souvent concurrentes, chacun suivant ses habitudes, ses procédures. Les autres venaient du FBI, ou d'un département métropolitain de police, certains avaient été détectives privés. D'autres encore étaient d'anciens diplomates, on trouvait aussi de jeunes et brillants avocats. Peu parmi eux possédaient l'expérience requise en temps de guerre, et l'Office en tant que tel n'avait aucune archive digne de ce nom à exploiter.

C'est la raison pour laquelle on décida d'envoyer une bonne partie de ses agents à Londres afin qu'ils reçoivent la formation nécessaire, avec ce qu'on trouvait de mieux à l'époque sur toute la planète en matière de renseignement et de contre-espionnage. Les agents américains furent formés sur le tas par les spécialistes britanniques, et, en raison des contingences propres à cette guerre, un bon nombre d'entre eux fut employé sur l'opération Fortitude, ou des missions du même genre, d'autres rejoignirent l'équipe des casseurs de code nazi.

Lorsque après la guerre l'OSS fut démantelé, il fallut peu de temps pour que les leçons des opérations Fortitude et Enigma soient débriefées et compilées, formant un premier noyau d'archives exploitables. D'autre part, à partir de 1945, les services américains débauchèrent un grand nombre d'anciens nazis, et ce nouveau personnel amena avec lui ses secrets, ainsi que des compétences indéniables. Bref, après la Seconde Guerre mondiale, les conditions ont radicalement changé. L'Amérique est désormais une superpuissance militaire, face à un autre empire mondial qui vient de s'accaparer la moitié de l'Europe sur les ruines du Reich hitlérien. Le simple office de coordination stratégique du renseignement n'est plus adapté. Il faut désormais une grande agence gouvernementale, centrale, et dotée de moyens à la mesure de cette soudaine expansion, et de ce nouvel ennemi.

C'est en 1947 que le gouvernement Truman autorise la création de la CIA qui s'attelle illico au chantier urgent de la protection des secrets nucléaires américains, fuyant vers l'URSS à un rythme industriel.

La même année, elle va devoir faire face à un événement impromptu, et proprement inconcevable, et qui sera certainement l'événement cardinal de toute son histoire.

Comment les autorités américaines ont-elles menti pendant plus de cinquante ans au peuple américain au sujet de l'accident de Roswell ? *Comment* mentent-elles encore à ce sujet ? Tout simplement en inventant autant de mensonges que possible, pendant cinquante ans et plus, patiemment, au quotidien, dans une construction babylonesque jamais finie, sans cesse recommencée. Car, comme chacun sait, un mensonge en appelle un autre, et ainsi de suite. Alors que dire de tonnes de mensonges produites à la chaîne par une industrie dont c'est la spécialité déclarée ?

Une des choses les plus amusantes à constater lorsqu'on compile les dossiers concernant l'affaire de Roswell tient en ce que, parmi les officiels du renseignement habilités à « couvrir » l'événement (dans tous les sens du terme), un bon nombre d'entre eux avaient œuvré pour Fortitude ou le décodage d'Enigma quelques années plus tôt.

Le secret de Roswell fut l'occasion donnée à la toute nouvelle Agence Centrale d'Intelligence d'expérimenter à grande échelle les méthodes apprises durant Fortitude et Enigma. Ce que l'Intelligence Service et l'OSS avaient fait à destination de l'armée allemande et de ses services secrets fut déployé à l'attention de tout un pays. Et qui plus est, le pays géniteur de l'Agence. On désinforma la presse. On fit fabriquer de faux modèles de ballons-sondes expérimentaux, avec de prétendus mannequins censés servir pour des tests de l'Air Force concernant les accidents de parachute (!), on publia des tonnes de rapports bidon, on manipula des témoins, y compris des policiers et des militaires, on créa de faux « projets », avec de véritables scientifiques, de fausses bases, avec d'authentiques unités, de faux laboratoires secrets, pour mieux cacher les vrais, on truqua des photos, on élabora un vrai-faux film afin de pouvoir discréditer d'un seul coup tous ceux qui s'intéressaient de trop près à l'affaire, bref : on invente au fur et à mesure, puis au fil des semaines, des mois, des années, la mécanique se met en place, et finit par s'imposer.

Roswell n'est donc pas un événement particulier, même important, de l'Agence. Il est son acte fondateur.

Et c'est pourquoi il est à ce point maintenu dans l'invisibilité.

*

Sans Roswell, sans cette fantastique machine de manipulation de l'information, et le volume conséquent d'archives et d'expertises secrètes accumulées pendant des années, jamais la CIA n'aurait eu les burnes d'assassiner Kennedy.

Ce n'est pas un hasard si toutes les théories de la Conspiration orbitent (aux USA en tout cas) autour de deux ou trois thèmes de prédilection, comme Roswell, et surtout Kennedy, et maintenant Marilyn Monroe...

Les archives s'ouvrent, des témoins parlent, des gens analysent les faits, les textes, les images. Et il apparaît bien en effet que tous ces faits sont liés, non pas selon des causalités directes, mais parce que l'Agence atteignait alors sa vitesse de croisière et qu'une profonde synergie professionnelle unissait tous ses agents, tous ses services, que les méthodes étaient rodées, les archives pleines de quinze ans de travaux exceptionnels (coups d'État, assassinats politiques, manipulations de toutes sortes et de toutes envergures), les budgets plus que confortables, et le secret garanti. Que le pouvoir absolu était à portée de la main, voire déjà dans la pogne, et qu'on pouvait donc tout se permettre.

Nous avons tous vu le film *Zapruder*, et nous y voyons tous la même chose, qui invalide totalement les conclusions de la commission Warren, à savoir plusieurs impacts consécutifs dans la tête du président, en provenance de deux, si ce n'est trois directions différentes. D'autre part, nous sommes tous capables de faire la différence entre un ballon-sonde, ou un météore, et un objet volant de nature artificielle se conduisant avec un comportement intelligent. Voire huit ou dix, et volant de concert dans un ciel parfaitement dégagé. Il suffit de regarder en parallèle les pathétiques apparitions télévisées des membres de la commission Warren et celles de leurs homologues du Project Blue Book, tous chargés d'enterrer officiellement les deux secrets les plus brûlants de l'histoire américaine à peu près à la même période (entre 1965 et 1970), pour constater l'homologie des discours et des méthodes, et il ne faut pas sortir de Saint-Cyr pour saisir que cette homologie n'est pas fortuite mais témoigne du même effort concerté et occulte de manipulation de l'information, par les mêmes équipes, avec les mêmes procédures et la même liberté d'action.

Prestations assez médiocres d'universitaires « ufosceptiques » sur quelques sites du genre.

Certains affirment que bon nombre de photos d'ovnis sont truquées et qu'on aurait la preuve que les services de renseignement américains auraient fait circuler de tels clichés.

On comprend que la CIA voulait ainsi à l'époque (les années 60 et 70) focaliser l'attention de l'opinion sur les extraterrestres, pour la détourner de la guerre du Viêt Nam et du Watergate.

Ce genre de réflexe identitaire de baby-boomers sent la procédure d'éjection d'urgence avant le crash. Il est hautement probable, en effet, que la CIA, ou une de ses officines « noires », ait fait circuler des photos d'ovnis truquées dans les années 60 et 70. Mais ce n'était pas pour détourner l'attention du peuple américain « des atrocités commises au Viêt Nam par l'US Army », ni des pantalonnades paranoïdes de Nixon, car très franchement, à l'époque, je ne vois pas ce qui aurait pu l'en détourner, à part précisément ce qu'il convenait de ne surtout pas révéler. Il est nettement plus probable qu'on soit là en présence d'un des enseignements de base que les pères fondateurs de l'OSS retirèrent de leur phase d'apprentissage auprès des spécialistes de l'Intelligence Service : pour cacher une épingle, il y a bien mieux que la meule de foin, il y a le tas d'épingles.

*

Sans l'amour, la vérité est insupportable.

Sans la vérité, l'amour est une mascarade.

Or l'amour est parfois le prix à payer pour approcher de la vérité.

Et dans le même temps, cette connaissance n'offre quasiment plus aucune valeur à celui qui, pour une raison ou pour une autre, se voit privé d'amour.

L'amour et la connaissance sont deux entités aussi parfaitement dissemblables et disjointes que complémentaires et connexes, l'une et l'autre ne s'ajoutent pas ni ne se soustraient, elles ne se multiplient pas ni ne se divisent, leur autonomie est totale, et pourtant elles ne peuvent se passer l'une de l'autre, leur rapport est bizarre, paradoxal, incestueux, sa forme reste floue, indéfinie, derrière un cryptage sémantique pratiquement impossible à décoder ; sur un plan géométrique, leur relation m'évoque un anneau de Möbius, voire les espaces improbables d'un Escher. Les deux entités me semblent liées par un effet de non-séparabilité quantique, qui les fait interagir même lorsqu'elles s'éloignent l'une de l'autre à la vitesse de la lumière. Un tableau hyperréaliste à *n* dimensions parviendrait peut-être à évoquer ces étranges inclusions-intersections où l'amour et la vérité semblent être des fenêtres l'une pour l'autre, tout en restant opaques pour un observateur extérieur.

Dernières théories à la mode chez les néodarwinistes orthodoxes, répercutées par *Le Monde* et *Le*

Monde diplomatique : l'homme provient d'un pur hasard, car à plusieurs reprises dans l'histoire de la Terre de gigantesques processus d'extermination d'espèces ont parfois réduit la biomasse animale de plus de quatre-vingt-dix pour cent ! Le dernier en date, l'astéroïde qui est venu anéantir les grands sauriens du crétacé, étant à lui tout seul la preuve formelle établissant l'authenticité de cette théorie, puisque sans leur extinction brutale due à cette collision accidentelle, jamais les petits mammifères qui subsistaient à leurs côtés n'auraient pu établir leur domination.

Soyons clair : je ne vois pas ce que le « hasard » vient faire dans la rencontre de notre planète avec un astéroïde ou une comète. Les météores de ce type sont précisément des outils primordiaux pour la création des planètes, et de ce fait, ils sont aussi les agents exterminateurs périodiques des systèmes planétaires, ils en sont des régulateurs cosmiques qui viennent de temps en temps éprouver l'ordre établi et engendrer de nouvelles formes.

Pandémies virales, chaos climatique ou astéroïde, l'homme est désormais face à tous les cataclysmes envisageables, et en premier lieu ceux dont il est le vecteur naturel. C'est pour cela qu'en dépit de tout ce que je viens de dire je ne crois pas en une téléologie cachée qui ferait « progresser » l'évolution biologique vers cette « étape supérieure » que serait l'homme. L'homme particulier de cette biosphère nommée Terre, avec ses caractéristiques propres et son histoire, peut bien disparaître, comme les autres grands rameaux d'espèces avant lui, il n'en demeure pas moins que sa forme générique est statistiquement répétable à l'échelle galactique, pour ne pas dire cosmique. Ce moment critique de la nature est un « moment cinétique », sur le plan thermodynamique cela signifie qu'il est statistiquement observable tout en restant imprévisible, il résulte d'une combinaison de facteurs dont nos sciences établissent tout juste l'existence, et rien n'interdit de penser que ce retournement critique du cosmos contre lui-même peut prendre bien d'autres formes que la forme homme, mais dans le même temps rien n'interdit de penser que les espèces précédemment disparues sur notre planète ne seraient pas un jour parvenues elles aussi à ce moment critique, y compris sous cette forme particulière.

En admettant même que l'astéroïde fatal soit du domaine du « hasard », les reptiles du mésozoïque auraient-ils survécu aux âges glaciaires nés du changement d'axe de rotation terrestre, qui sont eux des systèmes parfaitement intégrés dans la dynamique évolutionnaire de la sélection naturelle ? Auraient-ils survécu aux mutations des flores et des eaux ?

Avant que les dinosaures ne s'éteignent dans le blast mégatonnique et l'hiver postnucléaire qui s'ensuivit, les petits mammifères vivaient sous terre et dans les arbres depuis des millions d'années et ils s'étaient adaptés à la présence des sauriens, comme les insectes, dont certains pouvaient rivaliser en taille et en férocité avec plusieurs modèles de reptiles.

C'est donc bien la sélection naturelle la plus pure qui est à l'œuvre dans l'émergence des mammifères, puis des primates, qui n'ont fait que saisir l'occasion particulière, mais statistiquement répétable, qui survint il y a 65 millions d'années. Ils l'auraient fait plus tard très probablement, à l'occasion d'un autre cataclysme qui aurait de toute manière éradiqué cette forme désormais trop vieille, trop bien adaptée à son environnement, sans plus aucun espace à conquérir (les dinosaures étaient présents sur les cinq continents, dans les airs, sur terre, comme dans la mer) et qui, de fait, ne pourrait résister à un changement global, tel que le système solaire en pourvoit régulièrement.

L'homme est un danger pour toutes les espèces vivantes, ainsi que pour la plate-forme biosphérique qui l'a fait naître ; c'est en cela qu'il est un nexus cataclysmique, une sorte d'usine métaphysique à produire du danger, de la destruction et de la connaissance, un nexus où tous les processus et formes vivantes de la nature se retrouvent imbriqués, sur le plan biologique, comme sur le plan psychique, et lui demandent, par l'accès parfois tortueux qui mène à sa conscience, de re(dé)-construire cet univers, afin de leur redonner vie, sous les aspects les plus divers, et avec une prise de risque inconcevable pour leur propre survie.

*

Pour l'instant l'homme n'a pas encore exploité l'aspect véritablement dangereux et antinaturel de sa propre nature.

L'homme de ce XXe siècle finissant, d'autant plus crépusculaire qu'il nous paraît auréolé de la lumière du strass cathodique, est en train de régresser à grande vitesse sous l'assaut conjugué de tous les nihilismes de bazar en vogue aujourd'hui. La pensée humanitaire et écologiste s'exporte dans à peu près tous les faisceaux de croyances religieuses ou philosophiques, y trouvant la plupart du temps un terrain pour le moins propice à son développement.

Il faut sauver la Terre, entend-on. Mais personne n'ose dire que pour cela il faudra tuer l'homme.

Plus encore, il est probable que, devant les grands changements climatiques qui se profilent à l'horizon, de gigantesques travaux de construction de digues, ou de canaux, de barrages, ou de dômes, que sais-je, doivent être entrepris dans un proche futur, et ramènent l'homme à sa juste place vis-à-vis des processus cataclysmiques dont le cosmos est coutumier, même, et — oserais-je dire — *surtout* si l'homme en est le vecteur.

Il faut donc bien saisir cela : l'écologie humanitaire, qui marche aux bons sentiments ou au charlatanisme new age, ne veut tout compte fait qu'établir une stricte conservation de cet état du monde (et pour certains, restaurer l'ancien, avant la venue de l'industrie, voire de l'homme lui-même), elle refuse de comprendre que pour assurer sa survie l'homme devra entreprendre le surpassement, la transformation effective, écosystémique et globale de ce monde.

Car avant de terraformer Mars, il est clair désormais que nous allons devoir terraformer la Terre.

*

Toute personne ayant éprouvé du désir — j'entends de façon authentique — lors d'une relation sexuelle ne peut se mentir très longtemps à ce sujet : chez l'homme, les centres du désir sont directement connexes à ceux de l'agressivité, et de l'instinct de domination. Le fantasme du viol est de fait toujours plus ou moins présent, à différents moments de l'acte sexuel, cette violence, et la fantasmatique qui en découle, peut susciter nombre de jeux érotiques dits sadomasochistes ou, et la limite est ténue, basculer dans l'horreur de l'acte criminel. Les féministes peuvent toujours pousser leurs cris d'orfraies hystériques, la femme n'est pas insensible, en retour, à cet appétit de domination et de viol. À la condition, cela va de soi, qu'il s'assouvisse dans le cadre d'un rapport érotique entre adultes consentants. Aux « baise-moi », il arrive parfois que succède un « viole-moi » plus ou moins explicite, plus ou moins conscient.

Tout cela ne procède pas d'un environnement culturel, et pas plus de « prédispositions » génétiques d'ordre animal, voire purement mécaniques comme certains le prétendent (l'homme aurait besoin de cette violence pour « pénétrer » le vagin, c'est fou le nombre de conneries qu'on peut lire ou entendre à ce sujet).

Il faut se replacer dans le cadre des civilisations humaines protohistoriques ou de celles de la haute Antiquité pour bien comprendre ce dont il s'agit.

Comme l'esclavage, le rapt sexuel fut une condition essentielle de la survie de nombreux peuples, aux premiers âges de l'humanité. En effet, les systèmes claniques, vivant la plupart du temps en autarcie, se voyaient confrontés régulièrement au problème terrible de la consanguinité. La guerre, la mise en esclavage, avec le rapt sexuel comme finalité, devenaient alors une condition sine qua non de la pérennité du clan. Il est probable que les Romains des âges légendaires enlevèrent les Sabines dans le but de revigorer un sang devenu trop familial. La guerre de Troie eut vraisemblablement les mêmes origines.

D'une certaine manière la sélection naturelle a joué là son office; si prédispositions génétiques il y avait chez certains individus, alors autant dire que seuls leurs descendants ont survécu.

Mais, me direz-vous, cela pourrait expliquer en partie la rémanence de certaines architectures neuronales lors de l'acte sexuel chez l'homme, disons chez le *mâle*, mais comment l'expliquer pour la femme?

Inutile de tergiverser, l'explication sociologique universitaire postféministe (les femmes sont victimes d'une domination culturelle qui les entretient dans cette posture) ne tient pas la route, ou plus exactement, elle s'arrête au début du périple.

Car il faut bien comprendre que les artifices culturels, lorsqu'ils ont pour but l'érotisme, ne peuvent éradiquer les pulsions inconscientes et biologiques qui sont à l'œuvre, puisqu'elles doivent tout au contraire les stimuler. Aussi faut-il bien admettre que, sans doute, la pulsion sadomasochiste féminine qui, même lors d'un jeu érotique « normal », la fait vouloir se soumettre fantasmatiquement au désir de l'homme pourrait avoir elle aussi un fondement sociobiologique né de l'histoire particulière du rapt sexuel.

Car les madame Bovary ne sont sûrement pas l'apanage exclusif du siècle de Flaubert.

Il est probable que les clans consanguins qui se livraient au rapt sexuel délivraient ainsi, bien involontairement faut-il le dire, de nombreuses femmes emprisonnées elles aussi dans des lignages dégénérés et des mariages sans amour, voire sans enfants.

Ces femmes livrées à l'ennui et à la solitude sexuelle ne virent peut-être pas d'un si mauvais œil l'arrivée, même brutale, de solides gaillards venus pour les prendre, et en faire leurs épouses, dans un pays neuf.

Ce sont elles qui purent mettre au monde des descendants viables, car « impurs », nés d'un métissage forcé mais salvateur; quant aux autres, il est probable qu'elles n'auront engendré que des lignées vite éteintes, et aussitôt oubliées.

Le « prince charmant » n'est que la version culturelle édulcorée du barbare étranger kidnappeur de jeunes filles vierges et d'épouses délaissées.

Étrangement, la vérité peut surgir d'un subtil et particulier mélange de mensonges.

Le seul état libre, c'est la mort.

L'homme est fait pour l'*aliénation*, il est fait pour être étranger à lui-même, il recherche sans cesse de nouveaux moyens de s'aliéner, de s'extirper de sa grotesque et pénible condition, de devenir *étranger à ce qu'il est*, et le plus drôle, c'est qu'il nomme cela liberté.

La théorie « rationaliste » du libre arbitre empoisonne secrètement bien des penseurs et scientifiques, qui voient dans l'acte « libre » une sorte de sommet de la conscience humaine, auquel on peut se référer pour juger du degré d'évolution d'une forme de vie naturelle ou artificielle.

Très bien.

Y a-t-il quelqu'un pour me contredire si j'affirme que l'amour est un de ces sommets de la conscience humaine, sinon *le* sommet ?

Fort bien, poursuivons. L'amour est-il ou procède-t-il d'un acte « libre » ?

Réfléchissons un instant et remémorons-nous l'instant où nous sommes tombés amoureux pour la dernière fois. Généralement, si « coup de foudre » il y eut, vous ne vous attendiez même pas à l'apparition, vous ne la connaissiez pas ; dans le meilleur des cas, en l'espace d'une heure ou deux vous êtes radicalement transformé de l'intérieur, des molécules diverses et puissamment dosées circulent à plein tube dans votre cerveau et dans le moindre de vos nerfs, donc dans tout votre corps. La nuit venue, l'image, la voix, le parfum de la personne vous obsèdent. Y pouvez-vous quelque chose ? Non. Cela procède-t-il d'un choix rationnel, guidé par des considérations logiques ? Que nenni. Il est même probable, statistiquement, que cela produise son lot de petits ennuis, sur le plan rationnel et logique, puisque, statistiquement, vous avez environ une chance sur deux d'être déjà marié ou de vivre avec quelqu'un. Y a-t-il un moment où il vous semble avoir décidé quoi que ce soit ? Vous êtes-vous senti *libre* d'engager une conversation même anodine ? Ou n'avez-vous pas senti un drôle de poids dans votre estomac (et je ne parle pas ici de la culpabilité de l'homme marié) ? N'aviez-vous pas la gorge serrée à l'idée même de lui demander de vous passer la bouteille d'eau ou un briquet ? Votre voix était-elle parfaitement naturelle, et posée, lorsque vous vous êtes risqué à le lui demander ?

Bien, je crois qu'il est inutile d'aller plus loin.

L'amour n'est pas un acte libre, même le plus « sublime », comme nous le content les cons qui se prennent pour Eluard ou Aragon.

L'amour est l'acte d'aliénation ultime, et c'est en

cela qu'il peut ouvrir une minuscule lucarne sur une fort peu probable et bien peu tangible « liberté », qui ne surgit d'ailleurs que dans la perspective de son extinction.

La liberté est le degré ultime de l'aliénation.

Comme l'amour, l'art n'est nullement un acte « libre » mais un *processus terminal d'aliénation*, où devenir étranger à soi-même résulte d'une nécessité impérieuse, de l'ordre de la survie, et qui paradoxalement ne peut conduire qu'à la liberté, c'est-à-dire à la solitude.

Ces « philosophes »... qui ne font trembler personne !

Toute connaissance véritable ouvre sur des abysses proprement terrifiants.

Comme Diogène et Nietzsche le savaient, le porteur de vérité ne peut en aucun cas être un « philosophe-citoyen », respectueux des lois et des usages de son époque, la vérité qu'il porte est une torche dont il doit user pour enflammer la cité, susciter la peur et la panique, détruire les traditions et les autels, provoquer la chute de l'homme.

Toute authentique philosophie doit jeter un défi brutal à ses contemporains. Elle se doit d'être un soufflet dans la face des cuistres, et une épée dans le ventre des académiciens.

La démocratie égalitaire est une machine à broyer les talents. Mais il arrive qu'il en sorte du jus.

Ces « artistes » qui réclament la liberté, et qui ne supportent pas d'être seuls !

Pour écrire convenablement au sujet des pulsions ou des actes homicides, il n'est pas nécessaire à mon sens d'avoir accompli un ou plusieurs assassinats ; en revanche il est indispensable de savoir éprouver de réelles et profondes envies de meurtre.

Une prof féministe de l'université de l'Arizona, je crois, propose à ses élèves des versions expurgées, voire « reconstruites » de Shakespeare, sous le prétexte que sa représentation de la femme ne serait pas *correcte* !

Ô grand néant de la liberté et de l'égalité, voici venue l'heure de ton triomphe !

D'obscurs bureaucrates néostaliniens expurgent les rares chefs-d'œuvre absolus de l'humanité de tout ce qui ne rentre pas dans leur conception pathologique, rance et pitoyable, de l'art et du monde, et ce dans la plus parfaite légalité démocratique, avec le soutien de l'intelligentsia universitaire. Pire, persuadé de l'égalité des individus, des œuvres et des idées, on se permet de retoucher *Othello*, ou *Hamlet*, du haut de sa minable chaire. À quand des profs féministes sociopathes qui viendront poser des moustaches à *La Joconde*, effacer les violences de *Guernica*, ou émasculer *David* ?

Le révisionnisme actif, sous le masque de la « déconstruction », est désormais intégré comme donnée culturelle et, ultime obscénité de la médiocrité ambiante, il se présente comme une « avant-garde », lui qui veut faire régresser l'art au niveau de la nourriture pour poulets en batterie.

Il m'arrive fréquemment de penser que, pour certains profs, la rizière et un seul livre, Mao Tsé-toung ou la Bible, ou bien Placid et Muzo, serait pour de bon d'usage thérapeutique.

Ma version préférée de *Singin' In The Rain* : celle d'*Orange mécanique*.

Pour nombre de journalistes aujourd'hui, la possibilité d'interviewer l'auteur, c'est surtout celle de ne pas lire ses livres.

*

Rien n'est plus étonnant que l'industrie pornographique moderne, qui décompose le corps et l'acte sexuel en autant de microdépartements publicitaires : anal, teen, blow-job, facials, cumshots, lesbians, gay-sex, bondage, fétichisme, amateur, célébrités, club-babes, bizarre, animal-porn, etc.

À chaque niche marketing, une partie du corps, ou un type de femme, ou une séquence particulière de l'acte sexuel, ou une perversion spécifique, susceptible ou non d'exciter vos endorphines ; sur Internet, la pornographie utilise toutes les ressources du réseau pour vous balader le long de galeries virtuelles où vous trouvez à peu près tout ce que vous êtes en mesure de désirer. Cette grande foire aux désirs-marchandises, ce vaste Porn-Land électronique n'est que la face manifeste, éclairée, surexposée devrais-je dire, du monde inconscient des pulsions psychosexuelles en latence dans le projet sociotechnique du cyberespace.

Avec ou sans État, l'homme est un fils de pute.

La femme est l'avenir de l'homme. Autant dire sa fin.

Coup de blues brutal après la découverte chez mon ami Thierry B. d'un exemplaire du dernier roman de Neal Stephenson, *Cryptonomicon*, tout juste paru en anglais ; au moment même où j'élabore lentement les deux parties de mon prochain ouvrage de fiction, *Liber Mundi*, « neuronomicon » et « métacortex », basées sur la structure de l'ADN et les processus de cryptage à l'œuvre dans le « métaprogramme » cosmique, je suis de nouveau confronté à la fantastique vélocité des romanciers américains, à leur phénoménale puissance de travail, tout autant individuelle que collective, qui fait que désormais un Neal Stephenson peut d'un seul coup tracer la topologie d'une nouvelle littérature qui entend bien faire la synthèse de William Gibson et de Thomas Pynchon, sans l'ombre d'un complexe vis-à-vis de nos pâles auteurs des éditions de Minuit qui s'obstinent à décrire *des planchers qui grincent, des robinets qui fuient et des clenches de porte qui brillent*, et sans plus de pitié envers ceux qui s'obstinent à croire que la « science-fiction » est une affaire de trekkies en pyjama orange, d'interminables histoires d'empires galactiques et de voyages interstellaires ou de farfadets malicieux vivant reclus dans leur Schtroumfland secret.

Ce coup de blues doit être compris comme la

reconnaissance authentique du génie de ce peuple, et de ses écrivains de fiction, dédaignés par nos brillants prosateurs comme par nos éminents critiques, il s'accompagne d'une joie immense d'être ici, dans ce laboratoire social aux dimensions babéliennes qui révèle avec le tranchant de l'optique moderne ma propre solitude, écrivain de langue française désireux d'assumer pleinement ma *Sympathy for the Devil*, et débarquant, novice plus tout jeune, dans son royaume peuplé de démons à la fois bien plus neufs et plus expérimentés.

La littérature n'est pas le plus « immatériel » de tous les arts, tout au contraire ; elle ne s'impose pas selon les métriques d'une transcendance platonicienne bien cadencée une fois pour toutes, comme si l'écrivain se contentait de « découvrir » des vérités éternelles et ultimes sous le jeu des apparences du monde matériel ; l'écrivain d'aujourd'hui, et depuis longtemps, doit de toutes ses forces *recréer* la vérité, c'est-à-dire ne pas se contenter de reproduire sous des formes plus ou moins cachées une vérité préexistante à l'œuvre, mais faire de l'œuvre même le terrain d'une *expérience menée sur la vérité*, comme disait Nietzsche, faire surgir de son travail à l'origine purement mental un monde métaphysique susceptible, non seulement de prendre racine dans le réel, mais de devenir le réel, en le contaminant de manière terminale ; c'est pour cela que l'écrivain doit impérativement soumettre l'Homme à la question, il doit torturer la mémoire de l'humanité et déjà pour commencer celle du XXe siècle afin de lui faire accoucher ses projets secrets concernant le futur, c'est-à-dire notre présent, il doit faire de même avec la réalité présente, afin de lui faire avouer ses plans occultes pour l'avenir, et il ne doit pas avoir peur d'interroger directement cet avenir, qui seul, bien sûr, contient l'explication du passé.

Le travail de l'écrivain du XXIe siècle sera donc celui d'un archiviste prospectif et transfictionnel. Opérant sur les lignes de césure et de soudure entre les différents cryptages de la réalité, les différentes actualisations du monde humain et naturel, il devra mettre en évidence quelques figures singulières susceptibles d'en produire une généalogie pertinente, sans avoir peur de mêler réalité et fiction, y compris la plus débridée, et de la façon la plus dangereuse qui soit, puisque c'est précisément de cela qu'il s'agit : assembler un explosif métaphysique qui prenne corps littéralement dans le « matériel » humain.

*

Vague fondamentaliste chrétienne chez nos voisins du Sud. Les commissions scolaires du Kansas et de plusieurs États du Midwest ou du Deep South promeuvent ouvertement le créationnisme biblique comme explication « scientifique » concurrente des théories du big-bang et de l'évolution, et pire encore, entendent bannir celles-ci du programme.

Le christianisme fondamentaliste est sans aucun doute le plus grand danger qui menace la suprématie technoscientifique américaine ; comme bien d'autres empires avant lui, Rome, l'Espagne, la France, la Russie, l'empire américain pourrait s'effondrer en quelques décennies, voire en quelques années, si une telle conception du monde, de l'homme et de Dieu en venait à s'imposer pour de bon.

Nouvelles lignes de fractures géopolitiques en cours d'élaboration :

Conflits panaméricains, sur fond de narcotrafics, de guérillas marxistes et de milices d'autodéfense (conflits en germe entre Colombie et Venezuela, Panama et Colombie, Pérou et Équateur, Bolivie et Pérou, Chili et Argentine, Brésil et Argentine, guerre de la coke dans les Andes, guerre du pétrole dans le golfe du Venezuela, conflits territoriaux dans le cône sud, problèmes endémiques des Amérindiens en Amérique centrale, canal de Panama), le tout selon une ligne de fracture pro- ou anti-US, dans la perspective de la « dollarisation » de l'économie panaméricaine et de la suprématie militaire et diplomatique de Washington.

Luttes d'influence entre Turcs, Iraniens, Pakistanais et Arabes du golfe Persique pour le contrôle des richesses d'Asie centrale, via milices islamiques interposées (voir l'Afghanistan), cette rivalité ancestrale recoupe de profondes césures interislamiques, sunnisme-chiisme, soufisme-wahabisme, restées particulièrement vivaces ; explosion généralisée des conflits dans le Caucase entre l'ex-empire russe et les républiques indépendantistes sur fond de guerres de religion christianisme/islam : Tchétchénie, Ingouchie, Ossétie, Daghestan, Géorgie, Abkhazie, Azerbaïdjan, Arménie... auxquelles il faut rajouter le problème kurde, se situant comme par un fait exprès sur la ligne de fracture géopolitique entre Turquie, Iran et Irak. La désagrégation de la Russie pourrait s'étendre à la Sibérie, alors que la Chine connaît déjà de fortes tensions ethniques sur ses frontières occidentales, Tibet et Sin-kiang, qui ne peuvent que s'aggraver.

Nombreux conflits en germe dans l'Asie du Sud :

Inde/ Pakistan en premier lieu, mais aussi Inde/ Chine, Viêt Nam/ Chine, Chine/ Taïwan, Chine/ Japon, Corée du Sud/ Corée du Nord, Indonésie/ Philippines, Birmanie/ Thaïlande, sans compter leurs diverses interactions sur fond de guérillas islamiques, bouddhistes ou chrétiennes selon les cas.

En Europe, en cas d'échec politique, c'est-à-dire si une authentique Fédération n'est pas mise en place pour la prochaine génération, prolifération des nationalismes ethniques, du séparatisme régional et accentuation du clivage christianisme/islam sur les zones « sensibles » : Balkans, France, Europe du Sud. D'autre part, les clivages interchrétiens ne sont pas lettres mortes, entre catholiques et protestants ou orthodoxes et chrétiens romains, comme l'Irlande du Nord et l'ex-Yougoslavie nous le démontrent depuis un certain temps déjà. Enfin, la nouvelle ligne de fracture entre « euro-fédéralistes » et « nationaux-souverainistes » ne me semble pas sur la voie de la résorption, c'est le moins que je puisse en dire.

En Afrique, la liste des guerres en cours et de toutes celles qu'elles portent en gestation ne tiendrait pas sur cette page. Le conflit dans l'ex-Zaïre de Mobutu, le nouveau Congo de Kabila, représente à lui seul le prototype des conflagrations futures, auquel nous devons rajouter les interminables guerres civiles du Soudan, du Liberia et de la Sierra Leone. Là aussi la ligne de coupe islam/christianisme vient parfois se surajouter aux conflits ethniques ou/et interétatiques qui ne sont au bout du compte que le grand retour du refoulé de l'inconscient collectif africain, faisant voler en éclats l'ordre colonial et postcolonial peu ou prou hérité du traité de Berlin signé à la fin du XIXe siècle.

L'océan Pacifique lui-même est en train de souiller son nom du sang de l'histoire humaine : de nombreux « microconflits » sont d'ores et déjà en train de virer à la guérilla, et ce qui était de l'ordre de la guérilla, comme au Timor ou à Bougainville, est en train de se transformer en guerre civile ouverte et peut fort vite dégénérer en une série d'altercations croisées entre les différentes entités insulaires du coin, en Papouasie, en Micronésie, en Polynésie, en Mélanésie...

Six petits paragraphes. Six continents à la dérive...

Une des « lois de Murphy du combattant », trouvée sur le site Internet des Forces spéciales US :

If your attack is going really well, it's an ambush.

*

Tous ces idiots qui « pensent » qu'Internet est une menace pour la « mémoire écrite » de l'humanité, et qui ne prennent même pas le temps d'aller voir pour de bon ce qui s'y passe.

Ils constateraient, effarés, comment le Web est en train de devenir une titanesque mémoire historique alternative, où désormais il ne s'écoule pas une semaine sans que fleurisse une quantité incroyable d'écrits de vétérans de la Seconde Guerre mondiale encore en vie, ayant appartenu à tous les corps d'armée des forces alliées, sur tous les théâtres d'opérations où elles furent engagées. Bien sûr, on trouve de tout dans ce vaste Marché aux Puces électronique du souvenir du XXe siècle, la plupart des textes sont fort mal écrits, et certaines « aventures » peinent à s'inscrire en nous, mais voilà désormais la mine qu'il s'agit d'explorer, d'exploiter, nous les chercheurs de vérité, car il y a là le témoignage ultime de ceux qui ont vécu de l'intérieur le plus grand cataclysme politique et militaire de toute l'histoire humaine. Certains, ou certaines, d'entre eux, d'entre elles, ont participé aux opérations de l'OSS à l'intérieur des territoires occupés par les nazis, ou les Japonais, leur tenue civile les destinait à l'exécution immédiate, d'autres furent de simples *marines* crapahutant d'îles en îles dans la moiteur des jungles du Pacifique Sud, d'autres encore se retrouvèrent suspendus à un filin avec un camarade mort à trente mètres au-dessus de la plage que dominait la pointe du Hoc qu'ils étaient chargés de prendre, avec les rangers du colonel Rudder, quelques-uns tinrent leur rôle dans certaines des plus délicates opérations conduites par les forces alliées, telles Enigma et Fortitude, leurs récits à tous regorgent de faits vécus et précisément datés, ce qui permet de les replacer avec pertinence sur l'ensemble du théâtre des opérations, et ainsi, une étrange luciole se met à cheminer le long d'une galerie qu'elle éclaire tout en la creusant, un pâle et fragile éclat de lumière vous guide dans l'obscurité de ce siècle terrible qui ne cherche plus désormais qu'à clore avec moult célébrations festives ce qui fut sans doute le chapitre le plus brutal et le plus extraordinaire du livre de l'Homme.

Penser que les sociétés, « par nature » si je puis dire, peuvent s'extraire comme par magie de la pression de la sélection naturelle ! Nos villes elles-mêmes obéissent à des équations de type fractal qu'on retrouve à l'œuvre dans la plupart des « phénomènes naturels ».

Il n'y a rien de plus « naturel » pour une structure vivante organisée, quel que soit son niveau d'organisation, monocellulaire protoplasmique ou sociétal humanoïde, que d'entreprendre la colonisation de son milieu, voire d'autres formes d'organisation, et bien sûr, il n'y a rien de plus « naturel » que la concurrence directe entre différentes formes d'organisation pour établir leur suprématie sur un biotope.

Les sociétés humaines sont à l'image des individus qui les composent : comme le disait Colin Wilson, « nous pensons que la conscience participe d'un acte réflexe, comme la respiration, c'est faux, elle implique un effort, comme la nage. Si nous cessons, nous coulons ».

Par nature, l'homme est en guerre. Si toute culture se fonde sur un principe antinaturel, alors toute culture se devrait d'être absolument pacifique. Or il n'en est rien. Au contraire, ce retournement spécifique peut être décrit comme un *état de guerre de la culture* contre la nature, *mais surtout contre elle-même*.

Il me semble que la raison de cet état de fait tient en une ou deux explications : primo, notre conception « antinaturelle » de la culture ne peut plus se fonder sur un point de vue dialectique orthodoxe, mais sur une généalogie paradoxale dans laquelle les antinomies recouvrent en fait des processus vivants d'interaction et de contamination réciproque. Secundo, ni la nature ni la culture (c'est-à-dire l'homme) ne peuvent échapper aux lois fondamentales de cet univers, même et surtout si elles ont toute latitude pour en inventer de nouvelles.

Quoi que vous puissiez imaginer, cela s'est déjà produit, ou le sera.

Le cosmos ressemble à un colossal code juridique en écriture continuelle, chaque plan d'organisation fabriquant son propre corpus de lois et de « jurisprudences » phénoménales, chaque élévation de complexité produisant son explosion hypertextuelle, à tel point que ce sont les créatures les plus évoluées qui ont toutes les chances de n'y rien comprendre.

Peu à peu
L'homme s'éteint
Dans les procédures
Du jour ;
Les machines
Pures comme le cristal
Ne font aucun rêve.

*

Cette obscénité des catholiques polonais qui défigurent Auschwitz de leurs bondieuseries et de leurs crucifix ; il n'est pas même besoin de se rendre sur les lieux pour comprendre que la vision de cette croix surplombant les lignes de barbelés et les chambres à gaz ne peut susciter qu'un haut-le-cœur.

Où était votre « Dieu » lorsque les ongles déchiraient le béton jusqu'à y laisser des marques encore visibles un demi-siècle plus tard, parce qu'à l'autre bout de ces ongles un tas d'hommes, de femmes et d'enfants se débattaient pour sortir de la chambre de mort qui se remplissait de gaz ?

Où étaient vos prêtres et vos cardinaux, où se trouvait votre pape ? Quelle encyclique commettait-il ?

Ne jamais oublier les enseignements des Écritures : dans l'Apocalypse, il est nettement stipulé que *le dernier pape sera l'Antéchrist.*

Cauchemar numéro
Deux mille huit cent treize
Le matricule est bleu
Tatoué sur la peau ;
Les petits enfants
Menés à l'abattoir
S'échelonnent
Sur un ciel grillagé
Que leurs cendres
Noircissent.

Quel est votre « rêve » pour l'an 2000 ? nous demandent depuis peu les gros titres des magazines. Dans ma position, c'est désormais le magazine qui s'adresse directement à moi, par le biais d'un de ses journalistes. Et devant le déluge de bons sentiments ou de prédictions apocalyptiques à la Paco Rabanne qui s'abat sur nous depuis peu, il est malaisé de trouver une tactique opérative qui permette de passer entre les gouttes.

La seule réponse un tant soi peu honnête que je pourrais donner, c'est que mon « rêve » risque fort d'apparaître comme un cauchemar pour le reste de mes congénères.

Le capitalisme est le *système d'exploitation* dont l'homme est l'ordinateur.

Ce que Marx avait compris, et qu'aucun *marxiste* n'a jamais compris, c'est pourquoi et surtout *comment* une révolution sociale et culturelle ne pouvait s'appuyer que sur une *révolution générale de l'économie*.

Mais ce qu'il ne comprit pas, comme l'ensemble de ses disciples, c'est qu'ainsi que toutes les autres affaires humaines d'importance, une telle révolution ne se décrète pas.

Elle est en effet contingentée par l'ensemble des développements techniques et culturels de l'humanité, elle peut se préparer, s'élaborer, se penser, des années, des siècles à l'avance, mais le moment précis de sa catalyse, de son surgissement, est imprédictible et surtout témoigne avant toute chose de l'avancement d'une crise métaphysique générale.

L'économie, comme Deleuze nous l'a enseigné, ne se compose pas en effet des seules structures et dynamiques que les spécialistes ont recouvertes sous ce vocable, l'économie est une production humaine, donc une production de l'inconscient humain, qui procède selon une *économie* qui lui est propre.

Si une révolution générale de l'économie peut s'accomplir, tout le monde doit bien comprendre qu'elle devra tendre vers la production d'une *économie supérieure*, au sens poppérien de la théorie synthétique de l'évolution appliquée au monde des concepts et de leurs applications techniques, et elle devra être capable de forger les outils nécessaires à la production d'une nouvelle morale, d'une métaphysique quantique, plus fine, plus complexe, et mieux adaptée à notre nouvel espace de vision.

Aussi cette révolution générale de l'économie ne peut-elle se produire qu'au travers de la matrice essentielle entre toutes : l'homme lui-même, son cerveau, son corps, son ADN, son *esprit*.

C'est en cela, bien sûr, que cette révolution générale ne peut se concevoir autrement que comme une révolution biopolitique et métaphysique, dans laquelle l'antique dualité — l'homme au service de l'économie ou l'économie au service de l'homme — est avantageusement remplacée, il me semble, par une nouvelle typologie de questions, telles que « comment faire de l'homme une matrice pour sa propre expansion dans l'univers ? » ou « comment faire de l'économie de marché un pont vers son propre futur ? » et surtout cette révolution se fera en concurrence avec les autres modèles révolutionnaires, ou dévolutionnaires, au travers de l'explosion générale des vérités désormais engagées dans le processus darwinien de la sélection naturelle.

Grande offensive nihiliste tous azimuts en Amérique du Nord. Après les USA, le Canada semble soumis à une attaque en règle de la part de l'intelligentsia marxiste (ou postmarxiste) qui dans le même temps organise la propagande pour Cuba, ou la Serbie yougoslave, quand ce n'est pas pour la Corée du Nord et, grâce à la technique désormais bien rodée de l'infiltration des institutions, promeut ouvertement sa haine de classe, quand il ne s'agit pas d'une haine ethnique savamment — ou non — déguisée, et surtout planifie la destruction systématique de toute liberté d'expression entre Vancouver et Halifax.

Désormais le premier amendement de la Charte canadienne des droits et libertés, garantissant une liberté d'expression pleine et entière, sur le modèle de la justice anglo-saxonne, est non seulement mis à mal quotidiennement, mais des organisations œuvrant pour sa suppression ou son édulcoration sont subventionnées par le gouvernement fédéral lui-même !

Pire encore, ceux qui continuent de se battre pour

une liberté d'expression politique sans contrôle étatique, en particulier sur Internet, sont ouvertement taxés de pronazis et de racistes. Des professeurs sont mis à l'index, voire exclus des écoles ou des universités, pour la simple raison que leurs activités politiques *à l'extérieur* de l'institution scolaire (j'insiste sur ce point) n'ont pas l'heur de plaire aux divers prosocialistes qui utilisent de façon systématique les cours de justice spéciales, mises en place depuis peu par le gouvernement fédéral et les provinces dominées par le NPD, pour faire taire leurs opposants les plus radicaux. Dans le même temps, il va sans dire que des profs expliquant *dans leurs cours* (j'insiste sur ce point) que « l'URSS n'est pour rien dans la construction du mur de Berlin » ou que « le Canada et Cuba partagent de nombreuses valeurs » sont rapidement promus, ou siègent de plein droit dans les commissions scolaires.

Ces « sections spéciales », nommées de façon perverse commissions des droits de l'Homme, sont directement inspirées de la sinistre loi Gayssot française (est-il besoin de préciser pour mes lecteurs nord-américains que le sieur Gayssot est un membre éminent de ce grand parti démocratique qu'est le Parti communiste français) qui criminalise le révisionnisme « pronazi » mais justifie parfaitement le révisionnisme probolchevique (celui qui permet par exemple à un dénommé Pierre Monette de se livrer dans un récent numéro de *Voir* à l'exercice préféré des révisos rouges, y compris ici en Amérique du Nord, qui consiste à mettre sur le même plan les morts du stalinisme et ceux des guerres coloniales conduites par les démocraties libérales un siècle auparavant — pourquoi pas les guerres de conquête d'Alexandre pendant qu'on y est !).

Pire encore, un groupuscule néobolchevique, dénommé Anti-Racist Alliance, a visiblement les coudées franches pour attaquer physiquement et juridiquement tout individu ou groupe d'individus mettant en avant un certain nombre de faits, ou idées, qui ne rentreraient pas dans le cadre désormais institutionnalisé de la pensée politique.

Vous croyez que l'*affirmative action* est une forme vicieuse d'apartheid, et que surtout l'expérience californienne nous démontre à quel point elle fut un cuisant échec, en particulier pour les « communautés » qu'elle prétendait protéger et intégrer ? — alors prenez garde, vous et vos propos pouvez tomber sous le coup de la loi punissant la *hate literature* !

Vous émettez des doutes sur la pertinence d'accorder aux « homosexuels » les mêmes « droits » que les « autres » — c'est mon cas en ce qui concerne la procréation et l'éducation à plein temps des enfants — non pas parce qu'ils sont homosexuels *de fait*, mais parce que jusqu'à preuve du contraire le mariage religieux ou civil est *de droit une institution hétérosexuelle*, et l'enfantement — même *in vitro* — une prédisposition physique féminine, ce qui pourrait autoriser, je suppose, une différence d'appréciation entre lesbiennes et gays mâles, c'est la rançon de toute politique axée sur la différenciation sexuelle, ethnique ou générationnelle, bref, je dis bien « vous émettez des doutes », vous « pensez » que cela pose un certain nombre de « problématiques » nouvelles qu'il s'agit précisément d'étudier, y compris avec la participation de ladite « communauté », et surtout vous affirmez que vous n'êtes pas fermé à la discussion, au contraire, et que la liberté de pensée et d'opinion vous permet d'une part de critiquer certains aspects de certaines politiques ou idées, ou groupes de pression, y compris au risque de les « offenser », et d'autre part à chacun d'entre nous de *changer d'opinion*, voire d'élaborer des théories supérieures qui permettent d'englober de façon supercritique les termes jusque-là antinomiques ?

Cela signifie-t-il aussitôt que vous préconisez la persistance ou le retour d'une discrimination institutionnelle et culturelle envers cette communauté ?

Certes oui, mon jeune ami, où vous croyez-vous donc, en Amérique ?

Vous émettez alors des doutes sur la pertinence même de cette loi ? Vous êtes un militant suprématiste, vous êtes antipauvre, ou antihomo, ou pire encore, vous êtes un agent d'influence de la Trilatérale !

De fait, un grave glissement de terrain politique et sémantique est en train de s'effectuer en Amérique du Nord, la précipitant sur la pente savonnée en Europe depuis un demi-siècle par les thuriféraires de la Stasi ou de Fidel Castro. Prenant prétexte des attentats ultraviolents de l'extrême droite chrétienne et/ou suprématiste, style Oklahoma City, une véritable offensive idéologique de la gauche cryptocommuniste s'est mise en place, amalgamant sans complexe les théoriciens négationnistes comme Ernst Zündel* et les groupes civiques défendant son droit à l'expression (dans cet ordre d'idées il faut illico poursuivre et lourdement condamner Noam Chomsky et quelques-uns de ses amis). Cette manœuvre de

* Figure de proue des révisionnistes antisémites, victime de plusieurs attentats commis par l'ARA et les services d'ordre musclés de l'International Socialist League, une bande de trotskistes fanatiques qui feraient passer nos militants de l'OCI-AJS pour de doux disciples de Krishna.

grande envergure est en train de réussir son pari, mais nous savons depuis la Sainte Inquisition qu'on ne peut bannir indéfiniment ni les livres ni les idées, et depuis les travaux de Karl Popper, que la meilleure arme contre une mauvaise idée est une meilleure idée.

*

Dogmatisme « de droite » contre fanatisme « de gauche », entre les deux, une seule victime : l'intelligence.

Et bien sûr, son embryon : la vérité.

Les chrétiens fondamentalistes « pro-life » refusent le droit à l'avortement sous le fallacieux prétexte du « droit à la vie » de l'embryon humain, tout en prohibant les techniques de procréation assistée et les manipulations génétiques permettant la correction prénatale de certaines configurations chromosomiques « handicapantes » ou autres; parallèlement, dans le camp d'en face, chez les institutionnels « pro-choice », on fourbit la réplique « humaniste-socialiste » d'une telle aberration en faisant valider des lois scélérates « protégeant les droits de l'embryon humain » contre les expérimentations scientifiques et médicales, tels le clonage ou la manipulation transgénique. Pour les uns, l'embryon a droit à la vie mais à aucune des prérogatives que constituerait un tel droit, pour les autres, l'embryon a tous les droits d'un individu vivant, sauf précisément celui de vivre.

Ces « démocrates » qui commencent par supprimer la liberté de pensée !

Je comprends peu à peu en recoupant mes informations sur le sujet (des dizaines de signets dans la mémoire de mon ordinateur peuvent en attester) que le Conseil juif canadien est en train de tomber dans le même panneau que les honorables membres du CRIF français, qui ne cessent depuis vingt ans de diaboliser Le Pen, en répondant à sa verve purement émotionnelle/pathologique par l'émotion et le pathos, soit la justice spectacle, au lieu de politiquement et scientifiquement démontrer la stupidité de ses théories et de sa politique lorsqu'elle est appliquée (je ne reviendrai pas sur les résultats peu probants de cette stratégie, qui a multiplié son électorat d'un bon facteur 5 et lui permet de contrôler des municipalités d'importance). Ainsi le CJC appuie-t-il sans réserve, quand il ne les intente pas lui-même, les poursuites intentées en cour contre certains membres d'organisations civiques (tout à fait conservatrices j'en conviens mais là n'est pas la question) qui prônent une totale liberté de pensée y compris pour les thèses les moins reluisantes, amalgamant ces organisations avec les suprématistes ou les chrétiens fondamentalistes dont on entend « bannir » les théories et les discours. De manière automatique, serais-je tenté de dire, le CJC se commet ainsi avec l'extrême gauche la plus radicale, celle-là même qui en France n'a pas tardé à tomber dans l'antisémitisme le plus crasse (voir l'affaire Quadruppani/Daeninckx et celle de la Vieille Taupe), et qui n'a de toute façon jamais fait preuve d'un enthousiasme délirant pour la cause sioniste ; comme le CRIF avant lui, le CJC semble absolument sourd à tous ceux qui, comme moi, ne peuvent un instant être suspectés d'antisionisme et *a for-*

tiori d'antisémitisme, et qui dans le même temps demandent que les livres de Céline et de Brasillach, ou les opéras de Wagner (et je ne parle pas des œuvres de Nietzsche !), ne soient pas « bannis », ceux qui ne cessent de rappeler à la communauté juive l'aspect fondamental de la liberté de pensée dans toute démocratie authentique, et qui surtout la mettent en garde contre des alliances plus que douteuses avec les pires ennemis d'Israël.

Que ce soit bien clair : la liberté de pensée ne souffre aucune limite, à moins d'œuvrer pour la dévolution effective du genre humain vers un prototype antérieur.

J'apprends avec une infinie tristesse que Zinoviev, grand écrivain russe et grand dissident de l'ordre soviétique, retourne en Russie en clamant un peu partout que « l'Europe est en train de s'américaniser », et autres diatribes contre la mondialisation de l'économie, le tout agrémenté des habituels délires nationaux-bolcheviques sur l'ex-Yougoslavie et l'« agression » de l'Otan.

Zinoviev a tort de s'inquiéter. L'Europe est peut-être en train de s'américaniser, mais il semblerait en retour que l'Amérique s'européanise.

*

Depuis ces derniers jours, et les épreuves en cours, je reçois de vraies mises en demeure de la vérité, y compris au prix de certaines trahisons, ou plutôt de certains abandons.

Je saisis parfaitement ce que *Le théâtre des opérations* risque de me susciter comme inimitiés de la part de ceux qui, pour une raison mystérieuse, m'ont cru de gauche ou d'extrême gauche, tout comme de ceux qui seraient tentés de croire les âneries proférées par ceux qui me disent de droite ou d'extrême droite.

Tout cela est mort et enterré, mesdames, messieurs, permettez-moi de vous annoncer la mort du XXe siècle, permettez-moi de vous présenter les nouveaux paradigmes d'une pensée politique qui ne demande qu'à voir le jour, et qui le voit approcher d'heure en heure :

Théorie synthétique de l'évolution appliquée au monde des concepts et des idées.

Sélection culturelle (darwinisme antinaturel).

Liberté comme produit paradoxal de la discipline, soit de l'effort librement assumé sur soi, autrement dit comme la mise en place sélective de contraintes propres, en vue d'un passage à une vérité supérieure, disons à un niveau de compétence supercritique établissant une maîtrise effective de son art, et de sa vie.

Élaboration d'une métaphysique quantique et posthumaine à l'échelle de notre mission dans le cosmos : nous propager.

Le mental
comme un missile
désirant
l'impact ;
Éteindre la lumière
pour ne plus
sentir que le rayon
bleu
du tube ;
Dans l'ombre

bat un cœur
de mercure nommé
Missing Shadow Blues,
Kat Onoma
en boucle dans la nuit automatique,
vitesse de croisière
sur l'autoroute
de l'Illumination.

Étrange polémique aux USA et au Canada après la récente et controversée découverte archéologique de l'homme de Kennewick :

Il y a de cela environ trois ans, un duo de jeunes randonneurs a exhumé accidentellement le squelette d'un individu dans la région de Kennewick, État de Washington, pas très loin de la frontière canadienne.

Très vite, les premières analyses ont stupéfait la communauté scientifique et la rumeur s'est répandue à la vitesse de la lumière : dans ce terrain daté par carbone 14 d'environ 9 200 ans on venait de trouver le squelette parfaitement conservé d'un individu de type caucasien, *c'est-à-dire blanc et européoïde*.

9 200 ans.

De quoi faire voler en éclats tous les mensonges idéalistes au sujet de la conquête monolinéaire d'origine sibérienne qui seule aurait peuplé l'Amérique par le détroit de Béring aux âges glaciaires !

Grande découverte, sans aucun doute, et qui en d'autres temps aurait garanti à ses auteurs un sort aussi glorieux peut-être que les exhumateurs de Lucy, en 1975, dans l'Est africain.

Mais c'est sans compter sur l'offensive générale du maccarthysme de gauche et surtout des « communautés » amérindiennes en droit désormais d'outrepasser la vérité scientifique et son établissement objectif et critique — conceptions considérées par la *political correctness* du révisionnisme culturel égalitaire comme « eurocentristes et discriminatoires » — car en faisant pression sur le corps des ingénieurs de l'armée US en charge du site, elles sont parvenues à empêcher une analyse ADN cruciale et à obtenir le « droit » de procéder à un rituel religieux qui, au dire de nombreux scientifiques, a probablement altéré le squelette miraculeusement préservé pendant des millénaires, rendant de ce fait toute évaluation poussée de l'ADN impossible.

Dans le climat d'offensive antiscientifique en cours, tous ceux qui ont fait valoir l'intérêt crucial d'une telle découverte se sont fait traiter de tous les noms d'oiseaux possibles par les « représentants » de la communauté native amérindienne, par les écologistes radicaux, tout autant que par les groupes de pression de l'extrême gauche néobolchevique précédemment cités.

Car, évidemment, du coup, un groupuscule de Blancs communautaristes se considérant comme les héritiers traditionnels des anciennes peuplades protogermaniques européennes revendique à son tour le droit d'enterrer l'homme de Kennewick selon les rites de leur religion « runique », nommée culte d'Asatru. Ce groupe est accusé par ses détracteurs d'avoir des liens avec l'extrême droite suprématiste, mais là encore ce n'est pas le problème.

Au-delà du fait que leur demande me semble aussi irréaliste que celle des Américains « natifs », leur poursuite en justice intentée contre les autorités fédérales ayant accordé de façon discriminatoire un droit indu à cette communauté me semble quant à elle justifiée, et fait apparaître crûment comment le maccarthysme de gauche remet *de facto* la vérité entre les mains d'allumés sectaires, en tentant de façon pathétique de camoufler un fait scientifique de la plus haute importance pour la protohistoire américaine — et donc humaine —, comme au bon vieux temps du docteur Lyssenko et de l'Académie des sciences de la défunte URSS.

Selon les dernières nouvelles, dans le *Tri-City Herald* en date du 4 août, les scientifiques sont en train de perdre la bataille contre l'obscurantisme new age, le juge Jelderks s'obstine à ne pas autoriser l'étude de la dépouille désormais confisquée par la communauté native américaine, visiblement agacée de devoir reconsidérer les mythologies bien-pensantes que la gauche socialiste lui inculque depuis un petit moment déjà, à savoir qu'ils sont les uniques « premiers » habitants d'un continent rejoignant les deux pôles ou presque, premiers et uniques jusqu'à l'arrivée soudaine et impromptue des méchants colonisateurs européens dans la foulée de Christophe Colomb.

Il est clair que la vérité scientifique, même si elle se trouve momentanément vaincue par l'ignorance et la bonne conscience, finira vite par éclater à la face de ses détracteurs. D'autres squelettes du même genre ont été découverts dans le Nevada, d'autres le seront ailleurs, tôt ou tard. Il faudra beaucoup de pelleteuses mécaniques aux fossoyeurs de la vérité pour l'enterrer si profond qu'elle ne ressorte plus jamais à la surface.

Désormais la connaissance scientifique critique de type occidental est attaquée de toutes parts : par les fondamentalistes religieux de tous acabits, par les jacobins prosocialistes, par les radicaux probolcheviques, par les racialistes, par les charlatans new age, par les diverses « communautés » désireuses de faire passer leurs droits spécifiques avant ceux de la communauté humaine, par les extrémistes pro-life comme par les pasionarias féministes, par les terroristes écologistes comme par les conservateurs traditionalistes.

Ce jihad antiscientifique* est le signe évident selon moi que l'heure de la grande crise métaphysique tant attendue est enfin arrivée, l'armageddon entre les forces de la vérité et celles de l'obscurantisme vient de commencer, la science n'a désormais pas d'autre choix que d'apprendre à se défendre, c'est-à-dire, comme le savait un certain Napoléon Bonaparte, d'apprendre à attaquer.

Viens de finir dans la journée le livre de George Steiner *Langage et silence*.

Steiner est un de ces juifs européens libéraux et cosmopolites, héritiers de cette culture détruite entre Treblinka et Bergen-Belsen, et qui méritent une attention toute particulière.

D'abord parce que son style et son érudition — il s'agit d'un des plus fins analystes de Shakespeare et de la langue anglaise que je connaisse — font de chaque lecture un petit miracle d'intelligence pure. Ensuite parce que dans ce livre, regroupant une quinzaine de textes datant pour certains des années 60, il se livre à un des plus brillants exercices de critique littéraire sur l'œuvre d'Homère, l'*Iliade* et l'*Odyssée*, qu'il m'ait été donné de lire.

* Ceux qui ont lu *Dune*, de Frank Herbert, sauront à quoi je fais allusion.

Depuis longtemps, la lecture de ces deux récits ne cessait de me placer face à un épineux problème :

D'une part, et j'ose dire *au préalable*, je n'ai jamais pu adhérer à l'idée véhiculée depuis quelques décennies d'un Homère ou d'un Shakespeare « collectifs », sortes de sociétés anonymes d'écrivains décidant pour on ne sait quelles obscures raisons d'œuvrer de concert et sous un masque (une conception typiquement moderne consécutive à la guerre de 14-18 et à la mort de l'art enterré en grande pompe par Dada et quelques autres).

D'autre part, Homère, l'*Odyssée* en particulier, avait été un de ces chocs délicieux de l'enfance tardive (celle qui nous fait passer vers l'adolescence et les vraies lectures), puis à l'âge de dix-huit ans, la lecture de *La naissance de la tragédie* de Nietzsche me fit comprendre à quel point une telle œuvre avait été essentielle pour toute la culture occidentale des deux mille cinq cents dernières années.

Une chose, pourtant, résistait à mon entendement : d'une manière purement intuitive, presque subconsciente, je percevais comme une distance fondamentale entre les deux récits, une distance à la fois stylistique et métaphysique, et une distance que je ne m'expliquais pas par le simple éloignement temporel des deux époques où elles furent rédigées (il est courant de dire depuis longtemps que l'*Odyssée* est postérieure de plusieurs années au moins à l'*Iliade*). Le fatalisme héroïque et austère de la guerre de Troie n'arrivait pas à s'accorder avec l'ironie, la fantaisie et l'exubérance des périples d'Ulysse. Il m'est arrivé par moments de douter qu'il s'agisse bien du même auteur, et quelques théories universitaires et critiques, dont la presse se fait parfois l'écho, ont bien failli emporter mon adhésion, contre tout ce sur quoi, pourtant, mes convictions les plus profondes étaient depuis longtemps établies.

Je n'ai malheureusement jamais pris le temps de pousser plus avant mes interrogations à ce sujet, et l'énigme restait pendante dans un coin de mon esprit, jusqu'à ce que la lecture du texte de George Steiner « Homère et les professeurs » vienne combler le vide avec quelque chose qui ressemble à s'y méprendre au feu pur de la vérité.

Je ne me risquerais pas à faire ici l'exégèse d'un tel texte, mes périphrases seraient au mieux... inutiles ; comme Steiner, étrangement, je suis plutôt dans ce cas pour la citation in extenso, comme je l'ai déjà fait plus haut, ainsi que dans d'autres carnets de notes, et que je n'hésite pas à refaire ici, juste pour vous donner l'eau à la bouche, j'espère, et vous faire vous précipiter à la librairie la plus proche pour au moins y lire ceci, debout devant le rayonnage, sous l'œil plus ou moins patient du libraire :

« Aux "yeux brillants et anciens" de l'*Iliade*, Ulysse oppose un regard vagabond et ironique. L'épopée guerrière est sculptée dans de grands et solides blocs de granit ; l'histoire du long voyage de retour est un habile tissage. Comme la mer qui bat contre elle à chaque page, la vision du poète est mobile et changeante ; elle explore, échoue dans d'étranges flaques, puis trouve de soudaines profondeurs. »

Voici d'abord comment Steiner décrit l'*Iliade*, et ses quelques mots sont suffisants, il me semble, pour résumer à merveille toute l'approche stylistique et morale de l'œuvre :

« Le récit se déroule à une cadence inhumainement calme. La vision directe et précise du poète ne sacrifie jamais au pathétique. Dans l'*Iliade*, la vérité de la vie, si pénible et ironique soit-elle, domine toute sentimentalité. [...] La pure vigueur d'exister traverse l'*Iliade* comme le battement de la mer couleur de vin sombre, et Homère s'en enchante. Même au milieu des carnages, on sent la pulsation de la vie et sa gaieté sauvage. Homère sait et proclame que quelque chose dans l'homme aime la guerre, craint moins les horreurs du combat que l'interminable ennui du foyer. »

Comment le dire mieux est un problème auquel je ne m'attaquerais certainement pas ce soir.

Plus loin dans le texte, Steiner dit ceci :

« Prenons encore l'exemple des seules relations entre deux êtres qui soient exposées dans leurs détails au long de l'*Odyssée* : l'amitié entre Athéna et Ulysse. La déesse et le vagabond sont passés maîtres dans l'art de la tromperie, et ils s'en délectent. Ils se trompent l'un l'autre, rivalisant gaiement de mensonges. Ils marchandent comme les camelots des rues de Damas, chacun essayant de rouler l'autre, avec une affectueuse malhonnêteté. [...] Encore une fois, nous sommes ici très loin du ton et de la conception de l'*Iliade*. Les querelles et les passions charnelles de l'Olympe sont parfois raillées dans l'*Iliade*. Mais le plus souvent, les divinités apparaissent sous les traits de forces errantes et mauvaises détruisant ou secourant les hommes au gré de leurs caprices. Nulle part, nous ne trouvons rien qui rappelle l'amitié astucieuse, amusée et profondément féminine qui lie Athéna à Ulysse. Ce parfum-là vient de l'Orient. »

Grâce à sa solide érudition classique, Steiner nous fait survoler d'un vaste coup d'aile les paysages contrastés de la critique hellénistique, et synthétise en un seul coup d'œil les différentes théories et explications qui rempliraient sinon des bibliothèques entières.

Au fur et à mesure que vous lisez ces pages, et qu'il vous conduit vers le centre ardent de la question : *Homère existait-il vraiment en tant qu'auteur unique et alors comment expliquer les différences radicales entre les deux récits ?*, Steiner parvient à vous éviter de nombreuses lectures, qui dans mon cas auraient sans doutes été inutiles voire contre-productives, je ne suis pas un exégète des œuvres de l'ancien poète grec, pas plus un spécialiste du linéaire B, même si mon voyage dans les Cyclades en 1993 m'a soudainement révélé la magnitude plastique absolument unique de ce paysage insulaire, qui nourrit toute l'œuvre d'Homère (la mer est également présente dans l'*Iliade*, il ne faut pas oublier que la guerre de Troie, en tout cas telle que narrée par lui, fut l'occasion de la plus grande opération navale de la haute Antiquité), je suis parti d'Europe pour explorer l'Amérique du XXIe siècle, et je suis obligé de faire preuve d'un peu d'économie dans mes lectures.

Aussi, après avoir expliqué les origines mycéniennes et orales du récit (ce que je savais déjà), Steiner en vient au cœur de sa thèse, et là, permettez-moi d'affirmer qu'il s'agit de purs éclats de génie.

Je dirais en simple préambule que Steiner semble avoir parfaitement assimilé le travail mis en place par Nietzsche pour expliquer l'aspect fondamental des œuvres d'Homère dans la fondation de la culture grecque hellénistique (c'est-à-dire après la chute de Mycènes et les invasions doriennes de – 1100 à – 900) et donc occidentale tout entière. Mieux que ça, il est le premier auteur que je lis à avoir mis le doigt sur un aspect concret essentiel de cette genèse artistique et civilisationnelle : le fait que *l'œuvre d'Homère est inséparable de l'invention de l'écriture*, ou soyons plus précis, de l'invention de l'alphabet grec inspiré du modèle phénicien.

Après avoir placé devant nous l'énigme et les diverses solutions tentées pour parvenir à l'éclaircir, Steiner s'offre une véritable percée supercritique, tranquille, l'air de rien, en répondant en un simple paragraphe à une question soulevée depuis des siècles.

Je ne me permettrais pas de déflorer ici, comme pour un roman policier, la fin de l'histoire et de présenter, même par citation, la solution de ce mystère ; à vous maintenant de savoir si cela vous préoccupe suffisamment pour vous empêcher momentanément de dormir, jusqu'à la ruée matinale chez le bouquiniste le plus proche.

En ce qui me concerne, je dois reconnaître que la lecture de ce texte a comme ouvert des portes secrètes et mystérieuses sur l'origine et la fabrication inconsciente de mon propre travail.

La relation Athéna/Ulysse, par exemple, me semble une bonne manière de représenter les rapports bizarres entretenus entre Darquandier et sa neuromatrice androgyne dans *Les racines du mal*. Ou Marie Zorn et ses diverses incarnations schizoïdes, dans *Babylon Babies*.

Plus impressionnant, il me semble qu'aucun roman digne de ce nom ne peut vraiment échapper aux paradigmes fondamentaux posés successivement par l'*Iliade* et par l'*Odyssée*. Mieux, le roman contemporain, français j'entends, devrait de toute urgence se confronter à ces textes fondateurs de la culture européenne et comprendre à quel point l'ironie et la grandeur d'âme vont de pair, et même plus, circulent d'un texte à l'autre en créant un des plus puissants paradoxes créatifs de toute la littérature occidentale.

Steiner ne fait que le suggérer, mais c'est ce que la lecture d'un auteur aussi mal lu et mal compris que Marshall McLuhan nous enseigne : comme Shakespeare, Homère est un auteur « transfictionnel », c'est-à-dire un auteur assumant pleinement les fonctions mêmes du mythe (et plus tard du roman, comme Steiner nous le rappelle, T. E. Lawrence disait avec justesse, et avec concision, au sujet de l'*Odyssée* : *quel roman !*) qui sont d'interpoler réalité et fiction, et surtout d'assumer une nouvelle cohérence entre le fond et la forme, ce qui signifie l'établissement conceptuel et pratique de *nouvelles technologies de navigation et de communication, et surtout leur mise en perspective esthétique et métaphysique.*

Car il faut bien se pénétrer de l'idée que l'*Iliade* et surtout l'*Odyssée* témoignent de la création d'une nouvelle civilisation qui se bâtissait sur l'écriture alphabétique tout en systématisant les techniques de navigation maritime des Phéniciens et des Mycéniens, et il est clair qu'Homère a parsemé ses textes d'allusions plus ou moins métaphoriques à cette prodigieuse invention orientale que les peuples de la mer Égée diffusèrent jusqu'au Péloponnèse et en Attique. L'*Odyssée* elle-même ressemble au périple d'un logos incarné en Ulysse errant sur les mers d'île en île, y apportant à chaque fois son désordre créatif.

Steiner les cite en exemple et je ne vais pas abuser de votre temps, ni de son talent.

Comme le dit Steiner, qu'il me permette de le citer une dernière fois, dans ce texte nommé « Trotski et l'imagination tragique » et qui, à partir d'une critique assez stupéfiante d'une biographie du premier chef de l'Armée rouge, en arrive à des considérations sur la littérature contemporaine que je conseillerais à la plupart de mes confrères « minimalistes » :

« C'est dans une telle biographie que les ressorts spécifiques de la tragédie sont de nos jours totalement indispensables. C'est là que nous retrouvons la valeur collective des actes publics, les dimensions épiques, l'ironie prophétique qui sont les traits marquants du théâtre tragique et sont si totalement absentes des données essentiellement introspectives et bourgeoises du roman moderne. L'héroïsme, la grandeur sont suspects à l'imagination contemporaine ; ils reprennent leur place dans le triptyque de Deutscher ou, selon une veine plus stoïque, dans *La vie de Freud* d'Ernest Jones, avec son titan enchaîné et malgré tout victorieux grâce à l'intensité de sa nature. [...] Mais avec cette différence que le biographe moderne s'appuie sur les méthodes et les hypothèses de la psychologie postfreudienne, sur les travaux récents d'érudition, et qu'il a derrière lui les habitudes de style et les réussites du roman. »

Ces lignes sont à mettre en relation, il me semble, avec les dernières âneries à la mode proférées par un de ces as du marketing éditorial à la française et reprises il n'y a pas très longtemps par *Le Monde des livres*, à propos de la prochaine rentrée littéraire se caractérisant (quel scoop !) par « une écriture sous-écrite, un refus de l'héroïsme et du drame, ou de la tragédie », excusez, je me contente de citer de mémoire, mais le sens est là, et la réalité est en effet bien pire que ce que les crétins de l'édition se croient autorisés à asséner à la presse bien-pensante sous prétexte qu'ils possèdent un cellulaire Nokia flambant neuf et la collection entière d'une Pléiade très décorative dans le salon mexicain-scandinave.

Il y a plus important néanmoins que tout cela.

Comme d'autres avant lui, le roman français devra s'inventer une nouvelle manière tragique (tragi-comique sans doute) de (re)parvenir à l'existence.

Comme Steiner le démontre avec une lucidité et une précision qui rappellent les armes chirurgicales modernes, la langue allemande sortit de la Seconde Guerre mondiale dans un état de destruction et d'épuisement total, à l'image du pays tout entier, de ses bâtiments publics ou privés à sa culture, collective et individuelle. Pire, définitivement vérolée par les abominations linguistiques et sémantiques du totalitarisme nazi, elle ne trouva comme porte de sortie que le discours économétrique plat du deutschmark-roi et de la bonne conscience amnésique. Steiner explique comment *la langue même fut détruite*. Comment l'allemand de la *Frankfürter Zeitung* d'avant-guerre disparut pour laisser place à la vulgarité sans nom d'un *Bild*. Comme il le pointe avec calme et justesse : *ce n'est plus du tout la même langue*.

Permettez-moi de dire que la même chose est arrivée peu ou prou à la littérature française d'après-guerre. Avec une différence de taille : grâce à l'obstination d'une poignée d'hommes libres, notre nation n'eut pas à être jugée sur les bancs du tribunal de Nuremberg (alors qu'elle était la seule à avoir librement consenti à une telle collaboration active et officielle, y compris après une défaite militaire). Bien sûr, il y eut encore de bons auteurs, et sans doute y en a-t-il encore, mais l'expérience française de la guerre — et surtout de l'après-guerre (son délire postcolonial) — ne pouvait conduire qu'à l'anéantissement de la langue dans la préciosité stylistique et formelle, l'engagement « militant » nihiliste ou l'intimisme psychologique, bref dans cette « sous-écriture » qui semble désormais la voie royale menant à la consécration et aux honneurs officiels.

Pourtant, en dépit de ses qualités évidentes, de style et d'intelligence, la pensée de Steiner me semble parfois bien incomplète et décevante. En particulier lorsqu'il refuse d'admettre que seuls des auteurs comme Burroughs, Bataille ou Beckett ont réellement pu mettre à mal l'adage d'Adorno concernant la totale impossibilité de la poésie après Auschwitz.

En « ramenant » la littérature à son état dénudé de machine désirante pour Burroughs, en travaillant vers le silence comme absolu métaphysique du langage pour Beckett, et en dégageant les lignes de force obscures qui sous-tendent la création et la sexualité humaine pour Bataille, il me semble bien au contraire que des tentatives plus que respectables ont été lancées pour transformer de fond en comble la littérature de l'après-Auschwitz, en en faisant rien de moins qu'un outil technique et métaphysique d'exploration critique de notre condition, révélée telle qu'elle était après l'abomination ultime.

Pourtant Steiner le dit à la perfection, *nous sommes les hommes d'après*.

La poésie, disons d'une manière plus large ce qu'il y a d'inaltérable dans toute littérature authentique a en effet été détruit, avili, par les expériences concentrationnaires nazies et communistes. Et pourtant les seuls textes qui sans doute traverseront les siècles avec pour charge de transmettre l'expérience de celui-ci sont nés dans l'enfer de la Seconde Guerre mondiale et des régimes totalitaires industriels. Les récits de Primo Levi ou de Robert Anthelme d'un côté, ceux de Chalamov, de Zinoviev ou de Soljenitsyne de l'autre, auxquels il convient me semble-t-il d'ajouter les romans directement tirés de l'expérience japonaise à Hiroshima et Nagasaki, ou dans les camps de prisonniers de l'armée impériale (non que je mette *absolument* tous ces faits sur le même plan mais parce qu'ils me semblent former ensemble une topologie tout à fait révélatrice du siècle).

Steiner évoque parfois la science-fiction, mais je suis dans l'obligation de constater que sa connaissance du genre ne semble pas excéder celle coutumière de nos grands érudits « classiques », c'est-à-dire en fait un ensemble de représentations préformatées qui les conduisent à n'y voir que des histoires plus ou moins dérivées de *Star Trek* ou de *Star Wars*.

Pourtant, la partie centrale de l'œuvre d'un Ballard (que je situerais entre 1968 et 1980), de *Crash !* aux nouvelles formant *La foire aux atrocités*, ou *Vermillion Sands* (ou *Appareil volant à basse altitude*), devrait l'inciter à plus de circonspection dans ces jugements parfois hâtifs, et encore teintés d'un dédain pseudo-aristocratique pour les « sous-genres », tels le roman noir ou la fiction scientifique.

Cette constatation un peu amère est toutefois contrebalancée par les toutes dernières pages de cet ouvrage dont la lecture m'a tenu éveillé vingt heures d'affilée (je compte le temps que je mets à écrire tout ceci, et la phase transitoire où j'y ai pensé) : « Littérature et post-histoire ». La collection de poche dans laquelle mon exemplaire est publié ne contient aucune note critique ou explicative, pas même les dates de publication des différents textes, ce qui fait que je n'ai — pour l'instant — aucun moyen de situer celui-ci avec précision. Mais quelle que soit l'époque où il a été rédigé, il me semble être d'une importance capitale pour tous ceux que l'état actuel de notre littérature nationale ennuie au plus haut point (quand il ne s'agit pas de répulsion pure et simple), y compris, lorsque comme moi ils n'éprouvent aucune attirance — c'est le moins que l'on puisse dire — pour l'idéal messianique égalitariste et prolétarien du marxisme, et son absurde prétention à une société sans histoire(s), c'est-à-dire sans guerre(s).

Que des juifs furent marxistes, et même léninistes, et même staliniens, n'enlève rien à l'horreur pure qui s'abattit sur la Russie en ce noir hiver 1917.

De nombreux juifs étaient pangermanistes et nationalistes allemands. La propagande antisémite nazie était bien plus évidente que celle, latente, du communisme bolchevique, cela ne les empêcha pas (comme le rappelle Steiner) d'assurer Hitler de leur patriotisme et de leur loyauté à l'Allemagne peu après son accession à la chancellerie, puis plus tard de ne rien comprendre de ce qui leur arrivait lorsque les portes plombées des trains de la mort se refermèrent sur eux et leurs familles. La même chose arriva aux nombreux juifs du PCUS que Staline déporta en Sibérie, ou livra directement à la Gestapo et aux SS.

*

Une des tromperies les plus durables de la propagande bolchevique (je me souviens de mon enfance et des livres de mes parents sur la révolution d'Octobre) consiste à faire croire que le soulèvement armé et conduit par les bolcheviques sur le palais d'Hiver était dirigé contre un régime tsariste absolutiste.

Ce type de mensonges si durement imprimé dans la culture occidentale « alternative » l'est encore plus ici, en Nord-Amérique, que sur le Vieux Continent. C'est à se demander si les fantômes du Komintern ne rôdent pas dans les amphithéâtres. En discutant vivement avec un étudiant de l'UQAM, j'apprends en effet avec stupéfaction que la révolution bolchevique abattit une monarchie de droit divin qui opprimait depuis des siècles les paysans et le prolétariat russe !

Ce n'est pas cette définition lapidaire du régime tsariste que je remets en question (même s'il y aurait beaucoup à en dire), c'est la façon dont cette propagande occulte sciemment le fait que *le putsch d'octobre 17 fut dirigé contre un gouvernement démocratique de transition et d'unité nationale*, instauré par la révolution démocratique de Février, cherchant avec moult difficultés (la guerre, la ruine, l'incompréhension stupide des démocraties occidentales, la pression bolchevique, la contre-pression blanche) à basculer de la monarchie constitutionnelle *alors établie*, à une république parlementaire sur le modèle français, anglais, ou même américain.

Lorsque les troupiers bolcheviques envahissent le palais d'Hiver, le tsar Nicolas II n'a déjà plus que les attributions honorifiques d'un de nos monarques préférés de *Point de Vue-Images du Monde*, comme Louis XVI après le 14 juillet 1789, et avant le coup d'État des ultrajacobins (Lénine fut le premier tacticien politique à prendre ouvertement l'exemple de la Terreur robespierriste comme modèle). C'est le gouvernement provisoire Kerenski qui a en charge les destinées de l'État russe et qui se débat avec une situation si impossible que les putschistes communistes ne mettront pas six mois à la faire dégénérer à leur avantage.

Une nuit d'écriture s'achève.
Soleil orange sur les tours blindées de verre du centre-ville.
Ciel bleu pâle, grande traînée poudreuse se délitant au-dessus du mont Royal.
Goût de métal dans la bouche, comme si j'avais sucé le canon d'un flingue toute la nuit.
L'acier de la vérité est pâle, froid et acide,
mais il annonce la poudre et le feu.

*

Écriture transfinie du cerveau en mouvement sur lui-même, pulsar orbitant aux vitesses folles que nos calculateurs prodiges peinent à séquencer, sautant d'un monde à l'autre avec la légèreté d'un Mercure ailé par les vents de l'esprit, c'est-à-dire de l'ADN neuronal se retournant sur lui dans le feu glacé de la connaissance, dégravitation absolue, expérimenter l'apesanteur orbitale sur les principes métaphysiques et esthétiques, relire la carte des mondes avec l'œil neuf des Ulysse de la biologie spatiale et des nouvelles physiques quantiques, régénérer l'érotisme humain par la science et la technique en vue d'une nouvelle cosmogonie sexuelle à inventer de toute urgence, machine code guérilla dérivation pirate des flux numériques de l'extase surexposée aux androïdes poupées plastiques.

C'est ainsi, dans ces moments « étranges » (comme les particules subatomiques du même attribut), le cerveau peut passer d'un mode à l'autre, *glisser* d'un mode à l'autre sans autre discontinuité que l'instant tué à placer un interligne et à allumer une « cigarette », ou boire un verre d'eau.

Du jet poétique le plus pur, opérant aux limites de la conscience et de ce qui s'élabore juste au-dessous, à la discipline métaconsciente connectée paradoxalement avec l'expérience sensible des limites du corps dans l'analyse critique, ou supercritique quand c'est possible, ou bien encore — pourquoi pas — à l'exploration d'espaces intérieurs hybrides entre tout cela, il arrive que certains matins le flot ne veuille point tarir, y compris avec toutes ces heures de vol nocturne derrière moi. Mes doigts frappent le clavier dans la lumière jaune oblique qui dessine une ombre nette sur chacune des touches, l'écran couvert de poussière est directement éclairé de face par le jeune soleil et du coup l'image de mon traitement de texte se perd derrière une sorte de brume bleue barrée d'un quartier de poudre aurifère, ce qui rend difficile la relecture du texte, oui, il y a aussi les objets disséminés sur le secrétaire autour de moi, la petite coupole de bois clair où se cachent le matériel psychotropique illégal et quelques accessoires connexes, un cendrier de métal que je viens de vider dans la corbeille à mes pieds, et le livre de George Steiner encore ouvert à la page 245, posé à la barbare sur le pli à l'envers de la tranche.

Oui, après tout, pourquoi ne pas s'offrir une pause descriptive et microscopique, « réaliste » et « autobiographique », je peux bien y goûter moi aussi, à cette heure où la chaleur des rayons commence à se faire sentir sur ma nuque, promesse d'une bonne journée de canicule, avant que peut-être je n'aille m'effondrer sur ma couche, aux côtés de Sylvie qui s'éveillera doucement, ou bien plutôt comme je le pressens, que le sommeil soit pour quelques heures encore un luxe si purement abstrait, un horizon si indéfini que ce qui reste de ma conscience ne cherche même pas à le préciser, les mots s'engendrent les uns les autres dans une ramification buissonnante que l'esprit et surtout la main (dans mon cas les deux mains, les doigts du frappeur de touches) ont toutes les peines du monde à contrôler, canaliser, sur le rail étroit de la volonté, et du désir, du désir comme volonté, et de la volonté comme désir, magnétismes paradoxaux qui, telle la glissière d'un train à sustentation, convertissent alors toute cette énergie dans une cinétique affolante, où les paysages intérieurs défilent sur un certain plan de perception (les fenêtres du train donnent sur leur décor parfois inquiétant et abyssal) alors qu'un autre plan de perception permet de décrire le compartiment où l'Écriture est en production, en voyage, pourquoi pas avec une belle et jeune inconnue au service d'une obscure agence d'espionnage de votre ADN neuronal, comment ensuite revenir vers la soi-disant « réalité », celle que certains veulent maintenir à l'écart de l'« imagination », derrière les barbelés du langage concentrationnaire, dans l'apartheid chic des galeries littéraires à la mode ? Comment revenir à la simple description factuelle de quelques objets placés dans mon quotidien alors que déjà le train s'enfonce dans la nuit postaméricaine, la nuit mondiale, là où tout le monde sait déjà qu'il sifflera trois fois à l'entrée de l'insondable gueule du camp, que l'épuisement physique qui me gagne est le meilleur signe de santé mentale, y compris lorsque les spectres noirs des dangers de l'inconscient viennent vers moi à la vitesse d'un tunnel d'endorphines hautement spécialisées, que le sabotage complet et radical de la culture reste à faire, et qu'il s'agit d'une entreprise alchimique aux risques incalculables mais à la nécessité si tragique que nous sommes sûrs au moins d'une chose au cas où cette opération échouerait, ou pire en venait à ne pas être tentée :

Absolument aucun d'entre nous ne pourra survivre au siècle prochain.

Comme Steiner l'a parfaitement compris, le nazisme et le communisme sont tous deux nés du cœur même de la culture humaniste européenne du XIXe siècle. Ils sont nés de ses formes les plus rigides sur le plan métaphysique comme sur le plan psychosexuel, et autant le dire tout de suite, de ses formes les plus populaires : Hegel, Marx & Engels, le socialisme, le positivisme, le racialisme, l'anarchisme, l'eugénisme, le nationalisme, tous ces nihilismes dénoncés avec force, lucidité, et dans la plus totale solitude par Friedrich Nietzsche, ils sont nés de la formidable puissance technique qui a fait des mots des armes si destructrices qu'ils ont détruit le langage lui-même, mais ils sont nés aussi des mondanités ridicules de l'élite austro-hongroise d'avant 1914, telles que les fustigeait un Karl Kraus, et de l'inconcevable légèreté des démocraties occidentales à la même époque, ils sont nés de l'absence totale d'un projet politique fédérateur pour les peuples européens à l'entrée d'un siècle crucial sur le plan technique, scientifique et métaphysique, comme cela est toujours le cas un siècle plus tard, et à l'entrée d'un millénaire qui n'accordera pas de troisième chance à une civilisation qui en a gâché autant et avec des récurrences aussi déraisonnables ; j'entends beaucoup d'âneries, proférées généralement par les mêmes sortes de bien-pensants humanistes et progressistes que ceux qui projetèrent l'Europe vers son fatal destin il y a environ cent ans, j'entends beaucoup d'âneries, disais-je, au sujet d'une spécificité ontologique du nazisme et des camps de la mort. Cette spécificité, d'abord, seuls ceux qui ont vécu cette terrible expérience sont placés pour en juger, et surtout, c'est à eux de nous dire, la poignée de survivants qui subsiste, s'ils croient vraiment de toute leur âme que cette expérience est à jamais unique, qu'elle ne se reproduira pas dans un futur plus ou moins proche, avec des bourreaux et des victimes « différentes » et éventuellement quelques modifications apportées dans les traitements techniques infligés aux victimes, et certaines modalités connexes (moyens de transports, manipulation de l'information, etc.).

Quiconque a déjà tenté l'expérience d'en évoquer la possibilité avec un *survivant* connaît intimement la réponse, même si elle ne lui a pas été indiquée formellement, fût-ce par un pur silence.

Dans un de ces passages les plus étonnants, Steiner propose en quelques lignes l'embryon d'une uchronie qui devrait faire réfléchir certains de mes estimés confrères « auteurs de science-fiction » en mal de problématiques « centrales ».

Permettez-moi juste d'étayer un peu son très rapide résumé, en essayant de le replacer sur l'ensemble du « théâtre des opérations », et selon une perspective qui nous conduirait jusqu'à cette fin de siècle.

Commençons donc par un peu de géopolitique.

Il ne fait aucun doute que c'est la politique totalement « déraisonnable » du Führer à l'encontre de son plus sûr allié diplomatique (l'URSS stalinienne) qui a précipité sa chute et permis la victoire des Alliés contre l'entreprise d'asservissement bureaucratique et d'extermination ethnique à laquelle son régime se livrait.

Steiner demande ce qui se serait passé si Hitler avait respecté les termes de Munich, ou même (c'est moi qui rajoute) s'il s'en était tenu à la Pologne, à la Hollande, et à quelques alliances stratégiques périphériques (Norvège de Quisling, Finlande, Hongrie, Italie fasciste, Espagne franquiste, pays slaves antibolcheviques), en disant grosso modo : voilà, je m'arrête, mais à la condition que ce que je fais dans les limites de mon Reich reste de ma seule autorité et (ir-)responsabilité.

Après la défaite éclair polonaise (et *a fortiori avant*), ni la France ni l'Angleterre n'avaient cru bon de réagir, même si officiellement la guerre était déclarée. L'état-major français observa l'armée allemande avaler d'une bouchée sa rivale polonaise, puis pendant neuf mois, les savantes manœuvres de la Wehrmacht qui, à la fois soulagée et stupéfaite de voir que la France n'avait pas fondu sur ses arrières alors qu'elle fonçait sur Varsovie, ne comprenait toujours pas pourquoi on la laissait ainsi patiemment se réorganiser pour la suite des opérations. Hitler se partagea la terre de Pologne avec Staline, s'il n'avait pas retourné ses armées directement contre la France et l'Angleterre, puis un an plus tard contre l'URSS, Hitler aurait mis une fois de plus les puissances occidentales devant le fait accompli, un cessez-le-feu aurait été signé, un armistice conclu, puis un nouveau Munich aurait avalisé l'annexion de fait.

Et tout le monde serait retourné au cinéma.

Pendant ce temps, comme le signale Steiner, ce

qui s'est produit dans le Reich en guerre se serait produit dans le Reich en paix. Des touristes anglais, américains, italiens, français auraient traversé l'Allemagne et la Silésie en visitant auberges et relais-châteaux à quelques kilomètres des endroits où l'on massacrait chaque jour des milliers d'hommes, de femmes et d'enfants de la façon la plus ignoble et systématique qui soit. L'ONU étant une création de la Seconde Guerre mondiale, si celle-ci ne s'était pas déclarée ou si elle avait été perdue par l'Alliance, c'est la SDN, son ancêtre encore plus sinistre, qui aurait eu en charge le « problème », relevé incidemment par quelques associations charitables comme les quakers ou la Croix-Rouge, que soulèveraient ces actes massifs d'atrocités perpétrés à l'encontre de populations civiles désarmées et prisonnières de fait du nouvel espace géopolitique de l'Europe.

La SDN !

Autant dire Bernard Kouchner et François Mitterrand.

On aurait vite fermé les yeux sur les aspects les moins reluisants de la dictature, pour vanter les quelques réalisations pratiques accomplies par la mise en esclavage des corps et des pensées (voir les thuriféraires de la Chine mao ou postmaoïste, du Viêt Nam « libre et socialiste », de la Yougoslavie titiste ou posttitiste, ou du Cuba castriste). Au rythme auquel opéraient les camps de la mort dans les temps troublés et difficiles de la guerre totale (environ 9 000 victimes/jour tous confondus), on peut se faire une idée de leur performance en période de paix relative et de stabilité, si ce n'est de prospérité économique et sociale. En trois années environ d'utilisation, le système de mise à mort industriel des nazis provoqua la disparition violente et prématurée de six millions de juifs et de plusieurs centaines de milliers d'autres : tziganes, malades mentaux, homosexuels, prisonniers de guerre soviétiques et polonais, déviants et résistants divers, communistes... Je n'ai pas ma calculette sous les yeux, mais je vous laisse faire l'opération en admettant une simple amélioration générale de son rendement de l'ordre de cinquante pour cent et une durée d'utilisation multipliée par trois (jusque vers 1950 et non 1945).

À cette date, il ne serait pas resté beaucoup de juifs, de tziganes et d'homosexuels schizophrènes entre le Rhin et la Vistule.

L'amiral Raeder lui-même avait prévenu Hitler de la folie de s'embarquer dans une guerre à grande échelle contre l'Angleterre avant que la Kriegsmarine soit en mesure d'affronter les nombreuses et terribles escadres de la Navy. L'amiral Raeder pointa une date : 1945. Hitler s'obstina et déclara que 1945 serait plutôt la date à laquelle la guerre serait finie (son astrologue lui en avait sûrement prédit ou confirmé l'occurrence), sans prévoir que cela signifierait la fin bâclée de son rêve de mégalomane hystérique, et non pas le début « glorieux » de son règne millénaire.

S'il avait écouté un peu plus les conseils de son état-major de junkers tels Raeder, ou Rommel, et moins les idéologues rances et les astrologues débiles, Hitler aurait gagné la guerre, ou plutôt *il aurait gagné la paix*, entendez-le dans tous les sens du terme, et petit à petit, il aurait grignoté l'ensemble de l'Europe continentale, avec son compère transalpin et son allié soviétique. À mon sens, à la fin des années 40, le Reich hitlérien aurait contrôlé directement ou indirectement, et de façon durable, l'ensemble des nations continentales d'Europe (j'en exclus la Russie et ses éventuels satellites) et, grâce à des stratèges hors pair comme Rommel, déjà la majeure partie de l'Afrique du Nord et subsaharienne, y compris l'Égypte, crevant le ventre de l'Empire britannique vers la corne de l'Afrique et le Sinaï, soit la Palestine, le golfe Persique et les protectorats pétrolifères arabes, alors que l'Inde n'aurait pas pu tenir longtemps devant la force conjuguée des Soviétiques et des Japonais (regardez une carte, n'oubliez pas que l'Asie centrale musulmane est aux mains des Soviétiques, que la Chine de l'époque est soit un ventre mou, soit un régime maoïste, et rappelez-vous la genèse du Pakistan).

Vers 1950, ou 55, quelle qu'ait été la résistance de l'Amérique contre le Japon et les Soviétiques (c'est-à-dire si elle-même ne s'était pas effondrée comme ultime forteresse de la démocratie), l'Asie aurait été scindée entre ces deux nouvelles puissances tutélaires ; sans doute Staline convoitait-il depuis longtemps les terres slaves de l'Est européen, mais la perspective de se partager l'Inde, la Chine, l'Indochine et l'Insulinde avec le Japon pouvait amadouer ces méchantes prédispositions. Un Ribbentrop s'y serait employé.

À cette date, le dernier juif d'Europe aurait disparu en fumée dans le ciel de Pologne depuis longtemps déjà, l'Angleterre, seule et exsangue, ainsi que l'Amérique, coupée de l'Asie comme de l'Europe, auraient été obligées de s'avouer platement vaincues.

Une nouvelle ère aurait commencé pour l'humanité. Peut-être Nippons et Allemands se seraient-ils alliés dans la course à l'espace et à l'atome contre les savants soviétiques (ou japonais et soviétiques contre allemands, ou une course triangulaire),

Spoutnik et Gagarine auraient été talonnés par des programmes spatiaux nazis en tous points conformes au programme Apollo (puisque son concepteur, von Braun, fut celui-là même qui conçut et réalisa les V1 et V2 de Hitler) sur un fond de guerre froide atomique est-ouest, pas si différent peut-être de celui que nous avons connu dans les décennies 50-60-70-80.

Imaginez notre monde avec une croix gammée « flottant » dans le ciel sélénite depuis le 21 août 1970, disons.

Peut-être même le système nazi, passé ces exactions « brutales et regrettables » des premiers temps, aurait-il mis en place un système dictatorial plus ou moins « adouci » et plus ou moins « acceptable » par les intelligentsias occidentales (ou ce qu'il en resterait), la version brune de la barbarie à visage humain de leurs compères poststaliniens du « vrai monde », comme de cette uchronie purement virtuelle.

Sans doute entendrait-on des gens expliquer que le national-socialisme est une idéologie abjecte mais « pas plus que la démocratie libérale qui a exterminé les Indiens d'Amérique » ou « conduit d'odieuses guerres coloniales et impérialistes ».

Bien sûr la mort planifiée et atroce de tous ces petits enfants juifs... mais que voulez-vous les temps étaient ainsi, et les juifs eux-mêmes — n'est-ce pas — n'étaient pas exempts de tout reproche et désormais les portes du Reich se sont ouvertes au commerce international et les entreprises allemandes dominent le monde...

Nous pataugeons dans l'imagination la plus débridée et la plus obscène, je crois, pour nos jansénistes chics du réalisme « absolu ». Il est sûr en tout cas qu'il sera difficile d'y placer sa dernière histoire de cul, ou ses fantasmes concernant la fellation de camionneurs dans les toilettes publiques d'autoroute, et il est certain aussi que ce n'est pas avec ce genre de projet que vous pouvez espérer Bernard Pivot et un prix Goncourt, il est donc à craindre que vous ne l'entrepreniez pas, mais peut-être — une voix me souffle, astucieuse — oui peut-être qu'au fond il en est mieux ainsi, qu'il vaut mieux en effet que vous ne vous y risquiez point, vous seriez capable de nous en faire une parabole « postmoderne » se déroulant dans une discothèque à michetons, ou un studio de télévision.

*

Une anecdote qui date de quelques années et qui, je crois, fait partie de ces micro-événements qui m'ont décidé à l'exil, loin de mes confrères écrivains de Paris-Ville-Lumière.

Un soir, avec mon ami Riton V., nous entrons aux Marronniers, invités que nous sommes à un de ces mercredis soir littéraires auxquels s'adonnait le défunt groupe des Perpendiculaires dans ce café parisien de la rue des Archives.

Au bar du bas, nous commandons des bières et échangeons quelques mots avec un jeune gars qui vient d'arriver lui aussi, et prend un demi avant de monter l'étage où se tient la réunion publique, c'est la tradition.

Très vite, j'en viens à évoquer l'Amérique, et ses auteurs, et la fascination que leur travail exerce sur moi.

Légèrement désappointé, quoique toujours stoïque, je constate au bout de quelques secondes qu'on me répond que la littérature américaine, c'est de la merde, et ses auteurs de *vulgaires mercenaires* professionnels, qu'aucun d'eux n'égalera jamais la sensibilité de Proust, de Gide, de Cocteau, de Genet (je les cite dans l'ordre tel que ma mémoire l'a retenu)...

L'homme aurait eu quelque chose contre le métier des armes et certaines orientations sexuelles que je n'en aurais pas été étonné, mais il était évident que son assertion était troublante à plus d'un titre.

À ce qu'il me semblait comprendre, l'écrivain d'après Auschwitz, s'il n'est pas condamné au silence par ceux qui de tout temps ont voulu faire taire la parole (et qu'Adorno fût marxiste n'est pas étranger au fait qu'il soit l'auteur de cette très étrange assertion), doit au mieux espérer la misère, l'incompréhension et la déchéance. S'il décide de vivre de sa plume, oui, comme certains vivaient et vivent encore du sabre, en écrivant, chaque jour, et en publiant régulièrement, y compris si la forme et la qualité des textes peuvent s'avérer très variables, en espérant tendre vers un « mieux », non : en tendant continuellement son désir et sa volonté vers plus de maîtrise, et si, ô insulte suprême, il y parvient, et si de plus il parvient à intéresser une communauté de lecteurs substantielle, alors, c'est clair, l'homme *est vendu* au système capitalisme marchand et spectaculaire, et tout ce que vous voulez comme considérations générales et pseudocritiques qui encombrent la bouche des nihilistes « libertaires » et autres « radicaux » d'aujourd'hui.

L'auteur français moderne vit dans son petit système clos de représentations programmées depuis la prime enfance par cette École républicaine (ou ces familles bourgeoises et néobourgeoises) qui peuvent expliquer sans sourire aux enfants que certains écrivains nationaux illustres siègent au Panthéon, l'équivalent laïc de la nécropole, que notre pays est à jamais la république des Belles-Lettres, et le centre de la vie mondiale artistique, et que le dur métier de la littérature est soit un sacerdoce terriblement morne et répétitif, soit la vie de bohème et « artiste » telle que fantasmée par Henry Miller et Anaïs Nin lorsqu'ils se prenaient respectivement pour Arthur Rimbaud et George Sand, bref tous ces fumeux et muséaux mirages parisiens, académiques ou « alternatifs ». Pour le jeune homme à qui ces « vérités » sont assenées, il en résulte un engramme fondamental qui structure profondément ses lectures futures et toutes les mythologies modernes (ou « postmodernes », c'est la même chose) chargées de représenter la vie et le travail de l'écrivain.

Kafka et quelques autres — ce pauvre Rimbaud en particulier — se sont trouvés de fait annexés à la pensée anarchiste et nihiliste rampante qui veut que le créateur de grands livres soit pauvre, incompris, souffreteux, et si possible reconnu de façon posthume.

Bien sûr, notre écrivain moderne va tout faire pour éviter que la dernière proposition surtout (celle qui conditionne toutes les autres) se remplisse formellement, mais il fera tout en parallèle pour essayer de propager l'idée qu'il en est autrement.

Dans certaines conversations, pour un peu, on reprocherait à Max Brod de ne pas avoir brûlé les manuscrits que Kafka ne voulait pas publier.

Ce qui compte le plus, c'est d'avoir l'air pauvre. Rebelle. Et inspiré, cela va sans dire.

Avec Adorno et ses disciples, un cap supplémentaire est franchi après Auschwitz. À la transformation du langage en ordure, et de l'ordure en langage, il faut désormais ajouter la culpabilisation de l'écrivain, de l'artiste (en tant que « modèle » bien sûr, selon les normes structuralistes marxistes) : on le rend coupable de l'anéantissement du langage qui a été opéré par les idéologies totalitaires. Non content de les avoir d'abord fait mourir dans la boue des tranchées et dans la neige de la Kolyma, puis de les avoir transformés en savon, on essaie maintenant d'interdire aux écrivains toute expression possible de ce soi-disant « indicible et inimaginable événement » qui a conduit des millions de personnes à l'anéantissement.

Mais la poésie, le logos, le verbe ne sont-ils pas justement le seul moyen d'approcher au plus près de l'indicible, du cœur de la vérité, du *cœur conscient* de la vérité, aurait dit Bettelheim ?

Si les crétins abscons qui s'autobombardent philosophes prenaient la peine de lire ce que les romanciers écrivent, ils pourraient se rendre compte que Kafka, pour ne citer que lui, a parfaitement dessiné la topologie de la « *crime scene* » du XXe siècle, y compris la zone de silence nécessaire à son appréhension. Ils pourraient aussi saisir à quel point Auschwitz a précisément délimité en creux, en négatif si je puis dire, l'espace propre d'une poésie qui lui serait postérieure, une poésie de la survie et de l'anéantissement de l'homme, une poésie qui partirait justement de ce silence, une poésie susceptible d'inverser un court instant l'ordre concentrationnaire dans nos mémoires, non par le ridicule pompier des « chants d'espoir » en un « avenir meilleur » qu'on nous vend depuis, mais en posant comme principe premier que *l'homme a été anéanti*, que son fantôme erre dans les décombres de la pensée humaniste et positiviste, et qu'une nouvelle science, une nouvelle métaphysique, une nouvelle esthétique, une nouvelle biopolitique doivent impérativement soumettre ce qu'il en reste, ce qui en a survécu, comme par miracle, à l'exigence disciplinaire de l'entraînement au combat, à sa confrontation immédiate avec l'explosion supercritique des connaissances et des techniques, et tel un virus transmuté, lui faire accoucher de ce qui doit sans plus attendre lui succéder.

Les écrivains nationaux se targuent du style français classique, comme s'ils en étaient les uniques dépositaires, en oubliant que les plus belles pages de *style français*, ils les doivent à des écrivains allemands polyglottes et érudits, comme Nietzsche ou Heine.

D'autre part, le simple bon sens leur demanderait d'apprendre au moins quelques rudiments de la langue de Shakespeare, de Yeats, de Blake et d'Oscar Wilde afin de pouvoir en apprécier la beauté et le rythme sauvage, celui du fond celtique et saxon, admirablement domestiqué par l'usage élisabéthain du latin et des autres langues européennes (comme Steiner le démontre avec classe et retenue), dans une prosodie que l'on retrouve jusque chez les meilleurs *songwriters* de la pop music occidentale de la seconde moitié du XXe siècle (je ne citerais que Dylan, Morrison, Lennon et Bowie).

Imaginez un scribe refusant d'apprendre le latin impérial de l'époque de Charlemagne.

Imaginez un Homère refusant d'apprendre le linéaire B !

Tous ces marxistes ou faux nietzschéens qui croient que le sens est donné, comme de manière transcendante, aux faits et aux phénomènes, liés par l'histoire et la géographie chaotiques des hommes !

Le sens est une production de l'homme faite pour tenter d'éclairer les abysses des événements que l'humanité propage sur son passage. C'est précisément à la littérature qu'incombe la tâche de redonner vie au sens et sens à la vie après Auschwitz, y compris en passant par la rude étape de leur mise à nu complète si j'ose dire, comme les pauvres corps matriculés qu'on envoyait à l'abattoir.

Bien sûr, à moins de sombrer dans le grotesque lyrique ou pornographique, une telle production doit se manipuler avec d'infinies précautions (on ne joue pas avec l'uranium 235 ou le zyklon B comme avec des farces et attrapes, n'en déplaise à M. Benigni), et en ce qui me concerne je ne la perçois que comme des bribes apportées par le vent âcre du passé éternel, ou plus exactement, comme une station de radio perdue dans le screech électroacoustique de l'hiver postnucléaire et que je ne capterais que par instants, dominée par des voix d'enfants et le bruit de leurs petits ongles sur les murs de la chambre à gaz.

*

Le livre imprimé de demain : une boîte noire.

3 heures de l'après-midi.

Je n'ai pas dormi depuis vingt-huit heures et le sommeil est mort avec la lumière du jour, il y a un bon siècle.

En cette seule nuit de Walpurgis électromagnétique, je viens d'écrire vingt pages d'une seule traite, comme cela se produit désormais avec des fréquences qui devraient m'inquiéter un peu plus qu'elles ne le font, lorsque je relis ces pages, je me demande, angoissé : Mais où donc étais-*je* quand *on* a écrit ça ?

En fond sonore, pour me tenir éveillé jusqu'au soir, je ne veux pas entrer de nouveau dans un cycle totalement inversé, j'ai placé sur la platine laser une de mes vieilleries *coldwave* du début des années 80.

Beaucoup en France, surtout chez les rock critics bien-pensants, n'aimeront pas celui que je vais citer, mais tant pis pour eux, comme Depeche Mode, Billy Idol, Japan, Orchestral Manoeuvres in the Dark, et quelques autres groupes de « garçons coiffeurs » des early eighties décriés par la critique tant britannique que française, il fut la bande-son parfaite des matins blêmes sous cocaïne et des longues dérives sur l'autoroute, là où l'échangeur croisait la fausse campagne aménagée des abords de l'aéroport, et son gazon vert électrique inhumain sous le feu du sodium.

La compilation est récente. L'homme s'appelle Gary Numan. Le titre qui passe en cet instant même, le numéro 15 du disque 1 se nomme... tiens, comme c'est bizarre :

Warriors.

Pourquoi s'arrêter ?! — me crie mon cerveau en proie à l'overdrive le plus puissant de toute ces dernières années. Pourquoi vouloir stopper l'éruption inexorable ? Pourquoi vouloir faire rentrer le fleuve si tôt dans son lit ?

Pour un simple *mal de tête* ?

Ces « artistes » qui entendent créer sans perdre une once de leur identité !

Donner de sa personne implique de perdre beaucoup de soi-même.

Le philosophe de notre temps : un pompier pyromane affrontant les flammes de l'incendie qu'il ne cesse de rallumer.

Créer une méthode critique véritablement *ignifugée*, à l'épreuve du feu thermonucléaire de la vérité prochaine, car il y aura selon toute vraisemblance de nombreuses certitudes et de nombreuses Fois, de nombreux livres et de nombreux hommes à sauver ainsi du brasier, devenu pourtant nécessaire.

18 h 40. Le feu froid du neurotron commence à ralentir, l'anneau à haute vitesse de ma biologie interne éprouve ses limites.

Il était temps.

*

Apprends simultanément par les nouvelles sur TV5, dans *Le Monde* et dans *Libération* qu'un syndicat de paysans français s'en prend ouvertement au « symbole » de la mondialisation économique, c'est-à-dire la chaîne de fast-foods McDonald's, en flanquant purement et simplement le feu à ses établissements.

Il va de soi que toute l'intelligentsia nationaliste française, de gauche comme de droite (disons de

Max Gallo à Denis Tillinac), s'est fendue de valeureux communiqués défendant cette « jacquerie des temps modernes » et appelant au sursaut national contre la « mauvaise bouffe internationale » (comprenez américaine). L'appui à la cause est unanime, il n'est pas un politicard local qui n'y va de son discours IIIe République sur les bienfaits de la gastronomie française, et il n'est pas un de ces « radicaux » post-soixante-huitards en quête éperdue de « révolution » pour y aller de sa surenchère antimondialiste et tiers-mondiste, d'obscurs et prétendus « situationnistes » (dont on chercherait en vain la signature dans les cahiers de l'IS) s'autopromeuvent lumières du peuple, comme au bon vieux temps des grands soirs à deux francs cinquante, et à vingt millions de morts le bout.

Le nœud du problème semble résider dans la décision US de boycotter certains produits européens et français en mesure de rétorsion contre la décision de Bruxelles de suspendre l'importation du bœuf aux hormones nord-américain.

Cette guéguerre commerciale n'est pas la première bataille du genre, à une époque encore récente cela aurait tout juste provoqué un bâillement d'ennui chez nos intellectuels nationaux. Mais c'est oublier qu'ils sont désormais aux ordres. Aux ordres de la pensée unique qui prétend combattre la pensée unique — et réciproquement, chacune d'entre elles trouvant chez l'autre son ardente rivale, et généreuse complice intellectuelle, puisque c'est la même —, aux ordres de ce pouvoir politique qui depuis cinquante ans (pour ne pas dire cinq cents) a fait de l'agriculture nationale le symbole de notre identité culturelle menacée de toutes parts par le méchant capitaliste cosmopolite anglo-saxon, sans goût et sans brioche.

Pourtant, ce n'est pas le bœuf aux hormones américain qui a transmis le prion de l'ESB aux consommateurs français et britanniques. Ce ne sont pas de maléfiques OGM made-in-Monsanto ou Novartis qui ont tué les amateurs de poulets belges, nourris à l'huile de vidange bien de chez nous. Ce ne sont pas les boursiers de Wall Street qui ont transformé la Bretagne en une vaste fosse à lisier, ni la Beauce en une pâle et ridicule imitation de la Corn Belt. Ce ne sont pas les agriculteurs de l'Iowa ou de l'Alberta qui détournent des milliards de francs d'eurosubventions chaque année, pour nourrir des troupeaux de chèvres fictifs et des mafieux séparatistes bien réels.

Non, ce ne sont pas toutes ces « conspirations étrangères » qui sont à la base des graves problèmes de santé alimentaire que connaissent la France et l'Europe de l'Ouest depuis au moins dix ans, mais nos braves et bons paysans eux-mêmes, ces mamelles de la nation, dont les grandes foires-expositions donnent régulièrement l'occasion à nos technocrates-politiciens de venir tâter le cul de la vache en public, et sonder du même coup l'humeur de cet électorat rendu captif depuis l'après-guerre à coups de subventions nationales et « communautaires ».

Qu'importe. Ce qui compte, c'est que la mythologie perdure. La mythologie d'une agriculture « bien de chez nous », « traditionnelle et à visage humain », « anti-impérialiste » et « écologique », qui permette à chaque Français de trouver chaque matin sa baguette ancestrale et son saucisson Comme-On-L'aime-Chez-Nous, son Camembert Président (ou son Président Camembert), sa chanson-à-quota et son sacro-saint pinard, sans même concevoir un seul instant que le monde de dix milliards d'habitants des années 2020-2030 devra sans doute faire face à la plus grave crise néomalthusienne de l'histoire, et sans prêter la moindre attention aux mutations globales qui entraînent l'espèce vers son devenir comme vers un trou noir.

Concrètement ? Comme c'est étrange et voyez comme parfois les choses sont bien faites : dans le même numéro du *Monde* où se trouvaient relatées les attaques anti-McDonald's et les revendications de la Confédération paysanne, on pouvait lire un article sur la « cyberagriculture » de précision telle que développée aux USA depuis quelques années. Positionnement GPS, relevé et suivi des cultures par satellite, robotisation des engins et contrôle informatique des récoltes, analyses temps réel des sols, connexion Internet avec les centres météo et géologiques, j'en passe.

Et je ne ferai aucun commentaire.

Dans le même numéro de *Libération*, grave « crise d'identité » dans les rangs du Parti communiste français après la déculottée aux européennes et la venue du troisième millénaire (personne, et surtout pas les communistes, n'échappe à la pression de ce millénarisme rampant).

Comme le dit un militant avec une sorte de pertinence involontaire, « la mutation, ça implique des mutants, *et nous ne voulons pas devenir des mutants*. »

La Terre aux Martiens ! Le monde aux mutants !

Encore un de ces petits « détails » qui tuent, au

sujet du maccarthysme de gauche et de ses versions plus ou moins édulcorées :

Il y a quelques années, le Canada a versé plusieurs dizaines de milliers de dollars à chaque civil japonais ou famille japonaise ayant souffert de la privation de liberté lors de son internement dans les camps préventifs canadiens durant la Seconde Guerre mondiale, contribuant au passage à une des plus pitoyables vagues de sentimentalisme révisionniste dont l'Occident s'est rendu responsable, ce qui n'est pas peu dire.

Qu'on me comprenne bien : je n'ai rien absolument rien contre les civils japonais qui n'ont fait que réclamer leur dû, et l'ont obtenu.

Ce qui n'arrive pas à passer, en revanche, c'est l'absence totale de dédommagements réciproques de la part du gouvernement japonais aux victimes canadiennes de leurs atroces camps de prisonniers, qui furent tous autant d'équivalents asiatiques des Dachau, Buchenwald et autres Mauthausen qui déshonorèrent le sol d'Europe, comme eux le firent pour celui de l'Asie.

Quiconque se penche un tant soit peu sur les conditions de vie (si on peut appeler ça ainsi) qu'endurèrent les prisonniers de guerre occidentaux dans des camps censés se trouver sous la protection du droit international ne peut que constater la différence fondamentale entre celles-ci et le quotidien, même dur et austère, des camps d'internements préventifs que les Alliés nord-américains mirent en place pour leurs ressortissants japonais.

Pourtant cela fait cinquante ans que les survivants de cette abomination et leurs familles tentent de faire entendre raison aux deux gouvernements (le Canada pourrait prendre en charge une partie de ce dédommagement, somme toute symbolique au regard des souffrances endurées et du temps passé). Mais c'est sans compter sur le *politically correct*, et ses ancêtres.

En 1952, sous la pression conjointe des USA et de l'ONU, alors en pleine guerre de Corée, le Canada a ratifié un traité de paix infamant avec le Japon, puisqu'il autorise une forme d'amnistie financière pour tous les crimes de guerre commis par l'armée impériale nippone.

Et ce au mépris le plus pur des accords de Genève, qui datent eux de 1949.

Le fait même que vous fassiez allusion en ces termes au grave problème moral que pose un tel cas d'injustice est susceptible de vous attirer les foudres de l'une ou l'autre des communautés visées, des organisations antiracistes radicales et de la presse bien-pensante.

Depuis les origines de la pensée politique occidentale, deux visions de l'homme et de la société étaient à jamais fixées, il me semble, et à jamais antinomiques :

La première consiste à considérer comme essentiel le fait qu'un maximum d'êtres humains *aient le droit* de vivre et de se reproduire sur notre bonne vieille Terre, quels que soient leurs conditions, leurs origines, leurs qualités et leurs destins, jusqu'au suicide collectif s'il le faut.

Pour la seconde, ce qui est essentiel, c'est qu'un certain patrimoine artistique et scientifique *ait la chance* de perdurer, de se transmettre, d'évoluer, et passe ainsi de générations en générations, en aiguillant, parfois secrètement, la plupart des grandes transformations qu'aura connues le genre humain, jusqu'à la dernière d'entre toutes : son extinction et son remplacement.

Or la démocratie égalitaire moderne s'est bâtie sur l'assertion incroyable que la première vision allait directement conditionner l'existence de la seconde. Et grâce à la formidable puissance historique et technique de la bourgeoisie, cela s'est effectivement avéré, les deux cents dernières années de l'Occident narrant précisément cette aventure. Le seul problème, c'est que personne jusque-là n'a voulu admettre que l'évolution métanaturelle de l'homme allait l'obliger, à partir de cet « état de nature reconstitué » qu'est le capitalisme postnational moderne, et la destruction paradoxale de la biosphère auquel il conduit, à inventer une nouvelle forme d'aristocratie qui ne correspondra vraisemblablement à aucun des modèles antérieurs, et dont le but plus ou moins occulte, plus ou moins conscient, sera de faire de la démocratie universelle une chrysalide pour sa propre évolution, parallèle, puis déviante.

C'est à ce moment-là que le principe de nouveau s'inversera, et que la seconde vision conditionnera à son tour l'existence de la première.

Dit clairement et de façon synthétique : il y a fort à parier que d'ici peu ce soit par la volonté de quelques-uns de transmettre et de transmuter cet héritage artistique et scientifique qu'une majorité d'hommes continuera d'avoir la simple possibilité de vivre.

Le Cosmos a comme stratégie la profusion et la répétition du même. Mais c'est toujours en vue de la production d'exceptions et de ruptures remarquables.

Ces égalitaristes qui veulent pourtant le bien de l'humanité, qui veulent rendre *meilleures* nos sociétés !

Meilleur, en grec : *aristos*.

Faire confiance à la majorité peut être valable pour tout, sauf ce qui est important.

Si étrange que cela puisse paraître au premier abord, il semble bien que le nazisme lui-même soit un produit de la pensée égalitariste et positiviste moderne. Non pas seulement en tant que — ce serait trop facile — perversion illuministe et raciste (donc sa supposée antithèse), même si son langage conscient s'est articulé sur ce type d'argumentations, mais en tant que *théorie égalitariste pathologique, c'est-à-dire inconsciente* et contrôlant chaque aspect même le plus futile de l'organisation sociale, culturelle ou politique du national-socialisme.

Alors que le communisme bolchevique s'est empressé de reproduire castes et classes à l'intérieur de la matrice égalitariste de sa société bureaucratique, le nazisme n'a eu de cesse de suivre une sorte de logique égalitaire totalitaire qu'on retrouve jusque dans sa procédure d'extermination des juifs d'Europe : à la différence des antisémitismes antérieurs, catholiques ou protestants, le nazisme ne fait plus de la judéité un problème religieux, réglable si je puis dire par la conversion de l'individu, mais un problème national, social et racial qu'on ne peut résoudre que par son anéantissement collectif. Ainsi, rares seront les savants juifs qui connaîtront un autre sort que l'exil ou le four crématoire, en dépit du fait que leurs connaissances auraient sans doute grandement aidé les Allemands dans des domaines aussi stratégiques que l'électronique, l'aérodynamique ou la physique des particules, en particulier au cours de leur affrontement militaire avec les deux plus grands États continentaux de la planète. La vision raciste du nazisme reproduit à l'encontre de la communauté visée (juifs, slaves, nègres, asiates) un égalitarisme négatif qui fait fi de toutes les différences individuelles et culturelles objectives opérant en son sein, et lui permet ainsi de transformer à grande échelle les individus en question en savonnettes, et leurs bibliothèques en brasier.

Aucun roi très chrétien du Moyen Âge (et donc empreint de la pensée que les juifs sont directement responsables de la mort du Christ) ne se serait laissé aller à de telles absurdités, et de tels crimes.

La « race aryenne » elle-même et sa destinée ne sont pas à l'abri d'un tel retour du refoulé.

En effet, la mise en esclavage des juifs et autres races inférieures par les peuples du Reich allemand ne vise rien d'autre en finalité qu'un grand paradis égalitaire de citoyens aryens, et le remplacement à court terme de cette main-d'œuvre (sous)-humaine par la machine-reine est évoqué dans plusieurs textes « théoriques nazis » d'avant-guerre.

Le nietzschéisme de caniveau du national-socialisme (une lecture débile de textes censurés et reformatés par la sœur du philosophe) trahit pourtant à maintes reprises ses origines petites-bourgeoises voire (sous)-prolétariennes : sa haine des juifs et des « démocrates » n'a d'égale que celle qu'il réserve à l'aristocratie austro-allemande.

Si toute allusion plus ou moins directe à un « programme génétique et biopolitique » fait désormais si peur en Occident, c'est que les nazis ont systématisé cette vision positiviste et égalitariste de la race humaine (transférée sur le plan fantasmatique maternel/germanique) en procédant à grande échelle à son application : suppression des fous, homosexuels, déviants et autres *exceptions* de la nature et des sociétés. À ces simples mots, le philosophe de Sils Maria aurait sans doute répliqué par quelque aphorisme assassin.

Pour les nazis, le « problème juif » était un problème *abstrait*, un problème économétrique pur, c'est précisément ainsi qu'ils purent le « régler » à coups de statistiques et de moyens industriels, rationnels et démesurés.

Les koulaks, les prêtres, les Ukrainiens et tous les opposants réels ou virtuels occupent à peu près la même place dans l'imaginaire pathologique des communistes bolcheviques qui, lorsqu'ils entreprirent leur plan de destruction systématique de la culture russe, n'étaient pas pourvus des conditions techniques, géopolitiques et géographiques qui permirent au Reich hitlérien d'élaborer puis de réaliser son programme industriel d'extermination, et durent donc recourir à des méthodes « classiques » quoique développées à une échelle jusque-là inconnue (déportations, travail forcé, massacres, organisation des famines).

Quoi qu'il en soit, ce que l'obscurantisme nazi doit paradoxalement à la vision égalitariste des races, cultures, sociétés et individus s'exprime dans la langue même de cette idéologie. Quiconque a lu (ou parcouru, c'est amplement suffisant) ce fatras obscur qu'est *Mein Kampf* ne peut constater qu'une seule chose : comme beaucoup de ses confrères marxistes et léninistes, Hitler est bien le petit-bourgeois moderne formé par l'humanisme positiviste typique des années 1900, sa langue est plate, jargonnesque, monotone, répétitive. Hitler ne prendra vraiment sa mesure qu'en public, à la radio ou à la tribune, en laissant libre cours à son inspiration hystérique, ses écrits sont particulièrement navrants sur le plan stylistique, et ils témoignent de l'incroyable impudence que l'*inculture instruite* par un siècle de rationalisme égalitariste a pu provoquer chez des individus médiocres et de basse extraction.

Par nature, la véritable noblesse est incompréhensible au commun des mortels.

Caméra
du sacrifice ;
machine vierge
effarouchée
par la cruauté
animale
et l'infernale pornographie
de la vie,
comme l'épée à l'acier
fraîchement trempé,
devant le cœur aux afflux
rouges
pour un instant frémit, incertaine,
dans le cristal du petit matin.

Devenir philosophe aux derniers jours du XXe siècle : atteindre la vérité en pleine tête, avec un fusil à lunette.

Cortège photoélectrique
du sodium en grappes dorées

au-dessus de l'horizon et sur le bord de l'autoroute ;
La 15 Nord dans la neige virtuelle
de l'éclairage cockpit fluo du Dodge Caravan
sinue dans l'autre monde
au-delà du pare-brise
et aucun d'entre nous
ne prononce une parole ;
À l'occident le ciel est jaune couleur de soufre ;
Se découpent sur sa chair les ciseaux des grues et des édifices
et les lames bleues des montagnes saignantes du sacrifice
d'un astre mort pour ce jour que sa lumière aiguise ;
Nous pourrions rouler vers le lieu clandestin d'une rencontre de troisième type
avec des anges cracheurs de feu venus pour tout consumer ;
Nous pourrions rouler ainsi des années-lumière vers la station-service
où Dieu a pris sa retraite anticipée ;
Nous pourrions rouler jour et nuit dans un brouillard couleur de pétrole et de silice
pour nous entendre dire que le dernier livre vient de partir en fumée ;
Nous pourrions rouler
jusqu'à n'être plus que les spectres d'une armée perdue
errant dans les sables du désert
au volant d'engins d'une autre époque
et nourris de rêves au goût d'oxyde ;
Nous pourrions rouler des trillions d'années sans qu'une seconde s'écoule

et que le ciel change un seul photon de sa
radieuse lumière ;
Nous pourrions rouler jusqu'à admettre que nous
sommes morts
et qu'on pourrait s'arrêter pour la nuit ;
Alors seulement je poserais ma tête contre ton
épaule,
en me demandant ce que la vie était
ce que la vie aurait pu être
et ce qu'elle n'a pas été,
sans que cela change rien
à la beauté du ciel couleur de soufre
ni à cette rosée de larmes
qui se pose entre nos deux regards.

*

Horizon oblique
du monde
qui bascule ;
Le futur s'anéantit
devant sa propre
perspective.

*

La spéculation boursière est à la fois l'origine et la finalité des grandes crises de l'espace financier qu'a connues l'économie-monde depuis quelques années. Origine et fin, elle est donc à la fois le mal et le remède, le virus et son vaccin.

Entre 1 500 et 2 000 milliards de dollars transitent chaque jour dans le monde par le jeu des réseaux transnationaux de la Bourse et des économies spéculatives.

Les socialistes et leurs amis ne cessent de pleurnicher contre cet état de fait qui selon eux détruit les équilibres nationaux et accentue les inégalités sociales (ce qui reste à prouver).

Aucun d'entre eux n'ose dire qu'en essayant de produire* ne serait-ce qu'un pour cent de cette titanesque masse financière, l'Afrique noire pourrait être sauvée — puisqu'à raison de 15 ou 20 milliards de dollars/jour, non seulement sa dette serait soldée depuis longtemps, mais elle disposerait du capital nécessaire pour conduire sa destinée.

En lieu et place de ce simple pragmatisme, toutes les idéologies techniciennes modernes ont été tentées sur ce pauvre continent, plantations néocoloniales en tête, industrie lourde soviétique juste derrière, sur fond de corruption à grande échelle, de népotisme généralisé, de nationalismes fanatiques et de tribalismes rivaux et, dès lors, réduit à l'état de Titanic géopolitique, le continent noir ne fait plus que s'enfoncer irrésistiblement dans la guerre civile à outrance et la misère endémique.

En Amérique du Nord l'hypocrisie de la communauté afro-américaine est encouragée depuis des décennies par la culpabilité de l'élite blanche libérale. Combien dépensent pour leur communauté les richissimes rappeurs qui présentent avec ostentation leurs collections de Mercedes ou de Ferrari à chacune de leurs apparitions vidéoclipées ? Combien dépensent-ils pour le continent de leurs origines ? Pourquoi ne créent-ils pas des fondations d'investis-

* Et non en recevant l'aumône d'une quelconque « taxe » mondiale.

sement et des entreprises de capital-risque boursier avec ce tas d'or ?

Parce qu'ils ont une quinzième Testarossa dans le collimateur, et que la villa avec piscine olympique sur Beverly Hills, la cocaïne en quintal et l'entretien des harems de mannequins ne laissent pas tant de latitude que mon esprit d'Européen blanc, impérialiste et hétérosexuel pourrait de façon discriminatoire le laisser entendre.

À tous ceux qui trouveraient malin de me soupçonner de « racisme » (dès qu'on s'en prend, même de façon légitime, à une « communauté » qui n'est pas la sienne, on prête le flanc à ce genre d'attaques sournoises), je réponds à l'avance ceci : étant un darwinien convaincu, poppérien de surcroît, je crois aux sociétés ouvertes et aux vertus du métissage comme élément fondamental de l'amélioration génétique des nations et des individus, en clair je crois que le mixage des populations et des cultures est une source certaine d'amélioration desdites cultures et populations, *à la condition toutefois de n'en conserver que le meilleur*.

Se souvenir de la chose suivante : l'homme qui a âprement combattu et finalement obtenu le démontage de cette aberration bureaucratique que fut l'*affirmative action* en Californie est *un homme à la peau noire*. Plus que ça, cet homme à la peau noire est semble-t-il tout autant l'héritier d'aïeuls africains qu'européens et amérindiens, à telle enseigne que cet homme, descendant de toute l'histoire américaine, n'admit jamais cette politique de ségrégation raciale invertie qui lui demandait de cocher une case spécifique à la question « RACE » sur ses bulletins d'embauche et, mieux encore, y répondait invariablement par un simple *NO* RACE, sûr qu'il était de ne devoir compter que sur son mérite individuel pour devenir un citoyen à part entière de cette société.

Tandis qu'une centaine de réfugiés chinois sont expulsés *manu militari* de Vancouver vers ce grand pays des libertés et des droits de l'homme qu'est la Chine postmaoïste, le chien mascotte de leur cargo franchit quant à lui la douane sans coup férir afin d'être aussitôt adopté par un couple de baby-boomers humanistes et écolos, qui auront sûrement décoré sa niche de posters de Jane Fonda et de Martin Luther King.

Morale de l'histoire : désormais, chers amis boat people, si vous voulez entrer au Canada, achetez-vous un chien, et faites-vous passer pour lui !

Dans la même perspective, une corrida portugaise organisée au stade olympique de Montréal suscite une levée de boucliers des associations pro-animales et des Brigitte Bardot locales qui organisent une contre-manifestation sur les lieux. Me rendant au stade pour voir de quoi il retourne, je suis pris à partie par deux ou trois gros cons qui me signifient sans ambages qu'il me faut choisir entre leurs conceptions débiles et nihilistes de la vie et un billet retour pour la France.

À ce que je comprends sous la lourdeur de l'insulte et de la langue, la corrida serait tout à fait opposée aux cultures et valeurs du Québec, pardon, je rectifie : « à *leur* culture et à *leurs* valeurs ». Ah bon, je rétorque à un des gros lards au tee-shirt Greenpeace, parce que *vous* avez une culture ? Et des *valeurs* ? !

Achetées à crédit chez Réno-Dépôt, je suppose ?
J'évite de peu, à ce qu'il me semble, l'incident diplomatique façon crise des Missiles.

Poursuivons avec le même genre d'inepties : dans le numéro du 12 août de l'hebdomadaire *Ici*, un(e) sinistre écrivaillon(ne) nommé(e) Osée Kamga s'en prend au darwinisme et à la théorie de l'évolution en des termes que ne renierait pas le plus obscurantiste des fondamentalistes chrétiens du Kansas ou de l'Alabama. Sous la plume de ce(tte) journaliste crassement inculte, la théorie scientifique de la sélection naturelle devient « une forme de poncif d'un verbalisme douteux qui laisse indifférente la majorité des lecteurs* » (*sic* !). Plus loin, nous trouvons sous la même plume alerte et au style assuré des assertions aussi finaudes que celle qui prétend que pour les évolutionnistes « l'homme descende du singe apparaît aussi certain que la Lune tourne autour de la Terre ».

Tout le monde sait pourtant qu'il n'est plus un scientifique évolutionniste sérieux pour oser affirmer de tels propos, que l'homme en effet ne descend pas du singe, mais que lui et le singe descendent vraisemblablement d'un ancêtre commun disparu, en dehors du fait que la lecture d'une telle « littérature » finirait par nous convaincre du contraire**.

* Ce n'est certes pas le cas de la sous-culture astrologique, j'en conviens.

** Premier jet d'une lettre destinée à être envoyée à l'hebdomadaire en question, avant qu'un autre lecteur, membre d'une association scientifique, ne me devance et fasse usage d'un droit de réponse dans un numéro suivant.

Entre *le droit* de s'exprimer et *la pertinence* de le faire, la distance réside dans le talent, c'est-à-dire dans la plus totale injustice.

La plupart du temps, lorsqu'un « journaliste » ouvre la bouche, c'est pour anéantir sa propre langue.

J'assiste, médusé, à la pathétique apparition télévisuelle, sur un canal américain, d'un jeune crétin s'emportant contre le mythe d'une « aristocratie professionnelle » propre au monde des « journalistes », que formeraient les « correspondants de guerre ».

Ah bon ? Parce qu'il y a un autre moyen de fonder une aristocratie que la guerre ?

De l'utilisation du *vous* et du *tu* d'un bord à l'autre de l'Atlantique :

Dans la démocratie égalitaire canadienne-française, bâtie sur la prédominance linguistique et culturelle anglo-saxonne et son sens du pragmatisme (en dépit des efforts de l'Église de Rome), le *tu* s'est imposé comme pronom d'usage quotidien entre tous les membres de la société. Le *vous* ne s'utilise que dans les cas bien précis où une distance particulière se doit d'être spécifiée, comme en cour, devant l'honorable juge, ou au contraire, si vous désirez en venir aux mains en faisant comprendre à votre adversaire que ce qui vous sépare est bien plus vaste que le champ de bataille des Plaines d'Abraham.

En France, c'est bien sûr l'inverse qui a prévalu. La société égalitaire française, rongée par des principes monarchiques refoulés, continue de promouvoir le *vous* aristocratique entre ses citoyens sans-culottes, le *tu* devenant dès lors l'annonce d'une

menaçante familiarité, qui peut rapidement dégénérer en duel, disons pour être exact : en *bagarre de rue*.
Si ce n'est en exécution sommaire.

*

La démocratie était en soi un mal nécessaire à l'expansion des sciences et des techniques, ce n'était pas une raison pour faire de l'égalité un dogme qui finit par se retourner contre la Connaissance elle-même.

Un mal nécessaire peut cacher un bien néfaste.

Le point commun entre une certaine forme de philosophie et le véritable roman fantastique réside dans la terreur pure que certaines idées ne peuvent *que* provoquer.

Ces « vérités », qui engendrent sourires et sympathies !

Plusieurs remarques venant de mon entourage, ou de mon lectorat, me sont faites à propos de mes livres, et surtout du dernier : en particulier le fait qu'en dépit de tous les personnages féminins qui sont au cœur des trois romans, quelque chose résiste « à la sensibilité féminine », quelque chose qui à première vue pourrait me faire douter sombrement de toute faculté personnelle à rendre sensible l'expérience de l'autre sexe. Mais en sondant plus avant le cœur de mes interlocuteurs (trices), j'en viens à trouver le petit cristal de vérité qui résiste, trop dur pour eux, pour elles, ce cristal de la violence humaine, de la guerre, de la suprématie de la technique, de l'assassinat considéré non plus comme un des beaux-arts mais comme programme industriel quinquennal, bref ce qui résiste, c'est la vérité du XXe siècle, à tout le moins ; les femmes sont encore plus socioprogrammées qu'elles ne veulent bien l'admettre la plupart du temps, leurs goûts intellectuels dépendent encore pour une bonne part des paradigmes usés du rationalisme égalitaire et du pacifisme humanitaire et, qu'elles le veuillent ou non, elles aussi vont devoir comprendre que le langage est une arme de destruction massive qui peut se retourner contre elle-même avec une grande facilité si l'on n'y prend garde, que la guerre est l'état naturel de l'homme, état qu'on retrouve sous toutes les formes paradoxales et « historiques » possibles dans ses cultures et ses sociétés, contre la nature, contre lui-même, contre l'ordre social, contre sa propre destinée, contre la vie qui l'a fait naître et contre Dieu lui-même, car tel fut sans doute Son dessein, et qu'enfanter des individus *désarmés* (sur le plan intellectuel, moral et physique) équivaut aujourd'hui à leur offrir un aller simple et direct pour la case SUICIDE, que sans doute, mesdames, mesdemoiselles, bien des livres contemporains remplissent leur office en vous offrant une réplique plus ou moins bien « sentie » de vos problématiques sociales et psychologiques modernes, sexe et astrologie y compris, mais dites-moi un peu, où sont dans votre bibliothèque les ouvrages permettant d'entrevoir une autre éducation, une autre entreprise morale, un ajustement métaphysique à nos nouvelles frontières et à la réalité de l'humanité de cette fin de siècle, et de millénaire ? Où sont les livres qui brûlent d'eux-mêmes entre vos mains parce que leur vérité est par trop insupportable ?

Pourquoi ne pas vouloir admettre à votre tour

qu'on ne fait pas — comme le disait Gide — de bonne littérature avec de bons sentiments ?

Ni même avec de mauvais, par ailleurs.

Il faut rendre cependant justice aux « sentiments » que c'est la signification que l'usage en a donnée depuis environ deux siècles qui est à l'origine de bien des erreurs. Car avant cela, le « sentiment » recouvrait tout l'espace de la vie intérieure de l'homme, le mot embrassait tout ce qui, à l'intérieur de l'homme, était susceptible de motiver sa conduite, en bien comme en mal, en raison comme en passion, et tous les grands auteurs fondamentaux de l'Occident se sont employés à décrire ces interminables paradoxes et retournements (de Shakespeare à Cervantès, de Homère à Dante) dont le « sentiment » humain est fait. Si aujourd'hui l'Amour-avec-un-grand-A, la compassion, la pitié, l'amitié, le sens de la justice sont considérés d'emblée comme des « sentiments », essayez donc un peu la même chose avec les mots « cruauté », « ambition », « orgueil », « vengeance », « intérêt » ou un autre du même acabit. Attendez-vous à voir apparaître sur le visage de votre interlocuteur une moue mêlant désapprobation et miséricorde, et indiquant qu'il est grand temps pour vous de consulter une institution psychiatrique.

C'est précisément l'abus de tels « bons » sentiments qui a tué pendant longtemps toute possibilité d'exploration un tant soit peu critique de nos inconscients humains, état de fait pitoyable que le rationalisme positiviste avait légué à nos cultures, et que la littérature française d'avant la Première Guerre mondiale, et plus généralement celle de l'Europe tout entière, était en train de victorieusement combattre.

La boucherie stupide de 14-18 arriva à point nommé pour faire mourir dans l'œuf, ou plus exactement dans la boue, de telles productions.

Déjà, une première fois, les langues européennes furent tuées. En France, il fallut la brutalité tayloriste d'un Céline, ce mitrailleur de la langue ouvrant un corridor de feu à chaque paragraphe, pour qu'enfin la littérature nationale sorte des brumes néoréalistes ou surréalistes et prenne conscience, sans doute trop tard, qu'on allait droit vers de nouvelles destructions, à côté desquelles celles que le continent venait de subir n'étaient qu'une simple plaisanterie.

Lorsque l'Holocauste fut passé, que le vent chargé de cendres cessa de souffler sur l'Europe, nos imaginaires réduits à néant, nos langages vidés de leur sens, nos formes sans contenus, et nos contenus sans forme, alors que nos pensées les plus hautes venaient d'être proprement atomisées dans l'éclair blanc de la Bombe, et que nous aurions dû prendre conscience des devoirs que nous imposait la suprématie de la technique, et en particulier celui de sonder sans plus attendre le gouffre creusé par son avancée toute-puissante, la littérature française a d'abord « redécouvert » le sentiment, sous la forme de l'engagement romantique idéaliste et du pur divertissement mondain ou populaire (de Jean-Paul Sartre à Caroline Chérie, de Françoise Sagan à Henri Troyat).

Dans un premier temps, la réponse à une telle dévolution sembla provenir de ce que d'aucuns nommèrent « Nouveau Roman », quoique je n'aie jamais très bien su ce qui pouvait permettre à des journalistes de placer à tout prix dans le même sac un Claude Simon et un Robbe-Grillet, ou Sarraute avec un Perec, mais enfin, bon... je ne m'acharnerai pas sur cette ambulance qu'est le « journalisme » moderne, je préfère continuer à m'attacher à la résolution de cette énigme policière entre toutes, celle que pas un auteur de roman « noir » n'a encore commencé à élucider, et qui entoure la mort éminemment suspecte de notre littérature entre 1945 et disons... l'an 2000.

Commençons par établir la *crime scene*, comme on dit aux Amériques.

Tout d'abord, laissez-moi indiquer que le corps a été abandonné quelque part *d'un château l'autre*, vers Sigmaringen, et que personne n'a encore eu l'audace d'aller réclamer sa dépouille à l'histoire.

En contrepartie, une floraison de jolies bluettes, adaptées selon les modes et les humeurs du marché, s'est mise à pousser sur la tombe du soldat inconnu, puis de grandes entreprises pompeuses et funèbres ont établi les canons de l'âge néoclassique du roman postmoderne, masquant sous leurs fastes stylistiques et intellectuels la vérité terrible que le cadavre était tout nu, et portait un numéro tatoué sur l'avant-bras.

Vers 1960, le Nouveau Roman, comme je le disais plus haut, correspondait à la seule phase de réaction critique contre cet état de fait. Malheureusement, pour des raisons encore mal connues, il s'est coupé rapidement de toute possibilité de survie et d'évolution future, en s'enfermant dans une rhétorique universitaire de type positiviste qui l'a proprement épuisé, et en a fait une simple marque de fabrique à la sauce structuraliste.

Son échec ne signifie pas que le travail commencé

ne soit à poursuivre. Car après sa mort infantile, le Nouveau Roman n'a laissé la place qu'à une nouvelle débauche de « sentiments », cette fois dans la pleine et totale acception du terme si je puis dire, le roman français des années 70-80 déborde de psychologie, quand il ne sombre pas dans les horreurs pompières de l'autofiction pornographique (n'est pas Bataille, Burroughs ou Gombrowicz, qui veut).

Puis, par ce miraculeux effet dialectique dont notre littérature nationale a le secret, les années 90 ont essayé de revenir au « minimalisme » formel et éthologique que, semble-t-il, le Nouveau Roman aura légué en héritage (bien maigre héritage si l'on en croit la production actuelle qui s'en réclame).

Les années passent, les cafés littéraires débordent de jeunes gens enthousiastes à l'idée de parler d'eux-mêmes dans un livre afin de venir l'expliquer sur un plateau de télévision, les décennies passent, une pléthore d'ouvrages plus ou moins mal fagotés sort à un rythme industriel dans le vacarme publicitaire de chaque rentrée littéraire, le siècle passe, et le cadavre de la littérature française attend encore qu'on s'occupe de son sort, quelque part dans les décombres de notre invisible défaite.

*

Regardez comme les choses sont étrangement révélatrices :

Le sous-commandant Marcos, nouvelle icône pop postguévariste du monde occidental, n'en est pas moins un garçon très cultivé et remarquablement intelligent. Dans un article datant déjà de quelques années, *Le Monde diplomatique* avait repris ses propos concernant la troisième guerre mondiale, qui aurait immédiatement succédé à la seconde, sur le mode invisible, disons « furtif », et qui venait de s'achever avec la chute du mur de Berlin. Marcos disait que la fin de la troisième guerre mondiale signifiait le début immédiat de la quatrième.

Dieu sait s'il est d'usage, voire obligatoire, pour un écrivain français d'aujourd'hui d'aller tenir une conférence de presse chez les Indiens zapatistes du Chiapas dont il ignorait comme tout le monde l'existence avant le jour de l'an 1994, mais avez-vous noté combien de romans français d'après-guerre, et jusqu'à aujourd'hui, évoquent ne serait-ce que par une astucieuse ellipse la prééminence explosive de tels concepts ?

La troisième guerre mondiale ?!

La... La quatri...ème ?!

Voyons, monsieur, vous n'y pensez pas, nous n'écrivons pas de livres de *science-fiction* !...

*

Les templiers conçurent la première armée permanente occidentale, formée de volontaires professionnels, après la chute de l'Empire romain et de ses légions. Quand on sait que beaucoup des chevaliers du Temple rêvaient plus ou moins secrètement de refonder le vieil et Saint Empire romain germanique de Charlemagne, on comprend mieux pourquoi Philippe le Bel, roi très catholique, et l'Église de Rome, qui ne voulait pas entendre parler d'un tel projet politique, entreprirent d'au plus vite les condamner au bûcher.

Plus tard, nos Républiques très antiboches et la même Église envoyèrent au sacrifice les millions d'hommes des armées de conscription démocratiques et nationales, pour qu'un tel projet n'aboutisse toujours pas.

Je suis sans cesse étonné de constater que, pratiquement douze siècles après sa mort, la fantastique construction politique de Charlemagne n'a toujours pas trouvé de successeur.

« Celui des maîtres que vous avez choisi (si le choix vous en est laissé) proclame qu'il vous délivre de l'autre. C'est aux cris de "Vive la liberté !" qu'on vous enchaîne et vous voilà bien contents d'être libres, entre deux tyrans qui se disputent vos services. Belle liberté, si chérie en effet qu'on ne la laisse pas sortir seule de peur qu'il ne lui arrive malheur, et qu'on la dote d'un conseil judiciaire pour lui conserver tous ses biens, en dépit d'elle-même. »

Louis Martin-Chauffier, *L'engagement total*, 1945.

« L'écrivain ne peut avoir d'autre souci, ne peut connaître d'autre service que de la vérité et de la justice pour atteindre à la beauté, qui les dépasse sans les perdre et les rend tout à la fois convaincantes et désirables. Cela ne suppose pas nécessairement une démonstration. Un poète, un romancier ne démontrent pas (ne devraient pas démontrer). Mais, comme un essayiste, ils créent d'abord un univers — sinon ils ne sont rien — qui s'efforce d'être cohérent. »

Louis Martin-Chauffier, *De la « littérature engagée »*, 1947.

« On sait bien que la liberté est de toutes parts menacée. Non point comme avant la guerre, où il lui manquait d'être définie et de connaître ou de respecter les limites que le bien d'autrui et le bien général lui imposaient. Aujourd'hui, c'est à l'intérieur même de ses frontières toujours vagues qu'elle se voit attaquée. On la loue, on la célèbre, on s'en réclame ; on l'étrécit — dans l'indifférence générale. À force d'en avoir, pendant ces dernières années, perdu l'usage, on en vient à en perdre le goût. On croyait en avoir la nostalgie quand on en était privé ; les conditions de son établissement retrouvées, presque personne ne s'en soucie plus. »

Ibid.

« Il n'y a pas de littérature engagée. Il n'y a que des écrivains engagés comme hommes et comme artistes, à s'efforcer de penser juste, de peindre vrai, et de dire bellement ; et à exiger d'eux-mêmes tous les efforts et toutes les vertus qu'il faut pour demeurer fidèle à ce triple dessein. »

Ibid.

« Je pense qu'une recherche sincère des vérités terrestres nous conduit à découvrir que ces vérités sont éparses, que nulle doctrine, nulle opinion ne les rassemble tout entières ni n'en est tout à fait privée. Plusieurs voies sont ouvertes à la recherche, et nul n'est assuré que celle qu'il a choisie soit la seule bonne et qu'il trouvera à son terme la clé qui ouvre toutes les portes. Nous savons que nous sommes sujets à l'erreur. Et si nous réclamons le droit d'exprimer tout ce que nous pensons, en sachant bien que nous pouvons souvent nous tromper, nous devons exiger aussi, et d'abord de nous-mêmes, que ce droit soit accordé à tous ceux que leur enquête a conduits à d'autres conclusions ou qui cherchent encore leur route. Nous devons être aussi tolérants qu'implacables. C'est-à-dire que nous devons accepter la liberté de toutes les recherches et de toutes les expressions, mais nous opposer de toutes nos forces à la prétention de ceux qui voudraient nous imposer une solution par la force et ne nous laisser le choix qu'entre la servitude et le silence, qui peut être celui de la prison ou de la mort. [...] Une civilisation ne se définit pas par les solutions qu'elle propose ; elle se définit par les questions qu'elle soulève. [...] Je dirai simplement que, à mon gré, ceux qui aiment la liberté doivent la reconnaître même aux ennemis de la liberté, et que la liberté d'expression soit telle qu'il soit permis de l'attaquer. Car la liberté n'est pas seulement un principe, c'est une pratique ; et comment pourrions-nous dire que nous défendons la liberté si d'abord nous la refusons à ceux qui la veulent ruiner et devenons ainsi pareils à eux ? Je n'aime pas faire de mon adversaire ma victime en me servant contre lui des armes que je condamne. C'est pourtant là un mouvement qui menace de s'étendre dans les pays qui, s'appelant démocratiques, n'ont pas assez de foi dans la vertu de la liberté qu'ils proclament pour assurer son exercice. C'est aux écrivains qu'il appartient de veiller à cet exercice. Nous savons qu'il n'est au pouvoir de personne de nous réduire au silence si nous voulons vraiment parler, et que nulle tyrannie ne nous aura vivants. »

Louis Martin-Chauffier, *L'écrivain et la liberté*, 1950.

Qui est Louis Martin-Chauffier ? Pourquoi avoir repris ici de larges extraits de ses textes ?

Toujours pour les mêmes raisons. Voici un auteur que je découvre en achetant chez mon bouquiniste favori un opuscule de soixante-dix pages, publié voici quarante ans par un petit éditeur suisse nommé « À la Baconnière ». Je découvre un *homme d'après*, comme dit Steiner. Non seulement parce que Martin-Chauffier a fait l'expérience des camps nazis, mais surtout parce qu'il en a fait quelque chose. Quelque chose de foutrement important, si l'on se reporte à la période au cours de laquelle ces textes ont été écrits, et au temps écoulé depuis. Je ne suis pas éditeur, je ne sais si cette petite maison suisse existe encore, il est à ce jour quasiment certain que Louis Martin-Chauffier ne soit plus de ce monde, mais dans l'attente de ce moment improbable où quelqu'un se décidera à republier ses écrits, je me suis permis, *en toute liberté*, de veiller à ce qu'ils soient lus, même partiellement, et à la mesure de mes possibilités, avant qu'ils ne sombrent tout à fait dans l'oubli à l'orée du troisième millénaire.

La différence entre un « droit » et une « liberté » réside dans la manière dont la seconde englobe et surmonte son propre anéantissement.

Vous avez le droit de vous exprimer. Et vous ne vous en privez pas. Si ce « droit » qui vous a été gracieusement accordé était une authentique *liberté*, que vous auriez conquise par votre seul mérite, alors vous sauriez prendre la mesure de ce que vous dites, vous apprendriez à parler avant que de proférer une seule parole, et surtout vous sauriez vous résigner au silence, lorsque votre talent est encore trop mal assuré pour escalader avec style et allégresse la haute montagne de la pensée.

Désormais une lutte à mort semble s'engager entre les « droits » des hommes et de leurs « communautés », et les libertés de l'individu, en particulier sa liberté de conscience et d'expression, autant dire la plus haute. La médiocrité commerciale de la bourgeoisie moderne s'est trouvé un précieux allié dans le juridisme démocratique occidental d'après la Seconde Guerre mondiale, et maintenant que le brouhaha de la vacuité mondaine a fait place aux bruits de chiottes de la vulgarité sous-prolétarienne érigés en modèles culturels, bien plus impénétrables et monumentaux encore, lorsqu'un individu tente de conduire une percée, d'établir une tête de pont dans le territoire aride de la vérité et de la justice, de pénétrer plus avant, plus loin, plus haut, jusqu'aux sources mêmes de sa culture et de sa civilisation, et jusqu'à leur delta, lorsqu'un individu singulier fait entendre sa voix discordante — c'est-à-dire étrangement harmonique dans le vacarme absurde et chaotique de la foule — alors nul doute que quelques avocats, quelques juges et quelques journalistes bien intentionnés ne conjuguent leurs efforts pour lui fermer la bouche.

Il y a deux manières de combattre la liberté de pensée : sa suppression pure et simple, et le « droit » donné aux abrutis de la recouvrir de leurs bavardages.

Elles ne sont évidemment pas antinomiques.

Donner des « droits » à des populations incultes et misérables au lieu de les éduquer dans l'exigence toujours maintenue de la liberté, voilà comment les démocraties occidentales ont décidé d'en finir avec elles-mêmes.

Seule une pensée aristocratique, ou plus exactement *aristo-génique*, est en mesure selon moi de protéger la démocratie de ses terribles tropismes, et la liberté de pensée de sa transformation en chansonnette pour samedi soir (ou en marque de yoghourt, comme le dit Falardeau).

... Ces poètes qui comptent leurs rimes avec leurs doigts !...
Edgar Allan Poe

À ceux qui seraient tentés de voir entre de telles aspirations « aristocratiques » et ma quête d'une nouvelle forme de littérature pop d'expression française de graves et irrémédiables contradictions, je me sens obligé de lancer une mise en garde : d'une part, je n'ai pas peur de ce type de contradictions, c'est dans la dynamique qu'elles engendrent que se dévoilent souvent les plus implacables vérités mais, d'autre part, et c'est bien plus important, oser une telle affirmation ce serait révéler sa plus totale méconnaissance de l'histoire de cette pop culture, qui, comme les autres mouvements artistiques réactifs et synthétiques avant elle (romantisme, naturalisme, expressionnisme, néoréalisme, etc.), fut l'occasion donnée à une poignée d'authentiques créateurs de se faire entendre au milieu de la bluette à trois francs cinquante les quarante-cinq tours, et deux minutes trente-cinq le bonheur, ou le désespoir.

En s'emparant sans vergogne de l'héritage complexe et métissé du XXe siècle, en osant s'approprier Elvis Presley et Chostakovitch, Erik Satie et Duke Ellington, la *surf music* et les recherches électroacoustiques d'un John Cage ou d'un Stockhausen, en confrontant La Monte Young et James Brown, en sachant devenir poètes de la civilisation des autoroutes et des spoutniks, en essayant par tous les moyens possibles d'inventer un dandysme électrique et mutant, en osant décryogéniser Oscar Wilde, William Blake, Shelley ou Byron, quelques météores foudroyants, tels Syd Barrett, John Lennon, Jim Morrison, Neil Young, Brian Eno, David Bowie et une poignée d'autres ont traversé le ciel des années 60 et 70 et permis précisément que s'établisse une distance, une élévation, une crête métaphysique et esthétique, en offrant à une poignée d'adolescents une bande-son adéquate pour leurs lectures et leurs rêveries, à l'heure de la fin du monde.

*

Donner des « droits égaux » à l'ensemble des individus était peut-être un projet « bon », « humanitaire » et « progressiste », encore fallait-il que ces individus en fussent dignes.

Se souvenir de l'origine étymologique du mot « style », qui est la même que « stylet », soit « poinçon », c'est-à-dire poignard.

Seuls les États-Unis d'Amérique perçurent dès leur fondation les problèmes que ne manquerait pas de soulever la démocratie juridique égalitaire qui était à la base de leur civilisation : lorsque votre Constitution garantit à tous les citoyens le droit de porter une arme pour assurer leur autodéfense, privilège jusque-là accordé aux seuls membres des aristocraties européennes, et qu'elle assure une totale liberté de pensée et d'expression, ce qui n'avait été jusqu'alors qu'une chimère poursuivie par une poignée d'extralucides, vous ouvrez, c'est le moins qu'on puisse dire, *la boîte de Pandore*, la boîte noire de l'histoire moderne, et vous devez impérativement mettre en place un système de régulation qui ne contrevienne pas (trop) aux modalités constitutionnelles de votre société tout en lui permettant de survivre, c'est-à-dire d'évoluer, si possible vers le haut. Ce que les « pères fondateurs » de la République américaine s'empressèrent de traduire sur le plan politique, tout simplement en essayant de promouvoir de toutes leurs forces un système d'éducation et de recherche universitaire qui soit en mesure d'assumer cette charge.

L'utopie américaine a bien failli réussir.

Comme les autres, elle s'est brisée sur la montagne de cadavres des deux premières guerres mondiales, puis des deux guerres froides qui leur ont succédé, sur la montagne de cadavres et de ferraille du XXe siècle humaniste et positiviste.

Elle s'est brisée sur le glaive de sa propre puissance impériale, désormais inséparable du sort de la planète tout entière.

Elle s'est brisée sur le nihilisme égalitaire politico-culturel qui tient lieu d'idéologie de dernier recours à l'intelligentsia occidentale, maintenant que le communisme lui-même a été broyé dans le vide-ordures de l'histoire.

Elle se brise chaque jour contre le soc invisible et permanent de la médiocrité générale, du retournement incessant de la culture américaine contre elle-même qui semble l'empêcher pour un temps de prendre quelque hauteur, bien que des chefs-d'œuvre continuent d'être produits dans cet invraisemblable chaos (et n'est-ce pas le propre des chefs-d'œuvre que de se concevoir dans et contre le chaos des sociétés et du langage ?).

Demain, dans les livres d'histoire qui conteront cette époque, l'an 2000 apparaîtra sans aucun doute comme ce moment singulier où l'Amérique originelle atteignit son apogée impérial, moment critique entre tous où les forces du nihilisme entreprirent, comme toujours, de saborder l'entreprise en se servant des immenses abysses métaphysiques ouverts aux consciences neuves et aux jeunes esprits qui exploraient les limites de la Connaissance.

Pour avoir une idée de ce qu'est une vérité, il faut savoir comment on fabrique un *secret*.

Si rien n'est fait, dans moins de cinquante ans l'Amérique du Nord tout entière sera aux mains des scientologues et autres adeptes des « religions » humanistes et positivistes qui ont mis l'Homme à la place de Dieu et s'empressent de lui bâtir une nécropole de cristal où son bonheur sera garanti, sa productivité assurée, ses droits innombrables et sa liberté anéantie.

Ces religions ou idéologies qui veulent effacer ce qu'il y a de négatif dans l'homme !

Lorsque la pensée se prolétarise, elle est asservie.

L. Ron Hubbard n'était pas un bon auteur de science-fiction. Hitler n'était pas un bon peintre.

Croire que l'homme allait changer avec des modes d'emploi psychologiques et des cassettes vidéo de remise en forme ! Croire que l'homme allait changer sans rien abandonner d'essentiel ! Sans rien trahir d'intime ni de proche, sans rien détruire de sa condition, sans rien perdre de son identité (au lieu de perdre son temps à vouloir à tout prix la « retrouver »), sans rien risquer ni rien oublier, c'est-à-dire sans rien apprendre d'important !

L. Ron Hubbard, comme tant d'autres avant lui, crut que la Science était la solution à nos problèmes sociaux et moraux ; comme tant d'autres avant lui, il fut incapable de comprendre ou d'admettre que la Science se fiche pas mal de nos problèmes sociaux, comme la vérité se fiche pas mal des consciences et des cultures qu'elle peut détruire, et que cette Science ne risque pas d'apporter de solutions à nos problèmes moraux puisqu'elle est précisément ce qui les engendre !

Le combat entre l'homme et la vérité, c'est (et dans cet ordre) le combat du maïs et de la moissonneuse-batteuse.

La vérité est une machine aveugle ; elle a donc l'*oreille musicale*.

Aujourd'hui nul besoin pour le tyran de nier ou d'occulter la vérité, il lui suffit de s'assurer qu'elle passe inaperçue dans le brouhaha général et que si, par miracle, quelqu'un l'entend et la discerne, il ne puisse point la comprendre.

On peut défendre une civilisation lorsque sa fin est proche.

Mieux :

C'est lorsque sa fin est proche qu'on peut défendre une civilisation.

Et on peut même la défendre tout en voulant précipiter sa fin.

L'invention de la démocratie occidentale industrielle fut ce moment crucial et terrible où l'humanité décida de remettre à plat la totalité de l'édifice construit depuis environ cinq mille ans, remise à plat des aristocraties et des populations, remise à zéro de la mémoire génétique, égalité des cultures et des idées, religion de l'homme, suprématie de l'horizon technique sur le zénith moral, le tout au prix d'une extraordinaire effervescence artistique, philosophique et scientifique dans le sein de cette civilisation avant tout marchande.

Tout cela n'est pas arrivé par hasard.

Il est tout à fait évident qu'au sortir du XVIIe siècle le modèle monarchique autoritaire de droit divin était mort, et bientôt enterré avec son plus beau spécimen (Louis XIV), et que l'aristocratie terrienne et militaire de l'Europe carolingienne avait été transformée entre-temps en une armée de toutous de palais dont la plupart étrennaient tout juste leurs quartiers de noblesse acquis de fraîche date contre service rendu et faisaient combattre leurs mercenaires suisses ou allemands à leur place, à l'exception de quelques authentiques aristocrates de souche qui le payèrent de leur vie (comme Turenne).

Le problème principal de l'aristocratie française au sortir du règne terrible de Louis XIV tient en quelques mots : elle n'est plus une *aristo*cratie. Car, précisément, les *meilleurs* sont morts sur les divers champs de bataille inutiles de la monarchie et de la Contre-Réforme.

Elle abandonne dès lors toute ambition politique, culturelle et militaire. Elle n'est plus qu'une cour de mondains aux costumes ridicules et aux mots d'esprit clinquants, dont la seule gloire sera plus tard d'avoir le cran d'en lâcher un dernier à la tête du bourreau des sans-culottes, avant de perdre la leur.

Alors qu'en Angleterre, en dépit des longues et cruelles guerres civiles du XVIIe siècle, la royauté, la noblesse et la bourgeoisie ascendante trouvaient le moyen de s'entendre sur une *stratégie globale*, à savoir la mise en place d'un empire colonial maritime sur lequel le soleil ne se coucherait plus, la France, à la mort de Louis XIV, glissait depuis un bon moment déjà sur la pente du déclin, le signe le plus évident en étant précisément cette explosion philosophique critique qui a pris dans notre imaginaire collectif les traits d'un Voltaire, figure emblématique qui cache l'extraordinaire tension de la pensée qui s'empare de toute l'élite intellectuelle de la nation, dont le travail encyclopédique ressemble à s'y méprendre à une Arche de Noé philosophique et scientifique, comme si elle pressentait la catastrophe à venir et tentait dans la plus totale urgence de sauver du naufrage programmé les meubles de sa pensée et de sa culture.

Ces idiots qui prétendent que la démocratie égalitaire moderne est née *de* l'esprit des Lumières (entendez par là les philosophes français ayant œuvré entre 1650 et 1789), alors qu'elle est née *en dépit de* leurs avertissements !

Pour que de brillants philosophes apparaissent, il faut que de brillantes cultures disparaissent.

Au même siècle, comparativement, la philosophie anglaise s'appauvrit sous le régime drastique imposé à la pensée par ses différentes écoles utilitaristes. C'est le moment où la puissance impériale britannique s'élabore et s'édifie, sur le dos de sa réplique française avortée en premier lieu, c'est ce moment singulier où elle invente l'*économie*.

Il faut donc bien avoir cela en tête si l'on décide d'étudier l'homme, ses rapports avec le monde de Son Créateur et celui de ses créations :

Ce qu'une culture obtient dans un domaine, elle a toutes les chances de le perdre dans un autre, et il ne s'agit pas d'une articulation dialectique transcendante, mais d'une simple application à nous-mêmes de la loi thermodynamique régissant la conversion de l'énergie.

Par quel miracle en effet nos sociétés et nos cultures pourraient-elles échapper aux lois les plus fondamentales de cet univers ? Même si elles ne nous font pas plaisir, même s'il n'est pas « bon » ou « correct » que le soleil naisse de la fusion thermonucléaire et nous bombarde ainsi de rayons cosmiques aussi mortels qu'ils sont indispensables à la vie, même si la simple idée d'une sélection naturelle nous effraie, qui aurait l'outrecuidance de s'attaquer ainsi à des principes dont nous ne comprenons encore à peu près rien ?

Il est clair que nous ne pouvons pas faire grand-chose contre les principes de la thermodynamique ou ceux de la sélection naturelle, sauf précisément commencer à les comprendre et à les appliquer à nous-mêmes, en créant des instruments de connaissance (des sciences) et des modes de vie (des morales) qui tiennent compte de leur existence et tentent, grâce au retournement antinaturel dont est capable le cerveau humain *s'il est placé dans certaines conditions*, d'œuvrer contre leur inflexible loi dans le but de produire un moment supercritique de la pensée, une projection qui la conduise au-delà de son anéantissement, et permette l'éclosion d'une véritable civilisation de la Connaissance et de la Transformation, en bref d'une civilisation tout court.

Jusqu'à ce jour, il n'est pas une civilisation qui n'ait été ruinée par ses propres accomplissements.

Le projet communiste s'appuya sur la fabrication *ex nihilo* d'une « aristocratie » politique, née de l'« avant-garde consciente et révolutionnaire du prolétariat » et qui, bien sûr, vu l'absurdité de son programme, ne parvint qu'à élever une pyramide bureaucratique d'une infernale médiocrité.

Le projet fasciste consista à rhabiller de minables employés de bureau sans avenir et des chômeurs de basse extraction avec les fastes militaires et esthétiques des grandes aristocraties antiques, il suffit de lire les descriptions de Goering faites par Rommel lui-même, pour comprendre ce qu'un vulgaire tenancier de bordel pétant et rotant dans la soie des Hohenzollern pouvait représenter pour le dernier représentant d'une caste militaire qui s'était déjà éteinte une guerre plus tôt.

Goering et ses bagouzes de maquereau ; Rommel le rencontrant sur le quai d'une gare en Bavière pour la mission qu'il considère avec raison comme vitale pour le Reich (l'Afrique du Nord, et ses deux maigres divisions face à la VIIIe armée de Montgomery et à l'imminence d'un débarquement américain) ; Goering tout à fait inattentif, uniquement préoccupé par les chargements d'œuvres d'art venus de l'Europe entière qui transitent par ici et dont il contrôle minutieusement la répartition ; Goering, chargé à la *coke* (Rommel n'y fait pas allusion comme telle, mais sa description est édifiante) et dont le maquillage de travelo apparaît au Feldmarschall de l'Afrikakorps comme un masque mortuaire saisissant sous les néons de la gare ferroviaire ; Rommel comprenant tout à coup que Goering se contrefiche comme de sa première chemise brune de ses plans et de ses besoins urgents pour la campagne libyenne, et sans doute Hitler et tout l'état-major aussi, et que, sans doute aussi, tout est perdu... que sa civilisation entière est perdue.

Il n'était pas jusqu'au SS fils d'épicier, d'ouvrier ou d'huissier de justice — dont l'uniforme noir reprenait la hiératique particulière de celle des hussards de la mort — qui ne copiait tel un robot des gestes et des comportements aristocratiques totalement vides de sens pour lui !

Depuis 45 on ne cesse de se demander comment des hommes aimant Mozart, Beethoven, Brahms, ou Schubert, ont pu accomplir de tels crimes, comment ils ont pu envoyer à la potence des hommes et des femmes en faisant jouer les grands compositeurs classiques par l'orchestre du camp, dévolu à cette tâche, pour la récréation des « maîtres » ?

De grandes idées et beaucoup d'énergie ont été gaspillées à ce sujet, et je crois que la solution est toute simple. C'est parce qu'il y a une erreur sur un terme. Le terme « aimer ». *On ne peut aimer la musique que si on est capable d'amour*, et ce n'est pas parce que Himmler faisait sauter ses enfants sur ses genoux qu'il était capable de les aimer (même s'il était éventuellement persuadé du contraire). Car, à l'inverse de ce qui est trop souvent répété comme une vérité inusable, l'amour est un des sentiments les plus aisément manipulables et falsifiables. Nombre de tragédies ou comédies classiques traitent de ce sujet, dont les Anciens connaissaient la pertinence, et que notre monde occidental moderne, noyé sous le déluge des bons sentiments humanitaires, a désespérément oublié.

Il est très facile de donner le change, y compris au quotidien, et des heures durant. Surtout si vous êtes certain de prendre une place dans l'Histoire en échange de cet ennui passager... Mieux encore, à force de jouer la farce, le rôle va finir par rentrer et on y mettra même une once de sincérité. Prendre une pose inspirée et la tenir deux heures d'affilée à l'opéra est une tâche à la portée du premier crétin en uniforme venu, finir par succomber à une forme d'autohypnose semi-narcoleptique, et souvent collective, qui vous convaincra que vous écoutez de la « grande musique », est le trait déterminant de ce type de comportements aristocratiques prolétarisés, qu'on retrouve sous des formes variables dans bien des manifestations de l'art moderne, y compris populaire.

Les nazis *n'aimaient pas* Brahms ou Wagner. Ils *avaient appris* à l'écouter.

En copiant jusqu'à l'outrance certains traits distinctifs de l'aristocratie militaire prussienne ou autrichienne, quelques SS purent momentanément donner le change, surtout à eux-mêmes, et il n'est pas improbable que certains d'entre eux furent en mesure de produire une copie plus ou moins valable, plus ou moins temporaire, de la *grâce*.

Évidemment, ceux qui en tirèrent les conclusions qui s'imposent se suicidèrent.

Un jour sous la pluie,
l'amour se fait triste
s'habille de gris

et lit en silence le journal
du matin.
Un jour sous la pluie,
je cherche ton sourire
dans la pisse du ciel.
Tout m'est absolument égal,
enfin.
Un jour sous la pluie
ne pas bouger d'un cil
ne même plus vivre,
enfin pas exactement,
juste en vain.

Laisser la fatigue
gagner
par KO technique,
Laisser le monde
en faire à sa guise,
Laisser l'ennui tuer
à petit feu
l'enfant que la mémoire
aiguise,
Ne pas chercher
à comprendre,
Ne pas chercher
à vivre,
Ne pas même vouloir
brûler jusqu'au bout,
alors que le froid et la nuit
nous attendent.

*

J'ai bu à tes lèvres
le venin de la vérité

et la rosée du mensonge,
J'ai lu dans tes yeux
que l'amour était mort
sous une couronne de ronces,
J'ai cherché l'enfant bleui
par le froid
dans son tombeau de glace,
J'ai marché sous la pluie
dans l'aube des secrets
les plus sublimes,
J'ai tué pour un sou
chacun de mes frères
de race,
J'ai bu jusqu'à plus soif
l'eau et le sang
des hommes,
J'ai fini par m'étendre
sur le sable pour attendre
la grâce
et d'un rire muet
en accueillir la lame.

*

Aimer ce qui aurait pu nous tuer, afin d'empêcher que l'on tue ce qui aurait pu nous aimer.

Regarder votre enfant s'ébattre dans la lumière de l'après-midi et, stupéfait, se rendre compte que votre propre mort n'a plus aucune valeur face à cette vie qui va au-devant de tous les dangers.

Septembre vient de commencer. Aujourd'hui, le 6, fête du Travail au Canada, l'équivalent de notre 1er Mai, rien à signaler, alors autant se la jouer rapport météo, comme Sollers : Ciel couvert en début de journée, puis la pluie est tombée, rafraîchissant enfin l'atmosphère. Ce soir, le ciel de traîne se dégage, la température est douce, et le baromètre repart à la hausse. Tout va bien. Puis, plus tard, je regarde à la télé les images terribles des exactions commises par les milices anti-indépendantistes au Timor-Oriental. Des milliers de civils sont pourchassés, déportés, battus, torturés, exécutés et certains en viennent à se jeter sur les barbelés qui gardent nos ambassades et le centre des Nations unies. Plus vraiment surpris, j'apprends que l'ONU, et ses diverses missions humanitaires, plie tout bonnement bagage ! Comme en Croatie et en Bosnie devant les milices tchetniks. Comme au Rwanda lors de l'extermination ethnique des Tutsis par les Hutus. Comme au Kosovo avant que l'Occident ne relève enfin la tête, grâce au bon vieux pacte atlantique. Et tout le monde y va sans plus attendre de ses messages de compassion et d'impuissance devant la caméra, comme lorsque Vukovar, Dubrovnik et Sarajevo étaient sous le siège. Alors qu'il suffirait d'un régiment de parachutistes pour venir à bout des bandes de fiers-à-bras qui s'en prennent aux hommes désarmés, aux femmes et aux enfants sans défense, et qui ne méritent que le peloton d'exécution.

À l'heure où j'écris ce paragraphe, je sais maintenant qu'est en train de se produire au Timor ce qui s'est produit un beau matin du mois de mai 1992 en Bosnie-Herzégovine.

Une énorme opération de nettoyage ethnique a d'ores et déjà commencé sur ce lointain territoire de l'océan Indien.

Je repense alors aux lignes écrites il y a un peu plus d'un mois, et en les relisant, page 200, je finis par me dire qu'à l'évidence, je n'étais pas le seul à savoir, je ne pouvais pas être le seul, une armée de responsables politiques et humanitaires de l'abjection mondiale nommée ONU connaissait à l'avance l'occurrence plus que probable du massacre, mais il était urgent surtout, comme toujours sous le régime de l'abomination onuzie, de ne rien faire.

La bureaucratie onuzie est sans conteste le plus vicieux obstacle à l'édification d'une véritable civilisation planétaire (et donc extraplanétaire).

L'expérience yougoslave aurait dû apprendre une chose toute simple à ces fonctionnaires de l'humanitaire : accorder à un territoire le « droit » de s'autodéterminer sans veiller à ce que cette nouvelle légitimité sortie des urnes démocratiques puisse être en quelque façon garantie, y compris par la force, alors que des groupes paramilitaires hostiles à l'indépendance politique, et ouvertement soutenus par l'entité « fédérale » anciennement en charge dudit territoire, s'en prennent déjà à tout ce qui de près ou de loin représente ce nouvel état, de fait et de « droit », est une absurdité doublée d'un crime.

Il ne fait aucun doute pour moi que la tragi-comédie onusienne aurait dû être jugée à La Haye, avec tous les crimes de guerre serbes.

Les Janvier, Akashi, Mackenzie, Rose, du côté de l'appareil « militaire », les Kouchner, Mitterrand, Kiejman, Dumas, Guigou et consorts, rien que du côté français de l'appareil politico-diplomatique, les mêmes ou presque qui aujourd'hui reproduisent les mêmes bévues, au prix de milliers de morts, en accordant des « droits » à des populations sans s'assurer un seul instant qu'elles seront en mesure de protéger leur liberté, et leur vie, puis qui, sans l'ombre d'un remords, les abandonnent à la fureur des meutes de bêtes sauvages.

Pour faire régner la Justice, il faut un acier et des nerfs bien trempés.

La vérité, c'est la bombe placée sous votre siège passager que vous n'avez pas vue et dont vous apprenez l'explosion le soir en regardant les nouvelles, c'est votre voisin de palier, ce garçon si gentil, dont on découvre qu'il a découpé en rondelles une cinquantaine de jeunes femmes durant les dix ans où vous l'avez connu et croisé chaque matin en partant au travail, c'est l'homme qu'on pend par les pieds et qu'on bat jusqu'à ce que mort s'ensuive, alors que sa femme est violée et torturée devant ses yeux, et que ses enfants agonisent, sous le couteau des bourreaux, la vérité ne demande aucune permission pour s'inviter au banquet des hommes, car si elle nous avertissait de sa venue, nous serions bien capables de fermer nos portes à double tour, et de clouer nos fenêtres.

Il faut dire que ce n'est pas fait pour l'arrêter.

*

Ah !
Rouler
Jusqu'aux montagnes de sel
À
Deux millions d'années-lumière
Ah !
Brûler
Mes ailes au feu de ton visage

Et perdre
Jusqu'à mon ombre sous le soleil de midi.

*

Démons et Merveilles de la vie moderne :
Catalogue de nos déesses
Suspendues dans le noir écrin
Au sulfure d'argent/
Nos vies réduites
À l'acte terminal et honteux
Dans le carré jaunâtre
Du cinéma porno/
Dead end street black gloved girl
Sucks the guys in a gang-bang rodeo
Northern teenage horny club-babes
Want some real hardcore action right now/

Dans l'éclat blême où s'aiguisent nos regards
Dans l'état vain de toutes nos volontés
Dans l'exercice désormais acquis de la vacuité
Que pouvons-nous espérer d'autre que la fin ?
Quand nous ne pouvons plus danser que dans la foule assourdissante et aveugle
Quand les os de nos crânes sont rongés par les méduses du crime publicitaire
Quand nos sexes moites et avides ne peuvent plus se contenter de la chair
À qui donc parler sinon aux fantômes de machines célibataires, ou veuves ?

Naître et ne pas être, telle est notre condition.

C'est l'homme « cultivé » du XIXe siècle qui au siècle suivant s'est transformé en criminel de masse.

Les officiers des SS Einsatzgruppen, ou Totenkopf, chargés de la supervision et du commandement des pelotons d'exécution, camions à gaz, puis camps d'extermination nazis devaient posséder au moins un titre universitaire de docteur. Il n'était pas rare qu'ils en possèdent deux.

Les plus prisés étaient droit, philosophie, philologie, médecine.

(Renseignements tirés des règlements et rapports d'activités de la SS.)

*

Le problème n'est pas, selon moi, de constater objectivement des différences et des inégalités entre cultures et civilisations, inégalités de potentiel qui s'actualisent parfois (pour ne pas dire souvent) dans le contexte trouble de l'histoire humaine, et qui provoquent délires idéologiques et contre-feux fanatiques en Occident depuis deux siècles environ.

Le problème réside toujours dans l'établissement d'une topologie dynamique de ces différences de potentiel, en partant du principe rappelé plus haut qui fixe comme acquise l'existence d'une thermodynamique des phénomènes évolutionnistes, applicable à l'homme, et donc le fait que les inégalités entre sociétés et cultures sont très universellement réparties, que ce qu'une civilisation accomplit dans un domaine, elle en perd la maîtrise dans un autre, et que cet accomplissement peut donc signifier sa perte.

Le problème réside dans la haute charge symbolique et émotive que recèle le mot « inégalité ». Il n'est pas bien vu de prétendre que certaines cultures et sociétés se sont avérées supérieures à d'autres, à une époque donnée, dans des conditions précises et pour des motifs sérieux, pourtant ceux qui s'opposent à ce point de vue ont souvent combattu pour des idées et des systèmes sociaux qu'ils estiment supérieurs au capitalisme occidental (sans quoi, pourquoi le feraient-ils ?). Si nous ne sommes pas persuadés que notre point de vue est « supérieur » à celui des autres, à quoi bon s'acharner à essayer de le faire connaître, afin que certains vous y rejoignent ?

Il est désormais impossible de poser tout jugement de valeur dans notre Occident postchrétien humanitaire et égalitaire. Il est devenu impossible de comparer les valeurs. D'oser une critique radicale de ces valeurs. De comparer les cultures et les hommes, avec comme but la réflexion critique objective concernant la production, la sélection et la manipulation de tous ces éléments humains, et comme finalité la création d'un système politique et métaphysique susceptible de *projet*er l'espèce humaine vers son destin.

Le fait que l'Afrique, par exemple, se soit complètement éteinte sur le plan civilisationnel après les grandes dynasties bantoues et zouloues des années 1000-1300 pour sa partie noire, et après 1400 pour sa partie arabo-islamique n'est, j'oserais dire, de la faute de personne, mais le fait reste incontestable. Lorsque les colons portugais, puis les négriers espagnols et français, commencent à vider le continent africain de ses ressources humaines, et surtout de ses élites (génétiques et intellectuelles), cela fait longtemps que les dynasties tribales et leur mode d'organisation social et technique ne tiennent plus la route face aux innovations venues d'abord du monde arabe, puis d'Europe, et les « rois nègres » se livrent à des guerres fratricides dont nos vaillants et intrépides hommes d'affaires esclavagistes sauront bien sûr tirer parti.

Plus tard, les empires coloniaux européens se partageront le continent en zones d'influence, et c'est à partir de ces territoires, et de certaines de leurs divisions administratives, que les bonnes âmes charitables de la décolonisation conçurent l'incroyable projet de laisser l'Afrique à des potentats régnant sur des « républiques » nationales aussi artificielles qu'absurdes et invivables.

En quarante ans de nationalisme dûment *borné* et botté, les Zaïrois, les Béninois, les Rwandais, les Centrafricains, les Congolais, les Camerounais, les Nigérians, et les autres, ont tout juste appris à chanter leur hymne national lors des matches de football et des parades du parti unique, il a suffi à chaque fois d'une étincelle pour que ces édifices grotesques se disloquent, laissant apparaître au grand jour des solidarités secrètes qui débordent leurs frontières et en créent autant de « nouvelles » à l'intérieur.

Des nations existaient avant cela en Afrique, et chaque fois que l'occasion leur en est donnée, elles ressortent, grimées des attributs antiques, costumes léopards, couteaux du sacrifice, et se livrent au massacre et au pillage.

Les jeunes oies blanches de l'humanitarisme prétendent que le modèle national démocratique est le seul à même de sortir l'Afrique du merdier, que ce modèle est en fait multiculturel et multilinguistique, bref multinational (et j'en conviens, il suffit de connaître le découpage administratif et ethnique de pays comme le Nigeria ou comme le Cameroun pour voir ce dont on veut nous parler) sans jamais oser dire que le modèle multiethnique et multiculturel est un des accomplissements de la démocratie fédérale-continentale nord-américaine, et que jusqu'à preuve du contraire, c'est grâce à sa domination globale objective (technique, militaire, économique, culturelle, etc.) qu'un tel accomplissement a pu voir le jour, survivre et se développer.

La Chine impériale des années 1300 fut à même de concevoir et réaliser des flottes entières de navires rapides, à fort tonnage, aisément manœuvrables et d'une très haute technicité pour l'époque (ils dépassent largement en taille et en hydrodynamisme les caravelles européennes du siècle suivant). Ces navires croisaient jusque dans l'Orient persique ou arabe, et sur les côtes du Mozambique et de la Somalie actuels mais, si bizarre que cela puisse paraître, et dans l'état actuel de nos connaissances, ils n'entreprirent jamais les croisières transpacifiques qui les auraient conduits en Amérique.

Il semble incontestable que les dynasties chinoises des Sung, des Yuan et des Ming ne connaissaient pas l'existence du Nouveau Monde. Pourtant, leurs lointains prédécesseurs de Sibérie et d'Insulinde réussirent à franchir ce grand espace avec des moyens bien plus modestes, pour des millénaires auparavant y fonder des colonies, aujourd'hui disparues, oubliées, et dont ne persistent que de grands signes tracés sur le sol, à l'attention d'on ne sait trop quelle divinité céleste.

Ainsi des cultures centenaires traversent-elles à plusieurs reprises les mêmes grandes phases, ces étapes cruciales de cette longue maladie qu'est l'homme lui-même, et chaque fois les phases témoignent du jeu incroyable de contradictions, de paradoxes, de dynamiques complexes, non linéaires, et de synthèses disjonctives qui s'anime sur les préceptes fondamentaux de la thermodynamique et de la sélection naturelle.

Il faudrait pousser plus avant cette compréhension des phénomènes psychologiques et sociaux qui obligent les cultures à succomber à leurs accomplissements, dans un état de fascination qui leur ôte toute distance critique, toute mobilité d'esprit et toute capacité d'action; ainsi, comme la poudre à canon et l'imprimerie, dont l'usage et la production furent considérés d'emblée comme « stratégiques » par l'Occident, les navires chinois du XIVe siècle témoignaient d'une grande habileté technique et du merveilleux épanouissement culturel et marchand de la grande Chine médiévale, sans que jamais pourtant cette civilisation à la prospérité éblouissante ne comprenne un seul instant l'importance singulière de ces inventions, parmi la multitude innombrable des innovations techniques qu'elle avait accumulées durant des siècles.

Alexandre alla se perdre au-delà des hauts plateaux iraniens, jusqu'à l'Indus et son or légendaire dont il ne sut que faire, sinon le jeter dans l'eau du fleuve.

Il est clair que la destinée manifeste d'un tel chef militaire et politique aurait dû le conduire vers l'Occident, la Rome républicaine alors en pleine ascension et aux prises avec Carthage, et on se prend à rêver à ce qui serait advenu si l'héritage grec avait dominé la culture latine, et non l'inverse, mais Alexandre joua le rôle historique qu'on lui connaît, unifier la nation hellène (seul un barbare étranger et néanmoins hellénisé était en mesure d'accomplir ce miracle) puis anéantir les prétentions perses sur l'Europe, jusqu'à ruiner leur empire, leur destin et leur héritage, et du même coup ruiner les siens.

C'est la raison pour laquelle il serait opportun que les civilisations s'abstiennent de tout triomphalisme, de cette prose ronflante qui les caractérise dès qu'elles ont accompli un exploit quelconque, en quelque domaine que ce soit, car cette grande avancée technique, culturelle, politique, militaire, scientifique ou autre, est très probablement déjà en train de miner tout l'édifice.

Hitler, à qui certains de ses généraux (les meilleurs, tel Rommel) venaient faire remarquer que l'entrée en guerre des États-Unis contre le Japon et par suite contre les forces de l'Axe avait quelque peu changé la donne, répondait invariablement qu'une nation de nègres, de juifs et d'Irlandais n'avait aucune chance de vaincre le grand Reich allemand.

À ceux qui osaient rappeler la mésaventure napoléonienne dans la Berezina, alors qu'on leur demandait de se préparer à foncer sur Moscou, Hitler répondait invariablement que l'ours russe tomberait dans les trois mois (cela voulait dire avant l'hiver, bien sûr).

À ceux qui osaient rappeler (y compris en présence de Goering) qu'après la bataille d'Angleterre, perdue par les Junker et les Messerschmitt de la Luftwaffe, le Lion britannique était toujours debout, Hitler sortait immanquablement le joker Rommel de sa manche, Rommel qui, vers juin 1941, alors que l'opération Barbarossa d'invasion de l'URSS était sur les starting-blocks, avait toujours une victoire d'avance sur les armées anglaises du désert libyen, mais savait déjà que ses victoires ne serviraient à rien, que toutes les forces du Reich allaient courir se perdre dans les toundras et l'hiver russe, et que rien ne pouvait faire entendre raison à un simple caporal autrichien hystérique, pauvre gosse débile perdu dans un monde trop grand pour lui, et qui trépignait (de rage ou de contentement) devant les immenses cartes d'état-major dépliées devant ses yeux comme de gigantesques kriegspiele auxquels, de toute évidence, il ne comprenait rien.

Ce que les nazis ont fait de pire, franchement, c'est cette pitoyable copie de l'aristocratie militaire allemande du XIXe siècle et son génie stratégique ; comme quoi une mauvaise copie du génie s'avère bien pire que le plus médiocre des talents originaux.

Tout le monde, ici au Québec, se moque sans pitié du Premier ministre du Canada, Jean Chrétien, dont on dit qu'il est le seul chef de gouvernement au monde à ne savoir parler aucune des deux langues officielles de son pays.

Histoire d'asticoter un peu le camp des souverainistes drapés dans leurs fleurs de lys et la défense de la langue (quand ce n'est pas de la « race »), je me permets de citer ci-dessous ces quelques lignes, tirées du *Devoir* d'il y a deux jours, lors de la conférence de la francophonie et des pitreries livrées en pâture aux journalistes, au sujet de la malencontreuse présence de dizaines de dictateurs au sein de cette noble assemblée :

Après avoir affirmé de nouveau le vœu pieux qu'au terme d'une évolution « qui doit être la plus rapide possible, la francophonie en arrive à s'attribuer des pouvoirs de sanction ou d'expulsion », jusque-là rien d'autre qu'un mensonge de politicien de plus, on ajoute qu'« il faut le faire progressivement parce que si on le fait d'un coup, ça va casser la baraque parce que la majorité n'est pas d'accord ».

Je cite à la virgule près ces mots de Lucien Bouchard, Premier ministre en titre du Québec, et chef de file du Parti québécois, souverainiste et nationaliste.

Et je rappelle à mes lecteurs le sens de francophonie : parler français.

Défendre une langue semble impliquer aujourd'hui le droit de la rendre incompréhensible à ceux qui désirent la parler.

Les Québécois ne mesurent pas vraiment leur chance d'avoir vécu sous la domination anglo-saxonne pendant deux siècles.

Une langue peut s'enrichir comme s'appauvrir au contact des autres langues, cela dépend de sa vitalité propre et du projet qu'elle se donne.

Pourquoi ne sensibilise-t-on pas, au Québec, les jeunes anglophones à la poésie française, et les jeunes francophones à la poésie anglaise ? Alors même qu'on ne cesse ici de tenir les mêmes discours pompeux et vides de sens qu'à Paris au sujet de la mondialisation et de la culture, et que toute idée de bilinguisme et de multiculturalisme y est désormais perçue comme un de ces putains de blasphèmes que les prêtres cathos pointaient de l'index du haut de leur chaire chaque dimanche ?

Parce que ni les uns ni les autres, ni les jeunes

anglos ni les jeunes francos, *ne lisent plus du tout* de poésie en classe, ni de romans de plus de deux cents pages par ailleurs (il paraît que c'est trop volumineux pour leurs petites cervelles, et on s'apprête à « traduire » Shakespeare et Flaubert en BD afin que cela rentre plus facilement). Non, ils ne lisent plus de poésie ni de « grands textes » philosophiques ou fictionnels parce que, depuis vingt-cinq ans, on a décidé (à leur place) que les jeunes n'étaient nullement intéressés par ces « vieilles » choses, dont la « grandeur » était somme toute... « relative » et, en échange, on les noie comme il convient dans l'étude des faits de société passés à la moulinette du « style » journalistique (appelons ça l'antistyle), on leur fait lire quelques romans « policiers » ou à l'eau de rose écrits avec les pieds d'un pachyderme, on les fait plancher sur des sit-coms et des téléromans pitoyables, on les interroge sur leur vedette de télévision favorite, puis on les invite à s'exprimer librement !

Or, des signaux d'alarme plus que tangibles proviennent en flux tendus de toutes les générations qui ne supportent plus la suffisance de ces baby-boomers ridicules pour qui la culture a commencé vers 1960, quand ils ont tiré leurs premières pétasses sur les bêlements de Richard Anthony ou je ne sais quel obscur crétin à gomina, et a fini en 1975 quand ils sont rentrés chez IBM, ou dans l'Éducation nationale, et qui ont tout fait pour qu'à l'époque déjà les simples mots de « poésie » ou de « penseurs classiques » soient définitivement ornés de la majesté ampoulée que les vieux professeurs positivistes ou chrétiens donnaient à leur diction (cette pompe pseudo-héroïque d'officier funéraire que Nietzsche avait en horreur), puis qui ont fait croire aux mômes de deux générations (années 80 puis années 90) que la pub, le vidéoclip, le rock, le rap et la techno étaient *en soi* des formes d'art, alors que seules quelques *exceptions*, naviguant sans doute à contre-courant, se chargeront de le démontrer, et que tout le reste aura du mal dans quelques années à être interprété comme une simple « production culturelle ».

Les jeunes qui se suicident par wagons, ou qui « décrochent » de ce système scolaire qui ne leur apprend rien de plus que la télé, et de façon bien moins intéressante en effet, ou qui se mettent à vouloir le détruire, et à tuer proprement et simplement ses représentants, cette jeunesse qui se contrefiche de connaître le PIB du Brésil si on n'est pas capable de la faire vibrer à l'épopée de Cabral, ou des Cangaceiros, cette jeunesse qui sent confusément à quel point on lui ment au sujet de l'essentiel — que faire de notre liberté ? — cette jeunesse qui préférerait sans doute qu'on aborde avec elle, et les instruments adéquats — je veux dire, hoops ! pardonnez le gros mot, avec *la philosophie* —, les grandes questions métaphysiques qui se posent à elle, dans la violence éruptive des jeunes cortex, plutôt que de décortiquer les discours du Premier ministre du Québec, la dernière campagne publicitaire pour les bières Molson, ou les chansons de Stomy Bugsy, cette jeunesse de l'Occident démocratique postchrétien est désormais toute nue face à l'écran électronique du savoir en réseau. Jamais dans l'histoire de l'humanité un tel instrument de navigation et de mémorisation dynamique des connaissances n'avait existé ; dans le même temps, et avec cette complicité qui caractérise les vieux routiers de la politique, les contempteurs féroces des nouvelles technologies et les adeptes béats des mêmes innovations se sont débrouillés une nouvelle fois pour que leurs dialectiques de vieilles biques prennent le dessus et nous empêchent de comprendre qu'Internet pourrait être d'une grande utilité aux véritables poètes qui ont bien du mal à se faire éditer de nos jours. Non, ne comptez pas sur moi pour que je vous vende une salade idéaliste destinée à vous faire avaler qu'« Internet va enfin permettre à tout le monde d'écrire de la poésie », à moins qu'à l'inverse ça ne s'avère le cas, et alors le marché aux horreurs et aux croûtes du dimanche, la version macramé existentialiste ou sérigraphie primale d'Arthur Rimbaud, nous permettra quelquefois au moins de nous esbaudir, tandis que les véritables écrits poétiques ne seront pas moins invisibles qu'ils le sont dans le désert aujourd'hui constitué de l'édition et, grâce aux vertus de l'information digitale, trouveront sûrement plus d'yeux et d'oreilles attentives qu'ils ne seront jamais en mesure de le faire avec l'antique invention de Gutenberg.

*

Les souverainistes n'ont qu'un seul mot à la bouche : un *pays. Un État-nation.* Dans le même temps ils sentent confusément (et pour certains, plus hypocrites encore, savent pertinemment) qu'une séparation politique d'avec le Canada poserait de graves problèmes tant constitutionnels que sociaux et intercommunautaires, et créerait sans doute une méchante récession économique qui condamnerait aussitôt le projet. Il faut donc louvoyer, et inventer le concept de souveraineté-association ou souveraineté-partenariat. Si on analyse en détail ce que recouvre ce concept chez les nationalistes du PQ, on est frappé de constater plusieurs choses :

D'abord, le Québec conserverait l'ensemble de ses prérogatives actuelles, et concéderait la gestion de la monnaie, de la défense et de quelques autre babioles fédérales à Ottawa.

Si vous êtes québécois, vous savez que cela signifie un changement égal à zéro ou quasi. Cela réglera avant toute chose les problèmes de protocole lors des conférences sur la francophonie, et de la couleur du drapeau qui vient contresigner les chèques des bourses du Millénaire. Rien que de l'essentiel, on l'aura compris.

Une telle souveraineté-association demanderait donc que, la souveraineté gagnée, on la dépose aussitôt, en ce qui concerne l'essentiel, entre les mains du fédéral. Nul besoin de sortir de Polytechnique pour saisir d'instinct ce que cette solution a d'absurde.

Il est clair en effet qu'une telle souveraineté ne peut s'exercer aujourd'hui, lorsqu'on représente une population d'environ 6 millions d'habitants, que si elle est remise à une entité politique démocratique supérieure, ce que tente vainement de réaliser l'Europe depuis un siècle, avec pas loin de cinquante nations historiques et linguistiques. Or au Canada, si l'on excepte la mosaïque amérindienne, deux cultures fondamentales ont posé les termes d'une matrice politique encore en gestation qui ne demande qu'à être actualisée pour que ce pays tienne enfin ses promesses.

Car si l'on creuse plus avant, on se rend compte rapidement que le problème principal entre le Québec et le *ROC* (*Rest Of Canada*) est avant tout un problème symbolique, né de la défaite française il y a deux cent cinquante ans, et de l'énorme travail de sape réalisé ici par le catholicisme — jusqu'à influencer de façon souterraine les valeurs de la Révolution tranquille. Il s'agit bien en effet de « chicanes » souvent ridicules, sur l'attribution ou non du terme « capitale nationale » à la ville de Québec, ou sur le contrôle linguistique de l'affichage en magasin.

Au fond, ce que le peuple français d'Amérique du Nord demande, et il le demande comme il le peut, avec les moyens dont il dispose, y compris le souverainisme et le raidissement extrémiste, c'est la reconnaissance effective par ce *Rest Of Canada* anglais de l'existence singulière d'un autre peuple fondateur (ce que la Constitution actuelle ne permet toujours pas, après maints et maints essais de conciliation), idée qui commence à faire lentement son chemin chez les anglophones (du NDP aux Conservateurs), et qui devrait conduire selon moi à une réforme générale des institutions canadiennes ou à la séparation.

Admettre que le Canada est l'héritage d'au moins trois peuples fondateurs : anglais, français et amérindien.

Concevoir le Québec comme un État autonome librement associé, c'est-à-dire à peu de chose près le statut actuel, sauf sur le plan symbolique et constitutionnel.

Redévelopper ici, au Canada, dans cette Amérique du Nord franco-britannique, une culture européenne critique et scientifique comme héritage commun à tous les hommes, quelle que soit leur origine, dégager d'urgence les natifs américains de la gangue de l'ignorance et de la bonne conscience libérale (qui interdit la chasse aux phoques, mais tient à ce que l'autochtone conserve des « droits » spécifiques sur ses « territoires ancestraux » et ne sorte surtout pas de sa réserve ni de sa culture) afin de les englober dans un projet politique et métaphysique à la hauteur des problèmes mondiaux, en développant les industries écosystémiques du futur, l'agriculture de précision cybernétique, la météo temps réel, le contrôle environnemental, toutes ces technologies de la survie et de la terraformation qui vont nous permettre de refabriquer une mémoire génétique et de concevoir un retro-engineering culturel, dans lequel les savoirs du chamanisme, par exemple, pourront se joindre en tant que tels au champ critique de la connaissance, si on admet ce principe moteur qu'une science encore embryonnaire ne demande qu'à les dissoudre objectivement en vue d'une synthèse supérieure.

Encourager le bilinguisme et même le multilinguisme, en osant se servir de notre héritage philosophique et littéraire, en osant faire lire Shakespeare, Byron, Conrad et Jim Morrison *dans le texte* aux élèves francophones, et en faisant découvrir Montaigne, Pascal, Rimbaud et Stendhal dans les mêmes conditions à leurs voisins anglophones (à la condition préalable, bien sûr, que Rimbaud soit connu des jeunes Français, et Byron des jeunes Anglais). Et le faire avec Dante pour l'italien, ou Cervantès pour l'espagnol (je ne cite que les plus illustres, dont plus personne bientôt n'aura entendu parler). Bref réinstituer l'effort, non pas comme limite, mais comme motif central de toute éducation (c'est en accomplissant cet effort qu'on s'éduque, et c'est en s'éduquant qu'on est en mesure d'accomplir cet effort).

Tenter d'éduquer des citoyens capables de survivre au prochain siècle, et ne pas se contenter de leur fournir des « jobs », même high-tech, car plus aucun « job », même high-tech, ne survivra plus de quelques mois aux mutations générales de l'économie-monde, cela signifie former, selon le bon mot de M. Maurice Duplessis, « des pelleteux de nuages », c'est-à-dire des gens capables, en effet, de dégager l'horizon.

Ceux qui croiraient que pour autant je désire qu'on « revienne » aux modèles pédagogiques du bon vieux temps, et qu'on lise Virgile ou Shelley à l'abri du monde, dans le silence des cloîtres bénédictins, au cœur d'une forteresse aveugle et sans la moindre interférence des technologies de l'information, se trompent lourdement.

Le problème, c'est qu'on a cru que pour ouvrir l'école au monde il fallait supprimer l'héritage classique, alors que c'est grâce à cet héritage que le monde d'aujourd'hui, en dépit de son chaos effroyable, peut encore témoigner d'une perspective, d'un projet, même s'il nous apparaît terriblement secret et mystérieux. Sans l'héritage humain à transmettre, à quoi donc servent toutes vos écoles ?

Pire encore, non seulement on a éradiqué des programmes scolaires les bases philosophiques et littéraires de notre civilisation, mais croyez-vous qu'on les ait en ce cas remplacées par les grands auteurs de l'Âge atomique, par Kafka, par Dos Passos, par Céline, par Borges, par Mishima, par Burroughs, par Günter Grass, par Anthony Burgess, par Soljenitsyne, par Dick, par Salman Rushdie, par James Ellroy ? Que nenni.

Dans le meilleur des cas, chaque élève a le nez plongé dans les affres de sa propre sous-culture nationale, et dans la masse de connaissances factuelles et sans intérêt qu'on lui demande d'ingurgiter, alors qu'il suffirait d'un *bon livre, quelle que soit son origine ethnique*, pour enrichir leur imaginaire et leur expérience, et les ouvrir à toutes les bibliothèques.

Je me renseigne, figurez-vous, je n'arrête pas de me renseigner sur le contenu des programmes scolaires et pré-universitaires au Québec. Les Amérindiens sont à la mode dans le discours libéral de gauche. Pourtant pas un des grands écrivains amérindiens, comme Tony Hillerman ou Jim Welch — de sacrés bons auteurs —, n'est à l'étude dans les classes francophones (et dans quelles écoles anglophones, j'aimerais qu'on me le dise).

Certains de mes compagnons québécois seront sans doute tentés de voir là le réflexe habituel du « maudit Français » qui ne veut décidément rien comprendre du Québec, à se demander même ce qui l'a poussé à venir s'installer par ici...

Bon sang de bonsoir, et tabarouette, comme on dit dans le coin, vous ne comprenez donc pas ?

Vous ne réalisez pas le luxe dans lequel vous vivez ? Vous ne comprenez pas l'attrait que peut susciter un tel continent, un tel espace ? Quant à vos problématiques linguistiques et nationales, ne comprenez-vous pas qu'elles peuvent faire venir ici des êtres désireux de rencontrer des questions solvables, car parfaitement incidentes à la destinée manifeste des peuples d'Amérique du Nord ?

Ne voyez-vous pas le monde s'agiter, bouillonner, exploser tout autour de vous ? Ne voyez-vous pas que même l'Europe n'est plus en mesure de remplir sa mission civilisatrice, y compris sur son propre territoire ? Ne voyez-vous pas les guerres ethniques s'allumer et les bandes armées semer la terreur et la confusion d'un bout à l'autre de la planète, n'entendez-vous pas les hurlements désespérés des mômes qu'on viole et qu'on brûle tout vifs, qu'on crucifie et qu'on démembre ? Ne comprenez-vous donc pas que vos enfants ne seront plus en mesure de contrôler les phénomènes migratoires à venir si rien n'est fait pour leur léguer une économie-monde viable et durable ? Et ne comprenez-vous pas le rôle essentiel qu'ont les anciennes nations du Commonwealth britannique, telles que le Canada et l'Australie, dans la définition d'une telle politique ?

Ne saisissez-vous pas le rôle singulier qu'une pensée franco-américaine digne de ce nom aurait pu jouer, dans cet océan anglo-saxon déterritorialisé, comme plancton de la synthèse européenne (au lieu de nous accrocher à notre petite et vaine identité gauloise ou « québécoise »), en cultivant l'héritage gréco-latin, ainsi que français et germanique, c'est-à-dire en réalisant ici ce que le Vieux Continent s'avère incapable d'entreprendre : son surpassement ?

Personne donc ne veut admettre que les hommes politiques du Canada d'aujourd'hui (Québécois et Anglo-Canadiens confondus) seraient bien inspirés de donner l'exemple, et d'apprendre à lire, en vue ne serait-ce que de comprendre Tocqueville ?

Le crâne de l'enfant
était ouvert
comme un fruit sous
la lame du soleil dur,
Nous marchions dans la poussière
et son sang
collait à nos chaussures,
Parfois l'un de nous lui adressait

un signe en silence,
Souvent nous avancions sans même
noter sa présence,
Puis je ne saurais dire pourquoi et qui
dans la haute chaleur de midi
se mit à siffler une ancienne mélodie,
Une très lointaine cornemuse celte
surgit, improbable, de nos crimes casqués
de nos rêves en ruine et de l'air au goût d'acier,
Et sans même que nous le voulions
l'âme de l'enfant au crâne ouvert
vint se joindre à la lente déroute
de la cohorte perdue
des derniers hommes.

*

L'homme fait un pas, marche, saute, roule en Jeep
 et joue au golf
sur la Lune,
La vérité est une onde de choc qui a tout dévasté
 en bloc
sauf une certitude
à laquelle le petit singe savant et vaniteux
se raccroche comme il peut,
mais la branche
a déjà pris feu
et l'arbre n'est plus
qu'un tas de cendres
sur une terre en ruine.

*

I saw them
crystal clear

kill the men
spread the fear
I saw them
crystal clear
rape the youngest
cut the mothers
I saw them
crystal clear
set the fire
on babies
I saw them
crystal clear
clean their shoes
in a child's mouth
I saw them
crystal clear
thru' the flames
and thru' the tears
I saw them
crystal clear
Oh My Lord
crystal clear.

*

Le monde est rempli d'innocents ; c'est à se demander qui commet tous ces crimes.

La mort n'est pas tant devant nous que derrière, dans l'accumulation du temps, le décompte sans cesse croissant des jours morts ; notre vie est un livre qu'on brûle au fur et à mesure, et la plupart du temps nous ne laisserons comme trace tangible de notre passage sur cette Terre qu'un nom et un numéro de téléphone dans les Pages jaunes de l'annuaire.

Un jour,
je ne verrai plus ton cher visage,
je ne pourrai plus toucher tes lèvres,
je n'entendrai plus la voix chantante de ma fille,
dans le jeu de la lumière du soir et des bruits de la ville,
je ne sentirai plus ses petites mains se blottir dans le creux des miennes,
je ne goûterai plus aux vins ni aux délices illicites du monde moderne
je ne marcherai plus au bord de la mer dans la lumière safrane
je ne rirai plus d'un bon mot dans un film des Marx Bros ou de Woody Allen
je ne roulerai plus fasciné dans la nuit au sodium des autoroutes américaines
je n'écouterai plus *Far from the Pictures* en boucle des nuits entières
je n'écrirai plus une ligne, sur la machine je n'userai plus mes nerfs
je ne snifferai plus une ligne, je n'abuserai plus de la chair,
je ne danserai plus dans la lumière droite et le rythme inhumain des disco-lasers
je ne boirai plus Byron, Nietzsche ou Kafka, je ne mangerai plus Borges, Dick et Faulkner
Un jour,
je serai aussi léger et inexistant qu'un lointain souvenir
je serai un nom écrit sur une tombe que mes amis survivants viendront fleurir
je serai, s'il vous plaît, éparpillé aux quatre vents,
vers le pôle boréal si possible et au-dessus de l'océan,

je serai peut-être dans la lumière ardente de la
vérité,
mais, ô mon Amour,
comme Vous me manquerez.

*

La mort en compagne familière et fidèle, constamment lui parler — faut-il le préciser — en toute franchise, tenter de l'amadouer par l'argumentation rationnelle ou par les sentiments, même si c'est en vain, rouler avec elle sous la pluie de néon des autoroutes, la voir marcher à nos côtés sur les grands boulevards dans la froide électricité des petits matins, l'inviter à prendre un verre, un bar de Saint-Denis fera l'affaire, lui faire du gringue, échanger quelques mots entre deux shooters de vodka glacée et, dans le brouhaha moite des conversations tout autour de nous, sentir comme son invisible présence, derrière les sourires, les éclats de rire, les phrases toutes faites, les approches sexuelles, les silences et les solitudes.

Savoir intimement, sans même succomber au délice de le voir pour de bon s'inscrire en hallucinations dans le réel, que chacun de nos visages, chacun de nos sourires, chacun de nos bons mots, chacune de nos palpitations, de nos érections, chacune de nos caresses, de nos plaintes de plaisir ou/et de douleur, oui, et même la moindre de nos larmes, sont autant de moyens de nous masquer la vérité, de reculer l'échéance fatale, et de faire croire, à nous-mêmes comme aux autres, que *cela* n'arrivera pas, que la vie est plus forte, et l'amour aussi, beaux mensonges sans lesquels nous ne pourrions même survivre, et qui, telle la plus sophistiquée des lingeries érotiques, occultent paradoxalement la présence de la vérité, en la voilant de telle sorte que les transparences les plus diaphanes en laissent par endroits deviner la chair, et les opacités les plus sombres magnifier ses secrets, tout en épousant par ailleurs ses formes comme une seconde peau.

Sans la vie, la vérité de la mort serait insoupçonnable.
Sans la mort, la vérité de la vie devient suspecte.

*

Une forme possible de poésie après Auschwitz et Hiroshima : la concevoir d'emblée comme les ruines de ce qu'elle aurait pu être, la soumettre au cataclysme, n'en saisir plus que des bribes, comme des manuscrits retrouvés des siècles plus tard par les civilisations survivantes d'après le désastre, ne même pas donner au temps celui de dissoudre nos œuvres, le précéder, au cœur même de notre production, simples pièces éparses d'épopées avortées et de poèmes en ruine, sans même un titre, ni une date, fragments affleurant à la surface de ce territoire dévasté qu'est notre inconscient, et que mon cerveau anthropologue recueille pour l'instant avec l'urgence du dernier homme.

Grande mobilisation de l'intelligentsia française contre l'Église de scientologie. Cette mobilisation « intellectuelle » se double, sur le plan judiciaire, d'une série d'attaques frontales contre les tenants de la dianétique. L'Église riposte comme elle peut, et à sa manière, c'est-à-dire en s'arrangeant pour que des dossiers très compromettants disparaissent purement et simplement des palais de justice.

Pendant ce temps, en Allemagne, le gouvernement de la République fédérale et les députés du Bundestag ont fait passer une loi interdisant de fait aux scientologues tout poste ou travail temporaire dans l'administration centrale, et certains Länder les ont déjà suivis sur cette voie.

L'Allemagne a une longue tradition derrière elle pour justifier le principe de l'interdiction professionnelle à motivation politique. Lors de la guerre froide, et face à une RDA totalitaire, l'Allemagne de l'Ouest avait décidé d'interdire aux communistes l'accès aux fonctions de l'État. Durant le règne nazi, des principes analogues avaient été appliqués, contre les communistes encore, mais aussi les juifs, bien sûr, et l'ensemble des « déviants », sexuels, politiques, raciaux, etc.

Les scientologues se servent de cet argument historique de poids pour tenter de discréditer les États européens qui ont engagé cette partie de bras de fer avec l'Église.

En face on n'a de cesse précisément de les comparer aux nazis.

Et en France, la lutte antiscientologie se caractérise par une activité particulière en ce domaine du Parti communiste et de l'Église catholique, avec la bénédiction unanime de l'ensemble du corps social et politique !

Qui pourrait y retrouver ses petits ?

Seigneur, on finirait presque par adhérer aux théories fumeuses de L. Ron Hubbard, juste histoire d'énerver un peu tout ce joli monde.

Il ne s'agit pas pour moi ici d'enfiler les patins de ses adeptes, loin de là (et les quelques pages écrites plus haut sur la problématique des nihilismes sectaires sont là pour le prouver), mais de mettre en garde, si cela est encore d'une quelconque utilité, les démocraties européennes contre leur fâcheuse tendance à l'amalgame et à la manipulation de la vérité, en vue de restreindre la liberté d'opinion et d'expression.

Laisser ainsi le combat contre la scientologie aux mains des tenants de l'ordre soviétique ou de l'Opus Dei s'apparente à un véritable suicide idéologique, car il ne s'agit ni plus ni moins que de laisser au cartel des religions instituées le monopole de la parole et de l'action civique, *alors qu'elles n'ont plus rien à dire*.

De plus, si l'on compare objectivement la réalité du communisme ou du catholicisme avec celle de la scientologie, on est bien forcé d'admettre une chose : même s'il s'agit dans ces trois cas d'espèce d'un habile charlatanisme syncrétique mélangeant superstitions ancestrales et croyances modernes (modernes pour chaque époque où elles sont apparues), on est pour l'instant dans l'incapacité de localiser les camps de concentration de l'Église de scientologie, de même que ses bûchers.

Si la pensée démocratique européenne est dans l'incapacité de répondre intellectuellement à un ramassis d'âneries tel que la dianétique de Hubbard, si elle se trouve dans l'obligation d'en venir à de telles extrémités totalitaires, procès, lois scélérates, manipulation de l'information, infanterie bolchevique et garde suisse du Vatican, alors c'est que les idéaux de ces démocraties ne valent pas mieux, et sans doute même moins, que ceux qu'elles prétendent combattre.

Ces ex-scientologues qui intentent un procès à leur ancienne Église sous prétexte qu'elle les a manipulés et s'est servie de leur crédulité pour s'enrichir !

Imagine-t-on les premiers luthériens traîner les papes et les cardinaux devant la justice des hommes pour avoir bâti l'ignoble système des indulgences ?

Imagine-t-on mes parents, rompant comme beaucoup d'autres avec le PCF en 1968, lui intenter un procès parce qu'il leur avait menti pendant deux ou trois décennies, au bas mot ?

Tout reste à faire.

Le XXe siècle dans son entier est traversé par un éclair de prescience qui semble se relayer de générations en générations, par-dessus les désastres et les cataclysmes — non pas avec la hauteur distante qui aurait convenu aux époques précédentes, mais avec la tactique et la grâce du surfeur se servant de la cinétique de la vague, et aujourd'hui sans doute l'épuisement qui terrasse à l'arrivée l'ultime porteur du relais — cet éclair de prescience concerne le rôle exact de la littérature, ou plutôt ses modalités de production, au moment où les sciences et les techniques nous ouvrent les portes les plus secrètes de notre cerveau, là où précisément les structures, les formes et les dynamiques du langage s'élaborent.

Il est tout à fait évident, en ce qui me concerne, que le travail des écrivains a changé lorsque certains d'entre eux ont compris (ou pressenti) tout ce que cette révolution ontologique de l'humanité, dont ils étaient en quelque sorte les cristaux les plus purs, allait par contre amener de désastres et d'abominations, puisque, au moment même où l'homme commençait à percer les secrets du logos, une formidable vague de positivisme et de nihilisme submergea les consciences, conduisant à la destruction du langage par lui-même, et de l'homme par l'homme.

Aujourd'hui, aucun écrivain digne de ce nom ne peut pas ne pas élaborer, et avec moult difficultés, sa propre théorie de la littérature à partir de cet état de fait. Il me semble que, s'il est honnête, il ne pourra pas faire fi de ce changement de condition radical affectant l'écrivain au cours du XXe siècle, et par conséquent de celui à venir.

Cette théorie, comme tout ce qui concerne l'étude scientifique, ne peut évidemment se passer des autres, elle doit tenter de trouver sa place dans le biotope des idées et des critiques, et aussi, dans la mesure du possible, permettre l'éclosion d'un nouvel art romanesque, ou poétique, ou bien métaphysique, ou quelque chose d'autre encore. Elle doit s'ouvrir sur une pratique, une sorte d'ésotérisme propre à la production littéraire, un ésotérisme singulier, faut-il le rappeler, puisqu'il consiste à vouloir créer ces étranges objets ouverts sur le logos que sont les livres, une pratique souterraine, donc (non pas au sens figuré trivial, qui y verrait un travail destiné à l'obscurité de la non-publication, mais au sens plus complexe d'un réseau d'énergie irriguant les soubassements des œuvres à venir), qui tende à faire de sa fin son objet, et réciproquement, bref une synthèse disjonctive visant à établir une passerelle vers un processus critique et esthétique supérieur.

C'est la raison pour laquelle j'ai décidé de consacrer la majeure partie de mon temps cette année à la lecture d'ouvrages de critique littéraire. Steiner, Todorov, Jakobson, Ricœur, Barthes (et ses contempteurs, comme Picard), Kafka, Poe, Proust, et quelques autres, en essayant de dégager une généalogie particulière qui serait en mesure d'éclairer mon prochain travail, qui surgira je l'espère de cette re-digestion personnelle des théories philosophiques et littéraires de la fin de l'Occident, et qui aura produit entre-temps ce que vous êtes en train de lire.

*

Une des problématiques centrales de tout écrivain à l'approche du Grand Bulldozer est au cœur du débat depuis deux siècles environ, avec l'invention du roman fantastique occidental et, oserais-je dire, du « roman occidental tout court » ?

Le roman fantastique occidental, français, allemand, anglais, américain, slave, italien ou espagnol, dans sa multitude et sa variété, se constitue sur un certain nombre de « principes » aux prémisses inconscientes, que plus tard Poe et Lovecraft, entre autres, se chargeront de mettre en lumière.

Dans son essai sur le sujet, Tzvetan Todorov établit une généalogie très pertinente qui nous permet de relier entre eux des auteurs que la critique orthodoxe française (en particulier celle des journaux) a depuis longtemps éparpillés d'un bout à l'autre du champ de son docte regard : Poe, Hoffmann, Dostoïevski, Balzac, James, Nerval, Proust, Lovecraft. Pour Todorov, ce qui rassemble ici tous ces auteurs, c'est un doute fondamental sur la stabilité des valeurs et des perceptions dont l'homme use pour son petit quotidien étriqué. Un doute qui s'institue sur les catégories clés Folie/Raison, Vérité/Fiction,

Bien/Mal, Naturel/Surnaturel, Science/Religion, Présent/Éternité, Vie/Mort, et bien d'autres encore, et qui fonde le genre « fantastique ».

En ce sens un des plus grands auteurs fantastiques modernes est en fait un écrivain de « science-fiction », nommé Philip K. Dick, qui a poussé cette interrogation critique au-delà même de ses propres forces.

Une des choses remarquables qui sautent aux yeux lorsqu'on se penche un peu sur la question, c'est la façon dont Poe, puis Lovecraft ont tous deux découvert la formidable faculté de dissociation émotive que recèle un sentiment comme la *peur*, et comment cette faculté allait œuvrer pour leurs desseins littéraires.

Chacun, tour à tour, et avec ses moyens propres, a tenté de produire un artifice littéraire suprême qui soit en mesure de proprement *terroriser* le lecteur, même doté du meilleur sang-froid. Une des caractéristiques de la terreur, c'est l'état de fascination qu'elle produit, en premier lieu pour celui qui en est la victime.

Poe utilisa des moyens d'apparence très simples, dont le doute fondateur évoqué plus haut est la pièce maîtresse, en plongeant son lecteur dans une atmosphère de surnaturel et d'épouvante qui, finalement, recouvrait une séquence (parfois fort improbable) d'événements naturels explicables par la science et la raison, il inventa du même coup le roman policier à énigme.

Lovecraft ouvrit sans complexe les boîtes noires de son cerveau et en extirpa une tératologie démonique originale puisque fortement teintée de problématiques venues du genre tout nouveau qu'était la science-fiction à l'époque.

En donnant aux entités métaphysiques du mal un cadre d'explication rationnel — il s'agit d'intelligences extraterrestres hautement développées et dont l'existence remonte à l'origine des temps — Lovecraft ouvre une nouvelle porte sur l'insondable, et en pose les gonds dans l'infini cosmique et physique de l'univers postnewtonien et einsteinien. Bref, dans les limites connues de l'homme « cultivé » (qui lisait des livres) du début du siècle. Plus rien de « surnaturel » au sens religieux traditionnel du terme, rien non plus de « naturel » au sens étroit du positivisme. Synthétisant un siècle de travail opéré par l'ensemble du « genre » fantastique avant lui, il invente une troisième catégorie qu'on pourrait arbitrairement dénommer « métanaturel », car Lovecraft, comme beaucoup d'auteurs américains de la même période, baigne dans une culture darwiniste qui lui permet de concevoir l'histoire particulière de l'espèce humaine comme une simple péripétie anecdotique dans la chaosmose de l'univers.

La peur, du coup, prend une autre dimension, et le « fantastique » aussi, car comme le savaient Poe et Lovecraft, ce qui compte dans un livre, c'est ce qui se passe une fois que le lecteur l'a refermé.

Poe et Lovecraft, et avec eux Henry James, furent les premiers à comprendre la profondeur du problème et à tenter d'y répondre.

Car qu'est-ce que la peur et le doute s'ils s'évanouissent aussitôt le livre fini et rangé dans la bibliothèque ?

Comment parvenir à ce que le livre non seulement ne se referme pas dans la cervelle du lecteur, mais l'oblige à combattre ses peurs, et à prendre la mesure exacte de ses doutes dans la vie de tous les jours ? Comment, en d'autres termes, *contaminer la réalité* ?

Mais Poe, Lovecraft, James vivaient dans ce monde interface de la bourgeoisie triomphante qui a vu s'épanouir le premier âge de la Machine, aucun d'eux n'a vécu le traumatisme général de la Seconde Guerre mondiale, d'Auschwitz et d'Hiroshima. Aucun d'eux n'a vécu la Grande Coupure.

Comment devrait donc s'y prendre l'écrivain de la seconde moitié du siècle pour réinventer une forme de *terreur* qui prenne en compte l'aspect technique et positif que celle-ci a pris à cette époque particulière ?

Sans oser attirer l'attention sur ma petite œuvre au milieu de tous ces noms illustres, il convient quand même de signaler que la situation objective qui nous était léguée vers 1990, concernant ce genre de problématiques et leur traitement par la critique ou la fiction littéraire nationale, était franchement voisine du néant.

L'écriture des *Racines du mal* fut pour moi l'occasion de tenter une expérience particulière sur le cadavre du genre. La plupart des récits fantastiques et/ou de terreur publiés après 1945 (à de notables exceptions près, j'aurai l'occasion d'y revenir) ne faisaient que reprendre, avec des réussites très variables, les « recettes » définies par Poe et Lovecraft, Henry James, Dickson Carr, Agatha Christie, sans jamais tenter de redéfinir le genre, son écriture, sa symbolique, sa thématique, ses objectifs, à l'aune de ce que les systèmes de pensée totalitaires modernes (opérant précisément sur le langage) avaient fait avec *la technique et la terreur*. Avec la technique de la terreur.

Une des choses les plus importantes que je dois à James Ellroy fut de comprendre grâce à ses magnifiques romans que la terreur, au XXe siècle, naissait précisément de la haute technicité de l'acte criminel, à laquelle seule une haute technicité criminalistique était en mesure de répondre. Car cet acte technicien opère tout particulièrement sur la nature et les fonctions du langage. D'où l'importance des rapports médico-légaux, des dossiers de police, des documents enregistrés et des simples entrefilets journalistiques listant les noms des victimes dans *Les racines du mal*, tout autant que la place particulière que joue le langage, le logos, et ses différentes représentations, comme les jeux, dans l'univers du roman ainsi que, pour conclure brièvement ce futile exercice d'autosatisfaction, la tentative de reconstruire de l'intérieur le processus d'autodestruction du langage (et donc d'eux-mêmes) dans la dynamique psychologique des tueurs en série mis en scène dans le livre.

*

This is the land of thousands crimes
This is the sphere of millions squares
This is the earth of billions dead
This is the world of trillions stars
This is the zero, here comes infinity
Big bang abracadabra and company :
This is the Man,
And it worth's
About 6 dollars
And 99 cents,
For sale
Immediately

*

Nos ailes brûlent
au contact de l'air,
phénix au sodium
pour l'instant
polarisés
dans le matin
magnétique ;
Alors nous dansons,
ventres ouverts
au couteau de la vérité,
cerveaux en buissons
ardents comme jamais,
la grâce, radioélectrique,
tombe des étoiles,
et dans l'or liquide
que le langage traite
s'engage la lame
qui, des chairs
mises à nu de nos vies,
fera le cuir neuf
d'un livre,
et du sang des enfants
immolés,
l'encre nécessaire
pour l'écrire ;
Puis nos ailes
de sodium
en brûleront les pages
une à une.

Heure H à Hiroshima :
l'ombre
du bombardier atomique
survole nos consciences
comme une croix d'acier

noire
dans le ciel
saturé de la lumière
isotope.

Nuit noire à Nagasaki :
l'homme et l'enfant
se tenaient par la main
près du parc,
lorsque l'éclair blanc
si pur
imprima,
à mille cinq cents mètres
du point d'impact,
leurs deux silhouettes
sur le mur.

*

Personne ne sait ce qu'est une personne.

Mon petit essai « La littérature comme machine de troisième espèce » vient de paraître à la *NRF* de septembre. J'y lis un texte très intéressant de l'écrivain hongrois Imre Kertész au sujet d'Auschwitz et de sa représentation, ou non-représentation. Je ne partage pas ses vues sur les films de Benigni et de Spielberg mais, étrangement, à peu près toutes les autres, en tout cas celles qui me semblent importantes.

Il ne s'agit même pas, en effet, de vouloir à tout prix décrire l'expérience concentrationnaire nazie, mais de savoir l'inscrire dans notre processus de création, de savoir indiquer dans nos livres que nous sommes bien ceux d'Après, que le monde que nous tentons de décrire, et de mettre au jour, est le monde d'après l'apocalypse, sans même que nous soyons obligés de faire une allusion plus ou moins directe à l'événement, mais en prenant conscience, à chaque seconde de notre vie, et surtout de notre vie d'écrivain, quand nous sommes au travail, que cet événement cardinal de la destinée humaine est le trou noir invisible autour duquel tout le XXe siècle a orbité, et que rien n'indique que ce trou noir sera le seul à jamais survenir dans l'histoire.

Minisynopsis pour le gros roman à venir :

Dans une vingtaine d'années, la « prédiction » fictionnelle de Frank Herbert se réalise et une grande croisade antiscientifique et antitechnicienne est lancée dans le monde entier, par un vaste rassemblement hétéroclite mais néanmoins désireux d'assumer cette « tâche urgente pour sauver la planète et le genre humain ».

Dans ce roman, tous mes personnages des romans précédents seront conviés à la Grande Destruction et à la naissance du Futur de l'Homme. Le jihad antitechno prendra des formes diverses selon les continents et les fluctuations chaotiques de la géopolitique, mais il poursuivra Darquandier, Toorop et les Babylon Babies d'un bout à l'autre du globe, ce qui les conduira en toute logique à la seule solution qui s'impose : émigrer dans l'espace et y établir les bases d'une nouvelle civilisation, pour une nouvelle espèce.

Si l'écrivain est en guerre avec le monde, il vaudrait mieux qu'il ait une *stratégie*.

Il existe un moyen de lutter contre le jihad islamiste, et un seul : c'est de faire en sorte que ce jihad se retourne contre lui-même.

Le rationalisme positiviste, cette « science » d'employés de bureau !

Décision tardive, mais décision quand même : l'ONU décide de faire pression sur le gouvernement indonésien et, après deux semaines de massacres et de déportations, obtient de celui-ci la permission d'envoyer une « force de paix » formée de quelques centaines d'hommes, dont des Canadiens.

Je ne sais quel jeu joue vraiment l'armée indonésienne dans l'organisation et le déclenchement de cette guerre civile, sans doute un jeu complexe lié aux intérêts probablement divergents des officiers généraux selon les objectifs de leur carrière politico-militaire, mais une chose est certaine, même si l'armée nationale de Jakarta se retire ou fait semblant de coopérer, elle a eu largement le temps de laisser aux milices anti-indépendantistes timoraises de quoi poursuivre la guerre par leurs propres moyens, et comme dans l'ex-Yougoslavie, cette force de l'ONU, dont le mandat ressemble à s'y méprendre à celui de la défunte et honteuse Forpronu, soit le « maintien de la paix », se retrouvera face à l'habituel problème de ces inutiles expéditions humanitaires : c'est-à-dire le maintien du néant, au milieu de la destruction générale.

Dans une édition récente du *Devoir*, je trouve ceci, dans la bouche d'un certain chanteur de variétés africaines et prétendu successeur du grand Fela lui-même : « Le sida est une maladie inventée par les Blancs pour anéantir le peuple noir, en les empêchant de se reproduire. Moi-même je ne mets pas de capote. L'amour est fait pour être peau contre peau, c'est la nature. »

Le pape de Rome lui-même n'a plus besoin de colporter le nihilisme au cœur de la maladie, là où elle est certainement apparue, et là où elle disparaîtra peut-être, en laissant des centaines de millions de morts dans son sillage, il y a désormais des « hommes cultivés » en Afrique noire, des « hommes cultivés » capables d'anéantir la vie et la civilisation par le simple fait de leur ignorance mise en système et glorifiée par les mass media.

J'ai avalé il y a une demi-heure deux petits grammes de champignons hallucinogènes.

L'effet commence à se faire sentir.

Je dois constater que la montée psychotrope présente n'est pour moi qu'une variante des montées quotidiennes que je m'octroie, non pas pour le plaisir, mais pour le travail — hé oui ! qu'est-ce que vous croyez ? —, pour que vous ayez quelque chose à lire, et moi à manger.

Depuis le printemps 1991, soit le moment où j'ai décidé de me mettre à écrire sérieusement, j'ai pris en parallèle la décision, lourde de conséquences je ne m'en cache pas, d'assumer toutes mes toxicomanies, en vue d'en établir une critique et une esthétique.

Un caprice de la nature a voulu que je ne goûte point la blanche chaleur vide et vomitive de l'héroïne, sans compter ce que la vue d'une seringue me procure comme agréables sensations, je me suis donc résolument engagé, ce n'est un secret pour personne, sur la voie de la consommation quotidienne de cannabis, agrémentée à l'occasion d'alcaloïdes divers, d'hallucinogènes de synthèse ou de champignons.

Je serais bien le dernier à prétendre que de telles substances peuvent donner corps *ex nihilo* à un certain talent littéraire, il est clair en effet qu'un cerveau stérile n'accouchera pas du *Maître du haut château* ou des *Fleurs du mal* par le seul miracle des drogues, mais, par contre, je serais aussi le dernier à défendre l'opinion que de telles neurochimies ne puissent être d'aucune utilité à une recherche littéraire qui se donne précisément le cerveau, et ses boîtes noires, comme territoire d'investigation prioritaire, car lorsqu'un tel choix se dessine au cerveau en question, l'usage des drogues change radicalement de nature et de valeur et au lieu de ne pourvoir qu'à l'exécution arbitraire d'une distraction, et d'un plaisir éphémère, il creuse une perspective dans laquelle toute la conscience peut s'engouffrer, en y cherchant l'éternité d'une vérité, et surtout l'occasion désespérée d'y gagner une nouvelle liberté, c'est-à-dire un degré *supérieur* d'aliénation.

Le LSD est au cerveau ce qu'un programme est à un ordinateur —, disait en substance feu Timothy Leary.

Oui, *pour ceux qui savent s'en servir comme tel*, oserais-je lui répondre par-dessus le tintamarre des hommes, et les limites de la vie terrestre.

*

Journée
de cristal gris
la pluie
sonne

à nos fenêtres,
le ciel en cendres
couve une paisible
lumière
de fin du monde.

*

Douce mélancolie
des avenirs
perdus,
la musique de Tricky
raye l'univers
d'azur,
la pluie dessine
de fragiles mandalas
liquides
sur le grillage
de la moustiquaire,
l'usine des pleurs
et des exils s'incarne
dans l'heure
et la chair futile
du visionnaire.

*

Survivre, par définition, c'est le contraire de *sous-vivre*.

Entre la vie et la survie, l'écriture a le don de choisir pour vous.

Sur-vivre, c'est vivre comme si chaque seconde était la dernière.

Survivre : savoir vivre et mourir savant.

Toute opération de survie de la pensée passe étrangement par l'expérience de son anéantissement, la pensée aime le négatif, elle aime cette pulsion de retournement antinaturel dont elle est une sorte d'incarnation neuronale, elle désire constamment son propre épuisement, sa mort et sa renaissance.

D'un voyage au cœur de la vérité, on ne ramène que des blessures.

Prévoir les trousses médicales d'urgence, les équipes d'évacuation sanitaire et le corps des pompiers, prévoir les plans de retraite stratégique et le sanctuaire de ses propres forces, car on ne peut tenir indéfiniment une position trop exposée, il faut savoir plier pour ne pas briser, il faut parfois reculer devant la trop grande chaleur de l'incendie, il ne faut surtout pas se laisser encercler, pas même par le feu de la vérité, car alors il nous consume dans le délire sans que nous ayons eu le temps d'envoyer un rapport radio clair et circonstancié sur la nature exacte de l'événement.

Pour être d'une quelconque utilité au chercheur de vérité, son feu doit être discipliné, on doit en faire une torche, destinée avant tout à éclairer sa route dans les ténèbres, à écarter de son chemin les animaux sauvages, et éventuellement, après mûre réflexion, et à l'approche de la grande cité, après avoir humé l'odeur et la direction du vent, mettre le feu aux broussailles des paroles sèches en espérant que bientôt des flammes hautes comme des immeubles menacent le confort prétentieux de ses habitants.

Il existe deux manières d'écrire des livres : les écrire, et en *survivre*.

Le suicide est souvent l'unique porte de sortie honorable d'une vie complètement ratée.

À la condition toutefois que cette vie ratée ne soit pas en instance de produire un chef-d'œuvre.

L'autre porte de sortie demande de réunir un tel mélange de volonté, de mérite et de chance qu'alors la fatalité elle-même accorde une grâce, et permet une très fragile reconstruction.

Certains secrets sont tellement lourds à porter qu'ils peuvent envoyer un homme par le fond. Tout comme une famille.

Et je ne parle pas d'une société.

L'ironie n'atteint un authentique degré de réalisation artistique que si on est en mesure d'anéantir d'un coup toute distance et de précipiter l'autre vers le tranchant glacé de la vérité.

Dresser la table, étendre la nappe, disposer les couverts, les assiettes, les verres à pied, pour l'eau, le vin, placer le pain, le sel, le poivre, accueillir les invités, entasser les mets encore fumants, lever son verre pour commencer un discours en l'honneur de... puis sans prévenir empoigner un coin de la nappe et tirer d'un coup sec.

La fille
fut retrouvée
dans le déversoir

par la police de
Grande Décharge ;
tandis qu'on remontait
son corps blême sur la rive,
son visage me parut l'orbe
d'un cristal de lune
veiné de la mort en robe
violine,
je pus entendre
une jeune femme officier
soupirer « qu'elle est jeune ! »,
un vieux flic de la Sûreté
alluma une cigarette
en disant « on est toujours trop jeune
pour tomber dans ce déversoir »,
puis derrière moi un con
d'une chaîne de télévision
demanda si on avait pensé
à mettre des bières dans la glacière.

*

Je rêvais de capsules en flammes, d'astronautes morts et d'icônes atomiques ;
Je m'endormais souvent dans la foule monochrome sous l'œil électronique
des polices invisibles au cerveau de cobalt ;
Désireux d'en finir avec un ordre mou j'habillais de plastique
de chair et d'iridium des poupées androïdes aux troublants orifices
pour m'enivrer sans fin de leur moiteur opaque ;
Je marchais souvent seul vers les bunkers du Mur de l'Atlantique ;

Je voyais l'armada dans la brume et au-dessus des
 sables gris d'Omaha Beach
J'entendais résonner le tonnerre de la Flak;
Je n'étais pas au mieux et j'avais dix-sept ans,
c'est fou ce qu'on est sérieux quand on a dix-sept
 ans.

*

Lu il y a quelque temps dans je ne sais plus quel tabloïd de salle d'attente l'histoire d'une petite enfant juive qui erra dans toute l'Europe à la recherche de ses parents depuis longtemps disparus dans le ciel d'Europe, et qui fut recueillie dans les forêts de Pologne et d'Ukraine par une bande de... *loups*.

Quand on sait ce qu'il advint des quelque six cents évadés du camp de Treblinka, qui furent traqués et assassinés dans ces mêmes forêts par les groupes d'Ukrainiens fascistes ou les paysans polonais, et dont une cinquantaine à peine survécut, on se dit que cette petite enfant juive eut une chance hors du commun de n'être tombée que sur des animaux sauvages. Des hommes civilisés lui auraient à coup sûr été fatals.

Les récits de ce genre pullulent dans l'histoire et les mythes de l'humanité. Rome elle-même ne dut-elle pas sa création à une louve attentionnée et aux instincts maternels ? Ces idiots qui prétendent que l'homme est un loup pour l'homme en pensant user d'une brillante métaphore pour parler de notre condition ignorent à quel point elle signifie tout le contraire de leur pensée, puisque *les loups furent toujours les compagnons des survivants*.

*

La grande horloge du quai
de la gare de Treblinka
toujours indiquait
trois heures,
à tout instant du jour
de la nuit ou des limbes
les aiguilles en angle
sur trois heures ;
les nouveaux chargements d'arrivants
n'avaient alors de cesse
de se demander pourquoi,
et ne prêtaient plus du tout attention
aux cheminées en liesse
qui turbinaient dans le ciel noir.

*

Passons à la Grande Électricité. Passons au corps de cristal et de silicium. Passons sans plus attendre au langage des étoiles, passons à la quark-machine, à la vie cryonique et aux guerres de l'invisible, aux animaux de néon et aux anges de glace, passons aux radiations de la ceinture Van Halen, passons aux amours désoxyribonucléiques, aux vérités thermonucléaires, passons aux terribles libertés de la science, à l'anthropologie des artefacts et des robots, à la thermodynamique des valeurs morales, à la sélection évolutionniste des sentiments et à la métaphysique quantique, passons l'homme au hachoir de la vérité, faisons de sa chair, non pas des savonnettes, mais le livre même où cette vérité devra s'inscrire afin de le transformer, faisons de sa bouche l'organe buccal d'une abeille prête à butiner le cosmos, faisons de ses yeux des fenêtres grandes ouvertes sur le vide, de ses mains des moissonneuses de lumière, de son sexe une arme au venin immortel, de son cerveau l'astrodrome de sa destinée, et de sa perte.

On constate de façon froide et objective la fin de l'Occident. Cette fin n'est pas à comprendre dans un sens spenglérien, mais plutôt comme le moment critique où, à son apogée, une civilisation se trouve en mesure de léguer son héritage et tente de trouver ou de fabriquer un successeur qui lui semble valable. Or c'est tout le problème. L'héritage de la civilisation occidentale cherche en vain un quelconque repreneur, et on est bien en peine de trouver sur son sol un volontaire pour essayer de vendre la maison (et je ne parle pas de la racheter).

Un des phénomènes sociobiologiques les plus cruciaux qui marquent cette fin de civilisation, c'est la brutale chute de la fertilité masculine (et bientôt féminine, je pense) dans l'ensemble des pays occidentaux. À la dénatalité « culturelle » s'ajoute désormais une « dénatalité » biologique. D'aucuns évoquent la pollution, les modes de vie urbains, l'alimentation, la télévision, les jeux vidéo, les mots croisés, le diable, que sais-je encore.

Il me semble que les lois thermodynamiques de l'évolution humaine pourraient trouver là une application, et nous permettre d'y voir un peu plus clair.

Si l'on admet que ce qu'une civilisation accomplit dans un domaine, elle en perd la maîtrise ou l'usage dans un autre, si l'on admet que cette relation n'est pas dialectique, mais provient d'un processus dont elle-même est une étape dynamique, on peut se dire que les technologies génétiques surgissent comme par hasard au moment même de cette chute de la fertilité, et qu'elles viennent sans doute pallier la défaillance de nos organismes tout autant qu'elles sont le signe symptomatique de ce déclin, et ainsi, nous comprenons que la nature a sans doute fini d'exploiter les possibilités sociobiologiques de cette civilisation, qui léguera à l'humanité les savoirs nécessaires à son développement futur, à la condition que l'humanité en question soit en mesure de l'assumer.

Beaucoup de théories dites « postmodernes » ont tenté d'accréditer une possible « fin de l'histoire », à cause de cette « stase » technique et biopolitique dans laquelle le capitalisme de troisième espèce a, semble-t-il, enfermé l'humanité. Cette vision n'est pas fausse en soi, il me semble juste que toute civilisation sur sa fin produit un tel type de stase, état d'hypnose et de fascination où brusquement tout paraît stable et univoque, homogène et éternel.

Il convient néanmoins d'ajouter que le capitalisme de troisième type est la première civilisation dans l'histoire à provoquer une telle « stase métahistorique » en s'appuyant sur des catégories métaphysiques totalement inverses soit : le changement, la polysémie, l'hétérogénéité et l'instantané.

Ce qui n'est pas rien, convenons-en.

Ne pas succomber aux pièges des pensées toutes faites nécessite le plus souvent l'usage d'un puissant explosif, pour sa propre cervelle.

Lorsque la pensée s'arrête, elle recule.

La pensée nage dans le flot de la vie. Oui, mais à contre-courant.

Je ne conçois pas qu'on puisse avoir une théorie de la littérature sans avoir une théorie générale de l'homme et de la vie. Dans bien des cas, les écrivains ont tenté de cacher la seconde par la première. Dans d'autres cas, il faut convenir qu'à l'encontre de mon assertion, la misère de la première ne masquait qu'une totale absence de la seconde.

Si l'on voulait développer un authentique art de la rhétorique dans nos universités occidentales (c'est-à-dire l'art de mettre le langage à la hauteur et à la vitesse de la pensée, et non pas la pensée à la mesure et à l'état d'organisation du langage), il faudrait d'abord reconsidérer complètement notre appréciation de la joute, du combat verbal et philosophique. Le rap, dont l'origine est précisément celle-là, à l'école de la rue, aurait pu représenter un médium d'une rare puissance si l'on avait voulu le connecter de façon synthétique à l'héritage occidental, et non en transposant platement les fables de La Fontaine dans le décor du ghetto. Désormais réduit à l'état de nouveau fétiche mode dans le cycle infernal de la marchandise démocratique, il ne sert plus qu'à couper encore plus les jeunes générations de leurs derniers outils de survie, alors que l'école s'avère incapable de les leur transmettre !

Une grande tradition littéraire et philosophique défend depuis Platon au moins l'existence de catégories transcendantes et immuables telles le Beau, le Vrai, et leurs sous-catégories existentielles, telles que certaines lois propres à la prosodie.

Il ne fait aucun doute que l'alexandrin, l'octosyllabe et quelques autres types de versifications dépassent souvent les frontières culturelles. Ces typologies récurrentes ne sont pas la preuve selon moi de l'existence de catégories métaphysiques d'ordre surnaturel, aux appréciations immuables, mais plutôt d'un certain nombre de dispositifs biologiques, neuronaux en premier lieu, ou plus prosaïquement métaboliques, comme notre rythme cardiaque, la résonance de notre boîte crânienne, les particularités physiologiques de nos langues, de nos bouches, de nos souffles, et la constitution biophysique de nos tympans. La même conclusion vaut pour la musique, et l'universalité constatée de la gamme modale pentatonique. Une telle universalité est à rechercher dans la constitution nerveuse de nos appareils auditifs plutôt que dans des catégories pour le moins fumeuses, qui au bout du compte peuvent être réduites éventuellement à une poignée d'axiomes mathématiques : ce qui est universellement beau, c'est ce qui entre en proportion cohérente avec certaines relations physiques à l'œuvre dans nos dispositifs neurosensoriels.

Cette cohérence, qu'on pourrait appeler « harmonie », doit être appréhendée avec beaucoup de précautions. Depuis un certain temps déjà, dans notre Occident postchrétien, harmonie signifie ordre, stabilité, et proportion « cohérente » dans le sens des mathématiques aristotéliciennes.

Il est évident qu'une œuvre d'art contemporaine (j'entends née au XXe siècle, et très bientôt au XXIe) ne peut se fonder sur une telle conception étroite de la cohérence et de l'harmonie, car le monde à décrire, le monde à (re)créer n'obéit plus (s'il l'a jamais fait) aux lois harmoniques de Pythagore et d'Aristote, mais aux lois paradoxales des mathématiques fractales, de la théorie du chaos, de la physique quantique, de l'évolution biologique et de la thermodynamique. Notre harmonie est d'un autre ordre. Notre cohérence est celle de l'expérience métaphysique du dernier homme. Nous devons relater un processus général de dissolution des valeurs et d'expansion supercritique des connaissances, nous sommes là pour enregistrer la complexe et terrible beauté qui jaillit de cette rupture fondamentale dans le buisson évolutionniste humain qu'est l'âge de la Machine, pour ne pas dire l'âge de l'Homme-Machine, et de la Machine-Homme ; notre âge de la Machine lui-même n'a plus rien à voir avec celui de nos prédécesseurs du siècle de Poe et de Balzac, le monde des forges et des *factories* est depuis longtemps recouvert par les géologies lunaires des fabriques de silicium, les mésas militaro-industrielles et le néon des autoroutes, nous captons le doux chant du rayonnement fossile à 3 degrés Kelvin du big-bang, il ne nous reste plus qu'à en trouver les mots...

Petits bébés transgéniques
dans le silence
de la consigne automatique,
les doigts cousus sur la grille
du langage vidéo
comme s'ils voulaient
nous apprendre
quelque chose.

*

La propriété, c'est le vol —, disait Proudhon. Bien au-delà du fait que cela ne prouve selon moi rien d'autre sinon que le crime est à l'origine de toute société, il conviendrait de se pencher d'un peu plus près sur cette drôle d'assertion, née de la vision humanitariste qu'avaient les hommes cultivés du siècle dernier concernant les anciens âges de l'homme, ou les « bons sauvages » aborigènes.

Il ne fait aucun doute en effet dans l'esprit de son auteur que cette phrase pointe un phénomène essentiellement moderne, c'est-à-dire contemporain de son siècle ou à peu près.

La chose serait de peu d'intérêt si cette pensée n'avait pas eu le succès qu'on lui connaît, et si elle ne continuait pas de fonder la plupart des philosophies qui se sont donné comme projet de trouver une voie « alternative » au mode de production capitaliste.

S'il ne fait aucun doute que son mode de production était essentiellement collectif (chasse, cueillette, et même procréation), il ne me semble pas honnête de prétendre que le mode de distribution des âges paléolithiques (et encore moins celui du néolithique) n'avait pas institué dès l'origine de solides rudiments de propriété privée.

Le mammifère le plus grégaire lui-même sait très bien que le morceau de viande qu'il tient dans ses pattes est à *lui*.

Lorsque le fruit de la chasse était distribué dans la tribu selon les strictes règles hiérarchiques qui y prévalaient, chacun avait droit à une ration qui lui était *propre*, il ne serait venu à l'idée de personne de dérober la pitance du voisin, *sauf à enfreindre les lois collectives de la société*. La couche de chacun était plus ou moins un espace réservé (comme chez les animaux) et les quelques objets rudimentaires — vêtements, armes, outils, fétiches — dont chacun était porteur n'étaient selon toute vraisemblance aucunement considérés comme une « propriété collective » ou « communautaire », à tel point qu'ils suivaient la plupart du temps leur possesseur dans sa tombe.

L'instinct d'appropriation est si universel que sans lui les enfants ne pourraient structurer leur rapport avec le monde des objets et de la nature. Il est sans doute un de ces archétypes sociobiologiques darwiniens sans lesquels l'espèce n'aurait tout simplement pas survécu, au vu des conditions de vie de l'époque. Ne pas donner ses objets « personnels » à un étranger, même proche, ou l'inverse, ne pas les lui prendre, recouvraient sans doute bien des constructions symboliques et religieuses mais, plus important encore, cela a permis de réduire quelque peu la transmission des maladies, virus, bacilles ou bactéries, qui tuaient au demeurant une proportion inimaginable d'enfants en bas âge, et leur lot d'adultes.

On m'objectera sans doute que le sens de « propriété privée » recouvre chez les marxistes, les rousseauistes et les anarchistes proudhoniens une signification restreinte en fait à « propriété privée des moyens de production », telles la propriété foncière, ou la propriété financière et industrielle.

Certes, les tribus amérindiennes semi-nomades du Midwest ou du Grand Nord, ou les clans de l'époque de la guerre du Feu, ne connaissaient pas l'agriculture, et pas plus l'élevage, et l'idée même d'une appropriation individuelle, voire collective, s'avérait techniquement impossible à réaliser, et tout bonnement inimaginable. Pour s'approprier un quelconque territoire il faut pouvoir le *coloniser*, c'est-à-dire l'encadrer dans un regard projectif et productif (temporel et spatial) et donc disposer d'une *technologie* (c'est-à-dire d'une technique cohérente avec un premier ensemble de représentations symboliques et opérationnelles), chose qui n'apparaît dans l'histoire humaine qu'avec l'agriculture et l'élevage extensif et leurs premiers jeux de techniques coalescentes.

La possibilité conceptuelle et pratique d'opérer une découpe abstraite, à la fois spatiale et temporelle, sur un certain territoire demande au préalable l'inscription dans le corpus social de cette notion de territoire, qui s'avère un prototype encore mal dégagé de la cosmogonie fusionnelle primitive mais qui prépare la potentialité suivante.

Même les tribus les plus primitives ont un concept clair et déterminé de leur territoire de chasse, puisqu'il s'agit ni plus ni moins de l'univers. Bien souvent, le « monde » se limitait à la plus grande étendue qu'un chasseur était en mesure de franchir, et retour.

Cependant il advint que ces populations très primitives agrandirent peu à peu leurs territoires originels, migrèrent vers d'autres horizons, et le cosmos fusionnel commença à se séparer en divers territoires distincts, spatialement et temporellement localisés dans l'histoire et la géographie de la communauté. Mais ce monde cosmogonique et réel tout à la fois était bien loin de pouvoir être colonisé par le regard productif et projectif du pasteur ou du cultivateur.

Si techniques il y avait (le feu, le silex, le bois, la fourrure, l'os), elles n'étaient pas incorporées dans ce jeu de relations causales et phénoménales qui permet précisément l'invention d'une technologie.

Car pour qu'il y ait causalité, et phénomène, encore faut-il que la perception du temps et celle de l'espace soient séparées par un ensemble de codifications mentales qui produit l'émergence du *regard*.

L'homme fusionnel paléolithique vit dans le flux cosmogonique où temps et espace sont encore mal dissociés. Il *voit*.

L'homme du néolithique pastoral et agricole perd peu à peu ce don ancestral, mais entre-temps il a appris à *regarder*.

Il a pris ses distances avec la nature.

Il a fallu un temps incalculable pour que l'homme des premiers âges établisse un premier jeu de relations de cause à effet concernant sa vie propre.

Ce n'est vraisemblablement qu'à un âge tardif (il y a moins de cent mille ans, sans doute cinquante mille) que l'homme et la femme comprirent le rapport plus qu'étroit qui unissait sexualité et reproduction. Jusque-là, pardonnez les néologismes, mais Papa tirait Bobonne sur la couche, Rita dans un coin de la caverne, et Margot de la tribu voisine à l'abri d'un rocher, tous les soirs ou presque, et personne, ni Papa, ni Bobonne, ni Rita, ni Margot n'établissait le moindre rapport avec les neuf mois de grossesse qui suivaient presque invariablement.

Tout cela, le désir, la naissance, la mort, participait d'un grand mystère cosmogonique dont l'homme lui-même était une composante pas moins terrifiante et curieuse que les autres.

Pour que l'homme puisse établir des relations de cause à effet dans l'univers, il faut au préalable qu'il en dégage un troisième terme qui parasite grandement le champ de l'*observation*, par définition, c'est-à-dire lui-même, son moi (et tout ce qu'il y a dessus, dessous, et à côté). Or c'est précisément par cette opération d'extraction symbolique d'un monde fusionnel qu'un tel « moi » peut apparaître. Il s'agit donc, on le voit, d'une opération délicate, complexe et difficile, qui a dû connaître beaucoup de ratés avant de parvenir à l'émergence critique.

Ce n'est pas parce qu'il a pris conscience que des lois, des mécanismes invisibles, œuvraient dans les coulisses de la scène du monde que l'homme a pu ainsi se dégager de la magie de la pièce, car il avait déjà conscience de ces mécanismes (les rites religieux de l'homme de Néanderthal sont là pour en témoigner), mais à l'inverse, c'est en prenant conscience qu'il pouvait observer ces lois avec une distance critique et opérative, c'est en faisant le pari audacieux de se dégager de l'unité cyclique du monde et de ses principes, qu'il a pu commencer à en tirer parti.

*

Deux thèses s'affrontent depuis quelque temps au sujet des origines de l'homme. La première, la plus classique, postule une origine unique et une diffusion à partir de ce point, vraisemblablement situé en Afrique de l'Est. On l'appelle pour cette raison « Out of Africa ».

La seconde, plus récente, et moins solide, dite « multirégionaliste », penche vers une apparition plus ou moins simultanée en divers points et une évolution en rameaux divergents *et* convergents qui créent un buisson foisonnant et difficilement déchiffrable. Il va de soi que cette dernière théorie emporte ma faveur, car sa vérification démontrerait que l'apparition de la vie, et de l'homme, n'est pas un hasard non reproductible sous cette forme, mais qu'il s'agit bien d'un processus fondamental de l'évolution biologique et cosmique.

Jusqu'à présent, l'approche dite « Out of Africa » s'était vue appuyée par les découvertes de Coppens dans la vallée du Rift et les dernières avancées de la biologie moléculaire (décryptage de l'ADN mitochondriaque permettant de dater les chromosomes humains).

Mais l'exhumation récente de plusieurs squelettes de par le monde (Australie, Indonésie, Eurasie) remet en selle cette vieille science classique qu'est la paléontologie, et l'étude de ces reliques semblerait abonder dans le sens de la thèse multirégionaliste...

Je ne crois pas fausse pour autant la théorie de Coppens qui, dans *L'Afrique, le singe et l'homme,* explique avec une argumentation serrée comment la transformation locale et relativement rapide d'une forêt primaire à la végétation dense en une zone de savane aux arbres espacés permet l'apparition d'un arboricole mutant adapté à ces nouvelles conditions, primate primitif qui se serait redressé sur ses jambes, aurait libéré ses mains et aurait appris à se déplacer sur de longues distances en marchant sur la terre, à tel point qu'il y a survécu, puisqu'en trois millions d'années et des poussières, il y a assis sa domination.

Mais la thèse multirégionaliste ne met pas en cause l'existence d'un tel processus, elle admet simplement l'idée qu'un tel phénomène puisse se reproduire à divers endroits, à diverses périodes, avec une même espèce de primate arboricole originelle dispersée sur de vastes territoires, voire avec plusieurs variétés distinctes de la même espèce originelle, qui auraient donné naissance à plusieurs branches d'australopithèques et d'*homo* séparés par de vastes distances qui, au fil des millénaires, des migrations et du (faible) accroissement de la population, se mirent à converger pour se séparer à nouveau, et ainsi de suite, dans un mécanisme qui me semble bien plus proche de ce que nous savons des lois d'évolution de la vie, que cette vision idéaliste d'une origine commune et unique, monolinéaire et tout simplement fort peu probable.

*

Une collaboratrice désormais célèbre de Coppens provoque depuis quelques années une très violente polémique au cœur de la recherche universitaire française, dont le moins qu'on puisse en dire est qu'elle est la forteresse du positivisme rationaliste (puisqu'il lui arrive de s'en vanter).

Mme Dambricourt-Malassé est une anthropologue douée et réputée, ses travaux aux côtés d'Yves Coppens durant des années l'ont mise à l'abri de toute tentative faite pour la décrédibiliser en tant que spécialiste on ne peut plus compétente dans son domaine.

Mme Dambricourt-Malassé serait probablement restée toute sa vie dans l'ombre tutélaire et impressionnante de Coppens si elle n'avait eu l'idée saugrenue de mettre à l'épreuve, consciemment ou non, la théorie de la sélection naturelle.

Comme le dit si bien Popper, une vérité scientifique n'est une vérité scientifique que si on est en mesure de la vérifier constamment, donc de constamment la critiquer, ou si vous voulez, la soumettre à l'épreuve des faits.

Mme Dambricourt-Malassé est une anthropologue douée, disais-je. Son idée géniale consista tout simplement à faire ce que personne n'avait fait avant elle, en tout cas pas avec ce souci de l'examination appuyée par une pensée structurée et une solide culture générale : elle étudia tous les fossiles d'embryons humains qui avaient été trouvés et exhumés jusque-là.

Comme je le disais plus haut, en ces temps lointains du paléolithique supérieur, la mortalité infantile était effrayante, et la mortalité adulte à peine moins. Une des raisons de cet état de fait tient au très fort taux de morts prénatales et d'accouchements traumatiques, lié aux conditions de vie particulièrement brutales, notamment en ce qui concerne l'asepsie et l'anesthésie. Conclusion, comme Mme Dambricourt-Malassé l'a dûment constaté, il existe de par le monde, en comptant tous les musées d'histoire naturelle, des dizaines et des dizaines de fœtus fossiles, aux divers âges de leur ontogenèse, comme de leur phylogenèse.

Comme tout anthropologue/paléontologue qui se respecte Mme Dambricourt-Malassé a donc entrepris de classer tous ces fœtus, selon leur ontogenèse et leur phylogenèse.

Quelle ne fut pas sa surprise en constatant deux ou trois petites choses dont les implications défient l'imagination de tout scientifique moderne, formé à l'humanisme positif et rationaliste.

Les darwinistes orthodoxes privilégient dans un bel ensemble l'idée d'un total *hasard* à la base de l'apparition de l'homme. Une tout autre forme aurait pu surgir, ou aucune forme du tout, bref la vie n'a pas pour *but* de produire l'homme*, antitéléologisme darwiniste « classique » si j'ose dire puisqu'il rassemble Wilson, Dawkins et Gould.

* Il est impossible de répondre à cette question en l'état actuel de nos connaissances, mais on peut d'ores et déjà affirmer sans craindre le ridicule qu'elle le produit probablement lorsque les conditions phénoménales requises sont réunies.

D'autre part, le darwinisme orthodoxe refuse *a priori* l'hérésie que constitue à ses yeux toute allusion à une « transmission héréditaire des caractères acquis », comme lamarckisme rampant qui reviendrait à dire que la fonction crée l'organe.

Enfin, le darwinisme orthodoxe moderne est un des bastions de l'athéisme positiviste institutionnel.

La théorie de la sélection naturelle « orthodoxe » stipule que son mode de production est le suivant : au sein d'un biotope constitué, avec ses chaînes alimentaires et ses prédations, les espèces vivantes subissent en permanence l'influence de leur environnement qui provoque sur leurs individus des mutations génétiques aléatoires, mutations que le biotope va « sélectionner » en faisant en sorte que les individus qui lui sont le mieux adaptés y survivent, les autres non, créant peu à peu la prédominance d'une typologie génétique sur une autre.

Depuis quelque temps déjà les « darwinistes » les plus « ultras* » avaient dû mettre de l'eau dans leur vin. Les progrès de la génétique montraient bien que l'« hérésie lamarckienne » devait être reconsidérée avec un peu moins de raideur et que certains caractères acquis par mutation aléatoire devenaient bien partie intégrante du génotype, par *transmission*.

Mais jusque-là, comme on dit, tout allait bien.

Dans l'infinité des variations génétiques que subissent nos cellules au cours de leur vie, certaines peuvent précisément être transmises aux descendants, à savoir celles affectant les cellules de la

* Un tel vocabulaire, souvent utilisé par les scientifiques ou leurs journalistes porte-voix, montre comment ces polémiques recouvrent bien des dispositions idéologiques inavouées.

reproduction des adultes fertiles, gamètes, ovules, spermatozoïdes...

Qu'a donc trouvé Mme Dambricourt-Malassé dans les fœtus fossiles du paléolithique qui contredise la cohérence de ce bel édifice ?

Ce qu'elle a trouvé est une bien petite chose en soi, d'une certaine manière son évidence saute aux yeux de manière purement visuelle, lorsque Mme Dambricourt-Malassé expose une photographie de ses fœtus humains rangés dans l'ordre onto- et phylogénétique :

Une mutation tout à fait singulière semble en effet affecter certains de ces fœtus : ce qu'elle appelle le redressement du tube neural, et le fait que ce redressement du tube neural chez l'embryon semble déterminer le rapport géométrique de la base du crâne avec son développement vertical et l'emplacement du tube occipital chez l'adulte. D'autre part, sur le plan phylogénétique, il ne fait aucun doute qu'au fil des âges la volumétrique générale de la boîte crânienne, ainsi que la forme et l'emplacement du tube occipital, bref l'ensemble des constituants essentiels du cerveau, évoluent dans le sens d'une augmentation de la taille et de la complexité. En d'autres termes, *des mutations critiques ont lieu dans les fœtus*, à l'intérieur du ventre de leurs mères, et elles affectent en premier lieu le mode d'organisation et de développement du système nerveux central. Ce qui signifie que les influences directes de l'environnement sont en ce cas extrêmement réduites, et que par conséquent seul, selon elle, un « programme » de fabrication spécifique, situé vraisemblablement dans le code génétique des embryons, est en mesure de provoquer ces mutations du système cérébro-spinal, dont l'aspect fondamental pour ce qui concerne l'espèce humaine n'échappera je pense à personne.

Le fait que Mme Dambricourt-Malassé soit chrétienne et ait lu Teilhard de Chardin n'aura échappé à aucun de ses contempteurs (elle n'a jamais masqué ses croyances personnelles, mais prétend qu'elles n'ont jamais interféré avec ses recherches, sans doute en vain, car qui pourrait sérieusement le prétendre parmi ses plus violents contradicteurs ?) et l'Université athéiste et positiviste a choisi là l'angle de ses attaques en essayant de rendre sa pensée suspecte d'un quelconque « téléologisme » (la bête noire des darwinistes orthodoxes, leur obsession).

Pourtant, si l'on admet la thèse multirégionaliste et l'idée d'une recombinaison permanente des codes génétiques entre des populations très distinctes, y compris aux origines de l'humanité, on finit par se dire que ce mixage des populations, pratiquement aléatoire, est très probablement à l'origine de ces mutations *in utero*. Le hasard n'est jamais qu'un instrument de la nature, disons sa paire de dés, avec laquelle elle tente de faire sortir une combinaison gagnante.

Comme pour certains virus, il est hautement probable que des individus portaient en eux des mutations sans en être eux-mêmes « atteints », dans leurs gamètes, spermocytes ou spermatozoïdes, ovocytes ou ovules, et surtout que certaines mutations *s'actualisaient* grâce à la recombinaison génétique entre des mutations *potentielles* en chacun des deux individus, et qui n'attendaient que cette soudaine possibilité pour s'exprimer, *dans le fœtus à naître*.

La recombinaison génétique entre des individus provenant de populations fortement distinctes, divers types d'homos sapiens, de néanderthaliens, d'homos erectus, d'australopithèques, d'autres que nous n'avons pas encore détectés, et aux mutations potentielles plus ou moins associatives, provoquèrent occasionnellement une élévation critique de la complexité neuronale et de ses capacités inductives et déductives, tout autant que de l'habileté manuelle et des techniques de survie.

D'autre part, il convient de noter que, dans ce flux variable de divergences et de convergences entre les différentes branches humaines, chaque dynamique est porteuse de dangers et d'élévation, de « progrès » et de « régression » (disons plutôt d'évolution et de dévolution), la mutation critique comporte une part de risque chaque fois qu'elle est entreprise, ou qu'elle survient, comme on voudra, chaque branche eut besoin des autres dans l'élaboration concurrentielle des mutations (ce qui prouve l'absurdité de vouloir séparer des catégories comme la guerre et la coopération, l'une et l'autre sont des degrés variables dans le même processus), et surtout il ne faut pas perdre de vue que la sélection naturelle opérait précisément à cette interface qui s'élaborait entre des populations fortement distinctes, en « choisissant » parmi leurs caractéristiques les mieux à même d'assurer l'expansion du système neural humain.

Les darwinistes orthodoxes, tels Dawkins ou Wilson, croient fermement que ce sont les gènes qui cherchent ainsi à perdurer en tant que tels, comme si des formes biologiques plus simples que la simple fourmi pouvaient prétendre à un autre statut qu'ouvrier dans la colonie ! Les gènes sont les ouvriers constitutifs et actifs de l'ADN, et l'ADN d'un certain primate préhominidé, sans cesse soumis à la recombinaison dans un foisonnement de divergences et de convergences, ainsi qu'aux diverses formes que prend la sélection naturelle environnementale, finit par produire un système d'information neurologique spécifique et critique, dont l'attribut fondamental, hormis sa taille, reste sa structure ouverte, si je puis dire, le fait qu'il se développe surtout lors de la vie postnatale de l'individu et qu'ainsi il est en mesure, très lentement, et avec beaucoup de risques, de « digérer » au sens neuronal la phénoménologie du monde, et donc de se retourner comme un gant à l'intérieur de cette phénoménologie, d'œuvrer à l'interpréter, à la recréer, à la dissoudre de ses connaissances et de ses techniques, à la corrompre fatalement de l'émergence de la conscience.

D'autre part, il ne faut pas perdre de vue que convergences et divergences (c'est-à-dire phases de métissages et phases d'isolation, phases de coopération et phases de conflits) ont chacune leur utilité dans la constitution d'un tel buisson évolutionniste. En effet, si l'on admet que certains phénomènes biologiques subissent des tropes particuliers, comme l'élévation critique du niveau de complexité par l'invention, à un moment thermodynamique donné d'un biotope donné (transformation « cataclysmique » de la forêt en savane), du système cérébrospinal hominidé, alors il faut aussi admettre qu'au bout d'un certain temps le chaos de la recombinaison tous azimuts laisse la place à l'ordre synthétique d'une variété particulière qui aura intégré de façon sélective le patrimoine génétique de toutes les autres, moment singulier où l'homo sapiens sapiens moderne absorba les ultimes néanderthaliens et se retrouva tout seul, facc à la nature.

Entre-temps, les variétés et les mutations explosives des tout premiers âges avaient sans doute laissé la place à un état plus « froid », où l'entropie avait gagné du terrain, et où les intersections et les combinaisons entre variétés étaient plus rares, du fait que ces dernières l'étaient aussi, et que sans doute un premier jeu de tabous sexuels commençait à dresser des barrières entre elles, modifiant en profondeur le processus par une invention toute particulière du cerveau humain.

Lorsque cela survint il y a environ quarante mille ans, les mutations critiques et les sauts quantiques propulsés par la recombinaison de patrimoines génétiques fortement distincts et aux potentialités encore inactivées s'interrompirent rapidement. Mais le plus gros du travail était fait.

À ce moment-là c'est la phylogenèse qui reproduit l'ontogenèse : l'homme désormais construit de toutes les potentialités critiques des variétés précédentes va poursuivre le travail sur le plan culturel et social, tel le cerveau de l'enfant qui continue de se développer avec le monde après sa constitution prénatale, et en quelques millénaires il franchit plus de terrain qu'en l'espace des deux ou trois millions d'années précédentes.

Le problème de bien des scientifiques d'aujourd'hui, c'est qu'ils découvrent des vérités à partir de prémisses philosophiques complètement fausses.

D'où leur incapacité (la plupart du temps) à en interpréter convenablement les conclusions et à forger une métaphysique cohérente à partir de leurs découvertes.

Voici une poignée de « philosophes-scientifiques » qui échappent à cette fatalité, et que bien des universitaires, de toutes les disciplines, devraient urgemment se mettre à lire : Bergson, Whitehead, Korzybsky, Nietzsche, Popper*.

Qu'ils soient chimistes, biologistes, physiciens, mathématiciens, informaticiens, anthropologues, sociologues, psychologues, paléontologues, zoologues, géologues, astronomes, spécialistes de l'ouverture des chakras par la méditation posttranscendantale néokabuki et la lecture des aventures de Pif-le-Chien, tous, toutes affaires cessantes, doivent lire ces quelques auteurs, tous, toutes affaires cessantes, doivent comprendre que seules la philosophie et la réflexion métaphysique sont en mesure de proposer un lien critique entre les découvertes les plus fondamentales de chacune de leurs disciplines, et que tant qu'une réforme générale de leur propre vision, et des institutions éducatives qui la transmettent, n'aura pas lieu, nous ne saurons toujours que faire, que choisir, que sélectionner dans la profusion des connaissances ainsi offertes.

En fond sonore aujourd'hui, devinez quoi ? Une systématique collection de pop music psychédélique des 60's. Beatles, Who, Stones, Standells, 13th Floor Elevator... La lumière rousse et oblique qui enrobe les arbres de safran et caresse les surfaces vitrées des immeubles est d'une douceur implacable, le ciel est un couvercle de cristal rose et les ultimes traînées de Floyd** se dispersent en altitude comme des avions pourpres ayant accompli leur mission.

* Une remarque au passage : tous ont écrit et publié avant 1945.

** Le cyclone Floyd a frappé les côtes orientales d'Amérique du Nord entre le 13 et le 16 septembre 1999.

L'orgue d'introduction de *Won't Get Fooled Again* et son staccato en vrille de stuka piquant sur Londres, la guitare sismique de Townsend y invente en quelque trois minutes quarante toute la quintessence du *metal rock*, cadence harmonique calée sur les dominantes de la gamme pentatonique, *groove* tendu façon cavalerie héroïque, structure alternant grands accords redoublés (sa marque de fabrique), arpèges du folk blanc et riffs de blues passés à la moulinette métallurgique, envols psychédéliques ; l'électricité pure et adolescente, parfois brouillonne, des premières œuvres (*Substitute*, *The Kids Are All-right*) laisse la place à une maîtrise de bretteur, à la science du sniper ou du boxeur de haut rang qui connaît la valeur de chacun de ses coups, sait avec talent changer de rythme et d'intensité, et manipule le style comme une lame.

I meet the new boss
the same as the old boss...

À la première écoute, vous aurez inévitablement l'impression de l'avoir entendu dix mille fois, pour la simple et bonne raison que les Who y synthétisent tout l'héritage du rock électrique des sixties, des Beach Boys aux Stones, des Kinks à Dylan, en font surgir une nouvelle forme, et que chacune de ces trouvailles a été par la suite reprise, sous quelque variante que ce soit, par les gros pachydermes du hard rock des années 70 et 80 (d'AC/DC à Iron Maiden), et plus ou moins par tout le monde depuis.

Comme le savait Baudelaire, le génie, c'est l'invention du cliché.

Certains individus sont définitivement trop dangereux pour leur environnement, leurs proches, et leurs moins proches, pour les valeurs en cours, pour la paix sociale, la culture, il vaut mieux en effet qu'ils s'en isolent, et pour cela je ne vois que la folie, ou l'art, qui certes ne sont pas moins dangereux, mais surtout pour leurs sujets.

Si un livre peut tuer quelqu'un, c'est généralement celui qui en produit les lignes.

Viens de voir *Eyes Wide Shut*. Comme de bien entendu, tout le monde s'est accordé pour trouver le film « génial », un « chef-d'œuvre », un « monument grandiose », « sublime » et autres platitudes dithyrambiques aux sonorités de sermon funèbre, je préfère ne pas recopier la prose journalistique qui s'est déversée ici, en Amérique du Nord, à l'occasion, j'outrepasserais pour de bon les limites de la décence, mais revenons plutôt à l'essentiel, c'est-à-dire au film lui-même :

Une sensation bizarre m'a suivi tout au long de la projection : une impression de totale facticité. Une facticité somptueuse, reconnaissons-le, mais j'ai eu pendant quatre-vingt-dix minutes l'impression de voir une maquette de ce que le film aurait pu être, comme si Kubrick ne s'était pas vraiment intéressé à son sujet mais qu'il avait comme toujours réalisé son boulot *à la perfection*, avec le talent et la grandeur qui font qu'un film moyen de son jus s'avère infiniment supérieur à la majeure partie des « chefs-d'œuvre » qui repartent de Cannes avec des palmes d'or sous le bras. Même Nicole Kidman, pourtant au sommet de son art, n'est pas parvenue à dissiper cette impression tenace qui s'est vue comme confirmée par le dénouement, dont on ne peut rien dire d'autre sinon qu'il est bâclé.

Le scénario lui-même ressemble plus à un premier jet qu'à une écriture finalisée.

Pourquoi cette impression s'est elle interposée entre moi et le film, je ne saurais le dire, mais à chaque plan ou presque je parvenais à reconstituer tous les efforts de Kubrick pour faire du film américain intelligent, une première en ce qui concerne ma relation à ses films que j'ai tous vus plusieurs fois : la savante élaboration d'un jeu d'éclairage entre le premier et l'arrière-plan basé sur des contrastes lumière chaude orange/lumière froide bleue, revêtant tous les sens symboliques possibles pour un critique du *New York Times*, je préfère ne pas m'étendre.

Tout le monde, je crois, a compris que Kubrick et son scénariste ont tenté de donner existence à une fable contemporaine sur le renversement des valeurs, Vrai/ Faux, Mensonge/ Fiction, Fantasme/ Vérité, mon ami Christian Monnin voit même dans le choix de Cruise et Kidman (véritable couple dans la vie « réelle ») une tentative précise de jouer sur de telles ambivalences, d'après lui ce que je reproche au film serait précisément le pari artistique sur lequel il est fondé, une sorte de jeu sur le kitsch de nos représentations, culturelles, sociales, sexuelles.

Je ne mets pas cela en cause, à dire vrai. La tentative m'est apparue trop nettement, voilà tout, elle m'a sauté aux yeux, si vous me passez l'expression, et à aucun moment un *doute* sensible sur la réalité ou non de l'aventure vécue par Tom Cruise ne s'est emparé de moi, ou alors s'il s'ébauchait, la narration mal assurée du scénario le faisait s'évanouir dans les dix minutes.

Il y a, cela va de soi, quelques grands moments, comme la séquence du *party* donné par le personnage joué par Sydney Pollack, ou la longue confession cannabisée de Kidman, mais même la séquence centrale de la grande orgie masquée menaçait selon moi à chaque instant de tomber dans l'esthétique grandiloquente des films érotiques italiens des années 70, et il me semble bien que cela se produit sur quelques plans.

J'ai une interprétation toute personnelle à donner au sujet de ce semi-ratage.

Je crois que Kubrick se fichait éperdument de ce film, mais il était largement assez talentueux pour que cela ne se voie pas avec trop d'ostentation. Ce film était pour lui l'occasion de réunir les fonds nécessaires à la réalisation de son grand projet « IA* », avant qu'il ne soit trop tard.

Malheureusement le sort en a décidé autrement et cette œuvre, qui aurait été à *2001* — le film — ce que 2001 — l'année — sera à 1969, ne verra jamais le jour.

À la place, *Eyes Wide Shut*, cette œuvrette (en regard du reste de sa filmographie), nous laisse je crois à jamais un goût d'inachevé...

J'aurais donné quasiment toutes les palmes d'or des vingt dernières années pour qu'une seule séquence d'*IA* fût tournée.

2001 et *Apocalypse Now* : l'*Odyssée* et l'*Iliade* de l'Amérique moderne.

Kubrick était, je crois, le dernier représentant d'une génération qui avait su se constituer comme héritière de la tradition classique dans un sens productif et donc éminemment moderne, tout autant

* IA, pour Intelligence Artificielle.

qu'intempestif : il fut le premier et, à ma connaissance, le seul cinéaste d'après 1945 (à l'exception du géant russe Tarkovski et son *Solaris*, puis son *Stalker*) à oser entreprendre un film métaphysique sur la science et le futur de l'homme, longtemps après le *Metropolis* de Fritz Lang, et peu de temps avant que la science-fiction filmée ne devienne, à quelques exceptions près là encore, une répétition sans fin et *ad nauseam* de *La guerre des étoiles* ou des aventures intersidérales de l'*Enterprise* et de son équipage en pyjamas orange.

Seul Ridley Scott, avec *Alien* puis *Blade Runner*, osa quelque peu changer les règles du genre, mais les interrogations métaphysiques soulevées par les deux romans à partir desquels ces films furent conçus (*La faune de l'espace* d'A. E. Van Vogt et *Les androïdes rêvent-ils de moutons électriques ?* de Philip K. Dick) ne sont que très légèrement abordées et rejetées de fait au second plan au profit d'une excellente maîtrise de l'art du suspense pour le premier et de l'atmosphère pour le second. Il n'en reste pas moins qu'il faut attendre Cronenberg et *Existenz* pour que la métaphysique, et l'interrogation fondamentale du roman fantastique sur la permanence de notre réalité, s'inscrive à nouveau comme projet esthétique dans le cinéma contemporain.

Le problème des cinéastes européens, c'est qu'il n'existe pas en Europe (et pour cause) le moindre équivalent d'Hollywood. Mais lorsqu'ils s'exilent en Californie le problème qu'ils rencontrent, c'est précisément Hollywood.

Entre le misérabilisme du Vieux Continent et l'affairisme productiviste d'Hollywood il reste peu de place pour les cinéastes de talent (et je ne parle pas des génies).

J'ai toujours profondément admiré les cinéastes, et leur incroyable énergie, parce qu'ils sont dans l'obligation de *dealer* avec une industrie commerciale non seulement pour la diffusion de leurs œuvres, mais plus encore pour leur création même. Un peu comme si j'étais forcé, jour après jour, de batailler avec Gallimard pour l'octroi de stylos, de papier, de machines à écrire, ou d'un traitement de texte digne de ce nom...

Il convient de remarquer en effet que cette industrie les oblige à consacrer une part essentielle de leur temps à des problèmes de finance et de pure production industrielle. Orson Welles lui-même n'avoua-t-il pas avant sa mort qu'il aurait mieux fait d'écrire des livres, parce que quatre-vingt-dix pour cent de son temps et de son énergie avaient été gaspillés en discussions à n'en plus finir avec banquiers, producteurs et grands patrons des studios ?

C'est à se demander si les génies n'ont pas vraiment par nature l'instinct de se mettre dans les conditions les plus difficiles pour créer.

Le problème n'est plus de savoir si notre « réalité » existe ou pas, ou si d'autres réalités existent ou pas, puisque nous savons désormais que toutes ces différentes réalités sont des plans coextensifs, dont la permanence est instable, polysémique plutôt qu'univoque, et qui s'entrecroisent dans notre cerveau selon une dynamique complexe qui n'est pas sans évoquer le buisson évolutionniste singulier qui décrit l'évolution de l'homme, et l'invention de la conscience.

Floyd a laissé 38 morts sur son passage. Pour le « cyclone de la décennie », c'est un peu léger, mais je crois que je me ferais mal voir si je m'en plaignais trop ouvertement.

Pendant que ma fille jouait dans le parc, cet après-midi, j'ai relu *Seigneurs et nouvelles créatures* de Jim Morrison. Tous ces crétins qui prétendent que par nature le rock n'a pu engendrer d'œuvres d'art ou d'authentiques artistes sont à peine moins pathétiques que les cons qui croient à l'inverse que le rock en regorge. Il suffit en effet qu'une génération nous livre un Lennon, un Townsend, un Morrison, un Dylan et un Hendrix, pour que la fonction même de l'art soit remplie, et tout le reste, qu'il s'agisse de sous-culture ou non, importe peu.

Ce soir en réécoutant *I Am The Walrus*, sur l'album *Magical Mystery Tour*, je suis à nouveau frappé par l'infernale modernité de cette petite pièce de quatre minutes environ. Sur le canevas simplissime d'une pop song relativement standard, les Beatles élaborent une incroyable synthèse dadaïste de toute la musique du XXᵉ siècle. Rock et blues évidemment — dans la structure rythmique et harmonique de base — mais, grâce à George Martin, des orchestrations de cirque, de films hollywoodiens ou du folklore d'Europe centrale viennent à la rencontre de l'électroacoustique la plus bruitiste (ondes radio, chœurs humains trafiqués, messages enregistrés, émissions de télé), nous laissant avec l'impression d'avoir capté la transmission éclair d'un satellite contenant toute la mémoire sonore du siècle.

Je rappelle à mes plus jeunes lecteurs que les Beatles ont enregistré *Magical Mystery Tour* en 1967.

Il y a plus d'héritage classique (au vrai sens du terme) dans trois minutes d'orchestrations de George Martin que dans les œuvres complètes de Rick Wakeman et de Keith Emerson réunies.

Cinq skinheads violent une jeune Sri Lankaise. Crime raciste.

Cinq zulu-brothers violent une jeune Blanche. Drame des banlieues.

Employer les mots du journalisme bien-pensant et les accoler aux faits suffit pour démonter la mécanique simplissime du mensonge.

La seule minorité à qui on interdit le droit (moral) de se défendre : l'hétérosexuel blanc, riche et cultivé.

Aujourd'hui, le racisme, soit la catégorisation des humains et de leurs actes selon la couleur de leur peau et leurs origines sociales et/ou ethniques, nous est imposé par ceux-là mêmes qui se vantent de le combattre.

Le festival du cinéma gay et lesbien à Montréal se dénomme officiellement *Gay & Lesbian Image & Nation Festival.*

Nation. Du vieux grec *nakheon*.

Dont le concept était précisément l'inverse, c'est-à-dire l'union géographique et historique de peuples, de cultures et d'individus *fortement distincts* en vue de l'élaboration d'un point de vue supérieur.

On ne crée pas une *nation* en fonction d'affinités électives, sexuelles ou autres, le monde n'est pas un campus universitaire où l'on choisit ses UV et ses clubs d'activité en fonction de ses goûts du moment.

Croire qu'une nation « noire », « gay », « lesbienne » ou à l'inverse « blanche et hétéro » puisse se constituer, même par l'action volontaire, est la plus grande aberration de l'esprit qui se puisse concevoir, une aberration aveugle aux leçons des cinq mille ans d'histoire qui nous précèdent, et absolument sourde aux clameurs des cinq mille ans qui nous succèdent. Il convient de dire cependant que ce genre d'aberrations fourmillent dans l'histoire et que leur profusion actuelle risque bien en effet de déterminer le futur de l'homme.

Mélancolie en plein soleil
pas une tache pourtant sur la journée
au bleu si pur que l'on voudrait gratter de l'ongle
le ciel au-dessus de soi ;
Mais la sensation que ce ciel si bleu et ce soleil si plein et si parfait
surplombent un paysage déjà condamné
et qu'il convient d'aimer comme il se doit
avant qu'il ne relâche son dernier souffle.

Nous sommes au regret d'annoncer au monde la mort de l'Occident, et qu'en dépit des velléités contraires, sa fin entraîne la perte de tout le reste de l'humanité.

Derniers hommes
D'après le déluge
Petits atomes
Aux vérités ignifuges
Derniers enfants
Devant la Bombe

Instants gagnés
Sur la seconde
Dernières femmes
Au fruit défendu
Ouvrant nos âmes
À un monde à jamais perdu.

Où sont les Arches
Pour nous sauver ?
Vers quel mont Ararat
Nos yeux doivent-ils se tourner ?
Si Dieu est mort alors où est donc son cadavre
Que nous puissions en paix
L'inhumer ?

Ah oui, rire de tout cela, mais pleurer devant la crasse ignorance des hommes, pleurer devant le crime et la misère lorsqu'ils règnent et que seul le silence s'en soucie.

Mais pour toi, ô mon Amour
je pourrais rire des Anges
et de leurs vérités foudroyantes,
Je pourrais m'étendre aux côtés d'un mourant
que je ne connais pas
et lui baiser la bouche
pour en recueillir les derniers mots
et le souffle,
Je pourrais défier l'aube elle-même
et marcher vers ma tombe
dans la science
du dernier sourire.

Comme toutes les sociétés de l'Occident, la société québécoise est gravement malade. Mais puisqu'elle est plus jeune que sa nation d'origine, rien n'interdit de penser qu'elle ne puisse s'en sortir *vaccinée*.

Sous le ciel de l'Ouest
l'horizon découpait la ligne de nos rêves,
des fantômes de guerriers iroquois
pouvaient surgir sur la crête des montagnes
et ces maraudeurs yankees
du colonel Rogers venir du sud de la frontière,
au-dessus de l'autoroute
les démons des chamans
suivaient la voie de l'aigle
et semblaient indiquer
le point d'impact
d'un météore immense
encore à venir.

Brusquement
je suis devenu vieux,
derrière moi plus de souvenir
que de vie devant moi,
oh oui si peu,
pourtant
il me semble bien que c'était hier,
conduire ma bicyclette jusqu'à la route d'Uriage
et me retourner pour voir le village dans l'or du soleil
avant de dévaler la pente vers la vallée où scintillait l'Isère,
oui, n'était-ce donc pas le jour d'avant,
lorsque mon cœur accéléra pour la toute première fois
à la vue de cette jeune beauté brune qui vivait plus haut vers le mont ?
Et était-ce donc il y a si longtemps

lorsqu'en remontant la côte du fort d'Ivry à la sortie du collège
je me demandais ce que serait ma vie au futur,
et si je parviendrais un jour à une quelconque vérité ?
La vie et ses trahisons se sont chargées de me les apprendre
ou plutôt, soyons honnête, m'ont forcé à les produire,
et sans votre Amour,
ô mes anges,
elles ne seraient restées que de pieux et vains mensonges.

*

Lorsqu'on écrit, et que la littérature vous envahit de l'intérieur, alors il n'y a plus aucun doute : seul un mort peut parler ainsi. La littérature permet ce miracle proprement impensable de vous transformer en mort-vivant au moment où vous écrivez. Elle vous transporte dans ce lieu indéfini et intemporel où sans doute la conscience émerge en s'anéantissant, et ainsi elle surpasse les limites ontologiques de la mort et de la vie, elle vous permet d'observer les vivants, et vous-même, avec la seule distance qui convient, celle du détachement suprême, celle de l'âme errante, aimante, vengeresse et joueuse, celle d'un regard sans fin qui se promène jusqu'aux limites du monde.

Aussi l'écrivain doit-il bien prendre la mesure de ce don si particulier dont la Nature (en l'absence d'un autre concept de substitution à Dieu) l'a si généreusement doté : celui de donner l'immortalité aux autres, par la seule grâce de quelques mots gravés sur le papier.

Si je dis ici : Ma chère et douce Sylvie et mon ange Éva sont les deux seuls êtres qui peuvent se vanter d'avoir donné sens à ma vie, j'espère en effet que leur souvenir, si ce n'est que cela, se répercutera de loin en loin, comme un écho contre les parois des siècles.

Partout où mon regard se porte
une vie entière se développe
et se perd.

L'incroyable fortune des Nord-Américains
n'est jamais accessible qu'au nouvel immigrant
sa réalité se perd pour ceux qui naissent ici même
et cette absence les marque comme des orphelins,
L'Amérique est un Ailleurs
qu'il faut sans cesse réinventer
sous peine de le voir s'abîmer
dans tous les sens du terme.

Ô chemin aride de la vision
chemin effrayant de lumière,
ô vide insondable de la vérité
devant lequel nous manquent terriblement
les voiles plus ou moins opaques
des illusions et du mensonge.

Nous sommes en sursis, nous ferions bien de nous réveiller.

Choisir la voie de la foudre
faire de sa vie un sommet vertigineux,
et pas une lente dérive de sinueux
contours qui ne mènent qu'au néant.

*

Avant nous, l'Homme.

Désert nu
de la conscience ;
pas un mot sur le sable
infini
où tout reste
à écrire de ses propres pas,
qui ne conduisent nulle part
qu'au sable
infini.

Pionniers en équilibre
sur le vide
à conquérir,
colons des Anneaux du Texte
déployant leurs efforts
à n'être qu'os fragiles
pour la mémoire.

Marcher sur le fil de la vérité
qui tel un rasoir entaille vos pieds
à chacun de vos pas vers sa lumière
et le noir insondable,
avancer chaque nuit vers les territoires
d'Outremonde et en revenir
à l'aube, épuisé de sa marche
et le cœur encore à vif
des brûlures qui le consument,
n'éviter aucune lueur dangereuse
dans les bas-fonds de la ville
mais au contraire s'y perdre

et en remonter la musique
du souvenir de l'homme.

Un jour il y eut une ville, et il n'y a plus que le vent du désert érodant les ruines, un jour il y eut des millions de vies ici, et leur souvenir peine à émerger du silence, leur vacarme est un lointain écho que la brise, peut-être, amène.

Tendre sa vie contre le destin
et finir comme tout bon navire
à se servir de l'énergie du vent
pour y œuvrer à contresens
et franchir ainsi les plus hautes mers.

Ce livre n'est pas un livre. Un antilivre peut-être ? Le souvenir de ce que furent les livres avant lui ? Ou plutôt un processus éminemment créateur et destructeur dans lequel la vie s'inscrit en négatif sur une matière positive, via les mots écrits sur le papier (ou la surface électronique de la page virtuelle), et par lequel toute mon existence, comme écrivain et comme individu, semble se jouer, comme sur un audacieux et risqué coup de dé ?

Un amour plus grand que la vie
bien plus grand que toutes les contingences
avec lesquelles elle se dégrade,
un amour plus grand que l'oubli
plus grand que la mémoire et pour tout dire que la conscience
est à peine probable,
son existence est plus secrète qu'un rêve
son apparition est étrange
et chacun des deux amants n'a de trêve
que de donner sa vie pour son ange.

Pure folie bien sûr
que de vouloir affronter les gouffres glacés de la mort
avec au cœur la présence brûlante de l'être aimé,
éternel délire
des hommes que de se croire à l'anéantissement supérieurs
en ayant percé du doigt le film acide de la vérité,
mais la littérature
n'est-elle pas cet étroit passage où s'élabore l'émergence
de tels météores, de telles fulgurances,
de tels embryons d'immortalité ?

Le miracle de l'amour, c'est qu'il vous fait mourir en pleine extase, avec en soi le souvenir ou l'image de l'être aimé entre tous, plus encore, il peut vous conduire au sacrifice avec une forme absolue de sérénité.

Faites combattre des hommes pour des idées, ils deviennent des bêtes sauvages.

Faites-les combattre pour une femme, et son enfant, ils deviennent des guerriers.

Qu'exige un philosophe, en premier et dernier lieu, de lui-même ? De triompher en lui-même de son temps, de se faire « intemporel ». Sa plus rude joute, contre quoi lui faut-il la livrer ? Contre tout ce qui fait de lui un enfant de son siècle.
Nietzsche

Comme le savait Nietzsche, entreprendre la critique morale et esthétique des valeurs contemporaines demande de se dresser contre tout ce qui reste de contemporain en vous-même. Encore faut-il, pour pouvoir se risquer à cette entreprise de déboulonnage de la modernité, avoir été soi-même moderne. Comme Nietzsche le disait de lui-même dans *Le cas Wagner* : « Fort bien ! Je suis, tout autant que Wagner, un enfant de ce siècle, je veux dire un *décadent*, avec cette seule différence que, moi, je l'ai compris, j'y ai résisté de toutes mes forces. Le philosophe, en moi, y résistait. »

Se risquer à critiquer le rock, le rap, la techno, comme nos vieilles momies académiques (ou néo-académiques) le font, sans avoir jamais vu Iggy Pop, Joy Division, Prodigy ou Bob Dylan sur scène, sans avoir passé des nuits entières à écouter Kraftwerk, Afrikaa Bambaata, David Bowie, Public Image Limited, Miles Davis, les Beastie Boys, Hendrix, U2 ou les Beatles, sans avoir regardé en boucle *Gimme Shelter* ou *Zabriskie Point*, *Point Limite Zéro* ou *More*, sans avoir dormi à la belle étoile dans un cirque antique au son des Kosmische Kuriere allemands, ou de Robert Wyatt, sans avoir vu Nico sous les vitraux de la nef de la cathédrale de Reims, sans ne serait-ce que savoir fredonner les premières mesures de *Blue Suede Shoes*, de *California Girls* ou de *Summertime Blues*, bref se risquer à évaluer une culture du haut de leurs appartements du VIIe arrondissement où ronronnent sonates et opéras « classiques », leur confère une sorte de panache involontaire dans le ridicule.

Tous ces hommes « cultivés » qui se targuent de leur « culture » musicale classique qu'ils ont tout juste *appris à écouter* !

De la part de philosophes et de moralistes, c'est s'abuser que croire échapper à la décadence *du seul fait que l'on prend parti contre elle.*

Encore Nietzsche

On comprend à sa lecture, et surtout à sa relecture incessante, pourquoi un philosophe tel que Nietzsche est si mal enseigné dans nos écoles et universités. Tout en lui préfigure le destructeur d'un tel système éducatif, si on ne s'occupait soigneusement à en châtrer la substance, ses écrits provoqueraient, à leur lumière fulgurante, l'abandon de toutes les croyances sur lesquelles l'université moderne elle-même se fonde, on verrait élèves et professeurs brûler ces murs pisseux et ces chaires magistrales où s'agitent de pathétiques histrions bardés du titre ronflant de docteur en philosophie, on les verrait gravir de hautes montagnes ou franchir les océans, on les verrait s'animer dans la prolifique verdoyance des forêts primaires ou danser en ombres chinoises sur une vague de dunes arabiques, certains viseraient sans doute à s'élancer au-delà des frontières de notre *gravité*, d'autres peut-être se retrouveraient quelque part à marcher lourdement le long d'une crête désolée, avec un fusil d'assaut en bandoulière et quelques bouquins dans la sacoche, et des milliers d'autres dans la caboche, certains encore plus rares seraient devenus musiciens, ou poètes, ou astrophysiciens, mais non, grâce à quelques habiles trucages et à la fantastique bureaucratie de la pensée qui s'est instituée au cours du siècle, rien de tel ne s'est produit. Nietzsche est « étudié » comme tous les autres « philosophes » (entre Marx, Marcuse, Althusser et Heidegger, quelle rigolade franchement !) et les

« étudiants » peuvent disserter des années durant sur la transmutation des valeurs ou la notion d'Éternel Retour, sans que rien de fondamental, surtout, ne soit changé, ne change jamais, tandis qu'on continue à attribuer inlassablement les mêmes titres ronflants aux étudiants méritants qui sauront reproduire, en un peu plus *moderne*, ce que leurs doctes professeurs se seront tués à leur enseigner pendant des années.

L'homme dans le Tunnel
s'agite au volant de sa conduite
L'homme dans le Tunnel
évite si possible toute rencontre insolite
L'homme dans le Tunnel
connaît le prix des choses et la valeur de la vie
L'homme dans le Tunnel
est libre, et enfin égal à tous les autres,
il va vite.

Nous voyons pourtant de toutes parts l'édifice se lézarder, si ce ne sont des pans entiers de la forteresse qui s'effondrent dans un nuage de poussière, la jeunesse du monde occidental sait que tout est perdu, que tout ce système prétendument fondé sur l'héritage classique et moderne est un grossier et colossal mensonge, mais qu'il n'existe pas d'autre héritage et que ce système même en fait désormais partie, et qu'il convient donc de trouver la voie mutante, synthétique et dangereuse, mais d'ultime recours pour l'espèce humaine et sa biosphère, susceptible de projeter cet héritage vers les siècles futurs, en sachant qu'en faire, de toute urgence.

Montréal, le 22 septembre 1999.

Automne 1999

Après l'identité religieuse, puis l'identité nationale, et l'identité sociale, notre société occidentale, toujours plus nihiliste, s'est forgé un nouveau concept identitaire : l'identité sexuelle.

À tel point que le *Voir* de cette semaine (16-22 septembre) fait sa une sur *L'identité sexuelle en question*.

En lisant les articles et interviews qui traitent du sujet je constate, effaré, que les tenants « modernes » (ou « postmodernes ») de l'abandon de cette conception usée de l'humain se débrouillent en fait à merveille pour la reformuler, consciemment ou non peu m'importe, avec comme fondamentaux les notions égalitaristes forcenées que nous aura léguées la seconde moitié du XXe siècle.

En effet ce n'est pas tant l'identité sexuelle qui est remise en question, que l'identité *hétéro*sexuelle, fustigée comme conservatrice, réactionnaire, fasciste, que sais-je encore.

Dans l'interview donnée par Michel Dorais*, on assiste à une première manœuvre de glissements

* Auteur d'*Éloge de la diversité sexuelle*, VLB éditions.

sémantiques et d'amalgames en douceur, ma foi plutôt bien réussie.

Voyons voir d'un peu plus près de quoi il s'agit :

Première opération : rendre équivalentes les notions de sexe biologique et de sexualité.

Ainsi à la question du journaliste lui demandant de façon faussement candide : « La nature nous fait homme ou femme, comment aller contre cet état de fait ? », Dorais interpose un grave glissement de sens. Voici sa réponse : « Je ne dis pas le contraire ! Ce que vous dites est certain, mais je crois qu'il y a plus que deux sexes. Il existe par exemple des hermaphrodites, de 1 à 4 pour 1 000 (de la population) en Amérique du Nord, selon les chiffres que l'on connaît aujourd'hui. Même si ce n'est pas beaucoup, peut-être pourraient-ils avoir leur place ? Ce n'est pas impossible, d'autres cultures le font, ou l'ont fait, comme les Amérindiens qui, dans leurs sociétés ancestrales, assignaient aux gens du troisième sexe (on les appelait personnes-aux-deux-esprits) une fonction dans l'organisation sociale... »

Bon, me direz-vous, ce n'est pas la première fois que le bon et brave Amérindien est appelé à la rescousse d'une pensée de gauche en pleine perdition. Sans compter qu'on y confond gaiement hermaphrodisme biologique et transsexualité. On ne reviendra pas sur l'absurdité new age qui consiste à vouloir plaquer sur notre économie-monde techno-scientifique de 6 ou 7 milliards d'habitants des modes de production néolithiques, inchangés, sans comprendre au demeurant tout ce que ces cultures, et certains de leurs secrets, pourraient apporter aux sciences actuelles, et à des modes de production à venir, au sein d'une métamorphose générale de la vie et des connaissances, mais tout le monde, je pense, aura compris qu'il s'agit du cadet des soucis de la pensée égalitariste *et* différentialiste institutionnelle.

Mais voyez plutôt l'implacable et invisible glissement sémantique qui intervient juste dans la foulée :

« Personnellement je m'élève contre cette façon de nous cataloguer : hétéro, homo, homme, femme. C'est ce que j'appelle *l'intégrisme identitaire. Ça n'a pas de sens. Nous avons le droit d'avoir une sexualité et un genre ambigus.* » (C'est moi qui souligne.)

A-t-on remarqué ? On passe directement d'une triviale constatation biologique (deux sexes majoritaires et complémentaires en vue de la reproduction génétique et sociale, un sexe interface minoritaire et stérile) à des considérations socioculturelles (sens, droit, idéologies) catégorisant la sexualité (homo, hétéro). Ainsi l'homme du XXe finissant a-t-il même *le droit d'avoir une sexualité et un genre* « ambigus ». D'où lui vient ce droit ? Qui en a décidé ? Dans quels buts ? De cela il ne sera pas question, cela va de soi.

Le reste est à l'avenant et je préfère ne pas m'y étendre pour le moment, c'est en fait très déprimant, mais je ne résiste pas à la tentation de vous livrer cet échange, extrêmement instructif, car mettant en lumière toutes les contradictions internes d'un tel discours :

Q : Ne pensez-vous pas que c'est un débat très abstrait ? Des questions théoriques qui n'ont que peu de résonance pour le commun des mortels ?

R : Non, au contraire : si une chose est importante dans notre vie, c'est bien notre identité sexuelle.

No comment.

Même numéro de *Voir*, même thème, autre article.

Professeur de philosophie à l'université York de

Toronto, Michael A. Gilbert dispense ses cours habillé en femme.

Fort bien. La question n'est pas pour moi de savoir si Gilbert en a le « droit » ou non, ni même, comme il le prétend, si cela lui permet de vivre de l'intérieur l'existence d'un être de l'autre sexe (je reviendrai à l'occasion sur cette aberration de l'esprit qui prétend qu'un simple travestissement transforme la personnalité, alors qu'il ne fait qu'exploiter nos dons pour la comédie, très diversement répartis). Non, pour moi l'unique problème est de savoir si l'héritage philosophique qu'il enseigne est par cette voie rendu meilleur, si le port de la jupe plissée, des chaussures à talons et de la paire de collants lui permet une meilleure lecture et un enseignement plus profond des *Fragments*, de la *Critique de la raison pure*, de la *Généalogie de la morale*, de l'*Essai sur les données immédiates de la conscience*, du *Concept de nature*, de la *Logique de la découverte scientifique*, ou des *Pensées*.

Incapable d'abattre ses murs et d'ouvrir pour de bon sa pensée au monde, la forteresse universitaire a décidé de faire entrer le monde à l'intérieur de ses hautes défenses, sans même se rappeler l'histoire du Cheval de Troie !

Toutes ces identités qui nous entravent et dont on a fait les symboles de notre nouvelle liberté, de tous ces *droits* !

Que signifie donc être français, agnostique et hétérosexuel, ou québécois, catholique et *gay*, si l'on est avant tout un être stupide et borné, sans goût ni sensibilité, et dénué de tout esprit critique ? Que m'importent vos catégories ethniques, religieuses, sexuelles, si vous n'êtes même pas capables d'en faire des outils pour leur propre dépassement !

À l'idéalisme unitaire et factice de l'ancien ordre, vous avez substitué un simple émiettement, tout aussi univoque, et si peu *ambigu* que chaque miette est parfaitement étiquetée, catégorisée, fixée, tout aussi unitaire que les anciens concepts.

Oui, nous réclamons d'urgence une nouvelle synthèse, une nouvelle généalogie philosophique, de nouvelles frontières métaphysiques, une rupture majestueuse avec toutes vos identités, nationales, sociales, religieuses, ethniques, sexuelles, nous chercherons une transmutation générale de l'économie des concepts et des valeurs, à l'échelle de l'économie-monde, nous envisagerons, quelque peu effrayés devant la sidérante beauté de la tâche, de projeter l'homme vers son anéantissement et son émergence critique dont il ne lui reste plus qu'à prendre conscience qu'il s'agit bel et bien de sa condition présente, et surtout de son devenir.

S'accrocher aux misérables petites facettes de son moi, à ses déterminismes et indéterminations, vouloir à tout prix fabriquer un idéal, un sens prédéterminant à partir d'une telle misère, voir en l'homme un regroupement plus ou moins unitaire, plus ou moins émietté d'identités, sans voir tout ce qu'il y a d'animal *et* d'inorganique dans l'humain, sans voir la magie d'une simple et authentique *pensée* en regard de tels encodages sociobiologiques, sans voir comment notre chair trace les frontières de la nouvelle chair, comment notre esprit se retourne à son tour dans la nouvelle (anti) nature du silicium, comment le sexe devient une synthèse disjonctive entre désir et reproduction, et la biochimie moléculaire sa synthèse connective, comment nos désirs et nos « instincts » sexuels sont devenus pièces et morceaux de la grande Nôosphère publicitaire, et surtout sans hésiter un instant à faire de nos minables intimités d'individus démocratiques la finalité d'une société, d'un mode de vie, *d'un art* ! ?

Brièvement entendu à la sortie d'*Eyes Wide Shut*, cette remarque : « Ces histoires de bourgeois américains hétéros, je m'en contre-câlisse, c'est pas mon univers. »

Désormais, me suis-je dit, sans doute faudra-t-il comprendre « univers » dans le sens de « coupe microscopique de la banalité ».

En ce qui me concerne, l'Amérique est en train de produire l'effet que je lui avais plus ou moins assigné.

Car comment aurais-je pu entreprendre un tel travail critique de la modernité si je ne m'étais pas exilé sur le continent où elle ne cesse de s'élaborer ?

Comment aurais-je même pu imaginer cela possible, si je n'avais pris soin de jeter à bas toutes mes identités précédentes, si je n'avais pu faire de mes racines européennes un héritage complexe et douloureux à porter, à la fois universel et intempestif, comment cela serait-il survenu si je n'avais pu trouver en Amérique du Nord l'espace dans lequel cet héritage pouvait être bénéfiquement transplanté, transmuté, déterritorialisé, et au final moissonné par quelques âmes errantes, mais intensément productives, et que je ne connaîtrais peut-être jamais ?

Comment critiquer le christianisme, sans avoir jamais éprouvé l'expérience de la prière, à genoux dans une église de campagne devant le vitrail d'une Vierge à l'Enfant ? Comment critiquer le socialisme (et ses divers avatars) sans avoir jamais succombé au messianisme séculier et « scientifique » de ses théories ? Comment même critiquer le fascisme sans avoir jamais rêvé de grands empires militaires qui unifieraient l'Europe de l'Atlantique à l'Oural ? Et comment critiquer le libertarisme économique sans avoir été convaincu de sa terrible efficacité ? Comment critiquer l'humanitarisme égalitaire sans avoir été un instant aveuglé par ses « lumières » ? Comment critiquer le nihilisme, sans être soi-même un prototype du dernier homme ?

*

Durcir sa pensée tout en la rendant plus légère, telle la lame du sabre, augmenter sa vitesse mais en suspendant tout mouvement, tel l'aigle fondant sur sa proie, faire de la vérité une compagne toujours plus proche et plus distante, éprouvant en quelque sorte sur le plan métaphysique l'expérience d'Alain Aspect sur la non-séparation quantique des particules élémentaires : le cerveau est précisément une machine biologique dont le métabolisme est régi par des phénomènes probabilistes et thermodynamiques qui ne sont « compréhensibles » que par la physique quantique (comme sir John Eccles, prix Nobel de médecine, l'a brillamment démontré) ; plus encore il ne semble plus faire aucun doute que des phénomènes paradoxaux liés à la structure du temps et de l'espace sont à l'œuvre dans les processus cognitifs les plus profonds (comme nos rêves), des processus dont l'étude plus poussée démontrera qu'ils permettent au cerveau humain, *sous certaines conditions*, de s'affranchir momentanément des lois physiques que nous considérons bien à tort comme dernières.

Le modernisme « relativiste » et sa conception d'une totale « égalité » ou « équivalence » entre les diverses productions sociales et culturelles, ou entre les points de vue individuels, s'est souvent, et très abusivement, servi de la relativité générale du temps et de l'espace d'Einstein, en l'invoquant pour servir de caution à ses fumeuses théories ; il y a là un contresens de base, puisque pour Einstein *relativité générale* signifiait tout simplement qu'une *relation* dynamique et universelle était à l'œuvre entre les différentes dimensions de notre continuum, et non pas que « tout était relatif » au sens trivial de la pensée égalitariste.

Il s'agit donc bien de trouver la traduction pertinente des théories physiques et cosmogoniques modernes dans le domaine philosophique et métaphysique, sur le plan des concepts esthétiques et des valeurs morales, et mieux encore, de s'assurer que les notions mêmes d'esthétique et de valeurs morales en soient profondément transformées, dans le but d'éveiller en l'homme un nouveau désir de connaissance et d'élévation de la conscience, dans le but de l'éveiller à ce qu'il est, une simple bibliothèque d'états potentiels en permanentes oscillations plus ou moins aléatoires, et que seule une certaine volonté de création, perçue comme liberté — et donc comme degré supérieur d'aliénation —, est en mesure d'actualiser, sous la forme du logos actif, du virus métaphysique, et aujourd'hui d'une morale élaborée à partir des enseignements cruciaux du XXe siècle, de son terrible héritage, cet art de la survie qu'il s'agit maintenant de mettre au point.

Mais puisque l'art est définitivement devenu une simple marchandise, sans doute est-il temps d'inventer autre chose, sans doute est-il temps pour les artistes de (re)devenir philosophes et navigateurs, sans doute est-il temps qu'ils s'en prennent enfin à leur propre vanité, qu'ils osent détruire leur œuvre chaque fois qu'il en est temps, qu'ils abandonnent, pour mes confrères écrivains, toute prétention littéraire s'ils n'ont pas au cœur le désir de produire une vérité pertinente sur notre condition, un (anti)monde capable d'embrasser toutes ses dimensions et un langage susceptible de les décrire, d'en rapporter l'expérience à tous les hommes (c'est-à-dire à tous les hommes qui voudront bien la partager), s'ils ne se dévêtent pas dans l'instant de tous leurs costumes et de leurs masques : écrivain académique parisien, écrivain académique du terroir, écrivain néoacadémique des banlieues, écrivain-immigré, écrivain de salon, écrivain de plateau-télé, écrivain rebelle et marginal, écrivain branché, écrivain postmoderne, écrivain cyber, j'en passe, et des plus ridicules encore, s'ils ne se mettent pas dans l'état d'esprit de passer au lance-flammes les estrades de conférences et les plateaux de télévision où on les convie dans le but de perpétuer la farce.

Dernières nouvelles en provenance du monde : en ouvrant mon poste de télévision, ce soir, je tombe sur un petit reportage exposant les terribles misères de l'armée russe, où sévissent alcoolisme, incompétence crasse, et surtout crimes et suicides, en masse.

Entre 10 000 et 15 000 morts par an, selon les bilans les plus réalistes, rien que par la brutalité du crime organisé qui s'est emparé de l'ancienne Armée rouge, ce n'est pas rien, cela correspond aux pertes subies par ladite Armée en dix années de campagnes en Afghanistan ! On comprend mieux pourquoi cette grande institution impériale s'est avérée incapable de mettre au pas quelques « bandits tchétchènes », et risque de patauger longtemps encore dans le Nord-Caucase.

J'éprouve alors une forme terriblement éprouvante de compassion pour ces jeunes marins, soldats, aviateurs, qui s'enrôlent avec en tête les images mythiques du croiseur *Aurore*, de Toukhatchevski, de Joukov ou de Gagarine, et qui se retrouvent sous les ordres de sinistres brutes avinées, psychopathes au dernier degré, gangrenées par la mafia, et incapables même de conduire la moindre opération de basse police.

Une telle déchéance me laisse sans voix, au sens propre, pendant de longues minutes.

Soixante-quinze ans de communisme auront à ce point anéanti la société et la culture russes que le vent furieux de l'économie-monde, et ses terribles réalités morales, s'est engouffré tel un cyclone dans leurs ruines à peine refroidies de l'effondrement cataclysmique du système, en balayant les vastes décombres sans rien pour l'arrêter, le dévier, le réguler, le *modeler*. Si la Russie avait peu ou prou épousé le modèle démocratique occidental vers 1917, elle se trouverait probablement aujourd'hui à un niveau de réelle compétition avec le géant américain, bien sûr elle ferait face comme lui à la grande crise nihiliste de l'Occident, mais sans doute, comme il y a cent cinquante ans, quand cette perspective était en train de se dégager, des Dostoïevski seraient-ils en train d'apparaître, oui, il faut bien se pénétrer de ce colossal et irrémédiable gâchis du communisme, car les Russes nous auraient été grandement utiles au XXe siècle pour cette entreprise d'élucidation, et l'auraient été encore plus au suivant, qui n'est plus qu'à cent jours de distance.

*

Réinventer une présence française en Amérique, réinventer la langue française en Amérique, voilà quelle devrait être notre tâche, nous les passeurs, les voyageurs, les émigrants, abandonner les nippes de cette maudite « identité française » pour oser reconstruire ici quelque chose d'infiniment supérieur : un héritage actif, plus grand que lui-même, cela doit se concevoir comme le projet ultime que cette culture est en mesure de réussir, avant que d'être soigneusement rangée dans la boutique à souvenirs de l'histoire !

Nous devons avant toute chose replacer cette reconstruction dans la bonne perspective : l'Anglo-Saxon s'est définitivement assuré le rôle de langue vernaculaire mondiale, renforçant l'hégémonie politique et économique qui lui a permis de conquérir linguistiquement la planète.

N'oublions jamais les lois de la thermodynamique humaine : cet accomplissement est vraisemblablement le plus grand danger qui guette la langue anglaise elle-même. Le risque est grand de la voir s'émietter et s'appauvrir en un minable sabir commercial international, en usage d'un Club Med à l'autre, tout autour du globe, ou en une explosion de créoles techniques, genre langage de programmation C++, ou mode d'emploi de chez Microsoft. La délicate prose de Somerset Maugham ou la poésie fulgurante d'un Blake ou d'un Shelley auront sans doute du mal à s'y faire entendre.

Il faut se faire à cette idée : la défaite française est sans nul doute la seule et unique chance qu'il reste à notre culture pour vivre à nouveau, c'est-à-dire pour se forger un dessein à l'échelle du monde.

Il me semble que la langue française aurait en effet bien mieux à faire que de mourir lentement dans sa nécropole et la répétition mimétique de ses anciennes gloires littéraires. Par sa génétique même, cette langue est en mesure d'intégrer les idées et les styles d'à peu près toutes les langues d'Europe. Sa matrice latine en fait une cousine de l'italien, de l'espagnol, du portugais. Nous pouvons pratiquement comprendre Dante et Cervantès dans le texte original sans avoir à accomplir un effort démesuré. L'influence germanique venue des Francs lui permet d'être à l'écoute du voisin d'outre-Rhin tout en s'offrant le luxe de l'alléger sans en évaporer les concepts. Ainsi la prose et la poésie d'un Nietzsche, d'un Heine ou d'un Goethe se trouvent-elles comme sublimées par le passage à notre langue, dont ces trois auteurs savaient à quel point elle était d'une grande utilité pour des poètes ou des philosophes allemands !

La grande erreur de la langue française fut de vouloir, à partir de la seconde moitié du XVIIe siècle, tuer tout accent tonique et d'imposer, avec Malherbe et ses imitateurs, un rythme égal, équilibré et unitaire à la scansion du poème, ce qui provoqua selon moi une crise majeure de l'écriture poétique en France, crise qui aboutit à un XVIIIe siècle brillant par son absence de tout travail cn cc domaine, à l'exception des légions de pédants rimaillant de la mythologie gréco-romaine à deux sous et des armées de précieux qui ornementaient leur petit sentimentalisme d'une luxueuse verroterie, et ce jusqu'à la seconde moitié du XIXe siècle, où par je ne sais quel miraculeux retournement des sens, et du sens, Baudelaire, Rimbaud, Verlaine, Mallarmé allaient faire de la versification française un pur chef-d'œuvre d'équilibre au-dessus du vide, en osant tirer parti du manque, et inventer ainsi de nouvelles règles d'écriture et de rythme, tout en faisant revivre les sources qui s'étaient peu à peu taries après l'extinction de la Pléiade, vers 1600.

(Il est à peine curieux de constater que le seul grand poète que le siècle de Voltaire allait nous léguer mourrait guillotiné dans la marée sanglante des années révolutionnaires. André Chénier fut sans doute le premier inpirateur, secret, et encore largement méconnu, de la grande vague romantique qui allait suivre l'ascension et la chute de l'Empire napoléonien.)

La langue française pourrait fort bien, si on en avait le courage, servir de matrice à une pensée européenne synthétique, qui pourrait utilement épauler l'anglais un peu partout où celui-ci est menacé d'émiettement et de destruction par les antilangues (toute langue contient son antilangue, qui se développe à la faveur de l'entropie).

La langue anglaise mérite mieux en effet que le strict utilitarisme dans lequel ceux qui la parlent l'enferment la plupart du temps. Comme Poe le savait, la constitution de cette langue et la dynamique singulière de ses accents toniques en font un outil de rêve pour le poète. Depuis fort longtemps, la poésie et l'art dramatique anglais savent user de sa rythmique et de sa couleur pour amplifier d'un rien et rendre terriblement symboliques des images qui dans un autre langage peinent à éviter la trivialité ou la grandiloquence. Une étrange armure retient en effet la langue anglaise de déborder (comme le fait trop souvent l'allemand) en même temps qu'elle semble pouvoir faire résonner naturellement la sauvagerie cosmique des mythes originels (à la différence du français), cet équilibre fut cependant fortement décentré des racines gréco-latines, ce qui permet à l'anglais moderne cette phénoménale liberté qu'on ne peut que lui constater, mais le rend par contre bien plus sensible à l'appauvrissement utilitariste car, coupée ou par trop éloignée de ces racines conceptuelles, une langue s'avère bien moins forte que les idées qu'elle formule, surtout si ces idées deviennent les pièces maîtresses de tout le corps social (processus qui eut cours dans la langue allemande, comme Steiner nous le fait justement comprendre, et qui semble se répéter dans la culture nord-américaine).

Si la culture française-américaine se comprenait comme la nécessaire synthèse de l'héritage dont les Anglo-Saxons ont dû nécessairement se couper pour produire l'Amérique, nous pourrions prendre une place historique déterminante dans le destin de ce continent, et ce en dépit de notre faiblesse numérique et de l'absence d'un État-nation francophone.

Car cette absence de construction nationale est qu'on le veuille ou non notre unique planche de salut, notre unique chance d'élaborer une authentique culture sur la terre d'Amérique.

Une langue n'appartient à personne, pas plus qu'on ne lui appartient, une langue se fiche pas mal de nos désirs de possession (ou de nos constructions nationales, comme l'histoire de l'Allemagne, et de sa langue, nous l'a appris au XXe siècle) et les lois naturelles qui gouvernent leur évolution s'en fichent encore plus ! Comme la pensée, dès qu'une langue s'arrête, elle meurt sur pied.

Si l'on veut vraiment que la langue française, non seulement survive (en fait *sous-vive* dans son petit musée) au siècle prochain, mais surtout donc *revive*, se développe et entreprenne quelque chose à la hauteur de ce qu'elle fut, et de ce qu'il lui arrive encore d'être parfois, alors sans plus attendre transformons-la en une matrice active de la culture européenne, osons remplir nos valises de cette expérience humaine à peine croyable, osons faire nos bagages avec les lumières de ses échecs et les abysses de ses accomplissements.

En nous
Youri Gagarine
comme un ange
de feu
tombe dans l'azur
vers le crash
aux commandes du Mig
la terre sibérienne
devient un ciel
qui nous avale,
nous sommes
Vladimir Komarov
en torche
tournoyant
dans l'air bleu
du Kazakhstan
et notre âme elle-même

est prisonnière
de la capsule en flammes
Pourquoi ne pas être russe
une seconde au moins
pourquoi ne pas chevaucher
vers l'Orient rouge de l'Asie
dans les steppes sans fin
de la mémoire dans les toundras
du possible vers un Toungouska
aux lumières de météore ?
Pourquoi ne pas être russe
pour une fraction d'éternité
et ouvrir les boîtes noires de la vérité
cachées dans le crâne de l'ours ?
Pourquoi n'avons-nous pu être russes ?
Pourquoi n'ont-ils jamais su être européens ?
Comment en sommes-nous arrivés à ce
que d'un bord à l'autre du continent
il n'y ait tout bonnement plus rien ?

*

Le sable était brûlant
sous nos sandales
et blanc comme du métal
chauffé devant nos yeux,
le Long Range Desert Group
avait comme emblème
le scorpion du désert
et nous retrouvions l'animal
partout sur notre route
à l'ombre comme au soleil
un mauvais et noir compagnon
nullement apprivoisé
et peu disert.

*

Ultime tentative en ce qui me concerne de collaborer avec l'outil télévisuel au Québec (et sans doute en France) : avant-hier, je participe au plateau d'une émission littéraire de Radio-Canada, dénommée « Jamais sans mon livre ». Je partage l'invitation avec Neil Bissoondath, écrivain canadien anglophone d'origine indienne (et en fait né à Trinidad) qui a décidé de vivre au Québec depuis une dizaine d'années. On parle de son livre, que je n'ai pas lu (comme lui sans doute n'a pas lu les miens), puis de la querelle parisienne au sujet d'une certaine Christine Angot, qui vient de publier une de ces énièmes histoires d'inceste et de lesbianisme qui ont le don de provoquer l'ire des faiseurs de manchettes, mais qui n'intéressent au demeurant personne, à l'exception de quelques vieilles féministes névrosées persuadées que l'art consiste à vomir ses fantasmes sexuels en rafales continues, bref, on parle ensuite du cannabis, on m'interroge sur ma relation à ce psychotrope, dont j'ai toujours fait état librement et en toute franchise. Puis à la quatrième pause publicitaire, croyant qu'on m'avait invité pour parler, même succinctement, de mon travail, et des livres que j'écris, je commence à m'impatienter mais, tout en bouillant intérieurement, je reste de marbre comme d'habitude car je m'attends à ce qu'à la reprise on ose pour le moins me poser une poignée de questions passe-partout, comme on venait de le faire à mon auguste confrère indo-canadien, mais non, je dois déchanter dans la minute : la reprise après la pause commerciale ne sert qu'à annoncer quelques parutions, à présenter succinctement la thématique de l'émission de la semaine suivante, puis à remercier nos invités de leur sympathique collaboration.

Lorsque je ressors de l'immeuble de Radio-Canada, pensif, et vaguement déprimé, je me dis qu'il est vraisemblable que je vienne de me faire avoir. On m'a invité comme clown français de service pour faire un peu de provocation au sujet du cannabis, provocation dans laquelle je suis tombé malgré moi, pensant qu'il ne s'agissait qu'un de ces fameux « angles d'attaque » enseignés dans les écoles de journalisme et les ateliers d'écriture, et qu'on allait ensuite aborder deux ou trois thématiques centrales de mes modestes bouquins.

Dans le taxi qui me ramène chez moi, je prends la décision ferme et définitive de couper désormais tout lien avec les organes de communication audiovisuels, y compris au moment, stratégique s'il en est pour les maisons d'édition, de la parution de mes prochains livres.

Les raisons pour lesquelles la télévision invite désormais les écrivains sont nombreuses, mais aucune n'a de relation directe avec la littérature : votre livre vient de sortir (impératifs marketing, beau travail de l'attaché de presse), vous faites l'actualité (vous tenez une rubrique dans un journal et vous avez toujours un truc à dire sur n'importe quel sujet), vous êtes exotique (Français au Québec, Québécois à Paris), vous portez des lunettes noires, vous fumez du *pot*, vous arborez à l'occasion un chapeau style western (comme moi, qui n'ai jamais fait cela que par *goût*).

Votre livre, ce que vous essayez de produire dans vos livres, ce que vous engagez comme vie, comme vitalité dans cette mort positive qu'est la littérature, ce que vous y laisserez, y compris pour les autres, pour les autres membres de la communauté humaine en mesure de le recevoir, tout cela, ils s'en foutent, ils s'en *contre-câlissent en tabarnak*, comprenez-le bien, tout ça ne vaut pas une *cenne* pour les sponsors qui paient l'émission, qui veulent qu'on reste légers et futiles, ou sans doute faussement graves pendant cinq minutes entre deux coupures de lessives pour mémères et de bières pour jeunes, et surtout que tout se termine sur le sourire (au demeurant fort charmant) de l'animatrice, qui fait *sa job* de salariée comme tous les autres, et avec toute la compétence professionnelle qu'on lui demande en haut lieu : veiller à ce que jamais rien ne change en profondeur dans la *pensée* de l'auditeur, ou plus exactement que rien jamais ne *l'active*, que rien ne vienne troubler sa tranquillité de téléspectateur postmoderne (c'est-à-dire moderne, tout en ignorant qu'il l'est, et même ce dont il s'agit) : le dérapage provocatif oui, la métaphysique non.

Nos enfants ne nous pardonneront sûrement pas d'avoir fait de cette géniale invention collective qu'est la radio-télédiffusion un tel sommet de bêtise, de vulgarité et de vacuité.

Tout ce talent dépensé dans la création du tube cathodique pour vendre des canettes de bière et des boîtes de lessive, entre deux machines androïdes se trémoussant sur leur chaise en débitant des platitudes, toute cette fantastique énergie dépensée dans le vide, le vain, l'illusoire, le déjà-mort.

Pourtant aujourd'hui même, la télévision me donne l'occasion de voir ce qu'elle pourrait être, ce qu'elle n'est que par bribes, de plus en plus fugaces.

Une équipe de reportage envoyée par Canal Plus vient rencontrer Bruce Sterling et William Gibson, à Austin, Texas, et à Vancouver, Colombie-Britannique ; ils ont décidé de passer aussi par Montréal pour m'interviewer. Quarante-huit heures après mon intervention à « Jamais sans mon livre », je suis sur mes gardes. Mais la surprise sera de taille. Ils vont rester plus de trois heures. Me présenteront des reportages fort intéressants sur les robots avancés de Carnegie Mellon, sur les fameux « hommes en noir » qui intimidaient les témoins d'ovnis dans les années 50 et 60 (et jusqu'à encore récemment), et sur quelques sujets qui s'avèrent de plus en plus brûlants à l'approche du Grand Siècle fatidique. Oseront me poser des questions engageant la métaphysique de la vérité à l'époque où elle est en train de devenir une marchandise, comme le corps humain, et sa fameuse unité, avec nos gènes, nos cellules, nos neurones brevetés et étiquetés dans la Bourse aux organes.

Bref, je comprends, presque flatté après l'expérience humiliante de Radio-Canada, qu'on ne se sert pas de moi pour boucher un trou que personne ne veut remplir au sujet du cannabis, ou d'une autre drogue psychotrope, qu'on ne cherche pas à me faire réagir sur une scandaleuse écrivaine parisienne, lesbienne et incestueuse, mais sur le futur de l'humanité, sur notre condition posthumaine déjà livrée au pillage conceptuel des charlatanismes de tous ordres (raëliens, scientologues, extropiens, etc.) et sur sa dissolution critique, quoi qu'il advienne, dans nos créatures les plus avancées, bref sur ce qui fait que j'ai eu la singulière prétention d'envoyer quelques messages aux hommes, dans ces drôles de bouteilles qu'on nomme livres.

Comment transformer un tranquille plateau de télévision en émeute métaphysique, voilà la question *stratégique* que la plupart d'entre nous, écrivains du XXIe siècle, allons devoir aborder de toute urgence, sous peine de laisser au seul silence le soin d'y répondre pour nous. Un silence désormais noyé dans le bavardage/bruit blanc de la vacuité médiatique.

Si nous voulons que des gens lisent nos livres, il nous faut saboter au préalable tous les schémas de représentations de l'écrivain contemporain. Aujourd'hui, qu'on le veuille ou non, ces schèmes nous sont imposés par la télévision et son mode de représentation égalitaire et uniforme ; nous devons impérativement nous préparer à faire de nos apparitions des actes éclairs du genre blitzkrieg, je ne sais encore comment, mais je prétends soulever le problème : comment allons-nous entreprendre le dérèglement intempestif des *patterns* télévisuels ? Comment profiter de la machine marketing, et de nos éventuelles apparitions médiatiques, pour créer une brèche, même provisoire, dans l'écran du mensonge et de la facilité, comment ouvrir un abysse métaphysique en deux minutes trente-cinq ? Comment devenir des pop stars tragiques de l'âge du dernier homme ? Nous ne pourrons y parvenir que si, tels des Houdini du télétotalitarisme, nous ouvrons la boîte de la vérité en direct, si nous parvenons à démonter leur belle petite machine à illusion pour offrir, un bref instant, à la pensée du téléspectateur une vue en coupe de la mécanique, l'écorché de la créature qui se cache sous l'écran, et faire en sorte que notre démonstration ne soit pas qu'un habile tour de passe-passe de plus, mais un jeu rudimentaire, et fondamental, de clés conceptuelles, les éléments d'un enseignement, bref mettre à la disposition de ceux qui pourront s'en saisir une machine de guérilla mentale traquant la mort-entropie-mensonge du vieux système métaphysique qui se perpétue par tous les moyens possibles, dont la télévision et la presse.

Nos bombes seront fragiles, comme du cristal, mais elles n'en seront que plus précieuses, et plus dangereuses. Leur rareté en fera des virus convoités, des venins exquis qui finiront par contaminer ceux qui, parmi les derniers hommes, auront décidé de faire de leurs propres maladies les vaccins du futur.

Les Québécois doivent bien se pénétrer de l'idée que l'État-nation francophone n'est pas *en soi* le meilleur moyen d'assurer l'expansion de la langue et de la culture françaises en Amérique.

Comme l'histoire de l'Europe l'a prouvé tout au long du XXe siècle, le modèle national n'est pas le mieux à même de garantir le développement des cultures. Les empires multiethniques comme l'Autriche-Hongrie, ou l'Empire britannique, et même la Russie prébolchevique, malgré toutes leurs tares, firent plus pour la culture tchèque, pakistanaise ou kirghize que plusieurs décennies d'indépendance nationale.

Il est d'ailleurs plus que temps de dégonfler cette baudruche idéologique qu'est le nationalisme, même démocratique, car le mot *nation* sur lequel elle s'est gonflée a été par elle comme en retour vidé de son sens.

Pour les anciens Grecs qui l'avaient conçu,

nakheon évoquait tout sauf la communauté *naturelle,* ethnique et linguistique, relativement stable, homogène, et plus ou moins permanente. *Nation* signifiait un défi géopolitique à relever entre des peuplades de différentes cultures, aux langues diverses, aux origines variées, mais qui partageaient un espace et un destin communs, en vue de réaliser un ensemble régional supérieur, une confédération politique qui s'animait pour les affaires essentielles : diplomatie, défense, guerre, droit maritime, perception des impôts afférents. Il ne s'agissait pas d'une communauté naturelle. Mais d'un effort concerté, d'une volonté singulière et créatrice.

Il a été de bon ton pendant ces dernières décennies de voir dans l'émiettement communautaire des droits et des « identités » un progrès, une revanche sur les grosses machines historiques, impériales et militaires. Je crois que ce fut une funeste erreur que de comprendre cette pulvérisation des valeurs comme une sorte de traduction politique des machines moléculaires et schizo-analytiques chères à Deleuze et Guattari, car dans notre ère d'inversion générale des concepts, ce sont précisément les idées hégéliennes et modernes sur l'identité nationale qui sont à l'origine de l'émiettement nihiliste et communautariste, alors qu'une authentique compréhension des relations entre machines moléculaires autonomes nous ramènerait au concept originel des Grecs, et au surgissement de sept ou huit grandes confédérations politiques d'un bout à l'autre du globe, et à l'apparition (ou réapparition) de cultures insoupçonnées.

Le Canada anglophone a le choix entre s'américaniser, et perdre ainsi le peu de spécificité culturelle qui lui reste, ou à l'inverse *accepter de se franciser*, à la condition toutefois que la culture française d'Amérique soit en mesure de synthétiser l'héritage européen continental et de rendre ainsi sa langue attractive, à la mesure de l'espace nord-américain, ainsi que du monde à venir.

Qui donc en Amérique du Nord osera proposer Goethe, Nietzsche, Kafka, Proust, Baudelaire, Dante, Cervantès, Chateaubriand, Musil, Homère, Shakespeare, Démocrite, Balzac, Conrad, William Blake ou Oscar Wilde aux élèves du secondaire, quelles que soient leurs origines ethniques ou sociales, quelles que soient leurs « communautés naturelles » ?

Qui donc acceptera de reprendre l'héritage philosophique et littéraire européen avant qu'il ne s'éteigne, sans plus aucun légataire ni descendant ?

Qui osera entreprendre la connexion de cet héritage avec la culture américaine, avec disons Dos Passos, Faulkner, Borges, Burroughs, Philip K. Dick ou Thomas Pynchon ?

Qui ?

Vague d'attentats antifrançais, violemment xénophobes, en Corse.

Il est sans doute temps de faire de l'île de Beauté un vaste parc naturel, peuplé d'ours des Pyrénées et de châtaigniers vivant en bon voisinage.

Le sentimentalisme moderne fin de XXe siècle : moi, ma sexualité, pipi, caca, maman, papa.

Décadence sonne alors comme une douce métaphore de la chose.

Nos petites existences d'individus démocratiques n'offrent strictement aucun intérêt si nous ne les dissolvons pas dans le bain acide d'une vérité supérieure ; quand l'horizon de la littérature se restreint aux moi des auteurs, c'est qu'elle se trouve déjà allongée dans le caveau de famille.

Qu'un livre soit *bon*, que nous importe ! Il sort de par le monde des milliers de *bons* livres en une seule année. Encore faut-il qu'il soit *nécessaire*. Et non pas pour l'épanouissement personnel, thérapeutique ou financier, de l'auteur, mais pour cette communauté fragile, embryonnaire, pour ainsi dire virtuelle, qui devra se charger d'opérer l'impitoyable sélection en vue de cet héritage synthétique et actif qu'elle tentera de transmettre aux générations futures, oui, à nous d'être à la hauteur des survivants du XXIe siècle !

*

Tombe par hasard sur un numéro des *Inrocks* datant de presque un an, un numéro consacré à un bilan de l'année 98, avec Bourdieu comme rédacteur en chef invité.

Seigneur... *Le Monde diplomatique* avec la gueule d'une star de rock en couverture, qui y aurait pensé, parmi nos petits génies du marketing politico-culturel ?

On y trouve entre autres signatures le confondant Serge Halimi, qui pourfend de sa plume vengeresse tous ceux qui, tel Cohn-Bendit, se sont platement rangés à la domination de l'économie de marché, au lieu de platement pleurer sur la mort des cultures nationales, du socialisme et de la République. Poursuivant ma lecture, je constate, à peine surpris, que cette aimable revue de rock et de cinéma s'est transformée subitement en brûlot anti-impérialiste digne des feuilles de choux des comités Viêt Nam ! Haro sur le baudet, sur l'Amérique et sa culture McDo, feu sur le *Titanic*, brûlons Elvis et John Wayne, condamnons Kissinger pour crimes de guerre (Kissinger n'aurait pas eu le bon goût de soutenir la politique prosoviétique, collectiviste et nationaliste d'Allende, et lui aurait préféré Pinochet, nationaliste lui aussi, mais proaméricain).

Toute cette bonne conscience déversée depuis vingt-cinq ans au sujet du Chili et de cette fameuse « expérience Allende » ! Parlons-en, justement.

Oui, parlons un peu de la chute mortelle de la productivité industrielle qui fit plonger le pays moins d'un an après sa venue au pouvoir, de la flambée inflationniste appauvrissant tout le monde, et surtout les plus pauvres, des nationalisations forcées, provoquant la colère des petits actionnaires américains (quatre-vingt-dix pour cent d'entre eux étant constitués de cols bleus ayant travaillé chez Ford ou GM toute leur vie) qui voyaient s'évanouir d'un seul coup leur épargne, placée dans ces mines de cuivre qui seraient restées de hautes montagnes de roche sans l'apport de leur capital, technique et financier, oui, parlons un peu des comités révolutionnaires chargés de répandre la bonne parole dans les usines et les campagnes, et surtout de faire taire tous ceux qui osaient critiquer cette politique, vulgaires suppôts de l'impérialisme, agents de la CIA, fascistes pro-occidentaux et consorts.

Parlons un peu de la fameuse grève des camionneurs. Imagine-t-on volonté plus absurde que de vouloir nationaliser l'industrie du camionnage ? Ces intellectuels de gauche qui fantasment sur la musculature tatouée du prolétaire sous son marcel de coton bleu, ont-ils même jamais tenu le volant d'un petit 15 tonnes entre leurs mains ? Que savent-ils de cet individualisme petit-bourgeois et réactionnaire qui fait que des hommes aiment partir sur la route, seuls avec leur bête de somme (animale ou mécanique), sans avoir à rendre de compte à personne, et surtout pas à un État socialiste ?

Lorsque Allende décide d'en découdre avec les syndicats de camionneurs chiliens, et de les soumettre coûte que coûte au plan délirant de nationalisation de leur industrie pondu par un pool d'intellectuels psychopathes, et qu'au fil des mois la situation se dégrade, rompant toute possibilité de dialogue et de compromis, le contrecoup sur l'ensemble de la production agro-industrielle, déjà mise à mal par deux ans de bureaucratie stalinienne, est terrible. Comme par un fait exprès, l'histoire et la géographie du pays ont fait du camionnage privé l'épine dorsale de son réseau de transport.

D'autre part, grâce à leurs contacts avec les fédérations de *truckers* US, les camionneurs chiliens finissent par obtenir des fonds douteux, en provenance des caisses noires cryptomafieuses de la CIA, et leur grève générale peut ainsi tenir de longs mois, paralysant le pays et toute son économie.

Avec une stupidité crasse, ou une confondante naïveté, comme on voudra, les communistes chiliens sont tout bonnement en train de faire entrer le grand méchant loup dans leur bergerie.

En l'espace de trois ans, Allende, aiguillonné par les pasionarias du modèle soviétique, s'est acharné à détruire tout le potentiel économique et industriel du Chili, sans doute le pays d'Amérique latine le plus prospère, le plus libre et le moins inégalitaire de l'époque.

En trois années d'« expérience » socialiste, le Chili fut systématiquement ruiné, et Allende lui-même, considéré comme trop « mou » par l'extrême gauche radicale (PC, MIR, maoïstes), se voyait forcé chaque jour un peu plus d'orienter le navire vers son désastre. On parlait d'interdire les organes de presse « bourgeois et réactionnaires vendus à la solde des impérialistes yankees, etc. », dans les campagnes, le MIR obligeait les paysans à collectiviser leurs terres, en dépit du fait que la crise agricole par eux provoquée condamnait en toute logique leur expérience absurde.

En 1973, face à l'échéance inexorable de la banqueroute, artisans, commerçants et entrepreneurs furent soumis à la plus féroce campagne de dénigrement jamais montée par ce régime, alors qu'on les pressurait déjà de taxes et d'impôts de toutes natures afin sans doute, comme le dit la chanson, « de leur faire rendre gorge ». Il convient de dire qu'en parallèle, paysans et ouvriers n'avaient guère vu leur sort s'améliorer, puisque des cas de famines commençaient à être enregistrés dans les campagnes, et que les soupes « populaires » ne désemplissaient pas dans les faubourgs des grandes villes (tout cela était bien sûr de la seule faute du complot impérialiste mondial). Seuls s'en sortaient à peu près bien les parasites néobureaucrates de l'appareil d'État socialiste, dont l'expansion continue et pharaonique était le seul signe apparent de dynamisme que la nation chilienne était alors en mesure de donner.

Lorsque, en septembre 1973, le coup de massue du général Pinochet s'abat sur la Moneda, puis sur le pays tout entier, le plongeant dans les années noires de la dictature, il ne faut pas croire que l'ensemble de la population chilienne est au désespoir, loin de là. Sinon, peut-on m'expliquer pourquoi une formidable révolte populaire ne s'est pas mise en travers de son chemin (même au prix d'une sanglante défaite) ?

Ce n'est que dans l'Occident nihiliste et procommuniste des années 70 qu'une telle nouvelle suscite tant de surprise et de mécontentement. Au Chili, les classes moyennes, la bourgeoisie, les artisans, les commerçants, les paysans ainsi que bon nombre d'ouvriers observeront d'abord d'un œil neutre la destruction du régime communiste d'Allende, dans l'attente, vaine faut-il le dire, que l'armée chilienne remette la nation sur les rails qu'elle avait quittés en 1970, avec sa démocratie chrétienne et sa relative prospérité économique dans une Amérique du Sud livrée à tous les suicides politiques (dictatures et guérillas marxistes contre dictatures militaires et potentats latifundiaires).

Le régime de Pinochet est sans nul doute le pire événement historique que le Chili aura connu dans toute son histoire, et il est clair que cette sinistre ganache mérite le procès qui l'attend en Espagne ou au Royaume-Uni (à l'heure où j'écris ces lignes son sort n'est pas fixé), mais la recherche de la vérité implique aussi de mettre en lumière toute la responsabilité de l'absurde expérience communiste d'Allende dans la genèse et la réalisation d'un tel complot contre la démocratie.

Si Allende n'avait pas au préalable enterré la démocratie chilienne, l'armée de Pinochet n'aurait jamais pu les assassiner, elle et lui.

*

À propos de l'AMI et des protestations indignées qu'il soulève :

Que m'importe donc qu'un film soit français, américain, slovaque ou ingouche si c'est un mauvais film. Que m'importe le passeport de l'artiste, c'est son œuvre que je lis, pas la prose du service des douanes.

*

En réponse à la question à peine soulevée par les journalistes de Radio-Canada qui m'interviewaient au sujet du cannabis, je crois qu'il convient de faire une mise au point :

1) Comme la Connaissance, dont elles sont les agents neurochimiques, *les drogues sont dangereuses*. Elles ont toutes en commun comme principal effet la dépendance.

2) Comme le savaient avec pertinence les civilisations néolithiques et antiques, *ce n'est pas parce qu'une chose est dangereuse qu'elle ne doit pas être enseignée*, au contraire.

3) Libéraliser l'accès aux drogues alors que nous ne savons qu'en faire, ni quel système d'éducation et d'initiation inventer avec la panoplie incroyable de la pharmacopée moderne, est vraisemblablement une aberration.

4) Perpétuer le système coercitif et carcéral tel que développé depuis trente ans aux États-Unis, et plus ou moins copié de par le monde, est une aberration sociale infiniment plus dangereuse que le mal qu'elle prétend soigner puisqu'elle engendre l'explosion de la population carcérale, la criminalisation de

la jeunesse, l'insécurité générale et l'enrichissement exponentiel des narcotrafiquants.

5) Conclusion : il faut vraisemblablement concevoir d'urgence un « palier de décompression » culturel où l'accès aux drogues soit légal mais restreint, et sous un relatif contrôle médico-social, à la condition, essentielle entre toutes, que l'on mette en place en parallèle les fondements d'un nouveau système éducatif, à la fois artistique et scientifique, et dans lequel certains psychotropes seront compris comme les clés d'un savoir nécessaire, encore à construire.

Les drogues peuvent conduire à de précieux enseignements ; à condition qu'elles soient enseignées.

Si l'on enseignait aux adolescents quelles drogues sont bonnes pour tel type d'usages, et lesquelles sont mauvaises dans tel type de conditions, si on leur enseignait une *hiérarchie des valeurs* au sujet des drogues, en fonction d'objectifs initiatiques et éducatifs clairs et structurés, ils ne se précipiteraient pas en masse sur les plus mauvaises.

*

Que l'on comprenne bien ceci : je ne reconnais presque rien de mes œuvres précédentes.

Mais c'est parce que chaque œuvre s'est efforcée de détruire celle qui l'avait précédée.

Lorsque Patrick Raynal me demanda ouvertement en septembre 1992, après avoir lu un volumineux et impubliable manuscrit de cinq cents feuillets de deux mille signes, de lui confectionner une Série noire, je fus en quelque sorte pris au dépourvu, et comme à mon propre piège. N'avais-je pas tout fait pour en arriver là ? N'avais-je pas déjà décidé, quoique inconsciemment en grande partie, de reprendre la littérature d'expression française là où on l'avait laissée, dans son anéantissement moral et esthétique d'après la Seconde Guerre mondiale, en établissant d'entrée de jeu une tête de pont sur sa réalité éminemment contemporaine, que Walter Benjamin avait déjà lucidement décryptée au début du siècle, et qui tient tout entière dans une poignée de mots et de concepts connexes, soit l'industrialisation (ou technicisation) des moyens de création artistique, leur reproduction mécanique, et aujourd'hui digitale, la génération de « sous-littératures » nées de cette nouvelle condition, juste avant le grand trou noir par lequel l'Homme et son Idéal furent définitivement avalés, anéantis, catastrophe dont les « genres populaires » sortirent étrangement plus forts et plus matures, alors qu'à de rares exceptions géniales près, la production académique et officielle tentait par tous les moyens de perpétuer l'illusion que la littérature, le langage, le logos n'avaient pas été désintégrés et qu'il ne nous fallait point inventer une nouvelle physique à partir de rien ou presque, afin de recréer quelque chose avec ces particules élémentaires survivantes, éparses ?

Ainsi, sans le savoir à l'époque, j'entrepris de détruire ce tout premier roman impubliable, de détruire ses *patterns* en m'attaquant à son contraire. Entre 1990 et 1992, j'avais pondu une interminable histoire de tueur en série, avec moult digressions scientifiques et philosophiques sur le cerveau et les états modifiés de la conscience, dans l'univers clos d'une banlieue industrielle, en l'occurrence celle où je vivais à l'époque.

Avec *La sirène rouge* (que j'intitulai d'abord *Autobahn City*, avant de me sentir forcé de revenir à une classique humilité envers le genre), je décide d'écrire une tout autre musique. D'abord, je me donne six mois, pas un jour de plus. Cela correspond à peu près au temps durant lequel je pourrais survivre, à 3 000 francs par mois, avec mon à-valoir. Ensuite, comme si ça ne suffisait pas, je m'invente un lot de contraintes. Un roman sur la route. Très bien. Où ? En Europe, bien sûr. Plus précisément ? Europe de l'Ouest, du nord au sud. Danemark-Portugal eût été l'idéal, mais je ne connais pas le Danemark, tant pis, ce sera la Hollande. Quand ? Maintenant. Ou mieux, à six mois de distance dans le futur, lorsque je remettrai le manuscrit, disons avril 1993. OK. Le temps narratif ? Quelques jours, disons une semaine ou deux, une structure chronologique simple, mais avec quelques dérapages contrôlés dans le temps spécifique de la mémoire. Bien, quoi d'autre ? Faire un livre d'action, basé sur les *patterns* du roman américain des années 40 et 50. La course-poursuite est en quelque sorte un des modèles fondamentaux du genre. Mais aussi un roman noir, comme Hammett et Chandler savaient les faire, avec ce surgissement particulier du crime, du religieux, du politique et de la morale.

Oser faire de cet héritage venu d'outre-Atlantique les graines à semer sur notre espace européen, ou plutôt sur ce non-espace, tenter une bouture à la fois esthétique et morale, à mon humble mesure de prolétaire de la littérature (comme le furent avant moi des dizaines d'auteurs nord-américains ou français absolument délaissés par la culture officielle).

Mais surtout, surtout, ne rien tenter d'original et de neuf *en soi*, produire plutôt une synthèse fiévreuse de tout ce que ces simples mots « Série noire » pouvaient faire résonner en moi, non, non, sans m'engouffrer dans le traquenard de l'hommage, ou pire, du second degré, surtout pas, mais en me collant avec une humilité lumineusement assumée dans la troupe des « hard-boiled guys », en me disant qu'en essayant de rejoindre quelques noms illustres du roman noir moderne dont le travail me semblait singulier, j'éviterais sans doute de tomber dans le panneau habituel où mes confrères (et consœurs) de la littérature académique ou néoacadémique tombent et retombent, avec l'aspect terriblement mécanique de ces troupes anonymes broyées par les arsenaux modernes.

J'ai là devant moi un vaste territoire en friche — le crime, la justice, les nihilismes modernes, la mercantilisation du corps et de la vie humaine, le désastre européen, l'explosion des tribalismes ethniques et culturels, la décadence de l'individualisme — bref, tous les sujets qui n'intéressent strictement personne dans notre belle république des Arts et Lettres.

Je n'ai pas grand-chose sous la main dans mon réservoir à histoires, j'avais initialement prévu d'écrire des récits de « science-fiction » à haute densité philosophique, mais par chance j'ai toujours englobé le crime comme un des domaines essentiels de la culture humaine.

J'avais élaboré, près de cinq ans avant la phase d'écriture actualisée, les prémices d'une histoire entre une petite fille et sa mère, psychopathe meurtrière et manipulatrice, qui, devant la tentative de dénonciation de sa fille, entreprend de la faire passer pour folle.

Je ne sais pourquoi, je me saisis de cet embryon

d'histoire et décide d'y faire intervenir un troisième terme, totalement étranger. J'invente Toorop, en quelques jours, avec les rudiments de quelques personnages en gestation et l'histoire particulière de l'Europe en ces années de dégel postcommuniste. J'avais toujours voulu me servir de la figure du « viet-vet », mais jusqu'à ce que la Yougoslavie explose, en 1991, je n'avais pas eu de guerre à me mettre sous la dent, si vous me pardonnez l'expression, j'entends une guerre livrée ici même, en Europe, ou plutôt dans la Non-Europe, dans Zéropa-Land.

Je me suis rendu en Yougoslavie, mais plus tard. Je n'étais alors qu'un sous-prolétaire de l'âge électronique travaillant dans le télémarketing pour un demi-smic par mois. La littérature était vraisemblablement l'unique échappatoire au suicide, lent ou rapide. Il est clair qu'en ces mois d'été 1992, alors que la guerre éclatait dans toute son horreur en Bosnie, je fus en permanence partagé entre le désir de plaquer cette vie inutile pour foncer droit sur Sarajevo, et m'engager dans les forces de défense du gouvernement bosniaque, ou alors transformer ma vie par l'écriture, destin que je tentais inconsciemment de me forger depuis des années et qui apparaissait enfin au grand jour, simultanément au désastre.

Si je suis en mesure de vous raconter cela, des années plus tard, c'est, vous l'avez compris, parce que j'ai choisi la voie la moins glorieuse.

Oui, car des hommes d'Occident sont morts en Croatie et en Bosnie, une poignée de dingues et de desperados dont certains auraient été dans l'incapacité de situer la Yougoslavie sur une carte une semaine avant leur départ pour ces territoires de l'ombre.

Lorsque je me résolus à écrire *La sirène rouge*, plutôt que de partager leur sort sur la terre d'Europe, je me suis dit que Toorop devait avoir été l'un d'eux, qu'il était leur messager, un survivant, un fantôme en transit dans le monde normal où les gens mangent au restaurant et vont au cinéma, pendant qu'à une heure d'avion de leurs frontières des enfants sont brûlés vifs devant les yeux de leurs mères, et qu'on oblige des hommes à arracher les testicules d'autres hommes avec leurs dents.

Toorop est le survivant de la 108e brigade bosniaque, où de nombreux volontaires occidentaux furent incorporés.

Par ma seule volonté, j'ai fait de lui l'ange exterminateur d'une histoire développée à partir de presque rien, avec une carte routière de l'Europe de l'Ouest, le souvenir de quelques voyages et l'envie d'en découdre.

Avant de démarrer l'écriture du roman proprement dite, en novembre 1992, je m'étais trouvé un dispositif qui me permettrait selon moi de dévider le huis clos originel entre Alice et sa mère (plus les quelques psychiatres et contre-experts tâchant de démêler le vrai du faux) en une narration dynamique, avec le mouvement de la voiture et sa liberté apparente. Il fallait que cette apparente liberté se révèle un parcours du combattant avec ses pièges, de plus en plus menaçants au fur et à mesure qu'Alice et Toorop se rapprochaient du but (en l'occurrence le père toxicomane de la fillette), jusqu'au traquenard final et sa résolution dans l'armageddon au milieu des flots et des cieux déchaînés (je savais aussi, plus tout à fait intuitivement, que je devais avant toute chose réutiliser les clichés du genre en essayant de les épuiser, comme une métaphore de la ruine sublime des nihilismes contemporains).

De plus, je ne sais pourquoi, mais une sorte de « truc » jaillit comme par magie d'une boîte noire de mon cerveau.

Le rythme. Je sentais qu'une action monolinéaire risquait d'enliser la narration dans l'inutile, ou l'impossible. Je pressentais aussi que la dialectique ne me serait d'aucun secours, puis je ne sais pourquoi l'évidence me sauta aux yeux, un soir. La structure ternaire du jazz, ou du rhythm' n' blues, avec son ABC de base, allait m'ouvrir un jeu de combinaisons et de permutations fondamentales qui m'aiderait grandement à structurer la narration sur le plan rythmique. En découpant arbitrairement les séquences entre A : Alice K. et Toorop dans leur fuite à travers l'Europe — refrains —, B : les tentatives désespérées de sa mère pour l'enlever des griffes de la justice, ou de son père — solos/bridges —, et C : l'investigation policière d'une fliquesse d'Amsterdam à laquelle Alice aurait confié son témoignage avant de disparaître — couplets —, je pensais tenir là une articulation à la fois musicale et narrative assez rigoureuse et assez souple pour pouvoir enchaîner A avec B, ou C, et ainsi de suite, créant un séquençage toujours varié, et dont la combinatoire renforcerait la cinétique dramatique du récit.

Je savais que je m'engageais sur la voie d'une sorte de découpage cinématographique, et j'en connaissais les limites, autant que j'en présupposais les risques (c'est-à-dire en les sous-estimant quelque peu), mais l'idée de cette trilogie avec la Loi et le Crime, et l'ombre de la Justice immanente incarnée en Toorop, le mercenaire de passage, me paraissait être en mesure de répondre au défi que la cinétique créative autonome du roman me jetait au visage. S'il fallait que j'épouse une sorte de fluidité rythmique née de notre culture cinématographique, après tout pourquoi pas ? S'il fallait obéir à un processus associatif musical, où était le problème ? Cette structure ternaire, c'était pratiquement tout ce que j'avais de solide pour cette expédition. Je sélectionnai donc dans ma discothèque tout ce qui peu ou prou relevait de la musique noire américaine. J'avais alors en ma possession Hendrix, Prince, Coltrane, Miles Davis, James Brown, Tina Turner, Aretha Franklin, Marvin Gaye, du rap électro des mideighties, une ou deux compilations de soul music. J'y rajoutais Kraftwerk et Dylan (la note blanche du blues), pour quelques passages particuliers, et j'en fis la discothèque de Toorop dans son automobile, tout autant que la mienne.

Je décidai, arbitrairement, et pour des raisons d'*économies générales* (incluant celle, toute singulière, de mon petit à-valoir), de couper sans pitié tout ce qui « dépasserait », en particulier tout ce qui avait été en projet dans la bouture originelle du roman. Les digressions philosophiques sur le vrai et le faux, le bien et le mal, l'art et le crime, la raison et la folie, l'humain et l'animal, devaient être rabattues dans la matière même du récit, dans les actions (ou non-actions) et les dialogues (ou non-dialogues) des personnages, ou dans certains éléments du décor, voire dans quelques rêves, disséminés comme des clés secrètes dans la mémoire d'Alice, et avec bien plus de légèreté que dans ce roman avorté où ils auraient constitué le plat principal.

Seul Toorop avec ses souvenirs de guerre pouvait prétendre donner une interprétation personnelle du monde, et des événements, car seul un survivant peut dire quelque chose de pertinent à ce sujet.

Enfin, ultime dispositif mis en place pour contrer la problématique née du découpage cinématographique (et sa recherche constante de l'effet et de la cause), je me suis dit que le mieux était de ne rien écrire au préalable, de ne pas établir de plan, rien du tout, pas même une poignée de notes. Laisser la musique agir. Et tant pis pour le structuralisme.

Et c'est ainsi qu'en ce début novembre 1992, je partis sur les traces sanglantes d'Eva Kristensen et de son organisation criminelle, premier prototype de ces reines mères paranoïaques et hystériques qu'on retrouvera sous des traits à peine différents dans les deux romans suivants.

Sept ans plus tard, je sais maintenant à quel point je n'ai pas dissous avec suffisamment de clarté les manques des romans précédents chaque fois que cela fut pourtant possible ; cette permanence de l'élément féminin maléfique (et ses créatures ambivalentes cherchant à acquérir leur liberté, contre elle s'il le faut) en est une trace rémanente, mais en voie d'être abandonnée, il est peu probable qu'on la retrouve dans mes romans à venir.

La sirène rouge, Les racines du mal et *Babylon Babies* forment une trilogie qui s'est développée à mon corps défendant, sans que mon cerveau en tant que tel eût à influer sur la relation qui les unit, il ne servit qu'à produire les trois objets littéraires, leur interrelation m'échappe, c'est elle, sans doute, qui a cherché à s'exprimer par ses trois ouvrages.

Ainsi, s'il est probable que dans le futur surgisse un quatrième volume qui conclura ce qu'il faudra bien appeler une tétralogie, je me dis en ce moment même qu'il s'agira selon toute vraisemblance d'une *somme négative* des trois livres antérieurs.

*

Premier précepte des nihilismes sociaux modernes : même si mes expériences foirent toutes sans exception, ma théorie est bonne.

Et mes instruments adéquats.

On me dit que l'imagination a mauvaise presse chez les écrivains français, ces derniers temps ; on le comprend, tout le monde sait qu'il y a quand même moins de neurones dans une paire de testicules que dans un seul de nos deux hémisphères cérébraux.

Pauvres romanciers de cette fin de siècle, forcés de jeter Henry James, Kafka, Borges, Céline et Flaubert dans les chiottes de la Littérature (avec le grand L), forcés d'abandonner tout récit, toute fiction, pour se transformer, sous l'œil sévère de cette nouvelle « nouvelle critique », en journalistes de leur propre banalité, en reporters de choc envoyés enquêter sur les territoires de leurs pauvres fantasmatiques individuelles : FR3/Poitou-Charentes à la découverte du lesbianisme ou de la scatologie chic et cultivée du VIe arrondissement ! On jette au passage à la tête de journalistes impressionnables qu'il s'agit là de la seule forme possible de littérature en cette fin de siècle, et tout le tralala.

Et, en ce qui nous concerne, nous humbles écrivains de toutes ces vies non vécues, non vivables, pourquoi écrire en effet, alors que nous ne nous sommes pas fait enculer par Papa, et que nous n'avons pas même attrapé le sida dans un back-room du Marais ?

Imaginons Kafka se bornant à décrire son quotidien d'employé de bureau, ou Céline et sa carrière de médecin de banlieue ! Proust lui-même — n'en déplaise aux clichés — ne se serait jamais commis dans cette hideuse absurdité qui consiste à *raconter sa vie*.

Qu'on ose me prévenir (sur l'air de la menace), moi, simple lecteur, que « ceux qui n'aimeront pas ce livre, je ne les aimerai pas », comme Jean-Marc Roberts, éditeur d'Angot, l'a candidement avoué à *Libération*, inaugure calmement une nouvelle ère de la littérature : celle où le lecteur est pris en otage avant même que d'avoir entamé sa lecture. Celle où le simple acte d'ouvrir un livre vous expose à la honte de ne point l'aimer, au déshonneur de ne pas souscrire à la vision de la littérature qu'y propose l'auteur, au lynchage intellectuel de tous les gros bras du stylo-plume journalistique, et sans doute, le terme semble se rapprocher de jour en jour, au cassage de gueule en bonne et due forme, comme au bon vieux temps des gardes rouges.

Non seulement j'ai le « droit » de ne pas aimer un livre, quels que soient sa qualité et son auteur, mais *j'ai aussi la liberté de ne pas aimer un bon livre*, en dépit de ses qualités, et de celles de son auteur.

D'autre part, même si je l'aime, que dis-je, *surtout* si je l'aime, je suis en droit de le critiquer, que dis-je encore, ne serait-ce point là un *devoir* moral ?

A contrario de ce que prétendent trop d'auteurs,

comme Christine Angot à cette émission de Pivot qui aura révélé ses dons d'artilleuse médiatique, j'aimerais affirmer une fois de plus que *nous ne sommes pas libres,* aucun d'entre nous ne l'est, je veux dire qu'il n'existe aucune liberté avant que ses contraintes ne s'actualisent et nous conduisent à un degré supérieur d'aliénation. Comme la vérité, la liberté et sa recherche participent d'un processus paradoxal dont nous ne sommes maîtres qu'à moitié (puisque pour l'autre part nous en sommes les esclaves). Non, *l'écrivain n'est pas libre de par sa seule condition d'écrivain.* Encore faut-il que sa littérature le conduise vers ce moment critique. Non, l'écrivain n'est pas libre par nature, et par nature il n'est pas le messager de cette liberté. L'histoire du XXe siècle, et son incroyable destruction du langage et de la pensée, aurait dû nous l'enseigner, mais elle nous aura conduits plutôt à ce qu'à quatre-vingt-dix jours de l'an 2000 on puisse tenir à la télévision ce type de platitudes mythiques, qui sont de celles qui peuvent garantir, je n'en disconviens pas, l'obtention éclair d'un prix littéraire.

La vérité ou les honneurs. La quantité de prix littéraires déversés chaque année dans ce prodigieux pays qu'est la France contemporaine devrait nous renseigner quant au choix de l'ensemble de cette industrie, choix auquel les petits rouages individualisés que sont les auteurs souscrivent pleinement tout en affirmant avec pathos le contraire, sans compter les trémolos de sincérité qui accompagnent les dénis d'existence d'une telle industrie et ses opérations de marketing (ils sont libres n'est-ce pas ?), en œuvrant pourtant pour sa pérennité, telles d'obscures fourmis ouvrières travaillant au service de la colonie dans l'espoir de recevoir leur gratification annuelle, un anesthésique très puissant qui prend des noms divers, selon ses variétés, mais dont l'effet est toujours le même : reproduire le cycle l'année suivante, pour le bien-être de la colonie.

Ces écrivains bardés de prix et qui clament qu'ils sont libres !

Il existe deux catégories de bons élèves : les premiers de la classe qui suivent les directives éducationnelles du système, et obtiennent les gratifications en retour. Et les premiers de la classe qui sont déjà au-delà de toute classification, qui ont une, deux, trois, sept classes d'avance, et qui finissent par rejoindre les cancres dans la procédure d'éjection hors du système, à un moment ou à un autre.

*

La vérité
est blanche
au-dessus des collines de Los Alamos
comme l'été
indien des Anges
venus de la cité de Babylone
les foules aveugles
marchent
d'un bel ensemble vers leurs destinations
où
l'opérateur vidéo
déclenche
le quadrillage intime de leurs petits cosmos.

Dans le buisson noir
de la mémoire

s'élaborent des stratégies
d'insectes névralgiques
et d'enfants aux dents d'acier,
leurs chemises bleuies
par leur sang
s'évaporent dans l'hélium
glacé de la vérité,
leurs pieds ouverts
par les cristaux de neige
laissent des traces
pour leurs poursuivants
affamés de leur chair,
et dans ce désert blanc,
froid comme une ville humaine
plus monochrome que l'azur,
et que nul encore n'a traversé
seuls des loups
ou des machines sauvages
sont en mesure
de leur venir en aide.

*

Bibliothèque
des alchimies
au cortex
requises,
la pensée fonctionne
aux limites
permises
du système,
le vitrail des nerfs
impressionne
la mémoire d'isotopes
et d'ignitions

sélectives
qui stratifient notre regard
et contiennent
quelques icônes
aux enfances dévastées.

*

Se réveiller au lendemain d'une catastrophe encore à venir.

L'exposition
des frontières cliniques
au corps et ses organes
se transfère
chimie des érosions
maladie du carbone
lumière
dont l'écho extatique
aux pensées
s'amalgame
nos nerf optiques
de l'autre
font un quadrillage
de nombres
nos gestes paramètrent
l'horizon éteint
des affects
nos consciences
peinent à diviser
le monde
mais nos boîtes
à outils
sont prêtes.

*

Ce n'est pas parce que nos neurones sont capables d'effectuer des millions (voire des milliards) d'opérations à la seconde que nous sommes tous des calculateurs prodiges.

En dehors des néonazis et des extrémistes islamistes, je ne vois que les juifs ultraorthodoxes pour sérieusement mettre en péril l'existence de l'État d'Israël.

Le positivisme, cette forme démocratique et technicienne du nihilisme, a retourné la science contre la Connaissance, la technique contre l'homme, puis, devant l'étendue des destructions commises, est retourné benoîtement s'enfermer dans les universités, où depuis il ronge lentement les ultimes soubassements de son propre édifice.

Ces pédagogues qui affirment que l'instruction des connaissances suffit à faire un homme intelligent, et qui claironnent que l'intelligence suffit à faire un homme cultivé, alors que la plus haute culture ne suffit même pas à faire un homme éveillé !

Ces mêmes pédagogues qui prétendent que l'expression de soi est un justificatif suffisant à l'élaboration d'une œuvre d'art, ou d'un quelconque discours vaguement apparenté comme tel, alors qu'une œuvre d'art n'est un tant soit peu pertinente qu'à la condition de détruire le moi de l'auteur, et si possible celui de ses lecteurs, auditeurs ou spectateurs !

*

Semer le trouble, c'est parfois récolter la lumière.

Petite boîte à outils d'urgence à destination de ceux qui parmi les écrivains seraient éventuellement désireux de transmettre l'héritage humain de ce siècle aux mutants du prochain :

— Karl Popper et Korzybsky, comme premiers éléments d'une approche quantique et évolutionniste de la connaissance humaine.

— Friedrich Nietzsche, Teilhard de Chardin et Bergson, comme fondements à toute épistémologie digne de ce nom.

— Deleuze, Butler et Bateson pour comprendre notre condition de neuromachine biologique aux mutations internes continuelles.

— George Steiner, Bruno Bettelheim, Primo Levi, Dostoïevski et Chalamov pour comprendre la nature de la pensée nihiliste et concentrationnaire du XXe siècle.

Cette liste n'est pas exhaustive, elle pourrait aisément être complétée, et je conçois qu'il s'agit d'un choix très subjectif, pourtant si je devais impérativement réunir une poignée de livres philosophiques me permettant d'assurer une certaine compréhension des cent ou cent cinquante ans qui viennent de s'écouler, si je devais les faire tenir dans un colis standard de chez Federal Express à destination d'une poignée de survivants du futur, il me semble bien que mon choix se porterait sur ceux-là.

Cellophane aux muqueuses
découpées au rasoir
la bouche entière et sa langue

en bocal à cornichons
les yeux globes bleus glacés
dans le cauchemar frigorifique
les doigts alignés sur l'aluminium
quelques membres épars
dans le bac à légumes
suivez le guide
à toute heure
dans le congélateur
de l'homme libre
du vingtième siècle.

Qu'est-ce qu'une authentique liberté ? C'est le moment où une vérité concernant l'état général de votre condition vous éclaire, à tel point qu'une distance critique s'effectue entre vous et le *monde d'avant*, que vous êtes en mesure de déployer vos ailes et d'acquérir un peu de mobilité, un peu d'autonomie en regard de la foule des combinats sociaux, puis très vite, vous voilà face à la vérité dénudée dans toute sa cruelle lumière : cette liberté s'anime sur un jeu de contraintes supérieures, celles du *monde d'après*, auquel il vous faudra vous adapter (y compris en luttant de toutes vos forces contre lui).

Lorsque l'homme se libère de la gravitation terrestre, c'est pour subir les contraintes de l'apesanteur.

Libérez-vous de la mort, et entrez dans un monde sans conscience !

Libérez-vous de la cruauté, et entrez dans un monde sans justice !

Libérez-vous de Dieu, et entrez dans un monde sans hommes !

Il ne s'agit donc pas tant, on le pressent, de s'arracher à tout prix des matrices sociales que l'humanité et ses erreurs nous auront léguées, que d'élaborer avec elles un nouveau jeu de relations (et donc de contraintes) basé sur des vérités scientifiques et philosophiques que la fin de l'Homme nous aura enseignées, et qui permettra d'opérer parmi ces modes d'organisation la sélection que cette nouvelle métaphysique appellera, afin d'en faire les pièces, les cellules transmutées de nos productions futures, en faisant tout pour que l'héritage artistique et scientifique de l'humanité ne disparaisse pas corps et âme dans le naufrage généralisé des nihilismes néopositivistes qui ne peut qu'advenir, à plus ou moins court terme dans le courant du XXIe siècle.

*

Oui, osons établir une topologie dynamique de nos accomplissements et de nos ruines, osons entreprendre le prolégomène à la synthèse biopolitique qu'il s'agit de faire surgir, si nous ne voulons pas tous disparaître, nous, et ce que nous portons en nous.

Osons poser des diagnostics implacables, et objectifs, osons dégager les paradoxes de cette genèse chaotique nommée abusivement histoire, et dans laquelle on cherche aveuglément une logique transcendante, alors que l'homme n'est que l'animal égaré hors du règne animal, une catastrophe répétable qui pousse devant elle un chaos d'événements croisant parfois, rarement, la route de la vérité.

Osons faire de ce chaos l'énergie nécessaire à une nouvelle plastique générale de l'homme, ou disons de la vie consciente et hominidée de cette planète, osons chercher dans les diverses réalités de notre passé et de nos origines les matériaux fissiles susceptibles de réunir cette masse critique entre nos sciences, nos consciences, notre futur et notre généalogie.

Oui, ayons un peu d'audace, nom d'un Oppenheimer, ayons le cran de procéder d'urgence à l'expérience critique et synthétique de notre humanité, osons comprendre l'évolutionnisme singulier qui a présidé à notre surgissement, et à toutes nos progressions et régressions ultérieures, essayons de le déchiffrer dans la matière sanglante de notre « histoire » (un simple présent mis à distance par l'entropie), essayons d'en recueillir quelques fragments de vérité afin d'entreprendre cette transformation générale de l'économie humaine, par laquelle toutes les hautes inventions de l'homme, depuis le paléolithique, seront comme convoquées dans un immense réacteur à fusion, où chacune perdra de sa substance dans un processus d'anéantissement, en même temps que toutes s'unifieront pour produire un nouveau composé, comme l'hydrogène du soleil se transforme en hélium, en fer, en carbone, dans une faramineuse et magnifique dépense d'énergie, qui au bout d'un temps immémorial produit l'apparition de microconsciences isolées sur un petit morceau de poussière, et par lesquelles seulement un sens pourra être donné à ce formidable processus.

*

Ce soir, soirée télé.

Je tombe par hasard sur un documentaire historique québécois qui offre un aperçu synthétique, et fort instructif, de la genèse de la défaite française en Amérique.

Je tombe sur l'histoire d'un certain Le Moyne d'Iberville, véritable génie militaire et naval qui accumula victoires sur victoires contre les flottes et troupes anglaises, et que la France catholique, terrienne et déjà décadente fut, on s'en doute, dans l'incapacité d'utiliser intelligemment.

Ce que ce documentaire met en lumière, c'est que notre déroute en Amérique, qui s'échelonne de 1689 à 1763, n'est pas due principalement à une série de défaites militaires occasionnées par de fâcheuses dispositions stratégiques, ou à l'incompétence de nobliaux crétinisés venus de la cour de Versailles — quoique cela eût aussi son lot de conséquences —, mais par *une différence radicale de régime économique*.

Et j'entends économie au sens général et multidimensionnel qui lui adjoint la religion et la métaphysique, ainsi que les tropes de l'inconscient, collectif comme individuel.

Au début du XVIIIe siècle, il y a un bon million de colons en Nouvelle-Angleterre, et tout juste quatre-vingt mille en Nouvelle-France.

La Nouvelle-Angleterre est déjà divisée en treize territoires administratifs distincts (qui deviendront plus tard les treize États fondateurs des États-Unis d'Amérique), de nombreuses villes manufacturières, des ports, des centres militaires, des universités, des collèges sont reliés par un réseau de routes en bon état. La production locale est variée et lui permet d'assurer son autosuffisance tout autant que d'exporter en masse vers la métropole.

En Nouvelle-France, la société fonctionne sur le modèle centralisateur et agricole de la royauté capétienne, il s'agit d'une colonie considérée comme une simple excroissance du royaume, dont la fonction est d'exporter vers la métropole des produits de l'économie primaire, fourrures en premier lieu, ou de servir de passerelle dans l'absurde tentative de « commerce triangulaire » planifié entre le Canada, les Antilles et la France.

Il faut savoir en effet (et je dis ça principalement pour mes compatriotes du Vieux Continent qui la plupart du temps ne connaissent de la « Belle Province » que les platitudes d'un Plamondon ou d'une Céline Dion) que de nombreuses victoires ont été gagnées par les Français ici même, mais que ni Louis XIV ni Louis XV, ni leurs conseillers (ou conseillères sous la couette), ne considérèrent jamais l'Amérique comme un territoire stratégique. À la fin de la guerre de Succession d'Espagne, un match quasi nul à peine défavorable aux Français, la monarchie décida de consolider ses possessions en Europe et, en échange, livra Terre-Neuve, l'Acadie, la baie d'Hudson et de vastes territoires amérindiens aux Anglais, consommant notre défaite pour les beaux yeux de la Pompadour, ou les pitreries de je ne sais plus quel cardinal dégénéré, ou obscur fonctionnaire à deux quartiers achetés dans l'année.

Quand vous regardez la carte à ce moment-là, nous sommes en 1715 disons, et Louis XIV vient de mourir, vous comprenez que déjà tout est perdu pour nous, et qu'en fait nous n'avions pas l'ombre d'une chance.

Plus tard dans la soirée, et sur une autre chaîne, j'assiste, proprement médusé, à la prestation de Mme Samaa Elybiari, représentant je ne sais plus quelle association ou ligue antidiffamatoire musulmane.

En effet, ce que reproche cette ligue antidiffamatoire aux médias canadiens, c'est de véhiculer un certain nombre de préjugés concernant cette communauté. Quels préjugés ? Eh bien le fait qu'on parle de « militants islamistes », ou de « terroristes islamistes », ou « groupes islamiques armés ». Quel est le problème ? Eh bien « qu'on amalgame de fait l'Islam avec le terrorisme ou le fondamentalisme radical », et que dans le cas de la Tchétchénie par exemple, on ne fasse pas état de « rebelles indépendantistes » mais de « groupes islamiques », alors que les médias ne firent pas ou peu allusion au fait que les séparatistes serbes de Bosnie étaient des chrétiens orthodoxes.

Que signifie cette mascarade ?

Qui s'intitule donc officiellement Mouvement de la Résistance islamique (soit Hamas), ou Jihad islamique, ou Justice islamique, ou Jamiat al-Islamya, qui signe ses tueries du sigle Groupe islamique armé, comment s'appelait le Front islamique du salut, quel est le nom de la République islamique d'Iran, déjà ? Rappelez-moi celui de l'Émirat islamique d'Afghanistan, pendant que vous y êtes. Quel est le nom de ce célèbre docteur noir américain qui a baptisé son mouvement politique afrocentriste et antisémite « Nation of Islam » ? En Tchétchénie, ou au Daghestan, que viennent foutre des hommes comme Khattab le Jordanien, et les centaines voire milliers de combattants venus du monde arabo-islamique dans son entier ? Vendre des pans-bagnats sur les plages de la mer Caspienne ?

Il est tout à fait clair que la dislocation de l'empire russe et l'indépendance plus ou moins légale de ses riches territoires pétrolifères du Caucase et de l'Asie centrale ont permis aux dictatures théocratiques, saoudienne, pakistanaise et iranienne en premier lieu, de s'offrir une guerre d'usure à coups de pétrodollars contre un vieux tyrannosaure bien fatigué, et sans le moindre kopeck d'avance.

Ce n'est pas en enjoignant les médias, déjà dans l'incapacité de donner quelque sens aux événements (puisqu'ils se contentent désormais de les filmer, d'en diffuser les images et de dater leur occurrence), ce n'est pas en les enjoignant, donc, de donner une image politiquement correcte de l'Islam moderne, en occultant toutes ses terribles contradictions, et impasses plus terribles encore, que le sort des femmes afghanes, iraniennes ou saoudiennes, des enfants algériens, irakiens et soudanais, bref de l'ensemble des populations vivant sous des dictatures plus ou moins islamisées et nationalistes (de l'Irak à la Syrie, de la Libye au Pakistan) risque de s'améliorer quelque peu dans un avenir raisonnable.

Ce pétro-jihad fut également tenté en Bosnie mais, en dépit des efforts de la propagande serbe, et française, les mouvements islamistes ne purent jamais prendre racine dans ce pays européen, au sein d'une population dont l'appellation nationale officielle de *musulmane* avait pour origine une de ces aberrations du communisme sur lesquelles on ne reviendra pas.

*

Je lis brièvement dans le courrier des lecteurs de je ne sais plus quel journal la lettre d'un Français expatrié qui s'en prend au gravissime problème des Québécois s'offusquant lorsqu'on fait allusion à leur accent (il est vrai que cela froisse parfois la susceptibilité de certains). On comprendra que je laisse à ce brillant théoricien des relations linguistiques et culturelles le soin de gloser sur ce vaste et insondable sujet. Là n'est point en effet mon propos. Ce qui me frappe dans cette lettre ce sont les mots par lesquels elle se termine (je cite de mémoire, je n'ai pas pris la peine de noter, mais je reste très proche du texte originel) : *je suis souverainiste parce que lorsqu'on veut s'intégrer dans une population, on doit adopter ses valeurs et son idéal.*

Je rappelle d'abord à ce monsieur, au cas improbable où il me lise, mais sans doute l'exemple vaudra-t-il pour d'autres membres de ma « communauté », qu'au récent référendum de 1995 un peu plus de la moitié de la population québécoise s'est prononcée *contre* la séparation, mais il est vrai que pour un Français seuls les francophones sont des citoyens québécois à part entière. Tout le monde comprend que plus le temps passe, plus le pouvoir souverainiste décline, plus les problèmes sociaux émergent, moins les « conditions gagnantes » semblent en mesure d'être réunies ; par ailleurs, si la question de la séparation impliquait réellement ce que le mot recoupe (comme les Slovènes, les Croates et les Bosniaques l'ont fait, c'est-à-dire indépendance nationale de la monnaie, de la défense, des affaires étrangères et de tout le bazar) alors le OUI tomberait en dessous des quarante pour cent, mais cela, on le sait, n'est pas du genre à effrayer un Français convaincu de sa pertinence.

Enfin, et c'est un à-propos rapide pour clore ce sujet qui n'en est pas un, je n'ose imaginer ce qu'aurait été capable de faire ce jeune homme pour embrasser *les valeurs et l'idéal de la population* de l'Allemagne hitlérienne des années 30.

Peu de temps après mes interviews désastreuses à

la télévision, je constate, effaré de l'intensité particulière avec laquelle cette révélation me cloue, que ce média n'a d'intérêt pour nous artistes, et spécialement nous les écrivains, que si nous en faisons une plate-forme ardente de nos sabotages, que si nous en faisons l'outil de quelque *scandale*.

Autrement, franchement, quel intérêt de vendre sa salade d'écrivain à un (ou une) journaliste qui en interviewera cinquante autres comme vous dans l'année ?

Quel intérêt de raconter l'histoire de votre roman en quelques mauvaises paraphrases à un téléspectateur qui, soit n'achètera pas le livre, auquel cas il s'en fout, soit l'achètera, ou l'a déjà acheté, auquel cas il s'en contrefout encore plus, puisque c'est pour s'entendre silencieusement narrer cette histoire à lui-même qu'il a dépensé entre 15 et 30 dollars, en échange de trois cents ou quatre cents pages de bon papier.

La télévision n'a d'intérêt que si nous détruisons son langage, qui est l'entropie du langage.

Problème majeur légué par le XXe siècle : l'auto-anéantissement des nihilismes européens nous laisse avec la domination unipolaire du nihilisme américain.

Il faut comprendre le nihilisme américain contemporain comme un superbe condensé synthétique des nihilismes européens qui l'ont précédé — et ont provoqué la perte du Vieux Continent —, une synthèse d'où émergent déjà les formes prototypes de son retournement ou surmontement.

Il ne s'agira, on s'en doute, rien moins que du second Grand Cataclysme historique que vivra de l'intérieur cette civilisation* (en ne comptant pas celui qui aura présidé à sa fondation), et du premier depuis le début du XXe siècle (même la Seconde Guerre mondiale fut un théâtre d'opérations extérieur au territoire américain et je ne place pas la Dépression de 1929 tout à fait dans la même catégorie).

Car la problématique constitutionnelle américaine ressemble à une marmite fermée à bloc (par la Cour suprême) et suspendue au-dessus d'un énorme foyer, où chaque jour des bûches nouvelles sont amenées (la néorégulation libertariste de l'économie-monde et son impact sur les sociétés et les cultures, les nouvelles frontières métaphysiques des sciences et des techniques). Ainsi le libre commerce des armes à feu, amendement constitutionnel que les pères fondateurs avaient conçu à une époque technique et métaphysique aujourd'hui disparue, semble dans l'état actuel des choses faire courir des dangers de plus en plus grands à l'ensemble de la société américaine. Non pas que ce commerce libre des armes à feu représente en lui-même le danger, mais parce que le principe régulateur fondamental, l'éducation et la culture, est désespérément en panne, ici, comme dans tout l'Occident démocratique.

Voilà précisément le cœur de tout acte politique : le choix du possible, là, maintenant, la sélection des crises dans l'urgence, et la volonté de ne pas revenir sur ses choix avant que la crise soit finie, pour passer à la crise suivante et ainsi de suite, dans une espèce de jeu vidéo grandeur nature, où l'ordinateur du

* Le seul jusqu'à présent est connu sous le nom de Guerre de Sécession.

chaos humain passe son temps à défaire ce que vous êtes en train de faire.

Y a-t-il honnêtement une autre façon de faire de la politique aujourd'hui ?

Pourquoi et surtout *comment* échapperait-elle aux lois et aux modes d'évolution de la vie elle-même ?

*

La vie est un immense bric-à-brac dont quatre-vingt-dix pour cent, selon notre acception égalitariste et utilitaire des choses, est à proprement parler superflue. Ce bricolage transfini, qui remodèle aussi bien son passé que son présent, sa fin que ses origines, est précisément ce qui caractérise le mieux l'homme et ses créations. Peut-on affirmer sans sourire que l'économie et la politique puissent un jour échapper à cette contrainte existentielle et essentielle ?

Rien n'est vraiment préécrit, des tendances s'actualisent et se renversent avec une déroutante facilité pour peu qu'un dictateur s'enrhume ou qu'une démocratie pisse dans son froc, des microévénements engendrent des catastrophes colossales, une poignée d'individus peuvent surfer sur ces dynamiques et changer l'histoire, tout cela est un fantastique et absurde bricolage dont le sens n'est jamais donné que par ces quelques individus singuliers dont c'est précisément la tâche.

Pour les idéologues du *Monde diplomatique*, les crises financières qui se succèdent sont la preuve de la mauvaise santé du système, alors que selon moi il s'agit sans aucun doute d'un des signes les plus clairs de sa *vitalité*.

C'est lorsqu'il n'y a plus de « crises » qu'on peut dire qu'un système aborde l'âge de la ménopause, pour se diriger doucement vers la mort.

Ce serait plutôt d'un afflux trop puissant de vitamines et d'énergie que souffre notre économie-monde, et non l'inverse.

*

Écrire, c'est parfois la seule façon possible de garder le silence.

Sans vouloir tirer sur une ambulance, mais celle-ci s'est, je crois, imprudemment déguisée en char d'assaut, je crois qu'il est temps de dégonfler un bon coup cette pauvre baudruche universitaire positiviste que fut ce fumeux coup d'éclat Sokal-Bricmont sur les prétendues impostures intellectuelles de l'Université française, etc.

Très franchement, en lisant ce livre de près, alors que je m'étais contenté jusque-là d'un rapide survol, je ne sais trop par où commencer.

Chaque fois qu'ils s'en prennent à une de leurs cibles favorites (leur livre ressemble à un long réquisitoire de procureur stalinien parfaitement construit, avec fiches à l'appui, ambiance procès de Moscou) on y voit s'animer une telle malveillance, une telle acrimonie de concierges acharnés à déceler la petite faute, le petit détail susceptible d'alimenter leurs médisances potinières, on y trouve une telle somme d'assertions plus confuses encore que celles qu'elles prétendent dénoncer, qu'on ne sait franchement où donner de la tête.

Un de leurs arguments principaux réside dans le reproche qu'ils font aux sciences « humaines » de n'être pas exactes, comme la physique et les mathématiques, alors qu'elles essaient de s'en donner l'apparence (un discours de vieilles biques positivistes maintes fois décongelé, et que me servaient déjà d'obscurs tâcherons du SNES* lorsque vers l'âge de quinze ans je m'intéressai incongrûment aux particules élémentaires, à Nietzsche, aux Présocratiques, à Philip K. Dick, et aux origines de la vie et du cosmos alors que je devais apprendre par cœur je ne sais plus quelle formule servant à exprimer la valeur du travail effectué par un mobile sur une planche inclinée à tant de degrés).

On se trouve de fait devant la résistance acharnée de deux bureaucrates de la classification « rationaliste » qui se voient brutalement privés de tout repère stable dans une polysémie créatrice qui cherche en effet encore à dégager ses principes et ses objets de métaphysiques millénaires toujours prégnantes.

Il est vrai que les sciences « humaines » ne peuvent prétendre à l'exactitude rigoureuse de la physique et des mathématiques, ni à leurs méthodes, et pas plus à leurs modes opératoires. Pourtant les instituts de sondage, les démographes et les sociologues font de la statistique de la population tous les jours avec des outils mathématiques basés sur le calcul des probabilités et autres espaces non euclidiens,

* Service national d'éducation sénile, ou Syndicat national de l'éducation secondaire, pour mes lecteurs francophones non français, il s'agit de la centrale syndicale cryptostalinienne des collèges et des lycées.

ce qui implique pour le moins une certaine contiguïté. D'autre part, comment comparer le degré de précision et d'« exactitude » d'une science multimillénaire (nous ferons remonter physique et mathématiques à l'époque d'Aristote) avec celui d'un faisceau embryonnaire de connaissances qui cherchent encore à délimiter leur objet et leurs méthodes (comme les sciences au temps des Grecs et jusqu'à la Renaissance) ?

La physique peut-elle se targuer d'avoir été vraiment *exacte* avant les équations de Maxwell, la thermodynamique et la mécanique quantique ? C'est-à-dire justement au moment où elle a réinjecté l'incertitude et l'indéterminisme dans son champ de connaissances ?

L'est-elle même aujourd'hui ?

Pourquoi accuser ainsi de débilité ceux qui pensent que certains concepts venus de la physique quantique, des maths, de la cybernétique ou de la biologie pourraient être en mesure de mieux nous faire comprendre l'homme, et ses productions sociales ou culturelles, alors qu'un sir John Eccles, prix Nobel *lui*, met au même moment en lumière les phénomènes d'ordre probabiliste et quantique qui ne cessent de se produire dans le cerveau, ces phénomènes qui ne cessent de produire la *pensée* ? (Il faut dire que pour pouvoir comprendre la pensée, il est nécessaire au moins d'en posséder une.)

Que les pionniers qui se lancent sur de telles voies de recherche commettent des erreurs ou des contresens, qui n'en commet, surtout dans les rudes conditions des origines ? Descartes lui-même ne s'était-il pas magistralement planté avec sa conception de la glande pinéale ? Galilée, Kepler et quelques autres ne commirent-ils point un nombre incalculable d'erreurs d'interprétation de ce que leurs lunettes astronomiques leur donnaient enfin à voir (canaux sur Mars, mers sur la Lune, anneaux autour de Saturne, etc.) ? Einstein ne refusait-il pas d'admettre bon nombre de spéculations ou de conclusions de ses collègues Bohr, Dirac ou Heisenberg, qui furent ensuite rigoureusement démontrées, et réciproquement ? Croyez-vous que Darwin aurait pu, avant Pasteur et sa découverte fondamentale, imaginer le rôle des micro-organismes dans la vie, les maladies, la mort des hommes et des animaux ? Comme Popper n'a cessé de le dire, n'a cessé de le prêcher dans un désert de plus en plus vaste devrais-je dire, ce qui est de l'ordre de la science est ce qui est de l'ordre du critiquable, du vérifiable, de l'*éprouvable* au sein d'un « troisième monde » où les théories et les idées entretiennent des relations aussi complexes que les diverses espèces vivantes d'un biotope. Or il est complètement absurde de prétendre comme nos deux histrions que la psychanalyse, ou la linguistique, la sémiotique, l'économie politique des signes, ou même la théorie de la littérature, échappent à la sélection darwinienne des concepts et des idées : mettez aujourd'hui en regard les écrits de Barthes (et de la « nouvelle critique ») face aux courriers des lecteurs déchaînés du *Monde* de l'époque, ou de certains de ses contempteurs les plus féroces (Picard) et vous verrez qu'en dépit de ses « erreurs » et de ses « trucs » stylistiques, Barthes et sa « nouvelle critique » l'emportent haut la main, trente-cinq ans plus tard.

D'autre part, se moquer de Freud, de Jung, de Deleuze ou de Lacan équivaut, il me semble, à ridiculiser les savants grecs ou arabes en pointant d'un air sournois tout ce qui dans leurs textes s'est trouvé invalidé par les découvertes ultérieures de la science, tout ce qui dans leurs principes n'a pas résisté aux dures épreuves du temps, tout ce qui n'a pu se dissoudre à l'intérieur d'une vérité supérieure, tout ce qui même était franchement dérisoire. Car il faut se rendre à l'évidence : nos tristes sires se croient permis, comme tous les fats égalitaristes, de débiner d'authentiques philosophes du haut de leurs minables chaires de professeurs modernes !

On voudrait en rire qu'il nous faut sur-le-champ imaginer la tronche des hommes de la fin du prochain siècle, juste ça, oui un siècle, et sans doute qu'un demi suffira, en train de lire un exemplaire de leur ouvrage.

Le pire consiste en cette manie de l'amalgame à laquelle succombe tout procureur stalinien, disons même : manie à partir de laquelle s'échafaudent toutes les théories accusatoires de notre inénarrable binôme. En relevant les nombreuses absurdités dont sont émaillés les textes de Kristeva, de Derrida ou de Luce Irigaray, d'habiles faussaires, et en les plaçant d'office sur le même plan que certains paradoxes extrêmement difficiles ou formulations ardues, ou choquantes pour nos esprits libéraux, et dont on ne prend qu'une citation isolée de son contexte, de Deleuze, Kuhn, Lacan ou Bergson, nos petits laborantins de la sociologie positive n'inaugurent rien en la matière. Dans les années 50 un certain Jean Kanapa avait commis lui aussi un « brûlot » s'en prenant aux « idéalismes » et aux « formalismes » littéraires ou scientifiques « modernes ». Le titre de son texte : « FAUT-IL BRÛLER KAFKA ? » fit bonne figure en première page de la revue de « philosophie » du Parti communiste français. On peut assez vite circonscrire la profonde jalousie qui les anime, leur sinistre livre de KGBistes de la pensée est tout entier rempli du ressentiment qu'éprouve le bureaucrate sans style devant la flamboyance de nos derniers dandys de la pensée ; leurs passages répétés à la télévision met en évidence une seule chose, qui ne cesse de m'étonner : grâce à eux, il est devenu possible de préjuger de la qualité d'un texte selon la coupe de cheveux, et du costume, de ceux qui l'ont écrit.

Une des plus affligeantes démonstrations de leur sinistre talent est, je crois, dédiée à Bergson.

Il ne m'incombe pas ici de juger de la validité des théories de ce grand penseur (elles ont été critiquées par bien plus grands que moi, et je n'ose bien sûr parler des deux auteurs qui nous occupent), mais plutôt de déchiffrer la minable opération qui consiste à vouloir le ridiculiser en pointant (toujours le même procédé policier d'indexation récriminante), en pointant donc ses « erreurs » d'interprétation de la relativité restreinte, ou générale (je rappelle que Bergson écrit ses œuvres majeures entre 1889 et 1932), puis en s'en prenant à la manière cavalière et frôlant le grotesque (selon eux, mais pas selon les principaux intéressés à ce que je sais), la manière, disais-je, avec laquelle Bergson s'était cru obliger d'entamer une relation épistolaire avec Einstein afin de critiquer certains prédicats ou conclusions de sa théorie !

On comprend ainsi tout d'abord que si MM. Sokal et Bricmont peuvent du haut de leur infinie sagesse oser entreprendre le déboulonnage de Freud, de Lacan, de Kuhn, de Deleuze ou de Bergson, on ne peut une seconde envisager en revanche que ce dernier se risque à envoyer quelques mots au concepteur de la relativité générale.

Ensuite, si nos deux augustes universitaires modernes, socialistes et positivistes, avaient pris la peine de se doter d'un cerveau pour lire et comprendre quelque peu l'œuvre de Bergson, ils n'auraient pu éviter de se rendre compte que si celui-ci commet une erreur remarquable ce n'est pas dans leur fastidieuse énumération qu'on eût une chance de la trouver.

Bergson, comme la plupart des hommes de son temps et comme Einstein lui-même, et comme les pionniers de la physique quantique l'avouaient eux-mêmes, avait un mal fou à comprendre (selon le sens usuel du mot) les théories de la mécanique ondulatoire tout autant que les notions de la Relativité restreinte, et encore plus on s'en doute *générale*, que MM. Bricmont et Sokal ont eux, on l'aura deviné, parfaitement assimilées, à tel point d'ailleurs que la communauté des grands scientifiques de ce monde (du Cern au Fermilab, du mont Palomar à l'institut IBM de Zurich) attend avec impatience leurs lumières à ce sujet.

L'erreur de Bergson que Sokal-et-Bricmont n'ont point vue, et pour cause (leur travail n'est pas un travail critique de scientifiques mais un minable pamphlet positiviste), c'est, me semble-t-il, que le philosophe a confondu l'espace-temps interne du cerveau, nanoscopique (qui obéit à des principes explicables par la physique quantique — cf. John Eccles), et l'espace-temps macroscopique, y compris via nos perceptions conscientes, explicable lui par les principes relativistes posés par Einstein. Aveuglé — devrai-je dire assourdi ? — par le retentissement provoqué par la publication des travaux de l'obscur fonctionnaire de l'Office des brevets helvétique, Bergson ne comprit pas que ses paradigmes avaient de meilleures chances avec les découvertes, encore fragiles il est vrai, de la mécanique quantique.

Cette « erreur » translative, parfaitement explicable par les données toutes neuves de l'époque et l'impréparation de nos métaphysiques (et donc de nos présupposés logiques et moraux) à ces formidables mutations de la science que représentent et le concept de quantum et la notion de relativité du temps et de l'espace, ne devrait guère inciter à la moquerie, à moins peut-être qu'on ne fût soi-même un plus grand génie qu'Einstein-et-Bergson réunis, ce que ne me semblent pas être en mesure de nous garantir nos Chaffoteaux-et-Maury de la tuyauterie positiviste.

Cette « erreur », comme toutes celles que n'ont point manqué de produire les vrais chercheurs, indique simplement toute l'étendue du travail qu'il y avait alors à accomplir, et devant le succès assez compréhensible de la prose bassement rétrograde de Sokal-et-Bricmont, on reste stupéfait, et effrayé, de constater que rien ou presque n'a été entrepris depuis au sujet de ces « données immédiates de la conscience » que Bergson cherchait à mettre en lumière, en dehors du fait qu'on peut surtout se demander pourquoi il leur a fallu se mettre à deux pour produire un tel ramassis de platitudes.

Tout ça me rappelle tristement ma très stalinienne prof de philosophie en terminale, au lycée Romain-Rolland d'Ivry-sur-Seine.

Cette prof qui tenta durant toute l'année de nous convaincre du bien-fondé des théories marxistes-léninistes pouvait à l'occasion évoquer les philosophes classiques ou quelques obscurs disciples modernes d'Engels, mais lorsqu'il s'agissait de se promener sur les hauteurs de la pensée d'un Schopenhauer, d'un Kierkegaard ou d'un Nietzsche, voire d'un Kant, elle se mettait alors à renifler d'un air hautain en rajustant ses lunettes et nous expliquait en avant-propos que ces philosophes « individualistes, idéalistes et pessimistes » avaient plutôt obscurci le champ de la pensée qu'autre chose (les éternels aveux d'incompréhension des cuistres déguisés en cohérence structurale), et qu'il fallait en quelque sorte les considérer comme les derniers signaux de la pensée idéaliste avant cette révolution générale de la philosophie et de la pensée occidentale qu'introduisit le marxisme. Nietzsche idéaliste ? Kant pessimiste ? Schopenhauer ou Kierkegaard individualistes ? Il devait y avoir confusion sur les termes, m'étais-je dit alors.

Lorsqu'il y a quelques années, en fouillant dans de vieux cartons oubliés, je suis retombé sur mes cours de philo de l'année 1976-1977, j'ai pu constater que Marx, Engels, Lénine, et une poignée d'autres plus ou moins rattachés à l'école marxiste (de Feuerbach et Hegel à Althusser et Merleau-Ponty et Cie), représentaient à eux seuls une bonne moitié du programme ! Vu que l'autre moitié couvrait à peu près toute l'histoire de la philosophie par ailleurs (disons de Platon et Démocrite jusqu'à Voltaire et Rousseau, en sautant Hume, Spinoza et Pascal) on peut constater qu'à l'époque la pensée occidentale contemporaine qui nous était transmise ne connaissait ni les quatre grands noms cités au début de mon petit exposé, ni ceux de Teilhard de Chardin, de Bergson, de Russell, et je ne parle pas de Popper, de Deleuze ou de Korzybsky*.

C'est donc en quelque sorte *clandestinement* qu'en parallèle aux lectures du programme je décidai de lire certains de ces auteurs que mon instinct puis quelques survols de repérage avaient identifiés comme essentiels, puisque évacués de l'enseignement officiel.

Je crois pouvoir dire vingt bonnes années plus tard que mon instinct m'avait judicieusement guidé.

Il fallait voir le programme qui m'attendait à Paris-VII, lorsque je décidai de poursuivre mes études après le bac et de m'inscrire en lettres modernes (*science des textes et documents* était l'appellation officielle) !

Je n'ai malheureusement conservé aucun des « textes et documents » en question datant de cette brève période, mais au cours du petit trimestre durant lequel je me rendis à chacun des cours afin d'en jauger le contenu, je fus à peine surpris de constater que tout le corpus était en fait traversé de la vulgate marxiste. « Psychanalyse et politique » s'ouvrait sur les deux grandes figures dialectiques du domaine soit Freud et Marx évidemment, et ainsi de suite, qu'il s'agisse d'épistémologie, de linguistique ou de littérature, la figure paternelle et austère du

* Popper fut traduit en français à partir des années 80, soit plus de cinquante ans après la publication de ses écrits fondamentaux, l'énorme œuvre de Korzybsky — *Science and Sanity* — attend toujours sa traduction un demi-siècle après sa publication, quant à Deleuze la chance aura voulu qu'il naisse en France, eût-il été slovaque, allemand, ou pire américain, vous pourriez toujours vous brosser pour lire *L'Anti-Œdipe* ou *Le pli*.

philosophe barbu apparaissait constamment en filigrane, dans le meilleur des cas.

Un étudiant à qui je m'ouvris un jour de la chose (une des rares fois où j'engageai le dialogue avec quelqu'un) me répondit d'un petit air sec et pincé que si je voulais étudier Nietzsche et Jung je n'avais qu'à aller à Vincennes (ou à Saint-Denis je ne m'en souviens plus) bref d'aller chez Deleuze et les autres.

Lorsque je ressortis de la fac au bout d'une heure de cours ce jour-là, j'hésitais encore sur la suite à donner à ma carrière d'étudiant. Deleuze, Nietzsche, Vincennes ou Saint-Denis paraissaient effectivement un choix plus judicieux que Paris-VII-Jussieu, mais j'en avais encore pour une année à tirer dans cette faculté amiantée et ouverte à tous les vents, et sans doute une des plus moches de la planète.

Lorsque j'arrivai chez ma mère, je me souviens très bien du moment où je pris la décision de ne pas retourner à la fac et de tout simplement continuer ce que j'avais fait jusqu'alors, soit me fabriquer clandestinement ma propre culture romanesque et philosophique, en lisant les livres qu'il fallait voilà tout, et attendre un an avant d'aller rejoindre les « nietzschéens » où qu'ils se trouvent.

Quelques jours plus tard, le coup de téléphone de mon ami Riton V., qui me proposa de tout lâcher et de partir avec lui dans l'aventure musicale afterpunk, me fit brutalement bifurquer d'un destin solitaire où je n'aurais peut-être jamais décollé de la chambre du petit appartement familial, que j'aurais peu à peu rempli de livres, jusqu'à ce que ma conscience s'y perde sans rémission.

Retourner à la rue, au nomadisme, aux squatts, aux plans-pour-un-soir, au mauvais sexe sous Captagon, ou je ne sais plus quoi, aux incrusts chez l'un, chez l'autre, à la coke, l'alcool, les nuits blanches, quelques cours glanés à Censier sur le cinéma, avec en musique de fond les délires punks modifiés électrobruitistes dans le pavillon de mon paternel, à Nogent-sur-Marne, jusqu'à ce que le psychiatre qui officie dans la maison voisine se plaigne de voir ses patients se porter bien plus mal quand ils viennent en visite depuis que nous produisons cette... « musique » !

Mon paternel — et nous par la même occasion — fut expulsé du pavillon, nous n'avions même plus de local, ce fut le nomadisme pour de bon.

La musique devint rapidement un Jeu auquel toute une génération était en train de se laisser prendre, car je n'oserais dire « gagner »... Avec l'explosion punk de 77, puis les premiers cristaux cold wave des années 78-80, il nous semblait bien qu'enfin musique, littérature et sans doute images allaient provoquer cette subversion électrique des sens que le rock' n' roll porte en lui depuis ses origines et qui s'était perdu en cours de route à l'orée des années 70 avec les pachydermes du hard rock et les néopompiers du rock progressif.

Mais en France, l'industrie du disque ne possédait pas la culture élémentaire du moindre sous-directeur régional d'une multinationale américaine ou britannique. Alors qu'entre 1976 et 1980, les Anglo-Saxons purent produire Patti Smith, Richard Hell, Television, The Ramones, Talking Heads, The Sex Pistols, The Clash, Devo, Cure, Père Ubu, Joy Division et une quantité d'autres de la même eau, qui érigeaient un monument collectif et chaotique sur la pop culture des vingt ou vingt-cinq années précédentes, la France, pour des raisons structurales et historiques, choisit de promotionner Téléphone, Trust et Indochine !

On essaya même, imaginez la scène, de vendre Téléphone aux Américains ! Autant dire le Minitel. On envoya Aubert, Corinne et toute la bande au mythique CBGB's, je crois, ainsi qu'à L.A. via le Midwest, dans des établissements où la population clairsemée finissait à coup sûr par vider les lieux ! Lors de la première grande tournée nationale de Trust, nos hard-rockeux antisociaux ne trouvèrent rien de mieux que de se faire édifier un colossal bulldozer, à l'image de leur logo (et de leur ego sans doute), pour leurs prestations scéniques, bulldozer qui s'avéra si ruineux et si totalement inadapté aux auditoriums de province qu'il provoqua la faillite et l'abandon de ladite tournée à son milieu. Le groupe enterré par le symbole même de sa mégalomanie, c'était presque un bonheur, reconnaissons-le. Quiconque a vu Indochine sur scène à l'époque de *L'aventurier* se souvient de cette pathétique apparition de clones de Robert Smith qui gesticulaient comme des pantins anémiques sur les tréteaux du Rose Bonbon, ou des Bains-Douches, je ne saurais plus dire.

Bref, alors que nous étions une poignée à penser que du punk, de l'électropunk ou de la cold wave allait surgir une nouvelle pop music française capable de mixer l'héritage de Pierre Henry et des Stooges, de Kraftwerk et de Gainsbourg, qu'une première vague de groupes français (tel Métal Urbain) représentait non seulement le futur du rock français, mais du rock européen dans son ensemble, nous assistâmes, plus ou moins effarés, plus ou moins désespérés, à la rapide promotion des médiocres, et à l'invasion du mauvais goût typique des années mitterrandiennes (Jean-Jacques Goldmann comme synthèse accomplie de la chose). Vers 1984, année symbole, nous étions quelques-uns à surnager je ne sais comment entre deux albums mal produits sur des labels nécessiteux, ou alors à se prostituer sans état d'âme pour la néovariété émergente de l'époque (la coke est un excellent remède aux problématiques morales liées à l'argent). Puis très vite, vint l'ère des suicides.

Suicides pour certains ouvertement assumés comme tels, pour d'autres plus ou moins déguisés sous les masques mortuaires du sida, de l'héroïne, ou de l'embourgeoisement stupide (mariage aux Baléares, yacht privé et collection de BMW). Inutile de dire que la fin des illusions était consommée depuis longtemps, et que le désespoir lui-même ne s'avérait plus qu'un bâtonnet sans saveur à sucer tout le jour. Et je ne parle pas des nuits.

À tous les points de vue, la seconde moitié des années 80 fut une hécatombe.

Après coup, on est honnêtement en droit de se dire qu'il fallait ou beaucoup de ténacité ou beaucoup de chance pour survivre aux années de décomposition avancée de ce second septennat qui s'ouvrait dans les fastes des premiers grands scandales.

Pour la génération qui avait eu vingt ans en 1980, et pour ceux qui avaient cru que la France allait d'une manière ou d'une autre se ressaisir et se doter des instruments culturels susceptibles de lui faire affronter la fin du siècle qui se profilait alors dans nos consciences, l'orée de la décennie suivante ressemblait à un cauchemar.

Après une dizaine d'années de ce régime quotidien, nihilisme social-démocrate et médiocrité marchande en binôme inséparable, je m'étais blindé la cuirasse et je vendais alors mes divers talents à quelques agences de publicité ou de communication d'entreprise. Ces années de relatif confort financier furent heureusement de courte durée, j'eus en effet le bon goût de m'embarquer sur le luxueux navire publicitaire des années 80 peu de temps avant le naufrage.

Lorsqu'il survint, à la faveur d'un conflit mettant aux prises un dictateur national-socialiste arabe et la première armée cyberspatiale de l'histoire, je plaquai tout dans le même mouvement, mes illusions sur la musique et les musiciens français, et mes ultimes tentatives pour trouver un boulot décent dans l'industrie dévastée de la pub.

Mes véritables compétences se situaient plutôt au niveau du cyberprolo d'agence de télémarketing, pour ma face sociale, et, si je ne me trompais point quant à mon réel talent, tout au plus un vague potentiel à l'époque, seule la voie de l'écriture me permettrait, peut-être, d'échapper au néant.

*

Paix sur Terre ! Paix sur Terre !
Peace on Earth ! Mir na Zemliou !
Oui reviens-nous métal russe
des rêves orbitaux soviétiques
reviens-nous ardent météore
dans l'aurore boréale
des orgues balistiques
reviens-nous matériau aux mystères
capsules de vent solaire
dans le chant magnétique
des particules élémentaires
reviens-nous dans le silence radio
de ta dernière orbite

Paix sur Terre
Paix sur Terre
Une étincelle dans le ciel
aux débris métaphores
sodium éphémère
en éclats de phosphore
bruit blanc/

*

Sur nos pensées en ruine
flottent les chevaux épars
du carnage
La chimie des mots est divine
elle divise les icônes
en autant de langages
Nous disons croire en l'homme
et nous marchons nus
avec son fantôme
Mais avec toi je m'abîme
dans les maux d'un amour
si sublime
que si la folie nous guette
alors qu'en atomes
pour de bon le monde
disparaisse !

Sous nos pieds
les gouffres
sous nos cœurs
le souffle
sous nos bouches
la bouche
sous nos têtes
le crime

sous nos masques
une armure
sous nos yeux
les tortures
sous nos fesses
un abîme
sous la main
un mensonge
sous la vérité
un secret
sous un homme
un autre homme.

Ne pas croire que l'Occident s'en sortira par sa seule domination technoéconomique, ses productions socioculturelles et son humanitarisme militarisé (quoique voilà les trois premiers piliers de sa nouvelle sagesse géopolitique) ; il faut bien se mettre en tête que les limites métaphysiques du système sont en voie d'être atteintes, nous entrons dans la zone de leur fatale attraction. Comme les Grecs de l'époque d'Alexandre, l'Espagne colombienne, la Chine du XIVe siècle, la Rome du Bas-Empire, la France de Louis XIV, l'Angleterre victorienne, comme tant d'autres avant nous, nous sommes en train d'éprouver les premiers retournement globaux de nos métaphysiques contre elles-mêmes, empêchées qu'elles sont par leurs propres constituants de se déplacer plus loin, de dégager l'horizon devant le bulldozer scientifique humain, d'être en mesure de replacer l'homme dans un processus supérieur, qui ne soit ni « Dieu », ni lui-même, ni aucun de ses avatars, mais la vérité qui s'en vient, telle une Apocalypse en effet, la Révélation d'une authentique *fin* du monde (rappelons-nous 476 et la chute de la Rome plus que millénaire), qui éclairera notre devenir dans le processus évolutionniste et cosmologique, qui nous rendra visible notre état provisoire de biotechnologie encore rudimentaire dans un colossal chantier cosmique *où la conscience n'est certes pas une fin, puisqu'elle est un moyen*, puisqu'elle est une esthétique critique de la nature envers le principe cosmique, *puisqu'elle est elle-même en devenir*.

C'est le Diable qui a créé le monde, mais il n'a pas vu sur le moment que le principe divin s'animait comme par miracle dans sa créature. Il cherche depuis à le réduire par tous les moyens envisageables, qui sont légion.

Vous n'êtes pas obligés de *croire* aux vérités que vous prononcez ! Car il ne s'agit plus de croire, mais de vivre, il ne s'agit plus de changer l'homme, mais de l'oublier, il ne s'agit plus de faire l'histoire, mais de la défaire, c'est-à-dire d'en synthétiser l'héritage. Oui, nos vérités ne sont tout bonnement *pas croyables*.

On dira de mes contemporains qu'ils ont eu le sommeil tellement lourd qu'ils ne se sont pas réveillés lors de la déflagration de leur monde.

Smashing Pumpkins en boucle, ouais, Mellon Collie and the Infinite Sadness, titre 09 de l'album 1, en l'occurrence : *Love*. Ne comptez pas sur moi pour vous refaire le coup des Who et des Beatles avec chaque grand groupe de rock des nineties, y compris celui-ci, reportez-vous à vos magazines habituels pour les platitudes de rigueur et sinon laissez agir la musique, comme ce solo méta-stoogien qui ouvre le dernier bridge, ne vous occupez plus de rien sinon de l'électricité hypnotique, c'était juste une indication, comme ça.

Relire *Le cas Wagner*, et se rendre compte une fois encore que la pensée de Nietzsche n'a cessé d'être travestie par ceux qui se considérèrent ses « disciples » comme par ceux qui s'estimèrent en mesure d'affronter la pensée du bonhomme du haut de leurs chaires d'université (comme nos deux modernes compères cités plus haut).

Dans son évocation de Wagner, et des wagnériens (de petites saynètes descriptives d'un mordant irrésistible), et de sa musique, et surtout de sa non-musique, de toute la *théâtralité* démesurée de ses effets, Nietzsche pointe en particulier l'influence désastreuse que cette école aura, a déjà selon lui, sur l'ensemble de la musique allemande, voire européenne.

Dans une série de paragraphes hallucinants de modernité (je veux dire hallucinants de force prospective sur la réalité de *notre* modernité un siècle après sa mort), Nietzsche invoque la venue d'une africanisation de la musique, de sa latinisation, de sa méditerranéisation, de son métissage, sans le savoir, il invoque la venue du jazz, et de ses descendants, quarante ans avant leur émergence au début du siècle (disons 1920).

*

Vous voulez vous faire une petite idée des choses importantes sur cette planète ? Alors imaginez un million de civilisations stellaires cherchant à sélectionner l'essentiel de petits mondes de banlieue comme le nôtre. Essayez d'imaginer ce que des habitants de Véga, d'Altaïr ou de Sirius, aux sociétés vieilles de quelques éons, voudront bien retirer de notre expérience pour éventuellement l'enseigner à leurs descendants.

Notre dérisoire expérience de *Voyager*, avec notre belle synthèse humaniste de notre humanité envoyée à la vitesse d'un escargot dans les immensités sidérales, a certainement dû déclencher l'hilarité de nombre d'entre eux, l'indifférence de la plupart, et peut-être la compassion de quelques autres.

Qu'est-ce que nous croyons donc ? Qu'ils n'ont pas déjà élaboré leur propre résumé synthétique, voire l'encyclopédie générale de notre petite culture humaine particulière ?

Lorsque nous osons aujourd'hui évoquer la présence de la vie dans l'espace, nous voulons bien admettre l'existence de petites amibes ou de nucléotides, des visions d'algues, de lichens ou de mousses peuvent éventuellement prendre forme dans la tête de nos rationalistes les plus rigides, mais surtout, surtout, l'homme, s'il n'est pas un aboutissement d'ordre divin, est un *aboutissement d'ordre naturel*, en aucun cas des êtres supérieurement développés à tous points de vue ne pourraient être apparus ailleurs dans le cosmos, alors autant ne pas parler de l'éventualité que certains soient tout simplement en train de nous étudier.

Aboutis ?

Nous ?!

Voir la vie comme une longue et pénétrante ramification d'*aboutissements* cadencés par la logique plus ou moins cachée d'une téléologie génique, ou du pur « hasard », alors qu'elle est un bricolage permanent avec un lot inquantifiable d'erreurs dont elle est obligée de tirer parti, et que certaines formes de vie empêchent vraisemblablement toute « progression », voire toute *apparition* de la conscience pendant des ères immémoriales !

La conscience, c'est la *guerre*. Avant elle, il s'agit de pure prédation.

La prédation, c'est la vie.
La conscience, c'est la survie.

Bricoler : faire des indéterminations de nos actes le champ de nos prochaines expériences.

Comment la littérature pourrait-elle nous rendre libres, alors qu'il s'agit de la plus puissante forme d'addiction que je connaisse ?

Comme Burroughs le savait, pour faire d'une drogue la contrainte métaphysique vous permettant d'accéder à un échelon supérieur d'aliénation (la liberté), il est nécessaire d'envisager cette addiction comme une forme singulière de travail, un sacrifice, une initiation, un enseignement, une stratégie.

Car si guerre il y a, et il y a, il s'agit bien sûr non seulement de la gagner mais de s'assurer que notre adversaire la perde.

Les mots du contrôle inoculent à vif
nos cervelles en gris terminaux visqueux
génétique à l'ombre des cuisines en fleur
les ovaires dénombrent un mutant ou deux
nos mâchoires mastiquent
le plastique et la mort

des bébés d'un jour
jetés au vide-ordures
nos cerveaux conspirent
en nodules de chair
les livres de guerre
d'Amour et de Physique,
tout perdure
rien ne se perd
Dieu s'évalue
à prix d'or.

*

Survivre dans le tunnel du monde
la pensée en feu — le sang-froid
les nerfs imprimés sur le sable
insecte à la silice seconde
principe en quête de sa loi
résistant aux langages friables.

*

Qui de nos jours s'est risqué à essayer d'établir la typologie psychologique tout à fait singulière de Jésus de Nazareth ?

De nombreuses études ont, semble-t-il, cherché à cerner la modélisation d'une telle typologie dans les conditions sociales et culturelles de son époque, et il serait absurde de prétendre que l'environnement singulier dans lequel Jésus naquit et vécut, la Palestine juive romanisée par l'Empire, n'eut sur lui aucune influence.

Mais je cherche désespérément des ouvrages sérieux qui se seraient donné pour tâche de démêler l'écheveau sous un angle plus personnel et familial, j'oserais dire sur un plan psychiatrique clinique plus approfondi.

Qu'on comprenne bien ce que j'essaie de dire : je ne cherche pas ici à vouloir faire de Jésus, et du principe christique, la simple manifestation d'une psychose de type schizophrénique, mais à dégager en quoi cette psychose fut précisément le terrain propice au surgissement, grâce à un enseignement religieux et métaphysique intense, d'une nouvelle religion et d'un nouveau principe métaphysique, littéralement incarnés dans une conscience, un cerveau, un homme.

Il faut d'abord essayer de se représenter un jeune enfant de la Palestine du premier siècle de l'Empire, éduqué dans le mythe familial d'une naissance supranaturelle, c'est-à-dire le produit d'une relation adultère déguisée par un artifice appartenant à l'ordre mythique, miraculeux, religieux. De là, de nombreux mythes secondaires, puis tertiaires ont-ils pu fleurir durant l'éveil du christianisme, certains prétendent que Jésus serait le fils illégitime d'un centurion romain, d'autres évoquent je ne sais quel prêtre perse de passage. Il faut bien se pénétrer de l'idée que Jésus de Nazareth fut marqué tout au long de sa vie, et dès sa naissance, par cette identification à un « Père » divin, qui aurait engrossé Marie sans que celle-ci perde sa virginité. D'une certaine manière, sa dynamique prophétique fut comme programmée dès l'instant où Marie, pour une raison liée à l'état de la culture juive de l'époque (explosion des sectes et des prophètes), put sans trop d'état d'âme monter cette supercherie postadultérine qui allait provoquer un des plus grands cataclysmes métaphysiques de l'histoire humaine.

Il reste que cette éventualité n'est qu'une hypothèse de travail comme une autre. De nombreuses zones d'ombre dans la vie de Jésus, comme dans les épisodes qui ont précédé sa naissance, peuvent fort bien l'invalider, ou plus exactement montrer comment elle pourrait se dissoudre activement à l'intérieur d'un principe de vérité supérieur.

Il y a de cela quelques semaines je vous racontais comment je ne sais plus quelle microsecte postchrétienne affirme que le Christ était un extraterrestre, et que son « retour » annoncé par les Évangiles annonce en fait l'arrivée des émissaires diplomatiques des civilisations stellaires.

Supposez un peu que ce soit cette secte qui soit dans le vrai ? Ou, pour être plus précis, que ce soit elle qui soit le plus proche de la vérité ?

Votre esprit se cabre à cette simple évocation ? Alors n'allez pas plus loin, ou bien tâchez encore une fois d'admettre une série de propositions saugrenues, juste pour le plaisir de l'imagination.

Cette hypothèse de travail provient en grande partie du magnifique film *Meurtres sous contrôle* (une mauvaise traduction française du titre original *God Told Me To*, qui évidemment ne traduisait en rien l'incroyable métaphysique de cette œuvre étrange et hors normes).

D'une manière synthétique, nous dirons que Marie fut l'objet d'une abduction extraterrestre, sujette à des expériences et des tests génétiques menés de façon que Marie se retrouvât enceinte d'un être humain au génome modifié sans que son hymen fût défloré.

En dépit des oppositions formelles et des ardents *a priori* des gardiens de la citadelle rationaliste, une telle expérience pourrait expliquer de multiples faits que la simple hypothèse adultérine ne recoupe pas, ou fort mal.

En premier lieu, le fait que Marie dut vraisemblablement attester de sa virginité à sa communauté (sans quoi l'adultère doublé du blasphème l'aurait conduite à la lapidation ou au bannissement, ou à je ne sais quel châtiment plus sévère encore). On peut évidemment arguer qu'une jeune fille intelligente est capable de tromper son monde mais, là encore, l'évocation de cette conception surnaturelle a dû en toute logique éveiller l'attention des docteurs de la Loi qui ont fait mander quelques sages-femmes agréées par le Sanhédrin, expertes ès naissances et systèmes reproducteurs féminins et qui n'étaient pas du genre à se laisser berner aussi facilement.

Ensuite, au cas où une relation illégitime eût été en effet consommée, rien n'interdisait de penser que Joseph en dépit de son âge était encore actif et en état d'engrosser une femme (on sait depuis fort longtemps que l'andropause survient un bon moment après la ménopause). Le « mensonge » mythique et religieux comportait bien plus de risques qu'une banale manipulation de Joseph (une nuit plus ou moins amoureuse suivie peu après de l'heureuse annonce), voire de la population environnante avec la complicité de celui-ci.

Or, si Marie aurait à la rigueur pu convaincre Joseph de reconnaître le fils d'un centurion romain de passage, ou d'un prêtre perse, ou d'un voisin juif, et de garder le secret à ce sujet, rien n'indique qu'elle fut jamais en mesure de narrer avec calme, cohérence et lucidité l'expérience vécue lors de cette éventuelle abduction ou d'en faire un mensonge rationnel tenable.

Quoi qu'il en soit, leur propre interprétation du

phénomène, à elle comme à Joseph, ne pouvait conduire qu'à une élaboration de type religieux, sur la base des principes canoniques d'Israël. Chose qui fut faite, et en ces temps où la Palestine juive vivait une intense efflorescence de vrais prophètes, de faux messies et de sectes diverses, l'événement fut l'objet des attentions de mages de passage qui ne pouvaient manquer de visiter cette étable où venait de naître, disait-on, l'enfant des œuvres divines !

Il y a enfin le problème que ne cessent de poser les nombreux miracles réalisés par Lui, et tels que relatés par les Évangiles.

Bien sûr, cela fait longtemps que nos positivistes rationalistes ont sur le sujet des vues définitives. L'Église catholique a les siennes, n'y revenons pas.

Pour les soi-disant « libres penseurs » l'hallucination collective, alimentée ensuite par la rumeur, pour ne pas dire la propagande, est un des axes de recherche principaux de ces déjections matinales qu'ils osent nommer théories, leur petitesse est à l'image de leur mode favori de fonctionnement. Sans compter qu'ils n'osent jamais aller au bout de leurs « idées ».

Hallucinations collectives, le vin de Cana, la multiplication des pains et des poissons, la marche sur l'eau, et même sa « résurrection » ? Soit.

Mais par quels moyens, quels tours de passe-passe Jésus de Nazareth a-t-il pu ainsi « abuser » les foules ?

Si j'étais un rationaliste bon teint, je n'aurais sans doute de cesse de trouver une réponse matérielle définitive et triviale à ce sujet, mais c'est précisément ici que commence la ligne de démarcation entre eux et moi. *Car si hallucinations il y a eu, il a bien fallu qu'il y eût agent hallucinogène.* Si Jésus-Christ a été capable de projeter des images structurées dans le cerveau de ses interlocuteurs par la simple force de son Verbe, de ce Logos à l'état pur qui s'exprimait par sa voix, s'il fut capable de changer à ce point les facultés sensitives de dizaines et dizaines de personnes réunies en sa présence, au point que non seulement elles virent l'eau se changer en vin, mais plus encore parvinrent à s'enivrer avec, s'il réussit à contenter la faim des premières cohortes qui le suivaient sur les bords désertiques du lac de Tibériade, s'il parvint à redonner vue aux aveugles, atteints de cécité hystérique comme de déficiences congénitales, et à guérir miraculeusement d'autres grands malades des nerfs, s'il put suspendre ce qui lui restait de vie sur la croix du martyre, jusqu'à ce que, trois jours après son enterrement, il puisse sortir du tombeau — comme certains yogis le font en Inde depuis des temps immémoriaux — alors sans nul doute, si une raison « matérielle » peut être invoquée, si un jour nous parvenons à en percer les mystères génitifs, elle ne pourra en aucun cas être triviale, pas plus que définitive, car il ne s'agira de rien de moins que d'une percée spectaculaire sur le plan de la compréhension du fonctionnement de notre cerveau et de notre code génétique, ou plus exactement, des ressources encore potentielles qu'ils recèlent, et qu'une combinaison purement catastrophique de facteurs hautement dynamiques (comme Jésus-Christ en fut l'incarnation) est seule en mesure d'actualiser.

Que la psychose schizophrénique de type mystique, encadrée par l'amour de sa famille et une haute culture religieuse, eût pour origine l'Immaculée Conception maternelle et l'Incarnation, en tant que pur mythe familial, ou en tant qu'expérience indicible à l'époque autrement que par une interprétation religieuse, on voit bien il me semble qu'on franchit là un degré qualitatif consistant, mais qu'il nous est impossible pour l'instant d'éclaircir, car mythe familial ou interprétation religieuse d'un phénomène physique inconnu, chaque version s'est bâtie sur l'eschatologie juive du Ier siècle et c'est sous cette même et unique forme que l'une ou l'autre nous est parvenue.

En admettant que cette théorie tienne le coup dans son ensemble, nul ne peut savoir ce qui se tramait dans le cerveau de nos voisins d'outre-espace lorsqu'ils décidèrent de tenter cette expérience sur le genre humain, mais sans doute ne devinèrent-ils pas que l'individu né de cette expérience, et dont les singularités génétiques devaient se diffuser dans le patrimoine général de l'humanité, allait en fait être jugé par les siens, et crucifié par l'ordre judiciaire romain, sans laisser de descendance.

Par contre les hommes, qui avaient détruit là leur plus grande chance d'évolution critique depuis leur apparition sur la Terre, firent de cette mort une nouvelle religion qui empêcha raisonnablement que s'établisse tout contact délibéré, toute expérience prolongée avec eux autres, le vaisseau mère repartit vers les froides et lointaines extrémités du système solaire, et attendit deux millénaires ou presque pour s'intéresser de nouveau à notre sort.

Que, face à cette simple image, les deux termes faussement antinomiques du nihilisme contemporain (le rationalisme positiviste *versus* les religions instituées) se dressent sur leurs ergots d'un bel ensemble, paraît sans doute une raison suffisante à certains d'entre nous pour se dire qu'il s'agit là d'une voie de recherche qui mérite d'être explorée.

Mais il se peut fort bien, encore une fois, que nous ayons confondu là les conditions suffisantes avec les conditions nécessaires.

Comme l'Amérique, et sa prétendue colonisation préhistorique monolinéaire d'origine sibérienne, la Terre vécut une éclosion multivoque d'humanités concurrentes qui se connectèrent et se disjoignirent en un buisson évolutionniste d'une grande complexité que nous avons aujourd'hui les plus grandes peines du monde à déchiffrer. Qu'en ajout, certaines expériences aient pu être conduites sur cette humanité, sans que celle-ci en fût ni consciente ni avertie, par les posthumanités répandues dans le cosmos et dont la tâche* est précisément d'assurer le développement optimal de la vie humanoïde dans l'univers, représente, semble-t-il, l'ultime au-delà de nos vérités métaphysiques contemporaines héritées pour une grande part de cette croyance ancestrale en notre unité, en notre unicité, en notre divine différence d'avec le reste du cosmos.

Au vu de ce que notre histoire nous enseigne, il est tout sauf *rassurant* de se dire que des millions d'humanités se sont d'ores et déjà propagées dans l'univers.

* Tâche non point transcendante et prédéterminée mais tâche que ces civilisations posthumaines se sont assignée, car il s'agit en fait de la seule qui peut donner un sens à la vie sous forme humanoïde (sa propre expansion comme condition de base à un changement d'orientation critique du programme évolutionniste, désormais sous la coupe de la conscience et de ses sciences).

*

Déniche chez mon bouquiniste préféré un exemplaire assez âgé (1966) de *La face et l'envers*, un recueil de textes de Victor Barbeau, membre de l'Académie canadienne-française. Ce recueil rassemble un grand nombre d'écrits rédigés pour *La Presse*, et d'autres journaux et revues, entre 1919 et 1962, et plus je les lis plus je suis effaré de constater que cet homme (un parfait inconnu pour moi jusqu'il y a deux ou trois jours) avait sur la littérature comme sur la politique, au Québec comme dans le reste du monde, un avis éclairé que mes contemporains seraient bien inspirés de relire, et tout particulièrement les cuistres qui se piquent de « faire de la littérature » ou de « la politique ».

Je ne connaissais point ce Victor Barbeau, disais-je, mais permettez-moi, ô amis québécois, de vous dire que vous aviez là une plume d'élite, un authentique penseur droit et intègre, un pourfendeur d'idées toutes faites, un déboulonneur de mythes (Félix Leclerc en prend pour son grade et ce dès 1950 !), bref tout le contraire du Québécois nationalo-socialiste dont on nous fait la retape depuis les années 60-70 (surtout à nous autres Français).

Avant de vous offrir, comme chaque fois qu'il me semble nécessaire, un petit florilège de ce style et de cette pensée, dont la qualité est sans commune mesure avec la bouillie sucrée que nous infligent les « écrivains » et « penseurs » du moment, j'aimerais vous faire part d'une petite remarque qui a été annotée en marge de l'ouvrage par un précédent propriétaire.

On s'y étonne de la pénétrante intelligence de Barbeau face aux nationalismes qui auront provoqué la

Première Guerre mondiale, ainsi qu'à l'internationalisme qui aura surgi des décombres de la Seconde, le précédent possesseur de l'ouvrage note en effet de sa main ce qui suit : « Surprenante lucidité pour un homme de droite ! »

À tous ceux qui pensent que seuls les « hommes de gauche » sont susceptibles d'intelligence rationnelle, voire de sensibilité à l'égard de leurs frères humains, je les renvoie donc à M. Barbeau, mais aussi à Georges Bernanos, à Léon Bloy, à Raymond Aron, à Gustave Flaubert, à Honoré de Balzac, à Joseph de Maistre, à Chateaubriand, et à quelques autres, tels, en vrac, de Gaulle, Churchill, Disraeli, en politique, et je rappellerais incidemment que MM. Mitterrand, Castro, Sartre et Peter Handke sont bien, eux, de ces « hommes de gauche » dont l'intelligence rationnelle et la sensibilité restent pour le moins à démontrer.

« Vouloir ressusciter le passé à l'aide de nomenclatures de dates et de noms n'est pas moins vain que de vouloir reconstituer une ville au moyen d'un almanach des adresses. »

Victor Barbeau (1963).

« Le livre canadien prolifère. Il en paraît en une saison le double, sinon le triple, de ce qu'il s'en publiait autrefois en un an. De ce nombre, la plupart sont des ouvrages de circonstance. Nés de l'actualité, ils mourront avec elle. [...] Les vocations littéraires se multiplient. Le talent y est pour quelque chose, mais plus encore, me semble-t-il, les excitants, les stimulants à la productivité que l'industrie du livre et les pouvoirs publics mettent à son service. Jamais les prix n'ont été aussi abondants et jamais les

largesses de l'État aussi grandes. Avalisé par un chèque du Conseil des Arts, tout manuscrit prend une valeur marchande et se négocie sans trop de risques pour l'éditeur ou l'imprimeur. Certes, ce n'est pas le pactole, mais comme on dit vulgairement, c'est du beurre sur les épinards. »
Id. (1962).

« La pitié est une vertu ennemie de l'Art. »
Id. (1919).

« Que la guerre n'ait rien réglé du tout, que, dans bien des cas, au contraire, elle ait aggravé notre mal, tout le monde ou à peu près en convient, y compris ceux qui, par leurs actes et leurs paroles, l'ont poussé à son paroxysme démoniaque. Au lendemain de la Première, la masse avait gardé l'illusion, pendant quelque temps, que cette monstrueuse saignée n'avait pas été entièrement inutile. Cette fois, en dépit des perfectionnements apportés à l'art d'anesthésier et d'abêtir les foules, l'opinion a perdu toute confiance et tout espoir. Un troisième conflit éclaterait-il demain que personne n'en manifesterait d'étonnement. Si les signes n'en sont pas encore visibles dans le ciel, ils le sont à profusion dans les journaux qui tiennent lieu de firmament chez les peuples avancés que nous sommes. Et quels sont-ils ? Les appétits déguisés ou avoués de l'impérialisme communiste et de l'impérialisme capitaliste. Bien entendu, n'est-ce pas là leur désignation officielle, diplomatique. Les mots passe-partout d'idéologie, de philosophie, de droit des peuples de disposer d'eux-mêmes ont beau être démonétisés, ils ont toujours cours. De quelque façon qu'on les nomme, les véritables motifs sont quand même apparents.

On se battra donc pour la conquête des marchés comme on s'est battu pour la conquête de la liberté. »

Id. (1947).

« Est-ce bien sûr que ç'ait été là l'objet de la dernière guerre ? Si oui, il n'en fut jamais de plus juste. Sinon... La question est singulièrement angoissante. La réponse l'est davantage à quiconque a les moyens et le courage de dépouiller les faits des fausses couleurs dont une propagande cynique les a bariolés. Sans doute, il y a eu Hitler et Mussolini. Beaucoup de gens les ont pris et continuent de les prendre pour des produits de génération spontanée. N'auraient-ils pas été plutôt le point culminant, catastrophique d'un état d'esprit déjà très ancien ? Outre que leurs ennemis, les "justiciers démocrates", étaient jadis leurs amis, y compris Churchill, ils n'ont pas inventé le totalitarisme. C'était un vieil abcès qu'ils n'ont fait que fixer. Longtemps avant eux, et non seulement en Russie, mais partout dans le monde, des millions d'hommes "ne croyaient plus à la liberté, ne l'aimaient plus, ne la sentaient plus nécessaire". "Le dictateur n'est pas un chef mais une émanation des masses*."

Or, est-ce depuis l'avènement du nazisme et du fascisme seulement que l'on assiste à l'effacement graduel de l'individu devant cette idole, en démocratie comme ailleurs, qui s'appelle l'État ? Avant, longtemps avant de recourir aux méthodes totalitaires pour mener la guerre (et la paix pourrait bien être

* Les phrases entre guillemets sont des citations extraites de l'œuvre de Bernanos, *La France contre les robots*, critiquée en ces lignes par Barbeau.

dictée par les mêmes principes de dictature à en juger par la coopération entière et spontanée qui règne entre les vainqueurs), nous les avions instaurées dans nos institutions, dans nos mœurs. Par définition l'État est "un régisseur, un administrateur, un intendant". À vouloir aller plus loin, il devient un "tyran". Il l'est devenu le jour où il a imposé la conscription, "idée totalitaire s'il en fut jamais". Depuis, l'homme se résigne à n'être qu'un "bétail que les démocraties ploutocratiques, marxistes ou racistes nourrissent pour l'usine et le charnier". »

Id. (1947).

« Il n'y a rien de tel qu'un honnête homme, me paraît-il, pour imaginer un beau crime. Les gens du métier ne savent pas bien y faire. »

Id. (1948).

*

Que l'on tâche de comprendre calmement ce qui suit :

Ce n'est pas l'État qui meurt avec le lent et douloureux dépérissement des États-nations, c'est sa forme moderne (celle qui s'est instituée comme telle à partir du XVIIe siècle). Quant à l'État du XXIe siècle, sa forme constituée n'apparaît pas encore clairement mais elle semble se définir en creux, en négatif, dans le vide laissé par l'ancien système de régulation.

Alors que l'État-nation est un concept que les flux de l'économie-monde ont vidé de toute substance, en anéantissant la réalité qu'il recouvrait par la même occasion, on ne cesse depuis un demi-siècle et avec la bénédiction de l'ONU de répéter la stupide erreur wilsonienne des temps de la SDN, à savoir l'émiettement de la communauté humaine en micro-États indépendants, corrélatif à la mise en place d'une colossale bureaucratie mondiale qui, comme chacun sait, ne peut régner qu'en divisant. En 1919, Wilson décida qu'il était temps de donner l'indépendance nationale aux peuples d'Europe jusque-là soumis à ces méchants empires germaniques qui venaient de perdre la guerre. On donna ainsi leur liberté nationale aux Hongrois, aux Polonais, aux Tchèques-et-aux-Slovaques, à quelques autres, mais comme il fallait récompenser les Serbes d'avoir occasionné la boucherie tant attendue depuis 1870, les Français firent en sorte que les Croates, Slovènes, et autres Bosniaques, qui s'étaient manifestement trop bien battus pour ces empires vaincus, fussent dès lors maintenus dans l'obligation de vivre sous la domination serbo-yougoslave. À la différence du Timor-Oriental, et des « États » africains, les républiques sécessionnistes yougoslaves, je l'ai déjà dit mais il n'est pas mauvais de répéter certaines vérités occultées sciemment par les politiciens de toutes natures, les républiques sécessionnistes, disais-je, avaient comme unique ambition de quitter la Yougoslavie de Milosevic pour rejoindre une configuration politique supérieure, soit l'Union européenne encore en chantier, leur nationalisme visait à l'établissement de la démocratie, de l'économie de marché et à leur intégration dans une structure géopolitique plus vaste, plus complexe, et mieux adaptée aux mutations générales de la vie et du monde. Mais quelle structure géopolitique plus vaste et plus complexe le Timor-Oriental va-t-il pouvoir rejoindre après avoir quitté l'Indonésie ? Quelle organisation de même nature s'offrirait aux Kurdes ? Quelle structure géopolitique alternative s'offre à un éventuel Québec indépendant du Canada fédéral*?

Le mensonge le plus vicieux de la bureaucratie onusienne, alliée objectivement à l'ensemble des nomenklaturas de la planète, est ce rêve fumeux d'indépendance nationale qu'on vend aux peuples d'aujourd'hui. Personne ne veut admettre qu'en l'absence d'un véritable gouvernement mondial où quelques grandes fédérations continentales œuvreraient de concert dans les domaines globaux (en laissant aux structures internes et aux citoyens le soin de vivre leur vie selon leurs cultures locales et leurs choix personnels), nous allons vers un découplage de plus en plus sérieux entre des institutions politiques déliquescentes et les nouvelles forces économiques métanationales, qui ne se privent pas de combler le vide laissé béant. Il y a fort à parier que toute l'histoire du siècle à venir va s'écrire sur ce rapport de forces inégal, et tel un interrègne dangereux où rien n'est joué car ce sont les règles elles-mêmes qui sont en jeu, et où donc tous les champs du possible à nouveau s'ouvrent à nous, nous allons voir probablement s'établir la domination paradoxale d'une néobourgeoisie mondiale humanitaire (avec ses instruments fondamentaux : ONU, micro-États, néoreligions humanistes, mass media, technosciences) qui s'apercevra bien trop tard qu'elle est en train de miner elle-même tout son bel édifice, avec beaucoup plus de célérité qu'elle n'en mettra à s'adapter à cette compréhension (comme elle a pu le faire au XXe siècle, grâce aux totalitarismes et aux guerres mondiales), car déjà, avant même que ne

* Il y en a une, pourtant, et une seule : les États-Unis d'Amérique.

s'établisse tout à fait sa domination, des signes formidables apparaissent, tératologie du devenir, mutations évolutionnistes déjà actualisées au cœur même de la machine, virus en attente d'un minuscule battement d'ailes de papillon pour déclencher une catastrophe.

Le mensonge par omission n'existe pas. Le mensonge est un beau parleur. Les vérités sont des secrets.

Dire la vérité, ce peut être la masquer au plus grand nombre.

*

Toutes les grandes idéologies nihilistes contemporaines proviennent d'un faisceau d'idées qui émergea véritablement à la conscience des peuples en l'espace d'un petit demi-siècle, pour simplifier : disons entre 1800 et 1850.

Positivisme, nationalisme, racialisme, socialisme, communisme, anarchisme, toutes ces idéologies hégéliennes (ou para-hégéliennes) de l'État, ou du non-État, du Progrès et de la Technique, ou de l'un ou l'autre de ses nombreux avatars, ont littéralement détruit toute la philosophie occidentale, ont anéanti tout au-delà de l'homme, et donc sa seule identité possible : son devenir, pour le jeter dans l'au-delà de l'État et de la Technique, c'est-à-dire les fours crématoires de l'antimonde concentrationnaire nazi.

Il est tout à fait évident, selon moi, que cette « révolution des idées » qui eut cours au XIXe siècle s'est établie sur la base déficiente du nihilisme chrétien. Nietzsche a fort bien élucidé comment toutes ces idéologies, pour la plupart antichrétiennes, ne font que poursuivre le travail antihumain réalisé par le christianisme durant des siècles ; telles des sectes hérétiques, outrageusement rivales, mais qui toutes s'édifiaient sur les préceptes inconscients les plus profondément enfouis de la religion du Crucifié, elles ont poussé le christianisme et son retournement positiviste jusqu'à ce que toute idée de l'homme, et en premier lieu la leur, devienne à jamais impossible. Désormais sans au-delà métaphysique, alors que sans cesse les sciences achèvent de nous montrer l'étendue des horizons transfinis de notre univers, l'homme du XXe siècle, et déjà du suivant, continue d'errer dans les décombres de son identité unitaire perdue, rafistolant cette inanité d'objets inutiles et de cultures en perdition, il n'échappe au suicide collectif que par un miraculeux don de préservation de l'espèce, et au suicide individuel par l'inconscience, la bêtise, la vulgarité, la non-pensée, ou bien en désespoir de cause par la folie pure et simple.

« Nul ne sera arrêté, emprisonné, enlevé à son héritage, à ses facultés, à ses enfants, à sa famille. Nous déclarons que nous n'attenterons ni à sa personne ni à sa liberté qu'il n'ait été légalement jugé par ses pairs. »

Non, ce texte ne date pas de 1789, il n'est pas dans le préambule de la Constitution de la République française, il ne fut pas non plus élaboré par les rédacteurs de la Déclaration d'indépendance américaine, vous ne le trouverez pas dans les écrits d'un philosophe français des Lumières, et pas plus dans la bouche d'un tribun socialiste allemand du

XIXe siècle, il n'a pas été non plus rédigé par un onucrate moderne, il s'agit tout simplement d'un petit extrait de la Magna Carta que les barons anglais imposèrent à Jean sans Terre *en 1215* !

Comprenez bien l'importance de ce tour de force de l'aristocratie anglo-saxonne, qui fit plier l'absolutisme royal et établit, en pleine époque des Croisades, un document constitutionnel qui la séparait radicalement du reste des civilisations européennes (dont la France) en reconnaissant aux citoyens un premier faisceau de droits et libertés que nul ne pouvait transgresser sans contrevenir à la loi elle-même, quels que fussent son rang et sa fonction.

Il faut replacer cet acte fondateur dans une perspective historique qui nous rappelle que les lettres de cachet furent en usage jusqu'à la fin sanglante de la monarchie française, et que le Parlement fut suspendu sans interruption ou presque durant les règnes de Louis XIII, Louis XIV et Louis XV, jusqu'à ce que Louis XVI en rétablisse l'usage sous la pression des événements et d'une bourgeoisie acculée à la ruine, avant que les ultramontains de la gauche révolutionnaire n'inventent la forme moderne de l'absolutisme, soit le totalitarisme idéologique, et n'envoient les libertés civiques tout juste nées à la guillotine. Si on observe avec attention le parcours du pays après la chute de l'Empire napoléonien, on doit constater qu'il faut attendre 1875 pour qu'une Constitution à peu près digne de ce nom soit enfin donnée aux citoyens français. Il ne s'agit de rien de moins que d'un petit décalage de six siècles et demi avec la Grande Charte de nos voisins d'outre-Manche, et sur laquelle leur démocratie parlementaire monarchique fonctionne depuis lors. Il s'agit bel et bien d'un décalage fatal : la IIIe République se fonde sur le réalisme bourgeois, le nationalisme radical et le rationalisme positiviste, autant dire sur rien, ou plutôt sur une Totalité trinitaire absolument nihiliste qui enverra les peuples d'Europe au carnage.

Les barons anglais n'avaient point lu Thucydide ni Platon, sans doute même ignoraient-ils les noms de Périclès et d'Athènes, mais par cette forme particulière d'instinct pratique que tout le monde leur reconnaît avec un vague mépris, leur innovation s'avéra bien plus visionnaire que toutes les idéologies fumeuses qui n'ont cessé d'empoisonner l'esprit politique du Vieux Continent, de la Contre-Réforme au socialisme.

J'entends depuis longtemps les jansénistes du communisme primitif hurler à qui mieux mieux que la culture n'est pas à vendre.

La culture l'a toujours été.

La culture n'a jamais été isolée des autres sphères de l'économie, et sûrement pas de l'économie primitive. De tout temps, les hommes ont échangé leurs cultures, et cela fait longtemps qu'ils en ont fait une valeur d'échange, ils faisaient du commerce avec les produits de ces cultures, et parfois exportaient contre quantité de ressources naturelles des techniques et des langages que leurs cultures avaient façonnés. En cela, qu'on le veuille ou non, le capitalisme moderne ne s'avère en aucune façon intrinsèquement différent des civilisations humaines qui l'ont précédé.

Le « brevet » de l'écriture alphabétique, « déposé » par quelques peuples de la mer Égée, fut pour eux un instrument de domination et de rayonnement sur toute la Méditerranée pendant des siècles, jusqu'à ce que les Grecs de l'Attique et du Péloponnèse s'en emparent à leur tour et en répandent finalement l'usage dans toute l'Europe.

Mais il faut dire que, pour nombre de ces étranges théoriciens d'une culture « gratuite », celle-ci ne recouvre plus en fait que ce que l'homme moderne nomme pompeusement « art ».

C'est-à-dire les « Beaux-Arts ».

Comme si leur existence même n'avait pas toujours dépendu des mannes du mécène, privé ou public ! Croit-on que la chapelle Sixtine n'a donc pas coûté un sou à la papauté ? L'argent que Laurent de Médicis versait à ses peintres, sculpteurs et architectes n'était-il que pur esprit, pur symbole ? Croyez-vous honnêtement que Molière ou Racine crachaient avec dédain sur les bourses royales ? Et croyez-vous que pour vivre de notre plume il ne nous faille point aujourd'hui nous assurer de vendre nos livres ?

Ah, mais j'oubliais... l'artiste authentique — n'est-ce pas ? — vit en dehors du système, il est pauvre, misérable, tuberculeux, syphilitique, sidéen, il meurt jeune dans la mesure du possible, et surtout avant d'avoir pu donner la pleine mesure de son talent.

On peut ainsi disserter sans fin sur ce qu'il aurait pu donner si cet événement malheureux, signe de son destin tragique, n'était pas survenu, etc., etc.

Il n'y a pour les pouvoirs établis, même les plus médiocres, pas d'artiste plus pratique que l'artiste mort.

Car un artiste mort est quoi qu'on en dise dans l'incapacité de produire. Bien sûr, ses œuvres lui survivent — n'est-ce point pour cela qu'il les a réalisées ? — mais il n'est plus là, précisément, pour oser les mettre en question, voire les annihiler dans une œuvre ultérieure, et comme on sait que les foules, les médiocres et les académiciens ont toujours préféré le style des oraisons funèbres à celui d'un art vivant, nous nous permettrons de garder une certaine distance avec cette tendance à voir dans la mort et la misère une forme d'accomplissement, et nous rappellerons aux bavards subventionnés de la pensée moderne que l'art naît précisément d'un retournement critique contre cet ordre du monde et de la vie, fondé sur l'existence de la mort et de l'entropie. Ce n'est pas tant que l'art engage quelque chose d'immortel qui serait donné à l'homme en préalable à toute activité consciente, une transcendance qui s'établirait hors des règles de ce monde fondé sur la roue cosmique de la vie et de la mort, mais plutôt qu'il est en mesure par son action sensible sur nos centres nerveux et notre mémoire affective de transformer un instant fugace, un micro-événement de l'histoire des hommes, un pur hasard, une rencontre fortuite, un léger dérèglement de la norme, un simple fait divers en un phénomène plus global et plus mystérieux qui embrasse notre condition et l'éclaire, par-delà les siècles.

Pour créer quoi que ce soit, tout créateur doit se séparer de sa création, tout créateur doit se diviser, doit laisser une part de lui-même, devenue *autonome* — au sens propre —, exister donc selon ses propres règles. Ce principe s'appliquait à Dieu ; en son absence, il s'appliqua à l'Homme.

Depuis que l'Homme a disparu, il ne s'applique plus qu'à ceux d'Après.

Ce soir, en relisant certaines des quatre cent quatre-vingt-dix pages précédentes, je tombe sur le passage où j'essayais de vous expliquer, autant qu'à moi, la guerre à laquelle se livrent en territoire nord-américain les ultramontains de l'extrême gauche cryptocommuniste (ARA, International Socialist League, et quelques autres) et les radicaux de l'extrême droite cryptofasciste (suprématistes blancs, fondamentalistes chrétiens, révisionnistes néonazis), et comment cette guerre finit par altérer les principes de la vérité scientifique, et par occasionner de graves dérives à l'esprit judiciaire anglo-saxon.

Je ne sais pourquoi, mais je cherche à me remémorer la généalogie de ces paragraphes et ce n'est qu'à la lecture des pages suivantes que je suis édifié. Je m'explique : l'acte d'écrire, y compris et je dirais *surtout* ce « journal de bord métaphysique », ne suit pas les causalités chronologiques de notre espace-temps quotidien. Un travail subconscient de « digestion » des événements et des connaissances acquises décale d'autant l'acte rédacteur de l'expérience de laquelle il surgit. Ce qui fait que lorsque ma réflexion se cristallise elle a réorganisé à sa mesure la suite causale d'événements qui a conduit à ce nouvel état.

Ainsi il faut bien admettre que ma découverte successive des sites web de l'Heritage Front puis de l'ARA venait de mes recherches dans le domaine de l'anthropologie ! Car c'est en poursuivant des investigations dans ce domaine sur la Toile que je suis tombé sur un site universitaire relatant l'histoire de l'homme de Kennewick, puis de là j'ai abouti au site de l'ASATRU, cette secte religieuse proto-européenne en concurrence avec les Amérindiens pour enterrer le squelette, et la vérité qu'il recèle, puis de là à un lien vers le site de l'Heritage Front, organisation suprématiste blanche, et de là aux associations civiques conservatrices telle CAFE qui demandent que la liberté d'expression soit intégralement garantie, y compris pour les néonazis, puis enfin à des liens institutionnels qui m'ont conduit aux pages de l'ARA, ce groupuscule œcuménique de l'extrême gauche radicale.

Tout ça parce que initialement je cherchais à m'informer des découvertes de l'assistante d'Yves Coppens dans le domaine de la paléo-embryologie !

Internet, cette biopolitique par défaut !

Lorsqu'un fasciste est à bout d'arguments (ce qui arrive assez vite), il vous traite de communiste. Lorsqu'un communiste a épuisé les siens, tout aussi rapidement, il vous traite de fasciste. Ce genre d'épithètes doit paradoxalement pouvoir mesurer le degré de vérité auquel vous êtes en train de parvenir.

Tendance de fond de la (non-)philosophie actuelle : *Sois-fier-de-tes-différences, sois-fier-de-ce-que-tu-es*. Dans *Être*, journal de la communauté gaie de Montréal, ce type de niaiseries hautement symboliques s'accompagne généralement d'interviews d'intellectuels de haut vol aussi divers et variés que la présentatrice de l'émission disco de Musique Plus, ou quelque exhibiteur de muscles à gonflette du samedi soir, nous intimant l'ordre de cesser d'être homophobes et discriminatoires, comprenez : veuillez gober toutes nos conneries sans émettre la moindre critique. Au-delà du fait que l'on constatera aisément à l'usage que ce type d'assertions n'est *correct* que s'il s'adresse aux minorités (sois fier d'être homo, sois fier d'être noir, sois fier d'être québécois, ou fier d'être amérindien) et devient très vite suspect si vous l'appliquez aux autres catégories (je suis fier d'être hétéro, ou fier d'être blanc, ou fier d'être américain, ou fier d'être européen, risque de vous exposer à de jolis noms d'oiseaux), au-delà donc de cette pseudo-tolérance qui ne tolère qu'elle-même, et qui fait de la discrimination positive la prothèse de toute véritable réflexion, il apparaît bien que nous sommes là en présence de l'ultime dégradation égalitaire et humanitaire de la pensée occidentale, dont on était pourtant en droit de penser qu'elle ne pourrait descendre plus bas.

Être *fier* de ce que l'on est ?

Être *fier* de ses différences ?

Voulez-vous dire par là que l'on peut être fier de ce en quoi on n'est strictement pour rien ?

Pouvons-nous être fiers des tares, ou qualités, que la nature, nos parents, et plus rarement la « société », nous auront léguées ?

Je peux éventuellement ressentir une forme de fierté à l'idée d'avoir réussi là où d'autres ont échoué, je peux me sentir fier de tel ou tel de mes actes, de telle ou telle de mes œuvres, de telle pensée, de telle prise de position, de tel fait remarquable.

Mais me sentir *fier* de mettre ma queue dans tel ou tel autre genre d'orifice ?

Me sentir *fier* de pouvoir écouter en boucle Donna Summer, Bronsky Beat ou Dalida toute la nuit ?

Sachez, messieurs, mesdames, que ni Oscar Wilde ni Marguerite Yourcenar n'auraient commis cette faute de goût intolérable qui consisterait à ce qu'ils se sentissent *fiers* de leur homosexualité.

Ils avaient bien trop d'orgueil pour ça, et considéraient avec raison que seules leurs œuvres, et leurs actions humaines, pouvaient à la rigueur animer de tels sentiments.

Si l'homosexualité provient d'un facteur génétique

inné, je ne vois pas bien en quoi elle peut fonder une différence culturelle.

Si l'homosexualité provient d'un facteur socioculturel, je voudrais qu'on m'explique en quoi elle peut échapper à la critique.

Il semble discriminatoire aujourd'hui (comme il y a quinze-vingt ans, au début de l'épidémie) de critiquer certains modes de vie, certaines modalités psychologiques ou représentations culturelles et sociales de cette communauté qui ont pourtant objectivement conduit à ce que des millions de ses membres disparaissent, dans les affres d'agonies souvent épouvantables.

J'ai toujours eu le sentiment, pour ma part, que cette « culture », qui trouva une sorte d'apogée entre 1978 et disons 1982-83, puait la mort. Sous les musculatures bronzées et les sourires plastiques de Village People, on pouvait déjà renifler l'odeur de la Faucheuse qui s'en venait. Dans les back-rooms du Marais, les moustachus en costumes de cuir s'enfilaient des nuits entières dans l'odeur du sperme, de la merde, des poppers, et une flatulence d'excès tout à fait inverse aux principes hédonistes de Lucrèce et d'Épicure, et sous laquelle l'érotisme, l'Éros, la vie elle-même, furent littéralement enfouis, ensevelis, anéantis.

Il ne s'agit donc pas de lire l'épidémie avec les lunettes du christianisme moral (le sida est une punition, repentez-vous, âmes pécheresses) mais de comprendre que les virus, tels Ebola ou le VIH, s'actualisent précisément dans nos comportements humains au sens sociobiologique (un virus, c'est un petit morceau d'ADN, donc d'*information*, qui se balade plus ou moins librement dans la nature). Un virus a besoin d'un métabolisme pour exister, mais plus encore il a besoin que ce métabolisme lui serve d'interface avec les autres. Le VIH n'est pas discriminatoire, il frappe singes et humains, hommes et femmes, jeunes et vieux, hétéros et homos sans faire trop de distinctions. Aussi les statistiques parlent d'elles-mêmes, ce ne pouvait être qu'au sein de la communauté qui avait fait du consumérisme sexuel une culture (c'est-à-dire des valeurs morales et esthétiques) que le virus dont l'interface centrale était précisément la fonction sexuelle pouvait occasionner le plus de ravages. Vingt ans ou presque après le début officiel de l'épidémie, on est tristement effaré de constater que, dans le monde occidental, les statistiques indiquent toujours la même tendance.

Comme à l'époque du Christ, ou de Socrate avant lui, et comme aux temps de la Réforme, bien après, l'humanité se fragmente en communautés isolées les unes des autres dans un processus explosif mettant en jeu les pratiques sociales les plus triviales comme les conceptions métaphysiques les plus hautes. Aujourd'hui, une nouvelle frénésie communautariste semble s'emparer de notre monde par le double jeu auquel se livrent l'égalitarisme et le différencialisme, et cette nouvelle division de l'humanité en tribus horizontales ou verticales, en forme de réseaux ou en arborescences, est bien évidemment le signe d'une mutation métaphysique générale, mais comme aux époques précédentes, ceux qui pensent que c'est forcément la meilleure, la plus viable, la plus intelligente, la plus intéressante de ces formes qui surgira de cette mutation se trouveront pris au dépourvu lorsqu'il apparaîtra que la vérité se nichait quelque part au milieu de ce capharnaüm de mensonges et de fictions, de mythes et de manipulations, et que les chercheurs de vérité furent comptabilisés parmi les moins crédibles des autres sectes qui florissaient alors.

Des siècles se seront écoulés, et qui sait sous quelle nouvelle aberration sociale et métaphysique les hommes ploieront leur volonté et leur conscience, qui sait à quelle tyrannie ils se seront eux-mêmes enchaînés ?

Croire et faire croire que le progrès technique est *en soi* susceptible d'apporter la libération de l'humanité est une des plus grotesques mascarades auxquelles se sera livré le petit homme démocratique du XXe siècle ; ce petit homme incapable de voir que le progrès technique se fichait de lui comme du premier silex taillé par un membre de son espèce, ce petit homme aujourd'hui tout entier pénétré de l'idée que les technologies de l'information sont porteuses de cette fameuse (et fumeuse) libération, sans soupçonner qu'elles furent dès leur origine des technologies de la *dés*information — comme Enigma et Fortitude nous le prouvent —, sans comprendre les principes paradoxaux sur lesquels la liberté humaine se fonde, sans oser même voir ce que cette « libération » signifie au juste : que si les machines sont en mesure de libérer l'homme de quelque chose, c'est surtout de lui-même.

Aussi, en cette ère de transition où les formes anciennes n'ont pas encore laissé place nette aux nouvelles, et où le monstre froid de l'État technicien se cherche une nouvelle peau, et l'emprunte où il peut, de nouvelles formes d'oppression et de destruction des libertés sont d'ores et déjà actives, actualisées, puisqu'il suffit de les décrire pour comprendre qu'elles sont en place dans les failles de notre inconscient collectif.

Après le flicage informatique, le flicage génétique. Comme dans le film *Gattaca*, il est vraisemblable qu'un nouvel eugénisme, individualisé et technicisé au plus haut degré, conduise l'humanité en plein désastre, non pas que celle-ci eût dangereusement abusé d'expériences radicales visant à briser nos représentations et à percer les mystères du cerveau, de la conscience et de la vie, bien au contraire, car la mise en place de cet eugénisme technicien (suppression des « tares » comme l'homosexualité, l'agressivité, l'asocialité ou la schizophrénie) sera bien sûr corrélative à l'interdiction des pratiques scientifiques visant à « exploiter » ce type de « dysfonctionnements » dans le cadre d'une synthèse métaphysique supérieure (et tous les arguments seront bons pour y parvenir, sous le couvert de l'humanitarisme, évidemment). Le flicage génétique opératif servira à rendre aimablement performante et sans risque une population mondiale en constant mouvement, jusqu'aux orbites circumterrestres et au-delà, une population socialement couverte par les grandes compagnies d'assurance et les fonds de pension, et employée à tour de rôle par les corporations métanationales et les organismes de sauvetage publics ou parapublics, ou ce qu'il en restera.

Bien sûr, la biocatastrophe pourrait bien ne survenir qu'au bout de plusieurs générations, mais au rythme où vont les choses dans l'humanité actuelle, il est fort probable qu'en deux ou trois cycles les premiers graves problèmes apparaissent. Car anéantir la biodiversité humaine est sans conteste un crime bien plus stupide et suicidaire encore qu'une exploitation déraisonnée des ressources terrestres. Restreindre les multiples potentialités humaines en un simple faisceau de cribles génétiques parfaitement triviaux (et souvent idiots) pour maintenir les individus qui la composent dans un corset normatif, opératif et marchand sera le boulot des prochaines grandes firmes de bio-engineering, pour le compte des nouveaux « États » qui régiront la planète ; il est donc crucial qu'une pensée alternative, réactive et futuriste se structure immédiatement en prévision de ces temps plus si futurs que ça, où face à l'entreprise dévolutionniste de modelage social-génétique, il s'agira au contraire de parier sur la biodiversité et la « maladie », sur un transgénisme expérimental et radical où les principes métaphysiques qui auront conduit à l'absurdité du flicage génétique seront une fois pour toutes désintégrés dans le reséquençage de la vérité.

Créer une nouvelle espèce humaine — une nouvelle biophysique — implique de créer au préalable une nouvelle métaphysique.

La civilisation s'éclipse
tout semble joué d'avance
l'homme était une ellipse
chromosomes sous surveillance
nous marchons vers l'œil froid
de l'hypercube policier,
un million de visages sur mémoire
statistiques aux linéaires élégances
d'un après-midi enchanté,
sur nos os gravés matricules
s'anime le monde des vieux chamans

nous les petits animalcules
harpons ventrus de vérité.

Vous voulez un monde débarrassé de la corruption ? Annoncez la couleur, et dites que vous nous préparez un monde sans liberté.

Tout acte humain est un crime contre la nature.

Sans loi, il ne saurait y avoir de liberté. Mais sans crime, il ne saurait y avoir de société.

Cette ville je la connais
une vie auparavant j'y commis un meurtre
ou deux
quand l'aube éteignait sa cigarette
sur de roses télégrammes annonçant une émeute
et le feu
Je m'éveillais près du fleuve et de leurs corps froids
dormant sur l'eau à côté de moi,
bienheureux.

Qu'est-ce qu'un tueur en série ?

C'est un État technicien et opératif à lui tout seul, et il finit très vite par n'être plus que cet État technicien et opératif. Il est cette antiforme créée par l'au-delà métaphysique de la pensée positiviste, soit le néant ! Il est le processus en son entier retourné au sein d'un seul et même individu tendant à équilibrer par sa violence destructrice l'ordre désespérant des foules anonymes et démocratiques, dont il est une sorte de summum absurde, un factotum de l'aléatoire mis au service de la mort qu'il sème sur son passage, dans sa plus ou moins longue et plus ou moins erratique trajectoire meurtrière.

Le tueur en série n'est pas un rebelle anarchiste, pas plus un « gangster » ou un militant fasciste — ou maoïste —, il ne cherche pas à changer la société, ni même à la corrompre, encore moins à la détruire, bien au contraire, puisqu'il en est le produit le plus abouti, une machine à la fois égocentrique et anonyme, sans affect et purement opérative, il y est parfaitement adapté et il sait qu'en se fondant dans la masse de ses microrouages individualisés, ses talents pourront s'exercer en toute quiétude ou presque durant de longues années.

Le tueur en série vit dans son monde, son « programme », comme dans une coextension parfaitement naturelle, donc invisible, du nôtre. Sa mobilité augmente avec le progrès de nos moyens de transport et la chute des frontières nationales, son anonymat individuel se fond dans la concentration urbaine des populations, son propre savoir technique se renforce du nôtre, et des innovations de nos moyens de communication, bref il nous suit, voire nous précède comme notre ombre portée sur un horizon mort, dans la lumière de glace de l'évolutionnisme technoscientifique.

Oser, comme dans cette célèbre gravure du Moyen Âge, passer la tête au-delà des limites physiques et métaphysiques normalisées par le contrôle social de ce monde sans Dieu, où l'Homme mis à sa place a lui-même disparu, mais où subsistent leurs dérisoires simulacres nommés religions et progrès. Oser, aujourd'hui même, oui, oser projeter sa conscience au cœur des faisceaux de particules accélérées dans le tunnel supraconducteur, oser voir avec les yeux d'Hubble (au sens propre comme au figuré) ou avec ceux d'un grand singe anthropoïde, vivre la vie des virus, ou des comètes, décrire l'homme comme on ne l'a jamais décrit, comme un *alien*, comme un *étranger dans un lieu étrange*, comme une forme de vie instable et fragile, étudiée avec le plus grand soin par ceux qui vivent au-delà des limites par nous-mêmes installées, oui, oser entreprendre l'épopée de la fin de l'Homme en évoquant d'abord les murs invisibles qui l'ont maintenu dans l'isolement, en évoquant ensuite les chaînes capiteuses avec lesquelles il a aliéné sa liberté et sa conscience aux petites valences de son individualité sociale, puis oser projeter notre esprit vers les générations futures, tendre vers elles un pont actif, réactif, interactif, radioactif, hyperactif, de véritables messages de résistance et de survie, produire un réseau transtemporel et métabiologique de guérilleros du verbe et de la vérité, oui se mettre à l'écoute des quasars du futur, décrypter leurs langages sous le bruit de fond électronucléaire, oui je peux vous entendre, *je vous entends, scrchh, scrchh,* alors que plus rien ne retient ma conscience à cet instant fugace qui me fait croire qu'il est le monde, alors que le monde est bien plus que la somme de tous les instants, oui j'entends le son caractéristique des désastres à venir, décalage spectral vers l'infrarouge — en route dans notre direction —, il me semble que la voix des propagateurs de l'ignorance me parvient à son tour, et celle-ci avance désormais parée des plus beaux atours de la science, je crois discerner les hurlements des enfants jetés au brasier des nouveaux sacrifices, je perçois aussi le bavardage ininterrompu qui tente de recouvrir le silence mortuaire, puis je n'entends plus que le silence, oui je crois bien entendre maintenant le grondement particulier de la lame de fond, je crois même voir la vague, immense, colossale, s'élever comme un monstre noir au-dessus de nos têtes, j'entends son souffle, le hurlement d'un cyclone n'est rien en comparaison, oui je crois bien que son onde de choc va se transmettre dans toutes les directions de l'espace et du temps, et moi, ici, assis dans l'obscurité sous la pleine lune qui augure d'une nouvelle nuit blanche, j'en ai perçu l'écho, quelques décennies avant qu'elle ne se fracasse sur l'humanité.

*

Comme le savait Cioran (sa magnifique étude sur Joseph de Maistre !), n'est véritablement révolutionnaire que celui qui, de tous temps, sous tous les régimes politiques, sous tous les ordres, qu'ils soient théocratiques ou démocratiques, despotiques ou libéraux, dit et redit les éternelles vérités du pouvoir, sous les masques parfois indécryptables du présent, celui qui lui montre son devenir, introduit un nouveau champ de possibles dans le réel, ce champ qui s'épuise presque instantanément, en s'ossifiant, dans ce réel, si difficile à transformer.

Aussi résumerons-nous en un mot ce que ce génie de l'exil et de la pensée a su si subtilement analyser en soixante pages :

Lorsqu'une idée règne, elle se trompe ; lorsqu'elle gouverne, de plus, elle ment.

Viens de voir à la télévision, en un court reportage incident sur la guerre se déroulant dans le Caucase entre les Russes et les Tchétchènes, les images de ce qui pourrait bien être ce retournement de l'islam contre l'islamisme, là où précisément le mouvement intégriste d'origine wahhabite tente de faire main basse sur le pétrole, et les dollars qui vont avec.

Au Daghestan, une république multiethnique née des absurdes découpages et redécoupages marxistes-léninistes de la Russie au cours du siècle, l'islam soufi a permis à une authentique culture de survivre, en dépit des vicissitudes de l'histoire des hommes, les femmes y vivent sans le tchador et les mosquées y sont pleines. C'est ici, peut-être, que les milices talibanes du monde entier vont être stoppées, et mises en déroute, et savez-vous par qui, et pourquoi ? Par des unités de défense islamiques tenues par des femmes, qui ne veulent pas être réduites à l'état de légume sous voile comme en Afghanistan et qui ont vu ce que des mercenaires comme Khattab le Jordanien, et tous ceux que l'armée fédérale russe est en train de piéger en Tchétchénie, sont capables de faire contre des civils (attentats, tueries, rançonnage). Oui, *des femmes* ! Sans doute bien plus proches de ce que devraient être d'authentiques moines-soldats si notre monde fabriquait autre chose que des rock stars de quinze secondes, des écrivains-du-moi et des bureaucrates de la communication, carrières que pas un seul gentleman de l'Ancien Régime, ou même du XIXe siècle, ni même d'aucune époque au demeurant, n'aurait pu songer embrasser sans un pitoyable sentiment de ridicule et de déchéance.

Rien dans l'islam, jamais, ne put vraiment s'accomplir, car comme avec le christianisme, la parole du Prophète fut travestie par ceux-là mêmes qui se targuaient d'en être les apôtres. L'Umma fut un rêve avorté dès la disparition de Mahomet, comme le

Royaume fut perdu dès lors que le Christ crut pouvoir léguer du haut de Sa croix un enseignement aux hommes, qui s'empressèrent de le mettre en pièces, comme Son pauvre corps, anéantissant pour des siècles tout ce que l'Antiquité avait su patiemment ériger, jusqu'à Son surgissement.

La communauté islamique se divisa dès la seconde génération, et pour une typique lutte bédouine de famille, pour une histoire de vendetta et de coucherie, une histoire d'héritage, bref, pour de plus sombres raisons encore que celles qui engendrèrent les nombreux courants schismatiques chrétiens.

Les potentats arabes, ou perses, turcs, berbères, ouzbeks, tatars, et tous les autres qui se convertirent à l'islam aux premiers temps de l'Hégire ne furent ni pires ni meilleurs que nos rois de l'époque mérovingienne. Nous eûmes ensuite notre Charlemagne, et notre Saint Louis. Ils eurent leur Haroun al-Rachid, et leur Saladin.

Mais comme plus tard le christianisme allait l'expérimenter, on ne crée pas impunément une civilisation, si brillante et si haute soit-elle, sur un mensonge constitutif dérivé d'une vérité authentiquement révélée, sauf à savoir continuellement le régénérer, ce que peu de civilisations, pour ne pas dire aucune, ont eu la capacité de réaliser.

Comme le christianisme après elle, et quoique née avec six siècles de décalage, la brillante civilisation islamique des années 700-1300 allait être dissoute par ses accomplissements, qui vinrent bien souvent des marges hétérodoxes de l'empire, si on peut nommer ainsi cette aire de coreligion et de coprospérité qui s'étendit très vite sur ses pourtours actuels.

C'est dans le califat de Cordoue, en Espagne celtibère et wisigothe, dans le lointain Maghreb aux populations maures et berbères, dans l'Asie chamanique de Samarcande et de l'Altaï, dans la Turquie ottomane ou l'Inde occidentale conquise par les Mogols, ou aux confins de la zone d'influence zoroastrienne, et pour ne pas parler de l'influence grecque, voire chrétienne, que l'islam brille par le plus de splendeurs, splendeurs de l'esprit pur, des sciences comme de l'élévation mystique et spirituelle, des techniques et de la littérature, de la poésie et de l'architecture.

Mais subséquemment, si je puis dire, et sans doute de façon étroitement concomitante, ses marges poreuses et innovatrices suscitèrent autant de noyaux durs, fermés et traditionalistes, à Médine, à Bagdad, au Caire, à Damas, là où déjà l'islam représentait un ordre défini depuis des générations, un ordre qui avait plus ou moins fait d'une vague communauté de semi-nomades du désert un peuple impérial et conquérant, fier de ses privilèges et de ses traditions ; très vite l'Umma appelée de ses vœux par Mahomet ne fut plus qu'un mot creux vide de sens, mais doté d'un pouvoir de réminiscence absolu, celui de la Vérité perdue, qu'on put faire avaler à tous les peuples à soumettre au joug du calife, et finalement le savoir synthétique de la civilisation islamique fut plus ou moins oublié, en dépit des sciences et des techniques grecques, indiennes et chinoises, augmentées de ses propres expériences et théories qu'elle allait léguer aux Italiens du quattrocento, pire encore, son fatal émiettement face à la conquête circumterrestre des néo-empires européens scellait son destin géopolitique, et rien ne serait jamais plus en mesure d'en desserrer l'étau, et surtout pas la mascarade nationale-populiste qui s'est autoproclamée « islamiste » depuis le début du XXe siècle, et qui fut copiée sur les nôtres durant les années 20 et 30 par une poignée d'ulémas perdus à Londres, Moscou, Berlin ou Paris.

Pourtant, encore une fois, le destin de cette civilisation se joue à ses marges, là où le soufisme se dresse face à l'obscurantisme wahhabite, là où l'islam a servi à quelque chose pour de bon puisqu'il est venu, comme pour certains peuples européens touchés par la grâce chrétienne, irriguer un territoire fertile où une mystérieuse combinaison de facteurs sociaux et génétiques favorisa l'émergence d'une culture unique dans les annales et qui dépassait de loin le modèle originel imposé par les nomades du désert. Cette société chamanique de peuples aux origines sibériennes fit de l'islam un authentique mode de connaissance cosmogonique, comme les Celtes sous influence romano-germanique allaient le faire avec la religion du Christ. Ce sont tous ces peuples oubliés, ces peuples périphériques, Celtes, Vikings, Bogomiles en Europe, tribus proto-ouzbeks et prototurques en Asie, qui au chamanisme traditionnel sans doute largement décadent à l'époque surent injecter cette nouvelle fulgurance uniciste et mystérieuse si proche pourtant des visions du Double Serpent cosmique.

C'est qu'aucune des grandes traditions monothéistes ne veut admettre son origine, sa préhistoire chamanique, qui n'a rien à voir avec les élucubrations plus ou moins modernes sur le « paganisme » et cette prétendue multivocité d'un monde d'avant le Dieu unique, car avant que le Dieu unique ne fût conceptualisé dans cet environnement hautement abouti (et non pas primitif comme on a trop coutume de le croire) qu'est la haute Antiquité hébraïque (les cités d'Ur, de Sumer, de Babylone et d'Égypte y sont déjà des productions séculaires), les peuples les plus éveillés de l'âge chamanique, qu'il s'agisse des peuples du pourtour méditerranéen ou des environs de la Caspienne, des peuples amazoniens ou du Grand Nord américain, savaient bien que, sous les formes infinies qu'il peut prendre, un Principe unique semble animer la matière, l'énergie, la vie et l'esprit, Principe unique dont chaque sous-ensemble paraît une créature devenue autonome, et en rébellion contre l'ordre ou le désordre qui l'a fait naître.

Quiconque s'intéresse de près aux écrits prophétiques et kabbalistiques, aux écoles gnostiques, aux maîtres soufis, c'est-à-dire selon moi aux accomplissements les plus hauts de la pensée religieuse propre aux trois branches du monothéisme, ne peut être frappé que d'une chose, pour peu qu'il connaisse aussi quelques-uns des mythes en vigueur dans les populations faisant usage du chamanisme hallucinogène : nous avons là un effort souterrain, obscur, souvent divergent, chaotique, buissonnant, mais tout entier dirigé vers la lumière de la Connaissance, qui se poursuivra plus tard par l'alchimie condamnée comme sorcellerie par l'Inquisition catholique, et qui conduira finalement à la terrible lumière chirurgicale de la science contemporaine.

Ceux qui croient ce tunnel métahistorique trop paradoxal pour être plausible devraient se pénétrer de ceci : une religion ne vaut pas tant par ce qu'elle laisse comme dépôt conscient, comme réalité ossifiée dans le dogme, que par ce qu'elle consume dans les esprits authentiquement habités par le feu divin, y compris, et surtout dirais-je, si ces esprits se dressent, souvent malgré eux, contre l'ordre figé qui croit maintenir la Parole divine en laisse, ou croit l'acheter avec des confessions et des indulgences.

Ce n'est point un hasard selon moi, alors que je pourrais embrasser sa doctrine pour peu que je me laisse aller un jour à une conversion, si Luther voyait en saint Augustin le plus haut accomplissement de la pensée chrétienne médiévale, accomplissement après lequel la papauté allait se sentir en droit d'organiser la plus formidable entreprise d'asservissement des consciences que le monde d'alors et sans doute d'après ait jamais connu, afin de cacher les turpitudes nocturnes qui se déroulaient dans ses palais somptueux, les fastes de sa cour et les sombres desseins qu'elle réservait depuis longtemps aux aristocraties européennes, qui périssaient génération après génération par le glaive, la peste, le naufrage, et qui sait quoi encore, pour reconquérir des Lieux saints sous occupation arabe.

Quiconque se penche un tant soit peu sur la genèse singulière et la plus singulière encore organisation stratégique des Croisades ne peut honnêtement qu'afficher un plus profond scepticisme devant la réalité de la chose. Que furent-elles en effet, et ce sur deux cents ans d'efforts répétés et obstinés ? Une incroyable suite d'opérations techniquement mal préparées, si ce n'est militairement suicidaires, et politiquement stupides. Quand on n'envoyait pas des hordes d'enfants à l'abattoir, on se faisait prendre dans les filets complexes de la politique byzantine, comme lorsque la troupe de croisés prit et pilla Constantinople pour payer une dette aux Vénitiens, nos armées se trouvaient ainsi rançonnées, piratées, détournées de leur œuvre première par les marines italiennes ou les flottes grecques, seules en mesure de conduire les braves chevaliers francs, anglais, saxons, normands et lombards au massacre sur les côtes de l'actuel Liban. Saint Louis y laissa sa peau en Tunisie, Richard Cœur de Lion y fut mis hors course durant des années dans l'attente d'une rançon qui ne venait pas, Barberousse s'y usa, les rois et les ducs d'Europe, les chevaliers et les barons, ainsi que tous les pauvres, mendiants, voleurs, bandits et autres racailles dont on ne savait que faire puisqu'on ne pouvait plus les délester de rien sinon de leur vie, ou de ce qu'il en restait, allèrent s'y perdre corps et âmes, bref, quatre fois par siècle, entre 1095 et la fin du XIIIe, et avec la précision d'une horloge suisse, la papauté envoya la fine fleur de l'Europe, et le fumier qui allait avec, au carnage planifié.

Jamais, je crois, aucun pape ni aucun cardinal sérieux ne s'attendit que les croisés réussissent leur implantation militaire en Palestine ; on remarquera que la papauté ne sut rien en faire lorsque cela survint pourtant à Saint-Jean-d'Acre.

Il est tout à fait possible de ne voir là que la lente décrépitude d'un pouvoir autocratique rongé par la décadence, l'incompétence et la médiocrité, mais je dois avouer qu'une telle obstination dans la défaite, une telle volonté de perdre à tout prix, cette persévérance dans l'anéantissement des chances de l'emporter durablement, me semble quant à moi hautement suspecte. Hitler était un authentique crétin, le nazisme est un vulgaire excrément de la pensée positiviste petite-bourgeoise et son pouvoir n'a pas tenu quinze ans. La papauté a régné durant des siècles, pratiquant un millénaire et demi de despotisme, plus ou moins éclairé selon les époques (pour moi il s'obscurcit au fur et à mesure de son emprise sur les âmes, les corps et les biens de ce monde). Aussi, permettez-moi d'y voir plutôt un savant calcul de fatalité géostratégique et de volonté occulte, et une bonne demi-douzaine de fois répétée, une volonté d'anéantir les aristocraties européennes afin que celles-ci ne pensent point à s'unir, par traité politique, et ne le puissent plus du tout par hérédité et mariage (un mari mort jeune au combat ne laisse pas d'héritiers, ou comme on le verra plus tard lors de la mainmise des régents pourpres sur la destinée de la France, il les laisse terriblement jeunes, désemparés et sans entraînement face à la haute et vieille éducation des gens de doctrine venus de Rome) ; aussi les Croisades permirent à l'Église d'éteindre à tout jamais les prétentions de ces aristocraties militaires qui pouvaient à tout instant revitaliser ce rêve impérial carolingien qui aurait menacé son pouvoir très temporel alors en pleine expansion.

L'appel à la Croisade de 1095 ne surgit pas *ex nihilo* d'on ne saurait quelle bizarrerie de l'histoire, et pas plus du danger que feraient à l'époque peser sur l'Occident les dynasties turques et arabo-persiques.

Pour comprendre la genèse de cette guerre de religion bicentenaire, il faut se reporter juste deux siècles auparavant, lorsque allait commencer ce qu'on dénomma le « siècle de Fer ».

En 896, le pape Formose mourut. L'Église de Rome avait déjà amorcé sa longue décadence, son pontificat (891-896) avait été contesté, ainsi que la validité de ses alliances et des ordinations qu'il avait conférées. Son successeur, Étienne VI, allait s'avérer bien pire, et digne des empereurs psychopathes romains : il fit exhumer le corps de son prédécesseur, ordonna qu'on le revêtît des habits pontificaux et le plaçât au centre de la basilique Saint-Pierre afin qu'il y fût jugé par un concile présidé par le pape, soit lui-même. Le cadavre fut condamné, puis dégradé de quelque abjecte façon et traîné dans les rues de Rome, avant d'être jeté dans le Tibre.

Le « concile cadavérique » provoqua une flambée de violence dans un « Empire » disloqué, devenu misérable et sans projet politique. Mais les passions ainsi déchaînées ne provoquèrent que l'intensification du processus de décadence. Entre 904 et 1046, quarante-quatre papes et antipapes se succèdent, neuf sont assassinés, neuf déposés, sept exilés. Lors du schisme d'Orient, en 1054, l'Église sort tout juste d'une période d'intense confusion où trois papes rivaux se disputaient la tiare : Grégoire VI, Sylvestre III et Benoît IX, et où cinq souverains pontifes se succédèrent en l'espace de quatre ans ! Il est établi de plus que l'excommunication papale contre le patriarche de Constantinople, Michel Cérulaire, a été ordonnée par un pape mort depuis trois mois, et lors d'une période d'intérim avant la nomination de son successeur, et fut donc administrée par son légat, qui s'est ainsi arrogé un droit qui selon le canon ne lui appartenait en aucune façon !

Le schisme d'Orient à peine consommé, l'Église de Rome a besoin de resserrer les rangs traumatisés de la chrétienté d'Occident. Les populations dévastées par deux siècles de pornocratie et de délires schismatiques et confessionnels sont prêtes à se jeter à l'assaut des Lieux saints comme si leur vie en dépendait, il ne reste plus qu'à trouver un prétexte.

Je ne cesse pourtant depuis des semaines de me demander pourquoi mon aversion pour le catholicisme « décadent » et obscurantiste de l'Inquisition et du bas Moyen Âge se tempère dès que je remonte à une époque datant d'avant l'an mille (date symbolique et butoir à partir de laquelle il me semble que le pouvoir temporel de l'Église put s'exercer sans limite dès lors que les esprits avaient été conquis, par le glaive s'il le fallait — les cathares et les vaudois allaient bientôt l'apprendre à leurs dépens). Pire encore aux yeux d'un « libéral » ordinaire, de gauche comme de droite, je ne peux m'empêcher de voir l'accomplissement du catholicisme que dans ce qu'il eut de plus dogmatique et d'antimoderne à une époque (le XIXe siècle) où l'Église de Rome était déjà la risée de tout le monde, sauf des misérables et d'une poignée d'anticonformistes radicaux, et où s'annonçaient, paraît-il, les délices d'un monde nouveau voué aux progrès de l'industrie et au confort matériel des peuples, ainsi qu'aux « libertés auxquelles ils ont droit », grâce au développement de l'esprit social, national et rationaliste. Le XXe siècle aura, je crois, démenti à tout jamais une telle espérance vide de sens, et parfaitement absurde, mais il n'est pas inutile de rappeler en ces temps étrangement technomillénaristes que les rares individus qui osèrent mettre en cause ces notions de « progrès » et de « droits » avant qu'elles ne volent en éclats sous leur propre pression furent d'authentiques réactionnaires grands-catholiques ; inspirés par le génie des civilisations mourantes, ils tentèrent, je crois, de synthétiser l'héritage que l'Église elle-même s'avérait incapable de fixer, tout entière qu'elle était, comme elle est depuis, absorbée dans une pathétique et ridicule tentative de s'accorder aux terribles métaphysiques de la science et aux philosophies de l'industrie.

Joseph de Maistre et Léon Bloy, à trois quarts de siècle d'intervalle, et avec de fort différents cheminements littéraires et personnels (pour autant que les deux plans puissent être artificiellement séparés), furent sans doute les voix les plus acharnées à détruire l'illusion du Progrès que la société bourgeoise industrielle avait tout intérêt à diffuser, en tentant de redonner à la foi catholique la plus traditionnelle, la plus pure et la plus dogmatique — c'est-à-dire canonique et donc selon eux éternelle —, une vibration métaphysique qu'elle n'avait su retrouver depuis saint Augustin. De Maistre fut pris dans la roue de la Révolution de 1789, puis de l'Empire napoléonien, il vit ensuite s'éteindre ses derniers espoirs dans une restauration de l'ordre médiéval avec la *Restauration* constitutionnelle et néodynastique qui servait de paravent aux menées industrielles de la bourgeoisie. Son credo absolutiste et totalement antilibéral choque d'emblée nos ultimes considérations démocratiques et humanistes, au cas où il nous en reste, mais comme Léon Bloy se dressera dans la seconde moitié de ce siècle où l'efficience industrieuse aura définitivement remplacé la grâce et le goût en dépit des efforts des messieurs Jourdain de toutes natures pour singer l'aristocratie de l'Ancien Régime, ses qualités comme ses tares, de Maistre se dresse à l'orée de la première, aveugle et sourd aux sirènes du progrès social et technique de l'épopée révolutionnaire, postrévolutionnaire puis néoconservatrice de la France et de l'Europe, et il promet à plusieurs reprises une Apocalypse. On a souvent dit que de Maistre est un pilier de l'antisémitisme, c'est faux. Pas au sens où il faut l'entendre aujourd'hui, après les camps de la mort. Car Joseph de Maistre, par son héritage maçonnique et martiniste, fut toujours plus attiré par l'Ancien Testament et son Dieu de justice et de colère que par les Évangiles du Dieu d'amour, c'est un trait qu'il partage avec les premiers luthériens, dont il disait pourtant pis que pendre, et ce n'est pas le moindre paradoxe chez cet auteur qui semble vouloir s'ériger au-dessus de chacun d'eux avec une *intolérance** adoptée sciemment comme système absolu de référence.

Aussi voit-il dans la rectitude des juifs envers la Loi mosaïque un modèle pour les authentiques chrétiens, les vrais catholiques encore de ce monde. Cioran raconte comment son attitude change brutalement lorsqu'on lui apprend qu'en Russie et en Allemagne, ainsi que dans l'Empire austro-hongrois j'imagine, de nombreux juifs ont embrassé l'esprit des Lumières et de l'*Encyclopédie*, quand il ne s'agit pas de conversions pures et simples au luthérianisme, ce que de Maistre n'hésite pas à nommer une « hérésie qu'il faut combattre par tous les moyens autres que le crime », faute dont à ses yeux l'Inquisition ne se rendit point coupable, mais qu'il n'aurait certes pas pardonnée au régime exterminationniste nazi.

Ce n'est donc pas la traditionnelle Loi mosaïque et toute la culture juive millénaire qui s'y rattache que de Maistre va s'attacher à combattre, mais ceux d'entre cette communauté qui succomberont aux charmes de la modernité et livreront leurs esprits aux influences pernicieuses de la Réforme et de l'*Encyclopédie*. On voit il me semble ici toute la différence avec l'antisémitisme racialiste moderne de type nazi qui rejetait jusqu'à la figure paternelle

* La tolérance, comme disait Paul Claudel, il y a des maisons pour cela.

fondatrice de la Loi monothéiste pour se complaire dans une « matrice fusionnelle », comme tous les positivismes le font, matrice nationale, raciale, sociale, idéale, culturelle, technicienne, quelle qu'elle soit. De Maistre aurait difficilement fait un bon fasciste, comme Bloy. Certes, il combattit la tyrannie de Napoléon non pas, comme Benjamin Constant, en dressant le portrait d'un despote attaché à fouler aux pieds les libertés, mais au contraire en le louangeant chaque fois qu'il penchait vers l'autocratie la plus absolue, et en dénonçant son opportunisme et sa versatilité pour toutes celles où l'Empereur des Français consentit à donner un petit espace démocratique à son peuple ou à ceux qu'il avait conquis. Mais, comme Léon Bloy, de Maistre se dressait avant toute chose contre l'État technicien et humaniste qui allait un siècle plus tard accoucher du plus abominable des monstres d'Apocalypse qu'un prophète eût pu imaginer.

En cela, nageant à contre-courant dans le fleuve impétueux d'une modernité d'autant plus sauvage que quinze siècles de christianisme l'avaient retenue, avant que les digues ne s'effondrent sous la pression de l'évolutionnisme métaphysique et sociologique humain, de Maistre fait partie de cette rarissime cohorte d'authentiques penseurs réactionnaires qui surent se tenir à l'écart de l'engouement plus ou moins général pour les philosophies historiques du progrès social et des droits de l'homme, et dont les excès, les paradoxes provocateurs, ainsi que le rappel obstiné de la véritable direction de l'homme, qui est celle de la Chute, furent considérés en leur temps comme autant de folies ou de postures, alors que si folie il y avait, et sans doute y avait-il folie parfois dans le cas de Joseph de Maistre comme dans celui de Léon Bloy — c'est-à-dire un comportement, verbal ou physique, qui heurtait de front l'ordre social et idéal du progrès humain tel qu'entrepris par la bourgeoisie — alors cette folie témoignait juste de l'impuissance du cerveau à pouvoir supporter le feu de certaines vérités et à en rapporter l'expérience autrement que par les miroirs exaltants de certains mensonges, plus vrais que nature, proprement *surnaturels*.

Même si comme moi on connaît par cœur la fatalité tragique et organique qui conduit la Contre-Réforme à l'échec global face au protestantisme anglo-saxon, on est bien forcé de constater que la victoire du luthérianisme — et surtout celle du calvinisme, bien pire — a fortement teinté, ou orienté, les découvertes nées du nouvel esprit synthétique de la Renaissance. En effet, et probablement contre toutes les attentes de Luther, la victoire du protestantisme allait signifier, plus sûrement encore que la défaite du catholicisme, la fin terminale du christianisme en tant que religion révélée et sa transformation insensible au fil des générations et des siècles en un squelette constitutif plus ou moins occulte servant à un faisceau de philosophies plus ou moins positives, plus ou moins consciemment dirigées contre le terreau qui les faisait naître, et plus ou moins vouées à conduire l'homme au désastre esthétique et à l'impasse métaphysique, situation que la bourgeoisie industrieuse du XIXe siècle s'empressa d'actualiser à plein rendement si l'on peut dire, ce qui n'allait pas tarder à avoir les conséquences qu'on connaît à l'aube du suivant.

Quand on compare la terrible lucidité de Léon Bloy aux délires mécanistes et positivistes de son temps, quand on met en regard sa prose de moine-soldat, dure comme l'acier, pure comme l'eau d'un glacier, et celle de tous ceux qui ont vu dans les accomplissements techniques de l'homme, quels qu'ils soient, une occasion d'élévation spirituelle, et aujourd'hui encore, un siècle plus tard, relire ses avertissements et se rendre compte qu'ils n'ont point été entendus, surtout pas par l'Église que Bloy, comme de Maistre, entendait protéger du péril de cet humanisme suicidaire, alors sans doute, un flot de pensées terriblement contradictoires peut vous envahir, sur la nature complexe de l'homme et de ses relations avec le reste du monde, avec Dieu, ou ce qu'il en reste.

C'est au moment où l'homme, enfin libéré de près de quinze siècles de despotisme religieux lui ayant barré l'accès aux sciences que les Grecs, les Indiens, les Babyloniens, les Phéniciens, les Égyptiens, les Chaldéens, les Juifs et les Perses avaient patiemment élaborées pendant toute l'Antiquité, à ce moment précis où les portes du Logos lui ayant été enfin ouvertes grâce à la ténacité d'une poignée d'individus qui se relayèrent de par les siècles pour préserver l'esprit de la servitude et de l'ignorance, oui, c'est à cet instant où le catholicisme de l'Inquisition et des jésuites fut enfin vaincu que, dans la médiocrité plus ou moins généralisée que cette liberté sans éducation allait soudainement offrir aux hommes, ce catholicisme put enfin retrouver une fonction, si je puis dire authentiquement négative, c'est-à-dire située radicalement contre l'ordre des choses, même s'il s'agissait de retrouver l'ordre ancien d'avant la Chute (ce que seul le dogme apostolique et romain était en mesure de garantir aux hommes, selon ceux qui surent embrasser avec talent cette profession de foi, comme Bloy et de Maistre).

De Maistre, pas plus que Bloy, ne put, ne sut ou ne voulut deviner qu'il nous faudrait plutôt, et plus vite que ça, nom d'un Holocauste, nous trouver des métaphysiques d'*après la Chute*. Car il y a un après à la Chute. Comme Kassowitz le dit si bien à sa manière dans *La haine*, pour peu que nous rencontrions le fond, le sol, la fin de l'histoire, appelez ça comme vous le voulez, eh bien, après la Chute, il y a le Choc.

Et le Choc, c'est l'actualisation instantanée de toutes les forces accumulées durant la Chute.

Or, à l'inverse d'un simple plongeon livré aux forces de la gravité, la Chute de l'homme ressemble à une furieuse entreprise de thermodynamique où chaque avancée, chaque « progrès » de l'espèce s'accompagnerait d'une accélération proportionnelle en direction de son anéantissement, de ce moment terminal que nous sommes précisément en train de vivre, car ce n'est point parce que le signal de la douleur n'est pas encore parvenu à nos centres nerveux que nos os ne se sont pas brisés et nos chairs déchirées sous l'impact.

Le monde ressemble ainsi au rêve artificiel d'un comateux en état de mort clinique qu'il ne faut surtout pas débrancher, car son rêve permet à tout le monde d'en avoir pour son argent.

Dans ce monde que la publicité de masse nous vend, sous tous ces aspects, même les plus subversifs, ce monde paradoxalement hyperouvert mais n'ouvrant que sur une infinité d'espaces clos (comme dans le film *Cube*), ce monde terriblement gai que la marchandise-spectacle nous impose, et que nous revendons à notre tour comme répliques fractales de cette hallucination collective nommée réalité, Auschwitz n'a jamais existé, pas plus qu'Hiroshima ou le Goulag. Nul ne se pose la question de savoir comment et surtout pourquoi ce fut un von Braun qui conçut dans la même existence les V1 et V2 qui détruisaient les villes anglaises, en usant de la force de travail des esclaves-déportés du camp de Dora, et la fusée Saturn V qui conduisit l'homme — les Américains, dirons-nous — sur la Lune, alors que les Soviétiques lançaient leurs cosmonautes sur des engins du même tonneau pour lesquels routes et infrastructures de tous ordres avaient été construites avec la sueur et le sang des forçats du Goulag. La technique, comme la guerre, dont elle est une figure contiguë, est de l'ordre de la nécessité. L'homme n'y trouvera jamais aucune libération, pas plus qu'il n'y exercera un quelconque contrôle, j'entends par là un contrôle opératif extérieur qui pourrait animer à sa convenance la nécessité et ses contingences, comme s'il était un démiurge, le maître absolu de sa destinée, et surtout comme si les connaissances et les techniques, la vie et la guerre, ne proliféraient pas toutes seules en dépit de son existence dont elles se nourrissent bien plus que lui ne se rassasie de la leur, biotopes actifs du troisième monde, nés de et dans notre cerveau, mais comme des interfaces coextensives de celui-ci et du premier monde objectif, tels que Popper les a conceptualisés, nos productions n'ont pour nous aucune compassion, ce qui est la moindre des choses; nous devons donc nous dire que l'homme est lui-même un outil pour les nécessités de la technique, et que seul un nouvel acte de refondation générale de la Connaissance, c'est-à-dire de la métaphysique comme de l'économie de l'homme, serait à même de surmonter l'apparente contradiction, si paralysante pour l'esprit, entre mobilité et fixité, changement et permanence, temps et espace, onde et particule, information et matière, cosmos et individu, évolution et téléologie, pensée et action, néant et simulacre.

6 h 15 du matin, le troisième jour de novembre 1999.

Ici, c'est le redoux typique qu'on nomme été indien. Il fait carrément chaud, ou alors c'est mon état après cette nuit blanche passée en compagnie de Joseph de Maistre et des grands penseurs de la mort terminale du catholicisme, comme Bloy, dont je vous parlerai sans doute demain, lorsque j'aurai achevé la lecture de quelques écrits inédits que j'ai eu la chance de trouver chez un libraire sur Villeneuve Est.

Toute ma vie, et je crois toute ma jeunesse surtout, c'est-à-dire jusqu'il y a peu, fut marquée par cette terrible contradiction : je vécus partagé entre l'attirance pour les « matrices » fusionnelles positivistes et révolutionnaires, et la nostalgie d'un ordre inconnu et originel, oublié depuis longtemps, et dont seules d'infimes traces nous parviendraient encore, comme par miracle, dans quelques vieux textes, d'ultimes traditions en voie d'extinction.

En moi, le Grec présocratique des chants homériques n'a cessé de combattre l'Israélite gardien de son Dieu farouche, le moine-soldat au glaive unique s'est toujours opposé au condottiere offrant ses services en guerrier pour l'amour de l'art, le protestant s'est affronté au catholique, la Renaissance à la Réforme, Montaigne s'est mesuré à Pascal, Nietzsche à Dostoïevski, Héraclite à Parménide, le romancier prétendant au Livre total, à la « Bible » — tels d'autres fous avant lui — est confronté aux nécessités du Livre fractal, de la Bribe — tels d'autres survivants qui viendront après —, l'ambition de produire un monstre à la mesure du siècle, où les hommes ne sont plus que des instruments les uns pour les autres, tous pour le compte d'une production qui les dépasse et les anéantit, est tempérée par une certaine mélancolie à l'idée non pas que l'homme disparaisse, mais que rien de lui ne soit légué en héritage, la volonté bruististe de déchirer les perceptions de mes lecteurs s'alimente de la proximité du silence vers laquelle toute écriture finit par tendre, et se repaît de cette tension, tant qu'elle n'y succombe pas tout à fait.

Oscillant sans cesse entre le monde froid des vérités crépusculaires et la vitalité généreuse des mensonges du désir, incapable d'opter entre le feu et la glace, la misère et la richesse, l'action et l'ennui, l'arme de poing et la bombe atomique, le Vieux et le Nouveau Monde, la liberté et la nécessité, la justice et la démocratie, l'homme et la science, le libertinage et l'infidélité, les plaisirs du talent et la solitude du génie, je n'arrivais point, durant des années, à savoir si la vérité de la littérature se trouvait du côté des ingénieurs ou bien des visionnaires, des « artisans » ou des « poètes », je ne pus choisir entre la mise en place d'une méthode consciemment élaborée et dont l'œuvre doit suivre les plans jusqu'à la perfection de la vérité ainsi atteinte, et l'objectif inverse de susciter par l'œuvre et dans l'œuvre même une expérience imprévisible susceptible de provoquer de nouveaux rapports avec la vérité. En dépit de mes lectures de jeunesse (Nietzsche, Dostoïevski, Kafka et Dick), et durant tout le temps qui sépara mes désirs de littérature et les tentatives d'imitation qui leur sont conniventes d'avec la décision formelle d'entreprendre l'acte de transformation que l'écriture implique, une matrice marxiste léguée par mon environnement familial et local, ainsi qu'un hégélianisme positiviste inconscient qui baignait toutes les sociétés modernes de l'époque, la France en particulier, me rendirent impossible la formulation d'une théorie littéraire initiale qui me permette de surmonter cette dialectique dépassée entre le « fond » et la « forme », la structure et le récit, la narration et la psychologie, le langage et la pensée, l'ordre et le chaos, le travail et la grâce.

Il faut en convenir, c'est uniquement en me confrontant à ma médiocrité d'alors, à ma pathétique innocence, en commençant l'écriture de romans destinés à être publiés dans le cycle prolétarisé de l'industrie moderne de l'édition, et en assumant cette charge comme un substitut relativement agréable, pour un salaire analogue, à la misère du télémarketing, que je dus tout d'abord apprendre l'humilité devant l'irrésoluble mystère du texte, de la fiction, du récit, et où finalement m'apparut comme une très lointaine lumière, dont je ne savais ni la magnitude ni la distance, sinon qu'elle était ou très faible ou très éloignée ; cette lumière, je le devinais, c'était ce moment supercritique où mon esprit parviendrait à se dégager des corsets des anciennes dialectiques dont je ressentais le poids, dans tout l'espace de mon écriture. Du coup, l'objectif à court terme devenait plus simple : déployer tous mes efforts pour qu'à chacun de mes livres je me rapproche de cette lumière, et pour cela, je ne faisais alors que le pressentir, sans que cela troublât le moins du monde mon sommeil, il allait me falloir sans doute quelque épreuve, quelque véritable douleur, je ne savais quelle blessure hémophile qui ne cesserait de se vider de mon âme, et me forcerait à l'abandon d'anciennes certitudes pour le compte de vérités supérieures, véhicules qui me rapprocheraient bien plus vite de la lumière.

Lorsque la douleur survint, que la blessure s'ouvrit, qu'il advint bien qu'elle serait sûrement irrémédiable, c'est à ce moment-là que la peur, les affres du doute, l'angoisse de la faiblesse devant l'obstacle m'envahirent au point de faillir me faire rater mon projet, en reculant de plus d'un an mon exil américain, et en me faisant perdre mon temps sur un roman dont je savais qu'il était attendu à peu près comme tel par mon éditeur et mon public ; j'écrivis ce roman courant 1996, et c'est en janvier de l'année qui suivit que je pris la décision de l'envoyer à la poubelle, avec toutes mes illusions sur moi-même, mon talent d'écrivain, les mérites de la littérature et ma croyance en la justice, qu'elle fût humaine, naturelle ou divine. Dans le même mouvement nous remplîmes, moi et ma petite famille, les documents nécessaires à une émigration en bonne et due forme au Canada.

Maintenant que l'épreuve m'a forgé un véhicule, trempé dans l'acier de quelques vérités insoutenables, et que la lumière me semble rayonner plus chaudement, que sa présence devient une compagne journalière, comme l'héroïne satanique ou l'endorphine des saints, il se peut bien que tout ce que j'ai élaboré et écrit jusqu'à présent, je veux dire dans ces trois romans aux défauts si évidents qu'ils pourraient passer pour une marque de fabrique, que tout ce que j'ai écrit donc, à l'exception peut-être de quelques pages de ce *Théâtre des opérations*, n'avait d'autre finalité que de dégrossir une forme qui demandait à naître aux confluents rassemblés de ma conscience double, de l'exil vécu comme une nécessité transformant la survie en expérience sur la liberté, et la conscience en expérience sur la vérité. Alors même que le succès commercial de mon troisième roman me permettait d'assumer une existence qui m'aurait jusque-là semblé largement au-dessus de mes moyens, *quelque chose* en moi (comment décrire autrement ce qui résiste résolument aux pièges du moi mais dont nous savons pourtant qu'il nous meut de l'intérieur) me fit prendre conscience *ex abrupto* qu'il me fallait choisir sans plus attendre entre le succès et l'éternité, entre la reconnaissance et la vérité, entre le travail artisanal et la vocation mystique, quelque chose me mit en demeure de suivre le conseil de Cioran, qui est de *ne surtout pas être compris*. En particulier de ses contemporains.

En effet, l'apparent consensus qui règne autour de mes trois premiers livres (multiplié par mes jolis chiffres de vente) n'est pour moi d'aucun réconfort, il ne m'apaise pas le moins du monde et n'a de cesse au contraire de m'inquiéter. Seul un ami indisponible pour le moment pourrait me rassurer en me disant que le succès tapageur comme l'échec ostensible sont le signe d'une totale incompréhension, et je ne suis pas assez fou pour croire que cette voix n'est pas un produit de mon imagination, aussi seul un autre défi est susceptible de me faire passer à la liberté suivante, défi qui consistera à passer d'un succès involontaire, éventuellement mû par une incompréhension consensuelle, à un conflit de haute intensité avec ceux-là mêmes qui l'auront assuré, mon éditeur, mon public, la critique, mes confrères, afin de dégager les termes de mon anéantissement en tant qu'écrivain déjà normalisé, romans noirs, technosciences, pop culture ; et pour commencer, comment vanter les nécessités que l'évolution a pour nous nommées libertés, pourquoi vanter les tragiques obligations de la transformation qui font de chacun de nos dérisoires choix autant de ramifications dans le buisson de la destinée, si l'on n'est pas capable d'en appliquer les forces à sa vie même, c'est-à-dire à ce noyau d'antivie résidant au cœur de la vie, là où s'élaborent les alchimies mystérieuses qui donnent naissance à la littérature ?

Une des premières conséquences de cette prise de conscience qui a accompagné la parution de *Babylon Babies* fut de me remettre intensément à lire. Je ne saurais dire combien exactement j'aurai dévoré d'écrits en cette ultime année du siècle, année de transition où je pris le risque délicieux de détruire toutes mes constructions antérieures en les dissolvant dans un bain acide de littérature avancée (et je parle de la littérature avancée de tous les siècles, de tous les partis, de Benjamin Constant à Joseph de Maistre pour ne citer qu'un seul exemple) aussi bien dans le domaine de la fiction romanesque que de la philosophie, dans celui de la poésie que dans celui de la théorie littéraire, mais je dois reconnaître que cet appétit confine à la boulimie.

Je ne sais quelle énergie, quelle voracité me pousse à lire en une journée de vingt-cinq heures plusieurs textes de Balzac, de Cioran, de Léon Bloy, de Roland Barthes ou de Joseph de Maistre, puis dans une autre à me délecter de Kafka, de Poe, de Borges, de Dostoïevski, de Nietzsche ou de Thomas De Quincey, alors que m'attendent, entreposés dans des cartons encore nomades, en souffrance d'une bibliothèque digne de ce nom où être classés après lecture, après enregistrement, après digestion, trois bonnes centaines de volumes achetés dans l'année, et que cette soudaine et luxueuse obtention seule me pousserait à voir dans l'argent autre chose qu'une de ces absurdités nécessaires du monde, mais peut-être un passage secret, obscur, et sans doute passablement destructeur vers la liberté, comme tous les accélérateurs, amplificateurs, prothèses mécaniques et symboliques dont nous affublons un paysage perdu pour notre innocence.

Comme le savait Nietzsche, il existait une forme de science, ou plutôt *il aurait dû exister une forme de science intensément gaie*. Cette gaieté de la découverte scientifique, cette faculté d'émerveillement devant leurs prodiges, et plus encore devant ceux de la Nature, propre aux savants grecs, puis à ceux des deux siècles de la Renaissance, s'évanouit rapidement devant la morgue affectée et la gravité de circonstance des jésuites, jansénistes ou calvinistes plus ou moins avoués qui s'emparèrent des commandes de l'Université, et finirent par y produire autant de chapelles positivistes que le IIe siècle vit fleurir de sectes chrétiennes hérétiques. Si une certaine métaphysique accompagne encore Descartes, quoi qu'on en dise, la césure officielle entre « sciences de la nature » et « philosophie » n'est plus très loin, et elle s'actualisera au siècle des Encyclopédistes, qui fut au demeurant aussi celui des pédants et des précieuses ridicules, dont Molière avait prévu la puissance d'abattage, avant qu'ils ne règnent sur la pensée d'un bout à l'autre du siècle de cette première bourgeoisie industrielle triomphante des messieurs Jourdain. Cette cassure entre connaissance métaphysique et technosciences instrumentales ouvre un abysse de pure idéologie sociale-positive. L'homme maîtrise la Nature grâce à la connaissance de ses lois les plus intimes. Appliquons à l'homme cette même sagacité, ainsi qu'à ses sociétés et l'on pourra résoudre d'un seul coup ou presque l'ensemble des problèmes moraux et sociaux qui minent les cultures humaines depuis... *la Chute* ? De telles théories paraissent-elles encore absurdes à une époque où les libéraux, les socialistes, les scientologues et les extropiens en propagent à qui mieux mieux les sédiments ?

Tout acte littéraire est un acte négatif qui produit dans le monde un objet positif biodégradable nommé livre, qui ne peut pas plus se risquer à essayer de le répliquer (le monde n'est pas lisible, donc incopiable) qu'à vouloir le *concurrencer* (comme l'entendait Valéry) mais tout juste à le parasiter, à y *contaminer* quelques cellules, y établir une tête de pont, pour le compte d'une maladie sublime dont le porteur, l'écrivain, est pour ainsi dire situé au-delà de l'écran qui forme le monde usuel de nos sens, de nos vies, de nos émotions, de nos croyances, et comme s'il projetait son souffle vers nous, sur la fine toile tendue entre ces deux hémisphères séparés, les mots qu'il porte apparaissent en relief sous la forme d'un objet imprimé, alors qu'ils proviennent du vide d'un sujet qui ne souffre plus d'être tel, et ainsi que des virus tout à fait singuliers, nous les voyons en mesure de contaminer quelques êtres situés derrière l'écran de la page, désireux au plus haut point d'être emportés par cette maladie, outrageusement sélective, et sans rémission aucune.

L'égalité, cette arme de l'esclave retournée contre la Justice !

Petite crise d'eczéma, comme presque toujours, en lisant le *Voir* de cette semaine.

Dans un article consacré à Georges Soros et Ethan Nadelmann, on trouve sous la plume du journaliste Pierre Monette cette assertion typique de notre culture néosocialiste moderne qui, à la différence de celle de nos pères, n'a même plus le courage de se nommer telle : « L'Américain Georges Soros est l'un des hommes les plus riches du monde. C'est aussi un schizophrène : lorsqu'il ne fout pas un pays au bord de la faillite en spéculant sur sa monnaie, il finance des organismes à but non lucratif. »

Je ne reviendrai pas sur ce mensonge pravdesque, et désormais coutumier de la presse de gauche bien-pensante, qui consiste à faire croire que Soros aurait à lui tout seul fait plonger les économies de l'Amérique latine, de l'Asie du Sud-Est, d'Europe orientale, d'Afrique noire, et de la planète Marx pendant qu'on y est, sans que jamais bien sûr l'incompétence crasse des armées de planificateurs socio-économiques formés à Paris, Pékin, Moscou, New York ou Luanda fût mise en cause, et sans qu'évidemment on daignât un seul instant se pencher sur les réalisations *concrètes* du bonhomme (aucun État, ni aucune banque, et surtout pas celle d'Attali, ne peut se vanter d'avoir fait pour l'éducation et la recherche russes ce que Georges Soros et ses fondations ont fait à leur échelle).

Nous noterons que pour Pierre Monette, petit tirailleur des lourdes divisions chargées de nous faire regretter le bon vieux temps du mur de Berlin et des poèmes de Neruda, est « schizophrène » tout individu qui aurait commis la faute de devenir riche et qui dans le même temps s'appliquerait à faire de cette richesse un bien pour d'autres individus, communautés, universités, écoles, mouvements civiques, que sais-je. Est *schizophrène* donc, on le comprend mieux en lisant Pierre Monette, tout juif hongrois agent de l'impérialisme américain, valet de la pensée unique et promoteur de la démocratie civique dans les anciennes républiques populaires. Pierre Monette a raté une vocation, il fut un temps où des institutions psychiatriques moscovites lui auraient probablement offert un pont d'or pour qu'il vienne aider au diagnostic encore pendant de Leonid Pliouchtch, dissident psychotique notoire.

Nous tenons donc à le féliciter pour cette stupéfiante avancée de la pensée politique contemporaine et nous ne sommes pas peu fiers de lui décerner notre prix Lyssenko-et-Jdanov pour cette nouvelle victoire contre les forces de l'obscurantisme néolibéral.

(Brouillon d'une lettre non envoyée, etc., etc.)

Dans moins de dix ans on se rendra compte, avec un étonnement factice parfaitement hypocrite, que Georges Soros et quelques autres comme lui auront plus fait pour la démocratisation de l'Indonésie et de ses voisins du Sud-Est asiatique que toutes les belles âmes du tiers-mondisme humanitaire réunies.

On tuera la presse comme on tue un peuple, en lui donnant la liberté.

Honoré de Balzac

Ah, comme le hasard est parfois retors, et comme avec moi il ne cesse de jouer au chat et à la souris ! Plongé depuis des jours dans les œuvres de Léon Bloy et Joseph de Maistre, je ne cesse de noter tout ce qui, au-delà de ce qui les sépare de moi sans doute à jamais (le catholicisme romain), pourrait faire d'eux les lumières nécessaires à l'éclairement de nos sinistres conditions présentes. Bien sûr ils furent antilibéraux, et plus encore antisocialistes, forcément ! Mais n'est-il pas mystérieux qu'en ces temps de disette philosophique où le premier tireur de lignes pour feuille de chou nous inflige ses « pensées » sur les dangers de la mondialisation, n'est-il pas remarquable qu'en ces temps où le mot « tolérance » est devenu le sésame de tous ceux qui veulent à tout jamais fermer la porte de l'esprit critique pour laisser béante la fenêtre de la médiocrité, en ces temps où d'anciens trous du cul maoïstes viennent nous donner des leçons de « Nation » à « République » chaque jour que Satan fait, oui n'est-il pas étrange de constater que face à cette ruineuse dévolution des esprits, qui cherche depuis un siècle à nous faire avaler ses concepts fumeux d'émancipation des peuples, de société égalitaire et de sous-droits humains, c'est désormais le néolibéralisme postdémocratique métanational qui représente bien le seul bouclier capable de nous protéger des crimes de l'idéal socialiste, nationaliste et humanitaire qu'il s'agit d'enterrer à jamais, et au plus vite !

Si je me retourne sur l'histoire du siècle, je suis bien forcé de constater que, face aux menaces délirantes que fit peser le socialisme sur l'humanité, il eût mieux valu en effet revenir à l'ordre de l'Ancien Régime.

Par bonheur, cette idéologie était trop crétine pour avoir à long terme la moindre chance, même face à des bourgeois pas toujours très bien éclairés.

Louanger le monde pour les souffrances qu'il vous a occasionnées, c'est surtout ne les souhaiter à personne ; on comprend alors qu'il ne s'agit que d'une forme supérieure d'égoïsme.

Ô cavités des mots où
nos doigts s'engouffrent
arrachant à la langue
les secrets du souffle
évidant les dents du mensonge
nos roulettes de chrome rongent
jusqu'à l'os du silence et plongent
dans la gorge au sang chaud
vers le ventre
aux cuisines pâles
où le verbe vomit un rayon vert.

*

La vérité, c'est ce qui reste suprêmement indifférent aux différences.

La poésie me semble moins le domaine des visionnaires que des « auditionnaires », pour employer un néologisme laid et évident à dessein. Ce n'est pas tant des images que vous voyez, et que vous tentez de décrire, qu'une voix que vous entendez, et qui peut éventuellement les dépeindre, il s'agit de savoir être à son écoute car c'est elle qui parle par votre bouche. Pour « voir des images », il suffit de fermer les yeux (ou bien d'ouvrir sa télévision). Pour entendre la Voix, il faut fermer son esprit, et paradoxalement l'ouvrir tout entier.

Deux mois après leur publication sur le Net et dans la *NRF*, mes petits essais n'ont pas l'air de provoquer la levée de boucliers à laquelle je m'attendais et que j'avais un peu rapidement escomptée et présomptueusement prédite au cours de l'été, non que je m'en plaigne, mais il convient pour moi de noter ici que je me suis trompé, et que je me dois au contraire d'admettre — et bien, n'est-ce pas ? — simplement que tout le monde s'en fout.

C'est dans la fiction que se trouve toute quête de la vérité. La philosophie sert d'abord à traquer les mensonges.

Je ne suis pas franchement *pivot*able, encore moins *adler*able à quoi que ce soit, aucun Bouillon d'aucune Culture ni aucun Cercle de quelque heure de la nuit ne pourra se vanter d'avoir fait de moi un de leurs sinistres pantins en pleine représentation égotiste, car au cas où, un jour, l'un ou l'autre des journalistes-critiques en vue de notre petite capitale des Zarzélettres se décide à ouvrir l'un de mes livres, gageons qu'il n'y comprendra strictement rien, et osons dire qu'il en sera mieux ainsi.

Mon authentique terreur d'écrivain : me voir affublé un jour, par hasard, ou incompréhension, d'un de leurs prix littéraires de la « noble écriture » ; des épiciers de la feuille noircie déguisés en aristocrates du bon goût, des paltoquets portant bicornes et épées, des rédactrices de journaux de mode devenues égéries ! Préférons encore être mort, plutôt que d'endurer cela, oui, je le dis tout net à l'avance, au cas peu probable où mon nom serait glissé à l'une de vos oreilles, je ne veux point des prix d'honneur et d'excellence de vos minables réunions automnales, oubliez-moi, ne pensez même pas à me lire, vous pourriez vous croire intelligents à y comprendre ce que je dis, et vous seriez tentés du coup de vouloir vous récompenser vous-mêmes en m'attribuant quelques deniers et une méchante statuette.

Refuser un prix, en effet, n'est pas moins coupable que l'accepter. Ce qui importe, c'est de ne pas l'obtenir.

*

Le plus brillant bretteur du Verbe de tous les temps vécut il y a vingt siècles en Palestine, et il fut puni pour cela. Quand le Verbe vous emporte en quelque façon que ce soit, vous êtes, un bref instant, à votre minable mesure, le Christ devant Ses juges juifs puis romains, sur la Montagne devant Ses fidèles, ou invectivant les marchands du Temple.

J'ai marché il y a très longtemps
dans un désert où nul homme
n'était entré ;
j'y ai rencontré les anges
et les démons et surtout
j'y ai oublié
tout ce que les fourmis
nous enseignent pour le bien-être
de la colonie ;
j'y ai bu l'eau des danses mystérieuses
du matin en bruit grêle
dans mes mains coupées par l'été,
j'ai goûté à la viande de scorpion
cuite sous la fournaise du soleil
et aux fleurs naissant sous la lune
et l'étoile d'Orion,
j'ai marché jusqu'au bout des lignes
de fer qui électrisent l'horizon,

j'ai vécu dans la couronne sale des villes
en ne sachant comment détruire ma vie,
j'y ai vu des crimes devenir justice
et des innocents broyés par les mâchoires
du mensonge,
je m'y suis saoulé du calcul de la chair
et des désarrois qui en résultent,
j'y ai sombré un soir jusqu'au fin fond des abysses
qui s'ouvrent en taupinières
sous nos pieds,
et à ce tunnel sans fin et sans lumière où glissent
les âmes des disparus à mes côtés
je devine qu'il n'y a pas d'issue.

L'homme n'est pas tout à fait une espèce animale, il est plutôt de l'ordre des catastrophes naturelles.

Nous en sommes arrivés au point aujourd'hui où tous ces innombrables « droits » largement dispensés par les sociétés libérales modernes à leurs démocratiques sujets, qui s'avèrent dans la plupart des cas incapables d'en faire quoi que ce soit, sont en train d'entrer en concurrence les uns avec les autres.

Qui pourrait s'en étonner ? Comme toutes les créations du troisième monde, les « droits » n'échappent nullement à la pression de la sélection naturelle (ou de la sélection antinaturelle humaine), ce qui veut dire que le droit au commerce et le droit à l'information, le droit à l'environnement, le droit à la culture, le droit à l'égalité, le droit à la vie, le droit à l'éducation, le droit au travail, le droit à la retraite, le droit au voyage, le droit aux traditions, le droit aux loisirs, le droit aux différences sexuelles, le droit à la sécurité sanitaire ou publique, le droit à la justice, risquent bientôt de ne plus être compatibles les uns avec les autres, et plus grave encore selon moi, risquent de se liguer contre le seul droit qu'on ne peut ni nous enlever tout à fait ni absolument nous garantir, soit le plus faible et le plus fragile d'entre tous : le « droit » à la vérité.

Le seul petit problème de la « société de l'information », c'est qu'on y véhicule quatre-vingt-dix pour cent de minables stupidités et neuf pour cent plus quelques décimales de gros mensonges. De la fraction réduite qui reste, il convient encore d'ôter les vérités plates ou déjà mortes, et vous verrez qu'il ne subsiste plus grand-chose comme espace de probabilité où une quelconque métaphysique puisse s'élaborer. Nous dirons tout bonnement que la société de l'information est la masse des mensonges autour de laquelle une nouvelle *métaphysique critique* se devra d'orbiter, en vue d'en dérégler les marées et les équinoxes, d'en transformer toute l'*économie*, afin de préparer l'émergence d'une nouvelle vérité.

Après avoir franchi le seuil au-delà duquel le bavardage stérile des foules n'est plus audible, on entre dans le royaume des mensonges. Lorsqu'on a su traverser ce royaume sans trop d'embûches, on pénètre celui des vérités toutes faites. Ce territoire quitté, vous entrez dans le cimetière des grandes et belles vérités mortes. Lorsque vous allez jusqu'au bout de l'antique cimetière et que la brume se dissipe quelque peu, vous sentez, plus que vous ne voyez, l'azur sans fin des vérités nouvelles, cachées à l'homme depuis sa création, vous vous croyez enfin au bout de votre course, mais il n'en est rien, car il est vrai que cet espace est sans fin, et les vérités à y trouver sont aussi éparses qu'une poignée d'atomes éparpillés dans toutes ses dimensions. Nous aussi, comme l'homme de science descendant aux confins nanoscopiques du monde, nous approchons de ces domaines où le vide est bien plus vaste que la matière, où la conscience semble pouvoir s'extraire du néant.

*

Sous le ciel de carbone
j'aimais voir le feu vif
des torchères de l'usine
en orange étendards
sur l'horizon d'ardoise aux lignes caténaires,
j'allais de ville en ville, au néon des pluies blanches
j'errais à ma poursuite comme le diable et Son Ange
et je tuais mes amis, mes ennemis et mes frères,
j'inscrivais dans des notes le récit du voyage
la lumière du destin m'apparaissait parfois
comme un camion, trop tard, au détour du virage
et je me réveillais plus loin, par-delà ma mémoire,
vers l'ultime hémisphère
aux vérités étranges ;
je n'y étais pour rien.

*

On pouvait tuer avec le rythme de cela il était sûr
n'avait-il point vu de jeunes femmes tomber mortes
au bout de la centième heure de danse au Codex ?

Leur chair vendue au plus offrant s'échangeait
pour un implant
ou deux,
une capsule sous la langue, une neurale dans la
nuque
et bientôt dans les fesses,
et la fille dansait nue dans l'ivresse sous le regard
salace
de costumés messieurs payant cash les caresses
et la courbure des reins avec un verre ou deux
pour échauffer les poses ;
dans la fumée qui cachait mieux nos vides
nous marchions sans bouger vers des horizons
roses
nos corps étaient en forme mais nos âmes livides
et nous avions perdu jusqu'au sourire du fou,
petites marchandises en spectacle exposées
viande aux libres extases et sans le moindre sou
nous prenions pour des rêves des crimes télévisés
nous prenions bien souvent le néant pour la
chose,
nos futurs étaient gris comme du papier-journal
traînant dans la misère matinale du métro
nos désirs étaient vains et nos voix sans écho
nous ne parvenions pas à isoler le mal,
il nous fallait la guerre, et le feu et bien pire
pour ouvrir dans nos vies la chance d'un abysse
pour certains la folie, pour d'autres le délire,
nous étions tous volontaires pour une Apocalypse.

*

Revisiter par *accident* l'alexandrin, l'octosyllabe, et d'autres formes classiques de versifications, en cette ère de destruction totale des formes et des concepts humains, ne signifie en aucun cas les appréhender à nouveau comme les contraintes constitutives qu'elles furent jusqu'à la fin du XIXe siècle, je veux dire avant Rimbaud, Verlaine, et Mallarmé, mais comme des *libertés tragiques*, c'est-à-dire ce faisceau de nécessités aux formes variables dont nous savons user pour créer des principes de contrainte supérieurs (oserais-je rappeler que pour les Romains l'exercice d'une liberté revenait à l'exercice d'un *pouvoir* ?), pour produire cette typologie de créatures qui nous dépassent, et sur lesquelles nous sommes incapables de dire quoi que ce soit, sinon qu'elles nous dévorent.

*

Une bonne maladie vaut mieux qu'une mauvaise santé.

Les juifs du XIXe siècle ne pressentirent pas l'immense danger qu'il y avait pour eux à s'allier ainsi sans réfléchir, ou du moins sans précaution, aux avancées du positivisme bourgeois et des philosophies hégéliennes ; personne — et pour cause ! — n'osa parler d'Apocalypse à venir sinon Bloy, de Maistre, Dostoïevski et, sous sa forme si personnelle, Nietzsche, autant dire des voix prêchant dans le désert ; personne n'osa deviner que le positivisme social-libéral allait s'effondrer en un quart de siècle (1914-1939) sous la poussée phénoménale de ses retournements réactifs ultimes (communisme bolchevique et national-socialisme) et que la communauté juive serait le bouc émissaire parfait de ce surgissement proprement pathogène d'illuminismes sociotechniques, de ces machines irrationnelles et sataniques qui allaient en broyer les membres, comme troupiers dans l'aventure bolchevique (c'est-à-dire bien souvent jusqu'au Goulag), et comme matière première pour savonnettes et pièces de literie dans les camps d'extermination nazis.

Ne cherchez pas là le signe d'une « faute » spécifique à laquelle les juifs se seraient livrés et qui les aurait condamnés, ou que les « Allemands » avaient comme destinée de commettre, par leur « solution » finale, car c'est toute l'humanité qui bien sûr la commettait. En revanche on ne peut qu'être troublé par la terrible fatalité qui conduisit les juifs d'Europe à créer de toutes pièces l'immense piège géopolitique, industriel et technique qui allait objectivement permettre aux nazis d'entreprendre leur génocide.

Vouloir, comme nos philosophes modernes de l'éthique des droits de l'homme, faire des nazis je ne sais quels anges ultimes d'un *Mal radical* sans précédent et sans avenir possible, c'est gommer d'un seul coup toute la singularité de leur *projet politique*, tout ce qui en fit la force, sur les ruines du social-positivisme occidental, ce communautarisme national, ce mélange de socialisme étatique et de racialisme mystique, Wagner plus Lénine, et tout ce qui en marquait les faiblesses spécifiques, ses tares congénitales, soit très exactement les mêmes termes, comme pièces d'un simulacre grandeur nature qui s'érigeait en lieu et place des vérités consumées dans le feu de la Première Guerre mondiale, et qui selon moi n'a été vaincu que par un simulacre plus grand et plus puissant encore, nommé démocratie des droits de l'homme, soit le régime onucratique sous lequel nous vivons.

Les simulacres sont les métastases de la vérité.

En mission vers les quasars de notre condition
nous découvrîmes anneaux de ruines disséminées au Grand Espace,
anciennes lunes dévorées de cratères aux glaces kryptoniques,
fantômes d'astronautes morts errant en silencieuses orbites
autour de livres-mondes oubliés
sans plus personne pour tenter d'en saisir les fulgurantes limites
dans le crépuscule général qui y règne ;
Moi et l'équipage du *Zarathoustra* établîmes le camp au lieu dit Spinoza-Bergson Junction
et entreprîmes de visiter l'immense Musée stellaire des antiques disciplines ;
On disait qu'en des temps où leur éclat brillait aussi fort qu'Andromède
les civilisations du coin parlaient vingt-cinq millions de langues distinctes,
des trillions de volumes sans fin s'étageaient dans leurs bibliothèques,
et qu'il n'y avait rien qu'elles n'eussent pu apprendre
y compris leur fatal engloutissement par l'expansif
tourbillon d'une étoile voisine ;
Nos enfants y grandirent et vécurent au milieu des vestiges
ils apprirent la Grandeur et ils apprirent la Chute ;
Ils enseignèrent la survie à l'âge du Crépuscule
moissonnèrent leur jeunesse aux astres éruptifs
trempèrent le verre de leur âme au calme de leur feu brut

et ne veulent rien savoir de tous vos petits trucs
et de vos vérités minuscules.

*

Bombardier volant
à haute altitude
dans l'azur glacé
ionosphère
soleil en coupe
sur l'horizon
latitude
dévastée de lumière,
station boréale
des aurores rayées
du radar,
l'avenir en miettes
dans l'éclair
qui surgira
à des kilomètres,
missiles aux vérités
fusoïdes aux algèbres
fatales et aux froides
réflexions,
dans l'arc du monde je discerne
l'ombre d'un secret trop vieux
pour nos mémoires et trop jeune
pour ce qu'il reste de nos dieux,
les astres pourraient être les signes
d'une perte immense et le ciel
un parapluie géant
où la colère des morts se dessine
en épaves du néant
sur le mur du dernier éveil.

*

Combattre la nuit
sur son terrain,
ne rien oublier
et veiller au grain,
s'aventurer, très calme,
dans la zone interdite
munitions neuronales
au-delà des limites
préparer l'explosif
au cortex livré
sabotage génitif
de toute vérité,
faire des sables humains
l'océan de silice
par nos soins vitrifié,
survoler le désastre
et photos à l'appui
aux impacts mesurer
l'exacte étendue des dégâts.

En cette autre nuit blanche qui m'aura mené de Léon Bloy aux visions d'un futur bleu cobalt dans la lumière des cyberdômes, j'aimerais remercier Crystal Method, pour *High Roller*, titre 04 de leur album éponyme, pour la pulsion sidérurgique inspirée du grand Led Zeppelin et pour l'ambiance d'Alphaville hantant cette ballade terminale sur l'autoroute de minuit, oui je n'hésite pas à dire qu'à l'heure où j'écris ces lignes je l'ai mis en boucle depuis un bon moment, et qu'un autre (*Trip Like I Do*) avait subi le même traitement monomaniaque il y a vingt-quatre heures.

5 h 40.

Il me manque le second souffle de la nuit blanche, celle qui consiste à tenir jusqu'au bout, jusqu'à l'apparition de la pâle lumière matinale, lorsqu'un signal clair des éléments nous fait admettre que la relève est arrivée, et que l'or primitif de cette journée est une récompense amplement méritée, qu'il convient de goûter comme une forme suprême de nectar royal.

Mais les mots eux-mêmes ont une telle force d'entraînement qu'une ligne en entraîne aussitôt une autre et propulse à nouveau le mécanisme enrayé, le moteur qu'on croyait calé, la monture qui semblait épuisée, vers une nouvelle étape dont on ne les croyait pas capables un peu plus tôt.

Conseil d'un vieux praticien, cependant : ne pas se laisser avoir par l'ivresse des profondeurs.

Remonter calmement, par paliers. Ne pas attendre de voir s'abîmer au loin les lourds bâtiments détruits par vos mines et vos torpilles, remonter dans les règles et rejoindre illico le camp de base.

Y fumer une dernière cigarette, y boire un dernier verre de rhum, dans l'aube à peine naissante, sur le coin de la couche, tandis que dans le lointain résonnent de lourdes détonations qui accompagnent l'apparition de fleurs de feu au-dessus des flots, oui voilà à quoi doivent ressembler nos missions de combat nocturnes, forces spéciales de la littérature, *rangers* du Verbe, *marines* des atolls métaphysiques, commandos de l'antinature, dans une guerre qui a commencé bien avant que nous soyons sortis de notre sommeil, alors que nous pataugions dans les délices de la paix et la boue de l'innocence, et dont nous ne verrons pas la fin, ni de notre vivant, ni même après, au cas où un tel temps fût concevable.

Attendre le jour comme la venue des bombardiers, en tenant coûte que coûte la position.

Ne pas flancher, rester actif, le mieux étant encore de traquer une cible éventuelle apparaissant dans votre ligne de mire.

Écouter la musique des éléments, y débusquer la fausse note, le bruit blanc intempestif, signe de l'homme. Partir en chasse.

Marcher dans la moite tiédeur des ultimes obscurités, gravir la butte, franchir les lignes une nouvelle fois, se fondre avec le paysage qui bleuit, armer la culasse, tendre un piège.

Attendre dans sa cachette la venue du vent matinal en espérant une victime, un trophée à ramener, oui, la paire d'oreilles d'âne d'un cuistre de la presse, ou les testicules survitaminées d'un faux prophète, la langue d'un bavard autoproclamé ou diplômé « philosophe », les yeux d'un ou deux petits inquisiteurs à l'esprit policier, les phalanges en osselets de quelque vaniteux du clavier mécanique, ou d'un groupe de musiciens insipides, le scalp de l'un ou l'autre de ces patrouilleurs de l'ordre établi qui commettront juste l'erreur de se trouver là, ou simplement de passer dans les parages, à portée de tir.

6 h 30.

Voir enfin les premières traînées aux pâles hélices découper la lumière du ciel en étages de gaz et de nuées aux attractions pourpres, tant pis si l'on rentre bredouille cette fois-ci, nous avons vaincu la nuit, l'obscurité s'est inclinée devant les rayons du soleil, mais pas nous, nous avons tenu, nous avons affirmé notre présence dans le territoire de l'ombre, nous y avons affermi nos positions, notre prochain piège vespéral marchera sans doute. Nous reviendrons — *we will be back*.

Le ciel est rouge couleur brasier et nous savons maintenant que le front s'est déplacé d'une journée, nos torpilles et nos pièges ont fonctionné, la vérité devient lourde comme une arme qu'il nous faut doucement ranger avec respect, si ce n'est amour, au pied du lit de la conscience. Et tandis que les premières polychromies nées de l'indigo initial (bleu, rouge, jaune) se dispersent dans le globe des éléments, nous pouvons savourer un premier instant de silence, ouvrir la porte du bureau donnant sur la terrasse pour y respirer le souffle froid de l'acier matinal, y aiguiser une dernière fois l'esprit afin de remercier le Verbe de Sa Grâce, et enfin éteindre l'ampoule de la veilleuse, pour aller nous ranger nous-même dans la petite boîte à sommeil.

*

Aujourd'hui la médiocrité de la culture académique bourgeoise est disséminée dans toutes les formes de sa contre-culture, le conservatisme du pouvoir est encore plus manifeste là où règnent ses contre-pouvoirs.

Nos droits n'ont libéré en nous aucun nouveau devoir, donc aucun nouveau pouvoir.

Nos libertés se sont asservies à la tyrannie du plus grand nombre, donc du plus petit dénominateur commun.

Nos consciences sont des fosses septiques où convergent les flots d'excréments de la sous-pensée journalistique.

Osons le dire, nous sommes perdus.

Notre guerre n'en est que plus nécessaire. Car nous avons toujours été perdus. Et ce qui compte on le sait, c'est ce que l'on fait de ses victoires ou de ses défaites. Notre défaite, c'est la défaite de ce qu'il y avait de plus haut, de plus noble, et de plus vivant en l'homme, et en ce sens elle n'en est pas tout à fait une, car qu'il s'en aperçoive ou non ne changera rien à l'affaire, mais notre déroute augure de son anéantissement.

Nous décrétons l'abolition de l'homme.

*

Ce n'est plus l'homme qu'il s'agit de sauver, mais son héritage. Et de cet héritage, il va encore falloir sans doute sacrifier une quantité innombrable de méchants bibelots et de terres ingrates, tout juste bonnes à faire croître le désert, comme le disait Nietzsche.

*

« Les Artistes sont façonnés à la ressemblance de ce Rétiaire des nations et ils furent élus pour partager Son destin. Il faut qu'ils naissent, comme lui, enfants de Douleur et qu'ils soient conclamés sur un pavois d'immondices. Puis, quand leur tâche d'Alcides est achevée, il est tout à fait indispensable qu'on les exproprie de tout salaire et qu'ils succombent à la fin sous le piétinement des troupeaux en marche. »

Léon Bloy, *Belluaires et porchers*.

« Les Porchers en littérature sont les habiles et les épouseurs de leur ventre, dont le cœur est une pierre d'évier et le cerveau un trottoir pour toutes les idées publiques. Ils ont l'exécration des larmes et l'alvine gaieté de l'indifférence. Ils méprisent le Rêve et n'ont aucune soif de la Justice, ni de la Foi, ni de l'Espérance, ni du grand Amour. Ce n'est pas eux qui frémiront devant un martyr ou qui prôneront jamais la splendeur d'un holocauste ! »

Ibid.

« Ce n'est pas d'hier qu'on abuse de la parole ou de l'écriture pour l'extermination de la pensée. On avait vu même, déjà, de lamentables intelligences prostituées à l'adoration des vocables. Mais cela se passait dans les solitudes et dans les ténèbres, parce que l'Âme humaine, quoique en agonie, exigeait encore qu'on la respectât.

Maintenant c'est une École, et même une Académie. L'Académie des Goncourt ! Satan tient enfin ce qu'il a mendié dix-neuf siècles : une sortable contrefaçon du Verbe incarné que pût adorer en conscience et propager de gaieté de cœur, l'adolescente oligarchie de nos mandarins !... »

Ibid.

« C'est une ressource vraiment admirable que la chasteté ! L'éducation catholique moderne, demeurée fidèle à des traditions deux fois séculaires, enseigne imperturbablement que le plus énorme de tous les forfaits est l'impureté des sens. Il ne tient qu'aux âmes novices d'être persuadées que cette faute sans égale est l'attentat mystérieux que l'Évangile a déclaré sans pardon, tant les apophtegmes et les maximes de leurs pédagogues sont épouvantants à cet endroit.

Sans doute, les rigueurs du ciel doivent s'exercer sur les menteurs ou les paresseux, mais elles doivent triplement sévir contre les cœurs lascifs et les reins coupables. Le pardon des mains de Jésus en croix pleut à torrent sur les avares, sur les perfides, sur les bons chrétiens qui ne connurent jamais la pitié, mais il se refuse à brumer seulement du côté des fornicateurs. Enfin, il est tout à fait permis d'être sans amour quand on est sans libertinage.

Des êtres ainsi cultivés peuvent grandir et se mêler au convoi du genre humain. Ils peuvent, en secret, camper dans les marais de la luxure, acheter des études de notaires à Sodome, réaliser l'acclimatation de leur crottin dans la Voie lactée, ou bien s'en tenir pleutrement aux pratiques recommandées de la conjugale vertu ; ils n'arriveront jamais à vaincre le pli de cet enseignement initial. Et d'ailleurs, pourquoi chercheraient-ils donc à se débarrasser d'une aussi tutélaire bêtise, où s'abrite — ainsi qu'un monstre précieux entretenu par l'orgueil d'un prince — la terrifiante médiocrité de leur foi ? »

Ibid.

*

Question : qu'est-ce qui fait mouiller un journaliste, blanc, bien éduqué, respectueux de la tolérance et des droits humains ?

Allons, allons, l'effort est minuscule, réfléchissez bien et tâchez de vous souvenir de la dernière fois que vous avez vu un clip de rap à la télé, une de ces vidéos immondes où les femmes sont traitées de « bitch » et les homosexuels de « fiffe », alors qu'un gros tas de crétins incultes se trémoussent sur le siège avant de leur énième Ferrari, entourés des petites putains tout juste pubères qu'ils s'envoient contre une poignée de coke et leur apparition dans la petite mort furtive du Dieu cathodique.

Vous y êtes ?

Oui, c'est bien ça. Ce qui lui fait mouiller sa petite culotte, à notre journaliste moderne, démocrate et tolérant, c'est tout ce qu'il ne peut pas être, tout ce qu'il n'a pas été, et tout ce qu'il ne sera jamais, mais ce vers quoi il tend fatalement, comme la courbe vers son asymptote, la ferraille vers l'aimant, la grognasse vers son micheton : la racaille de basse extraction et de plus basse encore destinée, le petit malfrat inculte, racketteur, violeur et menteur, voilà son nouveau modèle social et contre-culturel, voilà la triste réalité qui conditionne désormais ses « prises de conscience », voici donc la « victime » pantelante des crimes les plus injustes, les plus cruels, de cette société, injuste et cruelle, qui ne lui a point permis de naître avec une sucette en or massif dans la bouche, comme n'importe quel Rothschild ou Bill Gates, et à qui il importe de faire rendre gorge, à n'importe quel prix (pour une seringue de poudre ou le prix d'une catin adolescente).

Il fut un temps où l'homme de presse, en dépit de ses tares et de ses petitesses, courait le monde à la recherche des vocations, des destins, des professions même, qui donnent à l'homme une idée plus noble de son devenir, une plus haute opinion de ses œuvres, une certaine conception des autres et de nous-mêmes, certes définitivement révolue, mais pouvant encore quelque peu nous éclairer, un temps où on avait à cœur de faire de la réclame pour un grand soldat revenu victorieux d'une guerre difficile, un scientifique venant de découvrir le germe d'une maladie jusque-là incurable, un artiste donnant à voir ce qui de tout temps fut caché au regard des simples mortels, voire un criminel hors du commun capable de nous épater par son sang-froid et sa cruauté.

Dans le *Voir* et le *Ici* de cette semaine nous assistons, plutôt médusés, à la campagne publicitaire montée sans vergogne par de minables petits chef-faillons de gangs et un réalisateur de documentaires devenu leur parangon sous hypnose.

Sous le titre « Gang Bang » pour *Voir*, ou « Filmer dans les territoires hostiles » dans les colonnes d'*Ici* (notre homme revient de Villeray-Nord, croyez-le ou non, pas de Tchétchénie ou d'Afghanistan), nous suivons les pérégrinations monotones d'un certain Isaac Isitan avec les membres de The Maffia ou des Bad Boys et de quelques-unes de leurs victimes, comme Javelyne, violée collectivement, forcée à la prostitution, victime de pressions de toute nature de la part de son gang pour garder le silence, et à qui notre innocent journaliste parvient à faire dire, en toute liberté bien entendu, que ce même « gang est sa seule famille ».

Je ne résiste pas à la tentation de vous livrer telles quelles les plus belles perles que ce complice éduqué du crime de bas étage nous a livrées, en toute bonne conscience, afin que nous prenions fait et cause pour les petits trous du cul d'apprentis assassins qui voudraient bien nous convaincre qu'ils ne sont pas « juste des criminels mais des êtres humains *aussi* » (dois-je relever cette dernière locution adverbiale pour ce qu'elle indique vraiment ?) :

Million (chef des Bad Boys) :

— La dignité (*sic* !), la confiance en moi, c'est à cause des gangs. C'est ma famille.

— La société est injuste (snif ! sortons vite les mouchoirs remplis de sachets d'héro). Bien des jeunes n'ont pas d'emploi (surtout ceux qui n'en veulent pas). Nous les aidons à faire de l'argent en prenant celui des riches (comme tout un chacun sait, un gangster est TOUJOURS un Robin des Bois). Nous payons leur logement et leur nourriture en échange de services (lesquels, nous n'en saurons rien, mais il est aisé de deviner).

— En une semaine une fille peut rapporter deux mille dollars.

— Je ne regrette pas d'avoir parlé à Isaac (on comprend certes pourquoi). Il cherche la vérité au lieu de juger. (En effet. Dès lors que la « vérité » ne procède d'aucun jugement, on se demande à quoi elle peut bien servir, car elle devient inoffensive, surtout pour les crapules.)

— Ce qui compte, c'est l'argent.

— Nous allons faire n'importe quoi pour survivre. Tuer, voler, tout ce qui peut nous rapporter de l'argent nous allons le faire.

Ces deux dernières sentences forment selon moi l'alpha et l'oméga de cette sous-pensée de caniveau, dernier chic en vue pour tous les amoindris du bulbe qui nous rebattent les oreilles avec leurs conneries de sociologues égalitaires et humanitaires.

*

Je suis convaincu que, pour certaines âmes, il y a le bonheur de l'imposture. Il y a une effroyable, mais enivrante félicité dans l'idée qu'on ment et qu'on trompe, dans la pensée qu'on se sait seul soi-même et qu'on joue à la société une comédie dont elle est la dupe et dont on rembourse les frais de mise en scène par toutes les voluptés du mépris.

Barbey d'Aurevilly

*

« Parmi les êtres les moins étrangers, en apparence, aux choses divines, chez les catholiques les plus pieux, l'ignorance maintenant est si complète et les cœurs sont situés si bas que la Sainteté leur paraît un superlatif de la Vertu. »

Léon Bloy, *Sur Huysmans*.

« Personne n'a plus l'air de savoir que la Sainteté est l'Octroi surnaturel qui sépare autant un homme des autres hommes que si sa nature était changée. [...] Il n'y a pas de route pour aller du talent au génie et tous les torrents mugiraient à l'aise entre la vertu la plus gigantesque et une sainteté rudimentaire. »

Ibid.

« Le Sphinx est revenu, mille fois plus formidable. Son énigme ne porte plus sur l'homme maintenant, mais sur Dieu, et aucun Œdipe ne se présente pour répondre. Tout ce qui nourrissait l'enfance des peuples est insuffisant et affadi. Théologies, philosophies, arts et littératures sont convaincus d'impuissance et d'insipidité. La vieille silique de l'espérance croupit dans le rince-pieds rationaliste et le délectable fruit nourricier refuse absolument d'apparaître.

Les dépendeurs d'andouilles du progrès indéfini et les rouflaquiers de la politique ne semblent pas faits pour prodiguer la consolation et leurs ressemelés boniments ne peuvent avoir sur l'homme rare non atteint de jobardisme, qu'une action purement détersive. Aucune illusion n'est plus tenable, il faut goinfrer comme des bestiaux ou contempler la face de Dieu. »

Ibid.

« Jamais, en effet, les théories humaines n'avaient sonné aussi creux ; jamais les formules d'art n'avaient été plus exaspérées et plus vaines ; jamais le sentiment religieux n'avait subi un si prodigieux déchet ; jamais le riche n'avait été plus égoïste, plus naïvement cruel, et le pauvre plus férocement impatient ; jamais, enfin, il ne s'était préparé par la guerre ou par le sordide trafic de toutes les facultés de l'être pensant, une terre moins tenable et une humanité plus démoniaque. »

Ibid.

« Une Théologie sublime nous déclare que aussitôt après la mort, les âmes se jugent elles-mêmes dans l'essentielle clarté qui les inonde, qu'elles se précipitent spontanément, avec la plus effrayante liberté, dans l'abîme qui leur convient et que c'est ainsi qu'il faut concevoir le redoutable Tribunal de Dieu. »

Ibid.

« La mosaïque des mots et des phrases, quelque surfine et compliquée qu'on la suppose, ne mène pas non plus infiniment loin, surtout quand l'esprit d'un écrivain n'a ni vestibule ni paroi.

Et puis, d'ailleurs, quoi profaner maintenant ? Que reste-t-il à polluer et à gâter ? Je ne suis pas bégueule, mais il y a vraiment trop d'ordures et la dégoûtation surabonde en ce bréviaire de suggestions sacrilèges que le Moyen Âge aurait fait brûler avec des copeaux fangeux ! »

Ibid.

« La dénomination de Naturalisme englobe nécessairement tous les *mauvais* livres contemporains, fussent-ils saturés d'un spiritualisme aussi brûlant que le noyau des soleils. Mais cette raison sociale arborée par Émile Zola et ses mameluks est absolument dénuée de sens.

S'il faut entendre qu'un écrivain de cette École a le devoir de ne raconter que ses propres expériences, pourquoi diable un extatique, un agenouillé du ciel cristallin ou du ciel empyrée qui raconterait les siennes, n'en serait-il pas ? [...] L'art vertueux, Seigneur ! mais qui diantre pourrait en faire aujourd'hui ? Est-ce que nous ne sommes pas à l'extrémité de toutes les expériences et de tous les dégoûts ? Est-ce qu'un besoin terrible de tout éclaircir, de tout savoir, de tout exprimer, de tout liquider, ne s'impose pas despotiquement à ceux d'entre nous qui furent doués pour les effrayantes besognes de la fin du siècle ?

Les artistes qui sont toujours les premiers après ceux qui versent leur sang, ont autre chose à faire, vraiment, que d'écrire pour les petites bonnes femmes honnêtes qui croupissent dans les études ou les pharmacies de province.

Ils doivent d'abord suivre leur pente qu'ils n'eurent pas à choisir et qui les porte vers les douleurs et les agonies de l'universel déclin. Ils ont ensuite le devoir de chanter leur tristesse et d'ensevelir les morts, — fallût-il porter jusque sous le nez de l'inflexible vertu les lamentables débris humains tombés du bec des vautours et qui appartinrent, sans doute, à des canailles dont les honnêtes femmes et les tremblotantes académies s'étaient détournées. »

Léon Bloy, article paru dans le *Gil Blas* du 11 février 1889.

« Mais où est donc le prêtre, l'apôtre inspiré, qui n'étant pas accroupi comme eux devant les simulacres du monde, osera leur montrer enfin le pauvre Jésus dont ils se prétendent les adorateurs, le Lépreux effroyable qu'on encense dans les tabernacles, le Supplicié ruisselant de crachats et d'excréments que les élégantes salopes, dures comme l'enfer, courent dévorer en nos églises, ainsi que des hyènes, au lendemain d'une tétonnière manifestation et qu'elles rejetteraient avec des convulsions si elles pouvaient, le temps d'un éclair, l'apercevoir sous la sueur du sang, dans les éclaboussures et les déjections d'un peuple ignoble, dans les défigurements et les ecchymoses de la Procession terrible, et surtout dans la puanteur compliquée de l'abattoir ? »

Lettre envoyée au comte Carton de Wiart, en date du 12 mars 1890.

« Ces terribles rêves de salut, de délivrance, d'Élargissement définitif pour quelques-uns dont les quotidiens tourments me désolent, se réaliseront-ils à la fin des temps ? Il y a si longtemps que je les rêve, ces inexorables rêves, ce nœud de rêves entortillés comme des serpents au fond de mon cœur. »

Lettre envoyée au comte Carton de Wiart, en date du 21 mars 1890.

Ce très parcellaire florilège tiré des œuvres de ce grand activiste de la pensée catholique que fut Léon

Bloy — il ne supportait point, je crois, et avec raison, l'appellation de pamphlétaire qui lui fut dès le début accolée —, ce petit résumé fractal de sa haute destinée littéraire, qui fut d'être détesté plus encore des catholiques que des libres penseurs*, cette piste que je soumets au lecteur à l'approche du Grand Siècle des transformations (celui qui verra sans doute apparaître le processus de transsubstantiation générale de ce qui reste de l'humanité), cette petite oasis de vérité en fruits, poussant sur un arbre solitaire dont les racines se jouaient du désert qui croissait autour de lui, car elles s'enfonçaient plus loin que tous les territoires de l'homme, là où gît la nappe phréatique secrète de l'héritage des siècles, oui, ce minuscule fragment des purs diamants que sont *Belluaires et porchers*, *J.-K. Huysmans de l'Académie Goncourt*, ou certains textes rassemblés dans un recueil d'inédits publiés en l'an de grâce 1945 par les éditions Serge, sises à Montréal, bref, ces cristaux de littérature avancée furent produits il y a environ un siècle, entre 1884 et 1903.

Je ne suis pas certain d'être le mieux à même de faire ici l'exégèse d'un aussi grand et singulier auteur, mais je suis forcé d'avouer que sa lecture a eu, cet automne, le même prodigieux effet détersif que Nietzsche, Dick, Kafka et Dostoïevski avaient produit en leur temps, il y a une vingtaine d'années.

La plupart des ânes « romantiques » (ou postromantiques, ou néoromantiques, comme on voudra) se croient subtils quand ils affirment que toute for-

* Il conspua avec sa force stylistique sans pareille Huysmans, Barrès, Drumont et quelques autres tristes sires que la postérité a heureusement oubliés.

mation littéraire est fixée à vingt ans, au mieux vingt-cinq, âge au-delà duquel s'amorce la Chute fatale de l'être adulte vers la vieillesse et la mort, comme si la Chute ne commençait pas dès l'instant de notre apparition au monde, et que les seuls mérites d'une éducation n'étaient pas de former un squelette qui évite à l'esprit de s'avachir avec le corps, pour qu'il brille alors, telle l'étoile à la dernière nanoseconde de sa magnitude explosant en supernova, en consumant de la façon la plus rare, et la plus dangereuse, la plus singulière et la plus universelle, tout ce que cette architecture « logicielle » soutenait de musculatures syntaxiques et de nerfs verbomoteurs, de cartilages grammaticaux et de calcium stylistique, de phosphore métaphysique et d'ADN philosophique dans une œuvre qui, bien entendu, dépasse tout projet rationnel de carrière littéraire de plusieurs parsecs, que dis-je, de quelques millions d'univers.

Léon Bloy, en son temps, fut de cette trempe.

Il rejeta les salons, les académies, les prix littéraires, les « rouflaquiers » de gauche et les gougnaffiers de droite, les jeunes catins vendues à la matriarche-maquerelle Révolution, ou les vieilles putasses suçant le membre flasque de la Réaction, les sirènes du populisme, comme celles du nationalisme, les pitreries du socialisme ou du libéralisme marchand, il dégonfla d'une épingle sûre et implacable les baudruches de son temps, qu'il s'agisse d'Alphonse Daudet, ce « rastaquouère du roman moderne par effraction », de Huysmans (qui se dénommait lui-même, et Bloy le note avec délices, le « morphinomane de l'Office »), ou de Paul Bourget, « le Psychologue d'entre les castrats », il eut le grand mérite selon moi de se dresser contre cet atroce décadentisme intimiste et bourgeois, formaliste, positiviste et philosophiquement creux dont les Goncourt et leur Académie tout juste née étaient déjà les symptômes les plus caractéristiques, et sa cible de prédilection ; il prédit à de nombreuses reprises la venue d'une guerre apocalyptique, expliqua comment le langage s'était retourné contre la pensée, était retourné, chaque jour, contre l'esprit, comment la Technique, prostituée de la matière, allait avoir raison de la Science.

En découvrant son œuvre, ces trois dernières semaines, comment voulez-vous que je ne sois point frappé par le fait que tout ce qu'il a imaginé avec angoisse est survenu, avec la terrifiante matérialité paradoxale du XXe siècle nucléaire et quantique, alors que le langage est devenu un simple flux d'ordures asphyxiant de leur puanteur jusqu'aux ultimes refuges de l'esprit, que la Technique a nettoyé la Science de toute métaphysique, livrant nos immenses connaissances au néant de la stupidité grégaire, que l'homme lui-même, après avoir aboli Dieu, ne pouvait plus que s'abolir, tout en déniant avec moult mascarades et pitreries funèbres l'occurrence tragique de l'événement, et en élaborant un prodigieux mensonge, un véritable pseudo-monde de simulacres reliés les uns aux autres de telle façon qu'ils forment une illusion permanente et cohérente (ce que nous content les films *Matrix*, ou *Treizième Étage*, honteusement inspirés des romans de Philip K. Dick — je veux dire sans lui rendre le moindre hommage, car nous vivons cette triste époque qui se caractérise par une ingratitude généralisée, poussée au rang de vertu — comme le signale Finkielkraut), et que cette illusion systémique cache le néant d'une pensée rabattue plus bas que terre, alors que nos télescopes captent les images de l'univers à sa naissance, au-delà des plus lointains quasars.

Je cherche un homme, criait Diogène en haranguant les foules amorphes de la grande cité grecque, à l'ère alexandrine.

Je cherche un Dieu, semble hurler Léon Bloy à la face d'un monde qui se meurt, plongé dans l'hébétude narcissique, régressive, des scribouillards prostitués à la Technique, des politiciens bourgeois et des chrétiens frigides, jansénistes et falots, tremblant de peur devant les foudres qu'il annonce, au lieu de chanter avec lui les louanges de ce Dieu de justice et de colère apocalyptique qu'il appelle de tous ses vœux, comme s'il était lui-même l'ultime éclat prophétique susceptible de refléter un peu de lumière dans cet immonde univers ensuifé de charbon.

Comment pourrai-je un jour concilier en moi Nietzsche et Léon Bloy ? Dostoïevski et Philip K. Dick ?

Comment concilier en effet les terribles attractions contradictoires de ces auteurs que tout, absolument, distingue, mis à part la profondeur de leur angoisse métaphysique, et leur concomitant souci du véritable salut des hommes, en acceptant le sacrifice fulgurant de l'affrontement neural avec la vérité, en faisant de la pensée un véhicule analogue aux fusées orbitales se consumant au fur et à mesure de leur ascension, pour le compte d'un caillou satellitaire pas plus gros qu'un colis postal, soit quelques livres ?

Oui, comment survivre au déchirement qui naît précisément de la vérité lorsqu'elle s'extrait de ces attractions multivoques ? Ce chœur antique, grégorien, ce Magnificat de toutes les victimes de l'humaine saloperie. Nous les mercenaires de l'ange réduit au silence, nous les soldats de l'enfant violé par un objet immonde pendant qu'une chaussure merdeuse se nettoie dans sa bouche, et qu'une caméra filme la scène, nous les exterminateurs de cochons puants se vautrant dans les libertés comme les soudards ivrognes vomissant leurs excréments dans les bénitiers et les fontaines sacrées, oui comment allons-nous survivre au règne absolu de l'ordure, comment faire même entendre notre petite voix dans le vacarme démoniaque et ennuyeux, inouï jusqu'à ce jour, de la crasse stupidité amplifiée par les milliards de porte-voix de la démocratie électronique et terminale, les milliers de fréquences radio et de canaux de télévision bourrés de pub et d'animateurs débiles comme des vagins grands ouverts dégoulinants de liquides verminés par le plus pourri des germes, les mégawatts des sonorisations géantes de groupes de « punk-rock » incitant à l'émeute sous les logos joliment coloriés de leurs sponsors corporatifs ? Oui, comment allons-nous nettoyer son pauvre corps souillé par les cohortes de cancrelats qui auront dégorgé leur sperme vérolé dans tous ses orifices, et sur la moindre parcelle de sa peau, désormais recouverte d'alcool, d'excréments et du sang que les couteaux et les tessons de verre y ont laissé ?

Oui, chaque enfant que vous salissez de vos putrides immondices, sortis de vos ventres grouillant de rats morts et de vermine purulente, chaque môme dont vous découpez les petits seins tout juste émergents, ou le délicat filet qui orne sa jeune toison du périnée jusqu'au pubis, d'un coup de lame pas même incertain, tels de vulgaires bouchers, est nôtre. Chaque victime de vos minables vies ratées de cloportes auxquelles des droits furent indûment donnés, sans la moindre contrepartie, appartient à notre famille. Toute chair crucifiée pour le compte de ces avilissements de l'âme auxquels peuvent se livrer des ordures humaines que le Moyen Âge ou l'Antiquité auraient rejetées avec diligence dans le plus puant et le plus profond des culs-de-basse-fosse, afin qu'ils s'y éteignent dans le cloaque de leurs propres immondices, est nôtre. Chaque être jeté à la décharge après que l'on s'en est servi comme d'un Kleenex ayant recueilli toute la morve liquide que ces assemblages organiques de viande, de tuyaux et d'excréments divers sont capables de produire, appartient à notre sang, qui est celui de toutes les victimes de votre règne infâme.

Nous aussi, croyez-nous, éprouvons la compassion du couteau, mais notre lame est forgée d'un feu bien plus ardent que toutes les forges humaines, son tranchant est plus cuisant qu'un chalumeau par où souffleraient tous les gaz de l'enfer, le terrifiant plasma de la première heure du monde, lorsque le Diable était encore jeune, et qu'il régnait dans toutes les directions. Notre acier est fait d'un fer que nul soleil ne peut fondre, ni produire par sa Grâce thermonucléaire, et d'un carbone plus dur que le plus dur des diamants, lorsqu'il s'abattra sur la Terre, lumineuse épée du Paraclet, les stupides têtes hurlantes des gorgones s'agiteront dans tous les sens sur leur tas de victimes en putréfaction, priant pour la Grâce, qui viendra d'un coup, d'un seul, et bien nommé.

Je ne suis pas né pour établir l'exhaustive étude des œuvres de Léon Bloy, de Nietzsche et de Dostoïevski, de Kafka, de Cioran ou de Philip K. Dick, ou de tous ceux qui sont venus, jusqu'à ce jour, renforcer la croissance ou la force métabolique de ce qui en moi, comme en nous tous je suppose, forme ce squelette spirituel qui se doit de soutenir la chair de nos expériences, une fois que celles-ci deviennent surtout des souvenirs — cela vient très vite, avec l'âge, si j'ose dire, c'est-à-dire une fois dépassées les limites du petit village romantique adolescent —, et je sais très bien, par exemple, que ni le christianisme ni aucune des autres religions du Livre n'est pour l'instant en mesure de me satisfaire, *en dépit de tout ce que je sais désormais de l'expérience christique et prophétique*.

Toutes, à des degrés variables, avec les opérations qui leur sont propres, me semblent subir suprêmement les terribles lois de l'entropie, elles ne sont que trop temporelles, elles sont usées, ruinées par tous leurs accomplissements, qui furent souvent des plus hauts, et surtout, elles paraissent s'éloigner de plus en plus de la formidable réalité initiale, ce pur Logos créateur de mondes, au profit d'un texte de plus en plus illisible, fourmillant d'erreurs d'interprétations, de traductions erronées, de schismes, d'hérésies et de contre-hérésies, de conciles et de synodes, tous ces sous-produits de l'entropie historique humaine, tous ces masques que le mensonge de la « conscience » humaine a successivement placés sur chaque Vérité révélée, chaque Vérité qui se faisait jour par le miracle de ce Saint-Esprit (saut quantique se manifestant dans un cerveau singulier, élu par les lois naturelles de la génétique et des dynamiques sociales, elles-mêmes sous la direction cosmogonique du Créateur) dont la fonction est d'habiter, avec un bail plus ou moins long, l'enveloppe biologique ainsi sélectionnée par l'antidarwinisme divin afin de recueillir un fragment du formidable pouvoir de nommer ; jusqu'au Christ, trahi pour trente deniers au cœur même de sa toute primitive Église, et dont les apôtres, en particulier saint Paul, allaient altérer à tout jamais la portée manifeste du message, au profit d'un syncrétisme arborescent dont les rameaux ne cessent de diverger après la chute effective de Rome, créant à lui seul plus de sectes et d'hérésies que ce que l'antique Empire avait connu avant sa venue, oui, jusqu'à l'incarnation du Successeur de l'Homme qui ne fût souillée des excréments humains.

Qu'on le veuille ou non, quinze siècles d'une histoire parfois sublime furent forgés sur de dramatiques erreurs d'interprétation emboîtées, qui ossifièrent peu à peu un dogme tout-puissant à la place de la toute-puissance vivante du Verbe, et de la Connaissance.

Il n'y a plus rien, malheureusement, dans le dogme catholique (et encore moins dans sa version émasculée et édulcorée de Vatican II) qui me permette de le voir justifié aujourd'hui, sinon dans ce qu'il produisit de plus paradoxalement (contre-)révolutionnaire durant le premier grand siècle des bourgeois athéistes et positivistes : ainsi des hommes comme Léon Bloy.

Avec des hommes tels que lui, on ne peut, on ne *doit* se livrer qu'à une virile empoignade par-dessus les décennies qui nous séparent l'un de l'autre, et les siècles l'un et l'autre du Jugement dernier.

Là où le génie de Bloy se fourvoie, me semble-t-il, avec une splendeur démesurée, c'est dans son texte *Le navigateur du globe*, où il tente d'appuyer une démarche visant à faire béatifier Christophe Colomb par le Saint Père, Léon XIII à l'époque si je ne m'abuse.

Bien sûr, son style foudroyant et son absolue sûreté concernant les Saintes Écritures lui permettent-ils de hautes envolées, qui firent sûrement leur effet en haut lieu, au Vatican.

Mais c'est ici que les limites du catholicisme romain se font jour, comme les plaies béantes sur le corps du Crucifié, car tout indique dans son texte l'absolue méconnaissance des données anthropologiques de son temps (une saine lecture de Darwin aurait peut-être évité la bévue) et une croyance solidement enracinée, chevillée à son âme, dans toutes les manipulations auxquelles l'Église espagnole se livra, après avoir découvert, proprement dévastée, que de hautes civilisations historiques, techniques et métaphysiques s'étaient disséminées en Amérique centrale et dans les Andes, sans qu'un Christ eût été mis en croix pour les « sauver ».

Ce que l'Église espagnole ignorait, ou fit semblant de ne pas comprendre, c'est que les sanguinaires empires aztèques ou incas étaient à l'égal des plus grands empires antiques de l'Ancien Monde, et fait plus curieux encore, qu'ils vivaient une période de décadence que ces derniers avaient vécue, et que leurs successeurs vivaient parfois de l'autre côté du grand océan.

C'est ainsi que Colomb mit le pied sur des rivages qu'il croyait autres, baptisa les anthropophages caraïbes du nom d'Indiens et prit possession des îles abordées pour le compte du roi d'Espagne et de la chrétienté papale, juste avant le coup de tonnerre de Luther dans le ciel trouble des Indulgences, sans pouvoir deviner un instant que si le Christ est apparu un jour sur un continent, peut-être était-il venu avant sous une autre forme sur une autre terre émergée, isolée des autres par deux océans gigantesques ? Que s'il était apparu quelque part, à un certain moment, avant de disparaître, en laissant aux hommes sa promesse de retour, peut-être cela était-il survenu ailleurs, à un autre moment, sous une autre forme, et ainsi de suite dans tous les ailleurs, pour tous les moments, sous toutes les formes possibles, pure émanation de ce principe mystérieux, inscrit dans l'homme en tant que nécessité contingente du cosmos, et que Nietzsche identifia sous le nom d'Éternel Retour.

Là où Bloy voit outrageusement clair, c'est par cette idée que Colomb est le premier qui unifie le monde, physiquement, par son courage et le sacrifice de son existence, pour une nouvelle représentation cosmogonique que la Renaissance allait mettre plus d'un siècle à imposer à une Église bornée, stupide, et largement atteinte de décadence.

Ce marin génois, que les princes italiens au faîte de leur puissance dédaignèrent avec mépris, et que ses contemporains affublèrent du sobriquet de « Grand Amiral », ce navigateur épris de nouvelles frontières, à établir une fois pour toutes au-delà de cette *Mare Tenebrosum* crainte des Portugais et des Arabes eux-mêmes, cet homme fut certes un saint homme, un bienfaiteur de l'humanité et un véritable porte-faix de la Connaissance.

Mais dans ce cas, pourquoi alors ne pas béatifier Galilée, ou Giordano Bruno brûlé sur ordre de la Sainte Inquisition ? serais-je tenté de lui demander, par-delà tous les « au-delà ».

Oui, il est clair que le jour où des papes et des antipapes s'affrontèrent chiennement pour le contrôle du trône dynastique suprême, au tournant du XVe siècle, comme quatre cents ans plus tôt, alors que les aristocraties européennes, anéanties par trois siècles de Croisades, de guerre de Cent Ans, et de conflits récurrents entre Guelfes et Gibelins, se voyaient à jamais dépossédées de toute ambition politique continentale, bref alors que le quattrocento commençait, il est clair, selon moi, que le catholicisme n'était plus qu'une décrépite usine à platitudes métaphysiques et le palais des Papes un immonde lupanar pour vieilles putains et cardinaux débauchés.

Luther se devait de le liquider, ce qu'il fit après moult réticences et avertissements préalables, aussitôt sanctionnés, et sans deviner que le véritable triomphateur serait ce petit lunatique livide de Jean Calvin, et ses puritains aux diverses obédiences, et aux multiples congrégations, excroissances proliférantes de ce cancer communautariste, égalitaire, laborieux et pointilleux d'horloger helvétique que Luther lui-même ne pouvait s'empêcher d'exécrer au plus haut degré.

Incapable d'assumer le principe christique comme transfixion fondamentale de l'humanité vers son devenir, comme Grand Attracteur de sa destinée, comme Promesse vivante de l'Éternel Retour du Logos, et comme seule vérité métaphysique pertinente pour les sciences alors à venir, mais déjà outrageusement en gestation dans le corps plein de la nature exposée à l'Esprit génésique, via le cerveau de l'Homme, le catholicisme romain se rigidifia dans l'agonie jésuitique de l'Inquisition, avant de s'évanouir, au sens propre comme au sens figuré, dans l'hystérie collective, et personnelle, des jansénistes, jusqu'à contaminer d'authentiques penseurs chrétiens comme Pascal. Ce qui subsistera ensuite de lui, lorsque le rationalisme bourgeois aura abattu sa chape de plomb argentifère sur le monde, ce sont ses atomes résiduels, les particules élémentaires, insécables et définitives de ce que fut l'expérience chrétienne, de saint Augustin à saint François d'Assise, de saint Jean de la Croix à Luther, cette soif de justice et de connaissance, de vérité et de lumière, dans ce monde de ténèbres voué au culte de la matière, et qui s'en allait vers les abominables destructions de masse de notre siècle qui n'en finit plus d'agoniser, dans le coma vitrifié des vérités postconcentrationnaires et postnucléaires, là où le Grand Silence blanc a été recouvert des abjections polychromes de l'amnésie publicitaire. Fait unique dans les annales de la médecine, cette amnésie est très inversement proportionnelle au syndrome d'aphasie, car comme par un fait exprès cette civilisation sans mémoire se voit dotée d'une éloquence de concierge, et tout le monde ou presque a son mot à dire sur tout, c'est-à-dire sur plus rien de pertinent ni de singulier, et les mots eux-mêmes, au lieu d'être les outils du Logos, les outils de la *distinction*, sont devenus d'ignobles crapauds purulents au service de l'indistinction grégaire et systématique des foules.

Les opinions rassemblent. Les vérités divisent.

Priez
Sainte Marie
de la Nuit Blanche
Priez pour l'enfant
aux os par la batte
fendus,
au cerveau sur

le sol et son sang
répandu,
pour l'oiseau innocent
à la patte par le piège
rompue,
Sainte Marie
de la Nuit Blanche,
s'il vous plaît priez pour les
lolitas virginales
aux culottes souillées
par d'avides caméras
et des sous-vêtements gras,
petite Annie, sept ans
suce le gros dard pointu
d'un nègre monté comme un âne
empalée sur l'énorme banane
de son compère poilu,
commandez maintenant
Teen Lolitas Gang Bang
number 5, trous du cul,
et voyez de jeunes putes
s'envoyer leur père,
leur mère, leur voisin,
et le chien du voisin/
ô, voici l'orifice béant
livré en pâture
aux pourceaux,
fenêtre visqueuse sur le néant,
abîme tendant au zéro,
Ô Sainte Marie
de la Nuit Blanche,
priez pour la chair
crucifiée au berceau,
pour l'âme souillée
en pixels vidéo,

pour les dents de lait
cassées au marteau,
pour l'atroce misère
courant sous la peau,
Priez
Sainte Marie
de la Nuit blanche
Priez
pour l'enfant défolié au cauchemar
pour ses cris à nuls autres pareils
que nul n'entend dans la nuit noire
pour la petite fille laissée au pourrissoir
l'œil fixé sur l'image publicitaire
le cul baignant dans son ordure,
Priez pour elle Très Sainte Marie
s'il vous plaît,
Priez,
même s'il est trop tard.

*

Désormais, la modernité a bon dos. À tel point qu'on ne compte plus tous ceux qui s'accrochent au poil ras de la bête, dans l'espoir de se faire reconnaître de la postérité en y vomissant tout ce dont ils se seront empiffrés ces trente dernières années.

Une cohorte de nostalgiques d'un monde trois fois disparu (deux guerres mondiales, une chute de Mur) tentent d'accréditer l'idée qu'il fut un temps où nulle guerre ne meurtrissait le cœur et la chair des hommes, où la démoniaque économie ne régnait point et où les sciences étaient entièrement délivrées du joug de la technique. À quand remontent donc leurs souvenirs, à l'époque mérovingienne ? Au magdalénien ?

Venus de tous les bords vermoulus de la sénile charpente de la pensée française, de la gauche conservatrice à la droite progressiste (à moins que ce ne soit l'inverse), désormais rassemblés sous l'étendard falot de la nostalgique Réaction, les Tillinac, les Gallo et les Debray nous font le coup éculé du « c'était mieux de mon temps » et nous alertent d'un air sentencieux des graves dangers que courent pêle-mêle la nation française, sa gastronomie et sa langue (son bouillon et sa culture), ses coutumes charmantes, les clochers de ses églises de campagne et ses jeux télévisés ; les ennemis rassemblés au sein de cette diabolique coalition sont nombreux, pour ne pas dire innombrables : l'Anglais, l'Allemand, l'Européen, l'Américain, le Nippon, le Croate, le Religieux, le Militaire, le Scientifique, sans compter la figure emblématique du Banquier-Spéculateur-Boursier infâme suppôt du Grand-Capital-International, sans laquelle aucune chasse aux sorcières digne de ce nom ne pourrait asseoir un tant soit peu sa crédibilité ; on enfourche sans vergogne la vieille canasse usée de Barrès, après avoir fait mourir d'épuisement la précédente haridelle qui supportait depuis deux générations au moins le poids du positivisme socialiste, libéral, néochrétien sauce Vatican II, ou écolo-baba cool qui avait trouvé grâce à leurs yeux, bref, comme de coutume, on retourne gentiment sa veste, en tâchant de faire croire qu'on la porte ainsi depuis des lustres, alors que la doublure exposée se montre rapidement sous son vrai jour : la triste rapièce d'écrivains populistes et chiraquiens, amateurs de comices agricoles et de la saine odeur campagnarde du lisier, celle des faux prophètes de la gauche caviar crachant désormais de toutes leurs muqueuses dans la soupe refroidie, celle des trous du cul maoguévaristes devenus sentinelles des mausolées républicains, troquant le kaki de la guérilla pour l'habit vert de l'Académie, celle des faces de raies mitterrandiennes qui servirent de gardes prétoriennes au règne du mensonge tiers-mondiste et du sang contaminé, celle des artistes besogneux de la « littérature sociale » ou « nationale », vacataires du néant parisien ou de la connerie provinciale, celle des laborieux mécaniciens du discours sur l'amitié entre les peuples et l'avenir radieux de l'humanité, devenus petits pessimistes de salon ruminant la philosophie qu'ils n'ont pas lue à temps, rabâchant leurs mauvaises invectives contre l'affreuse modernité qui ne les effraie vraiment que, lorsque parvenue à son inexorable fin, au bout du bout de l'épuisement, elle s'ouvre enfin sur les transformations générales de l'humanité, sur sa transsubstantiation sociobiologique, annoncée presque comme telle dans les Saintes Écritures, et attendue depuis par de très rares esprits, qui savaient à quel point la venue du Royaume signifiait l'abandon de nos minables horizons humains.

Tous ces petits penseurs pour qui le Christ ne fut guère plus qu'un militant syndical ou un éducateur de rues, tous ces soutiers de la dévolution ou de la révolution qui pataugeaient dans les eaux usées du siècle bourgeois en affectant parfois la hauteur aristocratique des temps révolus, accomplissant là le rêve secret de tous les cuistres, oui, toutes ces murènes du rationalisme, de la laïcité et des « droits » de l'homme ont engendré les malheurs de cet âge mort, le moindre d'entre eux n'étant pas ce fuligineux discours bassement réactif qui prétend maintenant critiquer le présent et se ressourcer au passé (après nous avoir vendu des tonnes d'avenirs), alors qu'il se contente de s'agenouiller devant des icônes décédées et qu'il ne peut ainsi éclairer tout ce qui, dans ce monde terminal de la marchandise, est déjà en train de s'extraire de la boue de notre condition, tout ce qui ressuscite en secret la Parole, tout ce qui, tel le précipité d'une alchimie cosmique dont l'expérience aura duré des siècles, est en train de préparer le passage vers la Succession.

On comprend mieux leur peur panique devant les récents développements de la biologie, devant tous les merveilleux dangers que cette science recèle pour l'homme, le petit homme national, social et individuel, le petit homme « universel » du XXe siècle, lorsqu'on s'amuse à retracer leur parcours intellectuel, en s'intéressant, ou plutôt en s'efforçant de s'intéresser aux pages qu'ils auront noircies depuis leurs débuts. Oui, on comprend mieux cette levée générale de boucliers, dont ils sont les savants stratèges, contre l'alimentation transgénique, ou le clonage, ou les manipulations prénatales, lorsqu'on discerne sous l'invariable masque de la bonne conscience humaniste cette indicible terreur devant l'inconnu, devant la Grâce, indissociable des œuvres de l'Innommable.

On commet une gravissime erreur sur la notion d'universalité si l'on n'admet pas comme principe premier que *ce qui est universel est extrêmement rare*.

Si votre monde est mort, c'est que vous n'avez pas su le maintenir en vie. Apprenez donc le bouche-à-bouche philosophique, et voyons ensuite s'il vous reste un filet de souffle.

Le Christ venait de l'Homme, s'en vint à lui, et y

laissa sa peau. Message secret, indécryptable depuis, indéchiffrable dès l'origine, véritable code pirate, virus que Dieu avait placé au cœur de l'Homme de la Chute, sans en avertir Satan, sa signification mourut pour ainsi dire avec Lui, avant que le Verbe eût eu le temps de se faire Chair pour de bon, dans un royal processus dynastique, génétique, et pan-humain. Dieu fut à mon sens légèrement désappointé, mais à peine surpris, lorsqu'il advint que ce fut le peuple d'Israël lui-même qui ordonna Son supplice, avec l'assentiment ennuyé et purement légaliste de Ponce Pilate.

Il savait sans doute, dans sa Toute-Puissance, que, sortant à peine de l'enfance, l'homme moderne allait se livrer à toutes les aberrations romantiques dont un adolescent est capable ; après une nanoseconde d'hésitation devant la nouvelle configuration, inattendue, de son Suprême Jeu, Il convint probablement que, livré ainsi au Démon, à l'Ignorance, et au Souvenir sans cesse ressuscité de sa criminelle faute, l'homme traverserait un long tunnel de ténèbres, et plus encore, que les prétendues Lumières qui l'en feraient sortir le livreraient pieds et poings liés à l'œuvre diabolique, afin qu'il apprenne une fois pour toutes qu'on ne transige pas avec la Connaissance, et qu'on ne tue pas impunément un dieu vivant.

L'une des manœuvres favorites du Diable est, vous l'imaginez bien, de prendre l'apparence de la charité, de la compassion, de la vérité, voire du Christ lui-même ! Il est précisément là pour rendre la tâche difficile, tel un méchant feuilletoniste aux rebondissements imprévus et quasiment continus, il fait de l'homme et de sa marche vers la Connaissance un authentique parcours du combattant, un labyrinthe truffé de pièges et de chausse-trapes, d'oubliettes au fond desquelles gisent les squelettes de tous ceux qui s'étaient aventurés jusque-là avant lui, oui, un véritable chemin de croix, que l'on finit sur les genoux.

Aussi, le Diable prit bien souvent l'apparence des prêtres, des gardiens du Temple, et ce tout au long des siècles, engendrant pour chaque génération son prophète venu du désert, frappant de son bâton de justice le dos des cloportes devenus idolâtres.

Car il existe une idolâtrie du Dieu unique. Cette adoration singulière, ce pharisianisme pédant, lettré, et insipide, masque la plupart du temps la plus ignoble barbarie, comme l'histoire du Christ, puis celle de l'Inquisition, puis des « messianismes séculiers modernes » l'ont montré. Les gardes-chiourme du Sanhédrin, qui livrèrent le Nazaréen à Pilate, sachant à l'avance le sort que l'inflexible Lex romana lui réserverait, n'ont rien à envier aux sadiques abbés et aux évêques incultes qui envoyèrent tant de « magiciens », de « sorcières » et d'« hérétiques » à la terrible épreuve du bûcher. Comment oublier que c'est l'Église catholique, apostolique et romaine qui condamna Jeanne d'Arc à subir ce sort abominable ?

À la mort de saint Augustin, alors que le Bas-Empire postconstantinien s'effondrait sous les sabots des centaures asiatiques, l'Église de Rome devint la seule force temporelle en mesure d'unifier ce chaos de peuples nomades et de vieilles civilisations éteintes, afin qu'en surgisse un nouvel ordre royal et théocratique, delta monumental dont la source remontait loin avant la naissance de Remus et Romulus, aux époques reculées, déjà embrumées par les mensonges du souvenir, de la plus haute Antiquité.

Le seul problème de cet ordre dynastique, c'était qu'il s'érigeait sur le corps d'un roi tué avant d'avoir pu tenir le sceptre, porter la couronne, siéger sur le trône, que la dynastie génésique dont le Christ était porteur, telle la pierre philosophale de la Transmutation humaine, n'avait pu voir le jour et qu'en conséquence l'Église dut inventer la « démocratie » synodale pour l'élection des papes, première invalidation, structurelle dirons-nous, du dogme catholique, puisque par cette abominable et nécessaire concession à l'entropie humaine, les premiers noyaux de pure corruption politique, les premières fractures d'idéologie, les premières tentations de l'intérêt matériel vérolèrent en quelques décennies l'Église que Pierre avait fondée à l'ère du martyre, des sacrifices aux lions du cirque et des abjectes tortures de Caligula ou de Tibère.

Néanmoins quelque chose, bien sûr, résista en secret, tenta à plusieurs reprises de s'exprimer, telle l'herbe sauvage venant à bout du béton le plus dur, s'extrayant le plus souvent à grand-peine de la gangue dogmatique pour subir le couperet des juges et la hache du bourreau. Lorsque, au bout de mille années de domination temporelle et spirituelle quasi absolue, l'épuisement gagna brusquement la vieille Église, vermoulue par plusieurs siècles de complots et contre-complots papaux/antipapaux, que la Réforme fit du christianisme une religion de bourgeois et de bons ouvriers, creusant sans le savoir l'infernale taupinière du rationalisme qui minerait tout l'édifice humain, puis que l'abrutissant positivisme pompier de la bourgeoisie triomphante, et ses vermines prolétarisées, entama son règne, le christianisme primitif et œcuménique d'un saint Augustin, datant d'avant les désastreux conciles schismatiques, pouvait certes apparaître comme un authentique rayon de lumière.

C'est que, du IIe au Ve siècle, il me semble, le christianisme avait déjà atteint ses plus hautes altitudes métaphysiques et philosophiques. La profusion des sectes gnostiques, ou postgnostiques, alors non considérées comme « hérésiarques » par une Église encore soumise au pouvoir impérial, et encore intéressée par l'expérience réelle (et non pas au tautologique dogme de la lettre), fit de cette époque la plus riche selon moi dans le domaine de cette quête éperdue de l'expérience christique, comprise comme une *modification radicale de l'économie générale de l'être humain.* Pour ce faire, les gnostiques recoururent précisément aux drogues psychotropes. Comprenant que le Christ avait été irrémédiablement détruit dans cette humanité particulière, il importait selon eux de tenter par tous les moyens possibles d'en recréer le modèle génésique en chacun des croyants, de produire dans l'esprit (dans le cerveau, dirait un fils perdu du matérialisme tel que moi) des hommes livrés au véritable Créateur du monde et de la matière, soit Lucifer, les passerelles les plus directes qu'il existât avec Dieu, son Fils, et surtout l'Esprit-Saint, dont les manifestations cosmogoniques se « révélaient » d'autant mieux sur le photogramme de la conscience que celle-ci subissait au préalable le traitement aux sels d'argent des molécules divines.

Cet âge d'or, selon moi, du christianisme primitif, fut aussi celui des moines irlandais qui naviguèrent jusqu'aux rivages éruptifs de l'Islande hyperboréenne, jusqu'aux glaciers du Groenland et sans doute même en vue des côtes américaines, quatre cents ans avant que d'intrépides Vikings à peine christianisés n'y abordent et un millénaire avant que

Colomb ne les prenne pour les Indes. Ces moines, dont le savoir postchamanique secret est contenu dans le splendide *Book of Kells*, véritable mandala christique dont personne encore, je crois, n'a su percer l'authentique profondeur — j'y reviendrai un de ces jours, — ces moines disais-je, qui christianisèrent l'Irlande celtique aux Ve et VIe siècles, étaient les dépositaires de cet authentique savoir psychotropique, dévolu à l'expérience christique, que les gnostiques avaient élaboré au cours des trois derniers siècles de l'existence de Rome, avec une liberté religieuse quasi ininterrompue qui fut la grandeur du Bas-Empire (qui signait là sa perte).

Or, devinez un peu où nous trouvons l'ultime arche de ce savoir défunt ? Où donc l'expérience gnostique, cette interface généreuse entre drogues chamaniques et expérience christique, renaît-elle de ses cendres, tel ce phénix de la Connaissance dont elle fit un de ses emblèmes ?

Précisément au cœur de ce Nouveau Monde, là où l'Église espagnole ne vit que sauvagerie païenne et cultes idolâtres, aux frontières de l'Arizona et du Nouveau-Mexique, on trouve aujourd'hui une pauvre petite église amérindienne, de type hispanique, où les mystères de la transsubstantiation se révèlent grâce à la chimie du peyotl ou de l'ayahuasca, molécules véhicules de la haute Connaissance, et où enfin, après quinze siècles de jésuitisme, de calvinisme et de positivisme, s'élaborent les pratiques visant à faire de l'expérience christique cette modification radicale de l'économie générale de l'humain, en visant en premier lieu le siège central de sa conscience, son cerveau, grâce aux rares molécules que la nature pourvoit, trésors dangereux cachés en son sein par un dieu jaloux et précautionneux.

Ah ! si les églises aujourd'hui silencieuses et désertes pouvaient résonner de ces expériences — non pas nouvelles — mais originelles, si les Magnificat et les Stabat Mater s'élevaient dans des nefs où les vitraux sublimes s'ouvriraient directement au cœur de nos cortex, où nos neurones transmutés pourraient entrevoir la lumière de la Figure divine, où le Logos tout-puissant se déverserait en chacun des officiants comme un fleuve de lait et de miel, au lieu des sombres litanies de nos jansénistes latinisants ou des guérilleros de la théologie de la libération, où le feu divin, ce plasma primordial dont ce monde n'est que le lointain écho, darderait par toutes les pointes virulentes de nos ADN surchauffés, oui, comme des antennes cosmiques à l'écoute de ce rayonnement sublime, aujourd'hui fossilisé, qu'il s'agit enfin de décrypter, ah, si le Christ était un *tant soit peu* vivant !

Oui, car même son ombre, son fantôme, nous contenterait dans cette désolation !

Une nouvelle forme naît toujours de la décomposition de sa génitrice, dont elle précipite la disparition.

Je me dois d'être clair : je crois au Christ, comme encore aucun chrétien en ce monde.

Le Christ, cet au-delà du christianisme.

*

Connectez votre cerveau au pâle soleil de la vérité, et vous voilà bientôt consumé par le feu divin !

*

Là où nous allions
on disait que le monde
se mourait de désolation ;
Les enfants par l'acier éventrés
pendaient aux branches de l'hiver
et un million de têtes coupées
à des vierges pour accompagner
le voyageur désirant s'y perdre ;
C'était la lande des tortures blêmes
aux hélices coupantes et aux gemmes
enfoncés dans la bouche édentée
de l'orphelin prostitué ;
C'était — disait-on — le cloaque où d'obèses
esclaves souillés à tous les orifices
crevaient par-dessous dans un flot d'immondices
sous l'œil des caméras des Seigneurs de la Baise ;
Nous avions pour mission de tout nettoyer sans remords
par le très Saint Feu de l'Ange nucléaire,
tout ce qui s'était vautré dans l'auge de la mort
devait disparaître de la surface de la Terre ;
Roses et gras comme des porcs des hommes
s'accouplaient à des chiens sur un lit de vermine,
des salopes en extase devant la chair rougie au feu
se faisaient fourrer à la garde par un objet visqueux ou deux,
tandis que sous l'or des coupoles où grouillaient leurs ébats
pendaient des structures molles aux suintants estomacs,
on noyait les enfants dans l'ordure et l'urine
pour un jeu délicat qui provoquait les rires ;
Voici ce que nous vîmes par nos yeux mercenaires,
anges par intérim, apocalypse d'urgence,

nous devions faire souffler tous les gaz de l'enfer
tous les feux du soleil en signe de délivrance.

Lorsqu'une philosophie refuse de se ressourcer aux grandes religions, et surtout aux religions du Livre, elle démissionne, et elle s'étiole, jusqu'à ne devenir plus qu'un traité de cuisine. En revanche, lorsqu'une religion refuse la nécessaire critique philosophique, soit la confrontation, la sélection naturelle, elle abdique et régresse jusqu'à n'être plus qu'un livret de rituels.

Ah, ces fumeuses conceptions hégéliennes de l'assomption de l'Histoire, de cette marche progressive de l'homme vers la conscience et la liberté, vers l'Idéal, sur la pente linéaire, quoique légèrement accidentée, du progrès et de la technique ! Qui ne voit qu'elles irriguent encore la plus grande part des analyses universitaires (celles qui sont enseignées à nos « chères têtes blondes », et brunes ou rousses, voire violettes par ailleurs), qui ne peut les déceler dans la plus vulgaire chronique journalistique comme dans la plus profonde réflexion d'un de nos spécialistes bardés de diplômes ? Pourtant, tout le monde sait aujourd'hui que ces fumeuses recréations de l'esprit humain, cette vanité historique, hautaine et dialectique, cet authentique brouillard de l'esprit enfumèrent les tranchées du XXe siècle, au point qu'une armée de sinistres crétins, aux idéologies aussi diverses que débilitantes, put y perdre l'humanité entière !

Dire que tous, nationalistes, socialistes, radicaux, libéraux, fascistes, communistes, républicains, démocrates, virent dans la conscription nationale un progrès de l'humanité !

Dire que tous aujourd'hui encore se satisfont de l'émiettement du monde en États-nations « souverains », alors que ceux-ci sont depuis longtemps les dociles serviteurs du flux financier et marchand, et qu'au-dessus encore règne l'ignoble onucratie, parasite du projet fédéral humain !

Qui ne voit l'énorme retard que notre pensée politique et métaphysique a pris désormais sur les avancées inexorables de la locomotive Technique ?

Qui ne ressent l'ardent besoin d'un nouvel imperium de l'Esprit-Saint, d'une confédération des nations humaines liguées autour du projet de préparer la venue du Royaume, le retour de la Forme Christ sur la Terre, au sein du Peuple humain ?

Qui ne comprend, sans frissonner d'une certaine angoisse, celle du regard se perdant dans les immensités intersidérales, qui ne pressent le rôle détersif que nos techniques auront alors sur notre simple humanité, lorsqu'elles seront devenues à nouveau les agents de la Connaissance, et non l'inverse, comme en cette ère où l'homme s'est répandu, avec tous ses immondices, à la place du seul Dieu qu'il n'aurait pas dû tuer.

Passé l'an 600, dès que le premier et principal mouvement d'invasion barbare panasiatique se fut plus ou moins cristallisé sur le sol d'Europe, une toute nouvelle configuration géopolitique dessinait les frontières du continent. Les nombreuses populations germaniques et eurasiennes s'étaient émiettées en micro-États turbulents récemment, voire pas du tout christianisés. Après l'Irlande et l'Angleterre naissante, il paraissait impératif que l'Espagne celtibère et wisigothe et ce qui ne s'appelait pas encore l'Allemagne fussent définitivement acquises à la puissance tutélaire de Rome. Pour qu'une telle entreprise eût la moindre chance de succès, il suffisait — si je puis dire — de lire une carte, et de comprendre que rien ne pourrait se faire sans la France.

Lorsque, en 634 après Jésus-Christ, une nouvelle religion prophétique surgit inopinément des sables arabiques, puis qu'en quelques décennies, des cavaliers animés par une Foi inextinguible galopent jusqu'aux extrémités occidentales de l'Afrique, pour bientôt franchir le détroit de Gibraltar et édifier les sublimes cités andalouses de Grenade et de Cordoue, la chrétienté ne peut compter sur aucune armée aussi nombreuse, aussi solide, coordonnée, aussi fanatique que celle des combattants mahométans. S'il n'y avait les obstacles naturels, les Pyrénées, la Méditerranée, l'Anatolie, le Bosphore, les légions du jihad auraient sans nul doute marché sur Rome, Constantinople, Paris, Reims et Vaisons-la-Romaine dès le VIIIe siècle sans rencontrer de résistance organisée à l'échelle suffisante, *à l'échelle continentale*. Les faibles dynasties mérovingiennes, qui tiennent le carré central de l'échiquier, l'ancienne Gaule, forment un rempart d'argile creuse, pour peu que les cavaliers du désert parviennent à franchir la chaîne des Pyrénées et le sort de toute la chrétienté bascule.

C'est à ce moment-là que le danger est le plus grand pour les christianismes romain et byzantin, toujours farouchement opposés sur d'obscurs points de doctrine et de rite, et par ailleurs outrageusement divisés après une série de conciles catastrophiques par de violentes crises hérétiques internes (monophysisme, arianisme, nestorianisme, iconoclastes) qui aboutiront au schisme irrémédiable du XIe siècle, via excommunications mutuelles.

Il va falloir toute l'énergie des maires du palais, à Paris, pour que le navire ne sombre pas et que les Arabes soient arrêtés *in extremis* à Poitiers en 732.

Charlemagne, qui aura tué beaucoup de païens saxons et d'infidèles sarrasins, est d'abord accueilli avec une franche cordialité par cette Église romaine encore novice en politique, mais dont le pouvoir sur l'Occident s'assoit de génération en génération.

En le sacrant, à l'orée du IXe siècle, empereur, soit chef politique de toute la chrétienté, adoubé et oint par le pape, l'Église de Rome trouve en lui le plus brillant de tous les politiciens de son temps, et sans doute le plus grand de tous les soldats.

Son territoire, qui couvre à peu près la France, l'Italie, l'Allemagne et une partie de l'Autriche et des Balkans actuels, est une mosaïque de micronations aux langues, aux coutumes, aux origines différentes, une myriade de peuples imbriqués, superposés, juxtaposés sur toute la partie occidentale de ce qui avait représenté le *limes* romain.

Celtes, Latins, Francs, Goths, Saxons, Alamans, Bataves, Lombards, Slaves, Grecs y forment une multitude de petits royaumes, qui verront d'un très mauvais œil ce suprapouvoir impérial qui les subordonnait tels de vulgaires barons ; sans l'incendie islamique aux portes méridionales du continent, et bientôt le feu à la maison, jamais Charlemagne n'aurait pu unifier quelque peu les énergies et monter une armée de fantassins et de cavaliers en mesure de tenir tête aux vaillants guerriers venus de l'Espagne des Almohades.

Les légions du jihad plus ou moins tenues au sud de la chaîne de montagnes par ses troupes, une bonne partie de sa chevalerie sacrifiée, dont son propre neveu, Charlemagne décida que le temps était venu de s'occuper de politique intérieure sur ce vaste territoire aux frontières incertaines dont la papauté lui avait livré la charge.

C'est à ce moment-là que ses ennuis commencèrent, et qu'il se vit confronté à la première réaction concertée de l'Église en vue de contrecarrer ses plans.

Désormais en concurrence avec l'empereur franc, l'Église de Rome s'attacha à lui savonner le plancher autant que faire se pouvait. Lorsque, épouvantée, elle apprit que Charlemagne voulait faire du latin déjà vulgarisé la langue vernaculaire de l'Empire, l'Église amorçait alors sa courbe fatale qui consistait à vouloir couper l'esprit des fidèles des bienfaits du Logos. Le latin sacré n'était plus compris que des prêtres et des scribes, ses formes vulgaires, populaires — dirions-nous aujourd'hui —, encore indistinctes, naissaient chacune sur leur terreau singulier, celte, latin, slave ou germanique. En ébauchant le projet d'un *latinus vulgatus* uniformisé et appris d'un bout à l'autre des marches de l'Occident, Charlemagne contrecarrait directement les plans de la papauté qui, telle l'onucratie contemporaine, voyait au contraire dans l'émiettement babélien des communautés humaines le plus sûr moyen d'asseoir sa domination temporelle et spirituelle. Grâce au pouvoir que les prêtres commençaient à exercer sur toutes les couches de la société, et à l'usage hermétique d'une langue sacrée de plus en plus incompréhensible pour les croyants, l'Église était en mesure de maintenir l'illusion, et on ne demandait pas à l'empereur autre chose que d'être le garde-chiourme de cette sinistre comédie.

Une fois passé le danger musulman, c'est au tour

des portes septentrionales d'être menacées, par les marins vikings cette fois. Il faut attendre l'an mille et des poussières pour que la marée blonde se tarisse, et que les royaumes normands se cristallisent, en Sicile, en Angleterre, en France, en Russie. Entre-temps l'Empire de Charlemagne aura été dépecé, au grand dam des populations qui auront vu illico leur niveau de vie s'effondrer et les querelles intestines reprendre de plus belle. C'est ce troupeau divisé, misérable, sans chef, sans langue commune, sans plus aucun projet politique, déjà dévasté par les premières épidémies de peste, que le pape Urbain II décide d'envoyer en Croisade, par sa bulle pontificale de l'an 1095.

Le souvenir de l'expérience christique neuralement expérimentée par les alchimistes gnostiques est depuis longtemps déjà enterré sous le calcaire dogmatique du catholicisme officiel. Saint Augustin est mort depuis sept siècles, les moines irlandais, ou cisterciens, ne sont plus dans la course, la robe de bure n'est plus de mise, l'âge de la pourpre cardinalice vient de commencer. L'Europe est définitivement condamnée à la division, damnée, maudite, à tout jamais. Le christianisme entame sa longue décadence.

Dont nous ne faisons tout juste que nous extraire.

Soyez certains que la mort du christianisme était une condition préalable à tout retour du Christ, à tout nouveau surgissement de l'Agnus Dei au milieu de la meute des fauves. Soyez presque sûrs que ce moment approche, quelle que soit la forme qu'Il prendra, Il sera d'abord invisible, noyé dans le flot d'ordures des vérités prostituées, puis insensiblement, Sa lumière, Sa toute-puissance, cet inconcevable fleuve du Logos incarné dans la plus pauvre des chairs de ce monde, se fera entendre, se donnera à voir, en stupéfiant les foules comme les élites, les idiots comme les crétins, puisque rien de tout ça n'avait été prévu le moins du monde par leurs divers catalogues d'idées toutes faites.

*

Le dernier numéro de la revue *Arguments* ouvre le débat, enfin. Le rock (et le rap, le punk, ou la techno) sont-ils des formes d'art ou, comme on dit vulgairement de nos jours, des « cultures » ? Il est notable que le seul discours vraiment sensé provienne d'un garçon comme Gaétan Soucy qui a dû naître vers 1960, c'est-à-dire en même temps que le rock'n'roll et la pop music, et qui parvient à dépasser les dialectiques forcloses entre art et culture, industrie et métaphysique, économie et pensée, qui font les délices de Bourdieu et du courrier des lecteurs des *Inrockuptibles* depuis longtemps déjà.

Que nous le voulions ou non, l'art populaire électrique de la fin du XXe siècle, qu'il se soit manifesté par la musique, le cinéma, la peinture, la littérature n'est pas si exempt de grandeur que cela, le moindre de ses mérites n'étant pas d'avoir su produire des œuvres pertinentes sur notre condition absurde d'hommes modernes (et qui se perpétueront comme telles à travers les siècles), apparues au cœur même de la civilisation de l'*entertainment* et du marché mondial du Teen-Ager universel. Mais n'est-ce pas ainsi précisément que l'Art fonctionne, comme un principe éminemment négatif, *anticulturel*, aujourd'hui surgi de la civilisation de la culture-économie globale telle une splendide maladie ?

Tout « produit culturel », de quelque civilisation

qu'il provienne, peut être classé selon une méthodologie rationnelle ou une autre, structuraliste ou humaniste, esthétique ou économique, politique ou biographique, il s'y inscrit pourrait-on dire *naturellement*.

À l'inverse, aucune authentique œuvre d'art ne peut s'y soumettre sans se voir réduite instantanément à une collection de clichés qui ne permettent en rien de rendre compte de sa singularité. C'est qu'une œuvre d'art est par définition *exceptionnelle*, c'est-à-dire qu'elle va *à l'encontre de la règle*, de la masse, de la tendance lourde, du courant général, le plus souvent même sans que l'auteur en ait conscience, en tout cas pas sur le moment.

Ce qui différencie une œuvre d'art d'un autre produit culturel, un « livre-monde » d'un « livre-moi », c'est que dans un cas l'auteur travaille son verbe, et que dans l'autre c'est le Verbe qui travaille l'auteur.

*

Maurice Dantec,
Montréal,
à
Gaétan Soucy,
sans doute la même place.

Cher Gaétan,

Nous ne nous connaissons point, pas même par littérature interposée, je n'ai pas encore lu vos livres, et je suppose, peut-être hâtivement, que vous n'avez pas lu les miens.

Je me permets de vous écrire pour vous dire ô combien j'ai apprécié votre entrevue avec Isabelle Jubinville, dans le dernier numéro de la revue Arguments*; je ne me doutais pas que quelqu'un de ma génération (j'ai cru comprendre que vous aviez vingt ans vers 1980) avait sur ce sujet des points de vue aussi avisés, et aussi pertinents, cela dit sans flagornerie aucune.*

Je ne vais point vous ennuyer très longtemps, sachez simplement que vos préoccupations esthétiques et métaphysiques concernant la genèse, l'évolution passée et le futur de ces « musiques électriques populaires » de la seconde moitié du siècle sont également les miennes, et avec de nombreuses particularités communes. L'appellation de « métarock » que vous utilisez à un moment est je crois tout à fait significative du fait que notre époque est la première à être confrontée aussi clairement à l'industrialisation nécrophage de formes déjà largement épuisées, sans cesse recyclées, et qui ne servent plus aujourd'hui qu'à vendre des sponsors publicitaires.

En gros, le Soylent Green de la culture.

D'autre part, la médiocrité avérée de nombre de rock stars, de rappers ou de DJ, petits-bourgeois ou gangsters parvenus sans plus de classe que les messieurs Jourdain du libéralisme, ce mépris de la « culture » que cette « culture » arbore avec fierté, et dont vous dénoncez avec justesse le nihilisme débilitant, doivent être vus, il me semble, comme la contrepartie nécessaire à l'émergence d'un Lennon, d'un Morrison, d'un Syd Barrett, d'un Lou Reed, d'un Dylan, d'un Neil Young, d'un Iggy Pop, d'un Bowie, d'un Eno, d'un Lydon (tous auteurs et compositeurs de grand talent, pour ne pas dire plus, et c'est en cela, me semble-t-il encore, que l'artiste pop « électrique » se distingue à fois du poète et du simple musicien), qui tous, à un moment ou à un autre, et avec des fortunes diverses, allèrent à contre-courant des tristes tropismes spécifiques à cette « culture ».

Mais plus encore, je vous sais gré d'avoir en quelques mots torpillé le mythe d'un âge d'or innocent du rock'n'roll, et d'avoir ainsi placé le colonel Parker et Malcolm Mac Laren dans une perspective cohérente. Et surtout — alors que je fus l'un de ceux happés par la vague punk dès 1976-77 —, j'attends depuis ce jour que quelqu'un, venu de cette exigeante et spécifique urgence de créativité électrique, s'en prenne à ce sinistre abruti de Sid Vicious. Si mon avis ne vous fait pas mourir d'ennui, je vous dirais bien que pour moi, le talent de John Lydon ne se révéla vraiment qu'à la mort des Sex Pistols, avec Public Image Ltd.

Me permettrez-vous cependant de mettre en question votre classification entre la définition anthropologique structurale et ce que vous nommez — faute de mieux, dites-vous — son acception « humaniste ». L'erreur, trouble, provient selon moi d'une manipulation sémantique que le vulgus a commis sur le mot « culture ». Il a assimilé « culture » à forme d'art, en tant que production économique spécifique puis, après que l'hégémonie de l'économie se fut définitivement installée, à toutes les productions matérielles qui furent fabriquées pour combler l'atroce vide métaphysique laissé par l'Apocalypse concentrationnaire/nucléaire. De fait est désormais de l'ordre de la « culture », tout ce qui dans l'économie de marché de troisième type vend du symbolique et de l'imaginaire, soit 90 % ou presque de la valeur ajoutée produite aujourd'hui par l'Occident. Or, la « culture » ce n'est ni une poterie grecque, ni un masque africain, ni une icône religieuse du IXe siècle, ni une icône pop de l'âge cathodique, la « culture », c'est ce qui, à l'intérieur de chaque classification matérielle des productions objectives humaines, la transcende par l'irruption d'une synthèse supérieure, et qui généralement ruine les conceptions « culturelles » de son temps (qui sont ici de simples conceptions grégaires, socialisées), c'est ce qui, étymologiquement, cultive l'homme, comme une plante, qui croît toujours en direction de la lumière. La « Culture », dirons-nous, donc, c'est ce qui dans la « culture » tire l'organisme vers le haut, ce tropisme mystérieux qui fera d'une œuvre, même simple, une œuvre d'art.

Enfin, je me permettrais simplement d'apporter une nuance à votre comparaison, tout à fait justifiée, entre « Peggy Sue » et une œuvre de Shakespeare, ou disons la Neuvième de Beethoven, pour user d'un archétype musical : certes cette chansonnette adorable ne fait pas le poids avec les chefs-d'œuvre susmentionnés, mais ne pourrait-on pas convenir néanmoins que certaines chansons de Hank Williams, ou de Robert Johnson, ou de Woody Guthrie (qu'on peut identifier comme les « racines » du rock'n'roll, il me semble), ainsi que certaines pièces des Beatles, Eno, Bowie, P.I.L. ou Kraftwerk (qui en furent les terminaisons les plus avancées), n'ont rien à envier à nombre de lieder du siècle passé, ou à quelque courte pièce de musique de chambre composée pour la cour de Louis XIV ou de Guillaume d'Orange ? Dans quelques cas, même, ne sommes-nous pas forcés de constater que nos artistes « électriques » ont, c'est-à-dire auront, dans l'héritage des siècles, plus d'importance que bien des médiocres compositeurs « baroques », « classiques » ou « romantiques », voire « sériels » ou « électro-acoustiques » qui sévirent à leurs époques respectives, et qui sont aujourd'hui complètement oubliés, ou en passe de l'être ? Non seulement Salieri ne faisait pas le poids vis-à-vis de Mozart, mais il souffrirait encore de la comparaison avec le compositeur de Before and After Science *et* Another Green World.

Avec mes plus cordiales et confraternelles salutations,

Maurice Dantec,
le 14 novembre 1999.

(Copie d'une lettre envoyée à l'écrivain Gaétan Soucy deux semaines plus tard.)

*

Comment créer un objet littéraire qui ne laisse prise à aucune tentative de classification de la critique journalistique ?

Il faudrait que j'ose faire de ce *Théâtre des opérations* plus qu'un simple champ de mines philosophiques et que je sache y injecter la fiction, ce que d'aucuns osent appeler « autofiction ».

Mais n'est-ce pas précisément ce qu'est en train de produire en parallèle cet objet étrange, ni journal intime, ni chronique de l'actualité, ni essai critique, ni pamphlet philosophique, ni acte de sabotage moral, ni même acte de foi, et pourtant un peu de tout ça en même temps, sans le moindre chapitre, tout juste quelques dates, un simple interligne pour les soupirs, un triple interligne pour les silences, le flux de la parole dans toute la splendeur de cette nouvelle liberté, cette sublime aliénation métaphysique, métachrétienne pourrait-on dire, qui m'anime maintenant depuis des mois ?

Il y a quinze jours, le Réacteur métaphysique est entré en masse critique, ce que *Le théâtre des opérations* préparait, sans que j'en eusse vraiment conscience (quoiqu'un secret espoir que cela survienne m'animât), a irradié de sa surface constellée de cratères. Les premières pages d'un nouveau roman sont apparues.

Quoi que j'aie pu dire par ailleurs, en particulier lors de ces pénibles consultations de l'opinion que sont les interviews promotionnelles, aucun de mes livres précédents ne peut être considéré autrement que comme un débarbouillage préalable, une vaine agitation dans les méandres devenus filandreux du « naturalisme », du « réalisme » dirait-on aujourd'hui, dans le but pourtant éperdu d'y injecter suffisamment de virus mutants, en provenance d'autres formes de littérature, afin qu'en surgisse *autre chose*, dusse-t-il s'agir d'un monstre. Cette agitation n'avait pas d'autre but, ce me semble, que de me délivrer d'un surplus de graisse narrative, que mon cerveau, mal occupé par ailleurs, avait laissé se former en épaisses couches, et que cette primitive trilogie romanesque eut pour charge de faire disparaître, dans des courses-poursuites de cinq cents pages et plus, qui épuiseraient en effet le plus athlétique des marathoniens.

Quelque chose survient, *est survenu*, quelque chose qui me maintient éveillé jusqu'à l'abrutissement terminal du bout de la nuit, quelque chose que je n'avais pas su, ou voulu nommer jusqu'à présent et dont je vois la radiation transparaître, au fur et à mesure de la tâche.

Quelque chose que j'ai créé, que j'ai produit, *presque* inconsciemment, quelque chose qui se tapissait dans mes œuvres précédentes, sous bien des aspects narratifs ou psychologiques, et sous d'infâmes brouillonnages de la langue, oui, quelque chose demandait à naître, mais, reconnaissons-le, avait statistiquement très peu de chances d'apparaître.

Je ne saurais dire avec précision quand ce travail détersif inconscient a commencé, mais je suis en mesure de fournir — surtout à moi-même — deux ou trois indices.

En 1995, le succès (dans le double public du roman noir et de la science-fiction) des *Racines du mal*, aussi inattendu qu'inespéré, me fit opter pour la mauvaise voie, pour ne pas dire la pire de toutes : celle qui consiste à suivre la tendance lourde, surtout s'il s'agit de la sienne propre.

Soyons honnête, que pouvais-je attendre de plus ? Bombardé en l'espace de deux ans « Prince du Neuro-Polar » ou « Maître du Thriller Cyberpunk », j'en passe et des meilleures, représentant une des meilleures ventes de la collection, il ne me restait plus qu'à chausser les pantoufles de la célébrité, endosser la luxueuse robe de chambre du succès à répétition, et finir dans je ne sais quel café littéraire à recevoir des prix ou conférer sur l'Œuvre que je n'aurais pas produite, triste destin, tragiquement grégaire, qui accable la plupart des petits-bourgeois lorsqu'un premier travail croise avec fortune la route du public et des marchands de l'édition.

Le cinquantenaire de la Série noire fut l'occasion pour le journal *Le Monde* de tester sa désormais prolifique revue d'été où de nombreux auteurs du genre ont eu depuis l'occasion d'exercer leurs talents. On me demanda une grosse nouvelle, cinquante ans ça se fête dignement. Par un naïf souci de ne pas succomber à l'Hommage, je décidai d'éviter le premier panneau venu et ne commis point le texte attendu et futile ambiance années 40 en tribut aux Vieux Maîtres. En revanche, je fis bien pire. Je décidai de translater l'hommage cinquante ans dans le futur et, en écrivant *Là où tombent les anges*, j'avais diablement conscience que je synthétisais des clichés disparates, venus d'à peu près toutes les « subcultures électriques » dont je parlais plus haut, une belle et précieuse estampe pop, mutante et décadente, à la fois technoïde et sombre, bref *tout ce que j'avais toujours rêvé de faire.*

Cette *novela* de soixante pages parut en septembre 1995, encartée dans un numéro du prestigieux journal. Je me rendais parfaitement compte que j'avais à ma portée un bassin d'environ 450 000 lecteurs potentiels. Ce n'était pas négligeable, et tout le monde avait bien conscience chez Gallimard qu'il s'agissait d'une opération décisive, qui allait donner un bon coup de turbo au rythme de vente, pourtant déjà soutenu, de mes deux précédents romans. Je n'avais plus qu'à transformer l'essai avec un récit étoffé qui reprendrait peu ou prou la thématique, le style et la structure de la nouvelle, et le tour serait joué. Personne, moi le dernier, n'aurait eu alors le toupet de parler ainsi, mais ce n'est pas jésuite que de dire gentiment que nous partagions tous plus ou moins cette idée en silence, mes éditeurs et moi.

Comment pourrais-je leur en vouloir ? Et comment battre ma coulpe ? Le succès commercial n'est-il pas l'aune de tous les jugements, troublant toute perception au point qu'on ne sait plus si ce succès dépend des qualités de l'œuvre ou des qualités de votre attachée de presse, ou plutôt si tout succès n'en cache pas d'autant mieux les faiblesses que s'y superposent avec abondance toutes les para- et périphrases qui viennent surinterpréter par la critique, ou vos propres âneries, le texte réellement produit, que le silence de l'auteur devrait, *doit* impérativement accompagner ?

Mais je n'étais pas conscient de toutes ces choses, et de bien d'autres, à cette époque qui me semble étrangement plus lointaine que certains souvenirs datant de mon enfance, et je me mis au travail dignement, en Bon Ouvrier Récompensé que j'étais, en pérégrinant de colloques en festivals, de salons du livre en conférences, comme tous mes confrères, toutes mes consœurs, de toutes les chapelles, toutes les obédiences, toutes les maisons d'édition, qui se retrouvent dans ces mêmes lieux infâmes où des fonctionnaires municipaux de la Culture, des auteurs le cul assis derrière leurs piles de bouquins dans l'absurde rituel de la dédicace, et des hordes de hot-dogs graisseux, au bout desquels s'agitent les mâchoires de touristes en bermudas venus acheter leurs livres de plage ornés du paraphe de l'auteur, s'entassent dans la moiteur des chapiteaux brûlants du haut soleil d'été de Provence ou de la Côte d'Azur, sous les trombes et dans la gadoue du Pas-de-Calais ou des Ardennes des mois d'automne, ou bien encore à l'ombre des vieilles pierres fleurant bon le moisi de quelque auteur historique breton, ou picard, en toute saison, dans l'attente de l'inexorable « pot d'honneur » où un maire rougeaud, ceint de son tricolore bavoir, viendra débiter un chapelet de plates saucisses fleurant bon la culture du terroir, pour le compte d'on ne sait quel sponsor local, hypermarché discount, puissant viticulteur, groupe d'artistes subventionnés ou association d'épais notables, sans lequel cette catastrophe ne serait point survenue.

Au tout début de l'année 96, fort de tous ces encouragements, je me mis sérieusement à la tâche.

Environ un an plus tard, un certain nombre de faits survinrent dans ma vie, éclairant mes jugements et, surtout, beaucoup plus important, je mis un terme à un « premier jet » d'environ six cents pages, dont je ne voyais plus la fin, et qui s'avérait un long et fastidieux canevas où l'histoire de *Là où tombent les anges* était dévidée jusqu'à plus soif, avec le secours inutile d'une seconde trame tortueuse à souhait qui ne faisait que rendre le tout moins comestible encore à mes yeux — je veux dire *pas assez toxique*, pas assez mutagène. Cela m'apparut un soir. Il y avait tout ce qu'il fallait pour faire un gentil petit best-seller, ambiance cyberpunk noir, ma *marque de fabrique*, mais ce n'était après tout qu'une banale enquête policière dans un univers de déglingue urbaine et d'archéotechnologies, avec une multitude de descriptions, d'actions et de simple psychologie, bref du naturalisme à l'état brut transposé au milieu du XXIe siècle, et rien de la métaphysique qui m'habitait en secret et tambourinait du plus fort qu'elle pouvait aux portes de ma conscience ne m'y semblait d'aucune façon perceptible.

C'était un échec, je devais me rendre à l'évidence, je m'étais trompé de voie.

En janvier 1997, le « manuscrit » de six cents pages disparut dans le grand broyeur digital et je n'eus qu'à laisser parler le Verbe dans sa vérité. Tout du moins les bribes que j'étais alors en mesure de retranscrire.

Il fallait à tout prix liquider en moi les fondements du naturalisme, celui-ci pouvait certes être utilisé, comme le reste, mais pas comme *matrice*, c'était ça l'erreur.

Je me mis à relire Beckett, Bataille, Blanchot, les premiers essais du Nouveau Roman, je cherchais désespérément un outil théorique pour sortir de l'ornière. C'est à cette occasion qu'un soir, chez ma sœur, je tombai dans sa bibliothèque sur plusieurs petits ouvrages consacrés aux techniques et aux ateliers d'écriture, je me souviens y avoir noté la présence redondante d'un nommé Jean Ricardou, qui passait à ce que je comprenais pour le pape incontesté des modernes techniques littéraires.

Et je me dois de confesser que c'est là que je trouvai la « solution » tant attendue !

Non pas, je vous rassure tout de suite, en suivant tel l'élève appliqué les prescriptions de ces fastidieux maîtres d'école structuralistes, mais bien plutôt en les prenant totalement à contre-pied, et ce jusqu'au pied de la lettre, si je puis m'exprimer ainsi en parlant de littérature.

Dans un des ouvrages, dont le nom ne m'est pas resté, je suis tombé sur l'explication du plan par excellence, tel que tout apprenti studieux se doit de le suivre, « avec sa sensibilité personnelle » cela va sans dire.

Voici en gros (je cite de mémoire) ce que cela donnait :

1) Exposé plus ou moins général de la situation. Harmonie et équilibre initial.

2) Facteur de désordre (nature, individus, société). Changement de situation.

3) Confrontation. Crise dramatique.

4) Résolution dialectique de la crise. Choix.

5) Retour à l'état d'équilibre et d'harmonie. Fin.

Un tel positivisme, un tel hégélianisme si platement exposé, confinait au pur désastre, nous en sommes bien d'accord, mais ce bêtifiant exposé structural de *tout ce que ne doit pas être la littérature* pouvait, si j'osais tout simplement en inverser systématiquement les termes, me conduire avec un peu de chance à quelque résultat.

C'était tout ce que j'avais, une très évanescente intuition, mais la chose brûlante qui voulait sortir de mon esprit admit que cela était bien, que cela serait bon pour la suite des événements.

Voici donc ce que cela donnait, après cette simple opération d'inversion des valeurs, que je croyais nietzschéenne en diable :

1) Chaos initial. Singularité phénoménale.

2) Élément régulateur. Loi, politique, technique ou religion, voire tous.

3) Ordre temporaire. Évolution secrète.

4) Entropie et contraintes thermodynamiques. Nexus des possibles.

5) Nouvelle entreprise génésique. Naissance.

En dépit des défauts inhérents à de tels arrangements, il faut bien reconnaître que cela avait de l'allure.

Et surtout cela correspondait comme par magie à la trame plus que rudimentaire qui depuis quelques mois, alors que je peinais encore sur le roman raté, faisait, d'une simple idée parallèle que j'avais notée dans un coin, le germe d'un petit tubercule, encore enfoui dans le silence funéraire du cerveau, mais grossissant à vue d'œil chaque jour : l'idée d'une schizophrène devenant le salut de l'humanité, une sainte Marie des Cosmodromes (titre provisoirement adopté) avec laquelle je convierais Toorop et Darquandier, les deux personnages principaux de mes précédents romans, à une expérience terminale, donnant naissance au Successeur de l'Homme.

Cet antiplan d'atelier d'écriture collait si bien à cette idée que je me suis demandé un moment si le modèle de base n'avait pas été conçu dans cet unique but d'être inverti, et dans l'ignorance bien sûr la plus complète de ses auteurs, comme bien des crimes dont la littérature est bardée. C'est avec cette certitude que par un jour de mars 1997 j'entrepris la rédaction de ce qui devint très vite *Babylon Babies*.

Jamais nul désappointement ne fut plus vif, passé les cent cinquante premières pages, que de constater qu'un plan n'est jamais qu'une carte dotée d'une échelle et d'une légende — je n'en avais pas établi l'ombre d'un fantôme pour mes écrits précédents —, et qu'elle n'est plus d'aucun secours lorsque les mots pompeux qui nomment les continents à explorer s'avèrent recouvrir de vastes *terra incognita*, où nul encore ne s'est vraiment aventuré, en tout cas pas selon l'état actuel de vos connaissances.

Voilà pourquoi, sans doute, un an plus tard, ayant achevé le « premier jet » d'un texte de cinq cents pages, avec plus d'une année de retard sur le contrat initial qui me liait à mon éditeur (le roman raté et jeté dans le néant numérique m'avait fait perdre douze bons mois), je fus dans l'obligation de constater, comme me le dirent sans ménagement Goldmann, mon lecteur, et Raynal, directeur de la SN, que j'étais magistralement passé à côté d'une « foutue grande histoire ».

Oui, c'était l'atroce vérité, je m'étais empêtré les pinceaux au beau milieu du livre, en ayant divergé insensiblement de son attraction principale dès la seconde partie. Il y manquait quelque chose, je le savais, quelque chose dont l'absence avait fait avorter le processus.

C'était une absence redoutable et très simple. Comme l'essence dans un moteur : aucun talent de mécanicien ne peut vous être d'un utile secours, sinon pour le diagnostic, au cas où la jauge ne marcherait pas. Si vous êtes en plein cœur du Sahara, ou du Takla-Makan, et que votre ultime jerrycan de secours se trouve des centaines de kilomètres derrière vous, sur un coin de la piste caillouteuse où il aura glissé, alors priez juste pour avoir pensé à apporter suffisamment d'eau et quelques provisions de bouche avec vous, ainsi qu'une couverture pour la nuit, parce que la marche va être longue jusqu'à la prochaine station-service.

Raynal m'accorda une année de plus, il parvint à reculer la sortie du livre à mars 1999. Autant dire que je m'attendais déjà à corriger des paquets d'épreuves jusqu'à l'extrême limite.

L'essence qui avait manqué au moteur n'était rien d'autre que le processus évolutionniste lui-même, cette dynamique particulière que l'antiplan recelait, et que j'allais personnifier par son degré le plus haut, soit l'intelligence artificielle émergente Joe-Jane.

Je repris le roman dès la seconde partie, pour

introduire cette créature, ne conservant que les passages clés de la troisième et de la dernière, réécrivant une bonne partie de la quatrième et, fin décembre 1998, après un premier jeu de corrections sur épreuves, je pus me rendre compte que j'avais partiellement réussi à sauver ce roman. Tout juste. C'était loin d'être l'accomplissement rêvé, mais enfin, il correspondait au moins aux attentes minima de l'antiplan. Je le livrai donc à Gallimard.

J'étais quelque peu amer. Quelque chose résistait obstinément à mes tentatives. Ce demi-échec, selon moi, témoignait de l'extrême dureté de la carapace derrière laquelle la vérité se cache, se tapit, au fond de toute œuvre. Vous avez beau gratter, rien n'y fait, ce sont vos ongles qui s'usent. Certes ce n'est pas au moment de la sortie de votre roman, surtout si elle est accompagnée d'une bonne grosse fanfare médiatique, que vous allez scier avec méthode la branche sur laquelle vous êtes assis sous le feu des projecteurs, et vous engager ainsi dans l'autocritique scrupuleuse des écrits qui sont mis en vente par articles de presse interposés. Non point que l'idée ne vous traverse pas l'esprit à tout moment mais, à l'époque du moins, elle se voyait sévèrement critiquée par un faisceau de théories adverses, le plus souvent tacitement acceptées par chacun d'entre nous, et par moi en tout cas, dont la moins rigoureuse n'est pas la baisse tendancielle du taux de profit.

Cette vérité, qui avait résisté à mes trois tentatives successives, je me devais néanmoins de la produire, coûte que coûte, car si la théorie de la baisse tendancielle du taux de profit s'avère correspondre à certaines des lois inflexibles qui gouvernent notre économie marchande, il existe aussi des lois, plus inflexibles encore, qui commandent à l'orgueil de certains individus.

Que ce soit « grâce » à un tel « péché », par une telle démoniaque obstination, que finalement la Lumière a fini par apparaître, en un mince et diaphane rayon qu'il s'agit maintenant de ne plus perdre, de suivre aveuglément telle la phalène esclave de la lampe, en remontant patiemment son flot jusqu'à la source, est pour ainsi dire un miracle que rien ni personne, pas même moi, n'aurait pu empêcher ; que cette vérité ait à tout prix voulu s'extraire des mensonges fictionnels que j'avais empilés, tel un tas d'ordures végétales compressé par les siècles et les forces de la gravité finit par accoucher d'un diamant, qu'il s'agira encore de savoir trouver, au fond d'une mine qu'il s'agit de creuser, avec un appareillage qui reste à inventer, est pour moi un mystère ; oui, qu'il eût fallu tant d'épreuves et tant d'absurdes illusions défaites pour comprendre que l'écrivain qui pratique son métier comme un notaire, huit heures-cinq heures, avec une pause-déjeuner vers midi, est une catin, que celui qui le pratique comme un dilettante, le week-end, pendant les vacances, ou entre deux boulots, ou deux trahisons, est un fumiste, que celui qui discourt à n'en plus finir sur ses œuvres à la télévision, ou ailleurs dans la presse, est une guenon hystérique, à qui il faut arracher la langue de toute urgence, que celui qui dit écrire doit d'abord se taire, que ses mots n'ont une portée que dans le silence exténué, stupéfait, ou horrifié qu'ils provoquent, oui, qu'il ait fallu par ailleurs tant de douleurs pour qu'en moi de telles certitudes enfin prennent racine, fleurs des neiges et des hautes solitudes, c'est, je le dis tout net, une véritable *bénédiction*.

Chaque nuit, vers cinq heures du matin, lorsque la fatigue commence à produire ses effets, et que je relis une dernière fois les traces laissées par cette étrange activité sublunaire qui emporte la conscience au-delà des mots qu'elle consume, oui, chaque nuit, très tard, mais avant que les primitifs lavis de l'aube ne déteignent le ciel noir-pourpre de la ville, je fais une action de grâce, une prière pour le don du Verbe lorsqu'il a fulguré dans toute sa splendeur, à l'échelle de mon pauvre cerveau humain. En face de moi la croix de néon du mont Royal et les hautes antennes jumelles qui la complètent, trinité électrique du religieux et de l'information, restent fermées à toute interprétation, à tout éclairement, elles sont de purs objets, qui sont *autres*, qui ne semblent pas plus là pour nous que le reste des bâtiments de la cité, buildings, autoroutes ou lieux de loisirs, leur fonction réelle (transmission de l'information) reste incidente par rapport à leur manifestation physique, banalement visuelle et tout juste décorative ; dans cette trinité, la croix catholique centrale et son pourtour criard façon enseigne de casino à Las Vegas pourrait se mettre à clignoter en indiquant d'un slogan choc les voies de la Rédemption, sur un air de rock' n' roll endiablé et les gueulements publicitaires d'un annonceur quelconque, qu'on n'en serait pas plus étonné. Qu'une de ces nuits, ce soit les deux relais radioélectriques qui s'auréolent de la Sainte Lumière, tombée des astres telle l'eau des glaciers de la Lune, dans un grésillement de pur bruit blanc qui couvrira jusqu'aux déjections les plus sonores, et personne ne s'agenouillera dans les rues, ou sur sa terrasse, car ceux qui en noteront l'occurrence croiront au lancement fastueux du nouveau disque de Céline Dion ou de Marilyn Manson.

C'est pourquoi il est rappelé dans les Écritures, à maintes reprises, et sous diverses analogies, qu'il faudra les trompettes de l'Apocalypse pour tirer l'homme de son confortable sommeil de bétail enrichi ou des turpitudes fangeuses dans lesquelles il se vautre tel un cochon bienheureux. Ses oreilles sont pleines de suif et il se dit mélomane. Ses yeux sont clos à toute lumière sauf lorsqu'il s'agit de les écarquiller, béants, offerts comme les cuisses écartelées d'une putain à l'hypnose de l'or. Son sexe est couvert de chancres mais il continue de l'astiquer dans tous les orifices qui se présentent. Sa langue grouille de pustules purulentes mais il continue de nous assommer de ses discours et de ses bavardages fétides.

Il n'est plus rien en lui qui n'incite au dégoût si ce n'est la perspective de son extinction.

*

Sur TV5, lors d'un débat sur le régionalisme et la France, Max Gallo, citant Saint-Just (!), tombe le masque dès la première minute. Cela vient de se produire à l'instant, les mots sont tout frais dans ma mémoire, comme les traces d'un crime tout juste accompli ; je note pour la postérité cette définition lapidaire, et révélatrice, du socialiste-bonapartiste de choc de la Ve République :

Une *nation*, ce n'est pas le sol, c'est une *communauté d'émotions*.

Osons le dire, Gallo s'est fendu de la plus belle définition fasciste de la nation depuis le numéro des duettistes Doriot et Déat. De la part d'un vieux copain de François-la-Francisque, on ne saurait rien attendre de mieux.

Mais les pires turpitudes cathodiques dégagent parfois, involontairement, un petit éclat de perle, au milieu du limon.

Un reportage, lors de cette même émission animée par cet ex-gauchiste devenu star de l'audimat qu'est Michel Field, nous montre une institutrice de la République, à la Réunion, territoire français d'outre-mer légiféré par le centralisme national cher à notre beau pays. Pour ne pas m'appesantir indéfiniment sur le sujet je ne dirai que ceci :

— Ce que ce reportage nous démontre, encore une fois si besoin est, et sans doute involontairement, c'est que la France est incapable de gérer ce qui lui reste de feu son Empire. Pas de « Commonwealth », mais un statut vaguement régional au sein de la République. Conclusion ? Les liens entre la Réunion et les Antilles, ou la Nouvelle-Calédonie et la Guyane, passent par les ministères sis à Paris !

— C'est pourtant de ses marches que viendra l'hypothétique salut de la métropole, comme en 1940. Car c'est sur ces petits îlots disséminés de l'Atlantique au Pacifique en passant par l'océan Indien qu'un véritable projet français synthétique pourrait prendre forme, bien au-delà de tout ce que la francophonie d'État est en mesure de produire.

Une authentique Fédération des peuples français reste à faire, en attendant que celle des peuples d'Europe surgisse enfin de la crasse médiocrité de ses élites.

Ce romantisme national infantile n'est pas l'apanage des « souverainistes » français sauce Gallo ou Debray ; au cours de ce débat télévisé fort ennuyeux au demeurant, j'ai eu l'occasion de constater que, face aux épigones des « identités nationales » corses, basques ou bretonnes, Gallo donnait plutôt l'apparence d'un patricien stoïque. Alors que tous s'expriment en français, avec parfois le plus bel accent pointu qu'il soit donné d'entendre, ils sont *avant tout* corses, basques ou bretons. Avant tout.

C'est tout dire.

Plus tard, même émission, une brochette de propagandistes de la bouffetance, grands cuisiniers et intellectuels du Gault-et-Millau, nous font le coup de la France-Championne-du-Monde-du-Bon-Produit-du-Terroir, avec interviews de bonnes femmes dans leurs hypermarchés en guise de référent « démocratique » (un de ces micro-trottoirs si « proprement » dénommés, cela évoque on ne sait quelle motocyclette à crottes de chien, ce dont il s'agit en effet). Ça dure des heures. C'est insane. Un tel contentement de soi, une telle absence de conscience minimale de la planète sur laquelle nous vivons, ce nationalisme de casseroles et de marmites ne nous incitent plus qu'à imaginer le moment où tout ce beau monde, toute cette nation si fière de ses intestins, se répandra par en dessous, comme dans le film de Ferreri, dans une ultime convulsion qui n'intéressera au demeurant plus personne.

Voici où nous en sommes, avec la bénédiction de toutes les institutions nationales (de Bernard Pivot aux Académies) : une recette de cuisine est désormais une « œuvre culturelle », au même titre que les livres de Goethe ou de Salman Rushdie, une chansonnette dévidée dans un patois microscopique est le travail d'un talentueux « artiste » régional, interrogeant directement le sens d'une phrase comme « Elizabeth Schwartzkopf ou Billie Holiday furent de grandes *artistes* », une bande de trous du cul se prenant pour Malcolm X débitent un lot d'obscénités et de platitudes sociales et nous voici devant les « haut-parleurs d'une génération » ; le rock est devenu une grand-messe où des foules en délire adorent les icônes marchandes de Che Guevara ou de Charles Manson (choisissez vos valeurs dans le grand hypermarché des représentations, Noir ou Blanc, Bien ou Mal, Révolution ou Décadence, *choisissez sans entraves* puisque ces simulacres fonctionnent pour une seule et même économie !), et où un public sans cesse plus libre, plus blasé et plus ennuyeux cherche dans l'émiettement micronomique des logos publicitaires et des marques de fabrique une voie de salut aussi absurde que vaine : heavy metal, black metal, death metal, dark metal, gothic rock, hard rock, punk rock, stoner rock, ska, noisy pop, technopop, indie rock, progressive rock, acid jazz, garage, house, techno, ambient, transe, drum'n'bass, big beat, hardcore, indus, funk, soul, disco, hip-hop, rap, electrofunk, cette explosion de nomenclatures ne fut certes pas « calculée » en haut lieu par je ne sais quel complot d'agents du Big Brother corporatif. Nous sommes les agents. Ce complot est nôtre. Big Brother, c'est nous. C'est nous qui avons ainsi fractionné en étiquettes pour bacs à disques et rubriques de presse les secrets génésiques de la musique, nous, c'est-à-dire ce public particulier de l'âge électrique, où tout un chacun touche un peu de la guitare, des *drums*, des synthés, *et a déjà joué dans un band* — comme disent les Français d'Amérique ; ce public de musiciens amateurs et de *rock critics* en herbe ou de futures pop stars, déjà vieux de plusieurs cycles de la marchandise, s'autocélébra sans vergogne passé le milieu des années 80, disons 1984, date à laquelle le rock s'enterra lui-même, dans un procédé de recyclage et de *revival* qui continue encore aujourd'hui, et où ses ultimes terminaisons créatrices, le hip-hop (à partir du R & B et du funk), la cold wave (à partir d'expérimentations oubliées des sixties ou des early seventies) et la techno, au confluent des deux, permirent aux musiques pop électriques non seulement de survivre jusqu'à la fin du siècle, mais de contaminer l'appareil marchand au point que plus une pub n'est aujourd'hui conçue sans une bande-son où l'un ou l'autre des genres précités sera utilisé.

C'est qu'à partir du milieu des années 80 un phénomène nouveau est apparu, un phénomène que nos grands frères de 1968 n'avaient pas vécu, et encore moins prévu. Un phénomène de soudaine agrégation.

Jusque-là, et pour des raisons sur lesquelles je ne peux revenir maintenant, le rock (au sens de musique pop électrique générique) avait constamment témoigné de la confrontation ouverte avec les « générations » précédentes : les pionniers des années 50 virent leurs 45 tours brisés en direct à la télévision par des animateurs trentenaires ou quadragénaires pour le moins hystériques, qui avaient dansé comme des dingues sur le swing honni de leurs propres parents dans les années 40. Vers 1965, alors que le yé-yé avait prospéré sur les cendres du rock'n'roll originel, les Beatles, les Stones, les Who et une poignée d'autres groupes, britanniques pour la plupart, se rebellèrent contre cet état des choses. À nouveau on brisa des disques et on brûla des effigies. Vers 1975, le rock hippie protestataire n'était plus que la caricature du baroque psychédélisme du *Summer of Love*, devenu *Summer of Hate* avec Nixon, Manson et Altamont, et le punk vint méchamment ébranler l'édifice.

Ce fut la dernière fois. Et pour une raison bien simple : à partir des années 80, toutes les générations successives de la musique pop électrique sont rapidement réunies dans la même énorme machine industrielle du show-business. Les pères fondateurs de la firme, dont les portraits ornent les vastes halls d'entrée, entamèrent leur carrière aux alentours de la Seconde Guerre mondiale, aux origines de la radio et du microsillon. Les big boss du conseil d'administration connurent leurs premiers émois adolescents sur *Peggy Sue*, *Blue Suede Shoes*, *C'Mon Everybody*, ou l'une ou l'autre des chansons d'Elvis. Leurs directeurs généraux usèrent leurs semelles à Carnaby Street, au Marquee ou en suivant Bob Dylan. Leurs directeurs de division fumèrent des joints à Woodstock, Monterey et furent roadies pour Pink Floyd ou Led Zeppelin. Les sous-directeurs furent des fans de Roxy Music, de Bowie ou de Genesis. Et les cadres de base arboraient une crête rose, ou verte, et avaient quitté le lycée après avoir écouté les Clash, les Sex Pistols ou The Exploited. Ne restait plus qu'à continuer, avec les nouveaux marchés émergents du « post-rock », rap, techno ou musique industrielle, jusqu'à leurs limites, époque terminale que nous sommes en train de vivre.

De plus, à partir des années 80, des industries autrefois séparées entrent en *synergie*, comme on disait pompeusement à l'époque. Le phénomène décrit plus haut comme processus central dans l'industrie de la musique pop, se retrouve à la même échelle dans les sphères de la publicité, de la télévision, du cinéma, de l'édition et de la presse, ainsi que dans les pléthoriques administrations culturelles, bref dans toutes les autres branches de cette « industrie de la communication » dont les bienfaits nous furent vantés par des hommes du sérail, tels Seguela et Rosnay. Comme Falardeau le fait remarquer dans son ouvrage (*La liberté n'est pas une marque de yoghourt*), très vite les intérêts entre ces divers géants corporatifs convergent. Le vidéoclip, la pub, le cinéma pour adolescents, la presse jeune forment des marchés en pleine expansion, que ces conglomérats multimédia cherchent par tous les moyens à pressurer jusqu'à la pulpe. Désormais une ligne de produits culturels formera une boucle, permettant un recyclage complet et infini. Un film pour ados comportera une bande-son signée d'un groupe rock, pour lequel on réalisera un vidéoclip avec les images du film, vidéoclip qui servira de bande-annonce au film, dont la musique sera par ailleurs réexploitée par un des grands sponsors de l'opération afin d'écouler ses stocks de boissons gazeuses dans les cinémas où la superproduction sera projetée, comme dans les salles de concert où le groupe viendra livrer, souvent *chèrement*, sa performance.

Or, nous faisons tous plus ou moins partie désormais de ce vaste réseau d'industries dévouées à la production de symboles ou de biens matériels eux-mêmes producteurs de symboles. Le concepteur d'une campagne de publicité pour telle marque de voitures va choisir telle intro de tel titre de tel groupe qu'il aura vu la veille au Spectrum (Montréal) ou à la Cigale (Paris) pour accompagner sa « création ». Le réalisateur à qui l'on demandera de bien faire briller les chromes aura sans doute dans son port-folio quelque vidéoclip pour un groupe de new wave texan, ou un orchestre de blues de la banlieue de Colmar. Le critique qui aura vu le même groupe au même endroit le même jour, et livrera son article le lendemain, fut lui aussi, autrefois, concepteur-rédacteur dans la pub et fit un jour la même chose pour une marque de savonnettes, son petit ami travaille pour un couturier très en vogue et il lui soumettra l'idée de placer cette musique sur son prochain défilé, et d'ailleurs il connaît très bien la petite copine du réalisateur qui a fait le vidéoclip du groupe dont la musique sert à illustrer la dernière publicité trucmuche à l'époque où il jouait avec elle dans un groupe de hard rock à Bécons-les-Bruyères (ou à Chibougamau).

Le monde de la « culture » est incroyablement petit, il rapetisse au prorata de sa croissance. Tout le monde s'y connaît, même si on ne s'est jamais vu, et ce qui est certain, c'est qu'on y partage à peu près les mêmes « valeurs ».

Cette culture est nôtre, que nous l'ayons voulu ou non, elle est un état de fait du monde occidental, et j'oserais du monde tout court.

Ce qui compte désormais, c'est de faire de ces décombres postnucléaires une authentique « Culture », c'est-à-dire un acte de sabotage contre l'homme, sa fainéantise comme son « sens du travail », contre ses routines, ses turpitudes et ses servitudes, cette « culture pop » désormais dominatrice n'est rien d'autre que le fantastique tas de déchets qu'une société hyperindustrielle a amassés pour produire une poignée de chefs-d'œuvre, dont il s'agira non seulement de retrouver la trace dans ce chaos, afin de les en extirper pour la mémoire des siècles, mais plus encore d'en faire les éléments actifs, primordiaux, d'une nouvelle synthèse esthétique et métaphysique.

Cinquante ans entre le romantisme et, disons, le naturalisme, vingt-cinq entre ce dernier et le symbolisme, quinze ans plus tard l'expressionnisme, suivi aussitôt d'une guerre mondiale puis de Dada et du surréalisme, bientôt suivis d'une seconde guerre mondiale... Et le processus recommence, sur les bases fantomatiques d'une civilisation humaine anéantie. Ce que les sociétés produisaient en un demi-siècle, nous le consommons aujourd'hui en une année, que dis-je, en une seule journée !

Les distances qui séparent les nécessaires renouvellements esthétiques, toujours plus petites, deux ans maximum aujourd'hui, parfois quelques semaines, témoignent du degré d'épuisement de la forme par la matière auquel le cycle terminal de la marchandise est sans cesse confronté, et qu'il se doit d'impérativement combler par la production sans cesse croissante de nouveaux objets, de nouveaux symboles, de nouveaux discours, de nouvelles « cultures », sans laquelle l'illusion de la grande stase techno-économique ne pourrait être maintenue une seule seconde.

Cette hypercréativité « culturelle » ne doit pas faire illusion, dans un sens comme dans un autre. Nous ne pouvons nous méprendre au sujet de sa paradoxale fonction régulatrice dans un monde voué aux délices de la matière, mais nous ne pouvons pas non plus la rejeter en bloc, ne serait-ce que pour la bonne raison que nous n'avons rien d'autre, et surtout qu'en dépit des apparences il apparaît çà et là, au milieu de la fange, de véritables œuvres d'art, des vérités toutes nues souillées par les flots immondes alentour mais qu'il s'agit de sauver, précisément, et surtout, osons le dire, qu'il s'agit de produire, de toute urgence.

Nous sommes le Christ (nous en sommes les porteurs, le potentiel). Nous nous sommes donc crucifiés. Puis nous avons fait un Dieu de nous-mêmes (de ces petits fragments de potentiel nommés ego, histoire ou société). Puis nous l'avons dissous dans le feu de la science et l'estomac de la marchandise. Et *apothéose* —, si je puis dire, nous avons créé l'idolâtrie consumériste, où les idoles dévorent les hommes avec moins d'empressement encore que ceux-ci n'en mettent à les *consumer*.

S'il y a quelque Loi en cette Nature, alors l'homme est un crime.

*

Chaque cellule du corps humain contient le même ADN. Le corps humain est composé de cellules parfaitement dissemblables réalisées à partir du même « patron », voilà qui semble à première vue paradoxal et ne correspond guère avec le modèle d'un corps humain divisé en « organes » aux « fonctions » spécialisées. Car si la cellule du foie était dévolue à cette seule tâche, le gène qui lui correspond lui serait largement suffisant. Qu'est-ce qui fait que toutes les cellules différenciées, hautement « spécialisées » du corps humain ont besoin du même ADN que celui de toutes les autres cellules ?

C'est que nous ne comprenons toujours pas ce que le mot *information* veut dire. L'ADN n'est pas qu'un programme inscrit au cœur de nos chromosomes, en réécriture permanente par ailleurs, c'est surtout un moyen de communication entre les cellules du corps humain, une formidable messagerie bioélectrique qui constitue un système d'information général et *en temps réel* sur le passé, le présent et le devenir de tout l'organisme. Lorsqu'une cellule est transformée par l'*intron*, ce « virus » narcissique, consumériste et totalisant du cancer, elle se coupe de ce système d'information, et dans sa vaine quête d'immortalité individuelle, répliquant le même au même dans une production infinie, elle ne fabrique plus qu'un vain et fatal objet sans forme, ni plan, ni synchronicité, rien de plus qu'un programme bouclé sur lui-même dans la fascination répétitive du néant surproductif.

Le clonage réplicatif, c'est le moment où l'homme lui-même va devenir une métastase.

On sait que le cancer se développe à partir d'une cellule dont le génome accidentellement modifié la fait se reproduire à l'infini, sorte d'« épidémie virale » interne qui peut se transmettre d'un organe à un autre, « sauter » d'un type de cellule à un autre, et dans les cas les plus fulgurants emporter dans sa démesure chaotique la totalité de l'organisme en quelques mois.

Ainsi une cellule de foie platement reproduite à l'identique ne fait pas un foie. Elle forme une masse afonctionnelle de tissu cellulaire constituée de cellules du foie, point. Il lui manque le plan d'ensemble, et surtout il lui manque cette autoprogrammation, cette *in-formation* constante qui fait qu'une cellule *s'adapte à l'évolution des autres* cellules avec lesquelles elle forme la complexe biocybernétique humaine.

Sans qu'aucun de nous le désire vraiment, à part peut-être quelques esprits étrangement éclairés comme le mien, nous vivons sans doute une des plus belles périodes crépusculaires de l'histoire *humaine*, celle de son crépuscule même.

Vers l'an – 100, la République romaine croisait déjà dans les eaux de la décadence. Désormais maîtresse incontestée de la Méditerranée, les Carthaginois vaincus, et leur cité proprement éradiquée, les Grecs et les Macédoniens défaits, l'Égypte au pied, la Palestine et la Phénicie sous contrôle, ses frontières asiatiques plus ou moins héritées d'Alexandre, Rome était un empire dans les faits avant que de s'en attribuer le titre. La corruption, le mercantilisme, le juridisme, l'incohérence et le manque de vision, bref les plaies habituelles de toutes les bourgeoisies marchandes commencèrent à miner l'édifice. L'aristocratie patricienne des origines avait été dûment saignée pour le service de l'État, et nombre de ses hommes d'armes étaient morts lors des guerres puniques, pour la prise de Corinthe ou de Sparte, et pour assurer la sécurité des lignes maritimes commerciales, des Colonnes d'Hercule jusqu'aux côtes phéniciennes, et de Libye en Illyrie. La bourgeoisie marchande romaine s'offrit des sièges au Sénat, l'austère administration de type militaire des origines de la République, celle des Caton et des Cincinnatus, se transforma en une énorme bureaucratie juridico-politique au service d'intérêts mouvants, fluctuant au gré des changements d'alliances économiques et des coalitions qui faisaient diversement pression sur les sénateurs, les juges, les procureurs, les questeurs, censeurs, et les innombrables rouages de l'opulente machine politico-marchande qui enrichissait grassement nombre de citoyens de la République.

En l'espace de deux ou trois générations le cynisme se substitua à la grandeur, l'affairisme à la démocratie, l'iniquité à la justice, le sadisme à la cruauté.

Les gras bourgeois repus de leurs commerces d'esclaves ou d'autres marchandises en provenance des quatre coins du territoire et les salopes parvenues avec eux au faîte de l'édifice social se fichaient pas mal des auteurs grecs ou latins, des héros, poètes et philosophes que cette civilisation allait laisser en héritage pour des hommes qui naîtraient quinze siècles plus tard, leur vie de cloportes comptabilisant leurs sesterces demandait son quota d'émotions fortes, les plus vulgaires possibles, partouzes et mises à mort d'êtres humains conjuguées, achevant de rabaisser la pratique des sacrifices en cours depuis les lointaines origines mythiques de la Cité au rang de programmes d'abrutissement massif des consciences et de déchéance des corps, avec lesquels seules certaines émissions de nos modernes télévisions pourraient rivaliser dans l'ordure.

Très vite, le navire devint ingouvernable, puisque ingouverné, avec l'assentiment tacite de tous les intérêts rivaux qui venaient se côtoyer chaque semaine au cirque, afin de voir une cohorte de gladiateurs s'entre-tuer jusqu'au dernier durant tout un après-midi.

Les frontières du vaste empire encore innommé s'effritaient sous la poussée de divers peuples barbares, Germains, Parthes, Berbères. La corruption atteignait de tels degrés que la machine ne tournait plus rond du tout et que l'impressionnant édifice politico-économique édifié par Rome en quelque sept siècles menaçait de s'effondrer sur lui-même, sous son propre poids, tel un obèse mourant dans les replis de sa graisse.

César passa le Rubicon, marcha sur le Colisée, défit Pompée et put instaurer sa dictature, marquée par une vision de l'État qu'aucun de ses sinistres successeurs, depuis Tibère, n'eut jamais l'espoir de posséder un jour, mais telles n'étaient pas leurs ambitions. Le capitalisme marchand romain avait tué la République, l'Empire lui-même n'était rien d'autre qu'une fiction, une farce macabre où la bourgeoisie romaine fit valser ses généraux et ses consuls, ses dyarches et ses dictateurs avec le rythme des tangos ou des sambas latino-américaines, tout en se vautrant jusqu'au fond de l'immondice avec ses interminables successions d'empereurs psychopathes. Certains de ces dictateurs, Vespasien, Titus, Trajan, Hadrien fourniront d'autres modèles que Tibère, Néron, Dèce, Caligula ou Héliogabale, mais rien ne pourra plus empêcher la tendance lourde de s'affermir au fil des siècles ; le Bas-Empire de Constantin se convertit au christianisme en désespoir de cause, me semble-t-il, alors que la paupérisation des villes est déjà bien amorcée, que les frontières ne tiennent plus que par l'emploi de gardes germaniques, grecques ou thraces, que les religions usées de leurs dieux de pierre aussi morts que leurs hérésies d'importation se voient confrontées à l'absolue supériorité de ce monothéisme syncrétique qui achèvera, telle une bienfaitrice euthanasie, ce cadavre civilisationnel qui n'en finit pas de mourir.

Il est temps pour des peuples neufs, tout juste sortis des steppes, pas encore pervertis par l'historicité marchande et urbaine, de venir se ruiner sur cette hideuse contrepartie à la lente émergence de la pensée critique qu'est la bourgeoisie, mais l'Église de Rome s'interpose, et passé les premières expériences gnostiques, reniées plus tard par différents conciles, elle décide de corseter l'individu médiéval alors naissant dans un sublime écheveau de valeurs morales et de représentations cosmogoniques empêchant absolument une telle émergence.

Le savoir grec et latin est jeté avec les jeux du cirque dans les oubliettes du « paganisme », l'Église de Rome manque alors, il me semble, sa vocation première qui était de réconcilier la Connaissance et la Charité, la Polis et l'Ethos, de faire de l'économie marchande un instrument au service d'une production supérieure. Elle fait barrage, de tout son poids, bientôt immense, les turbines de l'or ne pompant alors plus que pour elle seule, ou presque. Elle jette les aristocraties européennes en pâture aux infidèles mahométans, puis, après que la dernière et catastrophique Croisade eut définitivement calmé les ardeurs de l'Occident envers la Palestine, elle ne fera rien, ou pas grand-chose, pour désamorcer la stupide guerre franco-anglaise naissant d'un non moins stupide problème de succession dynastique, et qui dressera pour cent ans, puis pour des siècles, les deux puissances européennes les plus capables d'alors, les plus à même de refonder un Saint Empire romain germanique s'étendant de la mer d'Irlande aux confins du Danube.

Tout cela ne pouvait déboucher que sur Luther. Le schisme protestant, c'est le moment où la bourgeoisie, compressée par des siècles de stricte orthodoxie catholique, c'est-à-dire de ce pharisianisme qui allait se trouver une seconde jeunesse sous la Renaissance avec ces dévots débordant de vers latins par tous les trous, ces jésuites humanistes que Bernanos et Maritain ont si merveilleusement conchiés, le moment, disais-je, où la bourgeoisie marchande, intermédiaire obligée de l'économie des sciences et des techniques, rompt le barrage, immergeant brutalement l'homme médiéval, tout juste armé pour les révolutions de la Renaissance, dans le flot tiède de la Réforme.

Cela fait longtemps qu'il est trop tard pour l'Église catholique, et le protestantisme, en dépit du saint esprit de justice qui soufflait en Luther, aboutit à ce que la Connaissance soit asservie au confort social et à l'enrichissement individuel, les valeurs intrinsèques de la bourgeoisie marchande, et non l'inverse.

Aussi, ces dernières semaines, mes lectures et mes réflexions m'ont-elles fait abandonner pour longtemps je crois tout espoir dans la Réforme, dans l'idéologie de Luther (je ne parle pas de ce névropathe de Calvin), pour autant je ne vois en aucun cas comment je pourrais me convertir au dogme qui en son temps envoya Giordano Bruno brûler en place publique.

Il me reste donc à admettre qu'en dehors de la parenthèse gnostique, de saint Augustin et d'une poignée d'autres, Pascal, Teilhard de Chardin, Dostoïevski, *le christianisme, c'est-à-dire la révolution générale de l'économie humaine* en vue d'une synthèse métaphysique et biopolitique supérieure, née de l'expérience christique et de son dévoilement en tant que vérité sur l'homme et son devenir, reste entièrement à faire, à réaliser, à inventer, et qu'il s'agit probablement du tout dernier moment où cela est encore envisageable, avant l'inévitable suicide collectif.

Ce christianisme encore à inventer, ce christianisme scientifique et biopolitique, ce christianisme de la Connaissance et de la Charité, ce christianisme de l'authentique Incarnation du Logos, non, ce christianisme ne pourra se passer d'une réflexion sur sa longue et terrible genèse, qui traversa vingt siècles de l'histoire humaine. Si ce projet revêt encore un sens quelconque aujourd'hui, il devra se confronter à des exigences qu'aucun pape n'est en mesure de surmonter, comme celles qui créèrent les différents schismes de la chrétienté, dont la Réforme, ainsi que ce que l'islam nous dit, à propos du danger d'édifier de nouveaux systèmes idolâtres, en la personne du Christ, ou de la Vierge Marie, ou des saints. Il devra se ressourcer aux vérités cachées du christianisme gnostique et oser rompre avec toutes les théologies jusque-là constituées, qu'il s'agisse de celles du concile de Trente ou de Vatican II, de celui d'Éphèse ou de Chalcédoine.

Il ne s'agit certes pas pour moi de vouloir ici édifier une nouvelle religion, syncrétique et œcuménique, ou de quelque type que ce soit, puisqu'il s'agit au contraire de dénoncer ce que *l'esprit religieux décadent*, *l'esprit des religions votives*, hérité des sombres heures de la décadence républicaine ou impériale romaine, a fait de l'expérience christique : un vénérable *culte des morts*.

Or il s'agit au contraire de faire du Christ la prochaine *science de la vie*.

Si le mot *christianisme* revêt un quelconque sens aujourd'hui il ne peut faire moins que de se donner pour projet une nouvelle émergence critique post-humaine, terriblement vivante, prodigieusement consciente, et pleine de miséricorde pour nous autres, nommée *Christ*, et qui sera notre enfant tout autant que nous serons les siens.

Que les pharisiens de tous acabits entendent bien ceci : l'authentique vérité frôle toujours le blasphème. Plus encore, elle va bien au-delà.

Le génie fulgurant et solitaire, affreusement solitaire de Bernanos au milieu des années 30, à propos de Mussolini, de Hitler, de Staline, de la guerre d'Espagne, de Munich, de Maurras, de Doriot ou de Thorez : alors que tout le prédispose pourtant à embrasser aveuglément la cause de la Terreur blanche, contre la Terreur rouge (des milliers de prêtres et de « conservateurs » liquidés sans autre forme de procès par les communistes, les trotskistes et les anarchistes espagnols dès leur accession au pouvoir en 1936), son incroyable prémonition lui fait prévoir, par la seule force de son désir, l'émergence d'un de Gaulle au milieu des décombres « nationaux » de la Kollaboration, événement dont il embrassera la destinée alors que Maurras, comme bien d'autres « catholiques monarchistes », n'hésitera pas à appeler ouvertement à la liquidation physique d'otages civils innocents. Comprendre sous ce langage de feu ce qu'il entendait par royauté : le principe royal qui remonte à l'Ancien Testament, basé sur l'honneur et la grandeur, et non pas les sinistres pantalonnades d'un Franco ou d'un Mussolini, ou pis encore celles d'un Doriot ou d'un Déat ; être illuminé par cette prose ouvertement antidémocratique et antibourgeoise qui refusa de se compromettre avec les dictatures, qu'elles fussent marxistes ou fascistes, par la grâce d'un esprit assez obtus pour ne voir en elles que des produits dérivés du positivisme marchand petit-bourgeois. Ah ! oui, comprendre alors pourquoi Nietzsche trouva en Dostoïevski son étrange écho chrétien et russe, comprendre comment le christianisme absolu était sans doute l'ultime refuge devant l'irrésistible poussée du positivisme et des nihilismes ambiants, et que tous, de l'auteur du *Mendiant ingrat* à celui du *Scandale de la vérité,* de celui du *Gai savoir* à celui des *Possédés*, partagent cette vision apocalyptique des désastres techniques à venir, à une époque où déjà l'avenir radieux de la société du Progrès (selon les trois options de base libérale, sociale ou nationale) est le seul discours échappant aux quolibets de la presse démocratique et bien-pensante.

Dans *Nous autres, Français,* Bernanos fait justement remarquer que la bourgeoisie était libre penseuse alors que les classes prolétaires allaient à l'église, et qu'une aristocratie corrompue et débauchée ne pouvait plus défendre les intérêts d'une monarchie à bout de souffle. Après la Révolution de 1789-1793, et une fois l'aventure napoléonienne consommée, la bourgeoisie installée découvre les charmes de l'ordre épiscopal, alors que les classes prolétaires, urbanisées et industrialisées, se tournent vers la libre pensée socialiste, et qu'une aristocratie faite de bric et de broc (émigrés réhabilités, noblesse d'Empire, haute bourgeoisie acheteuse de quartiers en désuétude) ne soutient plus qu'une potiche monarchique constitutionnelle sans lendemain.

Ce qui apparaît bien, c'est ce trou béant autour duquel de tels renversements dialectiques se constituent :

Le principe royal, *ce qui fonde la légimité d'une monarchie,* s'est dissous depuis longtemps en effet, ce me semble, dans ce vieux et noble pays. Fille aînée de l'Église, intarissable réservoir de croisés pour le pontife, forteresse continentale de la Contre-Réforme, livrée ensuite aux guillotines révolutionnaires et aux visions trop grandes pour elle d'un Bonaparte, il restait à la France de choisir entre la restauration conservatrice libérale et la dictature socialiste, ou néo-impériale, avant d'aboutir à cette république de sénéchaux laïcs qui s'étaient affrontés quelques années auparavant par fusilleurs interposés lors du terrible épisode de la Commune, que seuls de sinistres abrutis peuvent chanter en évoquant les vignes.

Ce que Bloy, Bernanos, Dostoïevski et Nietzsche entrevoient tous, et chacun, avec une lucidité sans pareille à l'époque, ce sont les ravages du petit moi démocratique et nihiliste, du surmoi positiviste et du ça fascisant, comme les éléments récurrents d'une même structure mentale, d'une typologie humaine désormais généralisée, absolument névrotique, hystérique, obsessionnelle ou paranoïaque, quelles que soient ses modalités, et qui ne pouvait conduire l'homme qu'au désastre collectif et individuel institué comme mode de production global, événement que le XXe siècle allait actualiser dans ses abattoirs mécanisés, et dont nous sommes les fantomatiques survivants.

*

Notre vie ne tient même plus à un fil. C'est à peine si elle tient à un souffle.

Comme Bernanos, et d'autres auteurs chrétiens avant lui, nous ne pouvons donc nous en prendre qu'au « réalisme » social ou naturaliste, et ce n'est certes pas d'un trop-plein d'*imagination*, au sens que la gnose chrétienne donne à ce mot, que nous nous plaindrons dans la littérature française contemporaine.

Dernier coup de bluff de l'édition française : encore une jeune bourgeoise désirant se faire remarquer comme écrivaine. Elle publie *Viande*, un récit où une jeune femme se voit pousser un pénis, je crois. Me rendant chez Renaud-Bray, je me risque à y jeter un coup d'œil et je commence à lire. Inutile d'attendre une quelconque métamorphose kafkaïenne, ou burroughsienne. C'est le récit pornographique/intello typiquement prisé des soixante-huitards qui tiennent les collections littéraires et font, ou défont, les carrières. La seule réussite du livre, c'est son titre, on ne peut résumer de façon aussi concise le thème et le niveau de l'ouvrage. L'épaisseur fort relative de son sujet aurait d'ailleurs dû décider l'auteur à s'en tenir là.

*

Fermez les yeux. N'y a-t-il donc aucun ange dans votre environ qui apparaisse, même dans la plus faiblarde lumière qui puisse être ? Aucun héros, aucune forme créatrice, aucune science, aucune guerre, aucun crime, que sais-je, qui puisse vous confronter avec un tant soit peu de grandeur, je n'oserais employer le mot *honneur* ? Non, rien, vraiment ?

Alors vous êtes anéantis, pour de bon. Même plus des spectres errant après la mort de l'homme, non, plus rien, de vagues atomes résiduels sans plus aucune consistance, aucun sens, aucune synchronicité, aucune volonté supérieure, rien vraiment que des doubles sans parole, sans existence propre, sans vie audible, visible, présente, en tout point analogues aux pathétiques et terribles personnages de Beckett. Votre vie est gagée contre un futur qui vous est constamment revendu contre son imminence, le système des indulgences est appliqué sans la moindre vergogne par tous ceux qui se targuent de n'être point catholiques (il n'y eut sans doute de pires inquisiteurs et de tueurs de vérités que dans les rangs communistes), et le libéralisme démocratique bourgeois le pratique à tous les degrés de ce qu'il ose nommer *vie* quotidienne.

Pour vous l'espace infini du Cosmos est vide de toute vie, de toute conscience humaine, ou parahumaine, et je ne parle pas d'existences métahumaines dont tout le monde sait qu'elles sont par définition impossibles, surtout pour des boîtes crâniennes évolutionnistes persuadées de leur finitude, ah, non, pour vous, ce n'est pas tant que le monde est un jeu — ce qu'il est bien sûr, sauf que Dieu Luimême n'a pas voulu en connaître toutes les règles à l'avance, et qu'il joue peut-être avec nous, tout autant que contre nous, suivant que nous nous laissions aveugler ou non par les illusions du Démon —, mais qu'il vous semble n'être qu'un gros et pataud hasard, une vague chiure de mouche aléatoire, analogue à votre naissance, et à votre existence infecte, devenue l'aune de vos jugements sur la Création.

Un croyant qui ne doute jamais est un aimable farceur.

Un scientifique qui n'ose jamais croire est un sinistre cuistre.

C'est du doute que la seule Foi vivante peut se

constituer. Interrogation fondamentale qui chaque fois nous conduit à penser que si Dieu n'existe pas, c'est parce que nous n'avons pas encore su L'inventer.

Dans un monde où Dieu est mort et où les fausses religions prolifèrent sur le désert qu'elles font croître, pour citer presque exactement le *Zarathoustra* de Nietzsche, l'authentique Foi elle-même est un miracle.

Que l'on n'évoque pas à mon sujet une quelconque *conversion*. C'est plutôt de *subversion* qu'il faudrait parler, et encore, je doute que l'on comprenne aujourd'hui tout ce que cela implique comme manœuvre de sabotage métaphysique souterraine, en particulier contre soi-même.

Si la Foi se constitue d'emblée sur des bases trop solides, si elle s'enracine sans réfléchir sur un dépôt alluvionnaire de vérités toutes faites, alors elle se dessèche, sans rémission, devient un arbre mort, creux, et parfois pourrissant dans la puanteur de la vermine.

Il est sain que la Foi se confronte à la Science, c'est même de leur « copulation » métaphysique, de leur amour l'une pour l'autre que peut naître le principe synthétique qu'elles animent alors dans le but de préparer l'humanité à sa destinée cosmologique.

Grande levée des masses contre la tenue de la conférence de l'OMC à Seattle. De partout, et surtout des villes universitaires de la classe moyenne blanche néobourgeoise des USA, on voit converger la vieille garde des manifs anti-Viêt Nam, la jeune garde des écologistes de choc version terroristes antiscience, la cohorte des socialistes de toutes obédiences, ainsi qu'une poignée d'ultras « communautaristes » prônant le droit de créer autant de sectes et de microcommunautés imbéciles qu'il y a de cerveaux humains pour les engendrer, bref la crème de la crème. Au beau milieu de cette étrange assemblée on trouve une organisation écolo-humaniste radicale nommée *Ruckus Society*, qui entraîne une véritable petite armée à l'usage des méthodes « non violentes » afin de pouvoir faire un peu de provoc-spectacle lors de la conférence : escalades de buildings, déploiements de banderoles, désordres plus ou moins organisés.

Le nouveau slogan de cet attroupement de la vieille droite et de la nouvelle gauche « nationales-socialistes » est on ne peut plus clair : *No Free Trade. Stop Globalization.*

C'est au moment où l'économie marchande de troisième type accouche enfin de sa production terminale, qui ne peut nous entraîner que dans la refonte générale de nos modes de gouvernement politique et surtout de nos métaphysiques, que l'on se dresse avec le plus de fougue contre le mouvement de cette révolution.

Plus grave encore, on veut désormais nous faire revenir à la situation d'avant Bretton Woods, on essaie de nous faire croire que le monde va pouvoir repartir en arrière, comme une vulgaire bobine vidéo, on veut rétablir des contrôles frontaliers, des contrôles *nationaux*, ces fameux contrôles « démocratiques », dont on invoque la préséance maintenant qu'ils sont dans l'impossibilité même d'exister.

Plutôt que d'aller faire le singe sur la façade du Palais des congrès où les grands banquiers du monde tiendront concile, ne vaudrait-il pas mieux proclamer que le temps est venu de mettre en faillite le système onucratique et national qui nous « gouverne » depuis l'Apocalypse ? Plutôt que d'accuser la grande bourgeoisie transnationale de ne faire que ce pour quoi elle est faite, pourquoi ne pas créer ce gouvernement de la Terre que Nietzsche appelait de ses vœux il y a déjà plus d'un siècle, et pour commencer instituer cette Fédération européenne qui seule pourra montrer le chemin, oui, pourquoi ne pas vouloir entreprendre le nécessaire surpassement de nos minables institutions démocratiques et nationales, incapables d'inventer un cadre politique et philosophique à la hauteur des colossales baronnies financières qui s'édifient sans attendre sur le nouveau paradigme du monde ?

Oui, en effet, pourquoi ?

Mais parce que personne ne tient vraiment à ce que le système onucratique (Tiers États-nations impuissants et désormais virtuels + monopole stratégique des USA + explosion des microcommunautés socioculturelles + bureaucratie onuzie et bourgeoisie planétaire omnipotentes) s'effondre, ni même se réforme, cette fiction contente tout le monde, des patrons de l'OMC à ses plus féroces contempteurs de l'extrême gauche ou de l'extrême droite radicale. Comme à l'époque des papes et des antipapes, chacun y puise suivant ses aspirations et ses penchants, et il y en a vraiment pour tous les goûts ! Le différencialisme communautariste qui n'a eu de cesse depuis deux ou trois générations que de vouloir détruire toute idée d'État, en invoquant frauduleusement la liberté, toute idée de loi, en la minant de droits, qui a tué Dieu avec le positivisme, le néopaganisme, voire avec la Bible elle-même, qui a dégradé le concept de *nation* en l'égalisant à celui de simple *tribu*, qui a inventé l'*affirmative action*, les *gender studies* et les micro-identités, tout autant que le suprématisme, l'afrocentrisme, l'écoterrorisme et une bonne centaine d'illuminismes concurrents, ce même différencialisme communautariste qui place le lapin ou le poulet sur la même échelle de valeur que l'homme, lâche toutes les larmes de son pauvre corps, à l'unisson avec les dames-pleureuses de « la-République-à-la-Nation », maintenant qu'une nouvelle élite corporative et métanationale se constitue par-dessus leurs minuscules horizons, forclos dans le quadrillage sémantique du néopositivisme.

Qui, honnêtement, pourrait s'en plaindre ?

Pas moi en tout cas, car à choisir entre les jésuites et les Borgia, ma décision est prise depuis longtemps, vous l'aurez compris.

La démocratie, cet accident hasardeux de la démagogie.

Après avoir engendré sa richesse, les sciences de l'information, considérées comme économie métaphysique de la matière, détruiront les fondements sur lesquels la bourgeoisie planétaire aura édifié sa puissance.

Car les sciences de l'information recoupent justement comme une *interface critique* la frontière entre la matière et l'esprit, le code génétique et la physique quantique, elles finiront inévitablement par révéler la présence du Logos dans les replis de notre ADN comme de nos cortex, elles ouvriront nos corps-consciences à d'autres phénoménologies, elles nous prépareront à l'abandon de notre petite humanité planétaire, qui elle-même n'est qu'une mutation transitoire tout autant que nécessaire en vue de notre devenir cosmologique, et la bourgeoisie transnationale, comme les autres classes sociales du troupeau humain, aura alors fait son temps, son accomplissement signifiera sa perte, en même temps que celle de toute l'espèce jusque-là connue comme telle.

*

Saint Paul et ses Épîtres, que n'aurait pas reniés un pharisien du Sanhédrin ayant condamné Jésus au supplice ! Lire ses stupéfiants anathèmes contre les femmes, si typiquement *juifs*, au sens *orthodoxe* que le mot signifiait à l'époque, alors que Jésus le Nazaréen, cet homme qui, je le rappelle, ne parlait pas l'hébreu de Judée, mais l'araméen syriaque de Galilée du Nord, alors que Jésus, disais-je, ne cessa de se dresser contre l'injustice du vieux dogme paternaliste qui tenait sous son antique joug aussi bien la société juive que romaine. Saint Paul n'a jamais connu le Christ, il se convertit sur la route de Damas alors qu'il allait y traquer des chrétiens, il est déjà de la génération *d'après*, il est le premier grand prêcheur qui succède aux Apôtres, mais son talent d'épistolier masque l'horrible vérité, que Nietzsche a si subtilement mise en lumière : pour conquérir le cœur des Grecs et des Romains, et sans doute par ses propres origines philosophiques et culturelles, saint Paul produit le plus stupéfiant syncrétisme de toute l'histoire des religions : il parvient à mêler le monothéisme érémitique et prophétique de Jésus avec les diverses religions votives, mystiques ou sacrificielles en cours alors dans ce jeune Empire, déjà marqué par le sceau de sa destinée, qui n'est autre qu'une lente décadence, et il fait du corps et du sang du Christ les principes primordiaux d'une liturgie que le premier Étrusque venu aurait pu concevoir !

Néanmoins, un tel surgissement cataclysmique ne pouvait que menacer les fondations encore branlantes de cet empire dirigé par des adolescents psychopathes et une bourgeoisie corrompue jusqu'à l'os, et saint Paul fut bien entendu martyrisé, comme tous ceux qu'il avait convertis. Sa sublime erreur n'était rien d'autre que la première des marques que l'entropie laisse sur toutes choses en ce monde, sur tous les objets, êtres ou principes qui s'y animent. Cette « erreur » paulinienne initiale, qui finit par transformer l'expérience christique en un dogme religieux (puis en différents dogmes religieux schismatiques), assura néanmoins aisément sa domination sur un monde romain à bout de ressources spirituelles, épuisé tout autant par le rationalisme latin que par les cultes d'importation, et toutes les erreurs qui en ont découlé ne sont pas exemptes de grandeur, loin de là, puisqu'elles auront produit quasiment vingt siècles d'histoire humaine à elles toutes seules !

Après que Constantin eut institué la « paix de l'Église » en 313, puis que l'Empire se fut effondré, en 476, l'Église de Rome avait bien d'autres chats à fouetter que de traquer d'éventuels hérétiques en son sein. Les premiers grands conciles d'Éphèse ou de Nicée avaient fixé les règles primitives de la religion du Christ, et en dépit du syncrétisme apporté par saint Paul, cette religion permettait à de hautes idées métaphysiques de trouver un terrain d'expression idéal, comme les gnostiques ou saint Augustin en ont apporté d'ardents témoignages. L'Église de Rome n'avait pas encore eu l'idée de créer une police de la pensée chargée de sonder en permanence le cœur des fidèles, et d'une police des mœurs chargée de les faire se conformer aux multiples règles et encycliques que ses papes et ses cardinaux allaient promulguer. En cette époque troublée du très haut Moyen Âge, la chrétienté n'était rien d'autre encore qu'un vague projet, une étrange fleur née des décombres de l'Empire, et sur laquelle vous n'auriez pas misé trois boutons de culotte face aux déferlantes des cavaleries asiatiques. Il fallait convertir d'urgence tous ces peuples arrachés aux steppes de Sibérie et du Turkestan, et qui poussaient devant eux Cimbres et Teutons, Alamans et Burgondes, Wisigoths et Ostrogoths dans un incessant mouvement migratoire; que vous fussiez Grec ou Romain, Celte ou Sémite, Égyptien ou Germain, que vous fussiez partisan de l'une ou l'autre des différentes théories qui s'affrontaient alors au sujet de la Divinité du Christ importait encore peu au regard de l'immense tâche à accomplir : christianiser tous les peuples qui pénétraient à l'intérieur de ce qui avait été le *limes* Romain.

Cette époque (entre 313 et la fin du VIe siècle) fut selon moi une des périodes les plus fécondes de l'histoire humaine. C'est ici que plongent nos racines dans la terre de l'Antiquité chrétienne. Évidemment, c'est le christianisme en tant que religion absolue qui a fini par nous en couper.

*

Petite rubrique nécro : mort de Peyrefitte, juste avant la fin du siècle.

Ministre de l'Information prétendument gaulliste, il ne cessa de vanter les mérites de la Chine Popcommuniste, en laquelle sa sinistre politique de censure et de flicage des consciences avait certes trouvé son modèle.

Ici, en Amérique française, on titre : MORT D'UN AMI DU QUÉBEC. Si le Québec avait de tels amis, on comprend mieux pourquoi son projet politique n'eut jamais la moindre chance d'aboutir. Et qu'on me permette juste d'indiquer aux journalistes la ligne générale de leur future rubrique nécrologique me concernant : MORT D'UN ENNEMI DU PEUPLE.

Gageons que l'ambassade chinoise s'en réjouira.

*

L'apocalypse nazie passée, on s'empressa d'adorer tous les faux dieux qui restaient, et ils étaient nombreux, le communisme bien sûr, le christianisme moderne, et ses divers avatars dont la farce intégriste et celle de Vatican II, le nationalisme, le libéralisme démocratique, puis l'économie de marché mondialisée, et les multitudes de religions millénaristes qui se bâtissent des fortunes sur une date inexacte, avec les divers mouvements réactifs que cette domination suscite : régionalismes, guerres ethniques, émiettement microcommunautaire, replis identitaires, psychoses autarciques, ressemelage disgracieux au possible de toutes les pantalonnades idéologiques que l'Occident nous a jouées depuis deux siècles.

Il n'y a plus d'au-delà possible. Toute métaphysique est rendue impossible, non pas à cause des avancées de la physique, ou de la biophysique, mais parce que les sciences ont été coupées de l'Arbre de Vie, par la Technique devenue reine, et que plus aucun scientifique n'est capable de formuler des vérités philosophiques supérieures, par simple application de ses théories et découvertes dans le champ même de la Connaissance, principe critique élémentaire dont les Grecs présocratiques eux-mêmes savaient l'usage !

On congèle désormais des embryons afin de reporter la date effective de la naissance en fonction de convenances sociales, religieuses, ou d'ordre purement domestique, pour le confort matériel, parce que la carrière professionnelle ne peut être remise en cause. À ce que je lis un peu partout dans la presse féminine anglo-saxonne il s'agit d'un grand progrès en faveur de la « libération » de la femme.

On congèle aujourd'hui des fœtus avec la même mise à distance, cette technicisation de l'acte, qui permit naguère à des millions d'enfants d'être transformés en savonnettes pour le compte d'une démoniaque économie de guerre totale ; on les transforme maintenant en viande surgelée pour de pacifiques convenances personnelles, pour la dictature à visage humain de la démocratie égalitaire, pour gagner un peu de temps, de confort et d'argent, on les oubliera ensuite devant la télé, une boîte de corn flakes, un film X, un Beretta 9 mm, comme on oublie un objet acheté à crédit, en leasing, garantie pièces et main-d'œuvre et retournable à l'usine au moindre défaut.

Il va falloir qu'on m'explique quel type d'éducation a été prévu pour ces enfants Findus (ou McCain).

Qu'on me comprenne bien : il ne s'agit pas ici d'appeler au bannissement juridique de telles pratiques, qui ne feraient qu'encourager leur explosion souterraine, ce qui est bien pire, le premier enfant de cinq ans peut le comprendre, mais d'oser en critiquer de manière radicale les fondements esthétiques, biologiques et philosophiques, j'oserais dire moraux, qui par un fait exprès s'avèrent aussi les piliers de toute la science positiviste bourgeoise, ou néobourgeoise, des deux derniers siècles. En deux ou trois mots, il s'agit de dissoudre ces techniques dans un projet humain supérieur, qui reste à inventer.

Il faut se rendre à l'évidence : l'heure de l'armageddon est enfin arrivée !

C'est la raison pour laquelle il ne faut pas comprendre l'Apocalypse comme un événement unique, singulier, lisible par cette singularité même, isolé dans le temps, mais plutôt comme le moment *d'après* le Temps historique, comme le moment de la stase métahistorique de l'économie du troisième type, qui ne peut plus maintenant s'instituer que sur la fin de l'Homme, sauf qu'il importe pour elle avant toute chose d'en perpétuer la farce macabre par l'idolâtrie de la Technique et la réplication de notre propre image à des millions d'exemplaires !

Il s'agit donc d'un processus inconscient, à peine décelable, qui nous fait chaque fois nous enfoncer un peu plus, avec quelques à-coups vite oubliés au profit de la sensation de jouissance fluide et corporelle qu'éprouve tout organisme lors qu'il s'écoule par le bas. L'Apocalypse n'est pas lisible autrement que par les signes prophétiques laissés par les Saintes Écritures, relire la Genèse, ou l'Apocalypse, ou les Prophètes, et les Évangiles, c'est oser se mettre à nu devant cette simple et terrible évidence que c'est bien le « futur » (non pas pris comme morceau du temps historique abstraitement isolé par une mise à distance mentale et spatialisée, mais comme devenir, comme processus sans cesse remis en œuvre par lui-même), que c'est bien le futur compris comme tel qui produit le « passé », ou plutôt qui *l'éclaire* (mais comme chacun sait, la moindre projection de photons interfère grandement avec la réalité observable et surtout *observée*), et qui projette son ombre sur la plaque photosensible de certains cerveaux, entièrement dévolus à cette étrange et intempestive mission qu'est la recherche acharnée du Verbe sous le langage, de la Pensée sous les idées, de la Vérité sous le fatras des idoles.

*

Journée mondiale du sida.

Ne devrait-on pas au moins y consacrer une année ?

Avant qu'un demi-siècle ne soit même plus suffisant.

État d'urgence et couvre-feu à Seattle. Le maire de la ville n'a pas trouvé mieux pour répondre à cinq mille manifestants, rassemblant peu ou prou l'ensemble des organisations de l'extrême gauche et de l'extrême droite « radicales » violemment, on le sait, « antisystème ». Pourquoi, comme le dit assez finement Clinton (une fois n'est pas coutume), ne pas les laisser entrer cinq minutes ? Si j'étais le maire, je leur aurais prêté un des stades de la ville, avec trois banderoles claironnant la Convention Machinchose des Droits Trucmuches du Citoyen, et on aurait pu déclarer Seattle ville ouverte.

Car, soyons sérieux, qu'est-ce là ?

À l'exception de vieux croûtons antilibéraux, généralement anciens troupiers du bolchevisme à visage plus ou moins humain, devenus conférenciers spécialistes de la mondialisation, et de quelques badernes du nationalisme intégriste, nous y voyons de jeunes mômes de hippies néobourgeois errant entre deux *raves*, désœuvrés et sans culture, et ne désirant ni culture ni œuvre, qui essaient de se la rejouer Mai 68 sous l'œil de cent cinquante chaînes de télévision venues du monde entier pour goûter le spectacle et augmenter le prix unitaire de l'espace de publicité. Trois bris de bouteilles plus tard, une vitrine descendue, et un peu de poivre et de lacrymogène, en voyant les images à la télévision, je me dis que leurs parents qui étaient à Berkeley, à Kent, à la Sorbonne ou à Chicago dans les années 60, et je ne parle pas du Viêt Nam les gars, doivent ou se tordre de rire, ou être pour le moins déçus. À quand des « émeutes » sponsorisées par Coke, Molson Dry ou Nintendo ?

Petit dialogue semi-imaginaire (j'y ai rapiécé des souvenirs tout frais de quelques jours et quelques autres un peu plus vieux, en les déplaçant en un endroit unique, où je ne me suis certes pas rendu, l'État de Washington en novembre, c'est pire que le climat de Dunkerque, merci bien) :

Seattle, 30 novembre 1999, je marche pas très loin des forces de police alignées pour barrer l'accès au centre-ville, un groupe de manifestants me dépasse, je tombe sur une fille de Montréal, que je connais de vue, elle m'aborde gentiment :

Hey, c'est trop *coooool* tous ces gens venus montrer leur esprit de résistance à l'immonde machine économique, non tu trouves pas ? Il faut montrer à ces porcs que le peuple est là, et qu'on se bat pour la justice et la démocratie...

Ouais, la credo-moisie, génial, bon... dis-moi juste un truc comme ça, tu trouverais « juste » et « démocratique » que les groupes rock russes, lituaniens, guinéens, paraguayens, turcs, zoulous ou papous ne puissent plus se payer les guitares électriques, les synthés et les *drums* nécessaires à leur « libre expression », parce que de nouvelles barrières douanières et des tarifications prohibitives les empêcheraient de se fournir chez Fender ou Gibson (guitares), ou chez Akaï, Ensoniq ou Korg (claviers) comme tous les musiciens de l'Occident juste et démocratique, dont je vois d'ailleurs quelques honorables représentants avec vous, mais il faut dire que, vivant à *Aylay* ou *Niaou-Yaorkxitey* dans leurs châteaux de synthèse, ils n'ont pas eux tous ces mesquins et vils petits soucis matériels à régler, puisqu'ils ont à s'occuper des libertés démocratiques du monde.

Hey ? Mais, mais...

Ce que je dis est d'ailleurs valable pour tous les corps de métiers, dans les « arts » comme dans les autres. Le libre marché mondial n'est pas autre chose qu'un PRÉALABLE à toute tentative de réforme générale de l'économie humaine (économie étant entendue selon son sens biopolitique), par quel autre type d'économie voulez-vous donc qu'on la remplace ?

Mais, mais... mais par une économie à l'échelle humaine, qui prenne en compte les désirs des individus et leurs droits, surtout leurs droits culturels.

Droits culturels ? Ah ? Bon. *Échelle humaine* ? Avec bientôt 8 ou 10 milliards d'habitants, dont il faudra respecter ainsi *tous les droits culturels* et chaque désir individuel ? Ne prônez-vous pas d'ailleurs le respect draconien de l'environnement *naturel* ? Ne pensez-vous pas que 10 milliards de désirs et de droits risquent de nous conduire directement à cette

Terre désolée, lunarisée, que certains de vos apôtres écologistes ont décrite ? Ne tenez-vous pas par ailleurs un discours violemment anti-individualiste ? Peut-on avoir l'espoir de trouver quelque cohérence dans tous ces propos ?

Mais, mais... mais, c'est parce qu'il faut investir dans l'éducation et dans la recherche... lutter contre le sida... Heu... Il faut « humaniser la Terre ».

Humaniser la Terre a précisément conduit à la situation actuelle, c'est l'humanisme démocratique, bourgeois, libéral qui a « humanisé la Terre », et qui vous a donné tous vos « droits culturels », comme celui de lire une presse insipide, de regarder des niaiseries sans fond à la télévision, d'écouter de la merde en barre, de manifester contre des moulins à vent, et de voter pour un gros rougeaud d'abruti encore plus abruti que vous. Quant à lutter efficacement contre le sida en Afrique, cela risquerait sans doute d'y aggraver un problème de surpopulation endémique qu'il faudrait peut-être songer un jour à réguler, mais là n'est pas la question, je rappelle que ce qui se tient ici est une réunion intergouvernementale pour réglementer le commerce, pas l'éducation ou la recherche, pourquoi ne pas manifester plutôt contre l'Unesco ou l'Unicef ?

Très vite l'anathème fuse : fasciste !

Un petit groupe s'arrête, puis un autre s'y agglomère, et un autre, c'est bientôt tout un attroupement.

Certes pas, miss, le fascisme est horriblement démodé. Nonobstant son infernale stupidité, analogue en cela à son cousin communiste, il s'est en effet avéré encore plus *populiste* que la démocratie, ce qui n'est pas peu dire.

Je me vois dans l'obligation d'arrêter là le récit, j'aimerais autant éviter de me retrouver à l'hôpital.

Dans le même genre, le lendemain : Journée mondiale du sida-show.

Les « militants » d'Act-Up en profitent pour montrer au public leur dernier spectacle d'expression corporelle. Après le « Je m'allonge par terre pour symboliser les effets de la Grande Faucheuse », puis le « Je couvre l'Obélisque d'une imitation de condom en forme de Christo » (heu... je voulais dire l'inverse mais le lapsus est trop beau, allez, je le garde) et le « Je lâche une myriade de colombes virginales pour illustrer l'éternel Combat de la Vie contre les Forces de Mort », on semble être revenu à une esthétique plus simple, plus austère, et plus traditionnelle. Un défilé de pancartes noires et roses où l'on peut lire entre autres vilenies « GUERRE AUX LABOS ».

Ça y est, le romancier en moi n'aurait pu rêver meilleure introduction *authentique* à son prochain roman, où la guerre à la science est ouvertement déclarée par ceux-là mêmes qui s'en étaient faits les parangons ou croyaient l'être en répétant comme des benêts le discours de la Marchandise-Technique, ou par ceux qui n'ont pas eu le temps d'être quoi que ce soit, de croire en quoi que ce soit, et se cherchent désespérément une raison valable de déclencher une guerre contre les boucs émissaires de leur propre idole Démocratie (le dernier stade du nihilisme est en effet atteint, on peut quasiment être soulagé, la fin n'est plus très loin).

« GUERRE AUX LABOS », disons-le tout de suite on n'avait pas vu ça depuis... mon Dieu, je cherche un exemple, et il ne vient pas.

Rappelez-moi donc la dernière fois où dans l'histoire humaine on a appelé ainsi à la destruction de la médecine ?

Ah, mais, voilà que je suis de nouveau cerné par des gens m'accusant de défendre les « grands trusts pharmaceutiques » qui « refusent obstinément » de « donner gratuitement » (*sic* !) leurs « traitements de pointe aux populations qui en ont le plus besoin, en Afrique notamment ».

Ah, suis-je malignement tenté de répondre malgré moi, que voilà un bel effet d'opéra humanitaire ! En effet ce sont bien les populations d'Afrique dévastées par des siècles de décadence, dont la colonisation ne fut qu'un épisode terminal, et la décolonisation nationaliste l'ultime processus de décomposition (comme on le voit aujourd'hui), oui ce sont bien ces millions d'Africains infectés par le virus *trans-érotique* du sida, et avant lui par ceux de la misère, de la corruption tous azimuts, de l'ignorance prônée en valeur spirituelle par certains des plus fameux « chantres de l'afrocentrisme », oui, ce sont ces millions de bébés africains qui sont bien en effet le plus dans le besoin.

Qui est responsable ? Il doit y avoir un responsable. Un responsable autre que les Africains eux-mêmes s'entend. Responsable ET coupable. Et sur-le-champ, monsieur.

Il doit être blanc, bien sûr, et occidental, s'il vous plaît, hétérosexuel, vraisemblablement conservateur, ou *pire* encore : chrétien. Ou juif. Ou même musulman. Ou même scientologue tendance Travolta. Un tant soit peu *croyant*, dirons-nous ?

Ah oui, du coup des responsables vous en avez à revendre — me semble-t-il. Les méchants capitalistes boursiers, la « juiverie cosmopolite » peut-être ? Ou mieux encore : les scientifiques, et surtout les « trusts pharmaceutiques » pour lesquels ils travaillent, voilà, les méchants « trusts pharmaceutiques », ce sont eux, pour sûr, les Grands Coupables, eux qui investissent des milliards de dollars par an pour mettre au point divers traitements bien trop coûteux en effet, et qui devraient illico arrêter de payer leurs emprunts, le salaire de leurs employés, le loyer de leurs immeubles, le crédit de leurs équipements, ou hypothéquer leurs investissements futurs, pour livrer immédiatement des milliers de tonnes de traitements extrêmement sophistiqués qui nécessitent des infrastructures totalement inexistantes en Afrique, et dont une bonne moitié sera revendue illico au marché noir pour le compte des roitelets locaux et de leurs petits amis.

Quant au reste, Dieu seul sait ce qu'il en adviendra !

Là, logiquement, suivant mes diverses expériences, dont ce récit se veut une synthèse imaginaire, j'ai déjà pris un pain. Un pain, suivant la tradition christique, ne vient jamais seul.

C'est donc avec une ou deux dents en moins, la langue boursouflée, l'œil salement amoché, la mâchoire escagassée par trois ou quatre bourre-pifs bien sentis que j'ai achevé mon dernier paragraphe.

Vous ne m'en voudrez pas d'en rester là pour ce soir.

*

Contrairement à l'idée reçue, les écrivains ne sont pas des anticonformistes radicaux. La plupart du temps, ils jouent la comédie de l'indépendance pour donner le change à leur public. Ils attaquent les conformismes de leurs adversaires pour consolider les conformismes de leurs amis et de leurs obligés.

Pol Vandromme

J.-F. Kahn publie *De la Révolution*. Sans rire. Peyrefitte, au moins, nous aura épargné un *De la liberté de pensée*, et jamais ni Alexandre Jardin ni Comte-Sponville n'auraient le toupet de publier *Du radicalisme en politique et en littérature*.

Je ne sais où se trouvait JFK en mai 68, mais sûrement pas à la bonne place, comme à son habitude. Autant dire qu'il ne fut ni gauchiste ni encore moins gaulliste. Ce pauvre garçon a toujours eu le don de passer à côté de l'histoire, sans même le remarquer. On notera à sa décharge qu'en toute réciprocité l'histoire ne semble pas lui accorder la moindre attention. Aujourd'hui, le démon de minuit de la révolution antibourgeoise le titille au point de lui faire commettre des rêveries éveillées où sont conjuguées pêle-mêle les révolutions française et américaine, la russe et la chinoise, l'industrielle et la néolithique et, comble de bonheur, la Magna Carta de 1215 ! Avec son style lourdingue de pédant humanitaire, que seul un Debray est en mesure d'imiter, quoique assez mal, nous le voyons parcourir l'histoire tel un de ces histrions des temps soviétiques, lorsque même les plus belles vérités semblaient écrites avec les pieds d'un équipage de charretiers.

Le pamphlet que l'IS n'a malheureusement pas eu le temps de nous léguer : *De la misère en milieu écrivant*.

On n'a rien fait contre les opinions quand on n'a pas attaqué les personnes.
Joseph de Maistre

Qui osera donc écrire *Les décombres* de la Ve République ?

Faudra-t-il attendre une autre guerre civile ?

À ceux qui seraient tentés de m'accuser de défendre tel ou tel auteur éminemment suspect pour la pensée libérale ou humaniste, ou telle ou telle conception du monde et de l'homme, je répondrais par un préalable : Je ne défends rien. Puisque j'attaque tout.

*

Silence
aux fenêtres
que Tes prodiges
espionnent
Ta clarté
Ta royale couronne
Tes innocents bombyx
sacrifiés au ventre
du Taureau
au chemin épuisé
par l'orbe de Ta douce lumière
pour l'amour d'une enfant
qui aurait pu ne pas être
dans la mécanique survie
touchant aux promesses de la sainte colère
à genoux
sur les vitres aguerries du prophète
je douterais de Ton Nom
afin d'entrevoir Ton Visage.

Le siècle et ses mensonges passés, la page festivement tournée, on se repenchera j'espère avec un peu plus d'objectivité sur les grandes fractures idéologiques qui emportèrent plusieurs jeunesses d'affilée entre 1900 et 1940.

On mettra ainsi en regard Bloy et Zola, Maurras et Benda, Bernanos et Romain Rolland, Céline et Anatole France, Péguy et Alain-Fournier, Rebatet et Aragon, et disons-le carrément, j'espère bien que le tri se fera de lui-même !

Non que je dénie en quelque façon au génie de se situer à « gauche », ou si l'on veut du côté du positivisme social, en l'attribuant par principe aux gens de « droite », placés eux sous le signe du doute envers l'Homme et de la foi en Dieu, mais maintenant que la démocratie humanitaire va fêter son passage de millénaire et sa cinquante-cinquième année, on devrait très vite se rendre compte que ce n'est pas tant la prose violemment antisémite et collaborationniste de Maurras ou de Rebatet qui leur valut tant d'opprobres à la « Libération », que ce qui, dégagé de ce dégradant fatras totalitaire d'hommes authentiquement désespérés, éclairait la modernité bourgeoise et la société européenne de l'époque sous le plus terrible jour jamais décrit, et qui reste de l'actualité la plus brûlante aujourd'hui, maintenant que la sinistre pitrerie communiste s'est achevée avec ses cent millions de morts, que le libéralisme démocratique mondial est seul face à lui-même, c'est-à-dire face aux myriades d'idoles qui se soulèvent en son sein, maintenant qu'il ne reste plus qu'à comprendre l'exigence que contient toute authentique quête de liberté et de connaissance, à savoir la mise en place d'une contrainte esthétique et métaphysique *infiniment* supérieure.

Ah ! cet atroce néoréalisme socialisant et soi-disant « fantastique » de l'entre-deux-guerres, cette pathétique reconstitution du Front populaire qu'est *La belle équipe*, avec cette saine camaraderie boy-scout et ces ouvriers parlant comme des avocats de la Déclaration des droits de l'homme et du citoyen ! Ah, oui ! le pittoresque des « apaches des faubourgs », ces minables proxénètes, et autres fripouilles de bas étage, petites frappes sans foi ni loi, dans *Casque d'or*, toute cette prose mythologique de caniveau écrite par des petits-bourgeois en mal de sensations fortes ! Ah, certes, ce n'est pas dans cette littérature exemplaire qu'on aurait vu un prolétaire aviné et sa méchante pouffiasse attacher leur petite môme aux barreaux du lit pour la cravacher à coups de ceinture des heures durant jusqu'à extinction de la petite voix suppliante, comme Céline le décrit à sa terrible et hallucinante façon dans le *Voyage*, ah non, monsieur, pauvre mais digne, plein comme une barrique de mauvais picrate du matin au soir mais ayant toujours un petit mot d'esprit en réserve, clochard d'élite, monsieur, prolo de rêve, estampillé IIIe république, version Jean Gabin, républicain-jacobin, radical-socialiste, anarcho-syndicaliste, voire marxiste-léniniste de souche, monsieur, des comme on n'en fait plus dans la vraie vie, comme on n'en a jamais fait d'ailleurs.

Voilà le « réalisme » dont s'abreuvent encore de nos jours plein de petits messieurs chargés de nous donner des leçons de littérature et de morale politique. Des sous-écrivains sordides, petits professeurs à peine sortis de leurs usines à décérébrer qu'ils se croient déjà auteurs à particule, contaminent les ondes et les colonnes de la presse de leurs sourires mielleux et de leurs souvenirs d'enfance confondants de banalité et, tels de nouveaux riches parvenus au faîte de la réussite, le rachat d'un titre tombé en désuétude, on les voit se vendre comme de vulgaires catins d'éditeur en éditeur, sous la roide impulsion de leur agent-maquereau, pour livrer en pâture à un public inculte des histoires dont tout le monde se contrefiche depuis que le monde est livre.

D'autres tiennent à jour des fiches sur leurs anciens complices trotskistes, maoïstes ou anarchistes ayant succombé aux sirènes du populisme antisémite et devenus depuis écrivaillons de romans de gare, ou de pseudo-pamphlets, ils se joignent tous ensemble dans l'ordure en se livrant à une terrible guerre de positions où la littérature meurt asphyxiée dans l'ypérite des mensonges humanitaires et des sauve-qui-peut nihilistes dès les premiers mots tirés.

La moindre allusion à Bloy, de Maistre ou Bernanos, et je ne parle pas de Maurras et de Rebatet, et vous voilà voué à la Sainte Inquisition stalinienne qui, elle, ne fut, et ne sera sans doute jamais jugée !

Ah ! Et surtout, surtout, quelle prose insipide ! En regard, Romain Rolland est un véritable exalté du ciel sacristain !

Qu'ils relisent donc Zola ou Barbusse, qui étaient de leur bord, mais avec une paire de couilles, et qu'ils cessent de nous intimer quoi penser au sujet d'événements que ni eux ni nous n'avons vécu, et dont ne subsiste que l'unique vérité : les textes et les tombes.

*

La Shoah, le Goulag et la Bombe ne sont certes pas des événements équivalents, mais ils sont reliés entre eux, ils sont les termes qui forment l'équation du XXe siècle. Pour l'instant cette équation reste irrésolue.

Il existe bien sûr pire régime que la démocratie, cela s'appelle la tyrannie en grec, ou dictature en latin. On constatera que ce sont les démocraties elles-mêmes qui les engendrent lorsqu'elles s'avèrent incapables de rester à la hauteur de leurs accomplissements, rares il est vrai, mais guère plus au bout du compte que la plupart des autres types de civilisations. Personne ne veut plus admettre que *la démocratie est un moyen*, et qu'elle est donc *temporaire*. On en a fait une fin en soi, animée d'une téléologie progressiste qui laisse souvent sans voix, abasourdi par tant de mièvre stupidité.

La démocratie occidentale moderne n'aura accouché d'une véritable civilisation que lorsqu'elle aura été capable de produire un meilleur modèle humain que les précédentes.

Or un modèle humain ne se juge pas qu'à la seule valeur des accomplissements techniques, scientifiques, politiques ou culturels des sociétés au sein desquelles il peut ou non apparaître. Encore faut-il que cette société lègue un héritage conséquent à celle, quelle qu'elle soit, qui prendra sa relève, encore faut-il que l'homme ainsi créé soit animé d'une authentique mission supérieure, comme les Juifs mosaïques, les anciens Grecs, les Romains de la haute République, la France de Charlemagne, les Arabes des Omeyyades, l'Angleterre d'Élisabeth, les Américains de 1776. Aujourd'hui sa destinée est d'une simplicité redoutable : si elle n'entreprend pas une telle mission, *plus grande qu'elle*, si elle n'ose pas édifier une authentique métaphysique qui déplace à nouveau les frontières éthiques et esthétiques sur celles nouvellement produites par l'avancée spectaculaire des connaissances, alors elle succombera comme bien d'autres avant elle.

Le seul problème, c'est qu'aujourd'hui cette civilisation, eh bien, c'est à peu de chose près la planète tout entière. Si la démocratie mondiale échoue, il nous restera le choix entre l'extinction totale et la dictature généralisée

La démocratie est certes un très mauvais pis-aller au goût aigre, mais c'est tout ce que nous avons à nous mettre sous la dent, à nous d'oser en faire une meilleure cuisine, et pour commencer, en effectuant un tri drastique parmi les ingrédients proposés. La civilisation humaine du XXIe siècle devra faire le dur apprentissage qu'il y a un après à tout, y compris à elle-même.

*

La fin des démocraties est marquée par les mêmes symptômes : les libertés deviennent des crimes, les droits deviennent des privilèges, le bavardage remplace la pensée, le langage devient technique et rhétorique, les discours tiennent lieu d'action et les déjections de discours, les lois nourrissent les bureaucrates qui les votent et les administrent, l'État est à la fois omniprésent et impotent.

Tuer un Dieu vivant n'était rien.
Encore fallait-il oser en faire une religion.

Le Surhomme, selon Nietzsche, était moins une « étape » délimitée dans un « temps historique », auquel il ne croyait pas, qu'un processus fragile mais permanent dont l'homme était une tendance pauvrement actualisée, un processus qui appelait une méthodologie spécifique à fin d'analyse et de pratique, car comme Deleuze l'a montré, il me semble, le Surhomme et l'Éternel Retour sont des concepts étroitement imbriqués, à tel point qu'on doute parfois qu'il s'agisse de deux phénomènes singuliers, et ils ne peuvent être compris que comme une *méthode d'action de la pensée*, un manuel de survie de la conscience.

Ce que Nietzsche nomme Surhomme n'est ni un modèle social, ni un modèle racial, ni même une autre « espèce », ou un autre rameau de l'espèce, *par nature* plus accompli, il s'agit plutôt d'une métaphysique de la Connaissance, c'est-à-dire bel et bien d'un programme d'éducation.

Ce programme d'éducation s'appuyait sur un déshabillage préalable de toutes les valeurs morales jusque-là élaborées, de celles de l'Antiquité à celles du christianisme, des idéologies modernes à leurs préconstituants génétiques (nihilisme, communautarisme, socialisme) dont on trouve trace dans toutes les civilisations.

À la fois psychologue et éthologue, et je ne parle pas de ses talents reconnus de philosophe et philologue, Nietzsche voulait que l'humanité finissante accouchât d'un modèle humain valable pour les générations futures, il ne fustigeait pas une « Technique » transcendante et désincarnée, comme tous les petits réactionnaires de son époque, il n'ignorait pas que les Grecs en avaient fait un des piliers de leur accomplissement ; ce contre quoi il mettait en garde les démocraties techniciennes récentes de l'époque, c'était le refus obstiné de changer de métaphysique et d'horizon, de toujours croire que la Technique était fille de la Raison, alors que tout le XXe siècle allait bientôt démontrer l'inanité de telles conceptions, et de ne pas oser s'aventurer vers un au-delà de l'Homme.

*

Lis avec un plaisir *Infini* la livraison éponyme et trimestrielle de chez Gallimard. Dans les numéros 66 et 67, deux beaux textes de Sollers, une phénoménale interview de John Cage, une troublante et superfine analyse de Watteau par Gilles Cornec, un « De Rimbaud à Bataille » signé Pierre Bourgeade qui mérite vraiment le détour, un texte signé Alain Jaubert sur « La moustache d'Adolf Hitler » qui nous fait entrevoir autrement la portée de quelques centimètres carrés de système pileux, et enfin, un écrit de Zagdansky qui rejoint étonnamment mes propres préoccupations apocalyptiques, et dont l'exégèse biblique est admirablement argumentée.

Ouais, et figurez-vous que je ne suis même pas payé par la maison pour faire toute cette publicité à notre fine équipe, et puisque vous aurez compris que ce n'est pas mon genre de faire du gringue en vue de placer un papier, ou pour qu'on me renvoie un quelconque ascenseur, alors je le redis : *L'Infini* est une de ces très rares revues de littérature (c'est-à-dire de littérature et de tout ce qu'elle contient, c'est-à-dire tout le reste) qui osent encore se tenir droites sur le plan d'une certaine rigueur politique. Conspuant les vieilles bites molles des académies comme les vaniteux petits coqs mondains du microréalisme, renvoyant dos à dos les sénéchaux postmaoïstes reconvertis dans le républicanisme façon Clemenceau-et-Déroulède et les merdaillons rouge-brun dont on voudrait qu'ils se fussent trouvés en vacances quelque part entre Priština et l'Albanie au mois d'avril de cette année, sans plus de pitié pour le « multiculturalisme » made-in-Benetton que pour les nostalgiques de Jules Vallès et de Jules Ferry, sachant établir une critique pertinente du XXᵉ siècle sans tomber dans les chausse-trapes de l'humanitarisme sauce *Inrocks* à la Bourdieu ou *Monde diplodocus*, ou pire dans le populisme déculturé propre à ma génération, on discerne quelque chose d'étrangement lumineux dans le parcours de Sollers qui, du mao-structuralisme tendance Tel-Queliste, obscur et selon moi invariablement erroné (je suis en train de relire certains vieux numéros du début des années 70, c'est édifiant, surtout contre la « Nouvelle Critique »), reste un des rares écrivains français de la génération de 68 à avoir su se métamorphoser quand il était encore temps, à l'orée des années 80, alors que d'autres allaient se contenter de se faire livrer un nouveau costume.

On s'est, je crois, gaussé à qui mieux mieux dans les cercles « libertaires » du « roman noir » (deux usurpations d'identité, mais passons), on s'est gaussé, disais-je, de l'épisode « catholique » de Sollers après de longues années de marxo-mao-kristevo-poststructuralisme. Si ma connaissance bibliographique du bonhomme est exacte, je serais tenté de dire que c'est précisément cet « épisode », et ce qu'il en est advenu par la suite, qui a sauvé l'écrivain, et le penseur, ce qui est au bout du compte la même chose, pour peu qu'on atteigne à une authentique forme d'art.

Certes, Sollers est très énervant. Moi aussi, le voir squatter, au côté de cet épicier à lunettes qu'est Jean-François Kahn, le plateau de cette funeste émission « culturelle » que fut « Le Cercle de minuit » sous le règne de l'ancienne conseillère en désinformation de François Mitterrand, me donna régulièrement des envies de meurtre. Convenons-en, néanmoins, ses apparitions étaient plutôt charmantes, parfois touchantes, voire troublantes, qualificatifs dont je peinerais à user pour illustrer toutes les fois où je vis le pire éditorialiste que la France a vu naître depuis *Paris-Soir* se vautrer dans son propre flot d'immondices verbales en direct sur les ondes, avant d'aller fonder ce torchon osant sans vergogne se dénommer *Marianne*.

D'autre part c'est grâce à *L'Infini* que j'apprends que le sieur Debray a cru bon de se livrer à l'un de ses pathétiques et infâmes règlements de compte de vieux gauchiste devenu jésuite républicain dont il a le secret, dans cette immondice qu'est l'hebdomadaire putrescent de populisme avancé que je viens justement de nommer ; les bordées qui en représailles fusent sur lui à boulets rouges sous la plume de Bernard Sichère valent à elles seules l'achat du numéro 67 et m'exonèrent de la fastidieuse et dégradante corvée que constitueraient la lecture de cette hideuse *Marianne* et la comptabilité de toutes les inénarrables figures de style employées par notre pachyderme à rouflaquettes de la République finissante, ce dont Sichère se tire ma foi fort bien, pour notre plus grand plaisir. Oh ! le bel « anémomètre à rotation » ! Ah ! le beau « curseur symptomal » ! Waow ! cette « contre-culture décoiffante » ! Devenu spécialiste de la coupe de cheveux terriblement tendance, notre médiologue postmitterrandien favori se prend pour Baudrillard, ce qui produit ces prodiges d'humour absurde et parfaitement involontaire. Ce n'est pas « une pile Mazda jugeant des centrales électriques* », oh non, pour reprendre le mot très cruel de Damon Knight à propos d'A.E. Van Vogt, et

* C'est ainsi, à ce que je comprends, que Régis Debray, au style par ailleurs illisible, tente de comparer Sollers à Péguy !

qui semble ici s'appliquer avec bien plus de justesse, pour ne pas dire de justice, nous voici selon toute vraisemblance devant un pauvre « Lilliputien cherchant à utiliser la machine à écrire de Gulliver ».

*

J'apprends, avec des semaines de retard encore une fois, qu'une nouvelle et violente polémique occupe le petit monde de la culture parisienne. Deux cinéastes nationaux-populistes, Leconte et Tavernier, aux noms si joliment choisis, s'en prennent à la critique qui n'a pas eu le bon goût d'apprécier leurs dernières déjections. À force de manger de la merde, il arrive en effet que certains estomacs se rebellent et vomissent sur le papier ce qui n'arrivait plus à passer.

De tels « artistes », subventionnés d'office par les amicales bureaucraties du Cinéma-à-la-française, défenseurs de l'exception culturelle, contempteurs du libre-échangisme mondial et protecteurs des Zarzélettres et de la Nation, ne supportent plus que la critique s'exprime, même lorsque parfois elle le fait avec talent. Pire encore ils désirent qu'un nouveau bureau de censure s'érige au-dessus de nos maigrelettes libertés et interdise tout bonnement la publication de la moindre critique négative lors de la première semaine de sortie d'un film !

Je n'ose y croire. Qu'on me pince. C'est un cauchemar. Un cauchemar où *L'Instit'* se transforme en ce qu'il est réellement : un petit garde-chiourme stalino-humanitaire venu liquéfier les jeunes cerveaux, amoindrir les volontés, supprimer la liberté et l'esprit critique, anéantir toute grandeur.

Pour ce faire, un quarteron de cinéastes « populaires » s'est joint à nos duettistes, et avec une candeur inouïe pour de vulgaires intellectuels de gauche, les voilà tous qui nous exposent sans pudeur le risque financier que représente la production d'un film, comme si toute forme d'art ne devait pas prendre quelque risque, comme si elle ne naissait pas d'une authentique prise de risque. Quand on n'en prend plus aucun sur le plan de la forme et du contenu, comme nos deux néoréalistes/néoclassiques de service, on devrait au moins garder quelque dignité et ne pas quémander un moratoire à la presse en invoquant des prétextes d'épiciers. Ce qui différencie un gentleman d'un vilain, ou d'un vulgaire bourgeois, c'est qu'il ne fera jamais publiquement la moindre allusion à ses problèmes d'argent, sinon par un mot d'esprit, et qu'il est prêt à se ruiner pour son art.

Si demain, à la sortie du *Théâtre des opérations*, les gens que j'attaque se défendent par voie de presse et me couvrent d'invectives et d'injures, j'aurai fait mon boulot. Et si par ce fait je les force à se découvrir et à prendre quelques risques à leur tour, sur le terrain de bataille des idées et du langage, vous m'en verrez d'autant plus ravi. Une cible bien mobile en pleine lumière est toujours plus facile à atteindre qu'un ennemi camouflé et tapi derrière son bosquet ou dans sa tranchée.

Dans *Le Monde* du 12 novembre, M. Robert Redecker, collaborateur des *Temps modernes*, s'en prend à l'« infinie réification du capitalisme » et nous explique que la chute du mur de Berlin est à la fois « un soulagement et un malheur » ! Langage jésuitique assez typique de cette revue, mais ce n'est pas tout. Nous apprenons ensuite que « la disparition de la Stasi ou du KGB n'aura laissé place qu'à la mafia », alors qu'il s'agit seulement des mêmes potentats communistes se montrant enfin sous leur vrai jour ! On nous dit encore que l'apparent consensus médiatique et célébratif actuel ressemble à s'y méprendre à l'ordre totalitaire défunt (alors que je vois mal comment M. Redecker aurait pu tenir une tribune de libre expression critiquant l'anniversaire de la révolution d'Octobre dans les ex-démocraties populaires) et surtout, surtout, « qu'avec la dissolution du communisme disparaît de la conscience humaine toute perspective de transformation politique radicale de l'Humanité ».

Ah ! quelle belle prose humanitaro-pessimiste, tout à fait dans l'air du temps, avec le renfort du pauvre René Char qui n'en demandait pas tant (« comment vivre sans inconnu devant soi »), ah oui, je ne résiste point au plaisir de livrer à la postérité ce petit florilège de la bonne conscience postcommuniste moderne :

« La mort du communisme s'accompagne d'un *rétrécissement de l'âme humaine** : plus d'horizon pour les sociétés. Il s'ensuit un deuil, une glaciation de l'espoir : l'homme condamné à rester tel qu'il est (l'histoire n'accouchera pas de l'Homme nouveau), les sociétés *condamnées* au capitalisme, à la *propriété privée*, à la *privatisation de l'individu***... L'homme contemporain a froid : la mort du communisme le laisse désolé devant l'absence d'avenir. »

Et pour terminer le pompon poétique :

« L'homme de ces fêtes couleur de deuil est enfant

* C'est moi qui souligne.

** Citation de Castoriadis, au demeurant fort intéressante.

de novembre*. L'homme d'espoir était un enfant de mai : 1er Mai, la Commune, *Le temps des cerises*, Mai 68. C'était un enfant de l'avenir ; l'homme de l'espoir politique. »

Ah, monsieur Redecker, professeur de philosophie à ce qu'il paraît, sachez que pour certains, tels que l'auteur de ces lignes, le mois de mai et toutes vos références, la Commune de Paris (cette boucherie immonde où la populace abrutie d'un côté, la bourgeoisie bien-pensante de l'autre se livrèrent à la plus ignoble des guerres civiles), *Le temps des cerises*, et toutes vos mythologies de pacotille, oui, tous vos « espoirs politiques » défunts n'ont jamais rien représenté de moins que le plus terrible hiver de la pensée de toute l'histoire humaine. Enfants de mai, certes, mais surtout d'octobre, et plus encore de l'hiver sibérien, votre mort programmée dans les absurdes appendices verbeux qui vous tinrent lieu de théories, comme dans les pratiques innommables qui vous distinguèrent dès l'instant de votre accession au pouvoir, oui, votre décrépitude soudaine fut pour nous l'annonce que votre siècle enfin se terminait, ah oui, ce novembre 89 fut bien plus ensoleillé pour nos cœurs que le plus torride de vos juillets républicains.

Nous n'avons quant à nous jamais accordé foi aux mythes débiles concernant l'émancipation socialiste des peuples, nous n'avons jamais attendu des gouvernements qu'ils apportent le bonheur à leurs sujets, nous n'avons jamais ressenti la moindre admiration pour cet ordre plat et stupide qui régnait

* Redecker base son argumentation sur la date commémorative de la chute du Mur, le 9 novembre 1989.

dans les démocraties populaires (qui portaient on ne peut mieux leur nom), et il est clair pour nous que toute bombe qui détruit une parcelle de ce qui reste de leurs pouvoirs ou édifices, toute balle qui fait sauter la tête d'un de leurs sbires, est sacrée.

Plus d'inconnu devant nous, dites-vous ?
Ah, bon, c'était *l'homme, cet inconnu* ?

Osons dire plutôt que c'est justement *l'inconnu* qui a détruit vos petites certitudes, et vos pitoyables espoirs !

Le pire drame du peuple juif à l'ère moderne, après le génocide subi en Europe, fut de s'assurer l'existence d'un État-nation hébreu au moment où cette forme de gouvernement politique était à la fois condamnée, depuis deux occurrences tragiques et mondiales, et promue comme facteur décisif de « libération » par les humanistes onucrates. Le nationalisme arabe, le post-traumatisme nazi, la chute des anciens empires coloniaux firent le reste. Le monde arabe refusa tout compromis, et plutôt que de faire du découpage arbitraire des onucrates une plate-forme de discussion ouverte sur un projet supérieur, les petits roitelets jordaniens, syriens, égyptiens, irakiens, mal conseillés par leurs « amis » anglais et d'anciens criminels de guerre nazis, crurent bon de déclencher une guerre totale contre le nouvel État juif. La Légion arabe se lança à l'assaut de Jérusalem, fut promptement défaite par une armée dont les cadres avaient été formés dans le feu de la Seconde Guerre mondiale (brigades juives de l'US Army, Résistance européenne, camps) et l'État d'Israël put se constituer sur l'oppression des Arabes palestiniens, déportés à leur tour, livrés à la misère physique et intellectuelle des campements de réfugiés, puis des organisations terroristes de « libération nationale ». Bref, resurgi de l'Apocalypse et des cendres de l'Europe, Israël manqua sa vocation première, qui était de confédérer l'humanité autour d'un nouveau projet métanational, avec comme capitale du monde Jérusalem.

Devenu État-nation comme les autres, avec son siège à New York, mais ayant raté deux millénaires ou presque d'expériences politiques, le peuple d'Israël s'est vu forcé de jouer son destin avec et contre l'ONU, avec et contre les États-Unis, avec et contre la France, avec et contre l'Angleterre, avec et contre l'URSS, souvent brillamment, ses victoires militaires contre les Arabes lui assurant une suprématie sans conteste, pour finalement parvenir à la terrible et absurde situation de cette fin de siècle, où sur la superficie de deux départements français s'opère un émiettement ethnico-national de colonies juives et de camps palestiniens inextricablement imbriqués, vivant chacun derrière leurs barbelés, leurs miradors, leurs murs et leurs grillages, avec la Torah d'un côté, le Coran de l'autre brandis comme de petits livres noirs, ou verts, chiens de garde de la pensée, livres devenus prisons, Verbe enchaîné à l'Ignorance parée des Vertus de la Foi.

Il est toujours vain de se faire juge des générations passées, et tel n'est pas mon propos. On me permettra juste de regretter que personne ne se fût permis à l'époque de prévenir les sionistes que le peuple juif ne trouverait qu'un salut très précaire à l'abri des conceptions démocratiques et nationales de la politique.

*

Nouvelle offensive en règle du maccarthysme de gauche et des victimocrates professionnels en Amérique du Nord. Ça n'arrête jamais, c'est vague sur vague, en dépit des pertes subies, sans cesse plus lourdes pour la société américaine.

Dans un lycée de l'Indiana, je crois, un groupe d'étudiants noirs s'est vu mettre à la porte par le School Board après avoir provoqué une très violente bagarre, digne de la guerre de rues, avec une équipe de football adverse. Bagarre filmée par une vidéo de surveillance qui ne laisse aucun doute possible quant à l'occurrence des faits et aux diverses responsabilités en jeu. Il se trouve que cette bande de jeunes frappes avait par ailleurs consciencieusement séché plus des trois quarts du temps scolaire, juste pour signifier que se voir priver de la petite fraction restante n'allait pas les léser de beaucoup.

Aussitôt les médias nationaux sous le contrôle des « progressistes » pro-Clinton grossissent-ils avec empressement l'affaire, au point que le successeur autodésigné de Martin Luther King lui-même, l'homme pour qui toute sanction envers un Noir est automatiquement une injustice : le révérend Jesse Jackson, est venu se livrer pieds et poings liés au tribunal avec les jeunes frappeurs en demandant leur réhabilitation immédiate, sous l'œil de cinquante caméras de télévision. On invoque des préjugés sociaux et raciaux, on affirme que les critères d'admission et de succès aux examens sont trop élevés, on accuse le Board d'être raciste, puisque composé d'une majorité de Blancs (je rappelle que la communauté afro-américaine représente douze pour cent de la population totale des USA), bref on victimise aussitôt un groupuscule de médiocres, rendant de fait suspects les autres membres de leur communauté, sous le couvert d'une *affirmative action* qui ne fait que démontrer chaque jour un peu plus ses faiblesses et nous donne à voir l'étendue du désastre.

Sur ce sujet, comme sur bien d'autres, je conseille à toute personne désireuse d'objectivité critique et de saine réactivité à tous les sermons foireux de la gauche libérale ou sociale-démocrate mondiale, d'aller visiter le site Frontpage. com, pour y lire les chroniques de David Horowitz et de Larry Elder, l'un, juif et ancien supporter radical de l'*affirmative action* et des Black Panthers, s'est converti avec courage à une pensée ouvertement libertarienne, et l'autre, columnist noir, républicain et brillant polémiste, que certains bureaucrates fédéraux ont essayé de faire licencier de son poste d'animateur sur une radio californienne de grande audience, a depuis vu son taux d'écoute décupler, en particulier auprès des Afro-Américains et autres minorités qui en ont assez des discours socialistes démagogiques et qui constatent que trente ans d'une telle politique les a laissés dans la misère, dont ne profitent que de petites crapules autobombardées artistes prônant la destruction des valeurs traditionnelles à des générations déculturées qui n'auront même pas eu l'opportunité de les apprécier ou de les haïr par elles-mêmes. Comme le rappellent sans cesse Horowitz et Elder aux catins blanches et aux putains noires de la bonne conscience humanitaire, ce ne sont pas les armes à feu qui tuent des milliers de jeunes Afro-Américains par an, *ce sont d'autres jeunes Afro-Américains* : pour qu'une arme tue, il faut en effet que *quelqu'un* appuie sur la détente.

Au lieu d'accuser les fabricants d'armes à feu, et

une Constitution qui garantit aux citoyens la possibilité de se protéger des visées totalitaires d'un régime ou d'un autre, comme de l'agression caractérisée et homicide, ne vaudrait-il pas mieux observer les faits et les statistiques avec attention, et constater que ce qui tue tant de jeunes aux États-Unis, c'est une certaine déliquescence de ce qu'on nommait « morale » autrefois, et qu'on appelle parfois « culture » aujourd'hui ?

Ce sur quoi une démocratie prétorienne comme l'Amérique est basée tient en quelques mots : tout citoyen de cette république a les droits et les privilèges de l'ancienne noblesse européenne ! Cet audacieux pari sur la nature humaine ne peut tenir qu'à l'ombre du châtiment suprême et d'un investissement colossal sur l'éducation et les sciences. En effet, avoir le droit de tenir l'épée demande de savoir en faire une authentique liberté, et non de se conduire comme un porc.

Cinquante pour cent de la population carcérale US est constituée d'Afro-Américains, où ils forment la grosse majorité des détenus pour crimes violents (meurtres, viols, vols avec violence, agressions), et plus de quatre-vingt-dix pour cent des jeunes Noirs tués chaque année le sont par d'autres Noirs. Il est clair qu'aucune prédisposition raciale ou génétique, ni même « sociale », n'est à la racine du mal, mais bien plutôt l'application forcenée d'une politique égalitariste qui a su s'accompagner d'une propagande insidieuse et quotidienne, par le biais de l'« éducation » et de la « culture », c'est-à-dire, soyons clair, l'inverse de tout ce qui fonde une éducation et une culture.

Mais pendant ce temps-là une presse de petits branleurs blancs fascinés par la « *street credibility* » et autres conneries d'ados jouant aux caïds nous joue la pièce de la « contre-culture radicale », du « *gangsta way of life* », des « victimes » de l'« ordre blanc », de la « lutte » des « minorités ethniques », du « racisme institutionnel », et autres billevesées à la consternante et répétitive platitude. Il faut être aveugle pour ne pas voir que la ségrégation positive est le plus terrible de tous les échecs de la société américaine, prévisible dans sa terminologie même comme par ses origines sociales-démocrates. Il faut être sourd pour ne pas entendre les cris d'alarme qui montent des collèges et lycées de tout l'Occident face à cet anéantissement des valeurs, cette dégradation des hiérarchies, cette stupidité crasse érigée en modèle, sirènes d'alerte que des petits-bourgeois humanistes taxent de paranoïas alarmistes, voire d'incitations à la haine, alors que c'est justement leur pensée sociale-libérale qui classifie les comportements, les valeurs et les hommes selon la race et les idées, en cherchant constamment un bouc émissaire blanc et conservateur à l'échec patenté de l'Éducation nationale américaine, ou française, tenue par les socialistes des *Teachers Unions*.

Le droit de posséder une arme est garanti aux États-Unis par la Constitution. Il est même garanti que rien ne puisse être entrepris pour le réprimer. L'autre plateau de la balance, c'est le risque de prendre perpette ou de griller sur la chaise si vous abusez de cette facilité pour tuer un ou plusieurs de vos congénères de sang-froid, dans un but criminel (c'est-à-dire si vous ne vous défendez pas vous-mêmes, ou votre famille, ou vos proches et voisins d'une agression armée).

Il n'y a rien là de « raciste », ni de « bigot », ni de « conservateur », c'est du simple bon sens.

Les tueurs en série, des criminels hautement dangereux à la perversité sans égale, usent rarement des armes à feu, c'est là un des traits déterminants de leur caractère. Ils préfèrent se servir d'armes blanches, de liens et d'instruments de torture, soit dans la plupart des cas d'outils domestiques déviés de leur fonction initiale. Doit-on alors interdire la vente des couteaux de cuisine, des cordes de marine, des tenailles, perceuses, tronçonneuses et autres scies circulaires ?

On comprendra qu'accuser l'objet manufacturé de la responsabilité du crime n'est qu'une mascarade idolâtre qui confère à un simple produit inanimé des comportements vivants, conscients, donc jugeables et condamnables, afin de transférer la sanction hors du champ de l'homme.

C'est donc aux acteurs principaux de la communauté afro-américaine d'enfin comprendre que la démocratie n'est pas un système collectiviste où il suffit de pointer à un guichet toutes les semaines pour recevoir un subside et se sentir dans l'obligation de ne rien foutre, aux crochets des autres.

La fin de l'esclavage (système qui fut une invention des démocrates du Sud, rappelons-le autant que faire se pourra) ne conduit pas au Paradis égalitaire de la société socialiste, certes non. La démocratie américaine est constitutionnellement basée sur le mérite individuel et la solidarité des citoyens, elle consiste à affronter avec un minimum de lucidité les problématiques engendrées par l'évolutionnisme humain sur cette planète, et c'est son unique métaphysique. Si vos choix sont la médiocrité et le crime, pourquoi devriez-vous attendre un geste de compassion avant d'avoir montré un premier signe d'authentique remords, pour ne pas parler de rédemption ?

Mais quiconque tient aujourd'hui un discours non jeuniste, ou non racialiste, ou non tribaliste, et non égalitariste, et qui invoque la sagesse des Anciens, la loi du talion, la pénétrante justice du châtiment, est illico taxé de *bien-pensant*, dans une société comme le Québec, ou le Canada, où de mauvais traitements à un animal sont plus sévèrement condamnés par le ministre de la Justice qu'un acte d'irresponsabilité caractérisée envers un enfant en bas âge, et où de dangereux pédophiles en série sont relâchés au bout de douze mois de prison, et vivent tranquillement à deux pas des écoles maternelles !

Invoquer la pauvreté et les jeux vidéo pour expliquer qu'un gamin donne quarante-cinq coups de couteau à une vieille femme sans force et sans défense est au mieux une mauvaise plaisanterie d'un goût douteux, au pire une bonne blague de politicien, en tout cas elle ne me fait pas rire.

Comme le dit si bien Larry Elder dans une de ses violentes chroniques : lors d'un « *drive-by-shooting* » doit-on incriminer simultanément le fabricant de l'arme *et* le constructeur automobile ?

Si de jeunes crétins à la peau noire (ou blanche, jaune, ou violette à pois roses, peu m'importe) décident de violer collectivement leur professeur, est-ce parce que la jeune enseignante était trop blanche, je veux dire *trop différente*, portait-elle des jupes trop courtes, était-elle trop jolie ? Y avait-il un écriteau rappelant que le viol est formellement interdit affiché à l'entrée de la classe ? Était-il écrit en non-langage signalétique et publicitaire abordable par des adolescents ? Faudra-t-il bientôt appliquer la politique des quotas aux peines judiciaires elles-mêmes ? Inventer un système carcéral régi à la proportionnelle, selon la composition ethnique de la population ? Nous vendrait-on alors un nouveau progrès pour l'ÉGALITÉ des droits humains ? N'en doutons pas.

Tout cela ne mène à rien, on le voit, sinon au désastre, c'est l'obstiné refus du réel et son camouflage sous le rimmel de la bonne conscience humanitaire, ce cosmétique dévolutif qui conduit les peuples et les nations irrémédiablement au déclin, à la misère et à la guerre.

Dans le même genre, je me dois de rapporter ici la décision prise au Québec le 26 janvier 1998 par une « juge » de la Cour provinciale, nommée Monique Dubreuil, après le viol d'une jeune femme par deux jeunes Haïtiens d'une vingtaine d'années. Non seulement les deux ordures ont bien été déclarés coupables du viol, non seulement ils n'ont éprouvé strictement aucun remords devant les faits avérés, mais ils ont écopé, grâce à cette tenancière des droits du criminel, d'une peine de dix-huit mois avec sursis !

Je ne peux résister plus longtemps à vous faire connaître l'intitulé de cette décision de Mme Dubreuil, qui n'a de « juge » que le nom, et dont nous attendrons sans doute en vain qu'elle subisse un jour comme il se doit les foudres d'une véritable justice : « Dans la présente affaire, l'absence de regrets des deux accusés me semble relever plus d'un contexte culturel particulier à l'égard des relations avec les femmes que d'une véritable problématique d'ordre sexuel. »

Comme toujours en de pareils cas, on ne saura s'il faut en rire ou en pleurer. À moins que ce ne soit la rage, la colère, la haine à l'état le plus pur qui prenne la gouverne de nos sentiments et nous fasse hurler à la face de cette petite servante du relativisme culturel qu'on ne lui demande pas de nous infliger ses points de vue saugrenus sur les « problématiques d'ordre sexuel » ou les « relations avec les femmes » mais de statuer sur un CRIME, pour autant que ce mot produise encore quelque écho dans sa cervelle de Bécassine ramollie par un demi-siècle et plus d'humanitarisme généralisé.

*

J'apprends avec stupéfaction qu'au Canada, vous ne pouvez plaider la légitime défense que si vous apportez la preuve que vous n'aviez aucune solution de *fuite* s'offrant à vous.

Le Canada et plus encore le Québec restent empreints de ce vieux paradigme européen et humanitaire qui entend qu'on ne se dresse pas soi-même contre le crime, que le citoyen se doit d'être docile et passif, constamment assisté par la prothèse de l'État, au point que même une situation aussi cruciale que celle de l'intervention civique, où lâcheté et honneur sont mis en balance, ne les fait point pencher dans le sens du secours aux victimes, mais vers la protection des droits de l'agresseur.

Je rappelle en passant ce à quoi cela a conduit la France dans la première moitié des années 40.

La pègre, c'est le règne dévolutif de la horde, la « loi » du plus brutal et du moins sensible, du moins généreux et du moins noble, du plus malin et du moins intelligent. Pure économie de marché retournée à l'état sauvage, on n'y trouve plus aucune valeur, sinon celle du pognon qui est bien l'antivaleur par excellence, comme on dit antéchrist, et en tout cas plus aucune capable de fonder une quelconque culture. Y voir au contraire un gisement de *valeurs culturelles*, c'est ce dont les petits yuppies incultes libéraux d'Hollywood et de New York ont persuadé la communauté afro-américaine, puis l'ensemble de la société, en se faisant des burnes en platine massif sur la décadence et l'autodestruction de masses entières de familles et d'individus condamnés ainsi à l'avance.

Ni l'Amour ni la Justice ne sont des brosses à reluire.

Je me dois de répondre à l'avance aux détracteurs qui ne manqueront pas de faire remarquer que je suis un de ces « horribles et fanatiques partisans de la peine de mort », et qui m'enverront sans doute à la figure les nombreux exemples atroces où cette peine fut appliquée sans mesure aux États-Unis.

Ne croyez pas que je me dérobe : en ce qui me concerne, et comme je l'ai déjà dit sous d'autres formes, le châtiment suprême n'a de valeur que s'il sanctionne de façon lisible une catégorie de crimes particulièrement atroces, des crimes qu'on situe d'emblée au sommet de l'échelle, ou plutôt au fond du gouffre, et qui se distinguent ainsi des autres, justement dénommés de « droit commun ». Je crois à une « justice d'exception » civile, si vous me passez l'expression. Ainsi, les crimes contre l'humanité ou les crimes de guerre, mais aussi selon moi les tueurs en série sociopathes, les gangsters organisateurs d'assassinats à grande échelle et les violeurs séropositifs à répétition entrent dans l'orbite fatale de la peine terminale. Et certes pas un adolescent qui braque une banque ou une station-service et commet l'irréparable dans un geste de panique, contre le caissier, le vigile ou un flic, ni même le meurtrier de sang-froid, qui se fera justice lui-même, lors d'une occurrence singulière, souvent *tragique*.

Une société qui ne peut plus distinguer entre d'une part un crime prémédité, mais unique, et actualisé par une fatale série de circonstances et de choix personnels viciés, et d'autre part une longue succession d'assassinats et de traitements inhumains parfaitement planifiée, organisée et mise en œuvre avec méthode, applique selon moi une politique bien pire que l'abolitionnisme, puisqu'elle le justifie.

Confondre le chef de gang et le pauvre, voilà où en est rendue la sous-pensée humanitaire de cette fin de siècle. Confondre la populace de bourgeois et de voleurs (coquins et faquins) qui cracha sur le Christ alors qu'il portait Sa croix vers le lieu de Son supplice, avec les mendiants et les prostituées, leurs victimes, qui seules vinrent nettoyer ses pieds meurtris et lui offrir un peu d'eau, pourtant gratuite !

Ne croyez pas pour autant que je n'éprouve point de compassion pour les jeunes âmes ainsi vérolées par la propagande de la racaille, même celles des immondes petits exploiteurs esclavagistes autoproclamés « chefs de gang ». Non, car voyez-vous, selon moi la compassion ne consiste pas à brosser avec une patte de velours les gens dans le sens de la pelisse des bons sentiments, ou pire à leur astiquer le manche, et dans ce cas précis à conforter les choix viciés de jeunes délinquants déjà perdus qui dans le meilleur des cas finiront en prison, ou sur la chaise électrique, ou une balle dans la tête avant l'âge de trente ans. Est-ce tout ce que les bonnes âmes charitables et humanitaires à la mode ont à leur offrir ? Alors tant pis, je dis moi que je leur prouve bien plus de *respect* en osant leur retourner l'image de leur avilissement, en les conspuant de la façon la plus brutale qui soit, et en leur promettant l'enfer sur terre s'ils s'obstinent à vivre ainsi de la crapulerie. Celui de l'au-delà n'étant pas de mon ressort.

Qu'on ne se méprenne pas : je connais un peu pour les avoir étudiés de près les *patterns* socio-psychologiques qui conduisent à la criminalité, ils ne sont pas toujours du même type que ceux qui conduisent à la simple délinquance, même si un engrenage de fait peut conduire de l'une à l'autre. La vérité est que les carences affectives et éducationnelles n'expliquent pas tout, ni même le nihilisme marchand, il faut se faire à l'idée que certaines personnalités sont proprement faites pour le crime, qu'elles s'y épanouissent et qu'elles saisissent la moindre occasion pour le faire. Il faut admettre une bonne fois pour toutes qu'entre une simple fourmi, ou une jeune prostituée, et un chef de gang qui les exploite on franchit une échelle de grandeur, mieux, on passe au travers de l'articulation dominant/dominé et on constate que ce « chef de gang » était fait pour l'exploitation la plus féroce de ses congénères et qu'il aurait agi avec ni plus ni moins de scrupules et de brutalité en embrassant une carrière plus licite.

Pour le gang il n'existe pas de loi supérieure à celle du gang, surtout pas celle de la « société », et je ne parle pas du Très-Haut. Comme le nazisme, ou le communisme, pour qui il n'y avait pas de loi au-dessus du parti, comme l'entrepreneuriat esclavagiste civil pour qui il n'y a pas de loi au-dessus du profit, comme le tueur en série pour qui il n'y a aucune loi au-dessus de son moi/ça/surmoi avide de satisfactions hautement perverties, le gang offre une liberté positive sans limites, qui se nomme crime et qui conduit directement au néant.

Ce que je reproche le plus au national-populisme du Front national, c'est qu'avec ses gesticulations fascisantes et son inepte antisémitisme ordurier et profondément enraciné, il donne depuis quinze ans et plus l'occasion au stalino-humanitarisme de s'offrir une virginité politique et une bonne conscience antiraciste à peu de frais. Qu'il s'agisse en plus du seul parti s'affirmant ouvertement partisan de la peine de mort est devenu l'argument central des abolitionnistes, et de fait il pèse son poids.

Comme ses équivalents aux USA, et pour des raisons évidentes liées à ses origines historiques et au passé de son haut personnel politique, le FN s'avère incapable d'appréhender la peine de mort à l'aune des jugements du tribunal de Nuremberg, et il veut la recycler dans le dispositif pénal du « droit commun », ce qui est non seulement une lourde stupidité de plus, mais un crime crapuleux contre l'esprit de la justice.

Le FN a pu gentiment prospérer sur le trouble sentiment d'injustice et le mécontentement croissant de populations proprement dévastées par la criminalité urbaine et l'humanitarisme bon teint avec lequel elle se doit d'être aujourd'hui relatée. Que l'Éducation nationale laïque-et-obligatoire soit un désastre sans comparaison (même les ex-démocraties populaires faisaient mieux !) et que des gangs ethniques vivant dans l'impunité la plus totale aient pu se constituer de véritables fiefs au cœur des villes de la banlieue française ne sont certes pas des vérités bonnes à dire, mais les laisser aux mains de Jean-Marie Le Pen, ou de Jean-François Kahn, n'était guère intelligent pour des démocrates éclairés. Accuser les gens de racisme parce qu'ils en ont marre de subir les agressions journalières de petits malfrats incultes et qu'ils demandent la justice et l'égalité républicaine dont on leur vante les mérites depuis deux bons siècles est au mieux une escroquerie cynique, au pis une de ces perversions jésuitiques dont nos hommes de gauche sont si friands.

De la même façon on entend depuis environ deux décennies un concert ininterrompu d'âneries humanitaires nous affirmant que tout contrôle des flux migratoires est une atteinte aux droits de l'homme et que l'immigration est par nature un bénéfice pour les sociétés ouvertes. Chassez la téléologie marxiste et la revoici toute pimpante, parée des atours de la non-philosophie contemporaine. Il est temps de comprendre qu'il n'existe rien dans l'économie humaine qui soit bon, ou mauvais, *par nature*. L'immigration n'est ni bonne ni mauvaise en soi, seul compte ce que nous en faisons, *ce que nous osons en faire*.

La France est un pays de migration depuis ses origines, certes, mais personne n'ose dire que les flux migratoires actuels ont peu de chose à voir avec ceux des siècles précédents. Les rares personnes qui s'y risquent sont obligées d'employer des circonvolutions langagières sophistiquées les mettant provisoirement à l'abri de l'opprobre public et de l'accusation de racisme ou de néopétainisme pro-FN. Pourtant, dire que la France est *trop petite* pour la nature et le volume de ces flux, ce n'est pas être xénophobe, c'est au contraire regretter que rien n'ait été entrepris pour agrandir et rénover la maison, qu'aucune destinée euro-continentale n'ait pu être proposée à ces millions d'hommes et de femmes venus des quatre coins du monde.

Oui, il est tout aussi étonnant que scandaleux de constater qu'au bout de trois décennies de politiques incohérentes et contradictoires, la France, en l'absence d'une Europe fédérale, ne s'est toujours pas dotée d'un ministère de l'Immigration et de la Citoyenneté, comme la plupart des autres nations civilisées. Ah, mais j'oubliais... La France n'en a nul besoin, n'est-ce pas ? puisqu'elle a son modèle républicain laïque-et-intégrateur qu'on nous envie jusqu'à l'autre bout de la Galaxie.

La « Constitution » canadienne est supervisée par une « Charte des droits et libertés » dont l'application est du ressort direct de la Cour suprême. Je n'y vois aucun problème.

À quand une Charte des devoirs ?

Le système éducatif québécois est un authentique désastre. Dirigé par des bureaucrates sociaux-démocrates plus ou moins radicaux, le système scolaire des premier et second cycles s'avère incapable de former un individu sachant lire et écrire convenablement. En lieu et place des auteurs classiques, ou modernes, d'importance capitale, on fait ingurgiter aux élèves le brouet infâme de la « culture » médiatique, et on ne leur impose plus aucun effort concerté, plus aucun apprentissage, plus aucun effort, donc plus aucune douleur, analogue à celle qu'on éprouve lorsqu'on entraîne ses muscles sur le gazon du terrain ou le sable de la piste. Le système éducatif québécois ressemble étonnamment à son cousin de France, avec comme antécédent encore récent et frais dans toutes les mémoires le modèle jésuitique qui pesa ici sur l'éducation publique jusqu'au milieu des années 60. Le modèle confessionnel catholique valait ce qu'il valait sur le plan des valeurs morales et de la formation professionnelle (à mon sens pas grand-chose), il n'en reste pas moins que le contenu philosophique classique, jusqu'aux origines gréco-latines de notre civilisation, en formait encore le ciment constitutif, et qu'à force de pédagogies globales et de déconstructivisme délirant le système néobourgeois et social-démocrate hérité de 68 a tout bonnement défait l'édifice forgé par quinze siècles de tradition (depuis saint Augustin), appliquant la méthode de la *tabula rasa* des « expérimentateurs » aux prédicats marxistes, ne livrant aux jeunes âmes en quête d'un destin que la sinistre notion de « compétences », plus la moindre dose d'authentique littérature ou de philosophie, pas même contemporaine, une pauvreté positiviste et socialisante affirmée comme seul horizon possible, produisant depuis environ vingt-cinq ans une succession de générations pratiquement analphabètes à qui l'on a fait croire que la libre expression de soi était la base de toute culture, alors qu'elle ne peut être que son aboutissement le plus haut, et le plus rare.

*

Une aristocratie inculte n'est guère moins recommandable qu'une bourgeoisie cultivée.

Le « libertarisme », cet ultime prolongement de l'utilitarisme économique libéral, montre très vite ses limites philosophiques. Certes, il représente le seul matérialisme politique un tant soit peu cohérent et adapté aux nouvelles évolutions des sociétés humaines, mais précisément, il reste en cela prisonnier des antiques dialectiques et de la vision positiviste de l'homme moderne. Un tel renoncement à l'État, à la Loi, à la Connaissance, à la Discipline, et aux paradoxes fondateurs de la Liberté, une telle croyance dans le Progrès, dans l'Homme, dans la Société, la Technique et le Marché est le plus beau syncrétisme positiviste-rousseauiste qui ait vu le jour depuis le socialisme marxiste.

N'en déplaise à ses épigones, l'homme n'est pas *bon*, loin de là, il est le plus souvent *ignoble* au sens strict, pour qu'il apprenne les rudiments de la solidarité il aura fallu user du fouet durant des millénaires. Relâcher l'attention, et la bride, sous prétexte de droits démocratiques, laisser croire qu'une société humaine s'autorégule avec un vulgaire système de pompes plus ou moins invisibles, nommé « marché », et un Code civil, sans qu'aucun projet métaphysique ne l'anime, autre que le contentement des cochons à peine tirés de la populace par la grâce d'un Loto national, ou spéculatif, et voici l'humanité tout entière se vautrant dans l'égocentrisme à courte vue, sous d'innombrables prétextes idéologiques qui ne manquent certes pas aujourd'hui, avec toutes ces usines-à-pensées qui les produisent comme autant de marques de lessive.

L'économie de marché libérale et globale de la nouvelle bourgeoisie planétaire aurait pu servir l'expansion d'une humanité fédérée autour d'un Dieu unique, d'un *gouvernement* unique, au sein d'un vaste empire métanational, formé de communautés à la fois mouvantes et solidaires, tout entier dévoué à transformer la Terre pour préparer l'Éternel Retour du principe christique en son sein, à l'unique condition qu'un système aristocratique qui lui eût été supérieur la maintienne à sa place. Un empire dont les frontières seraient d'emblée celles du Système solaire. Un empire qui aurait fait des Sciences et de la Charité le Sacré-Cœur de son emblème. Serpent de la Connaissance et Croix des Vents entremêlés, empire des navigateurs du cerveau et des astres, civilisation enfin maîtresse de sa destinée, puisque s'ouvrant sur l'Infinitude du Cosmos, là où toute intelligence vivante et agissante doit s'épanouir, puis se perdre.

Mais un tel projet détruirait toutes les métaphysiques actuelles, il ferait de la bourgeoisie mondiale un simple instrument, comme le reste de la population, des États-nations un vague souvenir, comme les antiques théocraties, de la démocratie un provisoire compromis historique sur lequel un principe supérieur devrait impérativement s'élever, des droits de l'homme un appendice à ses devoirs, et non l'inverse, de sa liberté un don à la justice, et non plus à son petit moi, de la culture un complot paradoxal contre l'homme, en vue de sa survie *par* son anéantissement, et non l'expression d'identités soi-disant singulières, qui ne servent plus le Verbe qui les fait vivre, parfois richement, bref, osons le dire : il ne contenterait vraiment personne.

Et c'est bien en cela qu'il est absolument nécessaire.

Il existe trois types de théories politiques : celles qui s'adaptent au flot du courant, celles qui s'y noient, et celles qui surnagent à contre-courant.

*

Que m'importe, sachez-le, d'être traité d'affreux réactionnaire par de petits fonctionnaires du syndicat kulturel, des artistes subventionnés, des scribouillards mollasses au service de l'ordre somnifère, des humanitarocrates pour qui le violeur est la pauvre victime, et la fille vérolée par douze spermes et souches virales différentes la provocatrice coupable, surtout si elle est blanche et a commis l'erreur de vouloir faire du jogging dans Central Park, ou bosniaque et n'a pas eu le bon goût d'être yougoslavo-communiste, j'aurais pu, croyez-moi, gentiment me glisser dans la peau du gentil Français émigré *âdooorant* le Québec et ses *chââârmantes* coutumes ancestrales, Félix Leclerc, Maria Chapdelaine, la poutine, le joual, l'État socialisant humanitaire et le paravent souverainiste, voire la postmodernité « décoiffante », j'aurais pu à l'inverse remplir mon rôle de défenseur de la mère patrie en me dressant d'un air solennel contre la barbarie américaine en invoquant le saint dictionnaire et les noms oubliés de quelques antiques grammairiens trépassés depuis des siècles, oui, j'aurais pu agir comme tant de mes compatriotes, et tant d'intellectuels locaux, à m'agiter sous divers drapeaux qui chacun flatte son petit ministère, sa petite tribu, sa petite chapelle, j'aurais pu ardemment brosser ma génération, mon public, ma « communauté naturelle » dans le sens du poil, j'aurais pu moi aussi me déclarer courageusement progressiste et social-démocrate, ou violemment rebelle-anarchiste-engagé-contre-le-Grand-Capital, j'aurais pu tailler bien des pipes au Peuple, qui me les aurait rendues au centuple, pour le moins, en se précipitant en masse sur mes livres, oui, j'aurais pu pour de bon m'engager sur la voie du confort intellectuel absolu, après avoir acquis un tout relatif confort matériel, j'aurais pu assurer ma reconnaissance à une coterie quelconque, qui l'aurait honorée par un prix littéraire au nom fleuri et charmant au bout d'un peu de patience et de persévérance, j'aurais pu ménager quelque repos bien mérité à ma petite famille, j'aurais pu décider qu'à quarante ans l'heure était sans doute venue de m'assagir un peu et de pondre quelques nullités psychologiques qui m'assureraient définitivement un succès auprès des jeunes filles et des lecteurs de « vraie » littérature, mais je ne sais quel invraisemblable coup du sort m'a fait irrémédiablement pencher du côté de la vérité, et de son scandale permanent, pour paraphraser Bernanos, oui, je me vois dans l'obligation, mes chers amis, je veux dire ce qu'il en reste, ceux et celles, sans doute peu nombreux et encore moins nombreuses, qui m'auront suivi jusqu'ici, je me vois forcé, mes chers et rares amis, donc, de brûler tous mes vaisseaux d'un seul coup, de déclarer ouverte la guerre contre le petit homme néobourgeois, humaniste, socialiste et libéral du prochain siècle et de vous inciter à votre tour à prendre les mots pour des armes, et à prendre les armes pour les mots s'il le faut.

I'm not with the thousands crowd
I'm with the 99...
Big Audio Dynamite

Montréal, le 21 décembre 1999.

Les dix derniers jours du XXe siècle

Buy me a ticket to a sonic reduction
Guitars gotta sound like a nuclear destruction
Seems I'm a victim of a natural selection
Meet me on another slide, another direction
Don't need a cure
Don't need a cure
Don't need a cure,
Need a final solution

Final Solution (Bell-Père Ubu)

Qui parmi nous aurait pu prévoir le surgissement de telles vérités foudroyantes du cadavre putréfié de l'Homme ?

Qui aurait pu identifier le gène défaillant qui entraînait nos sociétés dans la mort ?

Qui parmi nous aurait eu assez de courage pour s'approcher enfin du brasier ardent, pour franchir la limite qui nous sépare de l'anéantissement devenu nécessaire ?

Qui aurait su donner une voix à cette exigence de spectres réclamant justice, en faisant de notre humanité étriquée le principal accusé, oui, qui aurait enfin appelé à la tenue du tribunal du Jugement dernier ?

Où se serait-il tenu, d'où nous aurait-il parlé, s'il avait existé, ce vociférateur tranquille de vérités mortelles ?

Quelle aurait été la composition de son venin, à ce Serpent du Logos enfin vivant ? Comment nous aurait-il délivrés des poisons idéels et des droits domestiques ? Comment nous aurait-il enchaînés à la Liberté de la Connaissance ? Vers quelles hauteurs nous aurait-il conduits, pour notre ravissement ? Dans quels abîmes nous aurait-il perdus, pour notre apprentissage ?

De quelle façon ignoble l'Homme aurait-il tenté et serait sans doute parvenu de nouveau à le condamner au supplice ? Comment une poignée de desperados aurait-elle pu empêcher cette terrible récurrence ? Pourquoi l'Homme refusait-il de comprendre qu'il n'était qu'une variation de possibles, pourquoi refusait-il à ce point de laisser s'épanouir une nouvelle forme, pourquoi résistait-il ainsi aux Écritures ?

Personne ne voulait plus affronter la réalité de notre condition avec la lucidité requise, c'est-à-dire avec la hauteur de vue nécessaire, avec ce point de vue panoramique sur notre humanité ; un antique savoir, reconnaissable dans la tradition judéo-chrétienne comme dans les Upanishads, le bouddhisme tantrique ou le Pop Vuh des Mayas Quitchès, oublié et travesti par les prêtres des cultes votifs, avait d'abord été dédaigneusement ignoré par les technosciences modernes puis avili par les absurdes syncrétismes new age qui naquirent par réaction. Ce savoir concernait la genèse, les formes et le devenir de l'homme dans le Cosmos. Son outil principal était le cerveau, considéré non pas comme simple « machine » biologique doublée de son analogue symbolique meublé de souvenirs, de pulsions et d'idées, mais comme un *outil de navigation* neurotropique embarqué à l'intérieur d'un *corps-véhicule conscient* correspondant à une réplique fractale de l'Univers. Cet Univers, comme le savaient les Anciens intuitivement et scientifiquement (c'est-à-dire selon des méthodes éprouvées expérimentalement, ce que confirment les techniques du yoga tantrique), est en effet un colossal *système d'information* dans lequel la vie consciente, incarnée sous une forme plus ou moins humanoïde, sert de vecteur, avec plus ou moins de réussite, et souvent moins que plus car le problème, unique, désespéré, presque insoluble de la conscience, c'est précisément de ne pouvoir émerger que de la matière et de devoir absolument se libérer de ses contingences.

La conscience, c'est un parcours sans fin entre mort et naissance, entre néant et illusion, entre esprit et matière, c'est un travail nécessaire, *tragiquement* nécessaire de la vie, sa résolution s'effectue dans sa perte et sa chute, jusqu'à l'anéantissement, sans cesse recommencées.

N'en déplaise aux petits employés de bureau de la science positive, seul le Néant peut engendrer l'Univers, le Tout ne peut provenir que du Rien, le Cosmos est une tautologie toujours vraie, qui peut donc être inversée, et surtout poussée au bout de ses limites, jusqu'à son originel anéantissement.

Le Néant n'est donc pas l'absence du Tout, ou plutôt il n'est pas *que* cela, puisque ensemble ils coévoluent, il s'agit plutôt d'un pur principe actif, qui s'engendre et se détruit par la grâce d'une même opération dont les termes sont tous les phénomènes cosmiques, de quelque nature que ce soit. Rien ne se crée, tout se transforme, répètent les rationalistes en croyant faire de Darwin l'ultime fossoyeur de Dieu. Mais cette vision prétendument scientifique occulte le fait que toute création est transformation et toute transformation création : car elle se bâtit sur cette incroyable « logique » qui stipule que *puisque* tout se transforme, *alors* rien ne se crée. Or toute authentique transformation passe par une phase d'anéantissement, où tous les termes s'annulent, et c'est précisément de cette opération que peut surgir, *ex nihilo*, un principe supérieur. La Transformation, ce n'est pas autre chose que l'Éternel Retour de l'acte créateur, avec sa nécessaire phase de Néant opératif.

Comme l'ADN, comme le cerveau, comme la pensée, l'univers macrocosmique est plié, replié, surplié, hyperplié sur lui-même ; repliez à l'infini une spirale sur elle-même et vous obtenez sans doute le plus beau système d'*information* qui se puisse concevoir : linéarité et circularité sublimées par un principe né de leur *annulation*, de leur équilibre dynamique, dans lequel la vie s'exprime comme articulation paradoxale de la « différence » et de la « répétition », acte créateur sans cesse anéanti, surgissant de cet anéantissement, éternel retour du cosmos sur lui-même en tant qu'extension infinie de tous ses possibles.

En l'an de grâce 1999, différentes équipes de scientifiques nord-américaines sont parvenues à provoquer des *Near Death Experiences* (NDE) par excitation EEG de certains points très précis du cerveau des sujets. En dehors du fait que nos philosophes et écrivains nationaux feraient bien d'aller voir le film *L'expérience interdite**, maintenant qu'il

* Version française de *Flatliners*.

ne s'agit plus de science-*fiction*, il apparaît que pour bon nombre de rationalistes « scientifiques » cela semble prouver de façon définitive que lesdites NDE sont bien de « vulgaires hallucinations » et non le signe d'un passage de la conscience vers un état inconnu situé dans un « au-delà » des actuelles frontières physiques et biologiques. C'est à cause de leurs pauvres conceptions humanistes et positivistes du cerveau humain que leur sens critique se perd ainsi à la première circonvolution paradoxale, que l'on retrouve pourtant dans à peu près toutes les structures vivantes, des plis chromosomiques aux trilobites du cambrien en passant par notre propre machine nerveuse centrale.

Comme l'Univers, dont il est un vecteur microcosmique, le cerveau est un métasystème biophysique *crypté*. Il existe des « clés » permettant de décoder certaines de ses manifestations les plus *secrètes*. Ces clés sont cachées à l'intérieur même de sa structure physico-quantique, sous la forme de molécules potentielles pouvant être activées de diverses manières, dont la plupart se sont perdues, mais dont certains livres gardent la trace.

*

Ne jamais être en paix. Porter le fer, rougi au feu, dans toutes les plaies qui se présentent.

Un artiste qui n'engage pas d'abord un combat contre lui-même est un plaisantin, pour ne pas dire un pitre.

De tout temps, sous toutes les latitudes, les mêmes principes, les mêmes valeurs fondamentales se sont édifiés et combattus. Certes, leurs manifestations sont diverses, pour ne pas dire innombrables, et nous semblent opaques, quand elles ne sont pas invisibles pour nos nerfs optiques à peine capables de discerner quelques pixels dans le noir, mais elles n'en continuent pas moins d'habiter les esprits. Leur généalogie est complexe, voire paradoxale, mais leur évolution critique dessine toujours les points de rupture les plus cataclysmiques des sociétés humaines où elles s'animent.

Assurer la permanence par le changement perpétuel, paradoxe fondateur de la vie, auquel on n'échappe, comme le savent les bouddhistes tantriques, que par la Suprême Connaissance du Néant.

Le siècle n'est pas encore terminé que l'on voit déjà fleurir de pompeuses exégèses destinées à établir son *bilan*.

Désespérant terme comptable qui masque l'outrecuidance de ces auteurs qui ne comprennent pas que nous sommes encore trop jeunes pour cela, et qu'il importe avant tout d'en transmettre l'*héritage*.

Les limites de l'homme sont atteintes. Elles sont donc dépassées.

*

Lorsque les dix derniers jours de 1999 se seront écoulés, nous entrerons dans l'*année zéro*, une pure fiction, puisque le véritable changement de millénaire calendaire se produira le 1er janvier 2001. Cette remise à zéro symbolique des compteurs n'est pas autre chose qu'une vaste opération de diversion cherchant à nous faire oublier que changer de date n'implique aucun changement radical des principes qui nous gouvernent, puisque nous n'y sommes pour rien.

Sauf si nous en décidons autrement, bien sûr.

Tenir ce journal de bord, ce manuel de survie en territoire zéro, tout au long de l'année écoulée, m'aura conduit plus loin que tout ce à quoi ma petite personne s'attendait. Ce n'est qu'au terme de ce travail que je comprends à ce point qu'un artiste n'a rien à voir avec sa « personne ». C'est à douter même qu'il en ait une, au sens où nous l'entendons communément.

Mon amie Fabienne L., pianiste de son état, me fit remarquer l'autre soir, lors d'une discussion gentiment arrosée, que Schumann entendait des voix, et qu'il possédait au moins trois personnalités distinctes : Eusébius, Florestan et maître Raro. Chacune de ces « personnalités » jouait un rôle distinct dans le processus créateur, mais toutes ensemble elles formaient un processus dynamique hautement imprévisible nommé Robert Schumann, qui produisit parmi les plus belles œuvres de toute la musique occidentale.

Il termina sa vie dans un asile.

Qu'est-ce que l'humanité du XIXe siècle pouvait bien faire d'un authentique génie qui entendait la voix des Anges, et tentait de toute son énergie de lui en retranscrire les timbres et les harmonies ? Qu'avait-elle fait de Mozart au siècle précédent ?

Pire encore, qu'allait-elle en faire au suivant ?

Et nous ? Nous, qu'allons-nous en faire ?

Les festivités et célébrations n'y pourront rien : ce

que cache *et* signale tout millénarisme actif, comme celui que nous vivons aujourd'hui, c'est le symptôme de l'épuisement terminal d'une civilisation.

Qu'allons-nous faire du XXIe siècle, de l'âge des nanomachines quantiques, de l'ADN transcrypté et des méta-ordinateurs ? Par quel « miracle » allons-nous survivre à notre prodigieux développement, à notre croissance explosive, tant technologique que démographique ? Où est donc la *sortie* ? Quel principe supérieur devra surgir pour gouverner l'humanité finissante vers son terme le plus haut ?

Vous qui croyez tant à la démocratie, demandez donc à votre député !

Si la vérité est exposée comme une putain, c'est qu'elle s'est prostituée.

Ultime déliquescence néobourgeoise de l'art moderne : la glorification de ses propres déjections. Le Musée de New York expose les œuvres d'un « artiste », dont une Sainte Vierge réalisée en... caca.

Attention. Pas n'importe quel caca.

Son caca.

Ah, si Duchamp avait imaginé un seul instant que son geste obscène et authentiquement provocateur engendrerait tant de minables répliques mues par les sphincters d'artistes experts en histoire de l'art et en marketing ! Il aurait sans doute choisi de commettre un véritable crime, et il aurait crucifié un peintre.

Aujourd'hui, si l'on voulait vraiment être à la hauteur de son geste, il faudrait user d'une bombe thermonucléaire !

Car l'art pompier contemporain n'est même plus

romantique, figuratif et sentimental. Il s'affuble des trouvailles géniales de l'art moderne d'il y a un siècle comme une vulgaire catin, qui pisse et chie sur commande pour l'œil de la caméra, ou le visage du pervers.

Giuliani, maire républicain conservateur, appuyé par les ligues antidiffamatoires, menace de couper les vivres au musée. En réponse toute la clique intellectuelle de gauche s'est mobilisée pour la « liberté d'expression » en traitant ses adversaires de « nazis ».

Je ne reviendrai pas là-dessus. Certes, cet « artiste » a le « droit » d'exposer ses « œuvres ». En réponse, plutôt que de jouer les vierges effarouchées, les authentiques chrétiens devraient en rire, même s'il s'agit d'un rire de pur désespoir. Le rire de ceux qui attendent le Jugement. Imminent. Comprenez bien : ce geste infâme a été posé pour la postérité. À tout jamais, on se souviendra de cette époque du Musée d'art moderne de Big Ass City, et de notre civilisation en général, comme ce moment inédit où une culture a décidé que la Vierge Marie n'était qu'un tas de merde.

Au cas où je vois ce jour béni entre tous, l'heure où le feu de la Justice soufflera avec tout l'amour dont est capable un cœur d'hydrogène en fusion, ah oui, au cas où un jour cet « artiste », ses « œuvres » et ses « confrères » soient en passe d'être consumés par le brasier, que l'on n'attende point de moi la moindre compassion.

Je soufflerai plutôt sur les braises.

Dans l'art contemporain, il y a encore plus de maquereaux que de catins.

Et des deux réunis, il y a bien plus que dans toute l'industrie pornographique.

Un artiste-putain ne fait que se prostituer.
L'artiste-maquereau met l'art sur le trottoir.

Croire que l'on blasphème en s'en prenant aux antiques symboles religieux ! Confondre la vulgaire insulte scatologique et le défi authentique à la morale, seul un môme attardé du consumérisme post-hippie peut jouer ainsi avec ses crottes en croyant *produire* quelque chose. J'attends avec impatience la réaction de nos vaillants défenseurs des droits à l'expression lorsqu'un authentique artiste osera s'en prendre de façon analogue à leurs symboles démocratiques et humanitaires préférés.

Faudra-t-il forger à notre tour dans la merde des effigies de Marx, de Robespierre, de Gandhi, de Sartre ou de Simone de Beauvoir pour qu'on nous fiche enfin la paix ?

Le seul problème, sans doute, c'est que *nous*, nous ne nous intéressons pas à notre caca.

Ultime offensive stalino-révisionniste avant la fin du siècle : c'est, on s'en serait douté, *Le Monde diplodocus* qui se livre à cette abjecte tentative. Un certain Eric Hobsbawm, octogénaire propagandiste du « communisme-à-visage-humain », se livre, bien à l'abri derrière la réputation de « sérieux » et d'objectivité de la revue de MM. Ramonet, Halimi et Petrella, à la plus immonde opération de trucage historique qui ait vu le jour en France depuis l'époque tant regrettée où les Éditions sociales publiaient les œuvres du père Joseph Djougatchvili, de M. Jdanov, ou du « professeur » Jean Kanapa. Le titre de son livre est en soi tout un programme : *L'âge des extrêmes*.

La place me manque, et une forme de décence m'interdit de vous livrer à ma manière les perles dont cet ouvrage, feuilleté dans une librairie pendant une petite heure, est tout bonnement la bijouterie d'exposition.

Pour ne citer qu'un exemple, qui je crois situe d'emblée le niveau de cet énorme pensum illisible (huit cents pages de mensonges écrits serrés !), je me dois d'apprendre à mes lecteurs que l'ère qui s'est écoulée entre 1945 et 1973 n'est rien moins que, selon le cerveau ramolli de cet apparatchik-philosophe, *l'âge d'or du XXᵉ siècle* !

Le Goulag, le blocus et le mur de Berlin, la sanglante répression de Budapest, de Prague ou de Varsovie, les délires de Ceaucescu, de Kim Il Sung, de Castro ou de Pol Pot, le génocide afghan, la Révo. Cul. dans la Chine Pop. (comme disaient les situs), bref cet anéantissement, cet écrasement planifié de la pensée, dont M. Hobsbawm est aujourd'hui un des poids lourds survivants, fut en effet le degré d'aboutissement terminal de leurs funestes idéologies, et il trouve un écho singulier chez nos jeunes démocrates-humanitaires qui fumaient sans doute leur premier joint alors que le Mur s'écroulait sur la musique de Pink Floyd, et qui regrettent maintenant de n'avoir point connu les charmes du régime d'Erich Honecker. Ah, Staline-Khrouchtchev-Brejnev en sainte trinité de la lutte des classes, le méchant Satan américain et l'économie de marché libérale voués aux gémonies de ce cacochyme ânonnant ici autant de contre-vérités qu'il en a proféré tout au long de sa longue existence inutile d'universitaire social-positiviste, les temps étaient certes plus faciles lorsqu'il suffisait de dire « 75 000 fusillés » ou « Pablo Neruda » pour qu'au silence tout le monde soit tenu, ah, reconnaissons-le, ce fut pour moi un plaisir assez pervers que de saisir à la lecture de ce sordide ouvrage comment leur espoir malade avait empoisonné le siècle, et surtout pourquoi certaines de leurs vieilles ganaches tentent toujours vaille que vaille de reconstituer l'armée rouge du mensonge, maintenant que les fichiers du Goulag sont ouverts et que nous avons pu faire les comptes (âge d'or du communisme, 1945-1973 : environ 40 millions de morts), ah, oui, comment ne pas comprendre un peu leur désarroi et leurs trépignements hystériques, nous qui dansions sur les ruines de leurs idéales murailles ?

Pourquoi s'obstiner à nous vendre telle quincaillerie ? Qu'est-ce qui peut pousser certains hommes à refuser ainsi d'admettre la plus terrible évidence ? On n'a pas attendu très longtemps après le jugement des abominations nazies pour oser remettre en question ce qui en fit sans doute le stade ultime de l'abjection. Permettez-moi de vous dire qu'on n'attendra pas plus, la preuve en est, pour « critiquer » les « vérités » du communisme, qui sont, comme chacun sait, « relatives » à nos « points de vue », et qui, elles, ne sont point passées en Cour.

*

Triste fin de siècle, dominée par les « pensées » humanitaires d'animatrices de radio-télévision confondantes de naïveté, pour rester dans le registre de l'euphémisme

Pourtant, dans le même temps, jamais le cynisme et la petitesse de vue n'auront à ce point gangrené les démocraties occidentales.

Comme le fait remarquer assez justement Benoît Dutrizac dans le *Voir* de cette semaine, il est temps en effet de s'opposer de toutes nos forces aux États centralisateurs bureaucratiques, dont les surplus budgétaires sont les nôtres, est-il besoin de le rappeler ?

Si le Québec a fait le choix de se doter d'un système d'assistance sociale humanitaire en optant pour une société de type étatiste où les « programmes sociaux » sont gérés par une informe machine bureaucratique, c'est son droit, et c'est aussi son erreur. Il est inutile en ce cas de donner aux organisations caritatives et aux associations locales. Si l'on pense, comme moi, que les bureaucraties d'État sont bien moins efficientes que les regroupements ad hoc de citoyens pour faire face à ce type de problèmes, on est un peu coincé. Car pourquoi donnerais-je à l'État ce que je donne de ma propre impulsion à des réseaux de solidarité sociale et communautaire ? Or la grève, même partielle, de l'impôt n'est reconnue nulle part comme un droit légitime, et le fisc a tôt fait, grâce au flicage informatique, de débarquer dans votre repaire de dangereux terroriste pour vous passer les menottes.

Entre l'État humanitaire et le citoyen charitable, mon choix est fait depuis longtemps. Sans compter qu'il est sans doute temps d'élaborer une façon plus efficace de créer des individus à la fois libres et solidaires.

Les Québécois, piégés par ce jésuitisme de gauche que leur aura légué le catholicisme « social » de l'après-guerre, sous la forme souverainiste-socialiste actuelle, ne veulent pas admettre que leur projet de séparation ne pourrait aboutir que s'il se dégageait au préalable des opinions préformatées sur l'économie de marché et la justice sociale. En clair, si l'on veut un jour se séparer du Canada, ce n'est pas, j'espère, pour refaire à notre échelle les mêmes erreurs que le social-libéralisme en vigueur à Ottawa depuis quelque temps déjà (pression fiscale constante et programmes sociaux inefficaces, en voie d'être dévastés par les restrictions budgétaires).

On comprend alors que le seul objectif tenable pour les « Franco-Américains », c'est d'entreprendre avec les Canadiens la réforme générale de leurs institutions et donc d'oser au préalable se défaire des figures imposées de l'« identité québécoise », en réinterprétant selon d'autres métaphysiques le pourquoi et le comment de la défaite historique du projet français en Amérique, et le mystère de sa survie paradoxale opérée depuis deux bons siècles par une poignée de visionnaires dont peu furent entendus, et beaucoup sont oubliés.

Un courrier récent envoyé à l'hebdomadaire susmentionné a fait craindre à certains de mes proches que je passe pour un « partisan de l'ordre moral ». Tout ça parce que je ne marche pas dans la combine de petits gangsters. Bon, passons là-dessus.

Je ne suis pas un partisan de l'ordre moral bourgeois. J'en ai plus que marre de voir les démocraties occidentales criminaliser de simples marginalités sociales* — comme l'usage des stupéfiants ou la pornographie entre adultes consentants — et libéraliser le crime — comme la porno-pédophilie active ou l'usage catastrophique des fonds publics. Je trouve dégradant pour une police d'Amérique du Nord de multiplier les bavures à la française (tabassage mortel d'un chauffeur de taxi, puis d'un vagabond,

* De moins en moins marginales, par ailleurs.

tir à vue sur adolescents fumeurs de *pot*) tout en s'avérant incapable de mettre sous les verrous les chefs de gang, trafiquants d'héroïne à grande échelle, commanditaires d'assassinats en série et rois des proxénètes qui vivent dans le luxe ostentatoire et l'impunité. Je ne supporte plus cette inversion maladive des valeurs qui nous force à choisir entre une industrialisation forcenée de la peine de mort et son abolition.

Votre siècle s'achève, et moi je n'appartiens à aucun, puisque je me dois à tous.

Et que je suis venu réclamer justice.

L'essence de la tragédie réside dans cette intuitive et complète compréhension du fait que *dans tout acte de valeur, ce sont les meilleurs qui périssent.*

Le XXᵉ siècle aura — il me semble — poussé cette problématique jusqu'à sa massification la plus absolue.

Les survivants des camps de la mort connaissent cette massive densité. Ils savent très bien, tout au fond de leur être, que s'ils ont survécu, c'est par le sacrifice des autres, parce qu'ils furent provisoirement choisis par leurs bourreaux pour faire tourner la machine plutôt que pour en fournir la matière première, au sens strict, comme les autres, ou alors s'ils faillissaient à la tâche, ou que leur temps était venu, et ils savent aussi que par chance, ou grâce à une compétence technique rare, ou par bassesse, ils purent passer entre les mailles du filet.

Car dans l'abjecte terminaison du monde qui fut leur expérience, quand les hommes tombaient comme des mouches à chaque instant, il fut un petit nombre d'entre eux, de ces survivants potentiels qui, dans un acte d'héroïsme le plus haut et le plus pur qui se puisse concevoir, choisirent de donner leur vie pour un autre, plus faible, plus malade, plus jeune, ou trop vieux, moins *utile*, et plus terrifié encore, destiné à l'exécution immédiate.

*

Voilà, bienvenue dans le XXIe siècle, à ce qu'il paraît.

Permettez-moi de venir troubler vos festivités avec cette carte postale en provenance de celui qui vient de s'écouler.

À Auschwitz, et dans les autres camps d'extermination nazis, comment croyez-vous qu'étaient traités les bébés ?

Gardez cette image en tête pendant que vous cuverez votre vin en famille : ils étaient arrachés des bras de leur mère et entassés tels quels dans des bennes de camion. Le camion rempli on allait les déverser dans des fosses remplies de pétrole ou de soufre enflammé.

Le 6 000 000 000e être humain est né en octobre de cette année.

À Sarajevo.

Qui que tu sois, bonne chance, petit homme.

Entre 1959, date de ma naissance, et l'heure où j'écris ces lignes, la population terrestre aura été multipliée par trois, ajoutant quatre milliards aux deux alors posés. En quelques décennies il aura été engendré plus d'êtres humains que depuis l'année de la naissance du Christ, que dis-je, depuis la plus haute Antiquité.

Peu importe, au fond, de connaître les causes exactes et sans doute complexes de cette nouvelle mathématique démographique, explosive, pour y voir le signe crucial d'une certaine « fin » de ce que nous nommons « humanité ».

Telle une multitude de rats croissant sans cesse dans une cage aux dimensions *finies*, nous commençons à nous entre-dévorer sur des ressources de plus en plus réduites, puisque aucune métaphysique digne de ce nom n'a encore surgi de toute notre quincaillerie technique ni de toutes les soi-disant « leçons » de l'histoire, et qu'évoquer *le développement cosmique de l'homme comme seul horizon vivable* fait ou bâiller d'ennui ou mourir de rire l'intellectuel rationnel et positif qui conseille les Princes ou sommeille dans tout décideur politique.

Que s'est-il donc produit depuis juillet 1969 ? À quoi aura servi la marche d'Armstrong sur le sol lunaire ?

Rien ou si peu, ce pas grand-chose servant à faire avaler la pilule et qui s'avère bien plus déshonorant qu'un véritable abandon. De la météo, de l'exploration robotico-spectaculaire et une station spatiale qui ne verra même pas le jour trente ans après la sortie de *2001, Odyssée de l'espace*, et pas plus à la date mythique précitée.

Les politiciens ont décidément la fâcheuse tendance à saloper le travail des visionnaires.

Ah, imaginer un instant Nietzsche dialoguant avec Tsiolkovski. *La Terre est le berceau de l'humanité, mais l'homme n'est pas fait pour rester au berceau.*

Un tel dialogue nous serait d'un grand secours aujourd'hui. Car Nietzsche aurait su poser le diagnostic clinique du problème : l'homme acquiert le pouvoir d'agrandir ses frontières jusqu'à l'espace intersidéral à l'instant où, à peine sorti de l'enfance, il semble vieillir tout d'un coup, comme atteint d'une maladie incurable, une maladie éminemment *psychologique*, et qu'il n'a plus ni le courage ni l'intelligence nécessaires pour s'engager dans le gouffre ouvert par la Connaissance devant lui.

Qu'on le comprenne bien : sans la Seconde Guerre mondiale, et sans la guerre froide russo-américaine qui s'ensuivit, jamais la bourgeoisie humanitaire et démocrate du XXe siècle n'aurait envoyé un homme sur la Lune.

La bourgeoisie industrielle a forclos le monde tout en produisant, piégée par le *fatum* de la Technique et de l'Histoire, les moyens matériels d'en reculer les limites à l'infini. Sa vitalité hypervitaminée tourne paradoxalement pour un monde mort, des métaphysiques défuntes, un projet humain dévasté.

Incapable de se projeter vers un avenir où elle devra passer la main à un principe de développement supérieur, réfractaire à toute authentique métaphysique critique évolutionniste, impuissante devant ses propres créations, sans plus de force qu'un *raver* en descente d'exta, la démocratie néo-bourgeoise des années 1990-2000, comme toutes les civilisations finissantes, ne produit plus que par habitude, par un global et tendanciel effet d'inertie, une stase hypnotique où toutes les productions, toutes les valeurs, sont à la fois égalisées et hautement différenciées, isolées dans leur microchamp sémantique, détruisant toute possibilité de hiérarchie, de choix et de stratégie ; toute volonté de reprendre le travail où Nietzsche l'avait laissé est dédaigneusement entachée du terme « idéalisme », « prophétisme », voire « utopisme », quand il n'est pas suspecté des plus basses œuvres du fascisme, alors qu'il ne s'agit de rien d'autre que du seul « humanisme » en état de sauver l'homme, ou ce qu'il en reste, en lui offrant de s'anéantir vers un principe supérieur, en lui faisant saisir la part de Néant indispensable à toute authentique Création.

Six jours avant l'an 2000,
je ne ressens rien
aucune menace
ne se profile
les véritables catastrophes
semblent en attente
et l'homme un effort
provisoire, vain
et nécessaire.

Face à l'aventurisme industriel et marchand de la bourgeoisie émergente, l'aristocratie héréditaire décadente n'avait aucune chance sinon de faire comme les Anglais, qui s'appuyèrent sur leurs traditions spécifiques remontant à la Magna Carta et œuvrèrent à leur niveau à la consolidation de leur empire circumterrestre. En France, puis plus tard dans toute l'Europe, s'obstinant à user de préceptes devenus obsolètes, monarchie absolue et privilèges de sang, elle oublia que le concept d'*aristo*cratie, chez les Grecs comme dans la France carolingienne, était indissociable d'un programme d'éducation destiné à produire d'authentiques individus, porteurs du tragique de leur époque, c'est-à-dire de toutes les époques. Or le sens de l'héroïsme est peut-être bien déterminé par un de nos gènes, on admettra que même si celui-ci est actif, l'*acte* d'héroïsme est, lui, entièrement dépendant d'une transformation générale de l'être humain qui entrevoit, comme le savait Malraux, un surmontement à sa condition par le sacrifice de sa propre existence pour le compte d'une vérité plus grande que lui, et que tous les autres, et qui les englobe. C'est en cela que le *génie du christianisme* consista : cette recombinaison de l'homme tragique dans la figure du Christ mis au supplice par l'humanité qu'il était venu sauver.

Si l'aristocratie capétienne agonisante avait fini par perdre l'usage même de ses valeurs originelles, la bourgeoisie, elle, a horreur du tragique. Nous dirons même qu'elle en a une sainte frousse. Elle n'hésite d'ailleurs pas à le fourrer dans le même sac que l'opéra bouffe, en prétendant que le sublime frôle toujours le ridicule, puisque pour elle, en elle, par elle, en effet, le sublime n'est que l'activation de la plus haute pédanterie et non l'expression, souvent fatale, d'un *don* supérieur.

L'ultime vérité politique produite par la France fut le gaullisme ou plutôt de Gaulle. Vérité de circonstance, au sens noble du terme, façonnée par les exigences de l'honneur et les contingences de l'histoire, autant dire le cœur de toute authentique tragédie.

Après, la France entre dans la période de son terminal déclin, que même le général mythique, rappelé au pouvoir par l'armée devant l'effondrement de la IVe République en Algérie, ne put ni ne sut enrayer.

C'est ainsi, et je doute qu'on puisse désormais faire grand-chose contre cette mort annoncée, sinon peut-être éviter l'acharnement thérapeutique.

Le seul correctif que j'accepte concernant le paragraphe précédent est celui-ci : l'ultime vérité politique produite par la France fut le gaullisme, ou plus exactement *de Gaulle* (et non ses douteux apôtres bourgeois ou néobourgeois) et à l'exception, notable, de l'Internationale situationniste, soit les plus authentiques ennemis de cette bourgeoisie française que de Gaulle était venu sauver du désastre en 1958, après l'avoir fait une première fois en 1940-45, par un don sans doute absurde de sa personne à une société qui n'en valait pas la peine.

*

Français, encore un tout petit effort pour disparaître complètement de l'histoire. Ne vous bilez plus, vous y êtes presque. Lorsqu'on enverra des colonies vers les étoiles, soyons certains qu'on trouvera le Gaulois de service aux marmites.

La nation de Vercingétorix, de Clovis, de Charlemagne, de Saint Louis, de François Ier, d'Henri IV, le pays qui a vu naître Montaigne et Pascal, Bossuet et Saint-Simon, Voltaire et Rousseau, Tocqueville et Talleyrand, Verlaine et Rimbaud, Chateaubriand et Balzac, Proust et Lautréamont, Turenne et Hoche, Du Guesclin et Bonaparte, Jeanne d'Arc et de Gaulle, ce pays qui aurait pu à maintes reprises s'engager sur la voie de *sa* réalisation, en accouchant d'une Fédération des nations d'Europe, a plutôt décidé de se battre pour ses vins d'appellation contrôlée et ses roqueforts.

Là encore, vous comprendrez qu'un rire glacé m'emporte.

Ah, imaginer un instant l'Europe du traité de Verdun (843), soit la France, l'Allemagne et l'Italie actuelles, s'unifier en un seul État fédératif, impérial et chrétien, à la fois unitaire et multinational, et comprendre que, même avec l'ajout plus tardif de l'Angleterre et de l'Espagne, la France aurait conservé son rôle central de pont entre le monde grécolatin méditerranéen et le monde germanique centreuropéen, sur un ancestral fond celtique qui traçait les frontières d'un continent s'étendant des hautes terres d'Écosse au Bosphore, de Gibraltar à la Baltique, destin toujours en suspens à l'orée du XXIe siècle !

Si l'Église de Rome avait su insuffler un tel projet aux peuples et aux aristocraties d'Europe, en osant les soumettre, et Sa Sainteté avec, à la royale Loi du Christ, plutôt que de favoriser les querelles intestines et les prétentions dynastiques concurrentes de microroyaumes christianisés en pure perte, toute l'histoire de l'Occident serait à réécrire, rien de ce que nous avons connu n'aurait existé, et surtout pas la terrible succession de guerres européennes qui depuis lors a empêché toute réalisation effective de cette civilisation, que seule une poignée d'artistes aura entrevue comme un possible attendant toujours qu'on daigne le prendre en compte.

Un travail pour les uchronistes, ces explorateurs du possible.

Qui sait, peut-être un travail pour l'Église elle-même, en cette Année sainte ?

Aujourd'hui, catastrophes en série sur le nord-ouest de l'Europe, après les terribles inondations du Venezuela au début du mois, c'est la Niña sans doute qui frappe, après son frère jumeau el Niño de l'année dernière.

Le chaos biosphérique cache l'ordre météorologique des vérités à venir : ce n'est pas tant de la surexploitation en tant que telle que souffre notre fragile planète, que du fait que cette surexploitation n'a toujours rien produit d'important, c'est-à-dire de nécessaire, c'est-à-dire de gratuit, et de hautement stratégique pour son devenir. Un authentique projet pour l'au-delà de l'homme, dans lequel nous sommes entrés comme dans un territoire obscur, nus, sans même un livre, et quelques allumettes, pour faire un feu.

D'autre part, les rationalistes de tous acabits feraient bien de commencer à trembler pour de bon s'il advenait que certaines des formes majeures du dérèglement climatique connues ces dernières années, et dont les causes premières proviennent sans doute du réchauffement dû à l'activité humaine, avaient pour origine seconde une expérience ultrasecrète développée dans l'Arctique par l'armée américaine, sous le nom de code d'Aurora, et qui ne paraît rien de moins qu'une expérience de grande ampleur visant à mettre au point une « arme météorologique globale » susceptible d'affecter les climats localement ou de façon plus générale.

Tenter d'influer sur l'écologie atmosphérique de la planète en essayant, comme cela semble être le cas, de manipuler les rayonnements électromagnétiques produits par le pôle arctique, n'est sans doute pas hors de portée d'une armée dont les budgets officiels restent de l'ordre du PIB d'un pays de taille moyenne, soit environ 250 milliards de dollars US par année fiscale. J'ai bien dit officiels.

Plus encore, si l'on admet comme possible que certaines technologies secrètes militaires US aient comme origine, partielle ou totale, un « retro-engineering » de source extraterrestre, et ce depuis 1947, si l'on souscrit à cette thèse que, l'histoire étant une création des paranoïaques (tout projet politique comporte une part nécessaire et indissoluble de paranoïa), on ne peut la lire que comme une production sans cesse recommencée de conspirations de toutes natures, alors les fondations mêmes du monde tel que nous l'avons connu, tel qu'on nous l'a fait connaître, tel que toute la philosophie « positive » contemporaine désire qu'il soit connu, disparaîtront comme les simples mirages provisoires qu'elles étaient.

Aimer comme si chaque jour allait être le dernier. Qui nous demande même d'y survivre ?

J'avais le front posé contre la vitre,
le paysage anglais
vert comme un jour de pluie
défilait sans que je puisse
l'arrêter,
je vivais déjà comme si j'étais mort
un millier de fois,
j'avais foi en ton amour
et j'avais la chance des sales mômes
qui brûlent tout ce qu'ils touchent,
je dormais le jour
et la nuit je me perdais sous les dômes
le cœur au ventre et l'eau à la bouche,
je croyais tout juste à la pluie sur Londres,
si j'avais eu une âme sans doute
l'aurais-je monnayée contre une certitude,
sur les murs mon ombre frayait avec les ombres
je n'avais même plus peur de flancher en route
je marchais vers les gouffres des hautes solitudes.

Mes exigences me dépassent. Elles ne s'encombreront pas longtemps de ma pauvre personne, si je ne me montrais pas à leur hauteur.

Dernière nuit avant celle du réveillon fatidique.

Nous sommes le 31 décembre 1999, très tôt le matin.

En fond sonore j'ai choisi l'album *Urban Hymns*, de The Verve. Un pur joyau de pop'music britannique, comme une forme déjà *classique* de cette musique, une forme toujours nouvelle, donc, avec ses cadences d'accords sur gamme quintatonique, souvent mineure, comme dans *Weeping Willow*, ses structures archétypales, comme dans *Lucky Man*, les ornementations orchestrales psychédéliques de *The Bitter Sweet Symphony*, les fulgurances atmosphériques qui traversent la voix cotonneuse et nimbée d'écho sur *Catching the Butterfly*, tout cela évoque bien sûr un croisement entre un album que les Beatles ne purent enregistrer avant leur fin précipitée (ou un mythique Pink Floyd qui n'aurait pas débarqué Syd Barrett) et celui que les Stones auraient dû faire après *Exile On Main Street*. Les harmonisations vocales et instrumentales sur *The Bitter Sweet Symphony*, la mélodie de « *Space and Time* », son refrain si typiquement anglais, cet accent lyrique, héroïque, que seuls certains groupes puisant dans l'héritage celtique apportent sans même avoir à surenchérir dans le pathos, ou l'ostentation, cette voix qui se perd comme dans une brume matinale, tous ces éléments spécifiques qui trouvèrent dans le blues des Noirs américains non seulement l'écho métaphysique d'une forme de tristesse conçue comme sagesse essentielle mais une échelle de vibrations équivalentes sur le plan de la gamme tonale ! Qui aurait pu concevoir que le timbre des cornemuses allait s'accorder si parfaitement avec les guitares du delta ?

La menace de l'effondrement général du système au moment de la conversion de date millénaire ne fut prise au sérieux qu'au dernier moment, comme d'habitude, et de toute façon, sur le plan psychologique le mal était fait — si je puis dire — et rien ne pourra jamais plus séparer les mots « an 2000 » de la menace effective qu'ils ont fait peser sur cette petite humanité particulière.

*

Le changement de date est passé de vingt-quatre heures. Bien sûr, il ne s'est rien produit : les Russes ont bombardé Grozny, les pirates de l'air de Kandahar ont relâché leurs otages, le Pentagone a connu son quota prévisible, et prévu, de petits soucis informatiques, deux personnes se sont fait flinguer dans un bar quelque part au Québec, dans la course au Superbowl, les Rams de Saint Louis et les Colts d'Indianapolis semblent plutôt bien partis, les journées rallongent, le monde tourne toujours sur son axe et sur le plan de l'écliptique, il importe désormais de préparer nous-mêmes la catastrophe générale, au lieu de faire semblant de se préparer à son avènement.

Montréal, le 2 janvier 2000.

DU MÊME AUTEUR

Aux Éditions Gallimard

LA SIRÈNE ROUGE (Folio Policier nº 1).

LES RACINES DU MAL (Folio Policier nº 63).

BABYLON BABIES (Folio Science-Fiction nº 47).

LE THÉÂTRE DES OPÉRATIONS. Journal métaphysique et polémique, 1999 (Folio nº 3611).

LABORATOIRE DE CATASTROPHE GÉNÉRALE (Le théâtre des opérations 2000-2001), 2001.

COLLECTION FOLIO

Dernières parutions

3383. Jacques Prévert	*Imaginaires.*
3384. Pierre Péju	*Naissances.*
3385. André Velter	*Zingaro suite équestre.*
3386. Hector Bianciotti	*Ce que la nuit raconte au jour.*
3387. Chrystine Brouillet	*Les neuf vies d'Edward.*
3388. Louis Calaferte	*Requiem des innocents.*
3389. Jonathan Coe	*La Maison du sommeil.*
3390. Camille Laurens	*Les travaux d'Hercule.*
3391. Naguib Mahfouz	*Akhénaton le renégat.*
3392. Cees Nooteboom	*L'histoire suivante.*
3393. Arto Paasilinna	*La cavale du géomètre.*
3394. Jean-Christophe Rufin	*Sauver Ispahan.*
3395. Marie de France	*Lais.*
3396. Chrétien de Troyes	*Yvain ou le Chevalier au Lion.*
3397. Jules Vallès	*L'Enfant.*
3398. Marivaux	*L'Île des Esclaves.*
3399. R.L. Stevenson	*L'Île au trésor.*
3400. Philippe Carles et Jean-Louis Comolli	*Free jazz, Black power.*
3401. Frédéric Beigbeder	*Nouvelles sous ecstasy.*
3402. Mehdi Charef	*La maison d'Alexina.*
3403. Laurence Cossé	*La femme du premier ministre.*
3404. Jeanne Cressanges	*Le luthier de Mirecourt.*
3405. Pierrette Fleutiaux	*L'expédition.*
3406. Gilles Leroy	*Machines à sous.*
3407. Pierre Magnan	*Un grison d'Arcadie.*
3408. Patrick Modiano	*Des inconnues.*
3409. Cees Nooteboom	*Le chant de l'être et du paraître.*
3410. Cees Nooteboom	*Mokusei !*
3411. Jean-Marie Rouart	*Bernis le cardinal des plaisirs.*
3412. Julie Wolkenstein	*Juliette ou la paresseuse.*
3413. Geoffrey Chaucer	*Les Contes de Canterbury.*
3414. Collectif	*La Querelle des Anciens et des Modernes.*

3415. Marie Nimier *Sirène.*
3416. Corneille *L'Illusion Comique.*
3417. Laure Adler *Marguerite Duras.*
3418. Clélie Aster *O.D.C.*
3419. Jacques Bellefroid *Le réel est un crime parfait, Monsieur Black.*
3420. Elvire de Brissac *Au diable.*
3421. Chantal Delsol *Quatre.*
3422. Tristan Egolf *Le seigneur des porcheries.*
3423. Witold Gombrowicz *Théâtre.*
3424. Roger Grenier *Les larmes d'Ulysse.*
3425. Pierre Hebey *Une seule femme.*
3426. Gérard Oberlé *Nil rouge.*
3427. Kenzaburô Ôé *Le jeu du siècle.*
3428. Orhan Pamuk *La vie nouvelle.*
3429. Marc Petit *Architecte des glaces.*
3430. George Steiner *Errata.*
3431. Michel Tournier *Célébrations.*
3432. Abélard et Héloïse *Correspondances.*
3433. Charles Baudelaire *Correspondance.*
3434. Daniel Pennac *Aux fruits de la passion.*
3435. Béroul *Tristan et Yseut.*
3436. Christian Bobin *Geai.*
3437. Alphone Boudard *Chère visiteuse.*
3438. Jerome Charyn *Mort d'un roi du tango.*
3439. Pietro Citati *La lumière de la nuit.*
3440. Shûsaku Endô *Une femme nommée Shizu.*
3441. Frédéric. H. Fajardie *Quadrige.*
3442. Alain Finkielkraut *L'ingratitude.* Conversation sur notre temps
3443. Régis Jauffret *Clémence Picot.*
3444. Pascale Kramer *Onze ans plus tard.*
3445. Camille Laurens *L'Avenir.*
3446. Alina Reyes *Moha m'aime.*
3447. Jacques Tournier *Des persiennes vert perroquet.*
3448. Anonyme *Pyrame et Thisbé, Narcisse, Philomena.*
3449. Marcel Aymé *Enjambées.*
3450. Patrick Lapeyre *Sissy, c'est moi.*
3451. Emmanuel Moses *Papernik.*
3452. Jacques Sternberg *Le cœur froid.*

3453. Gérard Corbiau — *Le Roi danse.*
3455. Pierre Assouline — *Cartier-Bresson (L'œil du siècle).*
3456. Marie Darrieussecq — *Le mal de mer.*
3457. Jean-Paul Enthoven — *Les enfants de Saturne.*
3458. Bossuet — *Sermons. Le Carême du Louvre.*
3459. Philippe Labro — *Manuella.*
3460. J.M.G. Le Clézio — *Hasard* suivi de *Angoli Mala.*
3461. Joëlle Miquel — *Mal-aimés.*
3462. Pierre Pelot — *Debout dans le ventre blanc du silence.*
3463. J.-B. Pontalis — *L'enfant des limbes.*
3464. Jean-Noël Schifano — *La danse des ardents.*
3465. Bruno Tessarech — *La machine à écrire.*
3466. Sophie de Vilmorin — *Aimer encore.*
3467. Hésiode — *Théogonie* et autres poèmes.
3468. Jacques Bellefroid — *Les étoiles filantes.*
3469. Tonino Benacquista — *Tout à l'ego.*
3470. Philippe Delerm — *Mister Mouse.*
3471. Gérard Delteil — *Bugs.*
3472. Benoît Duteurtre — *Drôle de temps.*
3473. Philippe Le Guillou — *Les sept noms du peintre.*
3474. Alice Massat — *Le Ministère de l'intérieur.*
3475. Jean d'Ormesson — *Le rapport Gabriel.*
3476. Postel & Duchâtel — *Pandore et l'ouvre-boîte.*
3477. Gilbert Sinoué — *L'enfant de Bruges.*
3478. Driss Chraïbi — *Vu, lu, entendu.*
3479. Hitonari Tsuji — *Le Bouddha blanc.*
3480. Denis Diderot — *Les Deux amis de Bourbonne* (à paraître).
3481. Daniel Boulanger — *Le miroitier.*
3482. Nicolas Bréhal — *Le sens de la nuit.*
3483. Michel del Castillo — *Colette, une certaine France.*
3484. Michèle Desbordes — *La demande.*
3485. Joël Egloff — «*Edmond Ganglion & fils*».
3486. Françoise Giroud — *Portraits sans retouches (1945-1955).*
3487. Jean-Marie Laclavetine — *Première ligne.*
3488. Patrick O'Brian — *Pablo Ruiz Picasso.*
3489. Ludmila Oulitskaïa — *De joyeuses funérailles.*

3490.	Pierre Pelot	*La piste du Dakota.*
3491.	Nathalie Rheims	*L'un pour l'autre.*
3492	Jean-Christophe Rufin	*Asmara et les causes perdues.*
3493.	Anne Radcliffe	*Les Mystères d'Udolphe.*
3494.	Ian McEwan	*Délire d'amour.*
3495.	Joseph Mitchell	*Le secret de Joe Gould.*
3496.	Robert Bober	*Berg et Beck.*
3497.	Michel Braudeau	*Loin des forêts.*
3498.	Michel Braudeau	*Le livre de John.*
3499.	Philippe Caubère	*Les carnets d'un jeune homme.*
3500.	Jerome Charyn	*Frog.*
3501.	Catherine Cusset	*Le problème avec Jane.*
3502.	Catherine Cusset	*En toute innocence.*
3503.	Marguerite Duras	*Yann Andréa Steiner.*
3504.	Leslie Kaplan	*Le Psychanalyste.*
3505.	Gabriel Matzneff	*Les lèvres menteuses.*
3506.	Richard Millet	*La chambre d'ivoire...*
3507.	Boualem Sansal	*Le serment des barbares.*
3508.	Martin Amis	*Train de nuit.*
3509.	Andersen	*Contes choisis.*
3510.	Defoe	*Robinson Crusoé.*
3511.	Dumas	*Les Trois Mousquetaires.*
3512.	Flaubert	*Madame Bovary.*
3513.	Hugo	*Quatrevingt-treize.*
3514.	Prévost	*Manon Lescaut.*
3515.	Shakespeare	*Roméo et Juliette.*
3516.	Zola	*La Bête humaine.*
3517.	Zola	*Thérèse Raquin.*
3518.	Frédéric Beigbeder	*L'amour dure trois ans.*
3519.	Jacques Bellefroid	*Fille de joie.*
3520.	Emmanuel Carrère	*L'Adversaire.*
3521.	Réjean Ducharme	*Gros Mots.*
3522.	Timothy Findley	*La fille de l'Homme au Piano.*
3523.	Alexandre Jardin	*Autobiographie d'un amour.*
3524.	Frances Mayes	*Bella Italia.*
3525.	Dominique Rolin	*Journal amoureux.*
3526.	Dominique Sampiero	*Le ciel et la terre.*
3527.	Alain Veinstein	*Violante.*
3528.	Lajos Zilahy	*L'Ange de la Colère (Les Dukay tome II).*
3529.	Antoine de Baecque et Serge Toubiana	*François Truffaut.*

3530. Dominique Bona — *Romain Gary.*
3531. Gustave Flaubert — *Les Mémoires d'un fou. Novembre. Pyrénées-Corse. Voyage en Italie.*
3532. Vladimir Nabokov — *Lolita.*
3533. Philip Roth — *Pastorale américaine.*
3534. Pascale Froment — *Roberto Succo.*
3535. Christian Bobin — *Tout le monde est occupé.*
3536. Sébastien Japrisot — *Les mal partis.*
3537. Camille Laurens — *Romance.*
3538. Joseph Marshall III — *L'hiver du fer sacré.*
3540 Bertrand Poirot-Delpech — *Monsieur le Prince*
3541. Daniel Prévost — *Le passé sous silence.*
3542. Pascal Quignard — *Terrasse à Rome.*
3543. Shan Sa — *Les quatre vies du saule.*
3544. Eric Yung — *La tentation de l'ombre.*
3545. Stephen Marlowe — *Octobre solitaire.*
3546. Albert Memmi — *Le Scorpion.*
3547. Tchékhov — *L'Île de Sakhaline.*
3548. Philippe Beaussant — *Stradella.*
3549. Michel Cyprien — *Le chocolat d'Apolline.*
3550. Naguib Mahfouz — *La Belle du Caire.*
3551. Marie Nimier — *Domino.*
3552. Bernard Pivot — *Le métier de lire.*
3553. Antoine Piazza — *Roman fleuve.*
3554. Serge Doubrovsky — *Fils.*
3555. Serge Doubrovsky — *Un amour de soi.*
3556. Annie Ernaux — *L'événement.*
3557. Annie Ernaux — *La vie extérieure.*
3558. Peter Handke — *Par une nuit obscure, je sortis de ma maison tranquille.*
3559. Angela Huth — *Tendres silences.*
3560. Hervé Jaouen — *Merci de fermer la porte.*
3561. Charles Juliet — *Attente en automne.*
3562. Joseph Kessel — *Contes.*
3563. Jean-Claude Pirotte — *Mont Afrique.*
3564. Lao She — *Quatre générations sous un même toit III.*
3565. Dai Sijie — *Balzac et la Petite Tailleuse chinoise.*

Impression Bussière Camedan Imprimeries
à Saint-Amand (Cher), le 7 janvier 2002.
Dépôt légal : janvier 2002.
Numéro d'imprimeur : 020133/1.
ISBN 2-07-042114-7./Imprimé en France.

5660